变形记

Franz Kafka

[奥] 弗兰兹·卡夫卡 著

何姗 刘秀 译

版权专有 侵权必究

图书在版编目（CIP）数据

变形记 / (奥) 弗兰兹·卡夫卡著；何姗，刘秀译. -- 北京：北京理工大学出版社，2022.4
（若我迷失在森林：卡夫卡荒诞三部曲）
ISBN 978-7-5763-1035-1

Ⅰ.①变… Ⅱ.①弗…②何…③刘… Ⅲ.①中篇小说—小说集—奥地利—现代②短篇小说—小说集—奥地利—现代 Ⅳ.①I521.45

中国版本图书馆CIP数据核字（2022）第029007号

出版发行 / 北京理工大学出版社有限责任公司
社　　址 / 北京市海淀区中关村南大街5号
邮　　编 / 100081
电　　话 / （010）68914775（总编室）
　　　　　 （010）82562903（教材售后服务热线）
　　　　　 （010）68944723（其他图书服务热线）
网　　址 / http://www.bitpress.com.cn
经　　销 / 全国各地新华书店
印　　刷 / 三河市冠宏印刷装订有限公司
开　　本 / 880毫米 × 1230毫米　1/32
印　　张 / 8.75　　　　　　　　　　　责任编辑 / 李慧智
字　　数 / 154千字　　　　　　　　　　文案编辑 / 李慧智
版　　次 / 2022年4月第1版　2022年4月第1次印刷　责任校对 / 刘亚男
定　　价 / 139.00元（全3册）　　　　　　责任印制 / 施胜娟

图书出现印装质量问题，请拨打售后服务热线，本社负责调换

译者序

现代社会的意义缺位

弗兰兹·卡夫卡,出生于奥匈帝国统治下的捷克布拉格,是二十世纪最著名的现代主义文学大师之一。除三大长篇之外,卡夫卡还著有不少中短篇小说,其中在中国接受度最高、最为耳熟能详的,要数《变形记》这一篇,除了《变形记》之外,本小说集还择优选取了几篇内容深刻、叙述精彩的中短篇小说。这些小说分别完成于卡夫卡一生中的不同时期,有的是他崭露头角时的作品,有的是他的身后遗作,尽管完成的时期不同,却都能完整地展现出卡夫卡的写作风格。

卡夫卡擅长以动物视角进行讲述,且多采用第一视角。《地洞》《一条狗的研究》《致科学院的报告》皆属此类,《变形记》也可列入其中。卡夫卡所运用的这种手法,一者,是对人类中心主义的解构,否认人具有独异于万物的本质差别。在卡夫卡笔下,虫子、鼹鼠也有人的喜怒哀乐和忧惶悚惧,还有像人一样从事理性研究的狗。饥饿艺术家死后，替代他的黑豹子与他相比，明显具有更加饱满的生命力。在《致科学院的报告》里，卡夫卡更是直接向我们讲述了一只猴子如何进化成人的故事。这意味着动物与人之间不再存在泾渭分明的森严界限，上帝并未通过向我们"吹一口气"，赋予我们神圣的理性或者道德情感——所谓的人的本质，以促使人类成为凌驾于万物之上唯一特殊的存在。因此可以说，卡夫卡的小说进一步消解了统治西方上千年的人类中心论；二者，卡夫卡强调了人的某种异化，动物成了人，人也成了动物。归根结底，辛勤养家的格里高尔只是一只带有赚钱属性的甲虫而已。他一旦不能赚钱，就立刻现出本相——一只惹人厌的虫子，不光他的上司避之唯恐不及，连昔日温情脉脉的父母姐妹也对他侧目，最终只能在家人的打击和饥饿中孤独死去。"甲虫"并不是确定的指谓，格里高尔也可以是老鼠、跳蚤……说格里高尔是甲虫，只是告诉我们他并不是一个真正的人，在他的功能属性背后，并没有作为本质的完整人格存在。这是卡夫卡对现代社会的诊断和讽刺。在前现代人那里，生活是确定的，虔诚的默祷、宁静的沉思和对彼岸的向往占据了他们的大部分生活，跟最高本质一起存在的还有对自身本质的确信，他们追求外界的事功和成效，仿佛是从自身出发，以本质为圆心的自如收放，因此他们把成功看作蕴含着的潜能的实现。而在资本统治的现代社会里，一切都翻转过来了，每个人都迫切渴望得到他人的承认，来自社会的承认便成了一个人价值的唯一肯定，当然社会只承认人的社会功能属性，并不承认，或者说至少不会真正地承认：在人的社会功能属性背后，有一种价值内在于人的本身，这种价值能自给自足，统摄一切属性、超越一切属性。即使这个人在社会上一无所有，他的存在也是自然而神圣的——人却被迫用各种属性拼装出属于自己的人格，使自己获得在社会生存下去的价值。

而真诚的感情无不以先天的、纯粹的人格为前提，否则任何亲密的感情都可以理解为选择对己有利的属性的结果，比如人们可以把追求爱情看作为满足情欲、避免孤独而做出的利益抉择，而非两个人格的纯粹交往，于是，当格里高尔丧失了对家人有利的全部属性后，他就是一只虫子，没有任何价值。

对于没有本质的人来说，向外追求以填充自己的本质，就是迫切的事了。因此饥饿艺术家才要执着地辟谷，他为什么如此固执呢？难道只是为了寻觅超越自我的快感？不是的，卡夫卡提示我们，后来计算天数的小黑板已经不再更新，没人知道饥饿艺术家绝食了多久，但他不在乎。直到最后，当饥饿艺术家已气息奄奄，监督官向他询问禁食的原因，艺术家说："要是我能找到适口的食物，就不会禁食了。"可见，促使他禁食的仍是缺失，是对意义之虚无的感知,禁食是他寻找本质、寻找自我的过程。现代社会里什么都有,什么都是丰富的,却又没有一点意义,饥饿艺术家只能通过绝食,通过全盘的拒斥和否定来寻找意义,但最终也没有成功。同样的线索出现在《一条狗的研究》中,这条狗为什么苦苦追寻它所谓的科学研究呢?其实仍是在寻找它的本质。巧合的是,在小说结尾这条狗也进行了长期的绝食。

卡夫卡小说的方方面面都体现了人的本质的丧失。与传统文学著作对比,可以发现卡夫卡小说的主人公全可以分解为一束束想法,分解为他们对外界的当下感知和即时反应,《地洞》和《一条狗的研究》的主人公总在寻寻觅觅,受着各种思绪的纠缠,但我们却看不明白它们之所以如此思、如此感的完整逻辑,由此产生了一种诡异的阅读感受。以往是事件围绕主人公展开,要么在叙事之初,作者通过叙述历史、背景、地点、人物关系,将一个现实具体的主人公完整呈现给我们;要么,即便给主人公一个神秘的出场,故意隐藏其身份,作者还是会通过一整本书的介绍,最终构造起一个有血有肉、爱恨情仇的人物。而现在,在卡夫卡这里,不止在事件之前没有一个确定的、现实的主人公的存在,即便在遍历所有事件之后,主人公的内涵仍然不会得到丝毫的丰富。因此我们说,卡夫卡的小说消解了主体,例如,《地洞》的主人公到底是只什么虫子,即便我们通读整篇小说，仍然不得而知；它是甲虫还是鼹鼠，完全是无所谓的，这在卡夫卡的作品面世之前是无法想象的——读完一本小说，还不知道主人公是什么物种！另外，主体的不确定和不具体，自然意味着事件也不是完整和丰富的，因为主体和事件之间是互相成就的关系。现实中，评定一个人的本质要追溯其一生的经历，反过来，这些经历同样都要由这个主体来完成。因此，卡夫卡的小说也消解了客体。通过这双重的消解，卡夫卡彻底抛弃了传统小说模仿现实的复杂叙事，而只剩下作者笔下不断流出的、被形式化地涵括在一个符号式的主体之下的各种思绪、意识，这种意识不再依靠主体而存在，转而获得了自身确证的真理性。在这种语境中，当下即永恒，存在即意义。甚至可以说，瞬间与永恒、虚无与意义已经无可区分，判断标准本身都失效了。

由此，我们将可以很容易地理解，卡夫卡小说中的人物为何没有真挚的感情，为何没有理想、性格以及善或恶的人格。文艺评论家马里奥·安德雷奥提认为现代主义文学的重要特征之一是"去主体化"，卡夫卡的小说生动地体现了这一特征。小说里的主人公有时直接取名为"K"，用一个符号来指称一个人，有些配角则从头至尾没有名字，只用职务代替，如此种种似乎也在暗示我们，他们并非完整、具体的人。

当人的本质没有了，人的内在价值没有了，当然做任何事也不会有价值；也可以说，当世界没有价值，世界中的人也不可能找到自身的价值。这就是由内而外的迷茫与焦虑，是确定性信仰的彻底丧失，是现代人面临的虚无主义困境。

卡夫卡的写作有时直白而残忍。他在《乡村医生》里描绘男孩的伤口时，精细地刻画了伤口上的血渣和蠕动的蛆虫，制造出一种震撼人心、甚至有些病态的视觉效果；此外，《在流放地》里出现的酷刑，也属于比较残忍恐怖的东西。卡夫卡把这些可怕的病态之物，不加掩饰地暴露在阳光下，类似现在一些重口味电影，赤裸裸地展示血肉淋漓的场面，对人造成强烈的刺激。这些刺激也是从虚无里自我拯救的尝试，在对某件事物的意义产生怀疑以致绝望的时候，唯一的验证方式就是把它毁灭，在破坏和毁灭中感受意义的伴随。好比饥饿艺术家的绝食行动，又好比对人生价值感到绝望的人，会采取自杀的方式追问生命的意义。

卡夫卡小说中展示的病态和残酷不只是肉体的，还有精神的。以《判决》里的父与子为例，父亲莫名其妙地迫害儿子，滥施淫威，最后竟草草判处儿子死刑。似乎父亲握有无上的权力，可以蛮横无理地独断专行，而儿子只能逆来顺受。二者之间存在着绝对的权力辖制关系，从属者处在奴隶的地位，彻底丧失了一切尊严和人格。

在现实中，卡夫卡父子间的关系同样也极为紧张，由于父亲过于强势，卡夫卡从小笼罩在父亲的阴影下。且父亲对卡夫卡的理想不屑一顾，当卡夫卡兴高采烈地向父亲奉上新出版的精装书《在流放地》，父亲却翻都没翻便随手扔在了柜子上。卡夫卡曾以父亲为对象写了一封上百页的长信，控诉父亲的专制，表露自己的心迹，但一直没有寄出。强权的压迫感时时体现在他的小说中，比如长篇小说《审判》里的神秘法院，这或许能解释卡夫卡对少数群体往往尤为属意的原因。

卡夫卡的小说是非理性的。我们无法对出现在卡夫卡小说中的一些意象，如同解释寓言故事一样，做完全确定的诠释和解读。他的小说没有鲜明的主题和统一的线索，没有向读者传达某种信念，也非分享某种情感，而只展示出一种感受，也就是本质缺位、确定性丧失后的扭曲压抑之感。

卡夫卡笔下的故事永远带有这种沉闷的氛围，如同一场场荒诞的噩梦。噩梦的真正恐怖之处并不在于梦中出现的鬼怪，而在于梦境中一个个情节的混乱连接让我们找不到任何确定性，仿佛一切都是没有意义的，甚至做梦者自身的确定性都丧失了，因而被迫漫无目的、无休无止地为找回确定性而努力，所以做梦者醒来后才会满头大汗，身心疲惫且纠结。卡夫卡营造的怪梦场景正是对现代社会的深刻揭露和真实写照，这也是他之所以能取得现代主义文学先驱者地位的原因。阅读卡夫卡，或可激起属于现代人的些许共鸣，使我们更明了自己的生存处境。

刘秀
二〇二一年元月十日于沪上

目 录

变形记　001

判　决　067

在流放地　083

乡村医生　120

致科学院的报告　129

饥饿艺术家　142

骑桶者　155

一条狗的研究　159

地　洞　208

中国长城建造时　252

变形记

第一章

一天清晨，当格里高尔·萨姆沙从一连串的噩梦中醒来时，发现自己变成了一只巨大的甲虫，正仰躺在床上。他坚硬的甲壳紧贴着床，稍稍抬起头便能看到自己的腹部，它是拱形的、棕色的，表面由很多弧状的硬片组成。被子无法遮住他那高耸的肚皮，眼看就要滑落。与庞大的躯干相比，他的那些腿显得又细又小，正在眼前可怜又无助地挥舞着。

"我出什么事了？"他心想。这并不是梦，他确实待在自己的房间里，这里虽然有点小，但的确是普通人住的房间，周围是他再熟悉不过的四面墙壁。作为一名旅行推销员，他的桌上还摆着摊开的布料样品。桌子上方的那幅画，正是他不久前从一本画报上剪下来的。为此，他还用精美的镀金框架将这幅画装裱了起来。画中端坐着一位头戴裘皮帽子、颈间裹着裘皮围巾的女士，她的前臂也藏在厚实的裘皮手筒中，对着画前的观看者微微抬起。

格里高尔又将目光转向窗外。阴沉的天空，雨滴拍打在窗台上的响声，这一切令他感到极度忧郁。他心想："不然我再睡一会儿，或许可以将这些荒谬的事情全都忘掉。"但这完全行不通，因为他习惯了向右侧身睡，可是目前他却无法做到。无论怎样竭力地向右翻身，他总是一次又一次地滚回原位，肚皮向上。于是，他索性闭上眼睛，不去看自己那因为烦躁不安而挥动着的腿，如此尝试了大约一百遍，直至腰部传来从未体验过的轻微隐痛，他才不得不罢休。

格里高尔心想："哦，天啊，我怎么挑了这种苦差事！日复一日地在外奔波，遇到的麻烦也比坐在办公室里的要多得多。此外，我还要遭受旅途中的烦恼，担心车次的倒换，吃着不规律的、糟糕的餐食，和不同的人打交道也无法付出真心，永远不会和他们成为知己朋友。让这一切都见鬼去吧！"格里高尔觉得肚子发痒，便用背部撑着身子，慢慢将自己挪到床头，想要让头抬得更容易些。他发现那部分发痒的地方满是白色的细小斑点，他无法判断这是什么。他想用一条小腿挠一挠，可马上又缩了回来，因为这一碰使他立刻浑身打起了寒战。

他再次滑下床头恢复了原来的姿势，心想："早起会让人变得越来越蠢，人必须得拥有充足的睡眠才行。别的推销员仿佛过着贵妇一般的生活，他们在我一大早赶回旅馆处理订单时，才刚刚开始享用早餐。要是我这样做，肯定会被老板当场开除，不过，这对我来说没准是件好事。如果不是因为父母的小心谨慎，我早就辞职不干了，我肯定会走到老板面前，把内心的不快全都吐出来，他准会气得从办公桌上摔下来！他总是坐在办公桌上，居高临下地向职员发号施令，这样的工作方式未免也太奇怪了，而且他耳朵也不太好使，职员同他讲话时不得不离他很近。我也并不是走投无路，再过五六年，我应该就能把父母欠他的债务还清了，到那时我就一改从前，时来运转了。当然，目前我还是先起床为妙，我的火车五点钟就要出发了。"

他看了看柜子上嘀嗒作响的闹钟，心中一惊："我的老天！"已经六点半了。而时针仍在继续向前移动，转眼间就过了六点半，很快就要迎来六点三刻了。难道闹钟没有响吗？他从床上望过去，闹钟的确是定在了四点钟，它一定响过了。但这闹铃声震耳欲聋，他怎么可能没被吵醒呢？他的确睡得不安稳，但这正说明他还是睡得很沉。那么现在该怎么办？下一班车是七点钟，想要赶上必须得马上收拾出发才行。可是，他的样品都还没有包好，自己也打不起精神，懒得动弹。况且，即使赶上了火车，也免不了老板的一顿臭骂，因为助理肯定在五点钟的火车旁等过他了。这助理是老板的心腹，没骨气又没主见，格里高尔没有赶上火车这件事，想必他早就汇报上去了。既然如此，不如请个病假？但尴尬的是，在格里高尔任职的这五年中，从未生过病。这突如其来的病假就会显得很可疑。老板一定会亲自领着医疗保险公司的医生过来，将他所有的措辞都当作借口反驳掉，甚至还会指责他的父母怎么养出一个如此散漫怠工的儿子。而对那名医生来说，世上只有打着生病幌子的懒惰员工罢了。不过依他今天的状态，若是医生这样认为倒也不算是错误的。除了因为睡得太久反而感到更加困倦以外，格里高尔觉得自己的身体状况还不错，他甚至非常饿。

他脑海里飞快地闪过各种想法，但他还是没有下定决心起床。这时，闹钟指向六点三刻。他听到床头的侧门被小心翼翼地叩响。

"格里高尔，还差一刻就七点了，你不是要赶火车吗？"是母亲在叫他，声音如此的轻柔。

格里高尔想要回复母亲，却被自己发出的声音吓了一跳。在他原本的声音中，掺杂着一种尖锐又痛苦的吱吱声，好像伴音一样，这使得他的话只有最初的几个词是清晰的，接着就被这杂音干扰，也不知道别人能否听得明白。格里高尔本还想将这一切都解释清楚，但最后他只说了句："是的，谢谢妈妈，我就要起床了。"隔着木质门，他的声音应该是听不出变化的，因为母亲等到答复后就安心离开了。

然而,这番简短的对话却让家里的其他人感到出乎意料——格里高尔怎么还待在家里?接着,侧门又被父亲用拳头轻轻敲响了。他喊着:"格里高尔!格里高尔!你怎么回事啊?"

过了一会儿,他再次用更低沉的声音催促他:"格里高尔!格里高尔!"

他的妹妹在另一侧的门边也担忧地轻声问道:"格里高尔,你是不是不舒服了?有什么需要帮忙的吗?"

格里高尔同时回答两人:"我马上就收拾好了。"他小心翼翼,尽量每说一个字都停顿一下,使自己的声音听起来显得正常些。

听到回答后,父亲也回去吃早饭了。可他的妹妹却依旧低声说着:"格里高尔,开门吧,求你了。"

格里高尔可不想开门,他反倒庆幸自己在睡觉前将卧室门锁上了,这是他在长期出差的过程中养成的习惯,即使在家里也一样。

首先,他要自己一个人静静地起床,穿好衣服,不被任何人打扰,当然最重要的是享用早餐,然后再考虑接下来该怎么做。他非常清楚,总是待在床上是得不到任何有意义的结论的。他回忆起过去自己在床上躺着的时候,总会感到哪里微微作痛,也许是不端正的睡姿造成的,起床后就发现这是纯粹的心理作用。所以,他迫切地盼望着今早的幻觉也会逐渐消失,他坚信自己声音的改变不过是重感冒的前兆，这是旅行推销员惯有的职业病。

掀开被子对格里高尔来说轻而易举，他只需稍微鼓下肚皮，被子就可以自己滑落下去。但正是由于他身子宽得出奇，接下来的步骤可不简单，他得用胳膊支撑着身体才能坐起来，但他只有一些小腿，它们向四面八方舞动个不停，完全没办法掌控。他想弯曲其中的一条，这腿却反而伸得更直了，当他终于成功控制住了这条腿，别的腿又像被释放一样，更为起劲地挥舞着。

"可不能再无谓地躺在床上了。"格里高尔自言自语道。

一开始，他打算先让下半身离开床。可这下半身他看不见，变成了什么样他脑袋里根本没有概念，想动一下简直是难上加难。这极其缓慢的挪动速度快要把他逼疯了。最后，他索性不顾一切地竭力向前冲，却没把握好方向，重重地撞在床脚上。火辣辣的疼痛使他意识到，也许此刻他的下半身才是最敏感的部位。

在这之后，他便尝试着先把上半身挪下床。他将头小心翼翼地转向床沿，这并不费力，尽管他的身子宽大而笨重，但也随着头慢慢移动了。当他最终将头探出床外，悬在半空中时，却不敢再继续了，因为最后他一定会跌下去，不摔伤脑袋才怪呢。他现在无论如何都不想失去意识，他宁愿继续待在床上。

格里高尔再次费劲地挪回原位，恢复了之前的躺姿，喘着气。

他看着这些挥舞得更加起劲的小腿，不知道怎样才能摆脱这种处境。于是，他再次认为总待在床上是不行的，哪怕只有一丝希望，也要不惜代价地从床上离开，这才是最明智的选择。但同时他也在不断地提醒自己冷静下来，冷静地想办法要比低头蛮干好得多。他竭力集中目光望向窗外，但不幸的是，晨雾将那条窄巷子对面的景物都遮住了，看来这天气一时半会儿是不会好起来了，这让他心里没有得到一丝鼓励和安慰。

闹铃声再次响起，他对自己说："七点钟了，都七点钟了，可雾还是这么大。"他在床上安静地躺了一会儿，轻轻地呼吸着，似乎在期待这种寂静能够带他回归到正常的生活中。

但接着他又自言自语道："在七点一刻之前，无论如何，我都得离开这个床。公司不到七点就开始办公了，到时候公司肯定会派人找我询问情况。"于是他挪到床边，准备将整个身子甩出床外，在落地的同时他可以抬起脑袋，这样最起码头部不会受伤。他的后背似乎非常结实，摔在地毯上应该也没什么大碍。不过，他最担心的是这庞大的身子掉下去后，肯定会无法避免地发出巨大响声，这声音就算不会吓到家里人，也一定会引起他们的担忧。尽管如此，他还是得冒这个险。

与之前费力地挪动相比，这种方式像是在做游戏一样，格里高尔只需要来回晃动着身子就能够轻松地移动到床边。就在他半个身子都探出了床外之时,他突然想到,如果有人能来帮他一把,这一切该多么容易。他只需要两个强壮有力的人——他想到了他的父亲和女佣,他们来托起他的后背,将他抬下床,放到地上,然后等他自己慢慢翻过身就行了,但愿那些小腿在地板上能够发挥它们的用途。那么,暂且不管所有门都是锁着的,难道他真的要找人帮忙吗?一想到这儿,尽管自己身处窘境,他还是没忍住笑了起来。

格里高尔的身子已经晃动着探出了一大半,并开始摇摇欲坠。他必须得快点做决定性的步骤,因为再过五分钟就是七点一刻了。就在这时,外面的门铃响了。"公司来人了。"他想道。他的身子几乎僵住了,可小腿却更加剧烈地舞动着。过了一会儿,屋里静悄悄的。格里高尔心存一丝侥幸安慰自己说:"他们应该不打算开门了。"可是,女佣很快就和往常一样,踏着坚定的步子去开了门。仅仅听到第一声问候,他马上就知道是谁来了——是公司的主管。真可悲,自己怎么会沦为给这种公司当差呢?只要犯一点点差错,就会招致最大程度的怀疑。难道在他们眼里,所有职员都是一群无赖吗?他只不过是浪费了公司早上的几个小时,就被自己的良心折磨得快要发疯,连床都下不去了,他这样还不算忠诚吗?倘若真有必要来人查个明白,派个学徒来不就得了,用得着让主管亲自来一趟吗？还要向他无辜的家人表明，公司对他完全不信任，只能委托主管这样的内行来查才行？想到这儿，格里高尔激动了起来，情绪占据了理智，他用尽全力将自己甩下床，发出了很大的声响，但幸好这响声没到震耳欲聋的程度——地毯将这落地声减弱了好几分，而他的背也比想象中的更有弹性，所以声音很沉闷，没有那么明显。只是他没把头抬得足够高，摔下来的时候还是撞到了地板。出于疼痛和恼怒，他扭了扭头，将它抵在地毯上磨蹭着。

"哪儿有什么东西掉下来了。"主管在左侧的房间里说。格里高尔试图设想，像今天他遭遇的这种事，将来说不定也会发生在主管身上，这不是没有可能的。这时，隔壁房间中的主管坚定地走了几步，他的靴子啪嗒作响，仿佛在粗暴地回应他刚刚的设想。

右侧房间里的妹妹悄悄地告诉他："格里高尔，主管来了。"

"我知道了。"格里高尔低声嘟哝道，但他没有勇气提高嗓音让妹妹听到。

这时，左边的房间里传来父亲的声音："格里高尔，主管先生来了，他在问你为什么没有坐上早班的火车。我们不知道该怎么和他说。另外，他还想亲自和你谈谈。你还是把门打开吧，他不会介意你房间里面乱七八糟的。"

主管也友好地了声打招呼："早上好，萨姆沙先生。"

在父亲仍隔着门对格里高尔讲话的时候,母亲向主管解释道:"他身子不太舒服,请相信我,主管先生。不然他还能因为什么误了车呢?这孩子整天就惦记着工作,他晚上从不出去玩,为此,我都快生气了。虽然这八天他没有出过差,可他每晚都守在家里,和我们一起待在桌边,不是静静地读报纸,就是研究他的列车时刻表。做木工活儿恐怕是他唯一的消遣方式了。他曾经花了两三晚去做一个小小的画框,不过做得非常漂亮,若您见到它也一定会赞叹的。它就挂在那个卧室里,等格里高尔一开门您就能立刻看到。主管先生,您的到来真令我们欣慰,不然我们没办法让他开门,他太固执了。虽然早上硬说自己没病,但身子肯定是不舒服了。"

"我马上就来。"格里高尔慢慢地、小心翼翼地回答,但他却没有挪动半步,生怕漏掉他们谈话里的每一个字。

"我也想不出别的原因,夫人,"主管回答道,"希望他没什么大碍。不过我也必须得说明一下,我们这些做生意的,经常得忽略一些身体上的小毛病,好或不好随别人怎么想吧。生意嘛,总得有人看着。"

父亲又敲了敲门,不耐烦地问道:"那么,现在可以让主管先生进去了吗?"

"不行。"格里高尔回答。于是,左侧房间陷入了沉默,气氛变得尴尬了起来。待在右侧房间中的妹妹开始小声啜泣。

他的妹妹为什么不去找他们呢？或许她刚刚起床，还没来得及穿好衣服。那她为什么哭呢？是因为他不起床，没有让主管进屋吗？还是因为他这样有丢掉工作的危险呢？这样一来，老板又会过来向他的父母催还旧债？但目前来看，这些显然都是没有必要的担忧，格里高尔还在家里，他从未想过要抛弃这个家。他此刻正躺在地毯上思索着，如果有人明白他的处境，就不会要求他开门了。虽然这举动有些失礼，但以后很容易就能找到合适的借口圆过去，自己不会因此就被开除的。目前这种情况，与其用哭泣或劝告来要求他，倒不如让他自己静一静。不过，其他人还不了解情况，这样做也是情有可原的。

主管提高了嗓音喊道："萨姆沙先生，您到底怎么回事？非要把自己关在房间里，问您什么都只回答'是'和'不是'，尽给您的父母增添些没必要的忧虑。而且，我也顺便提醒一下，您这样的行为是非常失职的。我现在以您父母和老板的名义，郑重地请求您能立刻给出一个明确解释。真没想到啊，我原以为您会是一个安分守己、可靠的人呢。可今天您突然这样任意妄为，着实令我大吃一惊。老板今早向我暗示了您没来的可能原因，他提到了近期让您接手的那笔收款，我还几乎用我自己的名誉向他担保说这根本是不可能的，现在却见识到了您那不可理喻的固执。我不想再替您说任何话了，您在公司也不是必不可少的。我本想私下和您说呢，但既然您在这里白白耽误我时间，那么您的父母也该听听这些话了。近来您的业绩非常不理想，我承认，现在不是生意旺季，但在此期间您怎么可能一点儿生意都没有呢？萨姆沙先生，这完全不应该。"

"主管先生！"格里高尔听到他的话，激动地不顾一切开始大叫道，"我这就立马开门！我有点儿不舒服，一阵头晕让我下不去床，我现在还在床上躺着呢，不过我现在再次恢复精神了。我马上就起床，请您再耐心等待一会儿！虽然身体没有我想得那么健康，但现在已经好很多了。这种事儿怎么就发生在我头上了呢！我昨晚还好好的，我父母也知道的。好吧，确切地说我昨晚是有一点征兆，应该留意一下的。如果您要问我为什么没有向公司汇报，人嘛，总觉得一点点小毛病一定能撑过去，没有待在家里休养的必要。主管先生！请您也体谅下我的父母！您刚刚对我的责备，我从未听别人说过，我觉得这些都是没有道理依据的。想必您还没有看到我最近发出的订单吧。不管怎样，我要坐八点钟的火车出差了，这几个小时的休息使我精力充沛。主管先生，不要再为我耽误时间了，我马上开始工作，希望您能转告老板，并在他面前为我多说几句好话呀。"

格里高尔一口气将这番话脱口而出，自己都没搞清楚自己在说些什么。也许之前在床上挣扎过,他有了点技巧,没花多大力气就到了柜子前,他打算倚靠着柜子让自己站立起来。他也确实想把门打开,跟主管面谈的。他迫切地想知道,刚刚坚持要见他的人们,在看到他这副模样后会是什么反应。如果他们被吓到了,那可不关他的事,他问心无愧,但如果他们冷静地接受了一切,那么他也没必要再不安下去了。只要抓紧时间收拾,还能坐上八点钟的车。起初,格里高尔总是从光滑的柜子表面滑下去。在多次尝试过后,他不顾下半身火辣辣的疼痛,使劲一用力,终于成功地站了起来。然后,他将整个身子都靠在旁边的一把椅子上,同时,他的小腿牢牢地扣住椅背,总算控制住了自己的身体。这时,主管又开口了,他便安静下来聆听着。

"你们能听懂他在说什么吗?"主管问他的父母,"我可一个字都听不懂。他在耍我们吗?"

"我的天哪,"母亲声泪俱下地喊道,"他可能病得很严重了,我们还在折磨他。格蕾特!格蕾特!"她大声喊道。

"什么事,妈妈?"他的妹妹在另一侧房间中回应。

他们隔着格里高尔的卧室互相喊话:"你得立刻去请医生,格里高尔病了。快,去请医生!你刚才听到他说话了吗?"

"像是动物发出的声音。"主管说道。比起母亲的叫喊,他的嗓音显得格外低沉。

"安娜！安娜！"他的父亲也拍着巴掌，隔着客厅向厨房喊道，"赶紧请一个锁匠过来！"

于是，两个女孩匆匆穿过客厅，裙子被摩擦得沙沙作响——妹妹居然这么快就穿好衣服了。她们猛地打开家门冲了出去，并任由它敞开着——因为他根本没听到关门声。家里如果发生什么不幸的事，通常就会这样。

格里高尔倒是冷静了很多。别人再也听不懂他说的话了，可他自己却听得非常清楚，甚至比之前还要清楚，也许是他的耳朵早已适应了这声音。不过再怎么说，大家也终于相信他现在的情况不太妙，并且在想办法帮助他了。家人们为他采取的这些初步规划应该是可靠又信得过的，这使他受到抚慰。他觉得自己又回归到了人类的圈子里。他开始期待着医生和锁匠的到来，为他提供有效的帮助，虽然他还没分清这两者之间的区别。为了在待会儿要进行的谈话中能够清晰地表达出来，他咳嗽了两下，清了清嗓子，但尽可能将声音压得很低。因为这咳嗽声在他自己听起来，都不像人类发出的。隔壁的房间此刻又陷入一片沉寂。或许父母和主管正在桌边低声谈话，又或许他们都靠在门边聆听着他的动静呢。

格里高尔推着椅子将自己挪向门口，然后把椅子放到一旁，又抓住门来撑着身子,他发现细腿的脚底上是有黏性的。休息了一会儿,他打算用嘴去拧动锁孔中的钥匙,但自己没什么牙齿,那该怎么咬住钥匙呢?幸好,他的下颚倒是非常强劲有力的。凭借着下颚发力,钥匙总算在锁孔中转动了起来。他显然受了点伤,因为有棕色的液体从他的嘴里流了出来,顺着钥匙,滴落在地板上,但他自己却完全没有在意。

"你们听,他在转动钥匙了。"隔壁的主管说。

这句话,给了格里高尔极大的鼓舞。所有人都应该这样喊着为他打气,包括他的父母也是。他们应该高喊:"加油啊,格里高尔!坚持下去,你一定可以把锁打开的!"此刻所有人一定都在紧张地注视着自己吧,他这样想象着,于是使出全身力气咬紧钥匙。他完全靠嘴支撑着,一会儿将钥匙提上去,一会儿又将钥匙用全身力量压下去,如此反复交替。随着钥匙的转动,他自己也绕着锁孔转圈。最终,锁孔中传出清脆的响声——锁打开了。这个声音让格里高尔回过神来,他长舒一口气,自言自语道:"这样一来,我就不需要锁匠了。"接着,他将头抵在门柄上,想将门彻底打开。

格里高尔以这样的方式开了门,身子却依旧被挡在门后,没被大家看到。首先,他得绕着半扇门从后面挪动出来,这必须得格外小心谨慎,以防大家突然闯进屋将他仰面撞倒在地。他艰难地挪动着，完全顾不上别的。

这时，主管发出一声大叫，听起来仿佛像一阵呼啸的狂风——他看到格里高尔了。主管站得最靠近门口，只见他用手捂住张开的嘴，缓缓后退，仿佛像被一种无形的巨大力量驱赶着似的。尽管主管在场，他母亲也一样不管不顾地乱蓬蓬地散着头发，她先是双手合十看着父亲，接着朝格里高尔走了两步，然后跟跄跌倒在地，身上的裙子向四周散开。她的脸垂到胸前，完全看不到了。他的父亲则是握紧拳头，脸上一副凶狠的表情，仿佛要把格里高尔赶回房间。然后他不敢相信地环视了一下客厅，再接着，他双手捂住眼睛哭了起来，他那强壮的胸膛都在跟着抖动。

格里高尔这时还没有完全出现在众人面前。他倚在紧闭的另一半门后，大家只能看到他的半个身子以及朝他们探出来的头。天空已经明亮了很多，街道对面那幢无边无际的黑色房子也能够清晰地看到一部分了，楼前敞开着的一排排窗户格外显眼，那是所医院。雨还在下，而且下得更大了，一粒粒肉眼可见的雨珠拍落在地面上。大大小小的早餐器皿摆满了桌子，对他父亲来说，早餐是一天之中最重要的，他要一边阅读各种各样的报纸，一边吃饭，通常会吃上好久。对面的墙上正挂着一张格里高尔服兵役时期的照片，那时他是少尉，手握佩剑，无忧无虑地笑着，仿佛在要求人们尊重他作为少尉的仪表和风度。朝向客厅的屋子没有关门，穿过屋子便能看到家里大门也是敞开着的，屋前的平台和阶梯一览无余。

"好吧，"格里高尔很清楚，自己是唯一保持着冷静的人，他说道，"我现在立刻穿好衣服，收拾收拾东西就出发。您还愿意让我去吗？主管先生，您瞧，我不是一个顽固的人。我很乐意工作。出差是很辛苦，但没有差事我也无法维持生计。主管先生，您要去哪里？去办公室吗？嗯？您会如实将我的情况汇报上去吗？人总会有暂时不能接手工作的时候，但您想想我过去的业绩，等我恢复工作能力之后，肯定能够更加勤奋和集中地工作。我非常忠诚于老板，这您是很清楚的。更何况，我还要供养父母和妹妹。虽然我现在的处境很困难，但总能走出去的，希望您不要再让我雪上加霜了，在公司里也请为我多多说好话！我知道，大家都不喜欢旅行推销员，以为他们赚着大钱，过着逍遥自在的生活，很少有人能够客观地考虑到并去纠正这些偏见。但是主管先生，您比公司里的其他员工更了解实情，甚至我敢说，您比老板本人都看得清楚。他作为雇主，很容易被舆论左右，对员工的判断产生偏差。旅行推销员常常一年到头都出差在外，他们最容易被员工议论以及被上司无缘由地指责，但他们对此几乎毫不知情，所以无法及时地为自己辩护。等他们精疲力竭地出差回到家后，就要不得不承担这种从天而降的恶果了。

这些您是最清楚不过的。主管先生，您别一句话不说就离开啊，您至少得承认我是有几分正确的啊！"

实际上，还没等格里高尔说几句话，主管就转过身去了。他颤抖着肩膀，抿着嘴，扭过头看着格里高尔。在格里高尔滔滔不绝的时候，他一刻也没停地向门口缓慢挪动着，他的目光未离开过格里高尔，仿佛被下令禁止离开这个房间一样。客厅近在咫尺了，这时，他猛地一跃跨出卧室，这动作夸张到像是脚底着了火。一到客厅，他就朝着楼梯方向伸出右手，仿佛那里有能够救赎自己的神明在等着他。

格里高尔明白，如果他还想在公司里继续干下去的话，无论如何都不能让主管离开。不过，父母对这一切似乎不太了解。多年以来，他们始终坚信，这个工作就是格里高尔的铁饭碗，足够养活他一辈子了。况且，他们现在也没心思去考虑那么长远的事，眼前的情况就足够他们困扰的了。可是格里高尔和他们不一样，他一定得考虑到自己未来的前途。因此，他必须把主管留下来，努力平定他的情绪，劝说他信任自己。这件事将关乎格里高尔和他家人的命运！要是妹妹还在这儿就好了。她非常聪明，当格里高尔还静静地仰躺在床上的时候，她就已经发觉到了不对劲，并且开始哭了。如果她还在家，这时一定会关上屋门，去前厅安抚主管。这主管对女性十分心软，他一定会乖乖听妹妹的话。可是，妹妹已经出门了，格里高尔只能自己想办法。他的身子目前无法灵活地移动，他说的话别人也听不懂，可是格里高尔还没来得及考虑这些，就一股脑地挤出房门，朝主管走去。此时，主管已经在楼梯间了，他双手紧紧地抓着栏杆，那样子看起来非常滑稽。格里高尔正摸索着寻找支撑物，一不小心突然跌倒在地，他轻轻叫了一声，那些小腿也伴随着身子落到地板上。从早上醒来到现在，他第一次感觉到身心舒畅。小腿下面就是坚实的地板，接触到地板后，它们完全听从了格里高尔的指挥，甚至试图将他带到他想去的地方，这令格里高尔喜出望外。他甚至以为自己身上的所有痛苦都快痊愈了。他趴在母亲眼前不远的地板上，晃着身子正想要朝母亲挪动。这时，仿佛陷入沉思的母亲突然跳了起来。她伸出双臂，五指全部张开，大叫着："救命啊！我的天啊！救命啊！"她低下头，似乎想要仔细地看清格里高尔，可身子却下意识地向后退。她甚至忘记了自己身后还有张餐桌，上面摆放着满当当的碗碟，可她已经神志不清，一屁股坐了上去。旁边的咖啡壶被打翻了，里面的咖啡流淌出来，浇到了地毯上。

"妈妈，妈妈。"格里高尔轻声呼唤母亲，抬头望着她。此刻，他已经将主管的事抛之脑后了。看着流淌的咖啡，他的嘴不由自主地咂吧了几下。这让他的母亲又一次叫了起来。她从餐桌上逃离，倒在了慌忙赶来的父亲怀中。可是，格里高尔现在无暇顾及父母，主管已经踩着楼梯准备逃跑了，他将下巴探在栏杆上，正扭过头看他最后一眼。格里高尔加快步子，尽可能想要追上他。主管一定是料到了什么，他纵身越过几个台阶便消失得无影无踪，只剩下整个楼梯间依旧回荡着他的叫声。更糟糕的是，之前还相对冷静的父亲，在看到主管落荒而逃以后也彻底失常了，他不但不去追主管，反而阻止格里高尔。父亲右手抄起手杖——那是主管先前连同帽子和大衣一起落在沙发上的，左手抓了张桌上的大报纸，然后用力跺脚，挥动着手杖和报纸，欲将格里高尔赶回自己的屋子。不论格里高尔如何低下头恳求，都无济于事——事实上他的恳求也没人能够听懂，父亲反而更加用力地跺脚。

另一边的母亲不顾天气寒冷，打开了一扇窗户。她双手掩面，将身子探出窗外。一股强劲的风穿过街道和楼房，将窗帘吹得飞起，桌上的报纸沙沙作响，一张张地被吹落在地。父亲发出野人般的嘶嘶声，无情地驱赶着他。只是格里高尔还不熟悉用这些小腿倒退，所以走得十分缓慢。如果他可以掉过头来，那立刻就能回到自己房间。但是，转个身要花费很多时间，他害怕父亲失去耐心，随时都可能用手杖给他的后背或者脑袋来个致命一击。但最终，格里高尔别无选择，因为他意识到了，自己后退时甚至无法掌握方向，这令他十分恐慌。于是，他一边不停地看向父亲，一边尽可能快地掉转身子——但实际上他的动作依旧非常缓慢。也许父亲注意到了格里高尔的意图，不但没有上前阻止，反而还站在远处，时不时用手杖指挥着他。要是父亲不再发出嘶嘶声就好了！这声音实在是令格里高尔难以忍受，在他几乎就要彻底转过身子的时候，这声音又分散了他的注意力，以致他又不小心往回转了一下。幸运的是，他终于对准了门口，可他很快发现，自己的身子过于宽大，根本进不去。如果另半扇门也打开的话，他就能顺利通过了。以父亲目前的精神状态，自然不会想到去帮他开门，他现在一心只想让格里高尔尽快回到自己房间。现在格里高尔必须直立起身子，从这门缝中侧身进入，但这一系列动作过于烦琐，父亲肯定无法容忍。此时，父亲像是没看到路上的阻碍似的，在格里高尔背后发出了更大的嘶嘶声，驱赶他前进。在他听来，这已经不像一个父亲对儿子会发出的声音了，这可不是在开玩笑，于是，格里高尔不顾一切地从门缝向里挤去。他抬起一侧身子，倾斜着挤进门缝，他的腰部被剐伤，在白色的屋门上留下了难看的污渍。不一会儿，他便被门牢牢地卡住，再也无法动弹了。他一侧的小腿在空中抖动着，另一侧则被压在身下，疼痛难忍。这时，父亲从背后狠狠地给了他一脚，将他踹进了房间里，尽管身上还淌着血，但这一脚终于让格里高尔得到了解脱。随后父亲便用手杖关上屋门,一切都恢复了宁静。

第二章

直到傍晚,格里高尔才从昏昏沉沉的睡梦中苏醒。他听到一阵轻微的脚步声,以及前厅房门被轻轻关上的声音,似乎就是这两种声音将他吵醒的。其实他已经得到了充分的休息,过不了多久也会自动醒过来。街边的路灯发出苍白色的光,光晕洒落在屋里的天花板和家具的上半部分,而格里高尔躺着的地方,依旧一片漆黑。他笨拙地试了试自己的触角——这是他现在才开始学着使用的器官,然后依靠触角缓慢地朝着门口挪动,想看看那里发生了什么。他的左侧身子上似乎有一条狭长的伤口,紧绷着令他十分难受。他的一条小腿也在今早的事件中受了重伤——不过在那样的混乱中,他仅仅只伤到了一条腿,这还真是一个奇迹。现在,他只得一瘸一拐地挪动着,那条受伤的小腿毫无生气地拖在后面。

到了门口,他才意识到,真正将他吸引过来的是食物的香气——那里搁着一碗甜牛奶,里面还漂浮着小片白面包。他现在比早上还要饥饿,所以看到食物后简直欣喜若狂。他匆忙将头埋进碗里,连眼睛都要浸入牛奶中了。可是没过多久,他便失望地缩回了头,因为想要进食,整个身子都得配合起来,而他的左侧受了伤,吃起饭来很不方便。并且，他现在一点也不喜欢牛奶的味道了，尽管牛奶曾是他最爱的饮品。他的妹妹知道他的喜好，所以，这一定是妹妹端来的。他厌恶地离开了碗，爬回房间中央。

透过门缝，格里高尔看到客厅里的煤气灯已被点亮。通常在这个时候，父亲总会大声地向母亲读晚报，有时妹妹也会在旁边听。这件事他常听妹妹说起过，在妹妹写给他的信件中也有提及，但是，客厅里一点声音都没有。或许父亲已经丢弃了这个习惯吗？家中显然是有人的，可周围却如此安静。格里高尔自言自语道："我们一家人的生活是多么的安宁啊。"他一动不动地凝视着黑暗，心中突然升起一股自豪感。父母和妹妹们能住在如此漂亮的房子里，过着还不错的日子，都是自己的功劳啊。要是这样宁静、幸福和满足的生活都即将在惶恐中走向尽头，那可怎么办呢？为了不让自己陷入这样的思绪中，格里高尔运动了起来，他不停地在房间里爬来爬去。

在这个漫长的夜晚，格里高尔房间两侧的门先后被打开了一个小缝，又迅速闭合。显然是有人想要进屋，但出于各种顾虑而犹豫不决。于是，他索性守在门口，决定无论如何也要把这个人劝进来，实在不行的话，至少也得弄清楚对方是谁。可他等了很久，屋门却再也没有动静了，格里高尔一无所获。之前他锁门的时候，每个人都想进来，而现在，他打开了一扇门，另一扇门显然全天都是开着的，钥匙甚至还插在门外的锁孔中呢，可是却没人愿意进来了。

客厅的灯直到深夜才被关掉，格里高尔清楚地听到，有三个人踮着脚尖离开了，所以他确定，父母和妹妹在那里待了很久。天亮之前肯定不会有人再来找他了，这下格里高尔便有了充足的时间去考虑如何重新安排自己的生活。他现在被关在这个空荡荡的房间里，躺在地板上，尽管自己已经在这儿住了五年，可突然间，他感到一阵莫名其妙的恐惧。还没弄清怎么回事，他就匆匆地钻进沙发下面，没觉得有一丝羞耻。在这狭小的空间里，他的背部受到挤压，头也无法抬起，可他依旧感到极度舒适。唯一遗憾的是，自己的身子太宽了，没有办法整个都缩进去。

他整晚都躲在沙发底下，有时浅浅地睡着，但饥饿感总让他频频惊醒。有时他沉浸在忧虑中，有时他又似乎看到了渺茫的希望。不过想来想去，他只得出一个结论：安静地待在屋里。全家人所受的困扰是由他引起的，所以他得多多尊重和体谅家人，尽可能地让家人接受自己，共同渡过难关。

验证这个新结论的时机很快就来了，拂晓时分，夜色仍未散去，他的妹妹还没有完全穿好衣服，就从客厅来到格里高尔的屋前。她打开屋门，紧张地往里面看。一开始妹妹还没有找到他，但她心想，哥哥肯定待在这屋里的什么地方，他不可能凭空消失。当她在沙发下面看到格里高尔的时候，不由得大吃一惊，猛地把门关上。但她似乎又对自己刚刚的所作所为感到后悔，随即再次打开门，她踮起脚尖走了进来，仿佛是来探望重症病人，甚至是陌生人似的。格里高尔从沙发下探出头，看着她。妹妹是否能注意到，他虽然很饿，却没有喝掉牛奶？她会带来一些更合他口味的食物吗？但如果她没有发觉到的话，那格里高尔宁愿饿死在这儿，也不愿引起她的注意。尽管他真的很想从沙发下面冲出来，伏在妹妹脚下，恳求她给自己带些好吃的。好在妹妹很快就看到了，她难以置信，这碗牛奶除了洒出去了些，依旧是满满当当的。于是，她匆匆将碗端起——不过没有直接用手端，而是垫了一块抹布。妹妹会拿些什么来代替这碗牛奶呢？格里高尔好奇极了，他做了种种猜想。可他始终没有想到，善良的妹妹居然会做出以下举动：她在地上摊开一张旧报纸，为了测试格里高尔的口味，她将所有食物都摆在上面。那上面有不新鲜的蔬菜、裹着凝固白酱的晚饭剩骨头、一些葡萄干和杏仁、一块格里高尔两天前说已经不能吃了的奶酪、一块干面包、一块抹上了黄油的面包以及一块撒了盐又抹了黄油的面包。除此之外，她还将刚刚那个盛牛奶的碗拿了回来，在里面倒了点水，又摆在了他面前，这碗显然已经成为格里高尔专用的了。妹妹非常细心，她知道格里高尔不会当着自己的面吃东西，于是她摆完这些之后就离开了房间，甚至还转动一下钥匙,似乎在提醒他可以舒舒服服地尽情享用了。

格里高尔迈着小腿奔向食物。他身上的伤似乎已经痊愈了,因为自己没有再感到任何不便,这令格里高尔十分惊讶。一个多月以前,他的手指被刀割伤,直到前天还隐隐作痛呢。"是我的感官变迟钝了吗?"他想。不过很快他便有滋有味地吃起了奶酪,所有食物当中,这块奶酪是最吸引他的。强烈的满足感令他热泪盈眶,他大口地啃着奶酪、蔬菜,吸食着酱汁。而对那些新鲜的食物,他再也提不起兴趣,甚至连它们的味道都无法忍受了。他将爱吃的食物拖得远远的,以免和那些新鲜食物的味道混淆在一起。吃饱喝足以后,格里高尔正懒洋洋地躺在原地,舒服得快要睡着了。这时,妹妹缓缓地转动钥匙,仿佛在提醒他该撤回去了。这声音惊醒了他,于是他便匆匆爬回沙发下面。可他吃得太多,身子比之前更加膨胀了,在这狭小的空间里他喘不过气来,仅仅只是妹妹进房间的这一小会儿,他也得靠着极大的自制力才能继续待在这里。格里高尔屏住呼吸,鼓着眼睛望着妹妹。他的妹妹对此毫不知情,她用扫帚清扫起残羹剩饭,包括那些他没碰过的,仿佛这些食物全都不能吃了。她匆匆将所有东西倒进桶里,用木盖盖好,全部提出了屋子。等妹妹一转身出门,格里高尔就立刻从沙发下爬了出来,他一边大口喘着气,一边舒展着身子。

接下来的日子，妹妹都以这样的方式给格里高尔送饭吃。一天两顿，第一顿是在清晨，趁着父母和女佣还没醒来的时候吃；第二顿是在家人午餐过后，他的父母会小憩一会儿，这时，妹妹就找些杂活支走女佣，趁机给他送饭。父母和女佣当然也不希望格里高尔挨饿，但他们并没有亲自进屋查看过情况，只是听听妹妹的汇报。或许他们无法目睹格里高尔吃饭的情形，又或许是妹妹不想让父母费心，因为他们已经够烦躁了。

直到现在，格里高尔都不知道那天早上的事件是如何收尾的，他们又是用了什么样的借口打发走了医生和锁匠，因为没人能听懂他在说些什么。但他们并没有想到，甚至连妹妹都没想到，他其实是可以听懂其他人讲话的。所以每当妹妹在他的房间里时，他都能听到妹妹时不时的叹息声，以及低声的祈祷。后来妹妹逐渐习惯了一些——当然，要完全习惯也是不可能的，这时，格里高尔才能偶尔捕捉到她的一些出于好意或者理解的只言片语。当格里高尔把食物全部吃光的时候，她会说："今天他的胃口真好。"但如果遇到相反的情况，并且这种情况越来越多了，她便会伤心地说："怎么又是原封不动？"

尽管家人不会亲口告诉格里高尔任何事情，但他偶尔会偷听隔壁房间的谈话，从而获得一些消息。每当说话声响起，他就立刻跑到通向音源房间的门后,将身子贴在门上。起初,几乎所有的话题都是围绕着他的,即使是悄悄话。连续两天,家人们会在吃饭时讨论要怎么办。甚至不在饭点,他们也会谈论相同的话题。在那段时间,家里至少会留两个人,因为一方面没人愿意单独留在家里,另一方面他们也不能全都出门。事发当天,家里的女厨师就跪在母亲面前请求辞职。也不清楚她对这事到底了解多少,但当她的请求被准许时,便满含热泪,表示这是家人给她的最大恩惠了。一刻钟以后,她向家人辞别,并主动发誓不向任何人透露这里所发生的一切。

女厨师一走,妹妹就得帮着母亲一起做饭了。其实做饭也不怎么费事,因为最近大家都没什么胃口。格里高尔总能听到家人互相劝对方吃饭,可得到的回复几乎都是:"谢谢,我不饿。"以及类似的话。妹妹经常会问父亲,是否要来点啤酒,一边问一边站起身,打算亲自去买点回来。她看到父亲没有回答,以为他有所顾虑,于是让女管家去买,结果父亲坚决地拒绝了她,随后就没人再提这件事了。

在一开始的几天,格里高尔的父亲便向母亲和妹妹说明了家里的财务状况,以及这个家的未来前景。他时不时从桌边起身,从小保险箱中取出一些单据和账簿,那是他五年前做生意破产后保留下来的。格里高尔贴在门上,听到他打开了保险箱上那把复杂的锁,取出文件后再次将它锁上。接着,父亲便娓娓道来。从父亲的话中,格里高尔听到了自他出事以来的第一个好消息。之前父亲从未向他提起,而他也没主动问过,所以他一直以为父亲生意失败后便一无所有了。那个时候,全家都陷入了破产的绝望中,而格里高尔唯一的愿望,就是尽一切可能带家人走出困境。于是他满腔热血,将自己投身于工作当中。仿佛一夜间,他就从一个小专员升职为旅行推销员。旅行推销员拥有更多的赚钱机会,而他的努力也很快就转化为了现金。当他将这些现金摆到桌上的时候,全家都感到惊喜和开心。那是多么美好的时光啊!但这样的光荣感,之后就再也没有出现过了。尽管如此,格里高尔还是赚了很多钱,足够承担全家的开销。从那之后,家人们会感激地收下钱,格里高尔也很乐意发给大家,只是,大家逐渐习以为常,那种其乐融融的感觉便不复存在了。只有妹妹仍和格里高尔关系密切。和格里高尔不一样,妹妹很喜欢音乐,她拉的小提琴十分动听。格里高尔有一个秘密的计划:明年,他要将妹妹送进音乐学院深造。当然,这将是一笔很大的开销,但格里高尔并不介意,这笔钱总能通过什么途径筹集到的。每当格里高尔在家中短暂停留的时候,他俩就常常聊起音乐学院的话题,对妹妹来说,去那里学习只是一个美好却遥不可及的梦罢了,她从未想过能实现。而父母则对这些空谈毫无兴趣。不过,格里高尔已经下定决心,他准备在圣诞节前夕郑重地宣布他的计划。

  当然,现在想这些已经毫无意义了,可每当格里高尔贴在门上偷听时,脑中总会涌现这些想法。有时他太累了,没办法专心聆听,便不由自主地将头靠在门上,但没一会儿,他又缩了回来。因为他发出的这些细微声音,都被隔壁的家人听到了,谈话声也因此戛然而止。过了好久,父亲才朝着门口方向问道:"他又在做什么呢?"接着刚刚中断的谈话声才又继续响起。

  父亲在说明每件事的时候总是重复好几次,一方面是他很久没接手过家中的财务收支了,另一方面是母亲总听不懂,这样一来,格里高尔也就听到了很多事情。原来,家里的情况并没有他想象中那么糟。尽管经历了各种不幸,但家中仍存有一小笔资金,为了生利息,这笔资金从未被动过,所以总额肯定有所增加。此外,格里高尔每月只给自己留一小笔零花钱,其余工资都寄给了家里,这些钱没有被全部花光,如今也积攒成为一笔不小的财富。格里高尔在门后热切地点点头,对家人这意想不到的远见和精打细算感到满意。他本可以用这些钱继续偿还父亲的债务,这样他就能早日摆脱这份工作。不过毫无疑问,还是父亲的安排更合理一些。

  不过,单靠这点儿钱的利息并不足以养活全家人,一年的生活开支肯定没问题,顶多撑两年,再多就不够了。况且,这笔钱是不能轻易拿来用的，要存着以备不时之需。所以只有赚钱应对日常开销才是最终的出路。父亲的身体依旧健朗，可他年龄大了，何况，他已经五年没做过任何工作了。父亲劳碌了一生，却没取得什么成就，最近五年应该是他这辈子最长的悠闲时光了。这五年里，他胖了许多，做事也变得相当磨蹭，无论如何都不能对他抱有太大期望。难道要让母亲去赚钱？可她患有哮喘病，光是在家里走走路就已经非常吃力了。每隔一天，母亲都要打开窗户，躺在窗边的沙发上透气。那妹妹呢？她还只是个十七岁的孩子，她的生活，到目前为止都是无忧无虑的。她常常在早上赖床，除了练小提琴这个首要的任务之外，她每天只要把自己打扮得漂漂亮亮，帮家里做点杂活，参加些简单的娱乐活动就足够了，怎么能让她出去挣钱呢？每当格里高尔听到家人谈及赚钱的迫切性时，总是惭愧又伤心地离开门，扑倒在旁边那张冰冷的皮沙发上，心急如焚。

他常常一整夜都躺在沙发上，毫无睡意，辗转反侧几个小时。有时他还会费劲地把沙发推到窗边，然后爬上窗台，凭借着椅子的支撑，将头斜靠在窗玻璃上。他回想着自己过去站在窗边眺望时的自由感，现在是那么的遥不可及。他的视力也在日渐变差，连稍微远点的事物都看不清楚了。以前，他很讨厌街道对面的医院，可现在他已经无法再看清它了。若不是他确切地知道自己住在城里，在这个宁静的夏洛滕大街上,他还以为自己住在了荒郊野岭,窗外那灰蒙蒙的天空,仿佛要和灰褐色的土地融为一体。细心的妹妹在两次看到沙发挪位之后,就发现了他这个习惯。于是每次打扫完房间,妹妹都会将沙发再次推回窗边,甚至还将里面的那扇窗户打开。

如果格里高尔能够和妹妹对话,那他一定会感谢妹妹为自己所做的一切,这样他也能更坦然地接受帮助。可是现在,他什么都做不了,格里高尔郁闷极了。妹妹想要尽可能地缓解自己面对格里高尔时的局促不安,随着时间的推移,她的确成功做到了,不过格里高尔也因此看清了一切。如今,妹妹的到来令他感到恐惧。她之前进屋,总会小心翼翼关上房门,生怕别人瞥到格里高尔的房间。可现在,她顾不上关门便径直走向窗台,迫不及待地打开窗户,仿佛自己快窒息了一样。即使天气很冷,她也会在窗边做几个深呼吸。她每天进屋两次,每次她的这些举动都会弄出很大的声响。格里高尔心惊胆战,全程都躲在沙发下面瑟瑟发抖。他非常清楚,要是妹妹不打开窗户,还能忍受和自己待在一起的话,她绝对不会这样做。

在格里高尔变成甲虫后的一个月,按理说,妹妹对他的外形应该不再那么惊奇了。可有一次,她来得比平常早了些,此时,格里高尔正立在窗边,向窗外张望,那样子十分可怕。妹妹显然大吃一惊,然后猛地向后一跳关上了门,她这一系列举动出乎格里高尔的意料。他以为妹妹会驻足原地，因为自己待的位置妨碍到了她开窗户，可她刚刚的反应，要是外人看到还以为他要袭击妹妹呢。格里高尔当然立刻躲进了沙发底下，不过，妹妹一直到中午才回来，她看上去似乎比平时更加不安。格里高尔终于明白，妹妹还是看不惯自己的外形，以后也不可能习惯的。她看到他暴露在沙发外面的身子，并没有慌忙逃走，想必是非常努力地在克制了。为了不让妹妹继续遭受这样的罪，一天，他花了四个小时，将床单盖在了沙发上面，这样，垂下沙发的床单就能彻底将他的身子遮住。即使妹妹特意弯下腰，也看不到他。要是妹妹认为这样做没必要，那么她完全可以把床单收走，因为她知道，格里高尔这样做自己并不舒服。可自始至终，她都没有收走床单。有一次，当格里高尔轻轻掀起床单的一角，想知道妹妹对这种情况做何反应的时候，他仿佛看到了妹妹感激的眼神。

在一开始的两周里，父母始终没有勇气进他房间。不过，他们对妹妹的工作给予了充分的肯定，这些话格里高尔都听在耳里。以前他们还常常对妹妹发脾气，责怪她是个没用的女孩呢。如今，每当妹妹进屋打扫房间的时候，父母就会站在屋外等着。等妹妹出门，就得详细地汇报房间里的情形，例如，格里高尔吃了什么，这次他表现得如何，情况是否有所改善，等等。不久后，母亲就想进屋见他了。起初，她总被父亲和妹妹用各种理由说服，这些理由格里高尔偷偷听着，也表示完全赞同。但到后来，他们不得不强行拦住她。母亲大叫道："让我进去看看格里高尔！他是我可怜的儿子啊！难道你们不明白我一定要见到他吗？"格里高尔听到这些话后，心想，让她进来也未尝不可，不过最多每周来一次。毕竟妹妹年龄还小，她有勇气负责做这些活，完全是因为太单纯了。而母亲显然比妹妹更能理解这一切。

格里高尔希望见到母亲的愿望很快就实现了。白天他顾及父母的面子，不在窗边晃悠，以免让外人看到他这副模样。此外，他也不能在只有几平方米的屋里随意乱爬。可这对他来说太难了，光是晚上安静地躺在地板上，就已经令他难以忍受。很快，他对食物也提不起任何兴趣了。为了消磨时光，他开始在墙壁和天花板上爬来爬去，并养成了习惯。他特别喜欢挂在天花板上，这和躺在地板上的感觉完全不同。他能够更加自在地呼吸，身子也惬意地随着节奏微微摆动，这令格里高尔心情愉悦。他舒服得忘乎一切，甚至连腿也跟着松懈下来，于是他就狠狠地摔在了地板上。不过，现在他对身体的控制能力比以前大有进步，即使这样摔下来也并没有受伤。他的妹妹很快就发觉到了格里高尔这个新的消遣方式，因为他爬过的地方，总会留下一种黏液的痕迹。这些习惯都被妹妹默默地记在心里。为了给格里高尔制造更大的活动空间,她准备将碍事的家具搬走,尤其是那个柜子和那张写字台。不过,仅凭妹妹一个人的力量显然是不够的,她又不敢向父亲求助,而那位十六岁的女佣,虽然在女厨师辞职后勇敢地留了下来,但她也向家人请求到一个特权:将自己锁在厨房里,当家人有吩咐时她再出来,所以女佣肯定是不会帮忙的。这样一来,妹妹别无选择,只能趁父亲外出时向母亲求助。当母亲得知自己有机会见到儿子后,自然是开心地念叨个不停。可是,等她走到格里高尔的房间门口时,却又沉默了下来。妹妹当然要先检查一遍房间里的情况,如果一切都好,才会让母亲进来。这时,格里高尔匆忙将床单拉得更低了,堆出更多的褶皱,好让床单看起来像是随意扔在沙发上的一样。这一次,格里高尔没有从床单下探出头张望,他不准备向母亲露脸,母亲能过来看他,他就很开心了。"进来吧,他躲起来了。"妹妹说,她显然是牵着母亲的手进来的。格里高尔此时听到两位柔弱的女子用力将沉重的柜子挪开的声音。妹妹一个劲地挑重活干,母亲责备她这样会累坏身子,但她没有听。就这样,她们搬了很久。一刻钟过后,母亲又提议不要搬走这个柜子了,一方面它太重了,她们无法赶在父亲回家前搞定,若是柜子还留在房间的中央,又会妨碍格里高尔爬行。另一方面,她们谁也拿不准格里高尔是否同意撤下家具。实际上,母亲的想法刚好相反，只是看到光秃秃的墙壁，她都觉得心里堵得慌，难道格里高尔就不会产生这种感觉了吗？他早就习惯了带家具的房间，若是全都搬走，他反而会觉得自己像被抛弃了一样。母亲全程都低声说话，简直像在窃窃私语。虽然她不知道格里高尔的确切位置，也相信他听不懂自己的话，可母亲似乎并不想让他听到自己的声音。母亲最后总结道："难道不是吗？况且，如果我们清空了房间，岂不是在向他表明，我们彻底放弃了希望，认为他不可能好转了吗？所以我觉得，最好还是保持房间原来的样子。这样，等他以后完全康复，回到我们身边的时候，他会发现一切都还是原来的样子，这样一来，他就能更快地忘记这场不幸。"

听完母亲的这番话，格里高尔想，可能是这两个月以来他缺少和人的直接沟通，再加上单一的家庭生活，使他的脑袋变糊涂了，不然他无法解释，为什么自己也希望将房间清空呢？他的房间里摆放着世代流传下来的家具，布置得十分温馨。他真的想把这样舒适的房间变成空荡荡的"洞穴"，只为了让自己不受阻碍地爬行吗？如此一来，他很快就要完全忘记以前作为人类的生活了，这样真的值得吗？他确实快忘记了，还好母亲久违的声音使他幡然醒悟过来。是的，什么都不能搬走，所有家具都必须留在房间里。他不能失去它们对自己精神状态的良好影响。就算它们妨碍到自己没有意识地乱爬，那非但不是什么坏事，反而是一大好事。

可是，妹妹完全不同意母亲的想法。她早就将自己当成格里高尔的事务专家了，每当和父母谈论到这个话题时，都觉得自己的想法更加高明。的确，这不是没有道理的。母亲现在提出了相反的意见，这使得她更加坚定了自己的想法。之前她还打算只搬走柜子和写字台，现在她甚至想搬走所有家具，除了那张对格里高尔来说必不可少的沙发。当然，她做这样的决定并不仅仅是出于孩子气的倔强，或是因为近段时间的经历让她意外培养出了难得的自信心。实际上，她已经留意到了，格里高尔需要很大的空间来爬行。这些家具对他来说显然用不上。况且，像妹妹这个年纪的女孩总会头脑发热，一旦沉迷一件事，就想要最大可能地寻求满足。她不惜将格里高尔的情况夸大到令人害怕的程度，这样一来，在格里高尔独占的空旷房间中，除了格蕾特，就没人敢进去了，她也能为他做更多的事。

所以，妹妹并没有因为母亲而改变自己的想法。母亲在这个房间里似乎非常不安，她犹豫了一会儿，接着就开始默默帮妹妹搬柜子了。事到如今，格里高尔只能依从她们。柜子他可以不要，但桌子必须得留下来。终于，两个气喘吁吁的女人将柜子搬出了房间，格里高尔此时立刻从沙发下探出脑袋，想看看他能做些什么，可是母亲却先回到房间里了。此时，格蕾特仍在隔壁房间，她双臂抱住柜子来回晃动，想要挪动它，可柜子依旧纹丝不动。考虑到母亲还没有习惯他的模样，看到他可能会被吓出病来，所以格里高尔匆忙后退，撤回到沙发的另一端，可他还是不小心轻轻拨动了前面的床单，这动静足够引起母亲的注意了，母亲愣住了，不一会儿就出门找格蕾特了。

尽管格里高尔反复安慰自己，不过是搬走几件家具罢了，并不是什么大事。但是没过多久，他就不得不承认，这两个来回走动的女人，她们小声的叫喊以及家具在地板上刮擦发出的刺耳响声对他来说犹如一场混战，嘈杂声从四面八方向他涌来，他快受不了了。他拼命地将头和腿缩成一团，趴在地板上，却没什么用。母亲和妹妹清空了他的房间，将他所有喜欢的东西都搬走了，包括那个放着钢丝锯和其他工具的柜子。此刻，她们正在撬动那张被钉在地板上的写字台。他从小学、初中到商学院，所有的作业都是在那张桌子上做的。这两个女人的初衷到底是好还是坏，格里高尔已经没工夫去考虑了，他甚至都快忘了她们的存在。这两位女士筋疲力尽，干活时也不再说话了，格里高尔只能听到沉重的脚步声。

此刻，母亲和妹妹正在隔壁房间靠着写字台休息，格里高尔趁机从沙发下爬出来。他来回调换四次方向，实在不知道该先挽救哪些家具。对面墙壁的周围已经被清空了，只剩下墙上那副穿着裘皮大衣女士的画像，他被那幅画深深吸引，于是急忙爬上去，将身子紧紧地贴在画框玻璃上，他那因为不断爬行而发烫的腹部顿时觉得舒服多了。至少这幅被他压在身子下面的画是不会被任何人搬走的。他把头转向客厅，准备迎接两位女士的归来。

母亲和妹妹还没休息多久就回来了。格蕾特用胳膊围住母亲，像是在支撑着她。

"现在，我们该搬哪个呢？"她环视着四周说道。接着，她与趴在墙上的格里高尔四目相对。也许是因为母亲在场，妹妹才勉强保持镇定，她低下头看着母亲，以防止母亲抬眼四处乱看，然后不假思索地说道："走吧，我们还是回客厅再休息会儿吧？"

格里高尔很清楚妹妹的意图，她打算先将母亲带到安全的地方，然后再回来把他从墙上赶下去。那她就试试看吧！格里高尔牢牢地贴着画像，绝不妥协，为了画像，他甚至敢向格蕾特的脸飞扑过去。

然而，母亲听完格蕾特的话后更加觉得不对劲，她朝旁边迈出一步，猛地看到那印着花卉图案的墙纸上趴着一个巨大的棕色物体。她还没意识到那是格里高尔，就已经叫出了声："啊，天啊！啊，天啊！"接着，她瘫倒在沙发上，两手往前一摊，仿佛听天由命一般，一动也不动了。

妹妹挥起拳头大叫道："你这个格里高尔！"同时，她狠狠地瞪着他。自从格里高尔变成甲虫以来，这是妹妹对他说的第一句话。

格蕾特跑到隔壁房间，想拿些香精来唤醒昏迷的母亲。格里高尔想去帮她，至于守护这幅画嘛，以后有的是时间。可是，他早已牢牢地粘在了画上，费了九牛二虎之力才将自己和画框分离。他飞快跑到隔壁房间，自以为还能和从前一样，给妹妹提些建议。可他很快意识到，现在的自己除了待在妹妹身后，什么忙都帮不上。格蕾特正在各种瓶瓶罐罐中翻来找去，等她转身看到格里高尔，又被吓一大跳，不小心摔碎了一个小瓶子，瓶子碎片划伤了格里高尔的脸，某种具有腐蚀性的药水溅到他的身上。但格蕾特没有就此停下，她抱起一堆瓶子跑向母亲，同时用脚砰地关上房门。格里高尔被锁在房间里，和母亲分隔开来。都是因为他，母亲现在可能生命垂危。他不敢开门，生怕自己又会吓跑母亲身边的妹妹，所以只能静静地等待。出于自责和担忧，他又开始到处爬行了，墙壁、家具以及天花板上都留下了他爬过的痕迹。最终，一阵天旋地转，他绝望地跌落在房中央的大桌子上。

格里高尔浑身无力地躺在桌上，就这样过了好一阵子。周围静悄悄的，也许这是个好兆头吧。突然，门铃声响起，女佣还在厨房里，所以格蕾特必须去开门。是父亲回来了，他一进屋就问道："出什么事了?"父亲似乎从格蕾特的表情中明白了一切。

格蕾特将脸埋到父亲胸前,低声回答:"妈妈昏倒了,不过她现在好多了。格里高尔跑出来了。"

"我早就料到会有这么一天,所以一直不停地提醒你们,可是你俩偏偏不听。"父亲说道。

格里高尔很清楚,妹妹过于简短的汇报引起了父亲的误会,他以为格里高尔做出了什么过激行为。现在,格里高尔必须想办法平息父亲的怒火,因为他来不及也没有办法去向父亲解释清楚。于是他匆忙跑到房间门口,站在门旁,这样父亲一从客厅进来就能看到他,知道他是想乖乖回到自己房间里的,根本用不着驱赶。父亲只需要打开门,他就立刻回屋躲起来。

可是,父亲完全没有领会到格里高尔的良苦用心。

"啊!"他一进屋就大叫了一声,听起来似乎既生气又带点惊喜。

格里高尔转向父亲,抬起头看着他。这还是他记忆中的父亲吗?也许他最近沉迷于四处爬行,对家里的事显然没以前那么上心了,他早该想到会发生一些变化的。可是,眼前这位真的是父亲吗?以前,每当格里高尔清晨出门上班,父亲还躺在床上,等他晚上下班回到家,父亲还穿着睡衣躺在扶手椅上,他懒得起身,挥挥胳膊就表示欢迎他回家了。在一年为数不多的几个周末或者盛大的节日里,格里高尔会陪家人一起出门散步。每当这时,他和母亲就会放慢速度走在父亲两侧,可父亲走得比他们还慢。他裹着自己的旧外套,拄着拐杖,颤颤巍巍地向前迈着步子。当他想说点什么的时候,就会停下来,家人们便聚集在他身边。可眼前的这个人,真是以前的那个父亲吗?他站得笔直,身穿平整的蓝色制服,上面缀着金色扣子——这通常是银行职员穿的。他那厚实的双下巴从硬挺的衣领中探出。浓密的眉毛下,一双漆黑的眼睛发着神采奕奕的光芒。原本凌乱不堪的银发被梳理得整齐发亮。他头上的帽子绣着金色字母,可能是某家银行的标识。父亲将帽子往房间对面的沙发上一扔,将制服下摆向后一甩,双手插在口袋里,阴沉着脸向格里高尔走来。他可能也不清楚自己要干什么,却把脚抬得老高,露出了大到惊人的靴子底部。格里高尔呆住了,但还好他及时反应过来,匆匆逃走。他明白,父亲从新生活的第一天起只会用最严厉的法子对付他了。他跑在父亲前面,父亲一停,他也跟着停下来,父亲稍微向前一动,他又立刻跑起来。就这样,他们围着房间绕了好几圈,没有真出什么事,再加上两人的速度都很慢,这整个过程都不像在追逐。所以,格里高尔也从没离开过地面,因为他担心,倘若父亲看到自己在墙壁或者天花板上爬行,会更加厌恶。不过,眼下的情况他坚持不了多久了，每当父亲向前迈出一步，他的那些小腿就得动很多下。先前他的肺就不是很好，这几圈下来，他已经感到呼吸困难了。

格里高尔跌跌撞撞地竭尽全力向前冲，眼睛几乎都睁不开了。在这样混乱的情况下，他的大脑一片混乱，除了不停地向前跑，实在想不到其他能拯救自己的法子。他甚至忘了自己还可以爬上墙壁。不过，房间里摆放着高高低低精心雕琢的家具，它们把墙都遮住了。这时，某个东西冲着格里高尔飞了过来，落在他身边的地板上，接着滚到了他的面前。格里高尔定睛一看，是个苹果。接着，又一个苹果飞了过来，格里高尔惊恐地停下。继续跑已经不管用了，因为父亲决定要用苹果对他进行连续轰炸。餐具柜上有一个水果盘，父亲拿起里面的苹果塞满口袋，还没来得及对准目标，就接二连三地扔了过去。这些小小的红苹果在地上滚来滚去，仿佛磁铁一般，相互碰撞着。一个苹果擦过格里高尔的后背，好在这个苹果被扔得不太用力，没有伤着他。可是紧接着，另一个苹果狠狠地砸到了他背上，还深深陷了进去。格里高尔挣扎着继续向前爬，仿佛想将这难以置信的痛楚抛到身后，可他无法动弹，像是被牢牢钉在原地似的，随后他便昏了过去。在昏倒那一瞬间，他看见自己房间的门被打开，妹妹见状尖叫起来，母亲也从她前面跑了出来。她只穿着内衣，因为妹妹在她昏迷时脱掉了上衣，好让她更加顺畅地呼吸。母亲跑向父亲，已经被解开的裙子一路滑落，她被绊了无数次，最后跌跌撞撞地落入父亲怀中，双臂圈住他的脖子紧紧地抱着他，乞求父亲放格里高尔一条生路。看到这一幕，格里高尔的眼前逐渐模糊。

第三章

格里高尔伤得很重，这一个多月都无法动弹。因为没人敢将他背上的苹果取出来，那苹果一直留到现在，像是他那天悲惨遭遇的纪念品。不过，这次事件似乎让父亲意识到格里高尔仍是这个家庭里的一员，就算他现在的样子令人厌恶，也不该将他当作敌人对待。压抑住对他的反感，包容他，这才是整个家庭的责任，除此之外他们别无选择。

格里高尔可能会因为重伤而永远失去行动能力。他现在就像一个又老又弱的残疾人，只是从房间一端爬到另一端就要花上很长时间，爬上墙就更不可能了。不过在他看来，这次受伤还是值得的——如今通往客厅的门一到晚上就对他敞开。格里高尔总是提前一两个小时就在门口蹲守了，门一打开，他便躲在房间暗处观察客厅里的情形。他看到桌子上方的灯被点亮，一家人围坐在桌边聊天。他们允许格里高尔听到这些谈话，相比之前的偷听，这可好太多了。

当然，这些谈话再也不会像往日那般愉悦了。从前他出差在外，拖着疲惫的身子倒在湿冷的旅馆床上时，最怀念的就是家人们的欢声笑语。现在的家人大部分时间都在沉默。晚餐过后，父亲很快就躺在扶手椅上睡去，母亲和妹妹相互示意保持安静。母亲将身子伸到灯下，借着亮光为服装店缝制衣服。妹妹已经当上了售货员，她利用晚上的时间学习速记和法语，为了以后能找到更好的工作。父亲偶尔会醒过来，他似乎不知道自己刚刚睡着了，然后对母亲说："你怎么又缝了这么久！"说完他立刻又睡了过去，而母亲和妹妹则相视一笑，脸上挂着疲惫和无奈。

固执的父亲即使在家也坚持穿着制服，他的睡衣高高挂在衣架上，毫无用处。他躺在椅子上，穿着整整齐齐，仿佛时刻待命。这套制服本就不是新的，再加上父亲一直不离身，不论母亲和妹妹怎样精心护理，最终还是越来越脏了，唯独上面的金色纽扣被擦得闪闪发亮。格里高尔常常整晚都盯着这污迹斑斑的制服发呆。这制服箍得父亲极其不舒服，但他却睡得很香。

到了晚上十点，母亲想要小声叫醒父亲，劝他上床睡觉。父亲早上六点钟就开始工作了，所以良好的睡眠对他来说尤为重要。坐在扶手椅上显然没办法睡好觉。可父亲自从在银行上班后，就变得越来越固执了。尽管他总是在扶手椅上睡着，也要坚持待在桌前。

想说服他回到床上可得花费不少的工夫。母亲和妹妹小声催着他，可一刻钟过后，他仍缓缓地摇着头，不愿意起来，甚至连眼睛都懒得睁开。于是，母亲一边拉起他的袖子，一边在他耳边温柔地说着好话，妹妹则放下学习去帮助母亲，可父亲丝毫未动，甚至还往扶手椅中缩了缩。直到两人将手伸进父亲胳膊下，准备将他架起来时，他才睁开眼睛，看看母亲，又看看妹妹，然后说道："我的老年生活就要这样度过了吗？"接着，他在两人的搀扶下挣扎着站了起来，仿佛自己的身体才是他最大的负担。在被母亲和妹妹带到门口后，父亲便挥挥手，示意她们可以离开了。不过，母亲依旧放下了她的针线活，妹妹也匆匆扔下笔，跑到父亲身后继续搀扶他。

在这样一个过度操劳、疲惫不堪的家庭中，除了必要的事之外，谁有空去操格里高尔的心呢？家中的预算越来越少，年轻女佣已经被辞退了。早上和晚上，会有一个高大的、头发花白、瘦骨嶙峋的老女佣替他们做点重活，其余的家务活都落在了母亲身上。此外，母亲还得完成她的缝纫工作。家人们甚至已经开始将传家珠宝拿去变卖了。曾经，母亲和妹妹总会开心地佩戴这些珠宝去参加晚会或者节日庆典。这件事还是格里高尔晚上听到她们商量价格时才得知的。不过，眼下家人们最大的苦恼还是没有办法搬家，这房子对他们来说太大了，但他们没办法运走格里高尔。可格里高尔很清楚，自己并不是阻碍他们搬家的主要原因。他们只需要将自己装进大箱子中，扎些孔，就能很容易地运过去。他们对生活失去了希望，一味地认为他们家是所有亲友中最为不幸的。为了生计，他们做了穷人该做的一切：父亲给银行小职员带早餐；母亲耗费自己的精力为陌生人缝制内衣；妹妹被顾客命令着在柜台后面跑来跑去。这已经达到了他们的极限，哪怕多一点折磨都会使这个家面临崩溃。

将父亲安置到床上后，母亲和妹妹重新回到客厅，她们总是放下手头工作，脸贴着脸紧紧靠在一起。此时，母亲指着格里高尔的房间说道："格蕾特，关上那屋的门吧。"接下来，格里高尔重新被关入黑暗中。而隔壁母女便开始不停地流眼泪，或者干脆呆呆地盯着桌子。每到这时，格里高尔都觉得背后的伤口变得疼痛难忍。

最近不管是白天还是晚上，格里高尔几乎都不睡觉。他总在考虑着一件事：等到下一次打开门，他要再次挑起家庭的担子，就像以前的自己那样。虽然过了很久，可他的脑海中又浮现出老板、主管、旅行推销员同事以及学徒，甚至还有那蠢笨的助理、两三个别的公司的朋友、乡村旅馆的女服务员——那可是一段非常甜蜜的回忆、帽子店的女收银员——他曾经想认真地追求她，可惜为时已晚，她早和别人在一起了、一些他几乎快要忘掉的人，甚至是一些陌生人。这些人中不但没有一个站出来帮助他和他的家人，反而都销声匿迹了。当他们从自己的记忆中渐渐消失时，格里高尔没有半点遗憾，反而感到开心。

　　此外，格里高尔不再一味地替家人着想了，相反，他还常常因为家人对自己不够关心而感到不满。尽管他不清楚自己到底爱吃什么，现在还失去了饥饿感，可他仍打算溜进食物储藏室，叼走本该属于自己的那份。妹妹现在也没工夫考虑哪些食物是格里高尔爱吃的，她会在早上和中午上班前将手边现有的食物匆匆踢进他的房间。到了晚上，她会带着扫帚进屋，将剩下的食物统统扫出去。这些食物格里高尔只吃了一点点，甚至常常碰都没碰，但妹妹压根就没有在意。她现在只在晚上过来打扫，每次都草草了事。墙壁上留下了一条条污渍，到处都是灰尘和碎屑。起初，格里高尔想要责备她，于是故意等妹妹进来时待在肮脏的角落，以为她会感到愧疚。可就算他在那里待上几周都不管用，因为妹妹根本没有改正的打算。她确实也看到了这些污垢，却已经下定决心不去管它。她最近变得非常敏感，这种情绪还传染给了全家人。在她看来，打扫格里高尔的房间就是自己的特权。有次母亲彻底清洗了他的房间——其实只用了几桶水，湿漉漉的屋子让格里高尔感到非常难受。他郁闷地平躺在沙发上，一动不动。不过，母亲这一打扫惹了大麻烦。晚上妹妹回到家，发现格里高尔的房间发生变化后，立刻气呼呼地冲到客厅，开始哇哇大哭,任凭母亲举起双手向她求饶都不管用。父亲被这一幕震惊到了,他从扶手椅上站起来,先是惊愕无助地看着她们,接着也搅进了这场争执。他先责备右边的母亲为什么不把房间让给妹妹打扫,又冲着左边的妹妹大叫,说以后不会再让她打扫房间了。母亲试图将情绪激动的父亲拉进卧室,而妹妹哭得浑身发抖,用拳头捶打桌子。没人想到去关上屋门,格里高尔便目睹了整场闹剧,气得跟着嘶嘶乱叫。

其实母亲没必要掺和进来,就算妹妹每天下班后精疲力竭,无法像以前那样照顾格里高尔,家中的老女佣也会帮她的忙。这位年迈的寡妇倒是对格里高尔没那么厌恶,她那强壮的身体足够帮她抗住人生中所有的沉重打击。有一天,她并不是出于好奇,只是碰巧打开了格里高尔房间的门。格里高尔被吓得到处乱跑,其实老女佣并没有上前追赶他,只是交叉着双手站在原地。在那之后,她总会在早上和傍晚打开房门,从门缝里打量格里高尔。起初,她会用自以为友善的话招呼他,例如:"过来呀,你这只老臭虫!""瞧瞧这只老臭虫呀!"对于这些话,格里高尔都不予理睬,他会一动不动地待在原地,全当门没被打开过一样。与其任她这样肆意骚扰自己,家人们还不如派她负责打扫这个房间呢。

一天清晨,大雨敲打着窗玻璃——这也许就是春天即将来临的迹象吧。老女佣再次对格里高尔叨叨个不停，他烦躁极了，恶狠狠地向她爬去，像是要攻击她似的，只是他的行动缓慢又无力。这位老女佣非但没有害怕，还高高举起门边的椅子，张开大嘴站在原地，显然是要等椅子落在格里高尔的背上后她才会闭嘴。格里高尔见状掉头就走，老女佣一边喊道："怎么啦，不过来了吗？"一边淡定地把椅子放回墙角。

格里高尔现在几乎不再进食。只有当他碰巧从食物旁边经过时，才会像玩一样咬一口含在嘴里，等过几个小时再吐出来。起初，他以为自己没有食欲的原因是由于自己房间过于杂乱，但他很快就适应了房间的各种变化。

家人们将一个房间租给了三位房客，现在家里物件非常多，于是，他们将放不下的东西统统搬进了格里高尔的房间。正如格里高尔透过门缝观察到的那样，三位房客先生都留着络腮胡。他们看起来非常严肃，并且对整洁十分执着，不仅要保持自己的房间井井有条，还要求整个家都干净整齐，尤其是厨房。他们无法忍受多余的东西，特别是脏东西。他们还搬来很多自己的家具，所以家里许多东西都变得多余了，它们卖不了几个钱，但扔掉又有些可惜。所以格里高尔的房间就成了它们的归宿。所有暂时用不上的东西，包括厨房的垃圾箱以及烟灰桶，都被那个做事风风火火的老女佣扔了进来。每次格里高尔都只看到被扔进来的东西和伸进屋里的手。或许她打算之后再将这些东西取走吧，又或许她想先把它们堆积起来，然后一起处理掉。但实际上，自从这些东西被扔进屋后，位置就再也没有变过。有时它们会妨碍到格里高尔爬行，他不得不将这些东西推开。起初，他这样做是出于无奈，因为房间里已经没有多余的地方供他爬行了，可渐渐地，这项运动越来越吸引他了，尽管绕来绕去令他忧郁和疲惫不堪，需要一动不动地连续躺好几个小时才能恢复过来。

　　房客们经常会在客厅里吃晚餐，所以有很多个晚上，房间的门都是关着的。格里高尔已经不在乎了。有时候，即使门是开着的，格里高尔也只待在房间的暗处，对客厅里的事没有了兴趣。这件事，家人们都没注意到。一天，老女佣没有关紧屋门，到了晚上，房客们来到客厅把灯点亮的时候，屋门依旧是敞开的。他们坐在餐桌的首席——这里曾是父亲、母亲和格里高尔的位置，展开餐巾，拿起刀叉。这时，母亲端着一盘肉来到门口。妹妹紧随其后，端着一盘高高堆起的土豆。盘里的菜肴散发出腾腾热气。房客们伸着脖子打量面前的食物，仿佛在用餐前要先进行一番检查似的。坐在中间的那位似乎是权威人士，他用刀切下一块肉，显然是想要判断肉煮烂了没有，是否需要再送回厨房。母亲和妹妹紧张地注视着他的反应，直到看他露出满意的神情，两人才松了一口气，也跟着笑了起来。

现在，一家人都在厨房里吃饭了。尽管如此，父亲在进入厨房前总会先去客厅，他会拿着帽子绕着餐桌转一圈，逐个对房客们鞠躬行礼。这时，房客们都站了起来，被胡子遮挡的嘴里像是在嘟哝着什么。等父亲走后，他们就一句话也不说地安静吃饭。格里高尔感到奇怪，在饭桌上各种不同的声音中，他总能更清楚地分辨出他们牙齿咀嚼食物的声音。这声音似乎在向格里高尔展示，要想吃东西必须拥有一口好牙，即使是最坚实的牙床，没有牙齿的话什么也做不了。格里高尔苦闷地自言自语道："我也想吃东西啊，可这些食物勾不起我半点儿食欲。这些房客们在我面前大快朵颐，我却快要饿死了！"

在格里高尔的记忆中，他已经很久没再听到妹妹拉小提琴了。这天晚上，厨房里却突然传出小提琴的声音。此时，房客们已经吃完晚饭了，中间的那位拿出一份报纸，向另外两人各分一张。接着他们舒服地往椅背上一靠，一边抽着烟，一边看着报。小提琴的声音一响起，立马引起了他们的注意。他们站起身来，踮着脚尖走向厨房门口，三个人正挤成一堆站在那儿。家人们一定听到了外面的动静，于是父亲大声喊道："是琴声吵到先生们了吗？她可以立马停下来的。"

其中一位租客说道:"当然不是了,那位小姐能出来演奏吗?客厅里可比厨房舒适多了。"

"哦,当然可以了。"父亲回答,好像他才是拉小提琴的那位。于是,房客们回到客厅等待。没过一会儿,父亲就带着琴架出来了,母亲拿着琴谱,妹妹提着她的小提琴一起来到了客厅,随后,妹妹开始不慌不忙地为演奏准备着。父母以前从来没有出租过房子,所以对这些房客们过于礼貌,甚至连自己的椅子都不敢坐。父亲靠在门上,右手插在制服的两个纽扣之间。其中一位房客递给母亲一把椅子请她坐,正好放在了墙角,母亲也没敢挪位,直接就坐了下去。

妹妹开始演奏了。父亲和母亲在两边聚精会神地盯着她的双手动作。格里高尔被妹妹的琴声深深吸引,他大胆地向前迈了几步,朝着客厅探头探脑。最近,他几乎不再为别人着想了,对此他并不觉得惊讶。以前的他还为自己能设身处地为他人着想而感到骄傲呢。确实,他这个时候更应该藏起来,因为他的房间布满灰尘,稍稍一动就尘土飞扬,落得他满身都是,他的背部和两侧也沾满线头、头发和食物残渣。之前,他总会翻过身来在地毯上摩擦好几次,通过这样的方式来清理身上的脏东西。如今,他已经无所谓了。他拖着沾满脏东西的身子爬在客厅干净的地板上,没有半点顾忌。

不过,现在还没有人注意到他,全家人都被妹妹的小提琴声吸引了。而那些房客，刚开始时他们双手插兜，就站在琴架前面，近得都能看见琴谱了，这肯定会影响到妹妹的演奏。没过多久，他们就退到了窗前，低着头开始窃窃私语。这一切父亲都看在眼里，他感到焦虑不安。确实，他们表现得再明显不过了，他们本以为自己能听到一场精彩有趣的小提琴表演，结果却令人失望。他们似乎早已对这场表演感到厌倦了，只是出于礼貌没有打断她。他们不停地将雪茄的烟雾从鼻子和嘴巴中喷出，这足以看出他们的不耐烦。但实际上，妹妹的演奏已经十分出色了。她的头侧向一边，专注地看着琴谱，眼中流露出悲伤。格里高尔又向前爬了几步。他将头贴近地面，想要对上妹妹的视线。难道因为他是动物，所以才会被音乐深深地吸引吗？他仿佛找到了自己渴望已久的某种营养物，就在前方。他决定爬到妹妹跟前，拉着她的裙角，暗示她应该带着小提琴来到他的房间，这里没人能欣赏她的演奏。只要他还活着，就不会让妹妹离开房间。那可怕的外形第一次发挥了作用，他会守住房间里所有的门，谁想要破门而入就吼走他。他当然不会强迫妹妹留下来陪他，一切都看妹妹的意愿；她将挨着自己坐在沙发上，低下头听他诉说着自己的计划，他很久之前就打算送她去音乐学院了。如果没有发生不幸，他早在去年的圣诞节就向所有人宣布了，并且他不会接受任何人的反对意见。可是，圣诞节已经过去很久了。听完这些话，妹妹一定会忍不住大哭起来。自从妹妹做售货员以后，她就不在脖子上系丝巾了，也没再穿过高领的衣服。这时，格里高尔将会爬上妹妹的肩膀去亲吻她的脖子。

"萨姆沙先生！"中间的房客冲着父亲大喊一声，然后不再说话，伸出手指向正在缓慢爬行的格里高尔。小提琴声戛然而止。中间的房客对他的朋友们微微一笑，摇了摇头，然后再次看向格里高尔。相比较驱赶格里高尔，父亲似乎认为要先让房客们冷静下来，尽管他们一点儿也不激动，甚至觉得格里高尔比小提琴还有趣。父亲匆忙走到他们面前，伸开双臂催他们回到自己的房间，同时也想用自己的身体挡住格里高尔。不知他们是因为现在才发现自己的邻居是格里高尔，还是父亲的行为惹怒了他们，这些房客确实是有点生气的。他们要求父亲做出解释，然后挥着手臂，不停地捋着胡须，非常不情愿地慢慢向房间退去。妹妹因为突然被打断了演奏愣在那里，她的手中还握着小提琴和琴弓，眼睛盯着琴谱，似乎还沉浸在演奏中。母亲仍坐在椅子上，她感到呼吸困难，大口喘着气。过了好久，妹妹回过神来，将乐器往母亲腿上一放，趁父亲快要把房客赶进屋之前冲了进去。被褥和枕套在妹妹熟练的动作下飞舞着，房客们还没进屋，她就已经整理好了床铺，然后飞快地溜了出去。父亲似乎又被倔脾气占了主导，这使他忘记了对房客们该有的尊敬。

他一个劲地驱赶着他们，一直到了屋子门口，中间的房客狠狠地在地板上跺了一脚，父亲这才停下来。

这位房客举起手，又扫了一眼母亲和妹妹，说道："我在这儿声明，由于这间公寓和这家人实在令人作呕，"他猛地朝地上啐了一口，接着说道，"我要求立刻退租。当然，我在这儿住了有一些日子，但这房租我是一点都不会付的。此外，我还得考虑一下是否向您提出合理的赔偿，这证据已经非常确凿了，相信您也明白。"他停了下来，注视着前方，好像在期待什么。

果不其然，他的两个朋友立即附和道："我们也要立刻退租。"然后这位房客重重地将门摔上。

父亲伸出双手，一路摸索着，摇摇晃晃地坐进了他的扶手椅中，看上去似乎打算摊开身子小睡一会儿，就像平常那样。但他的头却分明是在颤抖，自己也无法控制，显然，他并没有睡着。格里高尔一直静静地趴在被房客发现的地方。计划就这样泡汤了，他感到无比失望，再加上长期的饥饿，他浑身乏软无力，已经动不了了。他很害怕，在这样紧张的氛围下，家人们很可能下一秒就对他展开责骂，他已经预料到了。母亲的手不停地颤抖，小提琴从她的膝盖上滑了下去，掉落在地，发出了响亮的声音，可这都没让格里高尔回过神。

"亲爱的爸爸妈妈,"妹妹用手拍了拍桌子,首先说道,"我们不能再这样下去了,也许你们还没有意识到,可我已经意识到了。我不想对着这只怪物叫哥哥的名字,所以说,我们必须得想办法让它离开。我们曾经将它当作人一样对待了,我们包容它,伺候它,已经仁至义尽了。我想,没有人会责备我们的。"

父亲自言自语道:"她说得太对了。"

母亲依旧呼吸困难,双手捂着嘴低声咳嗽着,眼里满是狼狈。妹妹急忙跑向母亲,将她的头抬起来。刚刚妹妹的提议似乎给父亲带来了思路,他笔直地坐了起来,不停地摆弄着碗盘之间的工作帽——那些碗盘在房客们用餐过后还没来得及撤下,有时还会看一眼静静待着的格里高尔。

母亲不停地咳嗽,根本听不清楚别人说话,所以妹妹只对父亲说道:"我们必须摆脱它。它会折磨死你们的,我有预感,这一天总会来的。我们都拼了命地在工作,没人能忍受这持续的折磨了,至少我是受不了了。"她说着便剧烈地哭了起来,泪水落到了母亲脸上,母亲麻木地伸出手擦了擦脸。

"我的孩子,"父亲同情地说道,表示十分理解,"但我们该怎么办呢?"

妹妹耸了耸肩,表示想不出什么办法。刚刚她还一副自信满满的样子,现在一哭,就变得软弱无助。

"如果他能听懂我们的话——"父亲半信半疑地说道,这时正在哭泣的妹妹使劲摆了摆手,表示那是不可能的。

"如果他能听懂我们的话——"父亲又重复了一遍,他闭上眼睛,思考着女儿的建议,"不过,我们也许可以和他商量一下。但是——"

"它必须离开,"妹妹喊道,"爸爸,这是唯一的出路了。这么久以来,我们一直相信它就是格里高尔,这就是我们不幸的源头。但这怎么会是格里高尔呢?您一定要抛开这个念头。如果它是格里高尔,他早就会意识到人类是不可能和这种动物生活在一起的,他肯定会自愿离开。虽然我们失去了哥哥,但我们可以正常地生活下去,我们会永远尊重他、怀念他。可是这个动物整天注视着我们的一举一动,赶走了我们的房客,他显然是想将整个公寓据为己有,让我们全家露宿街头。爸爸,你看!"妹妹突然尖叫起来,"他又开始了!"格里高尔不能理解她为何如此慌张,甚至抛下了母亲,实际上,她是从母亲所在的椅子上跨过去的,仿佛她宁可牺牲母亲,也要离格里高尔远远的。她慌忙跑到父亲身边,父亲被妹妹这一系列反应弄得不知所措,他张开双臂,摆出要保护女儿的架势。

可是,格里高尔从未想过要吓唬任何人,更别说自己的妹妹了。

他只不过开始转身，想要重新回到自己的房间而已。他的身体已经十分虚弱了，为了转过身，他不得不一次又一次地抬起头，支撑着地板，这一系列动作看起来十分怪异。他停了一下，环顾四周。家人们似乎明白了他的意图，刚刚那紧张的氛围转瞬即逝。所有人都不再说话，阴郁地注视着他。母亲躺在沙发上，伸直了并拢的双腿，她的眼因为困倦快要睁不开了。妹妹搂着父亲的脖子，和他并排坐在一起。

"也许我现在可以转身了。"格里高尔心想，又继续着刚才的动作。由于这个转身太过费力，他呼呼地喘着气，时不时还需要停下休息一会儿。不过，这个时候没有人驱逐他，一切行动都由他自己决定。终于，他成功转了过来，于是径直朝着屋子爬去。他惊讶地发现，房间在离他很远的地方。他居然拖着虚弱的身子走了这么长的距离，这完全出乎了他的意料。他一心一意迅速向前爬着，几乎没有注意到家人的沉默，他们既不说话也不叫喊，生怕打扰到他的爬行。格里高尔一直爬到房间门口才转过头，但没有完全转过去，因为他感觉到自己的脖子十分僵硬。不过，他还是看到了身后的家人，除了妹妹站了起来，其他人都没有动。他最后看了眼母亲，她已经完全睡着了。

格里高尔刚爬进房间，门就被砰地关上，还上了锁。格里高尔被身后这突如其来的响声吓了一大跳,他的小腿都瘫软了。这准是妹妹干的。她早就站了起来,等着格里高尔进屋,然后轻盈迅速地跳了过去,格里高尔甚至都没听到她的声音。

"总算关住他了!"格蕾特一边转动着钥匙上锁,一边冲着父母大喊。

"现在该怎么办呢?"格里高尔自言自语道,同时在黑暗中环顾了一下四周。很快,他就发现自己再也无法动弹了,可他没有感到吃惊,相反,自己凭借着这些瘦弱的小腿爬了那么远,这才不正常,除此之外,他觉得自己的身体状况还算不错。虽然他浑身上下没有一处不疼的,但这些疼痛仿佛在逐渐减轻,最终会完全消失。他背上的苹果早已腐烂,周围发炎的地方已被柔软的灰尘覆盖,几乎感觉不到痛苦了。他想着家人们,心中充满了感动和深深的爱。他甚至比妹妹更迫切地希望自己消失。就这样,他一直处于放空和安静的沉思中,直到塔钟敲响了凌晨三点的钟声,他看到了窗外照进的一缕晨曦,接着他的头毫无意识地彻底垂了下去,他的鼻孔中呼出最后一丝微弱的气息。

清晨,老女佣过来了。她的力气特别大,动作又鲁莽。虽然大家都求她不要这样,但她还是"砰砰"地关上了所有的门。所以她一来,一家人都别想睡好觉了。起初,她像往常一样看了眼格里高尔,并没有发现什么不对劲,还以为他一动不动地躺在地上是在装模作样,她对他做了很多猜想。这时,她碰巧手里拿了把长扫帚,于是便将扫帚伸进门缝,想要拨弄一下格里高尔,可是他依然没什么反应。老女佣生气了,开始使劲捅他,结果没有任何反抗,格里高尔直接从地板上被推开,她终于察觉到了异常。很快,她就明白发生了什么。她睁大双眼,吹了下口哨,然后立刻跑去了萨姆沙夫妇的卧室,打开了门,朝里面大声喊道:"快来看啊!他已经死了!他就躺在那儿!他真的死了!"

萨姆沙夫妇被老女佣的叫声吓了一跳,呆呆地从双人床上坐起来。他们慢慢缓和着情绪,终于理解了老女佣说的话。接着,萨姆沙夫妇迅速从两边下了床,萨姆沙先生身上披着毯子,而萨姆沙夫人只穿着睡衣,他们就这样进入了格里高尔的房间。自从房客搬进来之后,格蕾特便搬去客厅睡觉了。此时,客厅的门也被打开了,格蕾特穿着整齐,像是压根没睡过一样,而她苍白的脸色似乎证明了这点。

"死了吗?"萨姆沙夫人问,她疑惑地抬头看着老女佣。尽管她可以亲自去看个明白,甚至不用看也很明显了。

"当然了。"老女佣回答道,为了证实自己所说的,她还用扫帚将格里高尔的尸体远远地推到一边。萨姆沙夫人微微一动,似乎想要拦住扫帚，但她忍住了。

"那么，"萨姆沙先生说，"让我们来感谢上帝吧。"他画起了十字，三个女人也跟着做了。

格蕾特的视线一直没离开过格里高尔的尸体，她说："你们瞧，他有多瘦啊。他很长时间没吃过东西了，食物总是被原封不动地拿出来。"确实，格里高尔的尸体已经完全干瘪了。他之前总是用小腿撑着身体，或者做出其他分散别人注意力的举动，所以直到现在大家才注意到这一点。

"格蕾特，来我们房间一趟。"萨姆沙夫人微笑着说道，脸上却满是忧伤。格蕾特回头看了眼尸体，便跟在父母的身后走进了卧室。老女佣关上房门，将窗户全部打开。虽然还只是清晨，但清新的空气中夹杂着丝丝暖意，现在已经是三月末了。

三名房客从他们的房间出来，惊讶地环顾四周寻找早餐，他们似乎已经被遗忘了。

"早餐在哪里？"中间的房客生气地问老女佣。老女佣将手指放在嘴上，然后匆忙地向他们挥挥手，示意他们去格里高尔的房间看一看，房客们进去了，他们围在格里高尔的尸体旁边，双手插到有些破旧的上衣口袋中。此时，房间里已经完全变亮了。

卧室的门突然被打开，萨姆沙先生身穿制服，左右手各挽着他的妻子和女儿,他们看起来都像是刚刚哭过。格蕾特时不时地将脸颊偎在父亲胳膊上。

"请你们立刻离开我的家!"萨姆沙先生指着门对房客们说,但他依旧没有松开身边的妻子和女儿。

"你这是什么意思?"中间的房客有些慌张地问道,脸上还不忘挂着客气的笑。另外两位房客双手背在身后,互相摩擦着,似乎在等待一场大论战,而他们对获胜显然信心满满。

"我的意思刚刚已经说得很明白了。"萨姆沙先生回答,然后,他挽起妻子和女儿,一起朝着房客走去。中间的房客起初站在原地不动,低下头看着地板,像是在重新整理这件事。接着他说:"那我们走吧。"他抬头看着萨姆沙先生,突然变得格外谦逊,像是在等待房东的许可。萨姆沙先生瞪大了双眼,冲他们点了点头。随后,这位房客便大步向前走进了客厅。他的两个朋友也不再搓手了,认真聆听完他们的对话后,也急急忙忙地跟在他身后,像是担心萨姆沙先生会先他们一步进入客厅,打断他们和领导的联系似的。

到了客厅,三位房客从衣架上取下帽子,从伞架中抽出手杖,朝萨姆沙一家鞠了个躬,便默默离开了公寓。一种莫名的不信任感使得萨姆沙先生又领着妻子和女儿走到了楼梯口,不过,这种怀疑是完全没必要的。他们侧着身子倚在栏杆上,看着三位房客缓慢而从容地走下长长的楼梯，在每层楼梯间的拐角处消失，过了一会儿又再次出现。随着他们越走越远，萨姆沙一家对他们的兴趣也越来越小。当看到一名得意扬扬的肉店小伙头上顶着一盘东西，趾高气扬地与他们擦肩而过，准备上楼梯时，萨姆沙一家终于松了口气，离开栏杆回到了屋里。

他们决定要休息一整天，出门散散步。他们也确实该休息一下了。于是一家人坐在桌边，开始写请假条。萨姆沙先生写给自己的主管，萨姆沙夫人写给户主，而格蕾特写给商店老板。这时，老女佣走了进来。她早上的活儿已经结束了，现在正打算离开。这三个人头也不抬就答应了。可是过了一会儿，老女佣还没走，他们终于抬起头，不耐烦地看了她一眼。

"怎么了？"萨姆沙先生问。

老女佣面带微笑，站在房间口，仿佛有什么天大的好消息要向他们汇报，正等着他们问自己呢，她帽子上的那根鸵鸟毛欢快地四处摇摆。自从雇了她后，萨姆沙先生一看到这根羽毛就来气。

"那么，您到底想说什么？"萨姆沙夫人问，她在老女佣的心里还有一些威望。

"这个嘛，"老女佣笑得都没法继续说话了，"我已经把隔壁房间那玩意儿处理掉了，所以你们不用担心怎么搬走它了。"

听完，萨姆沙夫人和格蕾特又俯下身子写起了假条。萨姆沙先生注意到，老女佣似乎打算详细地说说，立刻伸出手制止了她。老女佣想说的话没能说出口，她又想起待会儿还有很多活儿要做，于是恼怒地吼出一句"再见！"便猛地转身离开公寓，还把门摔得震天动地。

"我今晚就解雇她。"萨姆沙先生说，然而妻子和女儿并没有理他，因为老女佣似乎将她们刚刚得到的安宁赶走了。她们站起身来，走到窗前，呆呆地站在那儿，相互抱在一起。萨姆沙先生转过身子，静静地看了她们一会儿，然后喊道："你们俩过来吧，一切都结束了，你们该多关心一下我了。"于是，两位女士走到他跟前，温柔地安抚他，接着他们迅速写完了假条。

三个人一起离开了公寓，乘着电车来到城镇外的郊区。他们已经连续好几个月没有一起出过门了。电车上只有他们三个人。他们舒适地向后靠在座位上，讨论着未来的规划。他们之前从未如此详细地谈论过，结果仔细一想，情况并没有想象中那么糟。他们三个都有各自的工作，将来也有着不错的发展前景。最能改善当前状况的办法当然是搬家。他们想找一间更小、更便宜、地理位置更合适也更容易收拾的房子，总的来说，要比格里高尔选的这间公寓更加实用。在他们谈论这些事情的时候，萨姆沙夫妇发现，自己的女儿变得越来越活泼了。尽管最近遭遇了种种不幸,女儿一直都脸色苍白,但她依旧长成了一个身材姣好的漂亮姑娘。他们停止了谈话,相互注视着对方,显然已经通过眼神达成了共识:该给女儿找一个好女婿了。电车到达了目的地,格蕾特首先从座位上欢快地跳起来,她舒展了下年轻的身体,就像对他们那崭新而美好的憧憬做出了肯定。

判　　决

在一个春光明媚的周日上午，年轻的商人格奥尔格·本德曼正坐在二楼自己的房间里。河边有一排构造简单低矮的房子，它们之间几乎只有高矮和颜色的略微不同，他的住所就是这些房子中的一座。他刚给身处异国的儿时发小写完一封信，漫不经心地把信封好，然后他双肘撑在桌上，望着窗外的河流、小桥和对岸微微翠色的高岗。

他回想着他的那位朋友是如何因为不满自己在家乡的发展，而在几年前逃往俄国的。他现在正在圣彼得堡做生意，一开始买卖还很兴旺，但现在却越来越清淡；他归国的次数也越来越少，每次在回国拜访自己时，总会抱怨一通。他就这样在异乡徒劳地苦干，新留的络腮胡潦草地遮住了自打孩提时期格奥尔格就熟悉的脸，蜡黄的肤色似乎昭示着某种病情。据他所说，他和本地人没有多少来往，和俄国的亲戚也很少联系，并且已经做好孤独终老的准备了。

对于这么一个固执、但让人爱莫能助的人，又能在信中给他写些什么呢？难道是建议他回乡定居，同亲朋好友重新建立关系——这没有什么困难——然后还要他安心地接受朋友们的援助？写信的人越是怜爱有加，就越伤他的心，因为这无非是在说，他迄今以来所有的努力全都失败了，他最终还是应该放手，回到家乡，让大家瞪大眼睛瞧瞧他这个回头的浪子；这就等同于告诉他，只有他的朋友明白事理，而他只是一个老小孩，只能跟在那些国内的成功朋友后面摇尾乞怜。这难道不会让他更加觉得，自己的痛苦都来自别人的恶意吗？或许劝他回来根本就不可能成功——他自己说，他已经很不了解家乡的情况了。他依然会待在异国他乡，而朋友们的建议只会刺伤他，加深与他之间的隔阂。假如他真的接受了朋友们的建议回到家乡，而在家乡又感到压抑——当然不是故意要这样，这是由事实所造成的——既跟朋友们不合群，离开朋友又无法找到门路，处处受到屈辱，那时就真的既无家可归又形单影只了，这对他可不是好事，那还不如仍然生活在异乡，这样不是更好吗？考虑到这些，还能设想他回来会有更好的发展吗？

因此，如果以后还想跟他继续保持书信联系的话，就不能毫无顾忌地给他任何具体的建议，只能说一些嘘寒问暖的话。这位朋友已经三年多没有回国了，他曾敷衍了事地解释说，由于俄国政局的动荡，他们不允许哪怕是一个小商人的短暂离境，但与此同时，成千上万的俄国人却可以悠闲地在世界各地旅行。对于格奥尔格来说,这三年中发生了很多变化。两年前格奥尔格的母亲去世——从那时起,他就一直和父亲生活在一起——这位朋友获悉此事后曾在信里表达过哀悼,但缺乏情感,或许身在异国的他无法感受到这种丧亲的悲痛吧。自那时起,格奥尔格就开始全身心地投入自己的生意中。或许是母亲在世时父亲在生意上过于独断,阻碍了格奥尔格发挥自己的能力;或许是母亲去世以后,尽管父亲还在插手生意,但已经看淡了,不再事必躬亲;又或许是偶然的幸运——这倒很有可能——无论如何,这两年来生意确实取得了惊人的进展,在职人员增加了一倍,销售额也翻了五番,往后的生意无疑会更加兴旺。

但那位朋友对这些变化却一无所知。早些时候——最近的一次或许就是在那封致哀信里,他曾尝试劝说格奥尔格搬到俄国,并详细探讨了格奥尔格的分公司如果设在圣彼得堡,前景将是一片大好。但他所说的那些数字与格奥尔格现在生意的水平相比,简直微不足道。即便如此,格奥尔格也没有想要把自己商业上的成就告知那位朋友,因为如果他现在再回过头将自己的真实情况告诉那位朋友,会显得动机不纯。

所以,格奥尔格始终局限于向那位朋友介绍一些毫无意义的小事,就像在一个安闲的星期天,人们漫无目的地遐想着堆积在记忆中的琐事,他不希望改变朋友对家乡的固有印象,因为这对他而言是一个安慰。于是就发生了这样的情景:格奥尔格分别在三封间隔很久的信中,连续提到一个无关紧要的男人和同样一个无关紧要的女人订婚的事,而令格奥尔格万万没想到的是,这位朋友竟对这件不起眼的事产生了兴趣。

格奥尔格更愿意在信里讲这件事,也极愿承认他一个月前已经与一位富家小姐——弗丽达·布兰登菲尔德订了婚。他经常跟未婚妻谈论这位朋友以及他们之间通信的特殊性。

"他肯定不会来参加我们的婚礼了,"她说,"但我有权利认识你的所有朋友。"

"我不想打扰他,"格奥尔格回答,"不要误会我的意思,如果我没有猜错,他也许会来,至少我认为他会来参加婚礼,但到时他或许会感到压抑,自尊心受损,甚至会嫉妒我,而又无法消除这种不开心,于是只能再次孤独地回去。孤独——你知道这是什么吗?"

"当然,难道他就不会从其他途径得知我们结婚的事吗?"

"这个我无力阻止,但在他当前的生活环境下是不太可能的。"

"如果你的朋友都是这样,格奥尔格,你当初就不应该订婚。"

"没错,这是我们两个人的过错,但我现在不想再改变主意了。"

他亲吻她,她在亲吻下气喘吁吁地说:"这让我很伤心。"这时,他觉得或许将这一切向朋友坦白也并没有什么大不了。

"我就是这样的人,他应该认识真实的我,"他自言自语地说,"我不能为了跟他保持朋友关系而变成一个更让他满意的人。"

在这个星期日上午所写的信里,他确实向朋友告知了一切,并这样写道:"我把最重要的事放在最后。我已经与一位富家小姐弗丽达·布兰登菲尔德订婚了,他们一家是你搬走以后很久才在这里定居的,所以你不认识他们。以后有机会我再给你仔细说说我的这位未婚妻,今天,你只要知道我很幸福就足够了,这只让我们当前的关系发生了一点点改变,那就是现在我不再是你的一个普通的朋友,而是一个幸福的朋友。此外,你也收获了一个真诚的女性友人——我的未婚妻,她嘱咐我真诚地向你问好,不久她还会亲自给你写信,这对于一个单身汉来讲可不是毫无意义的事啊。我知道,有很多事阻碍了你来看望我们,那么,你能克服这些阻碍,前来参加我的婚礼吗?无论如何,不要有所顾忌,按照自己的想法去做。"

格奥尔格手里捏着这封信,脸对着窗户,在写字台旁边坐了很久。一个熟人从胡同里路过,向他打招呼,他也只是挤出了一个心不在焉的笑容。

终于,他把信塞进口袋,走出自己的房间,穿过一条狭窄的走廊来到父亲的房间,他已经好几个月没来过这里了。事实上,他平时也没有必要来,他跟父亲在店里天天见面,他们一起在餐馆吃午饭,晚上各自随意吃些东西,之后只要格奥尔格没有去找朋友们或者去看望女友——现在这可是经常发生的,他们就共同在客厅里坐一会儿,各看各的报纸。

格奥尔格感到非常惊讶,在这样阳光明媚的上午,父亲的房间怎么还会那样的昏暗。一堵高墙矗立在狭长院落的对面,贡献了一大片阴影。父亲坐在窗边的一个角落,角落里摆放着各种跟母亲有关的纪念物,父亲正在读报,他把报纸斜着举在眼前,以弥补视力的缺陷。桌子上还留着吃剩的早饭,看样子并没有吃下太多。

"啊,格奥尔格!"父亲说着立刻朝他走了过去。他走路的时候睡袍敞开着,下摆在他周围飘动。"我的父亲仍然是个巨人。"格奥尔格心里想。

"这里实在昏暗得让人无法忍受。"他接着说。

"没错,这里确实挺暗。"父亲回答。

"那您为什么把窗户关上了?"

"我习惯这样做。"

"外面很温暖啊。"格奥尔格说,似乎是作为上一句话的补充,然后他坐了下来。

父亲收拾着早餐的餐具,把它们放在一个箱子上。

"我只是想告诉您,"格奥尔格继续说,他迷茫地看着老人的一举一动,"我已经写了一封关于我结婚的信寄往了圣彼得堡。"他把口袋里的书信拉出来一点,又让它落了回去。

"圣彼得堡?"父亲问。

"是寄给我的那位朋友的。"格奥尔格说着试图看向父亲的眼睛。——"他在做生意的时候可不是这样,"格奥尔格心想,"瞧,这会儿父亲正双臂交叉在胸前,双腿张开舒舒服服地坐着。"

"对,你的朋友。"父亲着重地说。

"您知道的,父亲,我一开始是不想把我订婚的事告诉他的,这主要是为了他着想,并不为其他。您也知道,他生活得很艰难。我曾经也想过,就算他独自生活,还是有可能从别处获悉我订婚的事,这我无法阻止——即便他孤独的生活方式可能不会让他得知,但我希望至少他不会从我这儿知道这件事。"

"现在你又改变主意了?"父亲问,他把那张大幅的报纸搁在窗台上,又把手里攥着的眼镜放到报纸上,并用手捂住了眼镜。

"没错,我又改变主意了。我觉得,既然他是我的好朋友,那么我幸福的婚约也会让他幸福。因此我不再犹豫,决定把这件事告诉他。但在投递信件以前,我想跟您说一声。"

"格奥尔格,"父亲说,他那落光牙齿的嘴张得很大,"听好了!

你因为这件事来找我，想寻求我的建议，这无疑是值得肯定的。但你要是不跟我坦承所有的真相，那么说什么也都是毫无意义，我不想插手与我无关的事。自你亲爱的母亲去世后，确实发生了一些不光彩的事。至于它们，或许我们以后会有时间来谈谈，时机可能比我们预想得还要早。商行里发生了很多事情，我都不知道，或许并没有对我有所隐瞒——在此我也不想认为是在故意隐瞒我，我已经不再强健，记忆力也逐渐衰退，不能再照管这么多事了。这首先是自然的规律，其次你母亲的去世对我的打击远比对你的更严重。但既然我们正在谈论这件事，谈论这封信，那么，格奥尔格，你就不要再欺瞒于我。这是一件小事，根本不足挂齿，所以别欺瞒我了。你真的在圣彼得堡有个朋友吗？"

格奥尔格困惑地站起身："先别提我的朋友了。一千个朋友也替代不了我的父亲。您知道我在想什么吗？您没有好好地保重身体。岁月可不饶人。处理商行里的事我离不开您，这您也知道，但如果因为商行的生意而危害到您的健康，那我宁愿明天就关门大吉，永不再开张。这可不行啊，我们必须要改变您的生活方式，彻彻底底地改变。您坐在这里，周围一片黑暗，而客厅里就有很好的采光。早餐您只吃几口，这可无法补充您的营养。您关着窗户，但新鲜的空气对您的健康大有益处。不行，我的爸爸！我要去找医生，您需要遵照医嘱。我们要换一换房间,您应该搬去前面的房间,我搬到这里。您不会感觉到丝毫改变,房间里的一切都会一起搬过去。但在此之前,请您立刻上床,您需要休息。来吧,我来帮您脱衣,您看,我能行的。还是您想现在就搬到前面房间里,这样您可以暂时睡在我的床上。这也是非常明智的。"

格奥尔格紧紧地靠在父亲旁边,父亲把白发蓬蓬的头耷拉到胸前。

"格奥尔格。"父亲轻声地说,一动没动。

格奥尔格迅速跪到父亲旁边,看向父亲疲惫的脸庞,他看到父亲放大的瞳孔正盯着自己。

"你在圣彼得堡没有朋友。你一直喜欢开玩笑,在我面前也不收敛。你怎么可能在那里有朋友?我绝不相信。"

"再回想一下,爸爸,"格奥尔格说着把父亲从沙发上扶起来,趁父亲起身晃晃悠悠的时候,脱下了他的睡袍,"自从上次那位朋友来看我们,到现在已经过去三年了。我还记得,您并不怎么喜欢他。至少有两次,为了避免您见到他,他明明就坐在我的房间里,我也没有告诉您。我很清楚您为什么反感他,我的朋友有他自己的个性。但您后来就与他相处得很好了。您听他说话,时不时地点点头,提出几个问题,这曾让我感到那么自豪。只要回想一下,您肯定会想起来的。他当时讲述了俄国革命中一些不可思议的奇事。比如有次他去基辅谈生意碰巧遇到骚乱,他看到一个神父站在阳台上,在手掌上割了一个大大的血十字,举着手向群众呼喊。后来,您自己都到处向人复述这个故事呢。"

说话中,格奥尔格已经成功安抚父亲坐下,又把他穿在亚麻衬裤外面的针织裤连同袜子一起小心翼翼地脱了下来。当看到父亲衣服上的些许污渍时,他便埋怨自己疏忽了对父亲的照顾。照看父亲替他更换干净的衣服是他的责任。他还没有同自己的未婚妻商量过如何照顾父亲,因为他们觉得父亲可以单独生活在老房子里。现在,他立刻下定决心,要把父亲接到未来的新居里照顾。他很急切,似乎再不照顾父亲就晚了。

他将父亲往床上抱。当他走到床边时,注意到父亲正在怀里玩弄着自己胸前的表链,顿时心生恐慌。父亲紧紧地抓着他的表链,这让他一时间无法将父亲放到上床。

但父亲刚一碰到床,一切就好转了。他给自己盖上被子,把被子拉到肩膀上盖好,并亲切地看着格奥尔格。

"您已经想起他了是吗?"格奥尔格问,鼓励性地向父亲点点头。

"我现在盖好了吗?"父亲问,似乎他看不到自己的双脚是否也盖严实了。

"您躺在床上就舒服了。"格奥尔格说着又给他掖了掖被子。

"我盖好了吗?"父亲又问了一次,似乎对此格外上心。

"别说话了,您盖得很好。"

"不对!"听到儿子的回答,父亲立刻大喊,他使劲把被子掀回去,用的力气非常之大,甩出的被子在空中一下铺展开,然后他笔直地在床上站起来,只用一只手轻轻地撑着天花板,"我知道,你是想把我'盖'上,我的好小子,不过我还没被完全'盖'上。这是我最后的一点力气,但对付你足够了,并且绰绰有余。我知道你的朋友。让他做我儿子倒挺合我心意。正因为这点,你才骗了他这么多年。难道还会因为其他原因吗?你以为我没有为他哭泣过吗?你把自己锁在办公室里,拒绝任何来客,只说经理在忙——其实你只不过是在往俄罗斯写那些虚假的书信。知子莫若父,这都不用人教。因为你要结婚了,所以你就觉得自己比他强,甚至觉得自己可以骑在他的脖子上,让他动弹不得了!"

格奥尔格抬眼看着父亲那可怕的模样。父亲突然间如此熟悉这位圣彼得堡的朋友,而此时,这位朋友的境况还从未像现在这样触动过格奥尔格。他看到他迷失在遥远的俄罗斯;看到他站在空空荡荡、洗劫一空的商店门边;看到他孤零零地站在破烂的货架、撕碎的商品和倒塌的煤气管之间。他为什么非得跑去那么远的地方呢？

"你看着我！"父亲吼道，格奥尔格神情恍惚地朝床边跑去，却在中途戛然止步。

"就因为她撩起了裙子，"父亲开始阴阳怪气地说，"就因为那蠢妇人这样撩起了裙子，"他为了演示把衣衫掀得很高，可以看到大腿上因为战争留下的疤痕，"就因为她把裙子这样、这样和这样地举了起来，你就接近她，然后你就能随心所欲地满足自己，你玷污了对母亲的怀念，你出卖了朋友，又把父亲这样塞在床上，想让他动弹不得。但他真的就不能动了吗？"

说完，他把那只撑着天花板的手放下，双腿来回走动。他觉得自己洞察了一切，因而满脸光彩。

格奥尔格站在角落里，尽可能远离父亲。早在很久以前，他就下定决心，要时刻警惕观察四周的一切，以免被从身后或者上方来的间接打击而搞得惊慌失措。现在，这个早就遗忘的主意重新回到了他的脑海，但就像一根很短的线迅速地穿过针眼似的，他马上又将它抛诸脑后。

"但那位朋友现在不会被出卖了！"父亲大喊道，他摇动食指加以强调，"我会成为他在此地的代理人。"

"您就是一个演滑稽剧的小丑！"格奥尔格情不自禁地喊出来，

但他立刻明白自己闯了祸，于是赶紧咬住舌头，但太晚了，他目光呆滞，因为咬得太疼而痛得弯下腰来。

"没错，我就是在表演滑稽剧！滑稽剧！好词！一个老鳏夫还能指望有什么安慰呢？你说——你只要立刻回答我，你仍旧算是我的儿子——除了待在这个阴暗的房间里，老朽不堪，被见风使舵的职员们迫害，我还剩下什么？而我的儿子正受到世界的夹道欢呼，签下了我打好基础的合同，兴高采烈，忘乎所以，然后露出一副正人君子的冷漠表情从他父亲身边走开！你真的以为，我从来没有爱过你这个亲生儿子吗？"

"现在他躬下了身子，如果他摔了下来该怎么办？"他的脑袋里忽地闪过这个念头。

父亲躬下了身，却没有跌倒。因为格奥尔格没有像他预计的一样靠上前，所以他重新挺直了身子。

"你就待在那里吧，我不需要你！你觉得你还有力气到这里来，但是你躲到一边，是因为你不想过来。你别搞错了！我一直都比你更加强壮。也许仅靠我一个人我不得不服软，但你妈妈把她的力量赐予了我，我已经跟你的朋友结成了友好的同盟，你的顾客名单也正装在我的口袋里。"

"他的衬衣里竟然还有口袋！"格奥尔格心想，如果把与父亲的谈话公之于众,单凭这些话就可以让父亲无脸见人。这个念头在他脑海中只是一闪而过,因为他改不了健忘的毛病。

"你尽管挽着新娘子的胳膊朝我走来吧!我会在你还不知道是怎么一回事的时候就把她从你身边轰走的!"

格奥尔格做了个鬼脸,似乎并不相信父亲的话。父亲只是朝格奥尔格所处的角落点了点头,表示自己说得千真万确。

"你今天来找我攀谈,询问要不要把你订婚的事情写信告知你的朋友。但他早就什么都知道了,愚蠢的孩子,他早就什么都知道了!我一直都在给他写信,因为你忘了把我的笔墨拿走。因此他才数年不再过来,对于发生的一切,他比你还要清楚一百倍,你的信都被他揉皱了捏在左手里,连看都不看,而他的右手里正捧读着我的信!"

他由于激动把手臂挥舞过头顶。"他比你清楚一千倍!"他喊着。

"一万倍!"格奥尔格说,他原本试图嘲笑父亲,但这句话从他嘴里说出来却变得非常严肃。

"几年了,我就一直注意着你会不会来问我这个问题!你以为我关心的是其他的事吗?你以为我真的在看报?给你!"他把一页报纸——他不知以什么方式带到床上的——扔给格奥尔格。这张报纸非常古老,格奥尔格已经完全不知道这家报纸的名字。

"你踟蹰了多久才打定主意啊！先等你母亲离世，不让她亲历你大喜的日子；你的朋友在俄国就快要完了，早在三年前他就贫困潦倒；而我，正如你看到的这样，我现在是什么处境，你又不是有眼无珠！"

"您一直在暗中监视我！"格奥尔格喊道。

父亲带点遗憾的口吻说："或许你应该早点说出口。就不会有现在这种事了。"

接着，他又更大声地说："现在你知道了，除了你世上还有其他人，一直到现在，你都只知道你自己！你是个无辜的孩子，这没错，但你更是个没有人性的魔鬼！——你听着：我现在就宣判你的死刑，判你投河溺死！"

格奥尔格觉得自己被赶出了房间，父亲在他身后倒在床上的声响仍然徘徊在他的耳边。他迅速走下楼梯，就像在斜面上滑行一样，正好迎面撞上预备打扫房间的女佣。这可把她吓了一大跳，"耶稣啊！"她喊道，并用围裙蒙住了自己的脸，但格奥尔格已经从她身边走过了。他跳出门，穿过车道，向河边冲去。他紧紧地抓住护栏，就像快饿死的人抓住食物一般。接着，他抓住护栏一跃而过，悬空吊在栏杆上，就像是一个优秀的体操运动员；在他小时候，父母曾经因为他有这样的特长而引以为豪。他的手仍然紧握护栏，但越来越无力，他从栏杆隔缝里看到了一辆行驶而来的公共汽车，想到它的轰鸣声可以轻易地掩盖住自己落水的声音，于是小声地呼喊了一句："亲爱的父母，我一直都是爱你们的。"说完，他松开手坠了下去。

此时，桥上的车辆正川流不息。

在流放地

"这是一架与众不同的刑具。"军官对旅行者说,同时用极其赞赏的目光看着那架他非常熟悉的刑具。旅行者似乎只是碍于礼节,所以才接受司令的邀请来参观一个士兵的死刑,该名士兵因不服管教和侮辱上峰才遭此判决。这场死刑的执行似乎并未在流放地引起多少人的兴趣。至少在这个被光秃秃的坡地围起来、深邃多沙的小山谷里,除了军官、旅行者、一个士兵,还有这个罪犯——他是一个愚钝的人,长着一张蛤蟆嘴,蓬头垢面——之外,就没有别的人了。那个士兵手里拽着一根沉重的大铁链,大铁链控制着犯人脚踝、手腕和脖颈上的小铁链,小铁链之间又由链条连接着。这个犯人看上去如此驯顺,像一条听话的狗,使人以为似乎可以放他在周围山上乱跑,只需要在处决开始的时候吹吹口哨,他就会回来。

旅行者对刑具没有兴趣,他只是在军官做最后检查的时候,在犯人后面走来走去,毫不掩饰自己的冷淡。刑具深埋地底,根基牢固,军官一会儿爬到刑具下面,一会儿爬到梯子上,检查上面的部分。这本是机械师的工作,但军官却以巨大的热情亲力亲为,不知道他是这架刑具的狂热爱好者,还是有什么别的原因,所以不能将这件事托给别人去做。

"现在万事俱备了!"他终于喊道,并从梯子上爬下来。他显得极其虚弱,张着嘴大口喘气,把两个柔软的女士手帕使劲塞到制服的领口里。

"在热带,这种制服实在太厚了,"旅行者说,却没有如军官所期望的那样,打听刑具的情况。

"当然了,"军官说着,在一个准备好的水桶里清洗自己沾满油污的双手,"但它代表着祖国;我们不想忘记祖国。现在,你还是先看看刑架吧。"他马上添了一句,用一个手帕擦干双手,立刻指向刑架。

"需要人动手的活已经干好了,接下来就要靠刑具了。"旅行者点点头,跟在他的后面。

军官怕发生什么不能预料的事件使自己尴尬,又补充说:"当然,有时难免会出些小故障;虽然我期望今天不会出现这种情况,但总得考虑到。这个刑架得连续运转十二个小时。不过就算发生了故障,也只会是一些很快就可以修理好的小故障。"

"您不想坐下吗?"他最后问道,顺便从一堆原木藤椅里抽出一把椅子,递给了旅行者;旅行者不好意思拒绝,坐在了已经挖好的坟坑边上,他眼睛匆匆地向坟坑里瞥了一眼。这坟坑并不深。坟坑的一边是挖出的土堆,已经堆成了一堵墙,另一边则屹立着那座刑架。

军官说:"我不知道司令是否已经向您解释过这架刑具的原理。"

旅行者含糊地摆摆手;这可正合了军官的意,因为现在他就有理由亲自对刑架做番介绍了。

"这架刑具,"他说着拉住一个弯曲的手柄,并倚在上面,"是我们前任司令的发明。我从最初的试验开始到最后,全程都参与了。但发明的功劳还是应该记在他头上。您听说过前司令的故事吗?没有?好吧,当我说整个流放地的审判制度都是由他创立的时候,可不是在夸大其词。我们作为他的朋友,在他死以前就相信,流放地的审判制度是天衣无缝的,就算后来的继任者脑海里有一千种改变的计划,至少在许多年之内,他也无法改动一丝一毫。我们的预言实现了,新任司令也不得不承认这点。您不认识前司令,这真可惜!——好吧,"军官停下了,"我废话太多了,他的刑具就立在我们面前。如您所见,它由三个部分组成。经过了这么些年,每个部分都有了通用的名字。下面的叫作'刑床',上面的叫作'绘图器',中间可以上下移动的叫'耙子'。"

"耙子？"旅行者问。他听得并不是很认真，日光过于强烈，山谷里没有一丝阴翳，让人很难集中精神。军官穿着上面坠满了沉甸甸的肩章和绦带的仪仗队式紧身军服，兴奋地、滔滔不绝地介绍着，并且还拿着扳手到处拧一拧螺丝，这让旅行者更加佩服这个军官了。士兵似乎也与旅行者状态相同。他把犯人的铁链分别缠在自己的两个手腕上，一只手挂着他的步枪，耷拉着脑袋，什么也不关心。对此，旅行者并不感到奇怪，因为军官说法语，而士兵和犯人都听不懂法语，但犯人却竭力地想听懂军官的解释，这倒是引起了他的注意。犯人一面犯着困，一面死死地盯着军官指向的地方，每当旅行者提出问题打断军官的时候，他就跟军官一起看向旅行者。

"没错，耙子，"军官说，"这个名字十分恰当。这上面排列着许多针，就像耙齿一样，虽然只局限在一个地方操作，但整体运行起来就像"耙子"一样，非常地巧妙。您马上就会明白的。受刑者会被放在这里的刑床上。我会先描述一下刑架，然后再亲自执行程序，到时候您就能够看明白了。另外，绘图器里的一个齿轮磨损得太严重了，因此开始运行之后总会吱吱乱叫，那时候我们就很难听清对方的话了；可惜这里很难搞到替换的零件。这里，就是我刚才说过的刑床。它上面严严实实地覆盖了一层棉絮，至于做何用途您不久就会看到。受刑者要脱光衣服面朝下趴在棉絮上；这里的皮带是绑手的，这里是绑脚的，这里是绑脖子的，得把他捆结实。首先会把受刑者的脸放在床头的位置上，这里有一个毛毡的小口衔，它可以塞进刑者的嘴里。它的作用是阻止喊叫，同时也防止受刑者咬舌自尽。但他不得不把它含在嘴里，否则皮带会把他的脖子勒断。"

"这是棉絮？"旅行者询问道，向前弯下腰。

"没错，确实如此，"军官笑着说，"您自己摸一摸。"他抓住旅行者的一只手，把他的手拉到刑床上，"这是一种特制棉，所以才不好辨认；我之后还会谈到它的用途。"

旅行者已经对刑具产生了些许兴趣；他把手罩在眉上遮住日光，看着高高的刑具。这是一个庞然大物。刑床和绘图器有着相同的直径，看上去就像两个暗沉的大箱子。绘图器被安装在刑床之上两米高的地方；两个部件被四角的四根铜棍连接了起来，那些棍子在日光照射下闪闪发光。耙子固定在一条钢带上，在两个箱子之间上下移动。

军官并没有注意到旅行者之前的应付心态，却注意到了他逐渐高涨的兴趣；于是，他停止了继续讲解，给旅行者留出了自由观赏的时间。犯人模仿着旅行者的举动；但他无法把手举到眼睛上，于是干脆眯缝着眼抬头看着。

"现在受刑者要躺下了，"旅行者说，往椅背上靠了靠，把腿一叉。

"没错,"军官说着把帽子往后推了推,用手抚了一下发烫的脸庞,"您听着!刑床和绘图器里都有单独的电池;刑床的电池是供它本身用的,绘图器的电池则是用来驱动耙子的。只待受刑者固定好,刑床马上会自动开动。刑床会以极快的速度上下左右的小幅度抖动着。您可能在精神病院见过类似的设备,不过我们的刑床上所有的移动都是经过了精确计算的;它们必须与耙子的动作严格地保持一致。耙子才是处决的真正执行者。"

"处决是什么意思?"旅行者询问。

"您连这也不知道吗?"军官震惊地说,咬着嘴唇,"如果我的解释有混乱不周的地方,还请您多见谅;我真诚地请求您的谅解。之前通常都是由司令来做讲解的;新任司令却逃避了这一光荣的职责;对于一位这么尊贵的来客——"旅行者举起双手,试图婉拒这项尊荣,但军官坚持这种表述,"对于一位这么尊贵的来客,他竟然没有介绍一下我们的处决形式,真是一桩新鲜事,这个——"咒骂的话已经到了他的嘴边,但他控制住了,只说,"我未被告知,这不怪我。此外,我也是最能胜任该解说工作的人,因为我这里——"他拍拍胸前的口袋,"存放着前任司令绘制的专门图解。"

"司令亲手绘制的图解?"旅行者问,"他是一个全才吗?他难道既是军人,又是法官、工程师、化学家和画家?"

"是的,"军官点着头说,目光有些呆滞,似乎在思考着什么。然后他检查着自己的双手,他似乎觉得它们不够干净,不可以就这样去拿图解;于是他走到水桶边,又洗了一次手。然后他才拿出一个小皮夹,说,"我们的处决听上去并不严厉。犯人所触犯的禁令会由耙子写在他的身上。比如这个犯人——"军官指向那个犯人,"他的身体会被写上:要尊敬你的长官!"

旅行者瞥了犯人一眼;当军官指向他的时候,他把头垂了下去,似乎在集中所有的精神努力听别人说话。但他那紧闭的双唇不停地翕动着,表明他根本什么也没听懂。旅行者脑海里有很多问题,但看到犯人后却只是问了句:"他知道他要受到的处决吗?"

"不知道。"军官说。他想继续解释下去,但旅行者打断了他。

"他不知道对自己的处决?"

"不知道,"军官重复了一遍,顿了一秒钟,似乎在等待旅行者解释一下他对此感到疑惑的原因,然后说道,"告诉他也毫无意义,他会亲身体验的。"

旅行者不打算说话了,因为他感觉到犯人正在瞧着他,犯人似乎正在询问他是否同意这荒唐的处罚。本来他已经靠在了椅背上,于是重新往前弯下身子,又问道:"他被判用刑了,这他总知道吧？"

"也不知道。"军官一边说一边笑着看向旅行者，似乎在期待他说一些不可思议的言论。

"啊，不知道？"旅行者说着摸了一下额头，"那他现在岂不是不知道如何为自己辩护？"

"他没有为自己辩护的机会。"军官说着看向旁边，似乎是在自言自语，不想通过说出这种理所当然的话让对方难堪。

"但他总得拥有自我辩护的机会吧？"旅行者说着从椅子上站了起来。

军官意识到，自己在解释刑具原理上可能会被耽误很长时间，这是个麻烦；于是，他走向旅行者，挽着他的胳膊，用手指着犯人——犯人觉得大家明显都在注意着他，所以他站得笔直，士兵也拉紧了铁链——说："事情是这样的。我在流放地被任命为法官，虽然我还很年轻。我曾经陪同前任司令处理过所有的刑罚事宜，也最了解这个刑具。我的处事原则是：对罪行毋庸置疑。其他的法庭可能无法遵守这一原则，因为他们的意见不统一，还有更高级的法庭在监督他们。这里却不是这样，至少在前任司令的时代不是这样。新来的司令已经表现出了插手审判制度的兴趣，但迄今我仍然能够把他拒之门外，以后一定也可以。您是不是想让我叙述一下这件案子？它跟其他案子一样简单。一个上尉今早提起指控，声称这个分配给他的勤务兵在门前睡着了，犯了渎职罪。他的职责是在每一个整点时分立正，向上尉的门前敬礼。这无疑不是什么困难的工作，但却是必要的，因为他应该做好警卫工作，也应该时刻做好服务上级的准备。昨晚，上尉想看一看勤务兵是否履行了自己的职责，他在两点整的时候打开了房门，却发现这个勤务兵正在蜷缩着睡觉。他拿起马鞭抽他的脸。但这个人竟然没有站起来恳求原谅，而是抱住主人的腿，一边摇一边喊：'放下皮鞭，否则我就吃了你。'事情就是这样。一个小时前，上尉来找我，我给他写下了案件陈述，顺带着做出了判决。此后，我就下令给这个人上了枷。一切都非常简单。如果我先传唤这人进行审问，就会一团糟。他一定会撒谎，就算我成功地揭穿了他的谎话，他一定又会扯新的谎，如此这样循环往复。但我现在抓住了他，不给他任何机会。现在，一切都清楚了吗？时间正在流逝，刑罚早就应该开始了，但我还没有讲述清楚这座刑具的原理。"

他把旅行者按到座位上，重新走到刑架前，开始讲述："如您所见，耙子与人的体形契合；这里是处理上半身的，这里是处理下半身的。只有这个小刻刀是用来对付头的。您都清楚了吗？"他友好地朝旅行者弯弯腰，准备进行最详细的解释。

旅行者眉头紧皱看着耙子。对于军官所解释的审判制度并不满意，但他不得不告诉自己，这里是流放地，有些特殊的规则是必要的，在这里必须军事化管理。但他仍然对新任司令给予了某些希翼，新司令明显有意引进一种新的审判制度，尽管进展迟缓，但这是这个顽固军官的脑袋所不能理解和接受的。

出于这种思考，旅行者问道："司令会来观看这次的刑罚吗？"

"这不一定，"军官说，这个问题触动了他的痛处，他那本来友好的表情扭曲了，"正因如此我们才要加快速度。我甚至必须缩短一下我的解释，这很让人遗憾。不过，我可以等明天这刑具清洗干净以后——它一用起来就会变得非常污浊，这是它唯一的缺陷——补充上我的解释。现在只讲一些最关键的东西。当犯人躺在刑床上时，刑床会震动，耙子会降到他的身体上。它会在针尖刚触及皮肤的时候自动调节，调节好后，钢带便会立刻绷直。接着，好戏就开始了。一个外行根本分辨不出刑罚中的细微分别。耙子的动作看上去千篇一律，它会颤动着把尖刺扎入身体，身体也会随着刑床颤动。为了让所有人都能够一览处决的整个施行过程，我们特地用玻璃打造了耙子。这会有一些技术上的难题，比如如何把尖针固定在上面，不过经过很多次的尝试之后，我们成功了。我们从不畏惧任何艰难险阻。现在，每个人都可以透过玻璃观看铭文被刻到身体上的整个过程。您不想靠近一些,自己看看这些尖针吗?"

旅行者缓缓地站起身,走过去,弯下腰俯视着耙子。

"您看,"军官说,"这是两种针头的不同组合。每根长针旁边都附带着一根短针。长针刺字,短针洒水,目的是冲掉血迹,让字迹始终清晰可辨。血水会通过小水槽导流进大水槽,最后会从排水管流到这个坟坑里。"

军官用手指准确地描绘着血水将要流过的路径。为了尽可能直观逼真地进行展示,他把双手凑到排水管的出口处,做着接水的动作,这时旅行者抬起头,用手往后摸索着,试图坐回到椅子上。然后,他看到了令他震惊的一幕,当军官邀请自己从近处查看耙子的构造时,犯人也依样模仿他。犯人把手持铁链、睡意蒙眬的士兵也往前拽了一下,自己则弯腰去看玻璃。可以看到他那好奇的双眼正在搜索两位先生所观察的东西,但由于没人给他讲解,所以他仍然一头雾水。他往这里探探身子,又往那里探探身子,一遍遍地打量着那玻璃。

旅行者想把他赶回去,因为他的举动或许会招致惩罚。但军官用一只手拦住了旅行者,用另一只手从土堆上抠出一个土块朝士兵掷去。士兵猛地一颤,抬眼看到犯人的放肆举动,扔下步枪,用脚跟抵住地面,使劲把犯人往回拉。犯人一个趔趄摔倒在地,从地上转过身，满身的铁链哗哗作响，士兵只是低头看着他。

"把他扶起来！"军官大吼，因为他注意到犯人的事让旅行者从他的讲述中分心了。旅行者对耙子视若无睹，直接弯腰越过它，一心想确认犯人的情况。

"动手的时候小点心！"军官又喊了一声。他绕过刑具跑过去，亲自架住犯人的胳肢窝，犯人多次滑倒，军官在士兵的帮助下才将他勉强扶起来。

"现在我已经什么都知道了。"当军官朝他走回来的时候，旅行者说。

"除了最重要的一点，"军官说着抓住他的胳膊，指着高处，"在绘图器里面有一个齿轮装置，是它确定了耙子的运动轨迹，这个齿轮装置是根据判决书的图纸调节的。我使用的仍然是前任司令的图纸。就是这个，"他从皮夹里抽出几页纸，"抱歉我不能把它递到你手里，这是我最宝贵的东西。您请坐下，我会拿着给你看，您会看得一清二楚。"他展开了第一张。旅行者本想说几句奉承的话，但他只看到一些迷宫般互相纠缠的线路，它们如此密集，要想在纸上找到空白都着实得费一番力气。

"您看一下。"军官说。

"我看不明白。"旅行者说。

"这很清楚啊。"军官说。

"它很巧妙,"旅行者言辞闪烁地说,"但我无法辨认。"

"没错,"军官说,他大笑着把图纸塞进皮夹重新插回去,"这不是学童的涂鸦。要想理解它必须要经过长时间的研究,但您肯定会理解它的。这自然不是单纯地刺几个字就算了;它不会马上处死犯人,使人致死的时间大约在十二个小时后,第六个小时是转折点。处决的主体部分是文字,但文字周围还需要有一些花纹来作修饰;文字只不过是围绕着身体窄窄地绕上一圈,身体的其他部分则要文上那些装饰图案。现在,您准备好亲眼看看耙子和整个刑具的运转了吗?——您请看吧!"

他跳到一架梯子上,转动一个轮盘,朝下面喊着:"注意,请靠边站!"

刑具开始运转了起来。如果不是齿轮吱吱作响,这一切倒是挺美妙的。军官似乎对这吵声感到意外,他气愤地对着齿轮挥着拳头,最后又向旅行者摊了摊双手,表示歉意。他迅速地爬下来,准备从下面观察机器的运行。还有一些地方不太正常,这只有他看得出来;他重新爬上去,用双手在绘图器内部摆弄了一阵。接着,他为了更快到下面来,竟然没走梯子,直接顺着一根棍子滑到了地上。为了让旅行者在噪声里听清自己的话,他使出极大的力气在对方耳朵上喊道:"您看懂了吗?耙子开始写字了,等它在受刑者后背上刻好第一部分草稿后,棉层就会转动,慢慢地把犯人翻到另一面,给耙子提供新的刺字的地方。其间受伤的部位会被放在棉层上,那些特殊材料可以迅速止血,为下一步加深字迹做准备。耙子边缘的锯齿会在下一次翻动过程中撕掉伤口上的棉花,把它们甩到坟坑里,然后耙子再重复一遍它的工作。它就是以这种方式在十二个小时内不断加深字迹的。前六个小时里犯人会一如既往地活着,他只会感到疼。两个小时后就会拿掉毛毡口衔,因为到了这时候,他绝对没有力气再大喊大叫。原来的位置上会放置一个电热碗,里面盛着温热的米粥,犯人如有需要,可以从里面取食,比如用舌头舔。没有人会浪费这种机会,反正我没见过,我可是阅人无数了。到了第六个小时,他才会失去吃饭的欲望。我通常会跪在这里观察。犯人很少会吞下最后一口粥,他们会在嘴里不停搅动,然后吐到坟坑里。这时,我必须得闪开,否则他会直接啐到我的脸上。一到第六个小时,犯人就会变得如此安静!就算最愚蠢的人也开了窍。首先体现在眼睛上,然后扩散到全身。犯人的表现会让人误以为他们是处于一种极大的幸福里,让人也想躺在耙子下面呢。此外就没有什么了,犯人开始辨认文字,他们会噘起嘴,仿佛在倾听。您已经看到了,用眼睛来辨认文字都不是一件易事,而我们的犯人却是用伤口来辨认的。这当然是件难事；他需要六个小时才能完成。然后耙子会将他整个刺穿，再扔到坟坑里，摔在血水和棉花上面。之后，处决的工作就结束了，我和这个士兵会把他埋了。"

旅行者把耳朵靠向军官，双手插在上衣口袋里，观看刑具的运转。犯人也看着刑具，但一无所知。他稍微前倾身体，紧紧盯着颤动的针头，这时，军官发出了一个信号，士兵立刻拿出一把刀从身后划开了犯人的衬衫和裤子，它们从犯人身上纷纷脱落。犯人想抓住滑落的衣服，遮挡自己的裸体，但士兵把他架起来，抖掉了他身上最后一块布料。

军官暂停了刑具，在这片短暂的宁静中把犯人放置在了耙子下面。铁链被解下了，取而代之的是皮带；有那么一瞬间，犯人感到了一阵轻松。耙子又往下降了降，因为他实在瘦得可怜。针头触碰到他时，一阵冷战滑过他的皮肤；士兵忙着捆住他的右手，他主动伸开了左手，却不知道该伸到哪里，最终伸向了旅行者的方向。军官不停地斜眼瞟向旅行者，他至少已经粗略地向旅行者讲述了处决的细节，此时似乎在努力解读对方脸上流露出来的态度。

或许士兵的拉扯太过用力，用来捆手腕的皮带断开了。军官只得走过去亲自过问，士兵将断开的皮带拿给他看，他朝士兵探过身，脸转向旅行者，说："这架刑具很复杂，难免会出些小毛病，可别因此影响了您对它的评价。我们可以迅速找到皮带的替代品；我会使用一条铁链；只是这肯定会损害右手摆动的柔和性。"

在他捆着链子的同时，又说道："维修机器所需的经费越来越捉襟见肘了。前任司令在任时，有一个财务处专门负责这项事务，它对我有求必应。这里本有一个储藏室，里面有各种可能用得到的零配件。我得承认，我用得有些浪费，但我说的是以前，不是现在，但新任司令却指责我，这无非是他用来攻击现存审判制度的借口。现在他亲自掌管储藏室和财务处，我若想取一根新皮带，还得把这个坏了的拿去作为物证。新皮带怎么也得十天之后才能送来，而且还是不中用的次品。这段没有皮带的时间里，没人关心我怎么启动这架刑具。"

旅行者陷入思考：干涉他人的事情，总会惹麻烦。他既不是流放地的居民，也不是流放地所属国家的国民。如果他谴责或者径直阻挠这场处决，别人会对他说：你是个外人，请保持沉默。对此他无法反驳，只能补充一句，说他对自己在这件事中的表现也感到无法理解，因为他此次来访的目的仅是考察，绝对无意干涉这里的审判制度。但现在的情形却促使着他跃跃欲试，审判制度的不公正和处决手段的非人道是毋庸置疑的。没有人会质疑旅行者怀有私心，因为他跟犯人素昧平生，对方既不是同胞，也没有恳请自己的同情。

旅行者本人有更高级官员的推荐信,在这里受到了隆重的接待,既然请他参观这场处决,就表明人们希望听到他对这桩案子的评判。尤其是新司令——他听得清清楚楚——不是这种审判方式的拥护者,而且对军官怀有敌意,这就更能证明他的推断是正确的了。

突然,旅行者听到了军官愤怒的吼叫。他花费了一番力气,刚把口衔塞进受刑者嘴里,受刑者就涌起了一阵无法抑制的恶心,紧闭双眼呕吐不止。军官迅速把他的头拽起来,想按到坟坑的方向,但太迟了,秽物已经喷到了刑具上。

"全都是司令的错!"军官大吼,气急败坏地站在刑具前面摇动着铜杆,"这架刑具被糟蹋得像个猪圈。"他用颤抖的手向旅行者指点着,让他看看发生的一切。

"我花了几个小时试图让司令明白,处决前一天犯人不能进食,但新来的这帮温和派却不这样想。司令的夫人、小姐们在这个男人被押走之前,给他塞了一肚子甜食。他这一辈子本来是靠发臭的咸鱼过活,现在却要吃甜食!这也不是不可以,我本来也不会反对,但他们为什么不肯换一个新的毛毡口衔呢?我已经申请三个月了。谁能把这个口衔含在嘴里而不发呕?已经有数百个犯人吮咬着它直到咽气。"

受刑者耷拉着脑袋,看上去很平和,士兵忙着用受刑者的衬衣擦拭刑具。军官走近旅行者，旅行者出于某种预感往后退了一步，但军官抓住他的手把他拉到了一边，说道："我想跟您说几句推心置腹的话，可以吗？"

"当然可以。"旅行者说，眼睛看向地面。

"您有幸能够目睹审判和处决，如今在我们的殖民地，已经找不到公开的支持者了。我是唯一的拥护者，同时也是老司令的传统的唯一继承者。我也不再指望能够进一步推广这种做法了，单是维持现状就已经让我精疲力竭了。老司令还活着的时候，流放地里到处都是他的拥护者；我继承了老司令的信仰，却不曾拥有他的权势；因此拥护者们纷纷逃遁，虽然有很多人仍然支持我们，但没人愿意公开承认。如果您今天，也就是在这个行刑的日子，前去茶馆听他们聊天，可能只会听到模棱两可的言论。其实他们是坚定的支持者，但碍于当前司令的权势和立场，不肯为我所用。现在，我问您一个问题：难道因为司令和那些影响了他思想的女眷们，我们毕生的心血——"他指着机器，"就要被毁掉吗？难道即便是只在我们这个岛上待过短短几天的人，也要听之任之吗？不能再浪费时间了，有人已经虎视眈眈准备挑战我的司法权；司令办公室曾经开过咨询会，我却未被邀请；甚至您今天的到访都佐证了我对当前处境的判断；他们是懦夫，派您一个外宾来出席。早先的行刑场面是何等的气势恢宏啊！处决的前一日，山谷里就挤满了人，都是来看热闹的；大清早，司令就偕其夫人、小姐们现身刑场；军号声响彻整个营地；我走上前，报告准备措施就绪；全体人员——没有一个高级官员会缺席——整整齐齐地在刑具旁站立；这堆藤椅就是那个时候遗留下来的可怜的遗迹。那时候，刑具被擦得闪闪发亮，几乎在每次行刑前我都会把零件更换一遍。在数百双眼睛的注视下——所有观众都踮起脚尖，人群一直站到那边的山坡上——受刑者由司令本人亲自放置在耙子下面。今天一个普通士兵都可以做的活，那时是专属于我这个审判长的，那个任务曾使我光荣。然后，处决就开始了！那时，没有不和谐的声音干扰刑具的运转。一些人根本不看，他们闭着眼躺在沙地上。所有人都知道：正义得到了伸张。在一片寂静中，人们只能听到受刑者的呻吟声——尽管毛毡口衔已经大大抑制了声音的强度。但今天，这架刑具再也不能让受刑者发出那么声嘶力竭、突破口衔封锁的呻吟声了；因为那时候，写字的针头会滴出刺激性的液体，今天它却被禁止使用。之后，第六个小时到来了！我们不可能满足每个人近前参观的请求。英明睿智的司令做出指示，首先要关照好孩子们；由于职责的原因，我总是可以荣幸地站在被处决者旁边；我经常蹲在那，一手揽着一个孩子。我们是怎样在犯人那张憔悴的脸上看到了幸福的迹象！我们的脸颊沐浴在终于来临、倏忽而逝的正义的圣光里！那是什么样的时代啊，我的同志！"军官明显已经忘了站在他面前的是谁，他抱住旅行者，把头放在他肩上。旅行者非常尴尬，不耐烦地从军官肩膀上看过去。士兵已经完成了清洁工作，现在正从一个钵子里往碗里倒米粥。受刑者也已完全地恢复，一看到士兵的动作，马上伸出舌头，试图舔米粥来吃。士兵一把将他推开，因为这是为后面的时间而准备的，可是他自己却不规矩：当着犯人渴望的脸，用他那脏手抓起米粥吃了起来。

"我不打算打动您，"军官很快就镇定了下来，他说，"我知道，让今天的人理解过去是不可能的。此外，刑具仍然在运转，它还在战斗。即便孤零零地立在这谷里，它也不会倒下。即便无法恢复当初——众人如苍蝇一样围在坟坑边观看的盛况，尸身最后仍会不可思议地轻飘飘地掉入坟坑。曾几何时我们不得不在坟坑周围安装一道坚固的护栏，而现在却已被撤掉很久了。"

旅行者不想让军官看到他的表情，于是漫无目的地四处打量。军官觉得他是在观察山谷的荒凉，于是，他抓住他的两只手，让他转向自己，想让他直视自己，并问道："你明白这是多么的耻辱了吧？"

但旅行者没有说话。军官从他身边走开了一会儿，他劈开腿，手叉在腰上，看向地面，安静地站着。然后，他露出鼓励的神色朝旅行者一笑，说："昨天司令邀请您的时候，我就站在您的身边。我听到了邀请。我了解司令，我立马就明白了他这次邀请的目的。尽管他的权力够大，足以对付我，但他还不敢这样做，但他却想让我遭受您——一位颇有名望的外宾的评判。他真是精于算计。您才来到岛上两天，您不了解前任司令和他的思想，并且拘囿于欧洲的思想范式，也许您根本就反对所有的死刑，特别是这样一种机械式的处决方式，而且您还看到，此处观众寥寥无几，处决如何在一个早已损坏的刑具上进行，无比凄凉——总的来看（司令会这样想），这会让您觉得我的手段很不正确，难道不是吗？如果您确实觉得这不正确，您便不会（我仍然是站在司令的角度说话）对此保持沉默，因为您肯定会坚持您那历经检验的信仰。

"是的，您见识过也知道尊重各个民族的奇风异俗，因此，您或许不会像在家乡一样，全力反对这次审判。但司令也不需要您这样做。一句随口而出、有意无意的话就足够了，不需要跟他的信念完全符合，只要可以迎合他的目的就好。我很确定，他一定会绞尽脑汁套你的话。他的女眷们会围成一个圈，竖起耳朵听您讲话；您或许会说：'在我们那里法院可不是这样审判的'，或者'我们那里处决前要先进行审问'，或者'除了死刑我们还有其他的刑罚'，又或者'我们只在中世纪的时候有这种酷刑'。您觉得说出这些话很

103

自然，它们确实也没错，您并没有对我的做法发表任何贬低的意见。但司令会怎么看待这些话呢？我仿佛可以看到，这位优秀的司令立刻把椅子推到一边，冲到阳台上去，我仿佛看到，他的女眷们急匆匆地跟在他身后，我听到他的声音——女眷们把它称为雷霆之音——说道：'一位来自西方、专为考察各个国家审判制度的伟大调研员，刚刚说了，我们旧的审判制度是不人道的。在这样一位有名望之人做出如此评判之后，我自然不能对这种制度坐视不理。自今日起，我宣布——'如此等等。也许您想提出异议，您并没有说过他所宣称的那些话，您没有说我的审判是不人道的，相反，由于您那深邃的洞察力，您把它称为最人道、最尊严的，您也惊叹于这个刑具的构造——但一切太晚了；您连阳台都没有挤进去，因为那里挤满了女眷们；您想引起大家的注意，您想喊出来，但一个太太用手捂住了您的嘴——然后，老司令的作品和我本人就这样完蛋了。"

旅行者不得不强压笑意；他原本认为他的任务非常艰巨呢，现在看来却是如此简单。他故意绕开话题："您高估了我的影响力，司令读过我的推荐信，他知道我不是审判制度的专家。就算我说出什么意见，这也仅是个人的看法而已，跟任何其他人的没有区别，司令的态度才更为关键，我相信，他在这个流放地拥有至高无上的权力。如果他对审判制度的态度像您以为的那样决绝，那么我觉得，恐怕这个制度的末日已经不远了,并不需要我这卑微的帮助。"

军官明白了吗?不,他始终都没有明白。他使劲地摇摇头,又迅速地回头看一眼受刑者和士兵,他们全都吓了一跳,赶紧从粥碗前闪开,军官走到旅行者的身边,靠得非常近,没有看他的脸,而是看着他大衣上的某个位置,比之前更小声地说:"您不了解司令。您跟他,也包括跟我们所有人——请原谅我使用这种表述——没有利害关系;请相信我,您的影响力怎么高估都不为过。当我听说您将单独来观看此次处决的时候,我兴奋得不行。司令这样安排本来是要对付我的,但我可以将计就计。如果参观处决的人数众多,不可避免总会有各种嘀咕和可鄙的景象,但今天您不受干扰地聆听了我的讲解,看到了刑具,现在也已经准备好参观处决。无疑您已经做出了自己的评判;就算还有一些迟疑犹豫,在看到处决之后也可克服。现在我请求您:请帮我反对司令!"

旅行者没有让他继续说下去,他喊道:"这我怎么可能做得到?这完全不可能。我无法帮助您,就像我也不能损害您分毫一样。"

"您可以的。"军官说。

旅行者略带一丝恐惧地看到,军官握紧了拳头。

"您可以的,"军官更加气势汹汹地重复了一遍,"我有一个万无一失的计划。您觉得自己的影响不够,但我知道是足够的。就算承认您说得有理,为了维护现有的审判制度,难道就不能试试您微不足道的影响力吗?请您听听我的计划。您在流放地里要尽可能保持克制,少做评价,这是实现我的计划的第一个前提。如果他们直截了当地询问您,您万不可直接开口,即便不得不回答,您也必须表述得简短而模糊,应该让他们觉得,您非常不愿意谈论这件事,给人一种您很难受的印象,让他们觉得,要是真逼您开口说话了,您肯定火冒三丈,忍不住地大声咒骂。我并不是要你撒谎,绝不是。您只需敷衍了事地答上几句就行了,比如:'是的,我参观了处决',或者'是的,我听了所有的讲解'。您只需要如此,不用说更多。您有足够的理由感到愤怒,大家都会理解的,但司令除外,他自然会完全地曲解您的意思,然后按照他的想法来解释。这正是我的计划的关键。明天司令部将召开一次全体高级官员与会的重大会议,会议由司令主持。司令自然知道如何将这场会议举行得盛况空前。他已授意建造了一层观众席,上面总是座无虚席。我会被强迫参加这次会议,但我实在非常反感。您也一定会受邀参加会议;只要您依计行事,他们一定会迫切地请求您出席。如果由于一些莫名其妙的原因,您未受到邀请,那您就应该自己争取一下;您会争取到,这是毫无疑问的。明天您会与一众女眷们一起坐在司令包厢里。他会不时地抬头看几眼,以确认您在那。在讨论完一些琐碎可笑的议题之后——他一般会提到港口建设,总是港口建设!——他就会谈到审判制度。如果司令那边没有或者迟迟不提这个问题,那就由我出面。我会站起来,报告今天处决的情况,我会非常简短地报告一下。在这种地方做这种报告是不常见的,但我还是会这样做。像往常一样,司令会面带亲切的笑容,客套地对我表示感谢,然后,他会抑制不住自己迫切地想要抓住这个天赐良机。'刚刚,'他会差不多这样说,'提到了处决的事。在刚才的报告之外我还要告诉大家,这位知名的学者也观看了这次处决,他的出席让我们整个流放地增辉不少,我们今天的会议会因为他的到场而被赋予更高的意义。我们是否要趁现在问问这位知名的学者,他对我们传统的处决方式和处决之前的审判程序做何种评价?'此时,一定会响起热烈的掌声,大家一致表示同意,而我将是鼓掌鼓得最起劲的那个。司令朝您鞠躬,说:'那么,我就以众人之名向您提出这个问题。'于是,您走到包厢的护栏旁。您得把双手放在大家都看得见的地方,否则那些女士会抓住您的手,玩弄您的手指。现在,您终于开始讲话了。我不知道自己该如何忍受那一时刻到来前的紧张心情。您讲话时不必有任何顾忌,请您大声地说出真相,请您把身子探出护栏,对着司令大声咆哮出您的观点,您那不可动摇的观点。但或许您不会这样做,这不合您的性格,在您的家乡,或许人们在这种处境下会表现得不太一样,这也没关系,已经完全足够了。您根本不需要站起来,您只需要简单说几句话,您可以小声地说,刚好能让正下方的官员听见就够了,您根本不需要亲自提及糟糕的处决,那些吱吱乱叫的齿轮、破裂的皮带和恶心的口衔,不需要,剩下的都交给我。相信我,就算我说的话没有让他逃离大厅,他也会双膝一软跪倒在地,他会忏悔:老司令啊,我甘拜下风。——这就是我的计划。您想助我一臂之力吗?您当然想,不止如此,您必须这样。"军官抓住旅行者的两条胳膊,喘着粗气看着他的脸。最后一句话是喊出来的,甚至引起了士兵和受刑者的注意;但他们什么也没有听懂,只是停下了吃食,嘴里还在咀嚼着,看向旅行者。

旅行者必须给出回答,但这个回答从一开始就是十分明确的。他这一生经历了太多的事情,不允许自己在这件事上有所彷徨;他是诚实且无所畏惧的。尽管如此,但当他看到士兵和受刑者的模样时,还是迟疑了片刻。他最终还是说:"不行。"

军官眨了好几下眼,但没有把目光转到别处。

"您想要一个解释吗?"旅行者问。军官沉默地点点头。

"我反对这种制度,"旅行者说,"早在您对我还没有表示信任之前——当然,我绝不会滥用这份信任——我就已经考虑过,我究竟是否有权干涉这种制度,以及我的干涉能否有一丁点成功的希望。

现在我已经清楚了，我最应该寻求谁的帮助，自然是司令。您给我指明了道路，却没有坚定我的决心，相反，您诚挚的信念打动了我，尽管它并不能让我动摇。"

军官始终沉默着，他朝机器转过身，抓住一根铜杆，然后稍微有些后仰地看着上面的绘图器，貌似在检查一切是否就绪。士兵和犯人似乎领悟到了什么，犯人在结实的绑缚之下，十分艰难地朝士兵做了个动作，士兵随即朝他弯下腰，犯人在他耳边说了几句，士兵点了点头。

旅行者走近军官，说："您还不知道我将会做什么。我会把我关于这套制度的看法说给司令，但不是在会议中，而是私下；我也不会在此久留，因此不会有机会参加什么会议。明天一早我就坐船离开，至少那时我已登上渡轮。"

军官看上去并不像是在倾听。"这套制度没有收获您的认同。"他自言自语着，微微一笑，就像大人在笑话幼稚的小孩，并把他成熟的思想隐藏在笑声背后一样。

"那么，是时候了。"他终于开口，突然眼睛发亮地看向旅行者，其中包含着某种渴望，某种号召对方加入的呼吁。

"什么是时候了？"旅行者不安地询问，但没有得到回答。

"你自由了。"军官用当地的语言对犯人说。犯人一开始并不相信。

"现在你自由了。"军官又说了一遍。犯人的脸上第一次真正地有了生气。这是真的吗?还是只是军官一时的兴起?外来的旅行者催使他生发了善心?是这样吗?他的表情中满是疑惑,但疑惑的时间并不长。无论到底怎么回事,只要允许,他就想尽可能地追求真正的自由。于是,他开始在耙子允许的范围内晃动身体。

"你要把我的皮带弄断了,"军官喊道,"安静点!我们马上给你解开。"他给了士兵一个信号,两人一起开始动手。犯人没有说话,轻轻地笑着,他一会儿把脸向左转向军官,一会向右转向士兵,同时也没有忘记转向旅行者。

"把他拉出来。"军官命令士兵。由于耙子的限制,他们不得不小心谨慎。犯人有些迫不及待,背上已经被划开了好几个口子。但现在,军官已经不再关心他。军官走向旅行者,重新掏出小皮夹,在里面翻找着,终于找到了那张他要找的图纸,他把它展示给旅行者。

"您读一下。"他说。

"我不会读,"旅行者说,"我已经说过,我无法读懂这张纸。"

"请您再仔细地看一看。"军官说着走到旅行者旁边,准备跟他一起阅读。但仍然无济于事,于是他用小拇指在纸的上方比画着——似乎纸张无论如何也不能被触碰——想以此减轻旅行者阅读的困难。为了至少能让军官得到些许安慰，旅行者也确实花费了力气，但实在无法读懂。军官开始一个字母一个字母地拼读里面的文字，最后又把它们连起来读了一遍。

"'要公正！'——里面写道，"他说，"您现在可以读了。"

旅行者使劲朝纸上弯着腰，由于军官害怕他碰到纸，又将纸挪开了一点。旅行者虽然什么也没说，其实心中明白，他永远也不可能读懂其中的内容。

"'要公正！'——里面写道。"军官又说了一遍。

"或许如此，"旅行者说，"我相信里面确实是这样写的。"

"那好。"军官说，至少得到了部分满足，他拿着图纸爬上梯子，十分小心地把图纸插进绘图器里，似乎在对齿轮进行彻底的重新排列。这是一项十分繁重的工作，要操纵一些精细微小的齿轮，军官时常把头完全插进绘图器，因为他必须精准地检查那些装置。

旅行者一直在下面站着，不间断地注视着军官的操作，他的脖子都僵硬了，炙热的日光刺得他眼睛生疼。士兵和犯人只相互关心着对方的事。犯人的衬衫和裤子本来掉到了坟坑下面，现在被士兵用刺刀挑了出来。衬衣脏得骇人，犯人把它拿到水桶里洗。犯人穿上衬衣和裤子，和士兵都不由自主地哈哈大笑起来，因为衣服已经被从后面割成两半。犯人或许觉得自己有责任取悦士兵，因此穿着破碎的衣服在士兵面前转圈，士兵则蹲在地上，大笑着拍打自己的膝盖。但他们碍于长官和旅行者在场，所以有所收敛。

军官终于完成了上面的工作，又微笑着逐一打量了每个细节，终于关上了迄今一直打开着的绘图器盖子，爬了下来。他看了看大坑，又看了看犯人，为他拿出了自己的衣服而感到满意，然后他走到水桶边洗手，当他注意到里面的令人作呕的秽物时已经太晚。他无法再清洗双手，这让他有些难过，最后，他把手插进沙子里——这个替代物并不让他满意，但他只能将就。接着，他站了起来，开始解制服上衣的纽扣，那两块被他塞到衣领后面的女式手帕率先掉落了下来，掉到了他的手里。

"手帕还你，"他说着把它们扔给犯人，又对旅行者解释说，"这是女士们送的。"

他脱下制服，渐渐把自己完全扒光，尽管这一过程明显比较匆忙，但他却对每件衣物呵护有加，他甚至特意用手抚平制服上的银带，把一个穗子抖抖整齐。但这样的小心谨慎却跟之后的粗鲁举动很不搭，他每把一件东西摆弄好，马上就极不情愿地猛力一甩，将它扔进坟坑。他身上残留的最后一件物品是挂在皮带上的短剑。他抽剑出鞘，把它折断，继而聚拢起所有的刀剑碎片、剑鞘和皮带，把它们用力扔出,坟坑下面传来它们互相碰撞的声响。

他现在赤裸地站在那儿了。旅行者紧咬嘴唇,一言不发。他清楚即将发生什么,但他没有权利进行阻止。如果军官所全力拥护的审判制度真的走到了即将被废除的边缘——旅行者的干涉或许真的起了作用,但他相信自己有义务这样做——那么,军官现在的举动就是有正当理由的;倘若他处在军官的位置上,可能也会这样做。

开始时,士兵和犯人对周围的事一无所知,他们根本没有注意军官的举动。犯人收回手帕后非常兴奋,但他的兴奋没有持续多久,因为士兵趁他不注意的时候把手帕抢了去。犯人试图把手帕从士兵的腰带后面——他把它们藏到了腰带后面——重新拽出来,但士兵非常警觉,于是他们就半开玩笑地打闹起来。直到军官完全赤裸,才引起了他们的注意。犯人十分震惊,似乎预感到即将发生一场巨大的变故。刚才在他身上发生的,现在轮到军官来承受了,很可能还会进行到底。或许是陌生的旅行者发布了这一命令。这真是报应。他没有受苦到死,敌人反要受报应到死。于是一个大大的、无声的笑容浮现在他的脸上,再也不曾褪去。

军官已经转身朝向刑具。他对刑具非常熟悉,这在之前已经可以看出,但现在看着他是如何操纵刑具,刑具又是如何任他摆弄时,还是会让人大吃一惊。他只是将手靠近耙子,耙子起落了几次就调整到了最佳的位置；他轻轻抓住刑床的边缘，刑床马上开始颤动；毛毡口衔正对着他的嘴，可以看出军官并不想把它含在嘴里，但他只犹豫了一眨眼的时间，马上就强忍着含住了它。一切都已就绪，只有皮带仍然垂在两边，但明显无关紧要，军官并不需要被绑缚。犯人注意到了松开的皮带，按照他的想法，如果皮带不绑好，处决将是不完美的，他拼命朝士兵挥手，于是他们跑过去捆绑军官。军官本来伸出了一只脚，准备踢一下发动绘图器的曲柄；当他看到两人走过来的时候，缩回了脚，任凭自己被绑住。军官因为被捆绑住，现在无法开动曲柄，而士兵和犯人也并不知道曲柄在哪，旅行者则下定决心袖手旁观。其实根本不需要他的帮忙，皮带刚一捆绑好，刑具就开始工作了，刑床颤动着，针尖在皮肤上舞蹈，耙子上下起伏。旅行者痴痴地看了一会儿，这才想起绘图器里本应有个齿轮吱吱乱响；这一会儿却如此安静，连最微小的噪声也听不到。

刑具安静地运作着，人们的注意力渐渐从它身上移开了。旅行者看向士兵和犯人。犯人更有活力，刑具的一切都让他感兴趣，他一会儿弯下腰，一会儿踮起脚；他不断地伸出食指，把种种细节指给士兵看。这让旅行者很难堪。他本来决心在这里待到最后一刻，但这两人的所作所为让他难以忍受。

"回去吧。"他说。士兵倒是愿意遵从，但犯人却把这个指令看作惩罚。他双手合十恳请让自己留下,当旅行者摇着头表示不同意的时候,他甚至跪了下去。旅行者看出自己的命令无济于事,准备走上前去驱赶这两个人。突然,他听到上面的绘图器里传来一阵声响。他抬头去看。是哪个齿轮出了问题吗?并非如此。绘图器的盖子缓缓地抬了起来,然后完全地崩开了。齿轮的尖齿露了出来,然后逐渐升高,不久整个齿轮都显露无遗,似乎某种强大的力量在挤压着绘图器,以致里面没有了容纳齿轮的空间,齿轮旋转着,一直到了绘图器的边缘,之后掉落了下去,立着在沙地上滚了一段距离,最后停在了那里。随后,又有一个齿轮蹦了出来,在它之后还有许多,大的、小的,几乎分辨不清的齿轮,全都这样掉了下来,总是让人觉得绘图器里面一定已经空空如也,然而下一秒又有一组新的齿轮冒出来,落到地上,在沙地上滚几圈,停在那里。此时,犯人完全忘记了旅行者的命令,掉出来的齿轮让他大吃一惊,他不断地试着抓住它们,也催促着士兵帮他一起捡拾,但他每次都吓得缩回了手,因为总有另一个齿轮跟随在前一个后面掉落,齿轮进出的一刹那,总是让他惊颤。

  旅行者非常不安。这架刑具明显将要分崩离析,它之前安静的运行不过是个假象。他有一种感觉,现在必须去照顾一下军官,因为军官已经无法自理。掉落的齿轮吸引了他的全部注意力,他都忘了看看刑具的其他部分；当最后一个齿轮离开绘图器，他终于弯腰俯在了耙子上，一个新的、更加糟糕的情况震惊了他。原来耙子没有写字，它只是在胡乱地戳刺，刑床也没有翻转身体，而是颤动着把身体举到了针尖上。旅行者想尽力停止这一切，因为这已经不是军官想要的酷刑了，这根本就是谋杀。他伸出双手。但此时耙子叉着被举起的身体一起转向了侧面，这本该在第十二个小时才会发生。血液从身体的几百个孔洞中涌出来，并没有混合清水，因为喷水管也罢工了。最后一步也不顺利，军官的身体没有从长针里滑出来，他的血往外喷涌，身体却挂在坟坑上方，未能落下。耙子想回到原先的位置，但似乎也注意到自己尚未摆脱重物，于是仍然悬在坟坑上方。

"帮帮忙！"旅行者对士兵和犯人喊，他已经抓住了军官的双脚。他想自己来拉双脚，另外两个人则在另一面抱住军官的头，这样就能慢慢把他从针尖里挪出来。但那两人始终不愿走过来，犯人干脆转过身去。旅行者不得不走上前去，强行把他们赶到军官的头旁边。这时，他极其不情愿地看到了死者的脸。死者的面容仍跟生前一样，看不出期许的灵魂得到解脱的痕迹。别人在这架刑具上得到的解脱，军官却没有得到。他的双唇紧紧地闭着，双眼大睁，有着活着之时的神色，眼神安详而坚决，一根巨大的铁钉刺穿了他的前额。

士兵和犯人跟在旅行者身后,他们来到了流放地最早的建筑物前面,士兵指着其中的一所房子说:"这里就是茶馆。"

这所房子的底层是一个深邃、低矮、洞穴式的房间,墙壁和天花板都被熏得乌黑,它的整个门脸完全向大路敞开着。尽管茶馆与流放地所有其他的房子——司令部宫殿式的建筑除外——几乎无分别,都非常衰颓,却让旅行者觉得这是一种古老的遗迹,他感受到了历史的力量。他又走近了一些,他的同伴们跟在他身后,一起穿过茶馆前面放置在街上的空闲桌椅,呼吸着从里面散发出来的湿冷空气。

"老司令就埋在这里,"士兵说,"神职人员禁止把他埋在墓园。到底该把他埋在哪可着实让人们纠结了一阵子,最终大家把他埋在了这里。军官肯定不会对您谈及此事,因为这是让他感到最羞耻的一件事。他甚至好几次试图夜间潜入,挖出前司令的尸首,可结果总是被人轰走。"

"坟墓在哪?"旅行者问,他不太相信士兵的话。

士兵和犯人几乎同时跑到他前面,伸手指向坟墓坐落的地方,他们一直把旅行者引领到最里处的墙根。一些客人坐在那里的几张桌子旁,他们或许是码头工人,个个身强力壮,留着黑得发亮的短络腮胡子。所有人都没穿上衣，他们的衬衣破破烂烂，这是一群穷苦的人。当旅行者靠近他们的时候，几个人起身靠到墙角，瞪眼瞧着他。

"这是一个外国人，"他们在旅行者走过的时候窃窃私语，"他想参观坟墓。"

他们把一张桌子搬到一旁，下面真的出现了一个墓碑。那是一块十分简陋的碑石，很矮，所以完全可以藏到桌子底下。上面铭刻着极小字母写成的碑文，为了阅读这些文字，旅行者不得不跪在地上。上面写着："这里安息着老司令。他的追随者们迫于时势匿名立了此碑。且听一个预言，若干年后司令会在这里复活，他将率领他的追随者从这里出发，重新占领整个流放地。保持信心，静候时机！"旅行者读完站起身，发现众人站在自己周围，纷纷在笑，仿佛也一起读了碑文，觉得内容十分好笑，正期待着他也有同感。旅行者装作没有在意，只是散发了一些小钱给他们。等到桌子被重新移回坟墓上面，旅行者才离开茶馆，走向港口。

士兵和犯人在茶馆里遇见了熟人，被挽留了下来。他们准是很快便告别了熟人，因为旅行者刚刚走到通向小船的长梯中间时，他俩便从身后追了过来。或许他们希望在最后一刻可以强迫旅行者带他们一起走。就在旅行者与艄公就前往轮船的这次摆渡讨价还价时，士兵和犯人飞快地冲下台阶,一言未发,因为他们不敢高声喊叫。当他们下来时,旅行者已经在小船里了,艄公刚撑船离岸。他们本来可以跳上船的,但旅行者从舱底抄起一根沉甸甸的打着结的缆绳威胁他们,才阻止了他们的跳入。

乡村医生

我感到十分窘迫,我必须赶紧上路去看急诊,一个重病患者正在十英里①外的村庄等着我,可是猛烈的暴风雪堵住了我去往他所在之地的通途。我有一辆大轮轻型马车,它像是专为我们的乡村大道量身定制的。我站在庭院里,裹着皮衣,手里拿着医疗用具,已经做好了出发的准备,但是我找不到马,根本就没有马。我自己的马因为在寒冷的冬季过度劳累,于昨夜暴毙。我的女仆此时正在村里到处奔走,希望能借到一匹马,但我十分清楚,没有希望。雪越积越厚,变得越来越寸步难行,我茫然地站在那里。

女仆出现在门口,只有她一个人,灯笼仍在晃动。可想而知,谁会愿意借出自己的马匹跑这样一趟远途呢?我又在庭院里走来走去,却找不到任何解决问题的办法。我有些焦躁,于是愤懑地踹了一下废弃多年的猪圈破门,它一下子弹开了,门板在门铰链上啪嗒

---

① 1英里≈1609米。

啪嗒来回摆动。迎面扑来类似马匹身上的温暖气息。一盏昏暗的厩灯由一根绳悬着，在里面晃来晃去。一个男人蜷缩在低矮的木板隔间下，露出一张睁着蓝眼睛的脸。

"需要我套马吗？"他询问道，然后四肢着地地爬了出来。我不知道如何回答，只是弯下腰，想看看猪圈里还有什么。

女仆站在我身边，说道："居然连自己家里还有什么都不知道。"她说完，我们两个都笑了。

"好啦，兄弟，好啦，姑娘！"马仆喊道。两匹膘肥体壮的马，大腿紧贴肚皮，造型优美的头颅像骆驼一样低垂着，它们的身体填满了门洞，使劲扭动身体才得以从门洞里挤出来。但刚出厩，它们就直立起来，原来它们的腿很长，身体上冒着腾腾的热气。

"给他帮把手。"我说，热心的女仆赶紧把马具递给马夫。她刚一走近，就被他一把抱住，他用自己的脸紧贴着她的脸颊。她惊声尖叫，立刻跑回我身边；她的脸上印着两行鲜红的齿印。

"你个畜生！"我生气地吼道，"你是想挨鞭子吗？"我突然想到对方是个陌生人，我不知道他从哪里来，但在所有人都拒绝我的时候，他自愿帮助我摆脱困境。

他似乎清楚我在想什么，没有因为我出言威胁而发怒，而是一直忙着套马，直到忙完，才回头看了我一眼。"上来吧。"他说。一切确已准备就绪。

我注意到这确实是两匹好马,我还从未用过这样的好马拉过车,于是高兴地登上了车。我说:"但得由我来驾车,你不认识路。"

"当然,"他说,"我不跟你去,我要跟罗莎在一起。"

"不!"罗莎准确地预见到自己那不可避免的厄运,大喊着跑回房里。我听到了她拴上门链时金属响动的声音,又听到了锁芯弹入的声音;我看到她在走廊、在房间里到处奔跑,把所有的灯光全部熄灭,让自己无法被找到。

"你要跟我一起去,"我对马夫说,"否则我就不走了,不管事情多么紧急。我不会为了这趟行程就把那姑娘交给你。"

"驾!"他吆喝着拍拍手,马车瞬间疾驰起来,就像激流中被裹挟的木头。我还听到了身后被马夫猛烈地撞开房门时发出的爆裂声,紧接着卷来一阵狂风暴雪充斥着我的感官,我什么也听不到、看不到了。但这只是一瞬间的事,因为我已经到达了目的地,好像患者的庭院就在我家院门外一样。马匹安静地立着,雪也已经停了,月光泼洒在周围。病人的父母迅速地冲出房门,患者的姐姐跟在其后,我几乎是被他们从马车上抬下来的。他们七嘴八舌地说着,我一句也没有听懂。病房里的空气几乎令人窒息,被人忽视的炉火正冒着烟,我想要打开窗户,但我首先得看看病人。

一个眼神空洞、没穿衬衣的小伙子从鸭绒被下坐起来,他很瘦削,没有发烧,既不害冷,也不害热,他搂住我的脖子,对我耳语:"医生,让我死吧。"

我看看周围,没有人听到这句话。病人的父母沉默地站着,略微向前弯下腰,等待着我的诊断,他的姐姐拿来一个板凳,让我放下自己的手提包。我打开手提包,在里面翻找着医疗用具。年轻人不断地从床上往我这边挪,试图提醒我重视他的请求。我拿起一把镊子,借着烛光检查了一下,又把它放了回去。

"没错,"我有些亵渎神明地想,"这种情况下,都是上帝在帮忙,是他给我送来了紧缺的马匹,为了能够加快速度还给我多送了一匹,甚至额外送来了一个马夫——"现在我才又想起罗莎。我在做什么,我们相隔十英里之外,给我拉车的是完全不受我控制的马,我该怎么拯救她,该怎么把她从马夫的魔爪下抢救出来?

这两匹马不知道用了什么方法挣脱了缰绳,我也不知道它们什么时候从外面把窗户拱开了,两匹马各从一扇窗户探进头来,似在观察病人,全然不理会家人们的喊叫。

"我最好马上就回去。"我想,似乎马匹在催促我动身上路,但我在强忍住了这一冲动。姐姐似乎觉得屋里的温度让我热得有些眩晕,于是给我脱下了皮大衣。年长的父亲拍拍我的肩膀,给我奉上了一杯朗姆酒，他献出了自己的珍藏，似乎这样就可以表示对我很亲切。我摇摇头，不愿陷入与这老人同样狭隘的思维圈子，这让我反感；正是出于这个原因，我才拒绝喝下那杯酒。母亲站在床边，示意我过去，我遵命照做。正在这时，其中一匹马开始大声嘶鸣，声音似要冲破房顶，我把头贴在小伙子的胸前，他在我湿漉漉的胡子下颤抖起来。我的预测得到了验证：这个小伙子是健康的，只是血液循环方面略有一点小毛病，这是因为精心照料他的母亲给他灌了太多咖啡的缘故，但他确实是健康的，最好一下把他从床上拉下来。但我不是社会改造家，于是让他躺下了。我被区政府聘用，恪尽职守，甚至超出职责范围。我的待遇很差，但我仍然对穷人慷慨而热心，我还得养活罗莎，或许小伙子说得有理，我也宁愿死去。我在这无尽的冬天，来这里做什么！我的马死了，村里没有人愿意借马给我，我必须从猪圈里拉出我的马车；如果不是意外降临的两匹马，我只能让母猪去拉车了。事情就是这样。我朝家属点点头。他们对此一无所知，就算他们知道了，他们也不会相信。开药方是容易的，但要跟这些人沟通，却很棘手。

好吧，我的出诊就此结束了，人们又一次没有必要地麻烦了我，但我已经习惯了，整个区的人都爱在大晚上按响我家的门铃折磨我，但这次我还得牺牲罗莎。这位美丽的女孩数年来生活在我家里，我几乎从未管她——这个牺牲太大了,我现在不得不绞尽脑汁寻找理由安慰自己,来避免对这家人发火,毕竟,他们无论如何也无法把罗莎还给我了。当我拉上手提包,伸手去取皮大衣时,家属们全都站在一起,父亲嗅着手里的朗姆酒,母亲或许对我感到失望了——这些人还在期待什么?她咬着嘴唇,泪流满面,姐姐摇动着一块浸透血的手帕,我预感到,我可能将不得不承认这个年轻人确实生有重病。我向他走去,他朝我微笑,好像我要给他带去最滋补的汤药似的——啊,现在两匹马都开始叫了,这叫声好像是上帝特地安排来帮助我检查这位病人的——现在我发现了:没错,年轻人确实病了。在他的右边,靠近臀部的位置,有一个巴掌大的伤口。玫瑰红色的伤口上已经形成不同的色圈,中间是黑色的,越往外越浅亮,各种不规则的血痂散布着,呈粉粒状,像是矿山上的露天矿。远远地看去已是这副模样,近看情况更加严重。谁看到这里能不惊讶地发出唏嘘声呢?蛆虫紧紧地扎根在伤口内部,跟我的小拇指般长短粗细,它们一半是自身的颜色,一半被血浸润,呈现玫瑰红色,那白色的脑袋密密麻麻地蠕动着,向着光线靠近。可怜的年轻人,你已无药可救。我发现了你这致命的伤口,你身上的这朵花将带你走向死亡。家人看到我在认真地检查病情,很高兴;姐姐告诉妈妈,妈妈告诉爸爸,爸爸又告诉了几个踮着脚尖、伸开双臂保持平衡、从月光里经过打开的房门走进来的客人。

"你会救我吗?"年轻人抽泣着轻声问我,他被伤口上蠕动的生命折磨得有气无力。这个地区的人就是这样的。他们总是要求医生做办不到的事。他们已经丧失了古老的信仰。牧师坐在家里一件接一件地撕碎弥撒法衣,可是医生却被认为是万能的,只要用他那纤弱的、只会做手术的手就可以妙手回春。好吧,不管如何,我不是自动要去替他们看病的,如果他们要让我充当圣职,那我只能如此。我一个衰老的乡村医生,还能期望什么,我的女仆都遭到了掳掠!他们——家属和村庄的长者们,走了过来,脱光了我的衣服。一个小学合唱团由老师带领着,站在房子前面,用一个极其简单的旋律唱着以下歌词:

> 脱光他的衣服,他就能治愈我们,
> 要是不能起死回生,就把他也杀死!
> 他不过是一个医生,不过是一个医生。

于是,我被扒光了衣服,我用手指抚着胡须,歪着头静静地观察着这群人。我很镇静,考虑了很多东西,尽管现在他们抬起我的头和双脚,把我扔到了床上,我也没有慌乱。他们把我放在靠墙,也就是伤口所在的那一面。然后,所有人都从屋子里走了出去。房门被关上,歌声消停了,云朵遮住了月亮,被子温暖地罩在我身上,忽隐忽现的马头在洞开的窗户前晃动。

"你知道吗?"我听到病人在我耳边说,"我本来就不怎么信任你。你只是被赶来的,不是自己来的。你没有帮我,反倒来挤我的殡床。我真想把你的眼珠挖出来。"

"没错,"我说,"这是种侮辱。但我是一个医生,我应该怎么做呢?相信我,这让我也很难受。"

"一个道歉就能让我满意了吗?啊,恐怕只能如此了。我总是不得不甘于现状。我带着这个美丽的伤口来到世上,这是我全部的武装。"

"年轻的朋友,"我说,"你的错误在于你只是一直盯着自己的伤口。我去过各种病人的房间,我可以告诉你,你的伤口并不是那么严重,只是被斧头的尖角砍了两下所致。很多人过于松懈,全然听不到树林里的斧头声,更听不到斧头靠近他们的声音,傻乎乎地等着被砍。"

"真的如此,还是你在说胡话骗我?"

"千真万确,我以一个官方医生的名誉担保。"

他听进去了,开始变得安静。现在,我该考虑如何自救了。马儿们仍然忠实地坚守在它们的岗位上。衣服、皮大衣和手提包被我迅速地卷成一团。我不想在穿衣上耽误时间,如果马儿能像来时一样飞速,那么离开这张床,我也能很快回到我的床上。一匹马驯顺地从窗口退回去,我把那团衣物扔到了马车上,皮大衣飞得太远,只有一条袖子牢牢地挂在一个钩子上。已经够好了。我飞身上马。缰绳松弛地耷拉着拖在地上,两匹马似乎没有被套在一起,马车在后面晃晃悠悠地跟着,皮衣则拖在更后面的雪地里。

"驾!"我说,但马并没有奔驰起来,我们就像年迈的老人一样在雪原上拖行,身后长久地回荡着孩子们新学的、却与事实不符的歌:

高兴吧,你们这些病人,
医生正陪着你们躺在床上!

这样下去,我永远也回不到家;我那兴旺的诊所也完了;一个后来者在抢我的生意,但没有用,因为他无法替代我;可恶的马夫正在我的家里胡作非为,罗莎成了牺牲品;我不愿继续想象发生了什么。我这个衰老的人,在这最不幸的时代,赤身裸体地忍受着冰霜,驾着俗世的车和非尘世的马,到处游荡。我的皮大衣悬在马车后面,但我够不到它,我那些手脚能动的病人谁都不愿助我一臂之力。受骗了!受骗了!一旦听从了深夜急诊骗人的召唤——就永远无法挽回。

致科学院的报告

尊敬的科学院的先生们:

诸位邀请我就我过去所经历的人猿的生涯向科学院做一次报告,我感到十分荣幸。

很遗憾,我无法满足各位完成此重任。我已经脱离猴群近乎五年,这段时间从日历上看或许如同白驹过隙,但要像我一样亲身度过,却是无尽的绵长。虽然路途中,我的身边时而有优秀之人陪伴,时而有衷心的建议、掌声和交响乐的伴奏,但实际上,我却是孤独的,因为——说得更形象些——所有的陪伴都是远离栅栏的。如果我固执地抓住我的本源不放,囿于对童年时期的回忆,那么就不可能取得今天的成就。但绝不固执正是我加给自己的最高信条。我,一只自由的猴子,甘心以这样的信条桎梏自己,但是因此,记忆也就越来越淡薄。如果人类愿意,起初我可以自己决定是否通过天地之间的那扇门退化回去,但这扇门也在随着我被鞭策向前进化的同时变得越发低矮和拥挤,我在人类的世界中感到更加幸福和安全。

从我的过去向我吹来、令我脊背战栗的狂风，正在减弱，今天，它已经变成了一阵穿堂风，只能吹凉我的脚后跟。远方的那个洞，清风曾从那里吹来，我也曾从那里来，但它现在已很小了，就算我的力气和意志可以支撑我到达那里，在穿越入口时也非得脱了层皮不可。坦白地说，我为形容这件事还特意选择了一些比喻——我的先生们，你们也曾是猴子，你们也有相同的过往，且你们脱离猴生并不比我更久。只要是在地上双脚走的，那股风都会在他们脚后跟上搔痒痒：不管是渺小的猩猩，还是伟大的阿喀琉斯。

但我或许可以在最狭隘的意义上回答你们的询问，而且我很乐于作答。我学会的第一件事是：握手，握手表达诚恳。但愿今天，当我达到人生的巅峰时，可以在第一次握手所表示的诚恳之外再说上几句诚恳的话。这不会带给科学院任何新知识，也远远无法满足人们对我的期望，我心有余而力不足——然而，虽然如此，我的叙述还是应该能表达出一只昔日的猿猴需要经过什么途径，才能步入人类世界，并取得安身立命之道。如果我不是十拿九稳，如果我未能在世界文明这片舞台上获得一个稳固的角色，即便最微不足道的细节我也不会说出口。

我来自黄金海岸。至于我是如何被捉到的，我是后来从其他报道里得知的。哈根贝克公司的一场围猎——顺便插一句，后来我与公司的头儿喝过好几瓶葡萄酒——在猎场的河边灌木丛里举行，傍晚我们猴群跑去那里喝水，他们开了枪，我是唯一被击中的猿猴，我挨了两枪。

一枪打在脸上，伤势较轻，但留下了一块巨大的不长毛的红色疤痕，于是我因此获得了一个可恶的、与我完全不相衬的外号——红脸彼得，只有猴子才能想出这样的名字，似乎我跟那个刚死不久、遐迩闻名、被驯化的猴子彼得，就只有脸上的红疤可以区别。这是闲话。

第二枪打在我的臀部以下。这个比较严重，直到今天我还是有些跛腿。最近我读到了一篇文章，它出自某位轻率地对我横加挑剔者的手笔，这样的人何止成千上万。他们偏偏喜欢在报纸上对我评头论足：说我的猴性还没有完全消失；证据就是，当有客来访我总是喜欢脱下裤子展示子弹是怎样穿过去的。应该把这个家伙用来写字的手指头一根根地摧断。我有权在别人面前脱下我的裤子，只要我乐意；你们只会看到一块护理良好的毛皮，以及遭受邪恶枪击之后的——在这里，为了很好地表达，我挑选了这个词，大家不要产生误解——伤疤。一切都是光明正大的，没有什么遮遮掩掩，如果事涉真相，深明大义之人肯定愿意不拘小节。但如果这个摇笔杆子的在客人面前脱下裤子，事情就大不一样了，我倒觉得他不这样做是理性的。既然如此,我请这位先生不必"体贴入微"地干涉别人的闲事!

我中弹醒来后,才发现自己被关在哈根贝克公司轮船中舱的一只笼子里。我就是从这时开始才逐渐有了自己的回忆。这不是一个四壁森严的笼子,可以说是只有三面笼壁,另一面固定在一个箱子上,箱子就构成了第四面墙壁。里面非常低矮,无法直起身子,又太窄,坐也坐不下,于是我只好弯下膝盖半蹲着,膝盖一直颤个不停。因为我一开始不想见任何人,只想待在黑暗里,于是转身面朝箱子,任凭后面的栅栏条嵌进我的肉里。人们觉得,在任何时候以这种方式对付野生动物都是有益的,今天根据我的经验,我得承认,站在人类立场上确实如此。

但那时我没有这样想。那是我一生中第一次无路可退,至少没有直接的出路。在我面前是箱子,一块木板紧贴着另一块木板。虽然在木板之间有一个小洞,我刚发现它的时候,曾幸福地发出一种无可名状的嚎叫,但这个洞甚至远远不够我把尾巴伸出去,我使出吃奶的劲也不能把它撑大分毫。

人们后来告诉我,那时我基本没闹出什么动静,于是他们推断,要么我马上就要死了,要么——只要我能度过这段残酷的时光得以幸存——我将是极易被驯服的。我幸存了下来。我时时低沉地呜咽，痛苦地找虱子，不停地舔舐一个椰子，又用头在箱子上撞，当有人朝我靠近，我就龇牙咧嘴——这就是新生活最初的全部内容。所有的事情只给了我一个感受：无路可退。当然，现在我只能用人类的语言对我当时作为猴子的感受进行描述，但是即使我如今再也达不到昔日猿猴的"境界"，至少我描述的大方向是对的，这点毫无疑问。

我曾经有很多出路，可现在却走投无路，寸步难行。就算他们把我钉在那里，我自由行动的权利也不会比现在更小。为什么？即便把脚趾之间的皮肉挠破，我也找不到原因；即便我紧靠着后面的栅栏条，直到它把我割成两半，也找不到原因。我没有退路，但必须自己造一个出来，否则我就没有活下去的希望。如果一直靠在箱子上——我一定会死掉。但在哈根贝克公司看来，猴子只能在笼子里待着吧——好吧，那我就不当猴子好了。一个清晰而又美妙的念头就这样在我的肚子里油然升起，因为猴子都是用肚子思考的。

我怕你们不能准确理解我所说的"出路"。我用的是这个词最基本、最完整的意思。我故意没有说"自由"，我所说的不是那种在任何方面都无拘无束自由自在的感觉。作为猴子的时候，我或许还了解它，我也认识一些极其向往它的人类。但对我来说，我并不追求自由，无论那时还是现在。顺带说一句：人们太喜欢用自由来自欺欺人了。既然自由被尊崇为最崇高的情感之一，那么与之相应的失望也将是最大的。在剧院登台以前，我经常看到杂技演员在高架秋千的顶上表演。他们摇摇晃晃、甩来甩去、又蹦又跳，他们互相跳到对方的怀里，一个用牙咬住另一个的头发支撑其全身的重量。我心想："这随心所欲的动作居然也算是人类的自由。这真是对神圣的大自然莫大的嘲讽！猴子们若是看到这种表演肯定会哄堂大笑，戏园子不被笑塌才怪呢。"

不，我不想要自由。我只要一条出路；右边，左边，不管是哪边；我没有别的要求，哪怕出路可能只是一个幻象，那也无妨；我的要求本身就很低，失望起来也不至于太惨。出去，去哪儿都可以！只要不是举着胳膊贴在箱子上，一动不动地蹲着。

今天我明白了：除非拥有内心深处的宁静，否则我永远也无法找到出路。我后来所获得的一切确实要归功于我上船头几天的宁静，而我得以宁静的功劳应当属于船上的人们。

不论如何，他们都是些好人。直到今天，我仍然喜欢回想起他们那曾经在我半梦幻状态中萦回的沉重的脚步声。他们有一个习惯，一切举动都极其的缓慢。如果一个人想要揉眼睛，他会像拉起一个悬着的重物一样把手抬起来。他们的玩笑很粗鲁，但发自内心。他们的笑声总混杂着咳嗽声，听上去很危险其实并没有什么。他们嘴里总是能吐出痰来，但吐到哪里他们一点也不在乎。他们总是抱怨我把虱子传到了他们身上，但他们从未真正生我的气；他们也知道，跳蚤正在我的毛发里滋生，它们还是跳高运动员，于是他们也就容忍了。当他们空出手来，就会有几个人围着我坐成一个半圆，他们几乎不说话，只是互相咕噜几声，伸展四肢躺在大柜子上抽烟斗，只要我稍微做一点动作，他们就拍打自己的膝盖，时不时地，还有个人拿根棍子戳来戳去给我搔痒，让我很舒服。如果我今天受到邀请再到那船上去，我肯定会拒绝，但同样确定的是，我在中层甲板上的遭遇，不全都是不愉快的。

我在这群人中获得的平静，打消了我逃跑的念头。现在回想起来，当时我至少已经预感到，如果我想活命，就必须找到一个出路，但这个出路却并不一定非得通过逃跑才能找到。我已经无法回想起当时是否可以逃跑，但我相信是可以的，猴子总是有办法逃跑的。今天，我的牙齿已经让我不得不小心地对付坚果了，但那时我却可以直接咬穿门锁，而我没有这样做。如果我这样做了又能得到什么呢？我还没有把头伸出来，人们就会重新抓住我，把我锁进一个更差劲的笼子；或者我能悄无声息地跑出来，却跑进了其他动物，比如蟒蛇的怀里，在它的拥抱中呼出最后一口气；又或者我的逃跑彻底成功了，我跑到了舱顶上，跳出了船舷，之后在大洋里挣扎一会儿，溺水而亡。真是绝望的处境。当时，我并没有像今天一样以人类的思考方式盘算着该如何，但在周围环境的影响下，我表现得如同经过盘算一样。

我虽然没有盘算，但我却一直都在静静地观察着。我看着这些人总是以同样的表情、同样的动作走来走去，经常觉得他们似乎就是一个人。这个人或者这些人不受阻碍，自由自在地走来走去。我脑海中渐渐升起一个宏伟的目标。没有人向我许诺，说只要我变得跟他们一样，栅栏就会被撤走。显然，这类不着边的许愿不会出现。如果梦想得以成真，那么事后人们会发现，曾经梦寐以求的结果竟和早先的许愿不谋而合。只是这些人身上没有什么吸引我的东西。如果说我追随上文提及的那种自由，那我宁愿跳进大海，也不要这些人阴沉的目光中所提示的出路。无论如何，在我思考这些事情以前，我已经观察了他们足够长的时间。没错，大量的观察终于使我走上这条明确的道路。

模仿人类真是易如反掌。头几天我就学会吐痰了。我们互相吐到对方脸上，唯一的区别是，我之后会把自己的脸舔干净，但他们不会。不久我就能像个老手一样抽烟斗，我还用大拇指压烟嘴，整个船舱都爆发出欢呼声；只是，空烟斗和实烟斗的区别我很久没能分清。

让我最头疼的是荷兰杜松子酒。光是那个气味就让我难受作呕，我尽量强迫自己学着喝，虽然最终战胜了自己，但这期间还是花费了好几个星期的时间。说来也怪，人们对我的内心冲突——勉强自己学习喝酒这方面，比在其他事情上对我都上心。我在记忆中已经无法把这些水手们区分开来，但有一个人，他总是单独一个人或者带着他的同事来到我这里，不论白天还是晚上。他总是拿着酒瓶坐在我面前，给我上课。他对我很好奇，他想解开我的生存之谜。他缓缓地撬开酒塞，然后瞥我一眼，看看我是否理解他的意思。我得承认，我总是以一种狂野的、迫不及待的目光全神贯注地盯着他，地球上再没有一个老师能找到这样一个认真的学生了。他打开酒塞，把它举到嘴边，我的目光随之移到他的喉头上，他点点头，对我很满意，把瓶子放在嘴唇上。我逐渐明白过来，变得兴奋难耐，尖叫着抓耳挠腮；他感到愉快，举起瓶子，喝了一口；我开始失去耐心，绝望不已，我拼命模仿他的动作，一着急，在笼子里撒了泡尿，这又把他逗乐了。然后，他把瓶子远远地举在面前，又猛地将它往上举起，为了增强教学效果十分夸张地后仰身子，将它一饮而尽。我学得过于认真，已经累得有气无力，像泄了气的皮球，虚弱地挂在栅栏上，而他则抚着肚皮，一脸怪笑，以此结束了他的理论教学。

实践演练现在才开始。难道理论教学还没有让我精疲力竭吗？

当然，我已经彻底地精疲力竭了。这是我的命运。尽管如此，我还是尽我所能地抓住递上来的酒瓶，仿佛我很能喝似的。我颤抖着拔掉瓶塞子，这个微小的成功给我逐渐注入了新的力量，几乎跟老师的动作一模一样，我举起酒瓶，放在嘴边，然后——然后就厌恶地，极其厌恶地把它掷在地上。虽然它已经空空如也，但里面还是充盈着酒的气味——这让我的老师很伤心，但我比他更难过。我扔掉酒瓶以后并没有忘记用优美的姿势揉揉我的肚皮，并笑一笑做出一副鬼脸，但这并不能给我们师徒俩带来真正的安慰。

我的训练课往往就在这样的局面中宣告结束。真亏了我的老师，他并不生气；的确，有时他会把点燃的烟斗放在我的皮毛上，直到某个我很难够到的地方开始闪烁火星，但这时他会用他那巨大而温暖的手掌把火熄灭；他并没有生我的气，他知道我们正站在对抗猴性的共同战线上，而我承担着尤其艰巨的任务。

有一天晚上，大概在举行什么庆祝典礼，一个留声机放着音乐，一个军官在水手中走来走去——就在这天晚上，我抄起一只人们无意中放在铁笼子跟前的荷兰杜松子酒，在不断增加的人群的关注下，专业地撬开瓶塞，毫不犹豫地放在嘴边，活像个老酒鬼，我圆睁双眼，在喉头的几下鼓动后，一股脑儿地把酒一饮而尽，然后把酒瓶扔到一边。这回可不是出于厌恶了，而是作为一种艺术表演；这回我虽说忘了摸肚子，却干了件更漂亮的事情，由于酒力的推动，我竟神魂颠倒地用人类的声音清脆而又准确地喊了一声："哈罗！"正是这句话让我跃入了人类社会，他们的喊声"听啊，他说话了！"就像在我汗流浃背的身体上印下了一记美好的吻。你们想，这对于我的老师和我来说，是一个多么巨大的胜利啊。

我再说一遍：模仿人类对于我来说并没有什么乐趣，我之所以模仿他们，只是因为我在寻找出路，并不由于其他。那次胜利也没有带来太大改观。我很快就失去了模仿人说话的能力，几个月后才又重新恢复，对于酒瓶的反感也不断变得强烈。但我的方向已经永远地确定了。

当我在汉堡被交给一位驯兽师的时候，我立刻看出在我面前摆着两种选择：要么进动物园，要么进马戏团。我丝毫没有犹豫。我对自己说：拼尽全力，一定要去马戏团，这就是出路，动物园只是一个新的笼子，一旦进去，你就算完了。

先生们，我在拼命地学啊！人只有在被迫的情况下，在想寻找出路的时候才玩命地学习。学习要不惜代价，要用鞭子督促自己，稍微有一点抵触情绪，就立刻将自己鞭挞得血肉模糊。猴子的天性滚动着离我而去，消失得无影无踪，但我的第一个老师几乎变成了一只猴子，他不久便放弃了教学，被送进一家精神病院。幸运的是他很快就出院了。

但我的确累坏了很多老师,有几个甚至是同时累坏的。当我终于对自己的能力有信心,公众开始关注我的进步,我的前途变得一片光明的时候,我就自己聘请老师,安排他们在五个相通的房间坐下,我不间断地从一个房间蹦到另一个房间,同时向他们所有人学习。

我的进步真是一日千里!知识的光芒从四面八方射入我那渐渐觉醒的大脑!我不否认这让我感到幸福。我也敢说,我并没有把自己看得太高,过去如此,今天更是如此。通过付出这番地球上绝无仅有的努力,我达到了欧洲人的平均教育水平。这本身或许不算什么,然而正是它助我走出牢笼,为我开辟了这条特别的出路——这条人类的出路,所以它仍然是有一定意义的。德语中有句至理名言说得很好:"走最难走的路。"我恰恰是这样做的,我走的正是最难走的路。我没有别的出路,在无法选择自由的情况下我没有其他的路可走。

当我回顾我的发展历程,检阅我的成绩时,我既不妄自菲薄,也不意满志得。我把双手插进兜里,酒瓶放在桌上,半躺半坐地待在摇椅里,望着窗外。如果有来客,我就按照礼节接待他。我的经纪人坐在前厅,如果我按铃,他会过来,听候我的吩咐。每天晚上差不多都会有演出,我的成就几乎已达巅峰。深夜,当我参加完宴会、科学座谈或是令人愉悦的聚会,回到家时,会有一个半驯化的小母猩猩等着我,我又如猿猴一般在她身边获得舒心的快乐。白天我不愿见到她,因为她的眼神里闪烁着半驯化野兽特有的不知所措的凶光,只有我能看出这一点,而我无法忍受。

不管怎样,总的来说,我还是达到了预定的目标。我所付出的努力不能说是不值得的。此外,我也不想要人类的评判,我只想传播知识,我只做报告,还有你们,科学院的尊贵先生们,我只是向你们做报告。

饥饿艺术家

过去的十年间，人们对饥饿表演的兴趣渐渐冷淡了。曾几何时，自行举办这样盛大的演出，收入是很可观的，但现在都已不可能了。时代已经改变。在以前，饥饿艺术家风靡全城，饥饿表演接连不断，人们的热情与日俱增，一天不见饥饿艺术家就心痒难耐。后来，有些预约者就整天坐在那个小铁笼子前面守着，晚上也有参观者，人们竖起火把来增强演出效果。在晴朗的日子里，人们会把笼子抬到空地上，此时的观众主要是那些小孩子，成人只把这当成一种娱乐，只是出于赶时髦的心态才来参观表演，而小孩子却会惊讶得目瞪口呆。他们为了获得安全感手牵着手，惊奇地看着面色苍白的饥饿艺术家。饥饿艺术家穿着一身黑色的紧身衣，这使得他更加显得瘦骨嶙峋，他将板凳抛到一边，直接坐在铺开的稻草上，时而礼貌地点点头，伴随紧张的微笑回答观众的问题，时而还会透过栅栏伸出胳膊，让别人摸摸他多么消瘦，然后陷入沉思，不理会任何人，甚至那对他至关重要的钟表——这可是笼子里唯一的家具——所发出的钟鸣声他也充耳不闻,他只是出神地凝视——经常是闭着眼的,偶尔,他会转动着杯沿从一个小杯子里抿几口水,湿润自己的嘴唇。

除了络绎不绝的观众之外还有固定的看守,他们是被公众推选出来的,通常担任这一角色的是屠夫。他们总是三人成行,共同接受任务,负责日夜观察饥饿艺术家,绝不让他有通过任何手段秘密进食的机会。但这也只是走走过场罢了,是为了安抚大众而设计的,因为知情者都明白,在饥饿表演的这段时间内饥饿艺术家从未在任何情况下——即便受到逼迫——摄食过哪怕一丁点儿东西;他的艺术操守也不允许他这样做。当然了,不是每个看守都明白这一点,有的夜班看守会故意表现得很懈怠,躲在远处的角落里,埋头打扑克,其实是有意给艺术家创造机会,他们认为,他一定会从秘密的地方取出一些餐点。没有什么比这些看守更让艺术家感到痛苦的了,他们让他感到沮丧,让他的饥饿表演异常的困难;有时他能强打精神尽体力之所能,在看守面前唱起歌来,来表明人们对他的怀疑是多么的不公正。但这无济于事,看守们只是更加惊叹他一边唱歌一边偷吃东西的技巧。他更喜欢另一些看守,他们一般会紧挨着坐在栅栏边,由于嫌大厅里的灯光过于昏暗,便从演出经纪人那里找来手电筒照射他。刺眼的亮光并不会对他造成任何干扰,他本来就不能入睡,但却可以隔三岔五地眯瞪一会儿——不管是在任何强度的光照下,也不管任何时辰,抑或是在人满为患、嘈杂混乱的礼堂里。他非常乐于跟这些看守一起度过无眠的夜晚,他愿意跟他们开玩笑,向他们讲述自己流浪时遇见的种种奇谈怪闻,然后再听他们讲故事,这都是为了让他们时刻保持清醒,让他们确信,他没有在笼子里窝藏任何食物,而且他比他们中的任何人都更能忍受饥饿。然而,他最幸福的时光是,当曙光降临时,请客给看守们奉上一顿丰盛的早餐,看着他们像每一个彻夜未眠、满身疲惫的健康男人一样饿虎扑食的场景。甚至还有一些人,想把这顿早餐视为饥饿艺术家贿赂看守以达到偷吃的利己手段。这就太离奇了。如果有人问他们是否愿意尽忠职守,不吃早餐继续看守,他们就偷偷溜掉,尽管如此,还是不愿放弃他们的怀疑。

  人们对饥饿艺术家的怀疑是无可避免的。没有人能够夜以继日、一刻不停地看守艺术家,没有人能够凭借自己的观察,直观地判断出艺术家究竟是否真的毫无间断、从未作弊地在绝食,只有艺术家本人知道,他同时也是见证自己绝食过程的唯一完美观众。他是如此的形销骨立,以致一些人会受不了他的惨象,出于同情而不愿来看他的演出,但真正使他萦损的或许并不是饥饿,而是他对自己的不满。只有他自己清楚——就算是行家也不知道——饥饿表演是件多么容易的事情。这是世上最简单的事了。他也不对此有所隐瞒,但别人不相信他,从好的方面来想,人们认为他是出于谦逊,但大多数人认为他是在自我吹嘘,或者把他当成一个骗子。他之所以觉得忍受饥饿简单,是因为他有很多技巧,而且他还有一张铁厚的脸皮,他不得不接受所有的指责,长年累月他也习以为常了,但内心深处这种不满始终在折磨着他,在禁食期过去之后,他从未自愿地走出笼子,这点大家有目共睹。

经纪人把饥饿表演的最长期限定为四十天,从不许超出这个上限,就算在国际大都市里也不破例,这是有充分考量的。经验证明,利用四十天的时间做推销,这期间可以逐渐吸引全城的注意力,但之后观众就会厌烦,人们的冷落就不可避免。不可否认城乡之间存在些许差异,但四十天是最高上限这点却是四海皆准的。在第四十天,鲜花环绕的笼门会被打开,振奋的观众会挤满半圆形的露天剧场,一个军乐队吹吹打打,两个医生走进笼子,为艺术家做必要的检查,然后通过扩音喇叭当众宣布结果。最后,会来两个年轻的女士,她们往往为自己被抽签选中而兴奋不已,她们会扶着艺术家从笼里出来,走下几个台阶,精心准备的康复大餐正摆在阶前的一个小桌上。往往这时,饥饿艺术家总是满心抗拒。当女士们弯下腰,向他友善地伸出手,虽然他也会自愿地把骨瘦如柴的胳膊递给她们,但他却不想站起来。为什么一定要在四十天后停止呢?他本可以继续长时间禁食下去，要多久都可以，他现在正处于巅峰，根本没有进入真正的饥饿状态，为什么偏偏现在停止？为什么人们剥夺他的声誉，阻止他继续禁食，这不仅是在妨碍他成为史上最伟大的禁食艺术家——虽然他早就是了，也妨碍了他不断超越自我以进至一种不可名状的境界——因为他从未触及自己禁食的极限。为什么群众对他如此缺乏耐心？他自己都能忍受继续挨饿的痛苦，他们为什么不能忍一忍呢？他也累了，本可以坐在稻草上好好休息的，但他还是得站起来，朝那里走去，虽然单是想象一下食物，他的恶心感就忍不住翻腾，他只是顾及两位女士的面子，才强忍着不动声色。

　　他抬眼看着两个表面友善实际却残忍的女人，摇了摇那让细弱的脖颈不堪重负的头。之后，一切仍照常运转。经纪人走过来，音乐彻底淹没了说话的声音，他把双手举过饥饿艺术家头顶，似乎他在邀请上苍来观赏自己那稻草上的艺术品——这位值得同情的殉道者——禁食艺术家确实是殉道者，只是从另一种意义上说罢了。经纪人抱住饥饿艺术家的瘦腰，试图用夸张的谨慎让人相信，他是在跟一样多么易碎的东西打交道；然后偷偷地晃一下艺术家的身体，让他的大腿和上肢不由自主地颤抖，之后再把他交到两位已经吓得脸色煞白的女士们手中。饥饿艺术家忍受着一切，他的头颅耷拉到胸口，似乎是自己滚下来，不可名状地挂在那里的；他的身体已经被掏空，为了直立，他双腿的膝盖紧紧地靠在一起，但仍然用脚探寻着地面，似乎这不是真的土地，而他正在寻找真正可以着落的土地；他整个身体，当然是很轻的重量全部压在了其中一位女士身上，她气喘吁吁，环顾着四周，想要求助——她可没想到这份光荣的工作竟是如此这般。她尽量把脖子伸到一边，避免饥饿艺术家碰花了她的妆容，但她失败了，而她那位好运的同伴却没有过来帮忙，只是自顾自地牵引着艺术家那双骨架一样的手。于是，在大厅里一片疯狂的大笑声中，她突然崩溃大哭，只得由一个早已待命的仆人接替下来。然后进餐就开始了，艺术家全程无力地半睡半醒，经纪人一边给他喂食少许食物，一边饶有兴致地聊着闲话，将观众的注意力从饥饿艺术家身体上引开；之后，他向观众敬献祝酒词，据说这是饥饿艺术家在跟经纪人耳语时提出来的。乐团吹奏着响亮的乐声渲染气氛。最后，人们纷纷离席，没有人会对这场见闻感到不满，只有饥饿艺术家本人，只有他是个例外。

他也有一些固定的清闲时光，每表演一次就休息一段时间。他一直这样生活了很多年，表面上无比风光，受着全世界的景仰，但他几乎总是闷闷不乐，而知音难逢更加使他郁郁寡欢。人们又该如何安慰他呢？还有什么值得他的期待？如果有同情他的好心人告诉他，他的悲伤或许是饥饿导致的，那么很有可能——尤其是如果发生在禁食的后期——饥饿艺术家会暴跳如雷，令众人惊骇不已地像一个野兽一样摇撼栅栏。面对这种情况，经纪人自有他的惩罚措施，他十分乐于使用。他在聚集的大众面前给饥饿艺术家开脱，解释说饥饿艺术家之所以应该被原谅，是因为他的易激怒完全是由饥饿引起，这是饱食之人一时无法理解的，因此他会顺带着对饥饿艺术家的一些话进行解释——艺术家曾声称自己可以禁食更长时间。他先赞美艺术家付出的努力、他强大的意志以及在其言谈中所表现出来的巨大的自我克制；之后他会通过展示一些照片——照片同时也会进行售卖——对艺术家的话做出确凿的驳斥，照片上显示在第四十天的时候，艺术家躺在床上，气息奄奄，几乎濒临散架。艺术家虽然对这套说辞司空见惯，却仍然受其折磨，对真实情况的歪曲令他无法接受。上次，他是因为提前结束饥饿表演才变成那样的，而不是因为变成那样才不得已提前结束表演！与这些愚蠢者、与这愚蠢的世界战斗，是不可能的。但他仍然怀着期望，贪婪地趴在栅栏边倾听经纪人说话，但展示照片的时候他总是会松开栅栏，叹息着坐回到稻草堆里。之后，镇静下来的人群会重新靠近，继续参观他。

当这些场景的亲历者若干年之后回想起来，他们经常难以理解当时是怎么一回事了。因为在此期间，曾经提到过的那个巨变降临了，它几乎发生在一瞬间，或许有深层的原因，但又有谁愿意把它找出来呢？突然有一天，备受关注的饥饿艺术家发现自己被喜新厌旧的人群抛弃了，他们更喜欢涌去看热闹的节目。经纪人又带着他穿越了半个欧洲，想在某处重拾昔日的人气，但一切都是徒劳，就像达成了一个神秘的默契一样，所有的人都对饥饿演出表现出厌烦态度。这本不该发生得如此突然，他们开始回忆起当时被欢呼的喧闹所遮掩、因此没有引起足够重视、没有及时进行改正的坏苗头，但是现在为时已晚。虽然可以确定，饥饿的高光时代早晚还会到来，但对于生者来说，这并不是什么安慰。那么，饥饿艺术家现在应该做什么呢？曾被成千上万人拥戴过的饥饿艺术家总不能到小集市的摊棚里表演吧，那谋求另一份职业呢？那完全不可能，不仅因为他的年龄太大，更因为他对于禁食有着狂热的信仰，怎么肯放弃饥饿表演？于是他告别了经纪人——这位一路走来的无与伦比的伙伴，加入了一家大型马戏团；为了保持自己遗世独立的情怀，他根本没有看合同一眼。

一家大型马戏团往往由无数不断淘汰和补充的人、动物和道具组成，任何人才在马戏团都有可能随时被需要，也包括一个饥饿艺术家，当然，待遇自然比较低。而像这位饥饿艺术家属于特殊情况，他之所以被聘用，不仅是因为他的饥饿艺术，还因为他已名声在外。因为这项艺术具有年龄增长而水平不减的特征，因此人们不会说：

一个退役了、不能达到以往高度的艺术家现在要到一个安静的马戏团岗位上养老了。相反，饥饿艺术家信誓旦旦地保证，他忍受饥饿的能力跟以前一样，这是完全可信的。他甚至声称，如果人们顺遂他的意志——人们非常干脆地答应了他，他会真正地震惊世界。饥饿艺术家的激昂陈词显然不合时宜，因此行家们听了都对此一笑了之。

但饥饿艺术家没有完全失去对现实的洞察力，他明白，人们不会再把他的笼子放在舞台的中央作为精彩的压轴节目了，而是会摆在外面，在兽场旁边交通比较顺畅的地方，他认为这也是理所当然的。巨大无比、五颜六色的标语贴满笼子的四周，告知着这里的节目内容。在表演的空当，人群会涌向兽场，去参观那里的野兽，这时候他们会不可避免地路过饥饿艺术家，并在那里做短暂的逗留，他们原本打算好好观察这位饥饿艺术家的表演，但是道路狭窄，后来者又不了解停滞的原因，所以想要安静地继续观察是不可能的，否则他们可能会停留更长时间。这也是饥饿艺术家对即将到来的参观时刻——这作为他的生活目的，肯定是他所期待的——感到恐惧的原因。一开始他十分期盼着演出的休息时间，他兴奋地看着朝这边潮涌而至的人群，但很快就明白过来——即使是最固执的、已经被意识到的自欺欺人也敌不过现实的经验——那些人的目的地毫无例外的总是在兽场。从远处看上去还算是好的，一旦人群走到艺术家身边，他们会不断地组成新的派别，于是艺术家身边总萦绕着喊叫和咒骂，一派希望能不受打扰地观赏艺术家的表演，但很快他们就变成了最令艺术家头疼的一伙，他们之所以坚持不走，不是出于对艺术家的理解，而是出于对催促者的不满和固执，另一派则一心想去兽场。等这一大群人走过以后，最后一伙人姗姗来迟，虽然他们可以不受限制地站在这里，但他们全都步履匆匆，几乎不往旁边瞥上一眼就走过去了，他们只想赶上参观动物的时间。偶尔也会有幸运的时候：父亲可能会带着他孩子们路过，他用手指着饥饿艺术家，详细地向孩子们介绍艺术家在干什么，讲述早些年前，艺术家在类似的、但完全不可同日而语的更加盛大的演出中是如何风光。孩子们由于学习和生活经验的不足，总是无法理解饥饿的内涵，但他们好奇的眼睛所射出的光芒，流露出新的、即将到来的恩慈时代的迹象。有时，饥饿艺术家会暗自思忖，如果他的位置不是离兽场这么近，情况应该会好一些。如果能够那样，人们将不会面临选择的困难，更不用说，兽场里所散发出的气味、夜晚动物的吵闹、给野兽搬运生肉的扰动、动物吃食时的嘶鸣，这些都让他难以忍受，抑郁不欢。但他不敢找马戏团的人申诉，毕竟能有这么多游客全是因为这些动物，虽然其中也能找出几个关注他的人，但如果提醒人们还有他这样一位饥饿艺术家存在，也许会让人觉得他只是前往兽场的一个障碍，谁知道到时他们会把他塞到哪里去呢。

他只是一个微小的障碍，一个越来越小的障碍。有人愿意为一位饥饿艺术家分散注意力，这在现今的时代是比较奇怪的，但这种事人们已经习以为常了，而这种丝毫不奇怪的态度正是对饥饿艺术家的命运的判决。他现在可以挑战自己禁食的极限，他也这样做了，但没有什么能给他转机，人们还是不肯为他驻足。尝试向别人解释饥饿的艺术吧！不曾忍受饥饿的人，是无论如何也不能让他们稍微对此获得一点概念的。笼子上曾经漂亮的海报已经肮脏不堪、字迹难辨，于是他们把海报撕下，但没人想到去替换几张新的；标记着过去禁食天数的小黑板一开始还有人每天细心地更新，如今早已无人问津了，因为第一周以后，工作人员就厌倦了这项微不足道的工作。饥饿艺术家像他曾经梦想的那样不断地禁食，这对他来说毫不费力，他当时并没有夸下海口，但没有人计算天数，没有人知道——甚至连饥饿艺术家本人也不知道——他到底取得了多么伟大的成绩，于是他的心变得沉重起来。也许有一天，一个游手好闲的人会停下脚步，对着那旧数字打趣，说这是骗人的把戏，那么，他这番话在某种意义上就是人们冷漠和天生的恶意所能构陷出来的最愚蠢的谎言，因为饥饿艺术家在诚恳地工作，不是饥饿艺术家在欺骗,而是世界在骗取他的报酬。

又过了很多天,表演也总算结束。一天,一个管事的注意到了这个笼子,他询问杂役,为什么要在这么坚实耐用的笼子里塞上朽烂的稻草,把它弃置在此不加利用。没有人能够回答,直到一个人在计数板的提醒下想起了饥饿艺术家。他们用棍子搅动腐草,发现了里面的饥饿艺术家。

"你一直在禁食吗?"管事的问,"你到底什么时候才会停止啊?"

"请你们原谅我所做的一切。"饥饿艺术家有气无力地说。管事的把耳朵靠在栅栏上,因此,只有他听懂了饥饿艺术家的话。

"当然,"管事的一边说着,一边他把手放在自己的额头上摸了摸,向众人暗示饥饿艺术家的状况不太好,"我们原谅你。"

"我一直希望你们能钦佩我的饥饿表演。"饥饿艺术家说。

"我们确实很钦佩。"管事的顺从地说。

"但你们不应该钦佩。"饥饿艺术家说。

"好吧,我们并不钦佩。"管事的说,"那我们为什么不应该钦佩你呢?"

"因为我必须禁食,没办法停下。"饥饿艺术家说。

"真奇怪,"管事的说,"你为什么没办法停下?"

"因为我，"饥饿艺术家说着将瘦小的头稍微抬了抬，噘起嘴唇似要亲吻一般，把嘴放在管事的耳旁，唯恐对方漏掉一个字，"因为我找不到合胃口的食物。请相信，如果我找到了，我就不会扰人视听，我会像你和大家一样，美美地饱餐一顿。"这是他的遗言，但在他那瞳孔放大的眼里仍然透露出即便不再自豪、但仍然坚定的信念——他要继续禁食下去。

"现在把一切都收拾好吧！"管事的说，于是，人们把饥饿艺术家连同那堆烂草一起给埋了。而笼子里住进了一只年轻的黑豹。看着那野蛮的动物在笼子里闪转腾挪，与笼子之前长久荒废的时期相比，就算是最愚钝的头脑也能感觉到一种生气的复苏。黑豹什么都不缺。饲养人会不假思索地给它奉上可口的食物；它从不怀念自由的时光，那高贵的躯体似乎自带自由的气息，似乎自由就藏在他牙齿中的某处。生之乐趣从它的喉咙里以饱满的热情喷薄而出，以致让观众都难以承受它的能量。但他们忍住了，纷纷挤在笼子周围，舍不得离开。

骑桶者

所有的煤炭都烧完了,桶里空空如也,铲子也用不着了,炉子里散发着寒意。房间被霜冻冰封,严霜包裹的树木枯索地立在窗前,天空像一个银色的屏障,将向它求助的人隔绝在外。我必须获得煤炭,我不能冻死,我身后是冷酷无情的炉子,面前则是同样冷酷无情的苍天,因此我必须在它们之间穿过,去向中间的卖炭商人寻求帮助。但他已经对我寻常的请求感到麻木,我必须向他准确地证明,我连一粒煤渣都没有了,他对我来说就像黑暗宇宙中的太阳一样重要。我必须去,就像乞丐一样,走到他的门前呻吟着并且就要惨死在门阶上,因此厨娘不得不把剩余咖啡的残渣倒给我;而怒火中烧的商人也必定在戒律"你不得杀人!"的警示下,往我的煤桶里舀上一满铲子煤炭。

我到达的方式必将决定我此行的结果,因此我骑上煤桶前往。作为骑桶者,我抓住桶上面的把手——这是最简易的辔头,艰难地让自己从楼梯上下去,到了下面,我的煤桶却升了起来,场面非常壮观，就算是趴在地上的骆驼在骑手的敲打下晃动着身体站起来，那场面也无法与它相比。煤桶以均匀的速度穿过冰封的胡同；我经常上升到一层楼高的地方，从来没有下降到房门以下的位置。我以超乎寻常的高度来到了煤铺地窖的穹顶上方。地窖里，商人正趴在他的小桌子上写什么东西，为了散去多余的热量，他还打开了房门。

"煤炭老板！"我喊道，嗓音因寒冷而变得瓮声瓮气，一堆呼出的水汽裹挟着我，"煤铺老板，求你了，给我一点煤吧。我的煤桶已经空了，你看我都能骑着它飞行。行行好吧。等我有钱了，会尽快给你的。"

煤铺老板把手放在耳边。

"我没听错吧？"他扭过脖子问身后的妻子，她正在炉边长凳上织毛衣，"我没听错吧？好像有一个顾客。"

"我什么都没听到。"妻子说。她平静地呼吸着，织着毛衣，舒适地靠着炉子取暖。

"哎呀，"我喊道，"是我，一个老客户了，非常忠实的老客户，只是暂时身无分文而已。"

"老婆，"煤铺老板说，"有人，有人，我绝不可能搞错。一定是个老客户，非常老的客户，他知道怎么打动我的心。"

"你怎么了，当家的？"妻子说，她暂时把手里的针线活放在胸前,歇了一下,"没有什么人,胡同里空无一人,我们所有的客户都已经得到供应,我们可以打烊休息了。"

"但我就坐在这里的煤桶上啊,"我喊着,冰冷的泪水情不自禁地从我眼眶中滑出,"请看看上面,你们马上就会看到我的。我请求你们给我一铲子煤炭,如果你们可以给我两铲子,那一定会让我喜出望外。反正所有其余的客户都已经得到供应了。啊,我也期待着能听到煤炭在我的煤桶里骨碌的声音。"

"我来了。"商人说着,迈开碎步,想爬上地窖的台阶,但妻子来到他身边,抓住他的胳膊,说:"你别动。如果你还是执意这样,那我就爬上去看看。想想你昨晚咳嗽成什么样了。但为了生意——哪怕是你臆想出来的不存在的生意,你都会把老婆和孩子抛在脑后,全然不顾自己的肺。还是我去吧。"

"但要把我们所有的种类都告诉他,我之后会通知你价格。"

"好。"妻子说着爬到了胡同上面。自然,她马上就看到我了。

"老板娘,"我喊道,"请收下我衷心的问候,我只求一铲子的煤,就放在这煤桶里,我会自己骑它回家,只要一铲子煤,哪怕是最劣质的。我自然会付全款,但不是现在,不是现在。"

"不是现在"这四个字多么像钟声呀,让人将它和附近教堂夜晚报时的钟声混淆在一起,分辨不清。

"他想要什么?"商人喊道。

"没什么,"妻子大声回答,"没有什么,我什么也没看到,什么也没听到,只是听到了六点的钟声,我们应该打烊了。天冷得要命,我们明天应该还有很多工作要做。"

她什么也没看见、也没听见,但她却解下了围裙带,挥舞着围裙试图把我赶走。遗憾的是她成功了。我的煤桶拥有作为坐骑的全部优点,但它没有抵抗能力,它太轻了,一条女人的围裙都能让它落荒而逃。

"你这个恶妇!"我朝后面喊着,她已经朝店铺转过身,半是轻蔑,半是满足地挥动着手,"你这个恶妇!我只请求一铲子最劣质的煤,你都不肯给我。"说罢,我飞到雪山之上,永远地消失不见了。

一条狗的研究

我的生活发生了怎样翻天覆地的变化啊,但从根本上又毫无改变!回想以前的时光,那时我仍然生活在狗群之中,担心狗群所担忧的一切,是狗群的一员。现在我却发现,从一开始就有些不对劲,过去与现在之间有一个小小的断裂。现在,即使是在最值得尊敬的狗群集会上,也总会有一个轻微的不适感向我袭来,甚至在熟悉的圈子里也会时而发生这种情况,不,不是时而,而是经常。只要看到一条我喜欢的狗伙伴,仅仅只是看几眼,一旦发现它身上有什么陌生之处,我就会感到难受、震惊、无助乃至绝望。我试着平复自己,听我坦白过心事的朋友也都对我伸出了援手,之后我会度过一段更加平静的时光。这段时间里虽然仍有惶恐,但我能更加坦然地接受,把它看作生活的一部分,虽然它使我忧伤和疲劳,但也让我得以作为一条虽然有些孤僻、畏缩、恐惧和多疑,但总的来说仍然正常的狗活下去。如果不是这段休养的时光,我怎么能够活到这个岁数,怎么能够达到安宁,好让我平静地回忆、观察年轻时的恐惧并忍受年迈时的恐惧？我怎么能从——像我所说过的——不幸的，更准确地说是，并不那么幸福的处境中获取经验和阅历，并几乎完全按照它们而生活？我深居简出，只是忙于那毫无希望，但对我却不可或缺的小研究，这就是我的生活。但我并不是对同胞们的处境一无所知，经常有些消息传到我的耳朵里，我自己也会主动打听。大家对我很尊敬，虽然它们不理解我的生活方式，但我却并不在意，即便是那些年轻的小狗也不忘向我打招呼以示尊敬——我经常看着它们从远处跑过。它们是年青的一代，我还能忆起它们的童年。

你们也应该明白，虽然我很特别——这是人尽皆知的，但我并非完全脱离了狗类。当我思考的时候——我有充足的时间、兴趣和能力去思考——我觉得狗真是一个奇妙的物种。在周围的环境中，除了我们狗类之外还有很多其他生物：可怜的、微小的、沉默的，或者只能发出某一种叫声的小生物。我们有很多狗在研究它们，给它们起了名字，试图帮助它们，教育它们，提高它们的修养，等等。只要它们不打扰我，它们对我来说是无关紧要的，我甚至分辨不清它们，它们也引不起我的注意。但它们有一点却十分醒目，以至于我无法对其视而不见，那就是它们太不团结，彼此之间难以相处，它们相互怀有一种敌意，从同类身边走过时都毫无交流，只有共同的利益才可以稍稍地让它们表面上有所关联，但这反而会使它们之间生发出仇恨和争斗。而我们狗类则与之相反！虽然我们之间存在那么多甚至仍在不断演化的差别，但我们仍然生活在一个共同的集体里。我们抱成一团，往一处挤，没有什么能够阻挡，我们所有的法律和机构——不管是我仍然记在脑海的那一小部分，还是我已经忘记了的那一大部分——全都来自对于最大幸福，也就是温暖的集体生活的向往，而我们有能力实现我们的幸福。但也有其矛盾之处。据我所知，没有哪种动物比我们狗类生活得更为分散，也没有哪种动物有我们这么多阶级、品种和职业的明确划分。我们希望在一起保持团结，即便在狂热的气氛下，我们也能排除万难，维持团结。但我们相距遥远，从事着不同的、别的狗所无法理解的独特职业，我们严格遵守那些规章，尽管它们不属于狗类的规章，甚至是用来限制狗类的。这是些多么棘手的问题，甚至大家都避而不谈——我理解这种立场，甚于比我自己的立场还要理解——但我却深陷其中，无法自拔。我为什么不去像其他的狗一样生活呢？我本可以与我的人民和睦地生活在一起，对那不和谐的因素默不作声地加以接受，或装作视而不见，把它视为在一场大型计算中极微小的错误，我本应该多关注那些使我们幸福得心连心的事物，而不是那些无可避免地将我们从交际圈中排挤出去的东西。

我回忆起年轻时的一件事。当时的我还怀抱着那种快乐至极、难以名状的激动心态，大概每个孩子都有过这样的经历。我还是一条非常年幼的小狗，一切都让我好奇，一切都跟我有关系，我相信有大事正在我身边发生，而它的主导者就是我，我将必须为此呐喊。如果我不到处奔走，为它摩顶放踵，它一定会以悲惨的结局收场。现在，这些小孩子的幻想随着时间流逝都已烟消云散，但在当时，这些幻想是如此强烈，我完全为它们所左右。而且，其间也发生了一些不太寻常的事，似乎印证了我那些不着边际的期许。但其实事件本身并没有什么异常之处，在后来的日子里，我还碰到过诸如此类的，甚至更加奇怪的事，但当时它给我留下了全新的、无法磨灭的强烈印象，并对后来接二连三发生的事有着重要的指导意义。

当时，我遇见了一小群狗，准确地说不是我遇见它们，而是它们朝我走来。那时，我已经在黑暗里奔跑许久，预感到重大事件即将发生，这种预感很容易落空，因为我一直对它念念不忘。我长久地在黑暗里漫无目的地奔跑，对一切充耳不闻、视而不见，只是受着一种莫名的渴望的引导。突然间，我停住了奔跑，心头一震，感觉到这里就是自己应该到达的地方。我抬起头看，是耀眼的白昼，只有一点雾气，到处散发着醉人的醇香，我口齿不清地大声向早晨问好，远处——似乎是我把它们召来的——传来一种我从未听过的令人震骇的声音，七条狗从某处黑影中走了出来。如果不是我清楚地看出这是一群狗,且那噪声随它们而来——尽管我不知道它们为什么会发出这种声音——我肯定会立刻溜之大吉,但我留下了。那时,我对狗类所独具的天才音乐禀赋几乎一无所知,我的观察力尚处于萌芽时期,在此之前自然没有注意到。因为自婴幼时期始,我便一直生活在音乐的氛围中,音乐对我来说是自然存在的,是不可或缺的生活要素,没有什么可以强迫我把音乐与日常的生活区分开;对于音乐与生活的区分,成年的狗考虑到我作为幼童的智力水平,只含混不清地给过我一些提示。因此,这七位大音乐家的出现才会让我如此震惊。它们没有说话,也没有唱歌,它们几乎是在紧咬牙关共同保持着沉默,但寥廓的空间里却魔术般地响起了音乐。一切都是音乐,它们的四肢的起落、头颅的转动,它们的奔跑、止步、彼此做出的姿势、互相围在一起做成轮舞那样的圆圈,都是音乐。它们会互相把前爪搭在另一条狗的背上,让最前面的直立者承担起所有狗的重量,或者它们趴在地上的身体交错在一起,但并不会因此迷失方向,就连走在最后的那条狗也不会搞错。那条狗总是不能迅速地和同伴们连接上,有时在旋律响起时会有些摇晃,但这种不太稳当也只是在跟别的狗卓绝的技艺相比较而言,就算它再不稳,也不会对整体有什么影响。因为其他大师能丝毫不差地稳定节奏。然而,我又几乎看不见它们,看不见它们中的任何一位。它们刚才向我走来，我打心眼里把它们当成同胞来问候，尽管伴随它们而来的喧闹声把我弄糊涂了，但它们是狗，像我和你一样的狗，我以平常心观察它们，就像在观察路上遇见的狗。我想接近这些近在咫尺的狗，然后互致问候。它们虽然比我年长得多，也不是我这种长卷毛的类型，但与我在个头和体型上相仿，我对它们这一类型应该说还是挺熟悉的，我见过很多这种或者类似的狗。但是，正当我沉浸在思考中时，音乐渐渐增强了，紧紧地抓住我，把我从这些矮小的狗旁边拖走，完全违背了我的意愿。我拼尽全力地反抗着、咆哮着，如同剧烈的疼痛难以忍受一般。占据我全部身心的没有别的，只有从四面八方传来的音乐，这音乐将听者彻底攫住，向它疯狂倾泻，一时间撼山动地，由于备受摧残，尽管就在耳边，我却几乎难以听到那从远方传来的音乐声。然后，我重新得到了解放，因为我已精疲力竭，憔悴虚弱，无法再继续倾听。看着七条矮小的狗继续它们的前行，看着它们跳跃，我想呼唤它们，尽管它们面露不悦之色，我还是想要请求它们的教导，询问它们在此地做什么——我是一个孩子，相信不论在何时何地，总可以询问任何人。但我还没有张嘴，刚感受到与这七条狗的友好、信任的同胞关系，音乐就重新响起了，这让我头昏脑涨地转起圈来，似乎我自己就是其中的一位乐师，但其实我只是它们的牺牲品，无论我怎样拼命求饶，音乐还是将我甩来甩去，最终我被推进了一片杂乱的灌木丛中，使我摆脱了它。在这一带有一片小树拔地而起，但我从未注意过它们，此刻这些小树将我紧紧围住，我耷拉着脑袋，虽然那边的空地上音乐仍如雷鸣一般，但在这里我就有了片刻的喘息之机。

　　说真的，我不止对七条狗的艺术才能感到惊叹——这是我无法理解的，也完全超出了我的能力范围——对它们的勇气更为惊叹，它们竟能毫不畏惧地展示自己的创作，还有它们的力量，它们竟能如此平静地承受自己的创作而不被它压垮。现在，我可以从藏身处向外更加仔细地观察，我注意到它们并不是那么平静，反而极其紧张，那些看似平稳迈动的腿其实每一步都因为恐惧而不停抽搐，它们互相看向对方，目光呆滞，似含绝望，那不断强吞回去的舌头总是重新疲软地耷拉出来。让它们如此紧张不安的，不可能是对成败的担忧；敢于如此行事，能够把这些音乐创造出来的狗不可能心怀恐惧。它们到底在害怕什么呢？是谁强迫它们这么做呢？我难以自制，因为它们现在似乎非常需要我的帮助，于是，我拼尽全力大声喊出我的问题，然后等待着它们的回答。但它们——不可理解！不可理解！——没有回答，依旧我行我素，当我不存在一样。狗竟然不回应狗的呼唤，这违背了良好的道德准则，无论大狗还是小狗，在任何情况下做出这种行为都是不可原谅的。难道它们不是狗吗？

但不是狗还能是什么呢？经过更加仔细地倾听，我现在甚至听见了轻微的呼喊声，这是它们在互相鼓舞，相互提醒困难和错误。我看向最后那条，也是最小的那条狗，呼喊声大多是针对它的。它经常斜眼看我，似乎它很有兴趣回答我的问题，但却不能，因此不得不作罢。但为什么不能呢，为什么我们的法律一直要求无条件做到的事，这一回却做不到了呢？这让我愤慨不已，以至于我差不多忘了音乐的存在。这些狗违背了法律。就算它们是伟大的魔法师，也必须遵守法律，这是连我这个小孩都明白的道理。

我还看到了更多东西。想来它们或许是心怀负罪感，因此才默不作声。由于音乐声过大，我之前从未注意它们的行为举止，事实上它们完全抛弃了礼义廉耻，可怜地做着那些最滑稽和最不体面的举动，它们用后腿直立行走。呸，见鬼！它们扒光自己，炫耀式地展示它们的裸体；它们以此为乐，如果它们某一刹那顺从了善良的天性，把前爪放下，马上会大吃一惊，仿佛犯了什么重大错误，仿佛天性是错误的，于是赶紧重新把前腿举起来，它们的眼神似乎在乞求宽恕，宽恕它们刚才暂时中断了罪恶的行径。世界颠倒了吗？我在哪里？发生了什么？为了我自己考虑，我也不能继续迟疑，我从周围的灌木丛中冲出来，跳到前面，朝那群狗走去。我这个小学生必须担当起老师的责任，必须让它们明白，它们必须停止当前的行为以避免进一步犯下其他的罪过。

"老狗们,老狗们!"我不断地重复着。但我还没完全走出树林,就在离狗群还有两三步远的时候,噪声又响了起来,将我控制住了。或许,我本来可以用自己的努力和执着去战胜这我已熟悉的噪声,它虽然可怖,但仍可与之一战。然而,一个更加清晰、更加严厉、一成不变的声音从远处不断传来,可能这才是隐藏在噪声中的真正旋律,它迫使我屈服了。

啊,这些狗制造出了一种什么样摄人心魄的音乐啊。我不能继续向前,就算它们仍旧叉开着腿装模作样,犯罪作孽并引诱其他的狗犯下袖手旁观的罪过,我也不准备再去教育它们。我是一条微不足道的小狗,怎么能期望我去做这么困难的事呢?我开始呜咽起来,这让我看上去显得更加微不足道。如果这群狗这时候来追问我的意见,或许我会承认它们是有理的。没过多久,它们便与所有的噪声、所有的光亮一起消失在黑暗中。

我已经说过:整件事并没有异常之处,在漫长的生活中,谁都会碰到各种各样诸如此类的事,如果脱离具体环境,用儿童的眼光看待它们,它们会显得更加可怕。此外,人们很可能会在这件事上——有一个非常恰当的表述——"以讹传讹",就像人们最常做的那样,最后把这个故事口口相传,扭曲成这样:为了趁着早晨的静谧创作音乐，七个音乐家会集此地，而音乐令一条小狗昏了头，它是一个麻烦的听众，音乐家们试图用特别可怕抑或特别崇高的音乐把它赶走，可惜的是没有成功。单是这位不速之客的出现就已经对音乐家们造成了很大的干扰，它还不断向它们提问，它们应该继续容忍这种无礼，并做出回答好让对方更加放肆吗？即便法律要求对每条狗的提问都要做出回答，但这么一个微不足道、匆匆路过的小狗又何足挂齿？而且，它们可能根本就没听懂它的问题，它叫唤得模糊不清。或者它们听懂了，也自我克制地给出了回答，但它，这条对音乐过敏的小狗，没能从音乐声中听出它们的回答。至于用后腿行走，或许它们那天确实只用后腿走路了。这是一项罪孽，没错！但它们是私下的，是七个朋友之间的事，是在极熟识的友伴中间，这可相当于在自己家里，完全是私底下的事，因为朋友不能算是公众，既然不是公共空间，那么一个好奇的街边小狗也不能就构成公共性，这难道不就跟什么都没发生一样吗？并不完全如此，但也差不多，父母应该少让自己的孩子到处乱跑，且最好应教育孩子保持沉默，尊敬长辈。

如果到此为止，那这件事也就结束了。不过，成年狗觉得结束的事情，对小狗而言却未必。我到处跑动，逢狗便讲述遭遇，我询问、抱怨、调查，我想把每一条狗都拉到那个地方，想向每条狗展示：我站在哪里，七条狗在哪个位置，它们在哪里以及如何跳舞和奏乐。如果有狗愿意跟我同来，而不是把我轰走或者对我加以耻笑，我或许会牺牲我的清白，也试着把后腿直立起来，以令我的讲述更加直观。但他们无一例外，甩掉我、嘲笑我。不过，大家虽然都对我这条小狗所做的一切感到厌恶，但最终还是会原谅我。而我一直保持着这颗童心，就这样成长为一条年长的狗。

曾经，我总对这件事呶呶不休，今天看来已然觉得并不是什么了不得的事了。那时，我把事情加以分解剖析，把它从我所身处的社会环境中剥离出来，衡量当事者，一天到晚就忙着这件事。我对它的厌烦程度丝毫不逊色于我的同胞们。但也正是因为这样，我——这就是我与常人的区别所在——无休止地试图通过调查查个水落石出，以便有朝一日可以将目光转向普通、平静、幸福的日常生活。时至今日，我仍像那时一样努力做工，尽管幼稚的方式少了些，但差别并不是很大。

这都是自那次音乐会开始的。我不再抱怨，这是我的天性，正是它在起作用，就算未曾躬逢那次音乐会，它也会找到其他合适的时机把自己展现出来。只是事情发生得过早，着实令我有些遗憾，因为它使我大半的童年时光被剥夺，有些狗可以享受好几年属于幼崽的幸福生活，而留给我的却只有短短几个月。不去管它了，还有很多东西比童年生活更重要。或许在我年迈之时,经过艰苦生活的历练,可以体验到更多童真的幸福,这些幸福是幼崽没有能力承受的。

从那时起,我开始了对最简单事物的调查。素材是不缺的,遗憾的是,也恰恰正是这些过于丰富的素材让我在求索时陷入了一段黑暗的时光,并产生了绝望的心理。我开始研究狗类以什么为食。现在看来,大家可能会说,这当然不是一个简单的问题,而是一个自古以来就缠绕在我们心上的问题,它是我们思考的主要对象,在这个领域中我们进行了无数的观察、实验,发表了不计其数的观点,它俨然已经成为一门科学,并以其无限的广度超出了个体、甚至超出了所有饱学之士的理解力。除全体狗类之外,没有哪条狗可以单独承担这项课题。然而,即便是整个狗类对此也只能长吁短叹,不可能完全承担。它那早已被占有的陈旧知识一再出现漏洞,必须非常艰难地加以补充,更不用说,我的研究所面临的困难和几乎无法具备的条件!人们无须以此来反对我的研究,所有的一切我都明白,就像所有普通的狗一样,我从未想过涉足真正的科学,它理应得到人们的敬畏,而我也不缺乏这种敬畏,但我却缺少知识、勤奋和平和的心态,以及胃口——近些年来尤其缺乏——来对科学做出贡献。我把食物吞下肚子,却对事前有计划的农业考察不感兴趣。在这些方面，我认为掌握一切科学的精髓就足够了，这就像母亲们让婴儿断奶走向社会之路所说的小规则一样："尽你所能把裤子尿湿吧。"难道这里面不是包含了所有的道理吗？从我们的祖先就启动的研究，可曾对此做过任何细微的补充？细节，细节，这一切多么靠不住！但只要我们一直作为狗而存在，这条原则就永远有效。它关涉我们的主食。

当然了，我们还有其他的辅食，但在危机之时，只要年景还不是那么的糟糕，我们还是要靠主食过活。我们在土地上找到这种主食，而土地又需要水源，依靠水源而饫沃，正因如此土地才给予我们食物。不过不要忘记，人们可以通过特定的咒语、歌谣和动作，加速它的生长。我认为这就是一切了，对于这个问题已经没有什么好说的了。在这一点上我跟大多数狗类的意见是一致的，我严格地规避异端反动的观点。我确实不想做一条特立独行、刚愎自用的狗，当我和大多数同胞观点一致的时候，我总是很幸福，在这个问题上便是如此。但我自己的研究却朝着另一个方向进行。经过浅薄的学习，我了解到，当土地按照科学的方式来浇灌和耕作，它就会结出果实，并且不管是在品质、数量、品种、地点上，还是在时辰上，都符合那些完全由科学或者部分由科学所确定的法则。我对此表示认同，但我的问题是："土地是如何获取这些营养的？"对此，大家往往会推脱说没有听懂我的问题，它们顶多会这样回答我："如果你的不够吃，我们可以分一点给你。"这个回答令人肃然起敬。我知道，把到手的食物分给同胞并不是狗类的习惯。生活艰难，土壤贫瘠，科学在理论上硕果累累，在实践中却鲜有收获。拥有食物者，会把食物珍藏；这不是自私心，恰恰相反，这是狗类的法则，是全体狗类一致通过的决议，是对自私心理的克服，因为占有食物者总是少数。因此，那个回答——"如果你的不够吃，我们可以分一点给你"——完全是句客套话，是玩笑话，调侃之用。

我没有忘记这一点。但当我在世界中到处求索各种问题的答案时，大家没有嘲笑我——虽然它们没有给我吃的，话说回来，它们又能上哪去弄食物呢？就算它们碰巧有吃的，在饥肠辘辘的情况下，自然也无暇顾及同胞了，但是它们那么说是真心诚意的，有时候我也确实在一些地方得到了一小点食物，只要我抢得迅速。怎么会这样呢？大家为什么对我如此特别，如此关爱和喜欢我？因为我是一条瘦削、虚弱的狗，营养不良且对食物不甚上心吗？营养不良的狗到处都是，只要有机会，大家甚至会从它们嘴边抢走仅剩的一丁点口粮，它们这样做，并不是受欲望的驱使，而是出于原则。不，大家偏爱我，我无法用具体的事例来证明这一点，但对此有深刻的印象。难道是由于我的问题让大家感到愉悦，大家觉得我的问题非常智慧？不是的，大家并不愉悦，并把我所有的问题看作是极其愚蠢的。但使我获得众多关注度的，正是我的问题。看上去，相比忍受我的问题，它们更想做出那恐怖的举止——用食物塞满我的嘴。虽然它们没有这样做，但它们想这样做。不过如果真是如此，大家尽可以将我驱逐，并禁止我提问题，这岂不更省事？不，大家不想这样，它们虽不愿听我的问题，但正因为我的问题，它们才不打算驱逐我。虽然我受到很多耻笑，被当作蠢笨的小畜生对待，被推来搡去，但那个时期的我却拥有了极高的声望，此后，再也没能达到当年的声望。那时，我畅通无阻，没有受到任何阻拦，在粗暴对待的表象下，我受到的其实是恭维。这一切都是因为我的问题，因为我的不耐烦和我的好奇心。

难道是大家希望通过这种方式，通过非暴力的、几乎充满爱怜的方式把我从歧路上引回来？而他们并不能完全确定我走上的是一条歧路，因此认为尚不至于使用暴力。当然，还有一种敬重和畏惧的感情也阻止了暴力的发生。当时我就有了这种感觉，今天我看得更清楚了，远比当时更清楚，人们确实希望把我从我的道路上诱导开。但没有成功，事与愿违，我的注意力反倒更加敏锐了。我甚至意识到，我才是诱惑别人的狗，而且我的诱惑能力已经达到了一个较高的水准。多亏了狗类的帮助，我才开始明白自己的问题。比如当我询问"土地是如何取得这些食物"的时候，难道我如同表面那样，操心的是土地吗？并不是。我很快就看明白，土地跟我完全没有关系，我只操心狗们，根本不操心别的什么。因为在狗类之外还有什么呢？在遥远空旷的世界，除了狗我还能呼唤谁呢？所有的知识，所有问题和答案的总和，全都蕴藏在狗类之中。但愿大家能使这些知识发生效力，将其展示出来，倘若它们所知的远比承认的多得多，那该多好。即便是最健谈的狗，也比美味的食物更加难以接近。它们在同伴身边绕行，欲念令它们愤怒，它们甚至用自己的尾巴抽打自己，它们询问、请求、嚎叫、撕咬，并且达成它们不费吹灰之力就可达成的事情：善意的倾听、友好的触摸、充满敬意的嗅闻和发自内心的拥抱、我和你的嚎叫混成一片，这一切都是为了极乐、遗忘和寻找。但狗类们首先希望达到的是：承认拥有学识。而这却始终无法实现。不管提出请求的时候声音如何响亮，即便极尽诱惑之能，得到的回答最多只是一副木讷的表情、斜视的目光和惶恐而浑浊的眼睛。这跟我年幼时呼唤那些音乐狗而它们没有回答时的情形，没有多少分别。

可能大家会说："你抱怨你的同胞，抱怨它们对关键问题保持沉默，你声称，它们知道的比它们承认的更多，比它们应用到生活中的更多，但故意隐瞒——他们自然也隐瞒了这种做法的原因和秘密——毒化了生活,让你无法忍受,以至于你不得不改变或者放弃这种生活。就算如此,但你自己毕竟是条狗,也有狗的知识,那就请你说出来吧,不要只是提问,也请作答。如果你能够说出来,谁还会阻拦你呢?众狗会马上齐声附和,仿佛它们一直在等待着这一刻的到来。然后你就拥有了真理、智慧和坦白,想要多少有多少。曾被你一遍遍抱怨的那种低微生活的顶盖,现在会敞开,我们所有狗都将手拉着手,一起飞升至自由的高空。就算后一点未能实现,就算事情变得比现在更糟,就算全部的真理比部分真理更让人无法忍受,就算事实证明沉默者的做法是正确的,就算我们残留的一丁点希望将蜕变成完全的绝望,这些话仍值得一说,既然你不愿意过那平庸的生活。现在请说说看,为什么你指责别人的沉默,自己却不坦白?"其实很容易回答:因为我是一条狗。我本质上跟其他狗一样,沉默寡言,由于恐惧而顽固地抵抗我自己所提的问题。难道我向狗类提问——严格地讲,至少是我长大以后——是为了让它们回答我吗?我会怀有这么愚蠢的期望吗?在我看到了我们生活的根基,感受到了它的深邃,看到了建筑工地上的工人从事那不可捉摸的工作之后,仍希望这一切随着我的问题而被终止、毁灭、摈弃吗?不,我确实不再这样希冀了。我了解它们,我跟它们同一血脉,那悲惨的、依然年轻的、充满渴望的血脉。

但我们不仅拥有共同血脉，也拥有共同的知识，不仅拥有共同的知识，还拥有共同打开知识大门的钥匙。离开别的狗我无法获取这一切，没有它们的协助我无法求知。只有所有的狗用牙齿一齐去咬，我们才能对付得了那含有最高贵的骨髓的骨头。这自然只是一个比喻，有夸张的成分；如果所有的牙齿都就位，那么根本不需要咬，骨头自己就会打开，骨髓会自动淌到最弱小的小狗脚下。如果我停留在这个比喻范围内，我的意图、问题和调查便自然都是瞄准了某些了不起的事物的。我会迫使所有的狗聚集到一起，利用它们严阵以待的神情施加压力，威胁骨头自动打开，然后再将它们打发走，去过它们喜欢过的生活，之后我就可以高枕无忧、大大方方地吮吸骨髓。这听上去很可怕，很多人可能会说："我不是在吸那骨头里的骨髓，而是在吸狗群的骨髓。"但这只是一个比喻。这里谈到的骨髓不是佳肴美馔，相反，它是毒药。

我的问题只是让我永不停歇地忙碌，我想用沉默来自我鼓动，沉默是这个世界对我唯一的答复。通过研究，你越来越清楚地意识到，狗类始终沉默，并将继续沉默，你还要忍受这种局面到何时呢？所有的个别问题之上回响着真正的生存之问——你还要忍受到何时？这个问题只针对我自己，不烦扰其他的狗。遗憾的是，相对其他个别的问题，我回答它更容易：很有可能我会一直忍受到我生命结束之时，老年的清净天性只会越来越抵触那令人不安的问题。我可能会保持沉默，在一片静寂中祥和地接受死亡，我会镇定地看着它朝我走来。仿佛是命运的恶意安排，我们狗类天生就有一颗令人惊奇的强壮心脏和一对不会提前报废的肺，我们抗拒所有的问题，即便是自己的也不例外，我们是沉默的堡垒。

最近我总是不断思考自己的生命历程，找寻那个我或许曾经犯过的决定性的错误，但我没能找到。但我一定是犯过，因为如果我没有犯过这样的错误，而我在辛勤劳碌一生后却没有达到当初的目标，那么就只能说，我所希望的本就不可能实现，从而彻底绝望。看看你从事的工作！主要是研究这个问题：土地从哪里为我们获取食物？我作为一条年轻的狗，自然是希望能够享受生活的，但我放弃了所有的享受，绕着圈子躲开了所有的娱乐，面对诱惑时便把头深埋进双腿间，一心地工作。这不是什么复杂的工作，不涉及博学的才思，不涉及方式方法，也不涉及目的和意图。这或许曾经是个错误，但绝不会是决定性的错误。我才疏学浅，因为我很早便离开母亲，不久便习惯了独立，过着独立的生活，而过早地独立与系统的学习相抵牾。但我见多识广，跟很多狗打过交道，它们的职业和品种甚至有天壤之别，我相信我把这一切进行了很好的总结，又把个别的观察串联了起来，这可略微弥补一下广博的学识的缺失。此外，独立虽然可能会对学习不利，但对我的研究却是极有利的。当我无法采用真正的科学方法，也就是不能利用前人的成果，不能与同时代的研究者们建立联系的时候，这就对我显得尤其重要。我只能依靠我自己，从一个非常原始的研究起点出发，我相信我所偶然设置的终点，应该也是最终的终点，这种想法在年轻时令我兴奋，晚年时却令我苦恼。

难道从开始到现在，真的只有我一条狗在孤零零地研究这个问题吗？是又不是。不论在什么时候，要说整个世界上没有一条与我处境相似的狗，是不可能的。我的处境不会那么糟。我未曾背离狗类的本质一丝一毫。每条狗都跟我一样有想问问题的冲动，我也跟每条狗一样爱沉默。每条狗都有问问题的冲动。否则我的问题不会激起一丁点共鸣的，它们的存在令我感到幸福，一种夸张的幸福。至于我爱沉默，这点无须证明。我跟其他狗没有任何本质上的区别，所以，不管我们之间有多少意见分歧，偏好有多不同，它们都会认同我，而我也同样认同它们。我们只是在元素组合上有所不同，这是一个对个体来讲十分显著、对集体来讲却无关紧要的区别。倘若这些始终存在的元素组合从未产生过与我相似的情形，而我的组合已经很不幸了，那它岂不是更不幸了吗？这将会与所有的经验发生冲突。我们狗类从事着千奇百怪的工作。如果不是消息可靠，一些职业的存在确实让人无法置信。

在这里我最想举一下空狗的例子。第一次听说的时候，我大笑不已，绝不肯相信它们的存在。这怎么可能？据说它们是一种体积很小的狗，身体比我的头大不了多少，就算是成年狗也不会有多大，这种狗很羸弱，看上去像是捏造出来的，发育不全，皮毛梳理得过于精细，它们甚至都不能像模像样地真正跳跃一次。按照大家所说，它们大多数时候都飘浮在空中，看上去什么也不做，只是在清修。这种事绝不可能，让我相信这种事情的存在，无疑等同于滥用小狗天真无邪的童心。但不久之后，我又从其他地方听到了大家对一条空狗的讲述。难道是人们故意联合起来戏弄我？再后来我就遇见了那些音乐狗，从此我不再把那些传闻看作绝对不可能的，我不再被成见束缚自己的思考，转而开始研究那最荒谬的传言，尽我所能地追查它，在这荒谬的生活里，最荒谬的东西反倒远比那正常的更显真实可信，对我的研究更有裨益。对于空狗也是如此。我对它们进行了多方面的了解，虽然直到今天我也未能找到其中任何一条，却早已对它们的存在深信不疑，它们在我的世界观里占据重要位置。跟大多数情况一样，在这件事上引我深思的不是技术的高超。狗竟然能在空中飘浮，这多么奇妙啊，谁能否认这点？我确实跟所有的狗一样震惊不已，但更令我感到惊奇的是其存在的荒诞、沉默的荒诞。总的来说，大家并没有对这种荒诞进行探究。它们就这样日复一日地飘浮在空中，生活仍在按其规律继续，大家偶尔会谈论起艺术和艺术家，仅此而已。但为什么呢，为什么狗类明明都很善良，偏偏只有那些狗能够飘浮？它们的职业有什么意义？为什么它们不做任何解释？为什么它们飘在上面，任凭狗类引以为豪的腿脚萎缩？为什么它们离开滋养自己的土地，不劳而获，甚至靠着狗群的牺牲来奉养？

我感到荣幸的是，我的提问多多少少使这个问题受到了一点儿关注。大家开始寻找、收集理由，它们开始了，不过也就到此为止。但不论如何，至少行动了。虽然没有揭示真相——我们无法达到这种程度——但至少揭示了谎言深处的一些情况。我们生活中的全部荒谬现象，尤其是其中最荒谬的一些，均可以找到解释。当然，仍不能透彻——这是天大的玩笑——却足以令我们抵御那些痛苦的问题。

再次以空狗为例，它们并不如大家一开始以为的那样心高气傲，相反，它们对同胞十分依赖，只要设身处地地想想它们的处境，就会明白这一点。它们不得不寻找某种可以为它们的生活方式赎罪的办法，但是它们不能坦言——这将会损害它们的缄默义务，因此只好想办法让自己免于罪感的折磨，努力忘记它们。据说它们是通过一种令人无法忍受的唠叨做到这点的。它们一直不停地说话,其内容部分发源于它们的哲学思考,因为它们已经完全弃绝了肉体劳作,所以可以无休止地从事这种活动;部分取材于它们高屋建瓴的观察。过着这种荒谬的生活,可想而知它们的智力并不出色,它们的哲学也跟它们的观察一样毫无价值,对科学简直毫无建树,而科学也从不指望它们。

尽管如此,如果人们询问空狗到底做了什么,还是会得到答案,说它们为科学做了巨大的贡献。你若是再说:"没错,但它们的贡献完全毫无意义,让人厌恶。"对方下一步的回答要么是耸耸肩,要么是顾左右而言他,要么就是怒火中烧或哈哈大笑,但过上一会儿,当再次问起这个问题,得到的回答还是它们为科学做了贡献。最终,当曾经的询问者被问及相同的问题,它也开始心生犹豫,最终往往会做出相同的回答。或许放弃固执和成见,对我们会更好些,对于已经存在的空狗,不可能不承认它们的生存权,应该容忍它们。但不可以提出更高的要求,否则就太过分了,但大家偏偏要求更多。不断有新的空狗升起来,我们只能继续忍受。我们根本不知道它们从何而来。难道它们数量的增多是繁殖出来的?它们不过是一具漂亮的皮囊而已,会有这种能力吗?它们如何繁殖?即便这看似不可能,但也是有这种可能性的。那么,它们又是在何时繁殖的呢?它们总是孑然一身，在高空中自娱自乐，如果偶尔屈尊俯就，下降到地面，也只待很短的一段时间，不过矫揉造作地走上几步，它们总是独来独往，并且始终面带沉思之色，似乎即便身体劳累，也无法摆脱沉思，至少它们是这么说的。但如果它们不繁殖，难道还有自愿放弃平地上的生活成为空狗，牺牲自己的舒适生活和艺术成就，而选择在空中整日靠在气垫上无聊生活的狗吗？这完全不可想象，不论是繁殖还是自愿加入，全都不可想象。但事实却是，总会有新的空狗出现；由此可以推断，不管存在着我们的理智多么难以克服的障碍，不管看上去多么怪异——还是有一种不会灭绝的狗，至少它们不会轻易灭绝，至少在任何一类狗中都不乏长期成功地对抗灭绝的因素。

如果像空狗这类如此少见、无聊、极端稀奇古怪又缺乏生命力的品种都尚且这样，那么我这类狗不也能这样吗？何况我一点也不怪异，很普通，至少在本地区十分常见，没有什么特别出众之处，也没有什么特别可鄙之处，在我的整个童年和成年的部分时间，我只要没有太邋遢，没有过于奔波，我肯定是一条非常漂亮的狗。我的正面形象尤其受到夸赞，我有细长的前腿和优美的头部曲线，尤其是我那灰白黄三色、只在发梢有些蜷曲的毛发更是惹人喜爱，这都没什么特别的，特别的是我的本质——这也在普遍的狗类本质中有迹可循，我始终把它牢记于心。广阔的狗世界中到处浮现空狗们的身影，它们甚至可以无中生有地培养出新生力量，既然连空狗们都不是独一无二的，我当然也可以自信地认为我不是那么形单影只的。不过，我的同类想必都有着一种特殊的命运，它们的存在绝不会对我有明显的帮助，因为我连从狗群中分辨出它们都不能，它们又如何帮助我呢？沉默令我们窒息，我们渴望打破沉默，好喘口气，但其他品种的狗却在这种环境里非常满意。虽然这只是假象，就像那些音乐狗一样，它们看上去在冷静奏乐，其实十分紧张不安，但这种假象却栩栩如生、令人折服，我试图努力戳穿这种假象，但受到了无情的嘲笑。

那我的同类们又该如何自救呢？面对这些困境，它们是如何继续努力生活下去的？这要因狗而异。我年轻时，一直在以提出问题的方式进行努力。或许我可以认准那些喜欢提问的狗，把它们看成我的同类。确实有一段时间我强迫自己这样做，之所以是一种强迫，是因为那些本该作答的却变成了提问者，着实地令我头疼不已；它们总是提一些我无法回答的问题，这令我反感。再者，每条狗年轻时都喜欢提问，我该如何从这群提问者中找出同伴？每个问题听上去都差不多，区分它们的是提问者的意图，但意图总是深藏不露的，往往连提问者自己都不知道。没错，提问是狗的本性，所有的狗都在七嘴八舌地提问，因此真正提问者的痕迹便会被抹去。在年轻的提问者当中我找不到我的同类，在沉默者、年长者——我现在已属于其中一员了——当中，我也没有找到。那提问到底有什么用呢？我未能给出回答。或许我的同胞们远比我聪明，它们找到了完全不同的更有效的方式来忍受这种生活。但是，正如在我身上发生的一样，虽然这些办法给它们解了一时之围，让它们得以安然入睡，甚至让它们发生变异，总的来看，却并不比我的办法更有效，因为据我所见，它并没有发挥什么作用。我担心，要认出我的同类，从其他方面入手反倒比从成效上入手更容易些。但我的同类到底在哪呢？没错，这正是我所悲叹的。它们在哪？它们无处不在，又无处可寻。

或许，它就是三尺之外我的邻居，我们经常隔栏相呼，它也常常来访，但我未曾去它家做客。它是我的同类吗？我不知道，虽然我没从它身上找到一丝迹象，却也不是不可能。这很有可能，又有什么是不可能的呢？如果它离我遥远，我还可以通过幻想赋予它一些令我愉快的特质，而如果它站到我面前，这些幻想马上会变得非常可笑。它是一条老狗，比我个头还小一点，而我的个头还没有达到中等程度呢，它浑身棕色短毛，总是无精打采地耷拉着头，走起路来拖拖拉拉，左后腿因患有疾病而有些跛。我已经很久没有跟其他狗有过如此亲近的交往了,我很高兴,迄今为止我还能够忍受它。当它离开的时候,我会在身后向它发出最友好的呼喊,自然不是出于喜爱,而是由于对我自己的愤怒,因为如果我目送它离去,它那拖拉着跛脚、低陷着后半身缓缓而行的样子,会让我觉得它是那么可憎。有时候,我觉得把它想象成我的同类,简直是在嘲讽自己。

从和他的对话中我也没有察觉出他是我的同类的任何痕迹,虽然它很聪明,我能从它身上学到很多,但我所寻找的智慧和教养呢?我们通常会聊一些当地的问题,让我感到震惊的是——我的孤独让我更具洞察力——即便是一条普通的狗,即便是在一个并不那么糟糕的境况中,为了艰难度日和应付随处可见的巨大威胁,也得花费不少精力!科学虽然给出了规则,但哪怕只是肤浅和粗略地理解它们也并不容易。而当人们理解科学之后,真正的困难——对它进行因地制宜的应用——才刚开始。对此,几乎没人能提供帮助,每个时辰都会有新的任务,每寸土地都有独特的任务;无人敢说,它已经做好了一劳永逸的安排,可以任凭生活自行前行,即便是欲望一天天减退的我都不会说这种话。这永无止境的努力究竟是为了什么?只是为了使自己更深地埋藏在沉默里,永远不被别人拽出来。

大家经常夸耀狗类的与时俱进,其实真正进步的主要是科学。没错,科学一直在前进,从不止息,它甚至在加速度前进,突飞猛进，但这又有什么值得夸耀的呢？这就好像，人们在吹捧某个随着年岁增长而不断衰老并加速朝死亡逼近的狗。这是一个自然且可憎的过程，我从中找不到任何可以夸耀的地方，只看到了衰落，但是我并不认为过去的几代狗在本质上比我们更好，它们只是更加年轻罢了，这是它们的优势，它们的记忆还没有像我们现在这样负荷过重，让它们开口说话比较容易，虽然它们也没有说过，但毕竟开口的可能性要比现在大很多。在聆听枯燥的古代史时，正是这种可能性最让我们激动。我们只要偶尔听到一两句暗示性的话，就按捺不住地跃跃欲试，似乎身上那积累了一个世纪的重压已经消失。不是这样的，我对我们时代的批判，对以前的时代同样适用，甚至在某些方面它们还更糟些。奇迹在当时也不会是街头俯拾皆是的东西，但那时的狗还不如今天这样充满狗性——我只能这样说。那时狗类的组织架构还很松散，真话还可以发挥效用，可以规定或者改变组织构架，甚至使其转向相反的一面。那时真话还在，至少近在咫尺，就在嘴边上，呼之欲出。每条狗都有这种感受。今天又怎么样呢？今天大家搜肠刮肚都找不到它的踪迹。我们这一代或许堕落了，却比前辈更无辜。我可以理解我们这一代的犹豫，其实它不再算得上犹豫，它只是对一个梦境的遗忘，这个梦之前做过一千次，也遗忘了一千次，谁会因为这第一千零一次遗忘而怪罪我们呢？而我也理解前辈们的犹豫,如果换成我们,我们的作为也不会有所不同。我几乎想这样说:我们可真幸福,因为我们不必自己承担罪名,可以在一个被同胞搅得乌烟瘴气的世界里问心无愧地沉默着奔向死亡。当我们的前辈们走上歧途时,或许它们根本没有想到这是一条永无止境的迷途,它们甚至还能看到十字路口,随时可以轻易地折返,它们之所以有所迟疑,是因为它们还希望享受片刻狗的生活——那其实并非真正的狗的生活,但足以让它们心醉神迷,哪怕只是再过上短短的一会儿又能怎么样呢?于是,它们就这样一直迷失下去。对历史的观察让我们发现:灵魂的转变在生活之先。前辈们不知道,在它们感受到狗类生活的幸福之前,它们已经具有了一个属于真正老狗的灵魂;它们沉溺在狗的幸福里,眼睛受到蒙蔽,它们以为走得并不远,但其实已经迷失在远处。事到如今,还有什么青年时代可以谈论?它们的确曾是真正的青年之狗,但它们唯一的野心却是成为一条老狗,这种愿望当然不会遭受挫折,正如所有后代——我们是最后一代,也是登峰造极者——所证明的那样。

自然,所有这一切,我都没有对我的邻居谈起过,但当我们相对而坐的时候,我却经常不由自主地想起这些东西,这条极具代表性的老狗经常把嘴埋到皮毛里,那里散发着衰颓的皮毛常有的气味。跟它谈论这些事完全没有意义,跟其他狗也一样。可想而知,这样谈话将会是一个什么样的场景。它会不时提出一些反对意见，但最终它还是会表示认同——认同是最好的武器——这样就算盖棺定论了，与其这样，何必费劲将它们从墓穴里扒拉出来呢？尽管如此，在单纯的对话外，我与邻居仍存有某种深层的共性。尽管我没有任何证据，但我总是喜欢这样说，或许我只是被一个简单的幻象欺骗了，因为长期以来我只跟它一条狗打交道，我别无选择。

"你虽然特立独行，却是我的同类吧？你因为一事无成而感到羞愧吗？看吧，我也是这样。当我孤身一人之时，常为此嘶嚎。来吧，两条狗在一起会好点。"我有时会这样想，同时坚定地看着它。它没有将目光垂下，单从它的目光里看不出什么。它木然地看着我，好奇我为什么突然停住不说了。或许，这种眼神正是它提问的方式，而我让它失望了，它也让我失望了。如果我还年轻，如果没有更重要的问题萦绕于我的脑海，且独自沉思满足不了我的需要，我可能会大声地向它发问。我可能会得到一个干瘪的回复，然而，这或许还不如它现在的沉默。但所有的狗不都是这样默不作声的吗？是什么在阻碍我相信所有的狗都是我的同类？我不只是偶尔才有一两个从事研究的同行，尽管它们已经同其微不足道的研究成果一起被埋没和遗忘，而由于以往时代的黑暗或当代的拥挤，我无法再找到它们，我宁愿相信所有的狗都是我的同类，它们全都在毫无成果的情况下以自己的方式在努力，有的沉默不言，有的狡诈絮叨，这正是这种毫无前景的研究导致的。这样的话，我就不需要避世独处了，我可以平静地身处狗群之中，不需要如一个顽劣的狡童一般，使劲从成年狗的队伍里往外挤。而让我感到迷惑的是它们的思维方式，那种思维告诉它们：没有狗能出去，一切向外挤的行为都是愚蠢的。

这些想法很明显是受了我邻居的影响，它让我糊涂了，我变得很忧伤，但它自己却很快乐，至少我听到它在它的领地里又吼又唱，这令我极为苦恼。我在想，把这最后的一点联系也斩断，不再去追寻那些模糊的梦想——这是任何狗类在交往过程中不可避免的梦想——把仅存的短暂时光全都应用在我的调查研究上。如果它下次再来，我会钻到窝里睡大觉，我会一遍遍这样做，直到它再也不来。

我的研究也出现了一些混乱，我在退步，我感到疲劳，我曾经那么振奋地跑，如今却总是机械地拖拉着步子。我开始回忆起当初的日子，那时，我刚开始研究"土地从哪获取滋养我们的食物"这个问题。那时的我生活在狗群之中，只顾着朝最熙熙攘攘的地方挤，希望所有狗见证我的工作，对我来说，它们的见证甚至比工作本身更重要；我期待引起轰动，这种环境令我受到巨大的鼓舞，但对于如今避世索居的我来说，早已是过眼烟云。当时的我很踊跃，进行了闻所未闻的尝试，得到了一些与狗类原则相悖的结果，当初的每一位见证者如今回忆起那些事来，一定都会觉得阴森可怕。

科学总是永无止境地追求专业化，但我却在某一点上发现了一种值得寻味的简化趋势。科学告诉我们，土地为我们提供了最主要的食物。确定了这一前提后，科学又给出了具体的方法，根据这些方法作物可以得到培优，以期获得最丰富的产量。土地提供了食物，这是对的，是毋庸置疑的，但事情不像通常描述的那么简单，不需要再做任何进一步的研究了。就拿我们身边那些天天重复的平常事来说吧。如果我们完全游手好闲——我现在差不多就是如此——在草草地耕作之后，马上蜷缩起来等待结果，那么假如有结果的话，我们还是会在土地上发现食物的。但通常并非这样。只要还怀有一点不被科学所约束的自由精神——今日已是凤毛麟角，因为科学涉及的领域越来越广——即便不再进行精确细化的观察，也能够轻易地看出：地上的食物，大部分是从天上掉下来的，在它落地之前，我们就已经抓住了其中的绝大部分——因为我们身手敏捷又垂涎欲滴。我这样说并不是与科学唱反调，食物确实是土地提供的。至于它是否从自身中产出一部分，从天上召唤下来另一部分，或许并非是本质的区别。科学已经证明，无论真相如何，现实中为了得到食物，总不能缺少耕种这一步骤，因此完全没有必要继续纠结于那个区别。这就应了那句话："衣食足而问题解。"只是在我看来，科学仍在以某种隐蔽的方式,至少在对这些事进行局部的研究,因为它知道获取食物的两种主要方法,一种是切实的耕种,另一种是补充性的工作,比如神谕、跳舞和唱歌,等等。这种区分虽不够完整,却足够清晰,我认为它与我的区分是相符的。

根据我的看法,两种获取食物的方式都离不开土地耕种;神谕、舞蹈和歌唱则与土地耕种关系不大,它们主要是为了从天上召唤营养物之用。传统习俗增强了我对这种观点的信心。在这些方面,百姓似乎正在潜移默化中对科学进行修正,科学并不敢与之对抗。根据科学的观点,那些仪式只应该只针对大地,以便赋予大地从天上召唤食物的力量,既然如此,仪式本应完全地在地上举行,一切都应该献给大地,歌唱舞蹈都应针对大地。据我所知,科学大概也正是这样要求的。而值得注意的是,百姓所举行的所有仪式却都是针对上天的。这并不违背科学,科学并未禁止这种行为,农民拥有自由,科学的理论只针对土地,只要农民遵行了关于土地的科学理论,科学就是满意的。但在我看来,科学本应给出更多的规则。我对科学从未有精深的了解,我无法想象博学之士怎么能够忍受如今百姓的所作所为,它们狂热地朝天念咒,对着空气哼哼唧唧地唱我们的民谣,表演跳大神似的舞蹈,似乎它们全然遗忘了大地,一心只想永远向上飞腾。我以强调这些矛盾为出发点,每当科学理论所预告的丰收时节即将来临时,我就把自己完全限制在大地上,我一边跳舞一边刨土,把头扭向一边,只为最大限度地贴近土地。后来,我为自己挖了一个洞,将嘴凑近洞口唱歌和朗诵,这样,只有大地可以听到我的声音,旁边和上面的狗都不能。

我的研究收获少之又少。有一段时间,我没有得到食物,就在我想要为我的发现而欢呼雀跃的时候,食物却又出现在我面前,仿佛大家起初被我的古怪表演弄糊涂了,后来却意识到了这表演的好处,所以乐于放弃要我喊叫和跳跃的要求。由此而来的食物常常比以往更为丰盛,但也有完全没的时候。我的勤奋在年轻的狗中绝无仅有,我精确地列出所做过的全部尝试,我相信自己已经在某些地方找到了蛛丝马迹,可以由之抽丝剥茧,但很快,这些迹象又渐渐模糊不清了。在这些时候,基本科学知识储备的不足无疑也让我痛苦不堪。比如,我怎么敢打保票,说这次没有收获食物并不是因为我的实验,而是因为耕种时不科学呢?果真如此的话,我所有的推论就都成了无根之木。在特定的条件下,我可以完成一项完美的实验。比如,在完全不对土地进行耕种的前提下——如果朝天举行祭礼可以令食物降临——将仪式奉献给大地却不会收获食物,那么我的实验就算成功了。我试过了,但我没有坚实的信仰,也缺少理想的实验条件,因为我坚信一定的土地耕种是必要的,不论否认这点的异端邪说多么振振有词，它们也无法对此加以证明。因为我们总是忍不住灌溉土地，在一定的程度上讲，耕种是无法避免的。另外一个实验，虽然有些冷僻，却进行得更加顺利，着实引起了一些轰动。既然大家通常都是从空中拦截落下的食物，现在我决定，不让食物落下来，就算食物落下来了，也不去拦截它。为了实现这一目标，当食物来临的时候，我仍旧轻轻一跳，但事先计算好，避免自己碰到食物；大多数情况下，食物总是沉闷地落到地面，然后我会愤怒地扑向它们，我的怒火不只是因为饥饿，也因为我的失望。但在个别情况下也会有所不同，这可属实算得上奇迹一桩，食物不落下来，而是飞翔着跟在我的身后，食物在追着食客跑。但这不会持续太久，食物只飞翔一小段路程，然后就落下，或者完全消失得无影无踪，或者——这是最常见的——我的食欲提前终结了这场实验，我把食物一口吞下。无论如何，我当时总是快乐的，在我身边响起一阵阵絮语，大家目睹了一切，开始躁动不安，我发觉认识我的同胞们开始对我的问题心有领悟，我可以在它们眼里看出祈求帮助的光芒，但也不排除这只是我自己眼神的反射，我别无所求，我很满足。

　　直到我后来了解到——大家也跟我一样了解到——这种实验早就在科学史上有记载，且远比我做得成功。虽然因为实验需要极高的自制力，已经很久没有做了，但由于大家都觉得这项实验并没有任何的科学意义，所以也就没有重复的必要了。它只证明了人尽皆知的东西，即土地不止会从天上笔直地往下召唤食物，也会偏斜，甚至会螺旋下降。这就是我的处境，但我并没有灰心丧气，毕竟我还这么年轻，相反，这反倒鼓励了我去获取一生中或许最伟大的成就。我并不相信我的实验没有任何科学意义，但在这里单纯的信念并不起作用，有效的只有证据，我要着手发掘它们，让这项当初有些怪癖的实验正大光明地成为研究的重点。我希望证明，当我避开食物的时候，并非由于土地的吸引它才发生偏斜，而是我在吸引它跟在我身后。但我无法将这项实验向前推进，我无法一边看着眼前的美食，一边严谨地做实验，我没有这种耐性。但我会做些改进，我会在能够忍受的范围内进行彻底的禁食，在此期间避免看到食物，避免受到任何诱惑。当我紧闭双眼躺在地上，夜以继日，既不考虑从地上捡拾食物，也不考虑从天上拦截食物，如同我深深渴望而不敢说的那样，什么都不做，只是从事不可避免的非理性的土地浇灌，平静地唱些祝祷和歌谣（我打算放弃跳舞，以保存体力），食物就会从天而降，径直地敲在我的嘴巴上，请求进入。如果这事真的发生，虽然科学还没有被驳倒，因为它有很大的灵活性可以消化个别的反例，但缺少这种灵活性的群众又会怎么说呢？因为这毕竟不同于历史上流传下来的例外情况，比如某条狗由于躯体的病痛或者意志的消沉而拒绝寻找和摄入食物，于是狗群联合起来，诵念某个符咒，然后食物就偏离原来的轨迹，径直飞进病狗的嘴里。与此相反，我充满力量、完全健康，我的食欲如此旺盛，以至于整天不想别的只想着食欲，不管大家相信与否，我的确是自愿忍受禁食之苦，并且我有能力使食物降临，我也会这样去做，但我不需要狗群的帮助，甚至严禁它们帮我。

我为自己在偏僻的灌木丛中找到了一个合适的位置，在那里我听不到吃饭时的絮叨，听不到吧唧嘴和咬碎骨头的声音，我吃得饱饱的，然后躺在那里。我打算全程紧闭双眼度过这段时间，只要食物没有降临，对我来说就是无止境的黑夜，不论这将会持续整周还是整月。在此期间，我不能睡觉，顶多只能偶尔小憩一下，因为我不只要把食物召唤下来，也要保证自己不会因为睡觉错过食物到来的一瞬，这算是一个很大的挑战。但从另一方面来说，我十分渴望睡觉，因为我在睡觉时能比清醒时忍受更长时间的饥饿。出于这种考虑，我决定精心分割时间，通过少量多次的方式保证充足的睡眠。为了达到该目的，我想出了一个主意——每次都把头靠在一个脆弱的树枝上，不久它就会不堪重负猛然折断，而我也会被惊醒。我就这样躺着，或睡或醒，时而做梦，时而轻唱。刚开始的一段时间平安无事,也许食物的来源地尚未察觉我在对抗食物的正常运转,因此一切都很平静。唯一干扰我努力的是,狗群或许会发现我不见了,然后找到我,阻碍我的实验,这让我有些担忧。另外让我担忧的是,虽然科学表明这块土地是不毛之地,但说不定单纯的灌溉会带来意外的食物,它的气味会诱惑我。但目前为止,还没有发生这类意外,我可以继续禁食下去。

不考虑这些忧惧,我暂时还算平静,这是一种我从未体会过的平静。尽管我现在所做的事是对科学的扬弃,但一种舒适感以及属于科学工作者的宁静充满了我的全身。在梦境中,我求得了科学的原谅,而我的研究在科学中也占了一席之地,我耳边仿佛温情地响起了这样的话:即便我的研究取得了丰硕的成果,我也绝不会被逐出狗类的生活,科学对我充满善意,它将亲自阐述我的研究成果,这一允诺已经代表着我的成功。这些话让我倍感欣慰,以前我一直觉得自己受到了排挤,像野蛮人一般冲撞着由同胞们组成的城墙,而现在,我将会受到最高的礼遇,我所渴望的狗群的体温将在我周围环绕,我会被高高举起,在同胞们的肩上摇晃。禁食的效果非常显著。我感觉自己的成就如此伟大,以至出于感动和对自己的同情,我开始在安静的灌木丛里抽泣,这当然有些费解,既然我在等待应得的报酬,为什么要哭泣呢?大概是因为幸福吧。我每次哭泣总是因为幸福。

但这种幸福很快就会过去。随着饥饿的剧增,这幅美丽的图景渐渐逝去了,一切只在转瞬之间,而我在匆匆告别一切幻象和感动后,就只剩下肠胃中沸腾燃烧的饥饿与我为伴了。"这就是饥饿。"我无数次对自己说,似乎想强迫自己相信:饥饿与我是分离的,我可以如同甩开一个缠人的求爱者一样把它甩掉。让我极为痛苦的事实却是,我们总是浑然一体不可分离,当我对自己说"这就是饥饿",其实说话的正是饥饿本身,是它在捉弄我。那真是一段可怕的、不堪回首的时光!一想到它,我就毛骨悚然,当然不只是由于我当初所经受的痛苦,而主要是因为我想到自己还有很长的路要走,如果想有所成就,我必得尝遍各种痛苦,直到今天,我仍把绝食当成我的研究的最后和最强有力的手段。绝食是行之有效的途径,最高成就只有通过最高效率才可取得,如果说它是可以取得的话。而这最高效率我认为就是自愿绝食。当我对那段时光仔细琢磨的时候——我喜欢在旧时光里挖掘生活的宝藏——也在思考未到的将来。要从这样一项实验中恢复过来,几乎要耗尽一生,自那次挨饿后我已经度过了我整个壮年时期,但我仍未彻底恢复元气。如果我下次开始禁食,或许会比之前更加坚定,因为我的经验更加丰富,且更加清楚地认识到这种尝试的必要性,但我的力量从那次以后有所减弱，而现在，光是一想到熟悉的恐怖即将来临的时候，我就感到瘫软无力了。我的食欲在衰退，但这并不会给我带来多少帮助，反而降低了实验的价值，并且迫使我将禁食的时间延长。我觉得自己已经非常清楚这些前提，在这漫长的时间里，我并非没有做些预先的尝试。我已经禁食很多次了，但我缺乏那种可以达到极限的意志力，青年时期那种狂放不羁的攻击欲自然一去不复返了。当初它就已经在绝食的过程中渐渐消失。那时，某些想法折磨着我，我们的前辈们给了我一种极大的压迫感。虽然我不敢贸然公开表露，但我其实把它们看作一切过错的源头，是它们造成了狗类的悲惨生活，我可以轻易地对它们的指责反唇相讥，但它们的知识让我拜服，我的这种反应有其根源，不管我对抗它们的冲动多么强烈，我都不会逾越它们制定的法律，只会钻一些法律的空子，对此我可是有特殊的嗅觉的。

至于禁食这件事，我还要引述一段著名的对话。我们中的一位智者曾认为，应该禁止禁食的行为，但另一位智者马上提出诘问："又有谁会愿意禁食呢？"第一位智者大为叹服，收回了禁令。但现在却有一个问题："禁食是否受到了禁止？"大多数批评家持否定看法，认为禁食是自由的选择，它们与第二位智者观点相同，因此并不担忧有失偏颇的评论可能会导致不良的后果。在我开始禁食之前，我对此深信不疑。但是，当我在忍受饥饿时蜷缩着身体，在精神错乱的情况下从后腿上寻找安慰，绝望地对它舔舐、啃咬、吮吸，直到屁股上时，我才发现对那段对话的寻常解释完全是错误的。我咒骂那好为人师的科学，咒骂自己受到了它的误导，就算一个小孩也可以看出，那段对话包含的内容自然不只是对禁食行为的一项禁令。第一个智者希望禁止禁食，它所希望的，已成为现实，禁食确实被禁止了；第二个智者与它观点不合，它认为禁食本来就不现实，这就在第一道禁令上额外又增加了一道禁令，也就是对狗的天性的否定，第一个智者认可了它，收回了已经讲出的禁令，也就是说，它希望狗类明确地认识自己，通盘考虑，自主地禁止禁食的行为。这就成了三重禁令，我所触犯的正是它。

虽然后知后觉，但我仍然可以听话，停止忍受饥饿的行为，但在苦痛之中，仍有一种催使我继续禁食的诱惑，我贪婪地紧跟其后，像跟随一条陌生的狗。我不能停止，或许我过于虚弱，已经不能站起来去到有狗居住的地方求助。我在林间的落叶上辗转反侧，无法入睡，我到处都能听到喧闹声，似乎平时沉睡的世界，此刻由于我的饥饿突然苏醒了过来，我认为自己再也不能大快朵颐，因为我一吃东西势必就会使这自由自在喧嚣着的世界重新归于沉默，而这一点恐怕我是做不到的。我总是在我的肚子里听到最响亮的噪声，我经常把耳朵贴到上面，并且惊恐地瞪大双眼，因为听见的声音几乎令我无法置信。由于情况持续恶化，我的天性开始变得迷糊起来，它使我做出了毫无意义的拯救的尝试，我开始到处嗅闻食物的踪迹，我久已不曾吃过的珍馐，我儿时的美味——没错，我闻到了母乳的香味——我已经很久不能一饱口福了，我把与美味殊死相抗的决心抛诸脑后，更准确地说，我没有把它忘记，而是下定了另一种决心，另一种与之相仿的决心。我朝着各个方向缓缓而行，不时停下来嗅探，似乎我探寻食物只是为了抵御它的诱惑。如果一无所获，我也不会失望，食物就在那，只是它仍在几步之外，而我的腿脚已经支撑不住。同时，我意识到，那里根本没有东西，我之所以动个不停，只是出于担心自己会突然倒下再也起不来的恐惧。最后的希望和诱惑也幻灭了，我将在这里悲惨地死去，我的研究，那发自一颗童心的幼稚尝试，又有何用？此时的情形非常严峻，我的研究本应该证明其价值，但获得了什么结果？只有一条无助地在空气中嗅来嗅去的狗，它浑浑噩噩地拼命浇灌土地，在它装满各种魔咒的脑海里，竟然一句话也想不出来，甚至连小儿哼唱着躲藏到母亲怀中的小诗都想不起来。

在我看来，我跟兄弟们并非隔着咫尺的距离，而是离大家无限遥远，我并不是因为饥饿死去，而是因为孤独死去。没人关心我，这是显而易见的，不管地上地下，抑或天上，没有一条关心我的狗，我将在它们的冷漠中走向死亡，它们那种漠不关心仿佛在说：它死了，果不其然。难道我会否定这种说法吗？我没有这样说吗？难道我不期待这种孤独的生活吗？算你们说对了，你们这些狗，但我不是为了就这样死去，而是为了离开这个谎言的世界飞往真理的国度，在这里的狗身上找不出一句真话，也包括我，我也是天生的谎言国中的公民。或许真理并不遥远，我也不是如我想象的那么孤独，我并没有被大家抛弃，只是自暴自弃，是我自己放弃了自己，因而赴死。

神经紧张的我觉得自己那时就要一命呜呼了，但我并没有死得那么快，只是昏了过去。当我醒来，抬起眼，看到面前站着一条陌生的狗。我没有感到饥饿，只觉得强健有力，隐约感到关节似乎很有弹性，但我不打算站起来试上一试。其实，我没看到什么不平常的东西，一条漂亮但也不是太出众的狗站在我面前，我看到了它，仅此而已，但我觉得从它身上我看到了比往常要多的东西。我身下是一摊血，一开始我以为这是一道美食，但马上反应过来，这是我吐的血。我转过身去，面向陌生的狗。它很瘦弱，腿很长，棕色的皮毛里夹杂着白色斑点，探究的目光炯炯有神。

"你在这里干什么？"它说，"你必须离开这里。"

"我现在不能走。"我说,没有多做解释,因为我怎么可能把这一切对它娓娓道来,而它似乎也行色匆匆。

"求你了,走吧。"它说,不安地交替着抬腿。

"让我单独待一会儿,"我说,"你走吧,别管我的事,其他狗就不会闲操心。"

"这是为你好。"它说。

"不管你出于什么原因,"我说,"我不能走,就算我想走也走不了。"

"你可以的,"它笑着说,"你可以走。正是因为你看上去很虚弱,所以我才请你现在就走,慢慢地走,如果你仍然犹豫,一会儿就不得不飞快地跑步离开了。"

"不关你的事。"我说。

"关我的事。"它说,我的倔强令它看上去有些悲伤,但显然它已经准备让我暂时留下,并趁机温情款款地跟我套近乎。放在其他时候,一条漂亮的狗这样做,我肯定会容忍。但那时,我却没有理解其中的深意,反倒莫名其妙地感觉恐慌。

"走开!"我喊道,由于我完全没有自卫的手段,因此声音尤其大。

"那就随你的便吧,"它一边缓缓倒退一边说道,"你真不可思议。难道我不讨你的喜欢吗？"

"如果你能上一边去，让我自己安静一会儿，我就喜欢你。"我说，虽然我极力想让它信服，但自己并没有把握。

饥饿使我的感官更加敏锐，我在它身上听到或者看到了什么东西，只是一点苗头，还在生长，在增强，但我已经明白，这条狗拥有把你赶走的力量，即便你现在完全无法想象自己如何能够站起身来。我看着它，突然更有兴致了。它对我这粗暴的回答只是报以温柔的摇头。

"你是谁？"我问。

"我是一个猎人。"它说。

"你为什么想让我离开这里？"我问。

"你打扰我了，"它说，"你在这里，我就不能狩猎。"

"为什么不试一试？"我说，"或许你仍然可以打猎的。"

"不，"它说，"很遗憾，但你必须离开。"

"我必须离开，你必须打猎，"我说，"全都是'必须'。你有想过我们为什么要'必须'吗？"

"没有，"它说，"但本来就没有什么可想的，这不言自明，人尽皆知，天经地义。"

"不是的，"我说，"不得不把我赶走的想法让你感到遗憾，但你仍然这样做了。"

"就是这样。"它说。

"就是这样,"我生气地重复了一遍,"这不算回答。你更愿意做出哪种取舍,是更想放弃打猎,还是更想把我赶走?"

"放弃打猎。"它毫不犹豫地说。

"那好,"我说,"这里有个矛盾。"

"什么矛盾?"它说,"你这可爱的小狗,难道你真不明白我迫不得已吗?难道你真看不穿那不言自明的道理吗?"

我没有回答,因为我发现——一个新的生命力,一种由恐惧激起的生命力突然在我的心中闪现——从也许除了我以外谁也发现不了的不可思议的细节上发现:这条狗正在深呼吸,准备引吭高歌。

"你要开口唱歌。"我说。

"没错,"它严肃地说,"我将开口唱歌,在片刻之后,但现在不会。"

"你已经开始了。"我说。

"没有,"它说,"还没有,但请做好准备吧。"

"尽管你否认,但我已经听到。"我颤抖着说。

它沉默了。我相信自己发现了前人从未发现的东西,至少历史记载中对此只字未提。我感到无比的恐惧和羞耻,匆忙把脸埋在血泊里。我相信自己发现了,这条狗已经在唱歌,尽管它自己不知道;更可怕的是,旋律与它相分离,以它独特的规律在空气中振动,越过它,似乎与它毫无相干,而径直向我飞来。现在回想起来,我当然会否认所有那些说法,而会把它归因于我当时的神经敏感,但即便那是一个错误,却也极其伟大,即便只是一种假象,却也是我从禁食时期拯救到这个世界来的唯一的实在物,至少它表明,在完全失去自制的状态下,我们能够达到何种程度。

我确实完全地忘我了。从正常情况来看,我已身患重病,因此无法动弹,但那股旋律却令我无法抵抗,那条狗很快就认定这是他自己的旋律。旋律不断地变强,它的增强看来没有极限,几乎要炸开我的耳膜。最糟糕的是,它只是为了我才产生的,树林在这高亢的声音面前保持着沉默,它只为我而存在。我是谁,怎么现在还敢留在这里,并在它面前大模大样地躺在污血里?我颤抖着站起身,低头看着自己。"这副躯壳走不了路。"我还在这样想着,但在旋律的驱赶下,我已经欢蹦乱跳地飞奔了起来。

我没有向我的朋友们做任何解释,或许在我回来后本应立刻做一番解释,但我太虚弱了,后来我又觉得这是无法解释的。我忍不住所做的一些暗示在交谈中消失得无影无踪。几个小时后,我的肉体恢复了,但精神上至今仍有后遗症。

我扩大了研究范围,将狗类的音乐也加了进去。即使在这个领域,科学肯定也不是无所作为。如果我所知不错,音乐学或许比食物学还更包罗万象,至少其积淀是更加深厚的。在这个领域中,我可以更加冷静地从事研究,因为它更多地涉及纯粹的观察并且系统化,而与之相对的食物学则更重视实际结论。

由此可以解释,为什么音乐学远比食物学更让人敬畏,但却从未如后者一般深入人心。在我听到林中的声音之前,我也对音乐学敬而远之。虽然与音乐狗的相遇引起了我对音乐学的注意,但我当时仍太年轻。而且这是一门特别深奥的学科,单单略窥门径就已十分不易,要深入了解就更是难上加难了。虽然那些狗最先引起我注意的是它们的音乐,但在我看来,比音乐更重要的是它们那缄默的本性。和它们那种骇人的音乐相类似的东西我几乎从未再遇到过,因此我很容易把它忘记,但这种本性却在各种类型的狗身上都能碰见。但我又觉得,要想深入探究狗的本性,再没有什么学科比食物学更合适、更直接的了。或许我的想法有失偏颇。但食物学和音乐学的边缘领域当时就引起了我的怀疑,这便是召唤食物从天而降的歌唱的学说。在这里大大妨碍我的是,我从未认真深入地研究过音乐学,在这方面我甚至远远比不上那些被科学所鄙视的半吊子。我必须始终牢记这一点。在一位博学之士面前,我相信,即便是最简单的科学知识考试，我都考不过。之所以如此，除了我已经提到的生活环境的问题之外，首先还是因为我那薄弱的科研能力、脑力和记忆力，最主要的是因为我无法长期坚持对某项科学目标的追求。我对自己坦白这一切，甚至乐于承认。因为在我看来，我对科研的无能，究其深层原因，应该缘于我的本能，且绝不是一种太差的本能。如果我想吹嘘自己，我可以这样说，正是这种本能摧毁了我的科研能力。至少有一个现象非常值得注意：我在平时的日常生活中，总能展现出还过得去的理智头脑——这可不是轻而易举的事，而且尽管我无法理解科学，却十分理解学者们，这从我的研究成果上可以得到检验，但在科学上，我甚至自始至终无法把爪子搭上它的第一级台阶，这是个很奇怪的现象。或许，正是为了科学——一种另类的、异于今日的科学，这种本能教会了我珍视自由胜过其他一切。自由啊！今天，我们所能获得的自由，是一种发育不健全的新生物，但它毕竟是自由，是一种财富。

地　洞

我造好了一个地洞，它看上去挺成功。从外面只能看见一个巨大的洞口，但事实上这个洞口并不通往任何地方，往里走上几步就会碰到坚硬的天然岩壁。我不会夸口说这是我有意布置的诡计，事实上，它是我多次尝试失败后的产物，但我总觉得不去掩埋它似乎更好。当然，我比任何人都清楚，有些过于处心积虑的诡计反而会弄巧成拙，而且用这个假洞引起他人的注意，让别人以为附近有什么具备研究价值的东西，反倒是勇敢的表现。但要是有谁以为我是个懦夫，并且仅是出于懦弱才打造了我的地洞，那他就看错我了。

距离这个洞口约莫一千步远的地方，才是通往地洞的真正入口，其上覆盖着一层可移动的苔藓，它是如此万无一失，世界上最安全的措施也莫过于此了。当然了，不排除有人会踏上苔藓，或者将它踩塌，那么我的地洞就暴露了。只要有兴趣，任何人都能够进入洞里，并对里面的一切造成永久性的破坏。但是，如你所见，要想如此，还是得需要一些并不平凡的技巧才行。对此，我心知肚明，我现在正处于生命之途的顶点,即便如此,我也几乎一刻不得安宁。那个盖着苔藓的昏暗地方,正是我的丧命之地。我经常梦见野兽用鼻子在那里贪婪地四处嗅探。

也许有人认为,我可以将这个洞口掩埋,上面覆一层薄土,但应夯得坚实,下面则充以松土,这样的话,不用花费太多力气我就能再次打通道路。但那是不可能的,为了以防万一,我才要保留一个随时可以一跃而出的迅捷出路,正是由于小心谨慎,我才要甘冒生命的危险——可惜这是常有的事。要做这些计算真是费神,很多时候,唯一让人继续开动脑筋的动力是神机妙算所带来的乐趣。我必须做好能够随时跑出去的准备,难道时刻保持戒备,我就不会受到突如其来的袭击了吗?我生活在这地洞的最里面,日子很祥和,但此时,敌人正不知从何处缓慢而悄无声息地向我的洞逼近。我不是说它的感官比我更敏锐,或许它对我的了解,就像我对它一样那么少。但有一些狂热的强盗,它们不顾一切地在地里到处乱挖,由于我的地洞范围广大,说不定它们会在什么地方发现我许多路径中的一条。当然了,我有主场优势,而且准确地识得所有的路径和方向。强盗很容易遭到反戈一击,成为一道甜美的餐点。但我正慢慢变老,有很多比我还强壮的同类,而且我的敌人数不胜数,或许我逃脱了一个敌人,却落入了另一个敌人之手。哎,有什么事情是不可能发生的呢？无论如何，我必须得保证，在某个地方保留一条方便快捷、畅通无阻的通道，当我想要从那里出去时不再需要费力挖掘，这样就不至于在我绝望地挖土时（即便土很稀松），突然——老天保佑——被追击者咬住后腿。而威胁我的不只是地面上的敌人，地下也有很多。虽然我从未见过它们，但总是会听到关于它们的传说，并对此深信不疑。那些地下生物的模样，传说中并没有详细描绘，即便是它们的猎物，也没见过它们。它们靠近的时候，你会听到在自己身下不远处的土里——那是属于它们的世界——传来利爪抓东西的沙沙声，不等你看见，你就没救了。遇到这种场合，与其说你在自己的家中，还不如说你在它们的家中。

在这种情况下，那条通往出口的通道也救不了我，可以说，那根本就不是救我的东西，而是毁我的东西。但它毕竟是一个希望，我的生活不能没有它。除了这一条大路，还有一些非常促狭、相当安全的小路连通着我与外面的世界，是它们为我提供了新鲜的空气。这些路本来是鼹鼠筑成的，我学会了因势利导，把这些孔道合理地纳入我的地洞网络。它们还给我提供了更加敏锐的嗅觉，因此给我提供了一层保障。而且有很多小东西通过它们进到我这里来，成为我的食物，使我不需要离开我的地洞，就可以有一些小猎物来维持我简朴的生活，这当然是极有价值的。

但要论地洞的最大优点,那就是宁静了。当然了,这也是没有准的。它可能会突然受到破坏,那么一切就都完了,这是无法预料的。但目前仍然还是宁静的。我有时可以连续几个小时在通道里爬行,会听到某些小动物脚步的沙沙声,不过,不一会儿这些小动物就会在我的牙齿间安静下来了;或者会听到泥土的掉落声,告诉我某些地方不得不加以修缮。除此之外,总是宁静的。林间空气吹进来,既温暖又凉爽。有时,我会舒展开肢体,惬意地在通道里滚来滚去。对于逐渐年迈的我来说,能够在秋天来临之前,找到一个可以遮风避雨的地洞,真算是一件美好的事。每隔一百米,我都要在通道里拓展出一个小小的圆形场地,我将在那里舒适地蜷缩着身体,暖身和休憩。在那里我可以甜美地睡上一觉,这是平静安稳的睡眠,是非常有安全感的睡眠,是实现了建立安心之所愿望的睡眠。

我不知道是习惯使然,还是这个地洞确实存在着足够的危险,能够唤起我的警觉,我时常从深沉的睡梦中惊醒,警惕地听着这里的寂静,然后欣慰地笑一笑,再次舒展身体,继续更加深沉的睡眠。那些可怜的漫游者们无家可归,它们在街上、在树林里飘荡,最好的情况是可以在落叶堆里苟活,或者跟伙伴成群结队,暴露在天地间的一切灾厄之中!而我正待在这个安全的地方——我的地洞里有超过五十个同样的圆形场地——在瞌睡和深度睡眠之中消磨我任意选定的时光。

在地洞的近中央坐落着主要的场地，这是为最危险的情况精心准备的，最危险的并不是追击，而是围攻。如果说其他工作不是体力劳动，而是紧张的脑力劳动，那这个藏身所的营造却是让我浑身酸痛的体力活。有几次，我因为身体疲惫不堪，濒临绝望，想放弃一切，我四脚朝天，咒骂地洞，并艰难地走出来，将大开的地洞舍弃在身后。那时，我很决绝，因为我不想再回去，直到几小时或者几天之后，我又后悔地回来，当看到地洞完好无损时，我几乎要唱起赞歌来，在诚挚的愉快心情中重新开始了工作。建造这个藏身所的工程之所以增加了不必要——说不必要，是因为地洞从那种无效劳动中并未获得真正的益处——的困难，因为在规划的地方，土壤可能会比预计的更加松软和多沙，为了建造漂亮的穹顶和圆形的广场就不得不把它们夯实。但我只有额头可以当作工具。所以我不分昼夜地用额头拱土，当额头碰撞出血的时候，我会很高兴，因为这证明墙壁开始坚实，而且谁都会承认，我就是用这种方式建造了藏身所。

我用这个藏身所储藏食物，一切我从地洞里捕获的但目前还不需要的，以及一切从洞外捕获的猎物，都被我堆积在这里。这个场地真的很大，半年的储积物都没有将它填满。这也使得我可以把货物铺展开，在它们之间散步、玩赏，欣赏着它们庞大的数量，陶醉于它们各种各样的气味之中，随时可以对现有的存货一目了然。并且我还可以随时调整新的安排，根据时令开展必要的预算，制订捕猎计划。有些时候我的食物太过丰富，以至于我对饮食漠不关心，因此会对周围一闪而过的小东西们网开一面，但从别的方面考虑，这或许是欠小心的。经常从事防御工作使我对地洞用处的看法也发生了变化和发展，当然是在小范围之内。后来我经常觉得，把我的藏身所作为防御基地，有些太危险了，地洞里的复杂网络确实也为我提供了多种防御方式的可能性，我觉得把库粮稍加分散，利用一些场地来分批储藏，更稳妥一些。于是，我按照每隔三个场地设置一个储粮站，或者每隔四个设置一个主粮站、每隔两个设置一个副粮站这种方式进行了布置。再则，为了迷惑敌人，我规划出了几条道路不存储食粮，或者分别按照它们通向主要出口的位置，挑选少数场地错落分散地存放一些。

每一个新计划都伴随着繁重的搬运工作，我不得不重新安排，然后还得把重物搬来搬去。当然了，我本可以不慌不忙，把美味的东西衔在嘴里搬运，高兴在什么地方休息会儿，就在什么地方休息会儿。遇到想吃的东西就吃上几口，这还蛮好的。但糟糕的是，有些时候——通常是我从睡梦中惊醒的时候——我会发觉当前的规划完全失算了，它会招致巨大的灾祸，因此，不得不把困乏和疲惫抛在脑后，尽快对其加以修正。然后，我就开始急忙奔走，没有时间考虑如何实施一项崭新的精确计划了。我随意叼起碰到的东西，又拖又扛，时而喘息，时而呻吟，有时还会跌倒，目前的处境在我看来实在太危险了，以至于一点点改变都能让我心满意足。当我渐渐从蒙眬的睡意中彻底清醒过来，还没有弄懂自己为什么这么匆忙，就重新开始拥抱地洞里的和平气息，而这本是被我自己所扰乱的。我回到睡觉的地方，在新添的疲惫中迅速入梦。当第二天醒来，昨夜的一切已经变得如梦似幻，只有仍然衔在嘴角的一只老鼠可以作为不可辩驳的明证，证明昨晚确实忙碌了一番。

　　过上一段时间，我又会觉得把食粮全部集中到一个地方的做法最为明智。把食粮堆在那些小场地里对我有什么用呢？在那些地方又能放得下多少呢？不管我搬运什么东西，它都会堵塞通道，而且或许有一天会妨碍我的抵抗和逃跑。此外，如果不能看到自己的食粮堆在一起并对它们一览无遗，势必会为此感到焦虑，这虽然很蠢，却又确实无疑。分散在这么多地方，难道不会丢失吗？我总不能时刻在纵横交错的坑道里奔来奔去，只为瞧瞧一切是否安好。将食粮分而贮之的思想原则上是对的，但只在拥有更多像藏身所一样的场地时才是现实的。更多这样的场地！这是当然！但谁来挖掘呢？在我的地洞建造的总计划中，没有可以再增添的余地了。我承认，这是我的地洞的缺陷，这就像任何东西如果只有一种样品时，都会有缺陷一样。我也承认，在整个建造期间，我只是模模糊糊地感觉到应该挖掘更多空地的需求，倘若我有过这个意愿，那就非常清楚了。我没有动手，在这项巨大的工程面前我感到了自己的虚弱；没错，我实在太虚弱了。我姑且以同样模糊的感觉安慰自己，这在平常是很难做到的，但在这一场合我却做到了，这是一个例外，也可能是一种神的恩赐，因为保留我的前额用来代替铁锤正是上天的旨意。

虽然我只有一个藏身所，但隐约中感到"只有这一个并不足够"的那种模糊的感觉消失了。不论怎么样，我不得不满足于这一个藏身所，其他的小场地是无法代替它的。当这种想法在我心里变得越来越深刻的时候，我又重新开始把所有的东西从小场地拖回藏身所里。于是，所有的场地和通道又畅通无阻了，所有的肉食重新堆积在了藏身所里，连最边远的通道都可以闻得到这里肉食混杂的气味——那气味中的每一种都让我心醉神迷，而我能够在远处准确地区分出每一种味道。有一阵子，这气派的景象着实让我感到欣慰。这之后，有一段祥和的时光。往往这时，我会把我睡觉的地方缓缓地挪动，从外围渐渐地朝里面挪动，沉浸于越来越浓烈的气味中，直到我再也不能自已，在某个夜晚猛扑进藏身所，在肉堆里扫荡一番，用我最喜爱的美味把我的肚皮填满，直到近乎动弹不得。这是幸福但又危险的时间，懂得利用这一时机的人，可以轻易、毫不犯险地把我消灭。这与没有第二个、第三个藏身所不是没有关系，正是因为食物全都集中在一起，我才被引诱的。我尝试各种方法保护自己免受这种诱惑，把食物分散到各个小空地上正是其中的措施之一，可惜的是，就像其他所有相似的措施一样，它所制造的匮乏会导致更加强烈的欲念，而欲念会压倒理智，并为了自己的目的任意改变防御计划。

在这以后，在对地洞进行了一些必要的修缮之后，我经常离开地洞去外面溜达，哪怕只是很短的时间。这样做是为了让自己冷静冷静，同时检查一下地洞是否坚固。虽然长时间离开地洞对我来说很难熬，但我清楚暂时出离的必要性。当我走近出口时，总会有一种庄严的感觉。居家时，我总是远远地避开出口，甚至连通往出口的通道以及通道最偏远的分支，我都不愿踏上一步；而且想去出口附近转悠也并不是那么容易的，因为我在那里设置了一个小小的迷宫；这是我建造地洞的起点，那时我还不敢相信，自己竟能按照计划顺利地把它完成，在这个小角落里的这顿忙活起源于我半闹着玩的心态，但构建这个迷宫却真的让我享受了一番工作的乐趣。那时我把它视为一切建筑的明珠，现在，在我看来，更应该把它看作与整体构造并不相称的一个不够气派的业余制品,虽然理论上它或许还算精妙——"这是我家的大门",当时我对那些看不见的敌人这样讽刺道,并且似乎看到了它们一起在迷宫里窒息的场景——事实却是,薄弱的墙壁最终证明它只是一个玩物,它甚至无法阻挡一次真正的攻击,也无法阻挡一个以死相搏的敌人。既然这样,我应该重修这一部分吗?我拿不定主意,或许它会一直保持原样了吧?除了我将面临繁重的工作量之外,这也是能够想得到的最危险的事情。在开始修建地洞的时候我还可以相对安静地工作,风险并不比修建其他地方高多少,但现在不可能了,因为那样做,就意味着将全世界的注意力引到整个地洞上来。

现在,这项工程具有一定的敏感性,我为此感到高兴,比如一旦遇到了攻击,什么样构造的入口可以救我一命呢?在迷惑、误导、困扰进攻者这一点上,这个入口是可以救急的。但倘若遇到了真正的猛烈的大规模进攻,那我就必须立刻调用地洞里的一切手段,使出全身的力量来加以应对——这是不言而喻的。所以,这个入口就还是维持原样吧。尽管这地洞有着许多大自然强加给它的缺陷,但毕竟是我亲手建造的,即便事后清楚地发现这些缺陷,但还是留着吧。然而,这并不是说,这个缺陷没有常常或者始终让我感到不安。我在日常散步的时候总是会避开地洞的这一部分,主要是因为看到那里我会感到不舒服,因为我不愿意去正视地洞的缺陷,不愿意让这个缺陷一直在我脑海里翻腾不息。或许地上的入口存在着不可逆转的缺陷,但只要可以回避,我就会尽量不去看它,只管朝出口的方向走。虽然我与入口之间相隔数个通道与场地,我依然能够感觉到空气中弥漫的危险因素,有时候我似乎觉得自己的皮毛在掉落,似乎不久我就要以裸露的肉体站在那里,受到敌人嚎叫的问候。说实话,虽然这种感觉足以使得出口失去对我居所的保护作用,但让我苦恼的却仍是入口的构造。有时候我梦到,我将它重修了一遍,我在夜色中迅速地以伟力重建它,并躲开了所有人的注意,彻底地改变了它的样貌,使它变得固若金汤。那一场梦是我做过的最甜美的梦,当我醒来时,幸福和宽慰的泪水仍然在我的胡须上闪烁。

我外出的时候,不得不克服迷宫给我带来的身体上的困扰。有些时候我会在自己的迷宫里迷失方向,而这个迷宫仍然在竭尽全力地试图向我——尽管我早已经有了明确的判断——证明它存在的权利,我会既恼火又感动。然后我来到了苔藓层底下,我不走出家门的时候,它是自由生长的,与林间的地皮长在一起。现在,我只需要使劲一顶就可以出去到外面了。然而这个动作,我已经很久没敢用了,如果不是回头还得重新走一遍迷宫的话,我一定会转过头,重新走回洞里去。为什么呢?你的房子坚不可摧、封闭良好;你生活在和平中，感受着温暖，佳肴丰足；你是主人，是众多通道和空地的唯一的主人。你不希望毁坏其中的任何东西，但有一部分你愿意暂时舍弃它们，就算你有信心把它们重新拿回来，但你真的愿意参与一场赌注如此之高的冒险吗？有任何理性的依据支持你这样做吗？没有，对于这类做法根本找不到任何合理的依据。但我还是小心翼翼地掀起门盖出去了，然后再将盖子小心翼翼地放下，以最快的速度远离这暴露秘密的地方。

但事实上我并不自由，尽管我不用再待在压抑的坑道里。我要在旷荡的林子里奔跑。我在躯体里感受到了新生的力量，那是地洞不能为之提供空间的力量，更不消说在藏身所里了，就算它再大上十倍也不行。外面的食源更加优质，尽管捕猎变得困难，成功概率也下降了，但无论从哪个方面来说，我的所获都是更有价值的。对这一切我从来都不否认，我知道如何感知和享用它们，至少我要做的和其他动物一样，或许比它们还要好，因为我捕猎时，不会像拾荒者一样漫不经心或者受生计的驱使，而是目的明确、心态平和。且我未被绑定在这种自由的生活上，我清楚，我的时间是有限的，我不会无止境地在这里捕猎下去。当我愿意并且对这里的生活感到厌烦了，很可能就会有谁唤我到它那里去，那时我将难以抵挡它的盛情邀请。这样的话，我就可以在这里尽情地、无忧无虑地领略这里的时光,但事实却不尽如此。我太放心不下地洞了。我飞快地跑离了入口,但不久又会赶回来。我在寻找一个隐蔽的暗处,并夜以继日地在那里守望着我的家门——这次是在外面。或许人们会觉得这很愚蠢,但这给了我一种不可名状的快感,并让我感到踏实。对我来说,我似乎不是站在自己的居所前面,而是站在我自己的前面,认为自己可以一边熟睡,一边警惕地保护自己。我不仅能在睡梦中孤立无援和信心满满的状态下看见夜间鬼怪的面容,也能在完全清醒的现实中、在判断力健全的平静心态中与它们相逢。而且我发现,事情显然并不像我经常所设想的——或许回到家里后还会这样设想——那样糟糕。从这个方面看是这样,从别的方面看也是如此,但主要是从这个方面看,这次外出确实是不可或缺的。

我特意把洞口选择在一个偏僻的地方是经过慎重考虑的。根据一周的观察,我发现那里的动物来来往往得很频繁,但或许所有适宜居住的地带都免不了如此,而且与其在偏僻的地方等待精明狡猾、默默追寻的入侵者,不如暴露在一个动物频繁往来的地方可能会更好些。这里有很多敌人,还有更多敌人的帮手,但它们互相之间也在争斗,于是就忽视了我的洞口。我一直没有看到任何试图搜寻地洞入口的敌人,这是我的好运,也是对方的好运,因为我会为了我的地洞着想不顾一切地咬住它的喉咙。自然了,也有一些家伙是我压根不敢靠近的，一旦从远处感觉到它们的存在，我就会跑得远远的，至于它们对地洞做了什么，我也不能十分确定，但是值得庆幸的是，当我不久之后回来，它们全都不见了，入口也完好无损。

在那些幸福的时光里，我想对自己说："世上的对手全都金盆洗手或者销声匿迹了，又或者地洞的威力把我从迄今为止的生死斗争中拯救了出来。"或许地洞所提供的保护，远比我曾经设想的，或者比我身处其中时所能设想的要多得多。我有时会产生这样的想法：不再回到地洞里，而是在入口附近扎根，在对入口的观察中度过这一生，并设想着，如果我身处其中，地洞究竟能为我提供多少坚固的保护，并以此获得幸福。但是，很快，我就从这幼稚的梦里惊醒了过来。我在这里观察到的东西到底如何呢？我能根据在外面获得的经验判断地洞里存在的危险吗？当我不在地洞里的时候，敌人的嗅觉还会发挥作用吗？它们肯定还会嗅到我的气味，但不会和正常情况一样浓烈。通常不是有浓烈的气味才会有真正的危险吗？因此我在这里所做的不充分的观察只能对我起到安慰的作用，但这种错误的安慰却又会对我造成严重的危害。不，我并没有像我以为的那样可以观察到我睡眠时的情况。或许当敌人清醒的时候，我正在蒙头大睡；或许当敌人漫不经心地从入口旁走过的时候，会像我一样发现入口仍是完好无损的，并在防御着它们的攻击，于是它们会走开，因为它们知道这地洞的主人并不在里面，或者它们甚至清楚地知道主人正若无其事地潜伏在附近的灌木丛中。我离开了那个观察点，并对自由的户外生活感到厌倦了，我觉得自己再也不能在这里学到什么了，不管是现在还是以后。我愿意跟这里的一切说再见，走到下面的地洞里去，再也不回来，让事物顺其自然发展，再也不用做无用的观察来阻挡敌人。但是，这段时间我一直在注视入口前的风吹草动，现在要冒着引起别人注意的危险回到洞里，并且我还不知道我的背后以及在门盖下面隐藏着什么，这让我感到十分不安。

一开始，我试图在一个风雨交加的夜晚把猎物迅速地扔进去，表面上是成功了，但究竟是否真的成功了，还得等到我进去之后才能知道，但那时我已经不会知道了，就算我知道，也太迟了。于是我从那里走开了，没有进去。我开始挖洞进行试验，当然是在与真正的洞口保持着很远距离的地方挖洞，它大致等于我的身长，也被苔藓所覆盖。我爬到洞里，把我的身后隐蔽好，认真地等待，计算出一天中长短不一的不同时刻，然后把苔藓掀开，走出来，记录下我的观察。我收获了各种好的和坏的经验，却并没有找到一个普遍的法则或者一个完美的回洞方法。因此，迄今，我还没有回到真正的洞里，而且对是否要这样做有些犹豫。我并不是没有到远方去恢复以往那种凄惨生活的念头，那种生活虽然不安全，但正是因为危险太多，所以个别的危险并不显眼，不必为之恐惧，这正是我在那较为安全的穴居生活与其他地方的生活对照之下，得到的启示。这种想法当然是极为愚蠢的，之所以产生这种想法只不过是因为在毫无意义的自由里生活太久了；地洞仍然属于我，我只需要再迈出一步，就安全了。我抛开了所有的犹疑，在明晃晃的白昼里径直朝洞口跑去，希望把门高高地举起。然而我还是没能这样做，因为我跑过头了！我特意投身进荆棘丛里，这是为了惩罚自己，为了一个我不明白的过错惩罚自己。但我不得不对自己说，我曾经的设想是有道理的，若是现在下洞必然会暴露我最宝贵的东西，至少会向周围的一切飞禽走兽短暂地暴露。

这不是想象出来的危险，而是真实存在的。会对我产生兴趣跟踪我的，未必就是真正的敌人，它可能是随便某个讨人厌烦的小动物，它出于好奇跟踪我，却在无意间成为敌人追踪我的向导。未必真的如此，但也不能排除这种可能，万一这样，那它可不比别的情形好，在某些方面看来它甚至是最糟糕的。或许它跟我是同类，都熟悉建筑、喜爱建筑，是林间的兄弟，是和平的爱好者，但也可能是一个希望不劳而获、鸠占鹊巢的泼皮无赖。假如它走了过来，在肮脏欲望的驱使下发现了洞口，动手将苔藓层揭去，并在完成这一切后朝我逼近，将它的屁股展现在我的面前，我可能会迅速跑到它的身后，抛弃一切顾虑，扑到它身上，咬住它，咬烂它，撕碎它并吸干它的血，把它的尸首塞到猎物堆里。然而，首先我得重新回到我的洞里，这是最主要的，我甚至会乐意赞赏这个迷宫，但我必须首先把苔藓层在我头顶盖好。我相信，我会愿意在这里安静地度过我的整个后半生。但没有人过来，我依然单独一人度日。

我终日与困难的事情打交道，竟减少了不少恐惧，我也不再远远地躲开入口了，围着它转来转去成了我最喜欢做的事，看上去我似乎成了进攻者，正在窥探合适的机会，以伺成功地闯入。如果我能找到一个可以信赖的人，把它安排到我的观察岗哨上，那么我就能安心回洞去了。我会跟我信赖的人约定好，让它在我回洞的时候以及此后很长一段时间内仔细地观察周围的环境，如果发生危险，就以敲苔藓层为信号，没有就不敲。这样一来，我头顶上的危险就彻底解决了，没有一丝残留，充其量只有我所托付的那个人。但就算它不图报答，那么难道它就不希望去地洞里参观参观吗？自愿放谁进入我的地洞，于我而言是非常痛苦的。我是来让它为我服务的，不是让它来当游客的，我觉得我不会放它进来；即便它把这个要求作为让我进入地洞的条件提出来，我也不会让它进去。况且我根本不可能这样做，因为：让它独自进去，这是完全不可想象的，而我们同时进去的话，让它帮我进行观察所具有的优势，就全都没有了。

那么信任问题要怎么办？面对面时我信任它，当我看不到它，被苔藓层隔离开以后，我还能同样地信任它吗？如果正在监视或者至少是能够监视对方，这时候的信任相对容易，甚至远隔两地，也是可能的。但要让我身处地洞深处，也就是在另一个世界里完全相信外面的人，我觉得这绝无可能。其实根本没有必要去怀疑，只要考虑到这一点就够了：在我回洞的时候或者在我回洞之后，生活中无数的偶然事件都可能会阻碍我的托付人履行它的义务，它最小的失误都会对我造成无法估量的后果。不，只要总结一番，人们马上就可以看出我根本不必抱怨自己的孤单和无人可以信赖。这样或许还会给我免去一些不必要的灾祸。我只能相信我自己和这个地洞。如果我早点想到这一点，就应该对现在这些让我忙得团团转的事采取预防措施才对，在地洞的建造之初，这至少是部分可行的，我一定会在建造第一条通道时，修建两个距离适当的入口，这样当我遇到任何难以避免的麻烦时就可以从这个入口回到洞里，再迅速地穿过第一条通道达到第二个入口，稍稍掀开一点为此目的而修建的苔藓层，花几天几夜的时间从那里观察外面的动静。只有这样才是正确的做法。虽然两个入口增加了危险性，但不用担心，只要将那个仅仅作为观察点使用的入口修建得十分狭窄就可以了。于是，我沉浸在了技术性的思考里，又一次做起了建造一个完美地洞的梦，梦里我得到了些许安慰，我闭着双眼美滋滋地看见一个个清晰或者稍显模糊的地洞，它们可以让我悄无声息地从入口处溜进溜出。

我躺在那里，开始遐思，赞叹着那些幻想中的地洞，但只是赞叹其技术高明，而不是具有什么实际优势，因为畅通无阻的溜进溜出，代表着什么？代表着不安、缺乏自信、卑污的欲望和不良的素质，与那只要向它完全敞开心胸就可以得以安宁与平静的地洞相比，尤其显得邪恶。我现在就在地洞外面，寻找着回去的办法；对此，像这种必要的技术是可以发挥大用处的。但或许也并不那么有用。如果把地洞仅仅看成一个可以安全地躲进去的洞穴，那么现在所感受到的神经质的恐惧不就等同于是在贬低地洞吗？当然了，它确实是或者应该是一个安全的洞穴，当我设想自己身处险境时，我肯定会咬紧牙床，拼命祈祷，希望地洞是一个专为拯救我性命而准备的洞穴，希望它能尽量完成这个明确赋予它的任务，而其他所有任务我都愿意为它免除。

但事实却是这样：事实上——人们在巨大的困境中通常是看不见这个事实的，但就算在危急之中也是不得已才能看到它——尽管地洞提供了很多保障，但总是不够，忧虑与担心何曾在地洞里彻底消失过？洞里还有其他为数更多的、内容丰富的，并经常受到遏制的担忧，它们和外面的生活所给我们带来的担忧一样催人憔悴。如果我建造地洞只是为了保护我的生命安全,那么我的努力虽然没有白费,但庞大的工程量与它现实提供的保护——至少从我能够感受到的安全感和我受到它的荫蔽而言——之间的比例,却并不让人欢喜。承认这点是痛苦的,尤其是考虑到现在入口仍然将我这个建造者和主人拒之于门外,这更是令我十分难受。然而地洞却不仅是一个救生的洞穴。当我站在藏身所里,被高高的肉类食粮围绕,将脸转向十条通道——它们从这里发散,每一条都根据整体结构而或走高或降低、或横绕或纵行、或变阔或收窄,它们是同样的安静、空荡和宽敞,每一条都引我到各种空地上,空地也是同样的安详而空阔——那时求全保命的思想就离我远去了,此时我清楚地知道:这是我的城堡,这是我用爪挠、用嘴啃、用脚踩、用头拱,从顽固不化的大地那里夺过来的城堡,这是我的城堡,绝不能属于其他任何人,这是我的,我可以平静地在这里接受敌人给我的致命一击,因为我的鲜血将渗透这里的土壤,不会流失。此外,这里还有美好的时光,我时常半带平静的睡意、半带幸福的惺忪在通道里度日,这些通道完全是为我量身定制的,我可以在里面熨帖地伸展四肢、孩子气地滚来滚去,也可以躺着做我的美梦。这些小小的空地,我对它们全都了如指掌,尽管它们一模一样,我还是可以闭着眼根据墙壁的弧度明确地分辨它们,它们安详而温暖地包围着我,这是任何鸟巢都不能比的。而一切，一切都宁静而空阔。

既然如此，我又为什么感到犹疑？我为什么惧怕入侵者甚于害怕不能重回地洞的可能性？幸运的是，后者并不可能，我根本没有必要去沉思，没有必要去弄清楚地洞对我意味着什么。我和地洞是不可分离的，我完全可以不顾一切恐惧，平静地走下去，完全不需要克制自己的冲动去打开入口，我只消无所事事地等待就足够了，因为没有任何事能把我们长久地分离，我将信心满满地走下去。但是，到那时将过去多少时间，地上和地下在这段时间里会发生多少事？这就看我如何缩短这段时间，并平静地做这件紧迫的事了。

现在，我已经疲惫得无法思考，我耷拉着头，摆动着颤颤巍巍的双腿，昏昏欲睡，摸索着朝洞口靠近，我缓缓揭起苔藓，又缓缓地爬下去。由于心神不宁，我忘记了将入口重新盖上，入口就那样敞开了好长一段时间。后来我回想起这件事，才又爬上去弥补遗漏。但为什么要上去呢？我只需要拉上苔藓层就可以了，好吧，我又重新回到下面，现在苔藓层总算是弄好了。只有在这种情况下，其他任何情况都不可能，我才可以做这样的事。然后，我躺在苔藓层下，躺在堆积的猎物顶上，身边环流着鲜血和体汁，终于可以开始渴望已久的睡眠。没有东西打扰我，没有人追踪我，至少到目前为止，苔藓层上面是安然无事的，就算发生了什么扰动，我也不愿意浪费时间去查看；我换了地方，离开了上面的世界来到了我的地洞，并且马上感受到了它的效力。这是一个崭新的世界，拥有崭新的力量，在上面时的那种疲惫，在这里完全没有。旅行归来，各种辛劳使我疲惫不堪，但一看到我的住所，想到等待着我的修缮工作、至少潦草地巡视一遍所有的房间，以及首先要尽快地赶去藏身所，这一切让我由疲惫变得不安和急躁。我觉得自己踏入地洞的须臾之间，似乎已经睡了一个漫长深沉的大觉。

　　第一项工作很繁重，我必须得全力以赴：带着猎物通过狭窄、墙壁薄脆的迷宫。我用尽全身力气推着它们，虽然确实在行进，但我觉得太慢了些；为了加快速度，我把一大块肉撕了下来，我越过它继续往前推，现在肉块只剩下以前的一部分，前行变得更加容易，但我却陷入了肉块的包围，而且还在这狭道之间，就算我想要独自穿过它都不那么容易，我几乎要在自己的猎物之间窒息，有时我只能通过吃吃喝喝才能打开点缝隙。但运输还是成功了，这并没有花费我太多时间，我战胜了迷宫，来到了一个正常的通道。我深吸一口气，推着猎物走过一个过道，来到专为运输而设计的主通道，它的坡度很陡，向下通往藏身所。现在不需要费力了，肉块几乎是自己往下滚。终于到了我的藏身所！我终于可以休息了！一切原封不动，看上去没有发生什么大的变化，发现的一些小毛病很快就可以修好，只是得先去每个通道转上一大圈查看一下，但这也不会很劳累，而像是一场与朋友的闲谈，就像我很久以前——我其实并不那么老，但很多回忆已经开始变得模糊——做的那样，至少我听说别人都这样。

我看过藏身所之后，故意开始不紧不慢地去查看第二条通道，我的时间是无穷的——在地洞里我总有无穷的时间——因为我在这里所做的一切都是重要的，并令我感到相当的满足。我开始了对第二条通道的检修，中途时我停了下来，转向了第三条通道，并从那里回到了藏身所。现在不得不从头开始检查第二条通道了，我就这样边干边玩，增大了工作量。我暗自笑了笑，感到身心愉悦，虽然被这么多工作搞得晕头转向，但我不会丢下它们不管。

我为你们而来，你们这些通道和广场，尤其是为了藏身所，为了它我可以把生命看得一文不值，而我曾经竟然愚蠢地因为惜命而犹豫，不敢回到你们这里来。现在，我回到了你们身边，危险又能算得了什么呢？你们属于我，我也属于你们，我们是一体的，没有什么能奈何得了我们。上面的那些家伙或许已经一拥而上，噘起尖嘴准备把苔藓拱破了。地洞则沉默无言且空空荡荡，无声地向我打招呼，证实着我说的话——但现在，一种懒洋洋的感觉向我袭来，我在自己心爱的广场上略微蜷缩起身体，我已经很久没有把所有东西都浏览一遍了,我会一直坚持检修完毕,我不会在这里睡觉,但我受到了诱惑:既然我想睡觉,那我可以试一试,看看在这里睡觉是否还如以前一样那么甜美。成功了。但这次我却没有惊醒,我一直沉浸在深沉的睡眠里。

或许我睡了很久,直到睡饱了,我才自然醒过来,最后那段时间睡眠一定非常浅,因为一个几乎没有听清的嘘声把我唤醒了。我立刻明白过来,这个我很少加以注意又对其关爱有加的小玩意,在我不在的时候又钻了一条新路,这条路与原先的旧路相连通,空气在里面打转,因此形成了嘘气一样的声音。这是一个怎么样不知疲倦、勤勤恳恳的小家伙啊,但它的勤奋又是多么惹人烦恼!我只能仔细地靠在通道墙壁上聆听,我必须首先挖掘一些探洞找到干扰的地点,才能清除这种噪声。此外,新挖掘的小洞如果合于整体的建筑结构,是可以作为新的通风穴为我所用的。但对于那些小东西我现在要严加管教,再也不能惯着它们了。

由于我对这种侦测工作经验丰富,问题应该不久就能解决,我可以立刻着手,虽然还有其他很多工作在等着我,但这是最紧要的,我的通道应该保持安静。一定程度上说,这个噪声的存在并不是什么了不得的事情;我进来的时候根本没有听到它,直到在家里安顿好后,也就是说我必须重新反客为主才能听到,或许它只对房主的耳朵有效。它不像通常的噪声那样稳定,时有长久的停顿,这明显要归因于气流阻滞。我开始调查,却没能找到入手点,我挖了几个洞,但那完全是随机的,自然没有什么成果。繁重的挖掘工作,以及更加繁重的填土和平整的工作,全都是白费力气。我始终无法靠近发出噪声的地点,它有着规律的停顿和一成不变的微弱声响,时而像嘘声,时而像口哨声。我也可以对它置之不理,尽管它很烦人,但我对噪声原理的推理应该是无误的,因此它大概不会变响,相反,过一段时间之后,这个噪声很可能会伴随那些小小挖掘师的进一步工作而自己消失——迄今为止还没有让我等过很长时间。除此之外,有些偶然的机会常常会突然给我一些线索,而这偏偏是系统性的搜寻无法找到的。我这样安慰自己,我想继续在通道里游荡,探访各个广场,其中有很多我还没有去检修过,我也希望能在藏身所里快乐地游戏,但我却不能,我必须继续寻找。太多太多本可以更好加以利用的时间都被我浪费在这些小东西身上了。遇到这种事情,吸引我注意力的通常是技术性难题,例如我可以根据噪声——我的耳朵可以对它们加以精细的区分——非常精准地给出诱因的方位所在,然后便迫不及待要去检验核对一番。就算只有一个地方没有得到验证,即便我只是不知道墙上掉落的一粒沙子滚去何方,我都不会安心。何况是这样一个响动,它绝不是无关紧要的事。但不管重不重要，无论我怎么样寻找，都还是没有头绪，抑或许我是找到的太多太杂。这一定发生在我最心爱的地方，我想，于是我远远地从这里走开，走到通往下一个广场的通道中。一切都是笑话，似乎我想以此证明，不是我心爱的广场故意在打扰我，而是其他地方也存在这种干扰。我开始微笑着倾听，但不久笑容就僵住了，因为确实，这里也可以听到同样的嘘声。有几个瞬间我觉得根本什么都没有，除了我没人能听到这个声音，但我的耳朵经过锻炼开始越发灵敏，那声音变得越来越响亮——尽管经过衡量斟酌之后，我十分确信这仍是同一个未曾改变的声音。我发现，如果不直接把耳朵贴在墙上，而是直接站在通道中央听，也可以听见，声音也没有增强。于是我只好专心致志、屏气凝神地到处探听——与其说是探听不如说是猜测——声音的位置。但就是这种到处都有的一成不变的响声最让我烦恼，因为这与我一开始的猜测相矛盾。

如果我对声音的源头估计准确，那么就应该有一个确定的、可以找到的地方，声音从那里发出，那里的声音也是最强的，然后向四周发散，逐渐变得越来越轻微。如果我的解释站不住脚，还能作何解释呢？还有一种可能，那就是存在两个声源，到目前为止我一直在远远地听两个声音，当我靠近其中一个声源，虽然这一方的音量增强了，但同时另一方的音量也减弱了，两者叠加使得耳朵总是听到近似相同的声音。当我仔细倾听的时候,我几乎确信自己已经听出了符合新假设的声音区别,尽管非常微妙。不管怎样,我都应该继续扩大当前的搜索范围。于是我沿通道向下,一直来到藏身所,在那里开始聆听。奇怪,在这里声音还是未曾改变。好吧,这是某种不知名的小虫挖洞后所产生的声音,它们卑鄙地利用了我不在的这段空隙。但要说它们想害我,却也远远谈不上,它们只是在忙于自己的作品,只要前路没有障碍,它们会照着最初的方向一直挖下去。我对这一切心知肚明,但它们竟胆敢挖到我的藏身所附近,这让我感到不可思议和愤怒,扰乱了对于工作而言至关重要的清醒理智。我不能分辨出:究竟是藏身所的深度,还是藏身所的巨大面积和随之产生的强烈气流,吓得它们不敢轻举妄动;又或者它们的感官尽管愚钝,但还是通过某种方式得知了这里是一个藏身所的事实?无论如何,到目前为止我还没有在藏身所里找到挖掘的痕迹。

这些小动物受到浓烈气味的吸引,成群结队来到这里,而这里本是我固定的狩猎场。但那时它们从通道上面的某处挖开了顶壁,进入了通道,它们虽然心怀惴惴,却还是忍受不了强烈的诱惑,从通道上跑了下来。现在,它们却在通道里打洞。哪怕我只把青年时期和壮年早期的最重要的计划付诸实施,或者更准确地说,如果我有能力把它们付诸实施就好了,因为我并不缺乏意志力。其中一个我中意的计划是把藏身所与周围的土壤分离开,这是说,藏身所四周留下与我的身高差不多厚度的墙壁,然后沿着墙壁外围,在那道无法与泥土分开的墙基外面,挖一层和我的藏身所洞壁大小相同的隔层。我经常把隔层设想成最美好的居留地——这应该不是非分之想。我可以时而挂在穹顶上,在上面牵引,然后往下滑,翻一个跟斗,最后双脚着地,这都发生在藏身所的上面,而不是它的里面。如果藏身所只有一个普通的入口,就无法避开它,也无法让眼睛休息而不去看它,无法将看到它时所感受到的喜悦推迟到以后,无法用利爪将它紧紧地抓住,而是必须离开它。最主要的是可以守卫它,虽然不能看到它的里面,但是如果让我在藏身所和隔层之间选择一个地方居住,我想,在一生的任何时候,我都会选择后者,因为这样便可以上下巡逻,保卫藏身所了,也算得上一个补偿吧。那样的话,墙壁里面就不会传出噪声,也不会有放肆的掘洞者到藏身所这边来,那时候这里的安宁就有了保障,我将成为它的守卫者,再听到小东西刨土的声音时我也不会反感,而是会陶醉地倾听,沉浸在藏身所的宁静氛围之中。

但所有的这些美好都是幻想,我必须开始工作,这让我感到快乐,因为我的工作终于跟藏身所有了直接的关系,这激励了我。我越来越感到,这件起初看起来微不足道的工作,现在必须要拼尽全力了。我贴在藏身所的墙壁上全神贯注地倾听着，我去听过的每个地方，不管墙上或者地上、入口处或者地洞内部，到处都是同样的声音。聆听这个时断时续的声响要花费我多少时间和精力啊。如果想找一个小小的安慰来欺骗自己，那么，考虑到空间容积的区别，在藏身所里，只要不把耳朵放在地面上，我就不会像在通道里一样听到那个声音，这样做或许是个不错的选择。我经常这样尝试，但也只是为了安静下来进行思考，我使劲地听啊听啊，什么都没有听到，我很高兴。但是，到底发生了什么？我之前所做的解释在这种现象面前全部毫无用处，而对于那些突然在脑海中浮现出来的其他解释，我也不得不加以否决。尽可能认为，我所听到的正是小虫在工作时发出的声音，但这跟一切经验相违背。尽管有的声音一直在那里，但我却从未听到过，我不可能突然就开始听得见了。在地洞的这些年，我对扰动的感知能力或许在增强，但听力却绝不会更加敏锐。而难以被察觉正是那些小虫的天赋属性。否则我过去怎么会忍受得了？就算冒着饿死的风险我也要把它们铲除。但是——一个想法突然进入我的脑海——或许这是一种我从见过的动物。这是可能的。虽然我已经长久而细致地观察过下面的生活，但世界总是千变万化的，从不缺乏突如其来的奇怪遭遇。但这一定不是某个单独的动物，而是一个庞大的群体，趁我不备时贸然闯入了我的领地。

这一群小动物应该比小虫更厉害点，因为它们可以被听见，但也只是厉害一点，因为它们工作时的声音其实很微弱。它们有可能是一些我不熟悉的小动物，正在成群结队地外出漫游，恰巧经过这里，虽然打扰了我，但它们的队伍很快就会过去。真是如此的话，那我就可以沉下心来等待，而不用胡乱忙活了。

但如果它们是陌生的动物，为什么我没有看到它们呢？我已经挖了很多陷阱，想抓住一只，但我什么也没有发现。我突然想到，或许它们是极其微小的动物，比我见过的都要小得多，只是它们发出的声音更加响亮而已。于是我开始调查挖出来的土壤，我把土块扔向高处，让它们摔成极小的粉末，但噪声的制造者却不在里面。我渐渐明白，这样随机的挖掘没有什么意义，只是在地洞的墙壁上翻刨，火急火燎地到处刨土，也没有时间把洞口填上，到处都积满了土堆，阻碍了道路，把场面搞得一团糟。当然了，这些对我来说并不算什么影响，我现在既不能散步，也不能到处观赏，还不能休息。干活的时候，我经常突然在挖的洞里就睡着了，一只爪子还埋在土里，那是因为我在睡着前一刻想从里面抓出一块土来。我要改变一下自己的策略。我要在朝着声音的方位挖一个真正的大洞，不依赖任何理论，在找到声音的真正源头之前，我绝不会停止挖掘。一旦找到根源，只要力所能及，我定会竭力把它消除，就算不行，我至少心中有了个底。这个"底"带给我的可能是安慰，也可能是绝望，但不论是什么，都是毫无疑问且合乎情理的。这个决定使我感到舒适。

我觉得迄今我所做的一切，都有些操之过急；我仍然沉浸在回家的激动中，还没有摆脱对地上世界的担忧，也没有真正融入地洞的平和氛围，由于长时间地离开地洞，我变得神经过敏了，一些勉强称得上特殊的现象就能把我吓得魂不守舍。这到底有什么呢？不过是轻轻的嘘声罢了，隔着很长的停顿才能听到，根本微不足道。我不会说，我可以渐渐地习惯它；不，我不会习惯它的存在，但是我可以观察它一段时间呀，大可不必径直采取应对措施嘛。这就是说，我可以每过几个小时偶尔听上一听，耐心地记录结果，而不是像我目前这样，把耳朵贴在墙上到处跑，把每个听得到声音的位置都刨一刨，而且这样做并不是为了立刻找出什么东西，只是内心不安的一种必然举动罢了。我希望从现在开始不会这样了。但在我双眼紧闭，对自己感到气恼时，我又放弃了这想法。因为几个小时以来，我的心中仍然跳动着不安，如果不是理智的压制，或许我早就找上一个地方，不管究竟这里有无声响，开始顽固、执拗地挖土，不为别的目的，只为挖土而挖土，就像那些小虫一样，它们要么是漫无目的地挖土，要么是以吃土为生。这个理智的新计划既让我感兴趣，也让我不感兴趣。这个计划无懈可击，起码我找不到任何反对的理由，据我的理解，只要照着它去做，肯定会达到目的。尽管如此，我本质上还是不相信它，正是因为不相信，所以我根本不担心施行这个计划可能会带来灾祸，也不相信会有什么可怕的结果；没错，在最初听到噪声的那一刻我就想到这样的挖掘计划就好了，只因为我对此没有信心，这才没有动手。

不论如何我还是会去挖的，因为我没有其他的选择，但我不会立刻就开工，我要暂时将这项计划推迟一下。如果理智应该受到尊重，那么它就应该受到充分的尊重，我将决不会再在这件事上浪费时间。不管如何，我首先一定要弥补一下由于我的胡掘乱挖给地洞造成的损害，这花费的时间可不会少，但却是必要的。就算新的掘洞计划有成功的一天，它的建设也会旷日持久，如果不能成功，它就会无休止地挖下去。不管怎么样，这项工程都意味着与地洞长久地分别，但情况不会跟地上一样糟，在地洞隔间里，我可以随时停止工作回家探访，就算不回来，在工作中我也可以时刻感受来自藏身所的气流的吹拂。但这仍然意味着要离开地洞，暴露在一种未知的命运中，因此我会在离开前把地洞安顿好。为了地洞的安宁而战斗的我，总不能被别人说，是我自己把它搞得一团糟，而又不立刻将其修复。于是，我开始把土堆刨回那些小洞，这是我的拿手工作，我曾经干过无数次了，尤其是最后一道压实和抹平的工序——这绝不是自吹自擂，而是实话实说——我的技术水平无人能比。

但这次却显得有些棘手，我实在太心不在焉了，我总是在工作中停下来，把耳朵贴到墙上听动静，任凭刚抓起来的泥土重新沿着斜坡滚撒下去。最后的美化工作要求极专注的精神，我实在力有不逮。可恶的土堆和恼人的裂缝还是挥之不去，更不用说那些重被修整的墙壁了，它们再也无法恢复成之前的弧度。我尝试安慰自己，说这只是权宜之计。当我恢复这里的宁静并凯旋之后，我会把这里重新收拾好，到那时，眨眼间一切就会变得井然有序。没错，童话里的事情都是瞬间完成的，我的安慰也是一个童话。最好是现在就圆满完成工作，这远比不停地打断，在通道里跑来跑去寻找新的声源，要有益得多。寻找新的声音来源其实是件轻而易举的事，只要站在随便一个什么地方，听上一听就够了。我还观察到了很多毫无裨益的现象。有时我觉得声音消失了，其实那是因为它的间隔很长，也或许是因为耳朵里血液太沸腾，以至于我漏听了其中一次噬声，于是把两次间隔连了起来，因此这段时间内会让人产生错觉，以为噬声已经永远地结束了。我不再去听，高兴得跳了起来，整个生活正在为之发生改变，似乎流淌安宁的泉源打开了，并把整个地洞填满。我并没有立刻去检验自己的发现，而是希望找到一个可以信赖的谁,帮我核实一番,于是我直奔藏身所,我身上的一切都苏醒了过来迎接新的生活!我这才想起自己已经很久没有吃东西了,于是,我从被土壤半掩的库存中扯出一些食粮,一边大快朵颐,一边跑回那发现不可思议现象的地点,想顺带着再确认一下。我听了听,但这匆匆倾听却立刻表明我大错特错了,远处仍然传来那波澜不惊的嘘声。我唾出嘴里的食物,恨不得把它踩进土里,重新回去工作,却根本不知道应该干什么。在某个地方有看似非做不可的工作——这种地方多得很——我就去那里机械地开始忙活,就好像督工来了,而我在应付他似的。但还没有干上一会儿,我又有了新的发现。声音似乎在变强,当然并不显著,我在这里所说的都是最细微的差别,但确实增强了,我听得真真切切。声音的增强似乎在昭示某物的逼近,听着不断增强的声音,我觉得对方逐渐逼近的脚步似乎就在眼前。我跳离墙壁往后退,迅速地扫视一圈,试图弄清这个新发事件可能导致什么样的结果。我突然感觉到,似乎当初并不是为了防御袭击而建立的这所地洞,这个意图我是有的,但日常生活让我懈怠,让我以为受到攻击的危险是很遥远的,所以没有建设防御设施——或者并非没有(这怎么可能),但在级别上远远低于平静生活所需要的各种设施,因此我在地洞里将平静生活的设施处处优先。很多防御设施本是可以布置好的,并不会干扰总体计划的实施,但却被以一种不可理喻的方式耽误了。这些年里，我的运气实在太好，但这些运气却被白白浪费，我曾经忐忑不安过，但是幸运时的不安意义不大。

现在首先该做的，当然是准确地视察地洞的防御以及与防御有关的相关事宜，制订出一个防御以及与之相适应的建设计划，然后如年轻人一样，迅速而有活力地开始动手。这是必要的工作，顺便说一句，现在做它当然是有些迟了，但它才是必要的工作，而不是试探性地去挖什么大洞，我费尽心力，只不过是在毫无防备地探查危险，而且只是因为我心怀愚蠢的恐惧，认为危险不久就会悄然而至。我突然不能理解之前的计划了。我曾经认为理所应当的，现在却找不到一点理由。我重新停止工作，也不再探听，我现在不想再观察声音的增强，观察已经足够了，我不再做什么，只要我能平复心中的争斗，就已经感到满足了。我再次离开当前的通道，不断往更加偏远的地方走去，自我回来以后，还没有看它们一眼，它们也一点未遭到我爪子的破坏。我每走入一个新通道，里面的静谧就向我袭来，把我包围。我没有停顿，而是迅速地穿行，我根本不知道我在找什么，或许我只是在打发时间。我彻底走偏了，竟然来到了迷宫，我萌发起了靠在苔藓层上探听的冲动，那些遥远的事物——现在是那么遥远——吸引着我的兴趣。我挤到上面，开始谛听，一片深沉的宁静。这里多么美好呀,外面没有人关心我的地洞,每个人都忙于自己的事务,跟我没有任何关系,这正是我为之努力的结果。

苔藓层附近或许是整个地洞里唯一一处我能够连续几个小时安静谛听的地方了——这与地洞里的情况发生了鲜明的对比,本来的危险之地现在变成了和平之地,藏身所却在吵闹的噪声中沦陷,开始暗含危险。更糟糕的是,这里实际上也并不和平,这里的一切都没有改变,不管是静是闹,苔藓上仍然如同往常一样隐藏着危机,只是我对它们的感知迟钝了,我太过于专注我的墙壁里的嘘声了。我是太过专注于此了吗?声音越来越强,越来越近,但我却在迷宫里爬行,在苔藓下面仰卧,我满足在这里所获得的一丁点儿安宁,这样一来,好像我已经把我的房子托付给了那发出嘘声的家伙。发出嘘声的家伙?难道我又产生了一个对于声源的新解释?那声音不就是来自小虫的挖掘吗?这不是我的假设吗?这一假设我似乎还没有放弃。就算这种声音与挖土没有直接的关联,也必有间接的关联。如果它们之间并不存在任何联系,还能是怎么回事呢?那么我就只能等待,寄希望于碰巧发现原因,或者等它自我揭露。

但是,现在继续尝试一下假设的游戏也未尝不可,比如我可以说:在遥远的某处,一眼泉水正在迸流,让我觉得是口哨或者嘘声的声音，其实是水流发出的。先不说我从未见过这种事——地下水只要经我发现，都会马上被我引到别处，从没有流回这片多沙的土地——这点暂且不论，但可以确认的是：嘘声无论如何不可能等同于水流声。

我的想象力不肯止息，终于有一个想法让所有怀疑的波澜都归于平复，它当然是较为可信的——无须自欺欺人，这没有任何意义——嘘声只由一个动物，而非很多小动物发出，只有一个家伙，且体型不小。这种说法有些难以令人信服之处。那就是声音到处可以听得见，且总是以同样的音量、同样的规律夜以继日地响在耳边，没错，起初我倾向于认为是很多小动物。但既然我在挖掘过程中没有发现它们的踪迹，也没有发现任何东西，那就只有存在一个大家伙的假设是可能的了，而且那些看上去与这一假设似乎相矛盾的现象，其实只说明了那个家伙更加危险、超乎想象的危险，而不足以证明它不存在。正是这点让我对这个假设产生了抵触心理。我要抛开这种自我欺骗的想法。很长一段时间内，我坚持认为之所以这么远都可以听见它的声音，是因为它正在迅猛地工作，它钻地的速度如此之快，简直如履平地一般，竟使大地在它通过之后仍不住地震颤，余震的声响和挖掘本身的声响在远处混合在一起，而我只听到了声音最末端的余波，所以才总是听到相同的声音。而且这家伙没有径直朝我而来,这也是声音不曾改变的一个原因,或许它有一个计划。我不能看透它的心思,我只能假设,这个家伙——我不会断然声称,它知道我的情况——在对我实施包围,或许在我观察的时候,围绕地洞的包围圈已然大功告成。这种不管是嘘声还是口哨声的声音实在让我浮想联翩。我挖土和刨土时完全不是这种声音。对于这种嘘声我只能做此解释,那就是那个家伙的主要挖掘工具不是爪子,爪子或许只做辅助之用,它的主要工具是嘴或者鼻子,它的这些器官不仅很健壮,当然也比较尖锐。或许情况是这样的:它把鼻子猛地插进土里,用力掀出一大块泥土,这时候我听不到声音,是停顿的时段;然后它猛地吸一口气,准备下一次挖掘。之所以它吸一下气也如此有力量,竟能震动土地,想必不只因为它本身的强壮,也因为它很迅猛,富有工作激情,而这一切在我听来却是轻轻的嘘声。但我无法理解它如何能够如此不间断地工作;或许短暂的停顿就是休养的时机,但真正算数的休息却从来没有,不管白天黑夜,它总是以同样的力气和活力在那儿掘土,它急于实现自己的计划,而它拥有达成目的所需的全部能力。

好吧,我从没有料到会遇上这样的对手。除了个别细节的出入,这一切都不过是我一直以来惧怕的事:有敌人来了!而我早就应该为此做好应有的准备。但为什么,这么久以来我还能平安无事地幸福度日呢？是谁引导敌人，让它围着我的财产兜着圈子？为什么让我受到如此惊吓？比起这一危险，这些日子里我一直所思虑着的那些小的危险又算得了什么！作为地洞的主人，我有足够的优势来对付任何来犯者吗？正因为我是这个既宏伟又不堪一击的建筑物的主人，我才无法抵御任何一次猛烈的进攻。地洞主人的幸福宠坏了我，地洞的脆弱让我也变得敏感。只要地洞受到伤害，我就为它疼痛，似乎是我自己受到了伤害。我早应该对此有所预见，我不应该只想着保护自己——就算是这点，我都做得如此草率且毫无成效——也应该考虑到地洞的防御。尤其首先应该采取这样的预防措施：当地洞的某一部分——到时这种地方可能为数众多——受到攻击的时候，应该用填土的方式在最短的时间内把它与其余较安全的地方隔离开，土应该填得厚实，以进行彻底的隔离，让入侵者完全想不到真正的地洞还在后面。还有，这种填土掩埋一定得做到不仅可以掩蔽地洞，还可以埋葬来犯者。但我从未做过任何相关的尝试，没有，一点也没有尝试过。我轻率得像个孩子，我的成年岁月全在幼稚的游戏中虚度了，甚至关于威胁的想法我也以游戏的态度对待，我错过了严肃对待现实威胁的时机，虽然我早就收到了很多警告。

堪与今天相比的情况还从没有发生过，但在地洞的初建时期，确曾有类似的事情。两者之间的主要区别只是那时是地洞的初建期而已……我还在营造第一条通道的时候,活像个小学徒,迷宫才刚设计出大致的轮廓,我已经掏出了一块小空地,但在大小规模和墙壁的建造上却出了问题;总之,一切都处在萌芽阶段,只能算作一次尝试,建造者如果某天突然失去耐心,完全可以毫不可惜地把它弃之不顾。然后发生了那件事,在干活的空当——我一生中有太多的空当——我躺在挖出的土堆上休息,忽然听到远处传来一个声音。那时我正年轻,因此感到的主要是好奇而不是害怕。我丢下活计,全神地倾听,我一直在听着,没有为了能够睡个舒服觉和不再听到那个声音而跑到苔藓层下面去。至少我在听。那时,我可以清楚地辨别出,是挖掘的声音,正跟我干的活一样,但发出的声音却比我更轻,至于距离究竟有多远,我却不知道。我很紧张,但和平时一样冷静、不动声色。我心想,或许我进入了一个别人的地洞,而主人正朝我这边靠拢。如果这个假设被证实是正确的,我就离开,到别的地方挖洞,因为我从未有过侵略或者进攻的心。但我那时还年轻,也还没有地洞,自然可以泰然自若、面不改色。而事情的进一步发展并未给我带来多么大的波澜,只是不太容易说清它。如果那个挖着洞冲我逼近的家伙是因为听到了我挖洞的声音,那么当它改变方向的时候——就像现在确实发生的一样——就很难搞清楚,它这样做,究竟是因为我停下来的时候让它失去了参照点,还是因为它自己改变了主意。或许完全是我自己搞错了，它根本没有把我当作目标，但有一段时间声音还是在增强，似乎它在逼近，那时年轻的我根本不把这当回事儿，看到掘洞者破土而出也不会让我惊讶，但它没有出来，从某个时间点开始掘洞的声音开始减弱，它变得越来越弱，似乎掘洞者渐渐偏离了原来的方向，接着戛然而止，似乎它重新选择了一个跟开始完全相反的方向，背对我远去了。周围一片寂静，在重新开始劳动之前，我又听了一会儿。这个警告已经足够明确了，但我马上就把它抛在脑后，在我的计划中它从未占有一席之地。

从彼时到现在，我的整个壮年已经过去；但这期间同样还是什么成果都没有。我仍然是劳动一下歇两下，仍然贴在墙上听动静，发现掘洞者又改变了主意，它拐过头来，重新踏上原先的足迹，它觉得已经给我留下了足够时间去做好迎接它的准备。但从我这方面来看，事情只是变得比当时更糟了。巨大的地洞杵在这里，毫无防御设施，我不再是年轻的学徒，已经成了衰老的工匠，我身上残存的一点力气已不足以应付危急的时刻，但无论我多么衰老，我都愿意可以活得更老一些，最好老到让我无力再从苔藓下面的温柔里抬起身子。事实上我再也无法忍受了。似乎我在这里已经感受不到宁静，而是感染了新的忧伤，我站起身，朝下面的居所飞奔而去。事情最终怎么样了？嘘声减弱了？没有，它反倒增强了。我随机找了十个位置倾听，这才确定刚才的想法是幻觉，嘘声还是老样子，什么都没有改变。那边的家伙从容不迫，不在乎时间，但是这里每一分每一秒却都在震撼着倾听者。

我重新走过漫长的路途，朝藏身所返回，我感到周围的一切都洋溢着激动，似乎都在凝视着我，但突然间又齐刷刷地移开了目光，以免打扰到我。但又迫切地希望从我脸上读出保卫家园的坚毅决心。我摇摇头，我没有任何决心，我去藏身所也不是为了实施什么计划。我从某个地方路过，我曾打算在这里挖掘探洞，我又检查了一遍，这个选址很不错，探洞指着的方向拥有最密集的通气小孔，这会极大地减轻我的劳作，或许我根本就不需要重新挖洞，要想探听声音，贴在那些气孔上听一听就可以了。但无论存在何种思虑，我都没有任何从事这项工程的兴趣。挖这个洞会让我心安？我根本就不追求心安了。我从藏身所里挑选了一块漂亮的剥了皮的红肉，然后爬进某个土堆。如果说这儿还有宁静的话，那宁静之地就一定在那里。我品尝着肉块，一会儿想到正在远处开路的陌生家伙，一会儿又想到：如果还有机会，我一定要尽情地享用我的存粮。后者可能是我唯一可以实施的计划了。此外，我很想弄清对方的意图。它是在漫游，还是在建造自己的地洞？如果是在漫游，那就有可能跟它沟通。当它打通到这里，我会给它一些存粮，让它继续往前走。会的，它会继续往前走的。在土堆里我可以做我的春秋大梦，包括梦见和它的沟通与和解，尽管我十分清楚，不存在这种可能；当我们相遇，甚至只要我们感受到对方的逼近，我们的脑子就会变得一片空白，然后会同时受一种新的饥饿感——尽管我们都已经彻底吃饱肚子——的催逼，猛地扑上去，在一瞬间让对方尝到尖牙利爪的滋味。一直以来都是如此，这次也不例外。即便它是在漫游，但面对前方的地洞，谁能不改变自己的旅行计划呢？如果这家伙是在挖掘自己的地洞，那我就更甭想达成和解了。即便它是个很特别的、能够忍受邻居的家伙，我的地洞却不能忍受，至少不能忍受一个吵吵闹闹的邻居。

那个家伙似乎还在很远的地方，只要它肯回头，大概声音就会立刻消失，一切会恢复如故，留下的只有一个可怕但又颇为有益的回忆，它会促使我做很多改进；等我获得安宁，也没有危险在咄咄逼人的时候，我还是很有能力去做好各种繁重的工作的。如果那个家伙是在扩建地洞，它应该有很多选项，或许会放弃这个朝我而来的方向，选择另一个方向也不会有什么损失。但这也非谈判可达成，唯有通过它自己的理智，或者我所施加的压力，才能促使它做出如此改变。发生这两种情况的至关重要的前提是：对方是否知道我的存在，并且知道多少有关我的信息。我越是思忖，越觉得对方不可能听到我的声音。或许它通过别的途径获取了我的信息，但若论听到我的声音，却是没有的，尽管听上去难以置信，却不是不可能。只要我还不了解它，它就不可能听到我的声音，因为我的举动一直很轻柔，我回洞时更是安静无比，之后在挖探洞的时候——尽管以我的挖掘方式很少制造噪声——不排除它会听到一些动静。如果它听到了，我也应该有所注意才对，它至少应该不时停下工作来听一听——但一切从来没有改变。

中国长城建造时

中国长城的最北端已经完工。工程从东南和西南方向往此处延伸,在这里合龙。这种分段建筑的方式除在两个主要的建设兵团——东西两个兵团——受到遵循之外,也在其中的各小队里施行。大约二十个劳工组成一个小队,每小队负责修建一段大约五百米长的城墙,相邻的小队则与他们相向修建同样长的一段。但在一千米城墙修建完成,两端城墙合龙之后,这两个团队并不是接着这一千米的城墙末端继续施工,而是停止建筑,再被分派到其他地区继续新的工作。这种方式自然导致了很多不小的罅漏,很多都是经过很久才得以填补,有的甚至在整个长城已被宣布竣工之后才得到补救,甚至有些缺口最终也没有堵上。但这只是道听途说,它可能仅仅是围绕长城而产生的众多传说之一,考虑到长城工程的范围之大,没有一个人可以用自己的眼睛和标准来检验这种说法的真实性。

或许人们一开始就明白,统一地进行修建,或者至少在两个主要兵团内部进行统一的修建,不论从哪个方面来看都较现在更为有利。按照众所周知的说法,建筑长城是为了抵御北方民族的入侵。但一座不连贯的长城如何能够御敌?这样一座长城非但不能御敌,它本身就存在于不断的危险之中。这些杵在荒凉地带的城墙极易受到游牧民族的破坏,尤其是当时游牧民族因受到长城修建的恐吓,像蝗虫一样以超乎想象的速度辗转迁徙,故而他们或许比我们这些建造者更加清楚城墙修建的进度。尽管如此,城墙的修建也不可能采取异于现在这样的其他方式。为了理解这一点,须得这样想:长城应该提供百年的防御作用,这是一项极为细致的工程,因此,以往时代和人民的伟大建筑智慧的应用、建造者恒久的个人责任感都是这项工程的必要前提。虽然人群中有一些没有文化的劳力,不管男人、女人还是孩子,只要愿意为钱出卖自己的体力,都可以胜任较低等的工作。然而,如果要领导四个短工,就必须要有一个明白事理、拥有专业建筑素养的人了,这个人要能够对工程的关键有深切的领会。工效越大,要求也就越高。而这样的人还真能找得到,尽管数量没有工程原本需要的那么多,但数量确实很可观。

  人们不是轻率地开始这项工程的。早在动手开工的五十年前,整个中国——也就是所有要被围起来的地方——就把建筑艺术,特别是泥瓦匠手艺尊崇为最重要的科学了,其他学科只有跟建筑术存在关联时才可以得到认可。我仍然十分清楚地记得我们在孩童时期，两脚刚刚能够站稳的时候，我们是如何不得不站立在老师的院子里用鹅卵石搭建一种城墙的，而老师则撩起长袍往墙上撞，墙自然倒塌了，因为城墙过于脆弱，我们狠狠挨了一顿教训，于是我们哭号着四散而去，扑向各自父母的怀里。这是一件微不足道的小事，但它体现了那时的时代精神。

我很幸运，当我二十岁时，通过了初级学校的最后一关考试，那时长城的修建正好开始。我说幸运，是因为有许多早就受到最高程度教育的人，却长年无用武之地，他们的头脑里虽然有着建筑长城的宏伟蓝图，却只能毫无意义地蹉跎岁月，久而久之，知识荒疏了。那些最终作为工头而参与建设的人，哪怕职级是最低的，到了工地，也觉得是十分值得的。他们对建筑术有很深的思考，且从不停止思考，在让劳工落下第一块石头时，他们就将自己和工程视为一体了。激励这些工程师的除了承担最本质工作的雄心之外，还有迫切希望看到工程早日完工的急切心情。不过劳力们就没有这种急切的心，只有工钱才能驱动他们干活，而那些高级工头，甚至中级工头只要看一眼城墙的建设进展，就足以保持精神活力。但对于那些心有旁骛地从事较低级工作的人，却不得不另加对待。比如不能让他们在一个人烟稀少的山区，远离其家乡上千里之外，经年累月地一块块堆积石头；这种辛苦费力但穷其一生仍难臻希望的工作会让他们感到绝望，更降低他们的工作效率。因此，人们才选择这种分段建造的方式。

五百米的城墙差不多可在五年内建成，工头这时通常也已精疲力竭，会彻底地丧失自信，也会失去对这项工程，乃至对世界的信心。因此，当他们还沉浸在庆祝一千米长城会合的激动中时，就将他们派遣到很远很远的地方，让他们在旅途中看到城墙如春笋般地崛起，在路过高级工头营帐时接受勋章，他们还会听到从深谷下涌来的工人们的阵阵欢呼，看见树林被砍倒做成脚手架，看到开山碎石用来制造垒墙的砖石，听见虔诚的人们在圣坛上唱着祈祷长城竣工的歌曲。所有这一切都抚慰着他们焦躁的心。他们将在家乡度过一段平静的生活，以养精蓄锐。每一个建设者都享有威望，人们聆听他们报告时充满的信任、质朴、安分的百姓对长城所抱有的信心，这些都绷紧了他们灵魂上的弦。之后，他们会告别家乡，像永远充满期待的孩子一样，自发燃起满腔的热情，重新投入人民的事业之中。他们早早地离家出发，似乎出于某种礼俗，半个村子的人都出来相送，并久久地不愿离去。夹道都是人群和挥舞的旗帜，他们从未见过如此巨大、富饶、美丽而充满活力的家乡。每个国民都是同胞兄弟，他们是在为兄弟筑起防御的长城，而兄弟们也倾其所有，一生心怀感恩。团结！团结！心心相连，人民围成一圈跳着舞，体内的热血不再被禁锢在每个人体内，而是甜美地翻滚着，在广阔无垠的中国大地上往复循环。

这样我们就可以理解为什么采取分段建筑的方式了，但还有另外的原因。我之所以在这个问题上停留这么长时间不足为怪，因为这是整个长城工程的核心问题，虽然它最初看起来好像无足轻重。如果我准备把那时的想法和经历明白地介绍给大家，那么在这个问题上再怎么深究都不为过。

另外，我们必须得承认，当时的长城取得的成就丝毫不逊色于巴别塔，显然，在是否讨上帝喜欢这件事上——至少按照正常人的看法——它与巴别塔的建筑是完全相反的。之所以提到这件事，是因为在工程建设之初，有一位博学之士曾经专门为此著书，在书中对两者做了详尽而精确的比较。他希望证明，巴别塔之所以没有建成，绝不是大家公认的那些原因，至少那些不是最主要的原因。他不只从浩瀚的卷宗和报告材料里搜罗证据，还亲自开展实地的调查，他从中发现，巴别塔注定会失败，是因为地基不稳固。在这个方面，我们的时代远胜于古代。在我们这个时代，几乎每个受过教育的人都是专业建筑师，精通于地基的建造。可是那位学者想说明的并不是这一点，他宣称，在人类历史上，只有长城才可以首次为一座新的巴别塔创造稳固的基础。也就是说要先建造长城，之后才是建塔。这本书当时几乎人手一本，但我得承认，直到今天我也没有搞清楚，他是怎样设想那座塔的建造的。长城根本不会围成一个整圆，只能围成四分之一圆或者半圆，如何就能作为一座塔的地基？这只能是指精神层面了。然而，长城凝结了千万人的血汗，它能做什么用呢？这本书中描绘了建塔的计划——当然只是模糊不清的计划，甚至提出了应该如何重新聚合人力投入新工程中的具体的建议，这些都是为了什么？

当时，很多人都陷入迷惘当中，这本书只是其中一例。之所以会这样，或许是因为有太多人渴望因为同一个目的而聚集在同一面大旗之下。人类的本质是轻率的，完全是飘浮的尘埃，无法承受任何束缚；如果他束缚了自己，不久就会发疯似的开始摇晃身上的枷锁，不管是长城、锁链、还是他自己，都会被他撕得粉碎。

在分段建筑的实施过程中，很有可能一些与建造长城相悖的建议也被纳入过领导层的考量范围。我们——我在这里以许多人的名义说——其实是在仔细回味最高层的指令时才真正了解自我，并明白，离开领导，无论是我们在学校习得的知识，还是我们拥有的见识，都无法让我们胜任这个伟大工程中的小小职位。在领导的指挥所里——它位于何处，谁在其中，就我所询问过的人中，没人知道——人类所有的思想和愿望都在里面盘旋，人类所有的目标和成就则以相反的方向盘旋。神圣世界的光辉透过窗户，正反射在描绘地图的领导的手上。

因此，公正无私的观察者不会认为，如果当初领导层严肃地下定决心，建造一座连贯的长城所面临的困难会无法被克服。只有一种可能，那就是领导层有意为此。但分段建筑法只是权宜之计，且并无远见。如果由此推断领导层在建造一些没有远见的东西——真是奇谈怪论！当然了，这种说法也可以从其他角度找到为自己辩护的理由。或许今天已经可以毫无危险地自由谈论这些了。但在那个时期，很多人，甚至是最优秀的那批人，都有一个心照不宣的信条：尽力去理解领导们的计划，但要适可而止，停止思考。这是一条非常明智的原则，有个为人熟知的类比可以作为这句话的注解：你要停止思考，不是因为这样会损害自己，而且也无法肯定会对你有害。这里根本不能说有害，也不能说无害。你就像春季的河流。河水上涨，水面变得越来越宽，更有力地滋养着两岸的土地，并且保留着本性继续奔涌向海洋，变得越来越像海洋，也更受海洋的欢迎——对领导指令的思考就到如此程度即可——之后，河水会漫过堤防，失去自己的轮廓和面貌，减缓流速，违背自己的本质，试图在内陆造海，毁坏农田，但却无法长久地维持这种泛滥的状况，最终只得流回两堤之内,在接下来的酷暑中干涸枯竭——不要将领导的指令思考到这样的程度。

这个比喻在建造长城的时候或许无比贴切,但对于我现在所作的报告来说,它的价值是有限的。我的调查仅仅是历史性的。早已消散了的乌云中已经不会再有电闪雷击,所以我可以为分段而筑寻找一个解释,这个解释要比当时所能令人满意的解释更进一步、更深刻。我思考能力的范围相当狭窄,但这里所需要涉及的领域却是广阔无垠的。

究竟长城抵御何人?抵御北方民族。我生长在中国的东南地区,北方民族不会对我们造成威胁。我们只在古人的典籍中读到过他们以及他们出于本性的残忍兽行,每读至此处,即便我们身处平静的凉亭,还是忍不住叹一口气。在画家惟妙惟肖的画卷上,我们看到了这些恶棍的脸孔,他们张开血盆大口,露出满嘴尖利的獠牙,眯缝着怪眼,似乎在瞥向他们的猎物,准备下一刻把它们撕得粉碎。如果有顽童淘气,我们就把这些画拿给他们,他们会吓得哭着往我们怀里钻。但我们对这些北方民族的了解也仅限于此。我们从未亲眼见过他们,如果我们待在自己的村里,自然永远不会见到他们,即便他们骑着狂野的战马朝我们袭来——这片土地实在寥廓,还没等追上我们,他们就已经迷失在旷野之中了。

既然如此，我们为什么要背井离乡，告别河流、小桥、父母、哭泣的妻子和亟待教导的孩童，负笈前往遥远的城市求学，而我们的思想则已飞到更遥远的北境长城呢？这样做是为了什么呢？去问领导人吧。他们了解我们。他们，满怀忧虑，知道我们的情况，知道我们的小本经营，看到我们一起团坐在低矮的茅屋，也知道一家之主在家人圈子里所做的祷告，并为之欣悦或愠然。如果允许我对领导人产生这类的看法的话，那我就得说，领导层过去就存在了，他们聚集在一起，不是像朝廷的高级官员那样，因为受一个美好晨梦的诱招，立马急不可待地召集会议，火急火燎地亲自指挥、部署，匆匆做出决议，不惜敲锣打鼓把群众从床上撵下来去执行那些决议，仅仅是为了搞一次彩灯会，以庆贺昨日显灵的神明给予了大人们恩惠，而明天，彩灯一灭，就将他们驱赶到黑暗角落里痛殴一通。与此不同，领导层确实是自古以来就有，而修建长城的决定也自古就有。无辜的游牧民族相信是他们促使了这一决定，而那位拥有无上尊荣的、无辜的皇帝也以为修建长城是他的部署。我们这些修建之人，知道事实并非如此，但全都默不作声。

从当年建造长城之时到现今，我几乎完全致力于比较民族史的研究——有一些问题，只有以这种法子或许才可得到解释——我发现，我们中国人的一部分民间习俗和国家制度拥有无与伦比的明确性，另一部分却又混沌不堪。我痴迷于追究其原因——尤其是后一种现象的原因，我对其有着浓厚的兴趣，并始终热情不减，而长城的修建也跟这些问题息息相关。

皇权便是属于另一部分，属于混沌的体制。在京城，乃至在朝廷之中，对这个问题人们多少还是有些明白的，尽管这也只是看上去如此。高等学校里教授国家法和历史的老师，声称自己对此深有研究，并有能力传播知识给学生。越是级别低的学校，越是对自己的学识深信不疑，仅凭几句路人皆知、老掉牙的名言——它们虽然没有失去永恒的真理，但在这种云遮雾罩里，它们也是永远模糊不清的。

按照我的观点，人们应该就皇权的事询问人民，因为他们才是皇权的根基。在这里，我还是只能谈谈我的家乡。除了土地神以及一年四季为了供奉它们而进行的种种花样纷繁的祭祀仪式外，我们只贡奉皇帝一人。但不是当朝的皇帝；如果我们能认识，或者能对他有一知半解的话，或许本来就会贡奉他了。我们自然坚持不懈地试图获取这方面的消息——这是我们心中唯一的好奇，但很奇怪，几乎打探不到一丁点风声，从周游四方的僧侣那里听不到，从遐迩的村庄里听不到，船夫们不只在我们的小河里航行，也远涉过黄河，但他们也没有消息。我们听到了很多，却无法提取任何有用的信息。

我们的国家如此广阔,没有传说能描绘它的疆界,甚至天穹也无法遮住它——京城只是一个小圈,而皇宫则是一个点。另外,天下的一切宫榭楼阁,都在彰显着皇帝的伟大。可是,那活着的皇帝,也是一个跟我们一样的人,也会睡在床榻上歇息,或许这床榻相当宽大,又或许相当窄狭、短小。他也会像我们一样,不时伸展几下躯体,如果实在疲惫不堪,他就轻启金玉之口,打个哈欠。但我们如何在千里之外的南方知道这些呢,我们住的地方几乎与青藏高原接壤。此外,消息总是姗姗来迟,每次抵达我们这里时,早就过时了。皇帝身边净是些口蜜腹剑的衮衮诸公——他们披着奴仆和朋友的外衣,实则包藏祸心,他们不懈地谋划着用毒箭把皇帝从权力的宝座上射落。皇权是不朽的,但皇帝个人是会陨落的,甚至整个王朝都会覆灭,会挣扎着咽下最后一口气。人民对这些钩心斗角一无所知,他们像姗姗来迟的外乡人,站在人满为患的巷子外围,安静地享受所带的干粮,而在前面市中心的广场上,他们的主子正在受刑。

有一个传说颇能恰当地描述这种现象。皇帝于濒死时,在床上向"你"下发了一道谕旨,就是你,一个小人物,寒碜卑微的臣属,不过是与皇帝这颗太阳相隔千山万水的一道渺小的暗影。皇帝让信使跪在榻前贴上耳朵听他面授机宜;他非常重视,让信使又重复了一遍给他听,并最终点头确认了内容的真实无误。当着众臣的面——所有的屏障已都被拆除,达官显贵们围成了一个圈站在高耸入云的宽阔玉墀上——他把信使打发走。信使立刻动身上路。这是一个健壮且不知疲倦的男子,他不时地伸出左手或右手,在人群中拨开一条路,当他遇到阻碍,就指指胸前的太阳徽;相对别人,他总是更能畅通无阻。但人群实在太多,他们的高宇美室绵延不绝。如果他能走上敞开的空地,那时他就可以健步如飞,而你也就可以在须臾之间听到庄严的敲门声了。但事实相反,他费尽心力却还是徒劳;他不断地在深宫禁苑里穿行,永远无法走出;就算他能成功,也无济于事,他还得拼命地挤下台阶;即便他成功了,也无济于事,还有官院等着穿越;庭院后面是第二个森严的大殿,然后又是台阶和官院,然后又是大殿,如此重复,无穷无尽;如果他终于冲出了城门——但这永远不可能实现——横亘在他面前的还有整个的京城,这世界的中心,堆积着不计其数的垃圾。没有一个人能从这儿冲出去,更不用说还揣着一个死者的旨令——但每当夜晚降临之时,你依旧坐在窗前,梦想着信使的到来。

就是这样,我们的人民就是这样绝望而又充满希望地看待我们的皇帝。大家不清楚在位的是哪个皇帝,甚至连朝代的名号都存在疑问。学校里会按照先后顺序教授有关这些朝代的历史,但在这方面并不是非常准确的,即便最优秀的学生也会受到影响。在我们村里,已经驾崩了的皇帝被认为还在当朝,他只存在于歌谣里,而他不久前还向我们发布诏书,由僧侣在祭坛上向我们宣读。我们古老历史的某些战役现在才开始,邻人捎着消息面带红光兴奋地跑进你的家里。皇宫里的女人们靠在丝绸枕垫上,受奸猾弄臣的蛊惑,渐渐背离高贵的礼节,她们的统治欲不断膨胀,欲壑难填,耽于享乐,无休止地干着坏事。过去的时间越久,她们的恶行就越显可怖。终于有一天,当知晓一千年前的一个皇后是如何大口啜饮其丈夫鲜血的时候,村里的人全都不禁失声悲鸣。

人民就是这样看待已经驾崩的皇帝的,他们将在位的皇帝与已逝者混为一谈。如果在有生之年,一位巡视诸省的皇家钦差能够在偶然间来到我们村里,以皇帝的名义提出要求,检视税收账单,列席学塾的课堂,向长老询问我们的作为和思想,在登轿起驾之前,对着被驱赶前来的群众,以一通冗长的训诫对此次行程做一次总结。那时,所有人脸上都会堆起笑意,人们会相互偷偷瞧着对方,或者朝孩子俯下身,以躲避官员巡视的目光。大家会想,他明明在谈论一个死人,为什么却像在谈论一个活人,那个皇帝不是驾崩很久了吗?那个朝代也已经覆亡,这位大人在拿我们寻开心,我们得装作没有发觉的样子,避免冒犯他。但我们真正服从的只有现在在位的君主，因为若不这样的话，我们就会犯罪。在钦差大臣匆匆启程的轿子后面，人们从倒塌的祠堂里，随便扶起一位，摇身一变就成了村子的主人。

与此相似，我们这里的人通常很少受到国家变革和当代战争的影响。我回忆起青年时代的一件事。在与我们毗邻但路途遥远的一个省份，曾爆发一场叛乱。起因我已记不清，这也并不重要，每一天人们都有新的起义理由，那是一群愤怒的人民。有一次，一位途经那个省份的乞丐将起义者的传单带入了我父亲的房间。当时正值节日，家中高朋满座，正中间坐着长老，他开始研究那份传单。突然间，大家爆发出一阵笑声，把那张传单撕得粉碎，那个乞丐，显然已经得到了馈赠，被推搡着赶出门外，然后所有人一哄而散，在清明的阳光下奔跑，回去安排自己愉快的一天。为什么会这样？邻省的口音与我们有很大的不同，这点在文字书写上有很明显的体现，听上去有些古老的味道。长老刚读了两页，大家已然心中有数。老掉牙的东西，早就听过，早就不在乎了。尽管——我的印象中如此——乞丐的样子无可辩驳地证明了那里的境况之悲惨，人们还是笑着摇摇头，不打算继续听下去。我们这里人都很乐意逃避现实。

如果大家由此推论，说我们其实根本就没有皇帝，这也不算偏离事实太远。我总是不断重复：或许再也没有比我们南方人更忠心于皇帝的了，但忠心并没有给皇帝带来什么好处。虽然村口小立柱上的那条圣龙从有记忆以来，一直面向帝都的方向喷涌龙息——但对于村子里的人来说，京城远比地府更让人觉得陌生。难道真有某个村庄，那里的房屋鳞次栉比，一望无际，比站在我们的山岭上视野更广阔，且那里日夜人头攒动？在我们看来，与其相信存在这样一座城市，还不如相信，京城和皇帝是一回事，就像太阳底下静静游动的一朵变幻莫测的白云。

有着这种想法，我们的生活就是自由的、不受约束的。但自由绝不是放荡不羁，我从未在旅途上见过跟我的家乡一样风尚淳朴的地方。然而，这却是一种不受现行法律制约的生活，它只听从古时遗留下来的教诲和告诫。

我不想以偏概全，我没有说，我们县的上百个村庄，或者中国的上千个县全都如此。但我或许可以根据我所阅读的诸多文献资料，加之我自己的切身观察——尤其是在建造长城的问题上，给了一个敏感的观察者得以探究所有地区的人们的灵魂的机会——根据所有这些，或许我可以说，这些人对于皇帝的看法，跟我们家乡的看法有着共同的基本特征。但我不会把人民的看法看成一种美德，正好相反。会产生这种看法主要应该怪罪于统治者。迄今为止，它都未能在这个地球上历史最悠久的国家建立起一个体系明确的国家机构。

另外，人民在想象力和信仰上的薄弱，也是罪魁之一，他们无法让皇权从京城的消沉中走出，并真实地拉到臣民的胸脯前，虽然臣民们渴望的只是有朝一日能够感受一下这种接触，并沉醉其中。

因此，这种看法不是美德。尤其引人注目的是，这些弱点似乎成了统一我们民众的最重要的手段之一。没错，如果我们表达的还敢再激进一点，那么可以说这种看法正是我们赖以生存的土壤。在这里对这种指责详加阐释，将不只是违背我们的良心，更糟的是，它还会撼动我们立足的根基。因此，我暂时不会将这个问题深入调查下去。

休息时间,每次休息时他都会开始回想这件事,尽管自己也不清楚到底是怎么回事,他只是觉得早晨的事情已经在格鲁巴赫夫人的整个公寓里造成了混乱,而他有必要重建秩序。只要秩序恢复了,那件事就等于没有发生过,一切都会重新回到正常的轨道上来。至于那三个职员,更没有什么值得担心的,他们再次淹没在银行庞大的职员队伍里,从他们身上看不出有什么变化。K不时地把他们叫到办公室里,有时候一个,有时候两个,有时候一起叫来,只是为了观察他们。他们离开的时候,K总是对自己的观察结果感到很满意。

九点半,他回到自己的居所时,在门口迎面遇见了一个小伙子,那人叉开腿站着,嘴里叼着烟斗。

"你是哪位?"K立刻询问他,昏暗的楼道里很难看清楚东西,于是,他又把脸往前凑了凑。

"我是看门人的儿子,尊敬的先生。"小伙子回答。他把烟斗拿下来放在手里,让出路来。

"看门人的儿子?"K反问道,用手杖不耐烦地敲着地面。

"这位尊敬的先生,您有什么需要吗?要让我把父亲叫出来吗?"

"不用,不用。"K用一种原谅的语气说,好像年轻人做错了什么事,而他原谅了他。

"那好吧。"小伙子说完继续往前走,但在上楼梯前又回了一次头。

K本可以径直回到自己的房间,但因为他想找格鲁巴赫夫人谈两句,于是就去敲响了她的房门。她正坐在桌边织袜子,桌上有一堆旧袜子。K首先有些不安地为这么晚来打扰表示歉意,格鲁巴赫夫人十分友善,客气地说他不需要道歉。她总能耐心地与他说话,K很清楚地知道,自己是她最优秀、最友好的租客。K四下打量了一番,房间里的一切又都恢复了原样,早上窗户旁边桌子上的餐具也已经被移走了。女人可真是勤快,总是默默地把一切安顿好。他想,如果换成是他,他很可能会当场把餐具打碎,绝不会再碰它们一下。他以一种感激的心情看向格鲁巴赫夫人,问道:"您为什么这么晚还要干活?"

她仍旧坐在桌边,K把一只手伸进袜子堆里。

"活太多了,"她说,"白天我要为房客们服务,如果我还想做点自己的事,就只有等到晚上了。"

"今天我是不是又给您添了大麻烦?"

"为什么这样说?"她问道。她变得有些紧张,把针织活计搁在了围裙上。

"我指的是今早来的那些人。"

"噢,"她说完又开始做她的活,"这对我来说没什么。"

她继续忙她的活,K沉默地看着她。他提起的这件事好像让她感到不安,他思考着,她好像觉得他提起这件事是不应该的,可越是这样,他就越应该去提起。毕竟,他只能跟这位年老的夫人谈论这件事了。

"好吧,麻烦肯定是添了。"他说道,"但以后不会再有了。"

"不会来了,麻烦不会来了。"她强调了一遍,几乎是有点凄凉地笑着。

"您真的这样认为吗?"K问道。

"是的。"她轻声地回答,"您不要太把这当回事。您要多想想世界上那些美好的事物!既然您跟我推心置腹,K先生,我也愿意向您坦诚,我在门后面听到了一些,两个看守又向我解释了一些。这关乎您的幸福,尽管我只是您的房东,我也会把您的幸福放在心上。好吧,我确实打听到了一些东西,我觉得这未必是非常糟糕的坏事。您虽然被逮捕了,但这种被捕却和窃贼的被捕不一样。如果作为窃贼被捕,那当然很糟糕,但是这种被捕,我觉得是因为某种深奥的原因,如果我说了什么蠢话还请您原谅,我觉得是因为某种难以理解的原因,我不是很理解,也不需要理解。"

"您说的并不是蠢话,格鲁巴赫夫人,至少我是部分赞同您的,只是我对这一切的评价比您更严重一些,我一点也不觉得是因为什么难以理解的原因,我只觉得这是胡闹。我很震惊,事情怎么会是这样。要是打一睁开眼我就不为安娜在不在而烦心,不管路上会遇到什么人阻拦,直接去找您,我就能够去厨房里吃早饭,并且可以让您到我房间里帮我找衣服。总而言之,要是我能明智一点,这一切就都不会发生,在萌芽状态时就被扼杀了。但我当时毫无准备。我很有把握,这种事情在银行里绝不会发生,我有一个侍者,桌子上有公共电话和内线电话,顾客、职员络绎不绝,最重要的是我在那总能保持工作状态,因此能保持沉着冷静的心态,如果这件事发生在银行,对我倒像是一次娱乐。不过现在一切都过去了,我以后也不会再提,只是您的意见我十分乐意听一听,一位理智的夫人的意见,如果我们的意见相同,那就再好不过了。现在请您把手递给我,这种不谋而合的默契只能通过握手来表达。"

她会把手伸给我吗?那时监察官没有伸手。他想到这点,看着眼前这位夫人,目光有些异样地打量着她。

看到K站起来,格鲁巴赫夫人也站起来,她有点拘谨,因为K说的东西她没有全部理解。由于拘谨她说出了她不想说、也不该说的话:"K先生,您还是不要太悲观了。"她说着,声音有些喑哑,也就忘记了握手的事。

"我没觉得我很悲观。"K说道。他突然感到一阵疲倦,这一瞬间,他觉得,就算格鲁巴赫夫人和他的想法一致,也变得毫无意义了。

走到门口的时候,他又问了一句:"布尔斯滕娜小姐在房间里吗?"

"不在。"格鲁巴赫夫人说,在这声干巴巴的答复之后,她露出了一个诚恳的笑容,以此来表现自己迟到的、理智的同情,"她还在剧院。您找她有事?有什么话需要我帮您转达吗?"

"噢,我只是想简单地跟她说几句话。"

"可惜我不清楚她什么时候回来,一般她去剧院的话,都会回来得很晚。"

"没有关系。"说完,K低垂着头转向房门,准备离开,"我只是想向她表达我的歉意,毕竟今天我使用了她的房间。"

"不用道歉,K先生,您顾虑得太多了。这位小姐什么都不知道,一大早她就出去了,而且现在一切已经收拾妥当,您自己瞧。"她打开通往布尔斯滕娜小姐房间的门。

"谢谢,我相信您。"K这样说着,但仍然走进了那道打开的门。

月光静谧地洒进昏暗的房间。凡是目力所及之处,都摆放得整整齐齐,被放回了原处,那件挂在窗户把手上的白色衬衣也被收了起来。床上的枕头有一半被洒上了月光，显得尤其高。

"她经常回来得这么晚吗？"K说着看向格鲁巴赫夫人，好像格鲁巴赫夫人应该为此负责似的。

"年轻人都这样！"格鲁巴赫夫人好似在为小姐辩护地回答。

"是啊，是啊。"K说，"但有时也可能出格。"

"真有可能。"格鲁巴赫夫人说，"K先生，您说得对极了。就怕这件事也让您说着。我绝对不想贬低布尔斯滕娜小姐，她是一个善良、可爱的姑娘，她友善、体面、守时、还勤奋，这一切我都看在眼里，但我仍然觉得，她应该更加自重、收敛些。这个月我已经两次看到她跟别的男人待在偏僻的巷子里。这让我很难堪，我对天发誓，我只对您提到过这件事，但是我以后也会当面和这位小姐谈谈。而且这还不是唯一一件她让我起疑的事。"

"您这样说完全是错的！"K生气地说，几乎无法掩饰自己的气愤，"而且您明显误会了我对小姐的评价，我不是那种意思。我要直率地提醒您，不要跟她讲这些，您完全错了，我非常了解这位小姐，您说的不是真的。好吧，我可能管得太宽了，我不会阻止您跟她谈论任何您想谈论的事。晚安。"

"K先生。"格鲁巴赫夫人恳切地说，她一直追到了K的门口，他已经打开了门，"我不会跟这位小姐说什么的，在此之前还需要再观察一下,那些事情我只对您讲过。我所做的这些不过是为了维护这栋公寓的声誉,而这需要对每个房客都提出一些规矩和要求。"

"声誉?"K从门缝往外喊道,"如果您想维护公寓的声誉,首先就得撵走我。"接着他用力关上门,不再搭理外面轻微的敲门声。

因为毫无睡意,所以他没有上床,他准备趁这个机会看看布尔斯滕娜小姐到底什么时候回来。或许等她回来时,他可以跟她说上几句话,尽管这看上去不太合适。当他站在窗边闭上了疲惫的双眼,有一瞬间甚至产生了想要惩罚格鲁巴赫夫人的念头——他想说服布尔斯滕娜小姐和他一起退租。但马上,他就觉得这种行为太过分了,他甚至怀疑自己是不是因为早上的事才想着搬家。还有什么比这想法更可耻、更无聊、更愚蠢呢?

他张望着空无一人的街道,开始感到有些厌倦,于是便把前厅的门打开了一条缝,然后躺在长沙发上,这样只要有人走进来,他就能立刻知道。他就这样抽着烟,在沙发上一直安静地躺到了十一点。之后,他再也沉不住气了,不时地往前厅里探探身子,好像这就能加速布尔斯滕娜小姐的归来似的。他对她并没有什么特别的渴望,甚至回想不起她的相貌,但现在,他想跟她说说话,他感到气愤,因为她的迟迟不归让他在这一天的最后时段仍旧感到不安和混乱。他今天没吃晚饭,原本打算去找艾尔莎的计划也泡汤了,这些都是因为她。不过,这两件事情都可以补救,他完全可以去艾尔莎工作的那家酒吧。事实上他已经打定主意,等到结束和布尔斯滕娜小姐的交谈后,就马上去酒吧。

已经十一点半多了,楼梯间好像有人来了。陷入沉思的K把前厅当成了自己的房间,在里面走来走去,听到上楼声之后赶紧回到了自己房门后面。来者正是布尔斯滕娜小姐。她这会儿在锁门,寒冷让她将瘦削的肩膀上的丝巾围得更紧了。下一秒她就要回闺房了,而K肯定不能在那时再进去找她,他必须现在就跟她说话,但倒霉的是,他忘记事先打开自己房间的电灯了,直接从一间漆黑的房间走出去像有些不怀好意的意味,容易惊吓到别人。眼看机会就要溜走,他只好硬着头皮隔着门缝往外小声地说:"布尔斯滕娜小姐。"他的声音听上去不像是打招呼,更像是一声哀求。

"谁啊?"布尔斯滕娜小姐问道,睁着大眼睛四下打量。

"是我。"K说着走上前来。

"啊,K先生啊!"布尔斯滕娜小姐笑着说,"晚上好。"她向他伸出手。

"我想跟您聊几句,您现在方便吗?"

"现在?"布尔斯滕娜小姐问,"非得现在吗?这有点不合适,不是吗?"

"我从九点钟就一直在等您。"

"好吧,我一直在剧院,但我并不知道您在等我这件事。"

"我是想和您聊聊今天早上所发生的事。"

"除了我现在已经快要累倒了以外,我没有什么原则性的理由拒绝您。您到我的房间里待一会儿吧。我们不能在这里谈话,这会吵醒别人,我们吵醒别人比别人吵醒我更让我感到难受。请您稍等,我先去开灯,您也关上自己屋里的灯吧。"

K关上灯后等着,直到布尔斯滕娜小姐再次小声地请他进去。

"请坐。"她指着无背沙发说,自己却笔直地站在床边,尽管她刚才说自己很累。此外,她依旧没有摘下那顶小小的装饰满鲜花的帽子。

"您想跟我说什么?我真的很好奇。"她稍微叉了叉腿。

"您或许会说,"K说话了,"什么事情这么紧急,非得现在就说,但是……"

"开场话您可以省略了。"布尔斯滕娜小姐说。

"这倒是给我方便了。"K说,"今天早上,您的房间受到了一点侵扰,在一定程度上是因为我的原因,是一群陌生人违背我的意愿干的,但是,这也是我的过错,我要为此道歉。"

"我的房间?"布尔斯滕娜小姐问,她没有看向K,而是仔细打量了一下自己的房间。

"没错。"K说，两人第一次有了眼神接触，"至于这一切具体是怎么发生的，就不多说了。"

"偏偏这才是真正有趣的部分。"布尔斯滕娜小姐说。

"不是的。"K说。

"现在，"布尔斯滕娜小姐说，"我不想被牵涉进什么秘密，如果您坚持认为这不值得讲述，我也不会有什么意见。我乐于接受您的道歉，因为我没发现任何被侵扰的痕迹。"她双手叉腰，绕着房间走了一圈，然后在嵌放照片的镜框旁停了下来。

"您看！"她喊道，"我的照片被打乱了。这真可恶！确实有人在我房里胡来，他们无权进来。"

K点点头，在心里咒骂着职员卡密内，那家伙为什么不控制一下自己那无聊的好奇心呢？

"这可真奇怪。"布尔斯滕娜小姐说，"您自己明白的道理为什么还要我来讲呢？您不应该在我不在的时候擅自进入我的房间。"

"小姐，您听我解释，"K说着走到照片旁，"随便乱动您的照片的人不是我。既然您不相信我，我只好坦白了。审讯委员会带来了三个银行职员，其中有一个人可能乱动了你的照片，下次我一定找机会把他开除。没错，来了一个审讯委员会。"K最后补充了一句，因为这位小姐正狐疑地看他。

"来找您?"小姐问。

"是的。"K说。

"不会吧?"布尔斯滕娜小姐笑着大声道。

"确实是这样,"K说,"您相信我是无辜的吗?"

"好吧,无辜……"小姐说,"我不能随便下结论,何况我对您还不甚了解,但如果需要派遣专门的审讯委员会,那这个罪名可不会轻。不过,既然您还是自由身,那么您应该不会是犯了什么大案。至少我根据您的镇静自若来推断,您不是越狱出来的。"

"是啊。"K说,"有可能审讯委员会发现,我不是清白的,但我所犯之罪可能并不像他们想象的那么重。"

"没错,这是有可能的。"布尔斯滕娜小姐谨慎地说。

"看吧,"K说,"您对法律方面还是不太了解。"

"是啊,我确实不太了解,"布尔斯滕娜小姐说,"这一直是一件遗憾的事,我什么都想学习,尤其是法律,我很感兴趣。法庭有一种强大的魅力,不是吗?但这个遗憾很快就要有所弥补了,下个月我将去一个律师事务所做职员。"

"这太好了。"K说,"看来您能在审判中对我有所帮助。"

"有可能。"布尔斯滕娜小姐说,"为什么不呢?我很乐意应用我的知识。"

"我说这话是认真的,"K说,"至少是半认真的。事情还没严重到要请律师的地步,不过如果有人可以帮我出主意,那就再好不过了。"

"好吧,如果想让我给您出主意,首先得让我知道您到底犯了什么事。"布尔斯滕娜小姐说。

"这就是关键所在,"K说,"我自己也不知道。"

"这么说的话,您是在和我开玩笑,"布尔斯滕娜小姐扫兴地说,"如果是开玩笑的话,您完全没有必要挑在深夜。"她从照片旁走开,他俩曾在那一起站了许久。

"小姐,不是这样的。"K说,"我没有开玩笑。您就是不相信我!我所知道的都讲给您听了,甚至我不知道的我也讲给您听了。那个不是什么审讯委员会,名字是我自己取的,因为我不知道它还能叫什么。那个委员会什么也没有调查,他们只是把我拘捕了。"

布尔斯滕娜小姐坐到沙发上,又笑了:"那这个委员会到底是什么样的?"

"十分可怕。"K说。但他这会儿想的并不是这件事,他被布尔斯滕娜小姐的模样吸引住了,她的一只手托着腮帮,手肘枕在沙发抱枕上,另一只手慢慢地在腰上摩挲。

"您回答得太抽象了。"布尔斯滕娜小姐说。

"什么叫太抽象?"K问道。他突然明白过来,说:"需要我给您描述一下事情的经过吗?"他想活动活动身子,但不想就此离开。

"我已经很累了。"布尔斯滕娜小姐说。

"因为您回来得太晚了。"K说。

"没想到最后是我被指责了,这也是活该,谁叫我让您进屋的呢?至于具体的情形,您也没有必要再讲了。"

"有必要,您一会儿就会明白的。"K说,"我能搬一下您的床头柜吗?"

"您在想什么?"布尔斯滕娜小姐说,"当然不能!"

"这样我就不能向您演示了。"K激动地说,似乎自己受到了很大的伤害。

"好吧,既然您的演示需要这个柜子,您就搬吧,但请轻一点。"布尔斯滕娜小姐顿了一下,又用微弱的声音道,"我真的太累了,您想怎么做就怎么做吧。"

K把小桌子搬到房间中央,坐在了后面:"你得对所有人的角色有个基本的印象,这很有趣。我是监察官,在那边的箱子上坐着两个看守,照片前站了三个年轻人。我顺便提一下,窗把手上挂着一件白色衬衣。现在开始吧。好吧,我把我自己忘了。最重要的人,也就是我，站在这个桌子前。监察官跷着二郎腿，手这样搭在椅背上，他没有规矩地坐着，活像个小痞子。现在要开始了。监察官叫我名字的时候，就像是为了叫醒一个熟睡的人似的，他扯着嗓子喊。很抱歉，为了生动地表现出来，我也得喊一下，而他这么喊不过是在叫我的名字。"

布尔斯滕娜小姐微笑地听着，她赶紧将食指放在嘴上，阻止K真的喊出来，但为时已晚。K过早地进入了角色，缓慢地喊道："约瑟夫·K！"声音并不像他形容的那么响，但这声喊叫开始在房间里扩散。

随后，门外传来了几声短促有力、有规律的敲门声。布尔斯滕娜小姐的脸唰的一下变白了，用手捂着胸口。K更加感到害怕，因为他还没有从早晨的事件中回过神来，他想不到除了眼前这位小姐之外附近还有其他人。他自己还没有定下神，就跳到了布尔斯滕娜小姐跟前，拉起她的手，小声地说："您别怕，我来应对。可是，会是谁呢？那个房间不是没有人住的客厅吗？"

"对了，"布尔斯滕娜小声地对K耳语说，"格鲁巴赫夫人的侄子昨晚在那睡的，他是一个上尉军官。别的房间都住了人。我竟把这事忘了。您这么喊！真是让我吓了一跳。"

"确实没有必要这么喊。"K说着，在她往前压了压抱枕的时候吻了她的额头。

"走,快走!"她说着迅速直起身,"您快走,您快走,您想干什么,他正在门前听着呢,他都听到了。您怎么能这么对我!"

"我不走。"K说,"除非您先冷静下来。您到那个角落里去吧,在那里他就听不到我们说话了。"

她顺应着K的话,走去墙那边。

"您要知道,"K又开口说,"这件事虽然给您带来了些许不愉快,但终究不是什么危险。格鲁巴赫夫人多么尊敬我您是知道的,我说的一切,她都无条件相信,而摆平她是最重要的,尤其是因为那个上尉就是她的侄子。另外,她也离不开我,因为她欠我一大笔钱。您想怎么解释我跟您在一起这件事,我都照办,只要它显得不那么荒唐。我保证,我一定可以让格鲁巴赫夫人心服口服地相信这个解释。您一点儿也不需要考虑我。如果您想说,是我侵犯了您,那我就这样跟格鲁巴赫夫人说,她一定会相信我的话,但不会对我失去信任,因为她十分信赖我。"

布尔斯滕娜小姐有些无精打采,沉默地看向地面。

"格鲁巴赫夫人怎么可能相信,我是来侵犯您的?"K补充道。

他看着她的头发,她那有点发红的头发梳得很整齐,中间分开,脑后束成了一个发髻。他相信她会看自己一眼,但是她保持着那个姿势说:"十分抱歉,我被突然的敲门声吓蒙了,但并不是因为上尉的在场可能会带来什么后果。您喊了之后,一开始周围那么沉寂,突然就响起了敲门声,而我又坐得离门口这么近,这才把我吓着了。您的提议我很感激,但我不会接受。不管面对任何人,我都能为在我房间发生的一切负责。我很奇怪,您难道没有注意到您的提议中隐含着对我的侮辱吗?当然,我承认,您的目的是好的。现在请您走吧,让我自己静静,我比平时更需要静一静。您当初要求待几分钟,现在已经过去半个多小时了。"

K握住她的手,后来又握住了她的手腕:"您不生我的气了?"他这样问道。

她抽出自己的手,回答:"没有,没有,我从来不生任何人的气。"

K又抓住了她的手腕,这一次她默许了,并且以这种姿势把他带到门口。他本来已经下定决心离开,但在门前,他好像没有想到这里有一扇门似的,又愣住了。

布尔斯滕娜小姐趁着空当,赶紧打开门,溜进前厅。从外面对K轻声地说:"快出来。您看那儿。"她指着上尉房间的门,只见门下面的缝里透出了光亮,"他开了灯,一直在看我们笑话呢。"

"我马上来。"K说着跑上前去,一把抱住她,吻她的嘴,然后吻她整张脸,就像一个饥渴的野兽在用舌头舔舐历经千辛万苦找到的水源。他亲吻她的脖颈,亲吻咽喉部位,最终他的嘴唇久久地停在上面。上尉房间的一阵声响迫使他抬起头。

"我现在要走了。"他说,他想呼唤布尔斯滕娜小姐的全名,但自己不知道。

她疲乏地点点头,已经半转过身,却又任由K吻了自己的手,好像自己什么都不知道,然后低着头回到了她的房间。

不久,K就躺到了床上。他很快便睡着了,入睡前他又回想了一会儿自己的行为,他觉得很满意,但又奇怪自己为什么有些意犹未尽。由于上尉的原因,他有些担心布尔斯滕娜小姐。

第二章 初审

K接到电话通知,星期天,将对他的案子进行一次短时间的审讯。据来电说,审讯将会定期举行,以后虽然不是每周都有,但将会很频繁。一方面,大家都希望早点审理完这个案件;另一方面,审讯必须面面俱到,鉴于工作量之庞大,每次审讯都不宜拖太久。所以他们选择了这种连续多次而每次很简短的方式。为了不打扰K的工作,他们还特地选择了在星期天进行。

他们觉得他会对这一决定表示同意,如果他希望换一个日期,想必他们也会尽量予以满足,甚至可以在半夜举行,只是那时候K可能很难保持清醒。总之,只要K没有什么反对意见,日期多半就确定在周日。K必须得出席,这是毋庸置疑的。至于具体地点,他已经获悉了其门牌号,那座房子位于一处偏僻的街道,他还从未去过那附近。

得到对方通知以后,K没有回答就挂断了电话。他没有丝毫犹豫,当即决定在周日去,这是非常必要的了。审讯已经开始,他必须直面它,如果能让初审成为终审是再好不过的。过了很久,他仍若有所思地站在电话机旁,直到后面传来副经理的声音。副经理想打电话,而K挡住了他的路。

"是坏消息吗?"副经理随口问道,他不想得到什么答案,只想让K从话机旁挪开。

"不是,不是。"K说着站到一边,但并没有离开。

副经理拿起话筒,一边等待连线,一边隔着听筒对K说:"K先生,请问您能否赏光,周日前来参加我的帆船派对?到时会有很多人光临,也包括您的一些老朋友,还有律师哈斯特尔。您来吗?还是来吧!"

K努力留神聆听副经理说话。这对他来说可不是无关紧要的事,因为他与副经理素来相处得不甚融洽,而副经理的邀请既展示了和解的意愿,也表明K的地位在银行如今是多么重要,这位银行的二把手已经将他们之间的友谊看得十分珍贵。副经理发出这份邀请一定需要克服不小的羞耻感,可能只有在等待电话的时候才能说出口。但K不得不再给他增添一些羞耻感,K说:"十分感谢!但很可惜,周日我没有时间,我已经有约了。"

"真遗憾。"副经理说,电话正好此时接入,他开始通话。

通话很短,而K已陷入遐想,其间他一直没有离开话机,直到副经理挂断电话，他才回过神来。为了给自己莫名其妙的在场做些解释，他说："有人给我打电话，按他说的我要去某个地方，但他却忘记告诉我应该几点去。"

"您可以再问一问。"副经理说。

"这并不怎么重要。"K说，这使得他之前本就站不住脚的解释更显苍白了。副经理在离开的时候还随口问了几件事，K逼迫自己一一作答，但他头脑中真正思索的是他最好在周日上午九点钟赶去，因为，所有的法院在工作日都是这个时间开庭。

周日，天灰蒙蒙的。K很累，因为参加了一个酒吧常客圈的活动，昨晚他一直在酒吧待到深夜，导致他今早差点睡过头。他匆匆忙忙穿好衣服，来不及过多考虑，也来不及汇总一遍自己一周以来谋划的各种方案，甚至连早饭都没吃，就跑去了城郊指定的那个地方。尽管他行色匆匆，没时间四处看，却还是看见了三个参与了这件事的公务员拉本施泰纳、库里希和卡密内。前两个人坐着电车从K面前穿过，卡密内则坐在一间咖啡厅的二楼阳台上，当K经过的时候，他好奇地从栏杆上弯腰往下看。他们看着他，为他们的上司这样奔跑而感到惊讶。K心里的某种骄傲让他不愿意乘车，他拒绝接受别人哪怕最微小的帮助，因为他不希望让外人参与进来，不愿麻烦任何人，不想让任何人过问他的案子。他不打算抵达得太准时，因为这会让自己在审讯委员会面前失掉身价。即便如此,他仍然继续奔跑着,希望尽可能九点到达,虽然并没有通知他确定的时间。

他本以为那栋房子会有一个特别的、他想象不出来的标志,或者门前会有什么特别之处,可以远远地辨认出来。但当K在尤利乌斯大街入口处张望时,发现两边几乎是相同样式的房子,同样的高耸和灰不溜丢,也同样挤满了贫民。

在这个星期天的早晨,居民楼的窗户前人影幢幢,穿着衬衫的人们靠在窗边,有的在抽烟,有的在小心、温柔地怀抱婴儿晒太阳,还有一些窗边挂满了各式各样的床单和衣物,一个女人顶着一头蓬乱的头发从上面一闪而过。人们隔着巷子相互呼喊,其中的一声呼喊在K头顶上引起一阵哄笑。长长的街道旁有规律地零星散布着各种小商店,这些商店都在街面以下,进店需要往下走一段台阶。女人们从商店里走进走出,还有的站在台阶上聊家常。一个推着小车的水果贩急于向上面的窗口叫卖,结果差点碰倒心不在焉的K。几乎就在同时,一个被富人区淘汰的留声机沙沙拉拉地响了起来。

K继续往巷子里走,但这会儿他已经放慢脚步,似乎剩下的时间相当宽裕,又似乎他觉得检察官正从某个窗口观察他。这会儿刚过九点。K往里走了很远才看到那座房子,它出奇宽敞,大门又高又宽。这明显是为进出货车所设计的,庭院被周围的各种仓库围得水泄不通，货车一定来自那些仓库，仓库上还张挂着各种公司的标志，K认出其中一些公司与他所在的银行曾有业务往来。这次他没有和之前一样匆匆忙忙，没有对周围环境不加留意，而是在院子入口处站了一会儿，仔细端详着这座院子。在他身边不远处，一个赤脚的男人正坐在箱子上读报纸。两个小孩将手推车当作跷跷板摇来晃去。一个穿着睡衣的消瘦女孩正站在水泵前用桶接水，这会儿也抬头看了K一眼。在院子的一角，两个窗户之间拉起了一根绳子，上面搭着晾晒的衣物。一个男人站在那下面，吆喝着仆人干活。

K转身走向楼梯，准备前往审讯室，但马上又站住了，因为他在这个院子里又看到了另外三个楼梯口，除此之外，院子尽头还有一条通往内院的小路。他感到气愤，那些人为什么不把房间的位置通知得更精确一点？他们对他的疏忽和冷漠让他感到十分诧异，他决定要当面大声地向他们指出这一点。最终，他还是走上了这座楼梯，同时在脑海里回忆着看守威廉的话，他曾说哪里有罪恶哪里就有这个法庭，照这么说来，K随意选择的楼梯一定通往审讯室。

他上楼梯的时候打扰到了一群在楼梯上玩耍的孩子，以致从他们中间穿过时受到了充满怨意的注视。

"下次我再来时，"他自言自语道，"要么带些糖果收买他们，要么带着棍子揍他们。"就在快要到二楼时，一颗弹珠滚了下来，他不得不停下脚步等着这颗弹珠落定。因为两个面容瘦削、看上去颇为成熟的小孩子拽住了他的长裤不让他动弹，要是把他们甩开，一定会弄疼他们，他害怕听到他们的哭喊。

到了二楼，他才真正地寻找了起来。他觉得自己不应该直接打听审讯委员会，于是谎称自己在找一个名叫"兰茨"的木匠。他之所以想到"兰茨"这个名字，是因为格鲁巴赫太太的侄子，那个上尉就叫这个名字。他打算一个房间一个房间地打听"兰茨"的下落，借机往里窥探。但事实表明，似乎没有这个必要，因为几乎所有的房门都是开着的，孩子们跑进跑出。这些公寓大多是只有一扇窗户的小房间，里面的人正在做饭。一些妇女一手抱着孩子，一手在炉灶上忙活。一些似乎只穿着围裙的半大女孩在频繁地跑来跑去。每间房间里的床上都躺着人，有的是病人，有的是在睡觉的人，还有的是已经穿好了衣服但仍在闭目养神的人。如果有房间关着门，K就走上前去敲门，询问这里是否住着一位叫"兰茨"的木匠。开门的往往是妇女，她们听完K的话就转身回房，询问正从床上起身的人："这位先生想知道这里有没有叫'兰茨'的木匠。"

"叫'兰茨'的木匠？"床上的人问。

"是的，"K回答，尽管这时候他已经确定审讯委员会不在这里，没有必要再说什么。很多人相信这个木匠"兰茨"对K非常重要，因此苦思冥想，一会儿说出一个不叫"兰茨"的木匠，一会儿又说出一个和"兰茨"相似的名字；或者有时会去询问邻居，有时又会把K领到很远的一扇门前，因为他们觉得那里的一个二手租客很可能就是"兰茨"，或者那里的住户能给出更多的信息。最后，K已经完全用不着自己敲门询问了，因为他被人领着在楼里一层一层地乱转。这个原本看上去十分可行的计划这会儿让他抱怨不已。在走上六楼以前，K决定放弃寻找，他和那个本想继续领他上楼的友善的年轻工人告了别。K准备下楼，但马上又为这次徒劳无功的行动恼怒不已，于是再次折返，敲响了六楼的第一扇门。往这所小房间里面看去，第一个映入他眼帘的是一座挂钟，指针正指向十点。

"木匠兰茨住在这吗？"他询问。

"请进。"一个眼瞳乌黑发亮的年轻女人正坐在木桶边洗小孩的衣服，她说着用湿漉漉的手指向通往内室的房门。门已打开。

K觉得自己加入了一场集会。形形色色的人组成的人群塞满了这个中型大厅，没人关心有谁走进来，大厅有两扇窗户，上半部分是一层观礼台，台上几乎坐满了人，观礼台离房顶很近，人们不得不弓着腰，让头和背紧贴着天花板走动。

K觉得空气太憋闷，于是走了出来，对那位似乎误解了他的意思的女士说："我在打听一个叫'兰茨'的木匠。"

"没错，"那个女人说，"您请进吧。"

K本来不会听从她的话，但她却走近跟前，拉着门把手说："您进去之后我就锁门，不能再进人了。"

"这是明智的做法，"K说，"里面的人太满了。"但他还是走了进去。

门口的两个男人正面对面地交谈着什么，一人伸长两条胳膊做出数钱的动作，另一个人则目不转睛地看着他。这时，一只手穿过两人，抓住了K。对方是一个矮小、面颊红润的年轻人。

"您快来，您快来。"他对K说。K跟随着他，蜂拥的人群中仍然有一条狭窄的小路，似乎是两个团体的分界线。这也解释了为什么K看不到左右两边第一排人的脸，只能看到他们的后背，因为第一排的人正各自朝着自己的团体说着什么。大多数人身着黑衣，就是那种又长又宽松、往下耷拉着的老式礼袍。K本来把这一切看成一场地区政治集会，但人们的衣着却又让他感到有些困惑。

K被领向大厅的另一端。一个挤满人的低矮讲台上横向摆着一张小桌子，桌子后面、靠近讲台边缘的地方坐着一个气喘吁吁的矮胖男人，还有一个人手肘枕着沙发靠背，两腿交叉着站在他身后，两人正一边大笑一边讲话。矮胖子时不时地在空中挥舞胳膊，像是在模仿某个人的滑稽样子。将K带来的年轻人发现很难向讲台上的人通报K的到来,他两次踮起脚尖试图报告什么,都没有引起讲台上的矮胖子的注意,直到台上的另一个人注意到年轻人,那个坐着的矮胖子才转向他,向他弯下腰,听他的报告。接着,他拿出自己的怀表,又迅速地看向K。

"您本应该在一小时零五分钟以前抵达这儿。"他说。K还想解释,却没有得到机会,因为那男人的话音还未落地,大厅的右半边就已经传来一阵牢骚声。

"您本应该在一小时零五分钟以前抵达这儿。"矮胖子抬高了嗓音重复了一遍,同时扫了一眼大厅,牢骚声立刻更响了,过了好一阵子才渐渐没有了动静,因为这个男人没有再开口了。现在的大厅比K刚进来时安静了许多,只有观礼台上的人还未停止发表宏论。如果人们透过昏暗的光线、腾腾的烟雾以及灰尘的遮蔽来观察,会发现上面的人似乎比下面的人穿着更寒酸一些。有的人为了避免自己被碰伤,特意把软垫带来放在头与天花板之间。

K决定少说多看,于是放弃了为自己的迟到做辩护,只说:"或许我来得很迟,但我现在来了。"一阵掌声从右边传来。真是容易争取的群众,K心想。然而,他却对左半边大厅的安静感到隐隐的不安。他正背对着左半边大厅,那里只传来了零星的掌声。他寻思着自己应该说点什么将在场的人都争取过来,如果这难以达成,那也至少要让左边的人们为自己多鼓几下掌。

"没错，"那个男人说，"但我却没有义务再审讯您。"又传来骚乱声，这次其实是一场误解，因为男人一边朝观众挥手示意安静，一边继续说了下去，"但我今天破一次例，您以后不能再这样迟到。现在，请走到前面来！"一个人从讲台上跳下来，这样K总算有了位置。他爬上讲台，紧贴桌子站着，他身后的人如此之多，他不得不用力往回顶，他可不想把预审法官的桌子，甚至法官本人给挤到讲台下面去。

但预审法官对此却不以为然，他惬意地坐在沙发上，结束与身后那人的谈话后，这才拿起那本笔记本——他的桌子上只有这一件东西。那本子像是练习册，泛着黄，页数很多，常年的翻阅已经使它走了样。

"嗯——"预审法官翻着笔记本，突然转用一种确定的语气对K说，"您是粉刷匠？"

"不，"K说，"我是一家大型银行的襄理。"伴随着他的回答，右边那一部分人又笑了起来，而且笑得非常开心，致使K不得不陪着一起笑了起来。那些人用手按着膝盖，笑得前仰后合，如同剧烈咳嗽一般浑身乱颤。甚至观礼台上也发出了三两下笑声。预审法官恼羞成怒，但又似乎对下面的人无可奈何，于是转而向观礼台上发火。他蹦起来呵斥观礼台上的人们,那本不出众的眉毛这会儿挤成一团,显得浓黑又大,高高地悬在眼眶上。

然而,左半边大厅一直没有动静,那部分人都排队而立,脸朝向讲台,静静地听着上面的讲话和右面的聒噪,他们甚至容忍队伍里的个别人和另一派人偶尔攀谈。左面一派人数更少一点,这可能使得他们不如右面一派更显眼,但安静的举止又把他们衬托得更显关键。当K又开始讲话的时候,他觉得自己是在代表他们的态度。

"预审法官先生,您问我是不是粉刷匠——更准确地说,您不是在问我,而是直截了当地给我定性,这一点已经十分直白地表现出针对我的整个审讯的方式。您可以提出反对,说这压根不是审讯,您这样说是有道理的,因为如果我不承认这是审讯,它就不是审讯。但我暂时承认这是审讯好了,因为我期望得到同情。假如人们仔细瞧瞧这一切,就会对我表示同情。我没有说这是一个卑鄙的审讯,但我希望这种评价能有益于您更准确地进行自我定位。"K停下来,往下看看大厅。他说的这些话很尖锐,比他设想的要更尖锐,但也没错。这本应博得一致的掌声,但这会儿却鸦雀无声,人们紧张地等待着接下来要发生的事,或许沉默中正酝酿着一场爆发,将这一切画上句号。

这时,大厅的门被打开了,那个看来已经做完活的年轻洗衣妇走了进来,尽管小心翼翼,她还是招来了一些人的目光,这让K很不高兴。只有预审法官的表现让K欣慰,之前因为呵斥观礼台而站起来的他,似是被K的这番话震惊了,一直呆呆地站着。这会儿,趁着这个空隙,终于坐了下,但动作十分缓慢,似乎害怕被人注意。他又拿起那本笔记本,或许是为了安抚他的心情。

"没有用的,"K继续说道,"即便是您的笔记本也在证实我说的话。"K为自己能够在集会中冷静地发言感到勇气倍增,于是更加大胆,不假思索地抢走了法官的笔记本,用指尖夹着中间的一页把整本书提了起来,好像会弄脏自己的手似的。书的两边往下铺开,露出写满小字、泛着黄还有油污的纸页。

"这就是预审法官的文件,"他说道,又松手让本子掉落在桌子上,"您继续默默地翻阅吧,法官先生,我才不怕这个账本,即便它对我来说是保密的。我不会用手去拿,最多只会用指头夹着。"

预审法官感到有些屈辱,甚至有些胆怯,至少看上去是这样。因为他在本子掉落在桌子上时立刻伸手去抓,然后又整理了一下本子,拿起来继续翻阅。

第一排的人目不转睛地看着K,他注意到后也往下看着他们。第一排清一色都是老翁,有的胡须都白了。或许他们就是影响整个审讯结果的决定性人物?在K的发言之后,整个大厅陷入死寂的沉默,即使是法官的惊慌失措也没能让他们稍微活跃一些。

"发生在我身上的事,"K继续说道,他的声音比之前轻了,同时,他不停地观察着第一排人的表情变化,"发生在我身上的事只是个别现象,如果仅限于此,那它就没什么重要性,我不会为此过分忧虑。但是,它却是众人经历的一个典型,为此我才站出来,不是为了我个人。"他不自觉地提高了音量。

有人举起双手一边鼓掌一边大喊:"说得好!怎么不是呢?说得好!说得太好了!"第一排的人纷纷揉捻自己的胡须,没有人回头去看喊声来自哪里。K没有做出回应,却感受到了鼓舞;他已经不再把赢得所有人的掌声看作必要的任务,只要大家能够开始反思这一切,只要偶尔有一个人能被他征服,就已足够。

"我不奢求能做一个演说家,"K经过深思熟虑后说,"我也不可能有这种成就。法官先生应该能说得更好,因为这是他必备的职业素养。我只希望能对社会的弊病做一次公开的探讨。事情是这样的:十天前我被捕了,事情的具体经过我觉得十分可笑,在此就不赘述了。那天一大早,我还在床上时就被捕了,也许是他们接到了一个命令,要去逮捕一个同样无辜的粉刷匠,结果最后却抓住了我——根据预审法官的话,这一切不是没有可能。两个粗暴的看守一直守在我的隔壁。如果我是一个危险的歹徒,这种待遇也还算说得过去。

另外，这两个看守真是毫无道德的恶棍，他们喋喋不休地胡扯，不过是想引导我进行贿赂，他们还想找借口骗走我的衣物，他们不知羞耻地在我面前吃掉我的早餐，又声称能替我捎饭，实际是试图骗我的钱。如此种种真是一言难尽。接着，我又被带去见一个监察官，他在第三间房里。那是我十分尊敬的一位小姐的房间，我只能眼睁睁地看着这个房间被看守和监察官们糟蹋，尽管这不是我的过错，但毕竟由于我啊。这种时候想要保持平静是不容易的。但我做到了，我心平气和地询问监察官我是犯了什么事而遭到逮捕，如果他在这里，这一点他一定可以做证。监察官如何回答呢？他坐在我提到的那位小姐的沙发上，那副趾高气扬又愚不可及的蠢样我到现在都记忆犹新。先生们，他根本什么都没有回答，或许他根本什么都不知道，只是将我拘捕就可以了。但是，他做了一件恶事，那就是把我所在银行的三个低阶职员一并带来，让他们在房间里乱碰这位小姐的照片和财物，把一切搞得一团糟。让这些职员在场显然还另有用意，那就是让他们效法我那女房东和她的女仆，四处传播我被拘捕的消息，以此损害我的声誉，并动摇我在银行的地位。但他们没有得逞，一点也没有得逞，甚至我的女房东，我在这里十分尊敬地叫出她的名字——格鲁巴赫夫人。虽然她是一个头脑简单的人，但就连她也能够理智地看出，这样一种拘捕不过就像一群野孩子的恶作剧一样荒唐可笑，不值得认真对待。我再重申一次，虽然所有这一切只不过给我带来了一点短暂的小麻烦，但它很可能会造成更严重的后果。"

说到这，K停了下来，看向预审法官的时候，他看到法官似乎向人群中的某个人使了一个眼色，传递了什么信号。K笑着说："就在我身边，刚刚这位预审法官先生给你们中的某个人传递了一个秘密信号。看来你们中有些人受着台上人的指挥。我不知道这个信号的意思是指示这人起哄还是鼓掌，不过既然我已揭露此事，想必这人会收手，这个信号的真正含义恐怕也将会不得而知。但我完全不在乎，并且我还可以授权这位预审法官先生，让他光明正大地向台下那位收他钱的雇员发布命令，不用再传递秘密讯息，可以直接干脆地说出来，比如他可以说：'现在快起哄！'也可以说：'现在鼓掌吧！'"

不知是出于狼狈还是不耐烦，预审法官开始在沙发上不停挪动身体。一开始站在他后面与之谈笑的那个人这会儿又向他俯下身子，可能是在给他加油鼓劲，也可能是在出主意。下面的人开始交头接耳，声音虽然不大，但听得出来很是活跃。两个派系尽管早先看上去立场有所不同，这会儿也开始融汇在一起了，不再显得那么泾渭分明，有人用手指着K，有人指着预审法官，不知在交谈什么。房间里的烟雾很重,站得稍远一点就看不清楚。观礼台上视野最差,上面的人出于对法官的畏惧,只能一边打量着法官的脸色,一边低声地对身边的人絮语,希望从别人的嘴里问出最新的情况,被问的人则用手遮着嘴,尽量小声地回答对方。

"我马上就说完了。"K说,他想摇一下铃,但没有铃铛,于是他用拳头猛砸了一下桌子。

预审法官以及那个给他出主意的人都吓了一跳,两人的头都往回撤了一下,预审法官说:"这件事跟我没什么关系,所以我可以轻描淡写地进行审讯,如果您还重视这个法庭,那么听听我们说什么将是对你极有益的。如果你想继续研究我刚传达了什么讯息,可以以后再说,因为我一会儿就要离开,时间很有限。"

接着就是一片寂静,K已经掌控了局面。人们既没有像开始时那样喊叫,也没有鼓掌喝彩,但看上去他们已经被说服了,至少已经快被说服了。

"毫无疑问,"K的声音很温和,所有人屏气静听的场面让他深受鼓舞,整个大厅安静得连沙沙的窸窣声都可以听到,这比热烈的掌声更令人振奋,"毫无疑问,在法庭采取的这一系列行动——就是当日的拘捕和今日的审讯——的背后,还有一个庞大的组织在活动。这个组织不仅雇用了腐败的看守、愚蠢的监察官和法官,还供养着一个高级审判团,麾下辖有一支由无数仆人、书记员、宪兵和其他助手,甚至可能还有刽子手组成的队伍,我并不忌惮说出这个字眼。我的先生们,成立这个庞大的组织究竟意义何在?无非是陷害无辜罢了,这种荒谬的审讯多半会草草收场,就如同我的遭遇一样。如果这一切只是毫无意义的胡闹也罢,但还有更恶劣之处呢!谁能保证参与人员不做出最恶劣的腐败行为?恐怕就连最高法官都不能洁身自好。正是因为这种风气的盛行,看守们才一心算计如何从犯人身上偷走衣服;监察官才敢随意闯进私人住宅;他们才敢让无辜的人在大庭广众之下公然受辱,而不是进行正当的审讯。看守们曾向我提及典押室的存在,据说囚犯的财物都被带到那里,我倒想见识一下这个典押室,如果囚犯辛苦赚来的财富没被贼头贼脑的员工监守自盗,也一定是烂在里面了吧。"

K被大厅另一头的一声尖叫打断了,水汽在光线的照射下变得白花花的晃人眼,他只好将手罩在眼睛上方,竭力往那边看去。原来是那个洗衣妇,从进门的那一刻起,她就被K视为一个巨大的干扰。但现在到底是不是她添的乱,还不能肯定。K只看到一个男人把她拽到门口的墙角处,又紧紧地靠在她身上。但尖叫的人不是她,而是那个男人,他张着嘴,仰望天花板。两人身边各自围着一群人,附近观礼台上的人们显得尤其兴奋,因为K带给整个集会的肃穆气氛终于被这种方式破坏了。K想马上过去看看,觉得恢复那里的秩序是当前的紧要任务,至少应当把这对男女赶出去。但第一排的人却稳如泰山,一动不动,他们不仅不让K穿过去,还故意阻拦他,有个人伸手从后面抓住了他的衣领,老人们则伸出胳膊阻挡在他身前。K现在一点也不关心那对男女了,他突然隐约感到自己的自由遭到了限制,似乎他真的被捕了。他不顾一切地从讲台上跳下去。他现在正与人群对峙。难道他对这群人看走了眼?难道他对自己演讲的效果太过自信?难道他们一直在伪装,等到他的讲话行将结束就撕下伪装?看看他四周都是什么样的面孔吧!一双双黑色的眯眯眼四处观望,他们那醉鬼似的脸颊向下耷拉着,还有那又硬又稀疏的长胡子,要是有人伸手去抓,一定像是抓到尖爪或蟹钳一般。但这时,K有了一个惊人的发现:在他们的胡须下面,就在衣领旁边,闪烁着各种大大小小、不同颜色的徽章。K极目望去,发现似乎每个人都戴着一个。那些表面上的左派和右派,原来是一丘之貉。他猛然转过身,看到预审法官的衣领上也有一个相同的徽章,预审法官把手放在膝盖上,正静静地往下面看。

"原来如此,"K喊道,他向上猛挥双臂,突然的彻悟让他不禁怒不可遏,"我明白了,你们都是职员,我所说的那腐败透顶的组织里就包括你们。你们蜂拥于此,扮作听众和看热闹的人,甚至还故意划分派别,其中还有一些人热情地鼓掌,就是为了诱惑我继续讲下去。你们是在练习如何诱导无辜之人。好吧,但愿你们有所收获,我居然期待你们来帮助一个无辜的人做辩护,但愿你们在这份期待中找到了乐趣,或者……走开,要么我就动手了,"K冲一个颤颤巍巍的老头喊道,那老头朝他走得太近,"或者你们的练习确实有所收获。我祝愿你们在自己的职业生涯中一帆风顺。"

他迅速从桌边拿起自己的帽子,在由于震惊——如果没有别的原因——形成的寂静中,挤向出口。

然而,预审法官的动作比K还快,他已经在门口等候K。

"稍等片刻。"他说。

K站住了,但没有抬头看,而是看向房门,他已经握住了门把手。

"我想请您注意一点,"预审法官说,"或许您还没有意识到,您作为受审者在审讯中本来具有的优势,今天全被您失去了。"

K朝着门哈哈大笑。

"你们这些无赖,"他喊道,"随你们怎么审吧。"

他打开门,迅速走下楼梯。他身后重新响起了嘈杂声,或许他们正在像学者一样就此事进行讨论。

第三章　在空旷的会议厅——大学生——办事处

接下来的一周，K每天都等着新的通知，他不相信他们会许可他拒绝审讯，但直到周六晚上，他仍旧没有接到通知。虽然没有听到动静，但他预计对自己的传讯应该不会改变，大约还会在相同的时间和地点举行下一场。因此周日他又去了那里，这次他轻松地找到了楼梯，走过了楼道。路上，一些人还记着他，在门口向他打招呼，但他这次不用向他们问路，轻车熟路地找到了那个房间。他刚一敲门，门就打开了，还是上次那个熟悉的洗衣妇站在门口，他没有打量她，准备直接进去里间。

"今天不开庭。"女人说。

"为什么不开庭？"K问道，他不太相信。但当女人打开里间的门后，他信了。里面确实空无一人，模样甚至比上个周日更加破败。那张桌子仍然原封不动地摆在讲台上，上面还有几本书。

"我能看看那些书吗？"K询问，他并非对此有特别的好奇心，只是为了不完全白跑一趟。

"不行,"女人说着关上房门,"这样是不可以的。这些书是预审法官的。"

"这样啊,"K点了点头说,"这些书应该是什么法典,这倒很符合这个法庭的风格,被告不但被冤枉,还是在毫不知情的时候被冤枉。"

"或许吧。"女人说道,她没有听懂他的话。

"好吧,那我走了。"K说。

"有什么话需要我向预审法官转达吗?"女人问道。

"您认识他?"K问。

"当然,"女人说,"我丈夫是一个法庭差役。"

K这会儿才注意到,这间原先只放着洗衣木桶的房间如今竟然变成了一个布置妥当的客厅。女人看出了他的惊讶,于是说:"没错,我们在这里居住,但是开庭的时候,这间房间就要被腾出来。我丈夫的职位也带来了些许不便。"

"这间房间并没有让我感到惊讶,"K说着严肃地看向她,"我惊讶的是,您竟然是个已婚的人。"

"或许您是在影射上次会议时我干扰了您讲话那件事?"女人问道。

"当然,"K说,"这件事已经过去,我也快把它忘了,但当时着实惹火了我。现在,您又说您已经结婚了。"

"对您而言,打断您的演讲未必是件坏事。后来他们对此发表了对您极其不利的言论,可以看出您那天给他们留下了很坏的印象。"

"或许吧,"K转移了话题,"但您还没有为此道歉。"

"认识我的人都没有为此怪罪我,"女人说,"当时抱住我的那个人已经跟踪我很久了。一般人都觉得我没有什么诱惑力,但那个人不这样觉得。没办法,我丈夫从来也是逆来顺受;如果想保住自己的工作,他就只能忍受,因为那个人是学生,将来很可能会登上很高的权位。那人总是跟着我,您来之前,他刚刚走。"

"这里的一切都是这种德性,"K说,"我不感到奇怪。"

"您是想改善这里的情况吗?"女人缓慢又谨慎地说,好像她说了什么对她和K都很危险的事情,"您的讲话我个人非常喜欢,根据您的讲话推断,您可能有这种想法。但我只听到片段,开头错过了,结尾的时候我又正跟那个学生躺在地上……这里真是恶心。"她顿了一下补充道,接着握住了K的手,"您想做些改善吗?"

K笑了,他的手在她光滑的手里稍微拧了一下。

"其实,"他说,"您所说的改善这里,并不是我的责任,如果您把它报告给预审法官,一定会遭到取笑甚至惩罚。事实上,我才不想掺和这档子事,也不想因为考虑是否对这里的司法机构进行改革而打扰我的睡眠。但我被捕了,他们说我被捕了,因此我才被迫到这里来进行干预,好保护好我自身的权益。但是,如果同时能对您有所帮助,我当然乐意为之。我这样做不是出于博爱,而是因为您也同样能够帮助我。"

"我能怎么帮助您?"女人问。

"举例来说,您可以让我看看桌子上的那些书。"

"这好办!"女人喊道,马上急不可待地拽着K往那走。

那是一些老旧、磨损严重的书,有一本书的封皮几乎从中间断开,只靠几缕细线把碎片固定在书上。

"这里真脏啊!"K摇着头说,在他拿起那些书之前,女人利落地用围裙擦去了灰尘,至少把表面的擦去了。K翻开最上面的一本书,一张不体面的图画映入眼帘:一男一女赤身裸体地坐在沙发上。作画者的意图一目了然,但他的画技却实在拙劣,他笔下的这对男女在画面上过于突出,而且坐得太直,使画面很不协调,因为作者没有画出正确的透视,他们只能很费劲地相互对望着。K没有继续翻下去,而是打开了第二本书的封面,这是一本小说,书名是《格蕾塔从丈夫汉斯那受到的折磨》。

"他们在这里潜心研究的就是这种法典?"K说,"我到底是被什么样的人审讯啊!"

"我会帮助您的,"女人说,"您愿意接受吗?"

"您这样做不会让自己陷入险境吗?您刚才还说您的丈夫十分服从他的上司。"

"就算这样我也要帮您,"女人说,"跟我来,我们必须商量一下。您不要管我有什么危险,什么危险我也不怕,除非我想害怕它。来吧。"她指着讲台,请他跟她一起坐到台阶上。

"您有着漂亮的黑眼睛,"她坐下来之后说,她的目光从K的脚下一路移到K的脸上,"别人说我也有一双漂亮的眼睛,但您的漂亮多了。您第一次进来时,我就被那双眼睛吸引了。后来也是因为这个原因我才进入大厅,以前我从没进去过,甚至可以说,这原本是一个禁忌。"

原来是这样,K想,她在勾引我。她跟周围的一切同样堕落,很明显,她厌倦了那个差役丈夫,于是用夸奖眼睛当借口随便向一个陌生人献殷勤。K默默地站起来,似乎他已经把他的想法和态度向这位女士和盘托出了。

"我不相信您能帮助我,"他说,"要想真正帮助我,必须要有高层的关系。但您只认识庸庸碌碌的低层员工。您跟他们很熟悉,也能找他们做一些事,这我不怀疑,但他们能发挥的最大影响,对于审判的最终结果来讲是不值一提的。而您还会为此失去一些朋友,这是我所不愿意看到的。请您继续保持与这些人的关系,因为我觉得,您似乎离不开这些关系。请原谅我这么说,为了回报您的恭维,我愿意说,我对您也有好感,尤其是喜欢您现在看向我的忧伤眼神,然而,您完全用不着这样。您属于我必须要与之战斗的那个群体,而您在里头如鱼得水,您甚至也喜欢那个学生,就算您不爱他,您也觉得他比您的丈夫要好。这些从您说的话里很容易就能推断出来。"

"不是的!"她喊道,她仍然坐着,并且抓住K的手,"您不能就这样离开,不能带着对我的误解离开!难道您真的忍心就这样走了吗?我就这么不值一文吗?您就不能赏个脸多待一会儿吗?"

"您对我有误解,"K说,他又坐下了,"如果留我在这里对您确实很重要,那我就待着,我有时间。我今天到这里来,是盼着开庭的。我想说的是,请求您不要掺和进我的案子中。您也不必为此忧伤,您要这样想想:审判最终不会把我怎么样,我对判决结果只会付诸一笑。况且这还得等到审判真能有个结果呢,对此我很怀疑。我更相信,由于懒惰或者健忘,甚至由于这些人的胆怯,这个案子早已经结了,或者下一次就会结案。当然,他们也可能仍会装模作样地继续办案,企图让我贿赂他们,我可以这样说,他们纯属在白日做梦,我绝不会贿赂任何人。如果您能告诉预审法官或者其他什么人,比如一个乐意散播消息的话痨子,告诉他们:我绝不会进行贿赂,任何人也休想使用诡计逼我行贿,不管他们的诡计多么高超。您可以开门见山地对他们讲,只要您能转达我的话,就是对我的恩惠了。对此,或许他们早就心知肚明了,即使他们不明白也没有关系,别人是否了解我,对我而言无关紧要。只是这能免去那些先生很多不必要的忙活,也会为我免去一些不愉快,但我也乐于承受它们造成的结果,因为我知道,让我难受的话他们也好过不了。我现在关心的是,您真的认识那位预审法官吗?"

"这是当然,"女人说,"当我想帮您的时候,我第一个想到的就是他。我不知道他原来是一个低层人员,但既然您这么说,事实可能的确如此吧。即便如此,我仍然相信他向上面提交的报告还是能发挥一些影响的。而且他写了很多报告。您说这些员工很懒惰,但不是所有的人都懒,尤其是这位预审法官,他一点都不懒,他非常能写。比如说,上周日的那个会一直开到傍晚。所有人都离开后,预审法官还留在大厅,我只能给他送去一盏小油灯,因为我只有一盏厨房里用的小油灯,不过他并不挑剔,有了这盏油灯之后,他马上就开始埋案书写。不久,我的丈夫也回来了,周日是他的假期。然后,我们一起把家具搬回原地,重新布置好我们的房间。后来,邻居过来串门,我们就在烛光下聊天。我们忘记了预审法官还在工作，便上床睡觉了。半夜我突然醒过来时，看到预审法官正站在床边。当时肯定是深夜，他还用手挡着油灯，不让灯光照到我丈夫。其实完全不需要多此一举，那点灯光绝不会打扰我男人的睡眠。但我着实被吓了一跳，差点大喊出来，但预审法官很友善地制止了我，他小声地对我说，自己一直在那里写作，现在他要把油灯还给我，并且他永远不会忘记我睡觉时的模样。这些我只对您一个人说，预审法官的确撰写了很多报告，特别是关于您的，因为上周日会议的一个主要议题就是对您的审讯。这些长篇累牍的报告不可能什么都没说。除此之外，从这件事里您也可以看出另一点，那就是预审法官在追求我，他可能是这一次才注意到我，而我现在能够对他产生重大的影响。还有其他的证据也可以证实他确实很在乎我。昨天他托一个他很信任的学生、同时也是他的同事给我送来一双丝袜，表面上的理由是作为我打扫审讯室的犒劳，但这不过是借口，因为这份工作一直是我的职责，而我的丈夫也为此收受报酬。那是一双漂亮的丝袜，您看！"她伸直双腿，把裙子掀到膝盖，自己也端详着那双丝袜，"这是一双漂亮的丝袜，但有点太瘦了，不是很适合我。"

突然，她停了下来，把手放在K的手上，似乎是想安抚他，并且对他轻声地说："别说话，贝特霍尔德正在看我们。"

K缓慢地抬起头。一个年轻人站在审讯室的门口，他个子不高，腿也不是很直，手指却在短小稀疏的红色络腮胡里摩挲，似乎是想通过这种方式树立威严的形象。K好奇地看着他。这是K第一次遇见这个隐秘法庭里的学生，这个人有朝一日可能也会身居高位吧。但那个学生似乎不把K放在心上，他将一根手指从络腮胡里露出来，朝着女人比画了一下，然后就走到了窗前。女人朝K弯下腰，对他耳语道："您不要生我的气，我还要请求您不要把我当成坏女人，我现在必须去找他，去找这个恶心的男人，您看看他那双罗圈腿就知道了。我一会儿就回来，然后跟您走，只要您愿意带着我，我可以跟您去任何地方，您可以对我做任何您想做的事。如果我能够离开这里很长时间，我会很高兴的，最好是永远离开。"她又抚摸了K的手，然后站起来，朝窗子跑去。

K不自觉地想抓住女人的手，但落空了。这个女人确实把他吸引住了。他想来想去也没有找到可以说服自己拒绝这一诱惑的理由。他脑海中曾经闪过一个念头：这个女人可能是法庭给他设的套。但他马上毫不费力地排除了这种可能。她能设什么圈套？他一直是自由的，他甚至能够击垮整个法庭。他难道不能稍微自信一点吗？而且女人的自愿效劳看上去是真诚的，应该也不会毫无价值。如果他把女人从预审法官身边夺走并且据为己有，这可能是对预审法官及其随从最好的报复了。或许有一天会发生这种事：深夜，预审法官在费力撰写了针对K的污蔑报告之后，却发现女人的床空了，这是因为女人已经属于了K，她那被粗布黑衣所裹藏着的丰满、灵活又温暖的肉体，已经彻彻底底只属于K了。

在他排除了对女人的怀疑之后，窗边长时间的交谈开始令他感到有些不耐烦，他先用手指、然后用拳头敲着讲台。那个学生隔着女人的肩膀稍微看了K一眼，但没有因此停下，他甚至紧紧地靠在女人身上，抱住了她。她把头侧了过去，似乎是在仔细倾听他说的话，他趁她侧过头的时候亲了她的脖颈，这一声亲吻还发出了很响的声音，但他并没有为此打断自己的讲话。

K亲眼看到了这个人对女人实施的行为，确实正如女人的抱怨一样，他可以对她为所欲为。K站起来，开始在房间里走来走去。他一边不停地瞥向那个学生，一边不停地思考着该如何尽快摆脱他。不一会儿，K就将踱步变成了跺脚，那个学生终于被K惹恼了，说："你如果感到不耐烦，可以离开。你早就可以离开了，这里没有你要等的人。没错，你早就应该离开了，就在我刚才进来的时候，你就应该立刻出去。"这几句话似乎将他所有的怒气都爆发了出来，他俨然一位傲慢的法官，似在训诫不受欢迎的囚犯。

K站在离他很近的地方，笑着说："我是不耐烦了，这没错，但消除这种不耐烦最简单的办法莫过于你离开我们。如果你来这里，是为了学习——我听说你是学生,那我很乐意把位子让给你,带着这位女士一起离开。在你成为法官之前,你还有很多东西要学习。虽然我对于你们的法学训练不是很了解,但我认为,只会出言不逊远远不够,看来你在这方面很精通,甚至有些恬不知耻了。"

"不该让他到处乱跑的,"那个学生说,似乎他是在向女人解释K的无礼言辞,"这是一个不智之举。我早就对预审法官这么说过。审讯期间我们至少应该把他囚禁在他的房间里。预审法官有时候真是让人难以捉摸。"

"一通废话,"K说,他朝女人伸出手,"你过来这里。"

"不行,"那个学生说,"不行,不行,你不能接近她!"那个学生力气大得出人意料,他把女人一下子扛在肩上,然后一边含情脉脉地看她,一边弯着腰向门口跑去。可以看出他对K有所畏惧,但他仍然不忘刺激K。他用另一只手抚摸和揉捏女人的胳膊。K在他旁边跑着,准备抓住他,必要的时候或许还会掐住他的脖子。

女人说:"没用的,预审法官要找我,我不能跟您走;这个小浑蛋……"她说着用手拂了一下那个学生的脸,"这个小浑蛋不让我跟您走。"

"难道你不想得到自由吗?"K朝她喊,又把手搭在学生的肩膀上,那个学生则试图用牙咬他的手。

"不要!"女人喊道,她用双手推开了K,"不要,不要,不要这样做,您在想什么!这样会毁了我的。让他走,求你了,让他走吧。他只是在执行预审法官的命令,他要把我带去见他。"

"好吧,我放他走,以后我再也不想见到你了。"K说道。他因为失望而感到愤怒,于是对着那个学生的后背猛地推了一把,学生趔趄了几步,马上又站直了,他似乎为自己没有摔倒而兴奋,全然不顾肩上的重量,跑得更快了。

K慢慢地跟在他们后面。他终于明白,这是他从这群人那里吃到的第一个败仗。但为此就变得惶恐也是没有道理的,他之所以被打败,是因为他想先发制人。如果他待在家里,过着正常的生活,他会比这些人强千倍,他能将这些挡道的人一脚踹到路边。他设想了一个十分滑稽的场面:这个让人讨厌的学生,这个极度膨胀的年轻人,这个长着胡子的罗圈腿,跪在艾尔莎床前,双手合十,乞求她的垂青。这个场景把K逗乐了,他决定了,只要有这种机会,自己一定要将这个学生带去艾尔莎那儿。出于好奇,K又匆忙赶到门前,他想看一看女人被带去哪里,因为那个学生不可能扛着她过街。似乎他们的目的地距此要比想象中近得多。这栋房子的正对面有一个狭长的木制楼梯,或许是通往阁楼的,楼梯中间转了一个弯,让人无法看到它的尽头。那个学生扛着女人继续往楼梯上走,他明显慢了下来,还气喘吁吁地喘着粗气,刚才的奔跑已经使他筋疲力尽了。女人朝下面的K挥手打招呼,在肩膀上不断扭动着,似乎想借此证明自己在这次绑架中是无辜的,但从她的动作中也看不出什么遗憾。K毫无表情地看着她,像看着一个陌生人,他既不想流露出自己的失望,也不想表现出他能够轻易克服这种失望的情绪。

那两个人已经消失不见了,但K仍然站在门口。他不得不认为,这女人不仅背叛了他,还用自己是被带去见预审法官这种谎话来欺骗他。预审法官绝对不会坐在阁楼上等她。这座狭长的木楼梯,什么都说明不了。K突然发现在入口处有一张指示牌,他走了过去,发现上面有一行孩子般幼稚青涩的字迹:通往法院办事处。

这座廉租房的阁楼上竟然是法院办事处?这里的租客已经是最穷的那一类人了,而这个法院竟把办事处安置在租客们乱扔杂物的地方。这个地方很不起眼,但它能让被告在想到这个法院资金不足时,感到心里坦然。但也不能排除这种可能:法院资金本来足够充足,却没被投入正当的用途,而是被官员们中饱私囊了。根据K目前的经历,这种情况是极有可能发生的。法院的这种挥霍行径虽然有失尊严,但它却比法院的贫穷还能让被告感到些许安慰。

现在,K终于明白过来,他们在第一次审讯自己时,之所以到他的公寓里去纠缠他,是因为他们羞于把被告带到这儿的阁楼上来。

K在银行里拥有一间配备前厅的大办公室,巨大的落地窗下面就是他常去的城市广场,比起坐在阁楼上的那位法官,他的地位是多么优越啊!但他从没有通过贪污受贿来挣取外快,也没有指使仆人把女人扛进自己的办公室。而且K永远都不会这样做,至少这辈子不会。

K仍然站在这个指示牌前面,这时,一个男人从楼梯上走下来,透过敞开着的门往房间里看,从那里也能看到审讯室。他问K,不久前是否在这里看到过一个女人。

"您是法院的差役,对吗?"K问他。

"没错,"男人说,"您就是被告人K,我也认出您来了,欢迎您。"他向K伸出手,这完全出乎K的意料,"但是今天并没有公审活动。"在K陷入沉默的时候差役说。

"这我知道,"K说,他观察着差役身上的便服,上面除了常规的纽扣外,还镶嵌着两个镀金的纽扣,这两个纽扣似乎是从旧军装上扯下来的,这是唯一能表明职务的标志了。

"不久前我和您的夫人谈过话,她现在不在这里了。那个大学生带她去见监察官了。"

"您瞧,"差役说,"他们总是把她从我身边弄走。今天是星期天,我本不用上班,但他们为了让我离开这儿,就命令我去派发一些没有用的消息,而且还不把我派得很远,让我怀揣着希望,以为自己只要抓紧时间,或许还能及时赶回来。我尽力飞奔过去,刚到那个办事处门口,连一口气都来不及喘,就直接隔着门缝对里面的职员通报指令,那职员可能根本都没有听明白我说的话,我也顾不上这些,便马上跑了回来。但即便是这样,还是比那个学生慢了些。当然,他有一条近路,他只需要从阁楼上跑下来就可以了。如果我不是这么受制于人的话,我早就把这个学生摁在墙上揍死了。就在这个指示牌旁边揍他。这个场景我已经梦到过无数次。就在这里,把他死死地摁在地板上,那家伙伸直了胳膊,手指张开,两条罗圈腿拧成一个圆圈,地上到处是血。但迄今为止这还只是个梦。"

"没有别人愿意帮您的忙吗?"K笑着说。

"我不知道还有什么方法,"差役说,"现在情况越来越令人难以忍受,以前他还只是把她带到自己房间里,现在,他竟然要把她带去预审法官那里,我早就有所预感。"

"您的夫人在这件事上就没有一点过错吗?"K问道,他在提问时不得不克制自己的情绪,因为他此刻也感到非常嫉妒。

"当然有,"差役说,"她的责任是最大的。她离不开那个学生。至于那家伙,只要是个女人他就穷追不舍。单单在这个公寓里,他就已经有六次被人从他悄悄溜进去的房间里轰出来过。我的老婆是整所公寓里最漂亮的,但是我受制于人,让我无法自卫。"

"如果事情是这样,那就没有什么办法了。"K说。

"怎么会没有办法?"差役说,"这个大学生是个懦夫,假如他在追求我老婆时被狠狠揍了一顿,那么他以后就再也不敢胡作非为了。但我不能揍他,其他人也惧怕他的权势不敢帮我这个忙。只有像您这样的人才敢去揍他。"

"为什么是我?"K迷惑地问道。

"您被逮捕了,不是吗?"差役说。

"没错,"K说,"但我不是应该更怕他吗?就算他不能决定审判的结果,他也有可能影响到前期的预审啊。"

"没错,这是肯定的,"差役说,好像K的观点和他的不谋而合,"但我们的审判结果从来都是早已决定好的。"

"我并不认同您,"K说,"但这不妨碍我去对付这个学生。"

"那我将很感谢您。"差役一本正经地说道,似乎并不相信自己这梦寐以求的愿望能够实现。

"事实上,"K继续说道,"你们中的一些官员,甚至所有的官员,都应该遭受到同等对待。"

"是的,是的,"差役说,似乎他认可的是一个常识性问题。然后他用一种信任的目光看向K,尽管迄今为止他很友善,但这种眼神之前还没有过,差役补充道:"被审判的人不可能不反抗。"这种交谈似乎使差役感到不安,于是他结束了这个话题,说:"现在我必须去办事处报到。您想一起来吗?"

"我去那里干什么?"K说。

"您可以参观一下办事处,没有人会注意到您的。"

"那里有什么好看的吗?"K有点犹豫地问道,但他突然对上去看看产生了强烈的兴趣。

"我想您会感兴趣的。"差役说。

"好吧,"K最终说道,"我跟您去。"

K跑上楼梯的速度比差役还快。在入口处他差点被绊倒,因为门后面还有一级台阶。

"他们对于公众的便利太不上心了。"K说。

"他们是压根一点也不上心,"差役说,"您看看这里的候审室。"

这是一条长长的走廊,两边连接着一些简陋的房门。尽管走廊里没有窗户,透不进光线,但走廊里并不是漆黑一片,因为有些房间并不是一关上门就和走廊完全隔绝,一些光线可以透过门上的小窗照进走廊,借着这点光线,人们还可以看见房间里的职员,他们有的在案边埋头书写,有的正站在门上的小窗户旁边,透过孔洞观察走廊上的人。

或许由于今天是星期天的缘故，走廊上只有寥寥几个人。他们都表现得很谦卑。他们坐在走廊两边的两排木制长椅上，相互之间的距离保持得很均匀。尽管根据他们的表情、举止、胡子的样式，以及其他一些并不是很确定的细节能推断出来，他们都在社会上位于较高的阶层，但这些人的衣着打扮一点都不讲究。因为走廊里没有衣帽钩，他们都把帽子塞在长椅下面，这可能是他们互相模仿的结果。坐在离门口最近的那些人看到 K 和差役走进来后，开始纷纷站起身致意，他们似乎认为这样做是应该的。因此，当这两人走过的时候，后面的人也一个个地站起身来。他们站得都不直，俯伏着背，膝盖弯曲，像街上的乞丐一样。

K 等走在他后面不远处的差役跟上后，对他说："这些人是多么的卑躬屈膝啊。"

"是啊，"差役说，"他们是被告，这些人全是被告。"

"原来如此！"K 说，"这么说他们还是我的难友了。"他朝身边最近的一个男人转过脸去，这个人又高又瘦，头发几乎全白了。

"您在这里等什么？"K 礼貌地问他。

这句意料之外的问话让这个男人开始慌张，连 K 也被搞糊涂了，因为那人显然是个见多识广的人，理应知道在各种社交场合该如何应对，他绝不会轻易放弃自己的优越感。但在这时，他却不知道该如何回答一个这么简单的问题,他看向其他人,好像别人有义务对他伸出援手。看起来,如果没人帮他解围的话,他永远也不打算回答这个问题。

这时,差役走上前来,为了安抚并且鼓励这个男人,对他说道:"这位先生只是问您在等待什么,您如实回答就是了。"

差役亲切的声音起到了效果,他开始说话:"我在等……"他刚一开口又卡住了。很明显,他一开始是想准确地回答这个问题,但后来却不知道该如何往下说了。

一些等候者纷纷靠拢来,在他们周围围成了一个小圈子,差役对他们说:"上一边去,上一边去,别挡着路。"他们只是稍微后退了一下,但没有回到原先的座位上去。

趁着这会儿工夫,那个男人终于想好了答案,他甚至带着一丝微笑回答道:"一个月前,我递交过几份关于自己案子的宣誓书,现在正在等结果呢。"

"看来您给自己添了不少麻烦。"K说。

"是啊,"那个男人说,"自己的事情肯定会更上心。"

"不是每个人都像您这样想,"K说,"比如说我。我也被控告了,但我既没有递交过宣誓书,也没有做过类似的事,您真觉得有必要做这些事吗?"

"我不确定,"这个男人又变得完全游移不定。很明显,他以为K在开他的玩笑,因此他为了避免自己的回答再出错,准备重新回答K的第一个问题,但他看到了K不耐烦的眼神,便说道:"不管怎样,我已经把宣誓书递交上去了。"

"您不相信我也被控告了,是吗?"K问他。

"哦,求您了,我相信。"那个男人说着往旁边退了几步,在他的回答里听不出什么信任感,有的只是恐惧。

"看来您并不是很相信我。"K又说。男人卑微的态度让他变得愤怒,K上前用两根手指掐住了男人的手臂,似乎想强制地让这个男人相信自己。但他并不想把男人弄伤,所以动作非常地轻柔,尽管如此,男人还是喊了出来,似乎K不是用两个手指头,而是用火红的钳子夹住了他一般。这声可笑的喊叫让K对他彻底厌倦了。别人不相信K是被告,这对他来说反而更好,或许这个男人把K当成了一个法官。跟他道别时,K使劲地捏了捏他,然后把他推回椅子旁,继续往前走。

"大多数被告都是这么的敏感。"差役说。在他们身后,几乎所有的等候者们都聚到了那个男人身边,看起来像是在向他询问刚才到底发生了什么。

一个卫兵朝K迎面走来,正是他腰间的佩剑让K得知了他卫兵的身份,卫兵的佩剑应该是由铝打造而成的,至少按照颜色推断是这样。K感到惊奇,甚至不禁伸出手去摸了摸剑鞘。卫兵走过来是因为听到了喊声,这会儿他开始询问刚才到底发生了什么事。差役试图向他解释,但卫兵说最好还是自己过去查看一下,他敬了一个军礼,继续匆忙地往前走,他走得很快,但步子不大,大概是犯有痛风病的缘故。

K的注意力不再集中在卫兵和走廊上的那些人身上,他继续往前走,在走廊的中间他看到有条路可以向右拐。他询问差役这条路是否正确,差役点点头,于是K拐了进去。差役一直让K领先自己一两步走在前面,但这种方式让K感到压抑,至少在这个地方,这个场景就好像K在被囚禁的状态中被领去见某些人一样。K不时地站住等差役跟上来,但差役总是马上退回去。终于,K为了结束这种不舒服的感觉,对差役说:"这里的模样我已经看到了,现在我要离开这儿了。"

"您还没有看到全部呢。"差役诚恳地说。

"我不想都看。"K说,他确实感到疲倦了,"我想离开,该怎么出去?"

"您该不会已经迷路了吧?"差役惊讶地说,"从这里走到拐角,然后右拐,沿着走廊一直走到下面的门就能出去了。"

"您陪我去,"K说,"您得帮我指路,这里路太多,我会走错的。"

"这里只有一条路,"差役现在的语气充满了责备,"我不能跟您往回走,我必须去报告消息,我已经在您身上浪费很多时间了。"

"您陪我去!"K强硬地重复了一遍,就好像他发现了差役在说谎一样。

"您不要这样大喊大叫,"差役小声地说,"这里到处都是办公室。如果您不想单独走回去,那就再跟我往里走一段路,要不您就在这里等着,等我处理完汇报的事,就跟您一起回去。"

"不行,不行,"K说,"我不会在这里等的,您必须现在就跟我走。"K还没有来得及察看一下四周,一扇木门突然打开了,他往那里看去。

门口出现了一个姑娘,她被K的大声讲话吸引,走上前问道:"这位先生想要干什么?"在她的身后的远处,半明半暗的光线下,K看到了一个男人正在逐渐接近这里。

K看向差役。差役刚才还说没人会注意到K,这会儿已经来了两个人,他还没干什么就已经被法院职员们盯上了,他们还要K给出来到这里的理由。唯一一个容易被理解和接受的理由是:他作为被告,想知道下一次审讯是在哪一天。但他不想这样解释,主要是因为这并不符合事实,他来这里其实是出于好奇,此外还有另一个不能说出的理由,那就是他来到这里是想证实自己的假设——司法制度的内部像外部一样令人讨厌。当然,这个解释更难以开口了。看起来,K的假设是对的,他不想继续往里走了,他所看到的东西已经使他够压抑了。现在,很可能会从这些门后走出一个高级官员来,此时的K不想与任何人正面交锋。他想离开这里,最好是跟差役一起,如果迫不得已,他也可以自己离开。K呆站着的模样大概既奇怪又惹人注目,因为那个女孩和差役都在盯着他,似乎在盼望着K下一秒就会发生某种大的变化,而他们不愿错过那一瞬间。

现在,一个男人站在了门口,就是刚才K远远看见的那个人。他扶着低矮的门楣,脚尖着地,摇晃着身体,表现得像一个好奇的观众。那个姑娘首先看出K身体有些不舒服,拉过来一个小沙发,问道:"您想坐一会儿吗?"

K立马坐下了,他把手肘枕在了靠肩上,好让自己坐得更舒服一点。

"您有些头晕,是吗?"她问K。她的脸靠在他面前,表情严峻,与许多女人处在青春曼妙的年纪时那种严峻的表情一样,"您不用担心,这里并没有什么异常,几乎每个初来乍到的人都会像您一样。您是第一次来这里吗?好吧,您用不着紧张。太阳晒在屋顶上,房梁被晒热了,所以空气才会闷热难耐。这个地方并不怎么适合作为办公场所,当然这里也是有一些优点的。这儿的空气混浊,特别是等候接见的人很多时更是如此。如果您再想想,还有很多不听劝阻的租客们坚持要把洗好的衣物晾晒在这儿,您就不会为自己的头晕感到奇怪了。不过,时间长了就会习惯的。如果您以后再来个几次,应该就不会再有压抑感了。您现在感到好些了吗?"

K没有回答。他为自己因突如其来的难受,在这群人面前出了洋相感到难堪和痛苦。此外,知道自己变得不舒服的原因后,他也并没有觉得好受,反倒更难受了。女孩立马注意到了这一点,为了让K透透气,她拿起靠在墙根的一根带钩的杆子,捅开了一扇位于K头顶正上方的小小天窗,可是,马上落进了很多灰尘,女孩只好再次关上天窗,又用自己的手帕帮K清理手上的灰尘。K已经虚弱得无法照顾自己了,他只希望能静静地坐在这里,一直等到自己恢复过来,越少有人来关心他,他恢复得越快。但这个姑娘却说:"您不能待在这,这样会挡路的。"

K看了她一眼,似乎是在向她询问,自己到底是怎样挡了别人的路。

"如果您愿意,我会把您送到医务室。请您帮我一下。"她对站在门口的男人说,男人恰好也在往这边走来。但K不想去医务室,他坚决不想继续往里面去，因为他感觉越往里走，情况一定会越糟。

"我已经能走动了。"他刚说完就从舒适的椅子上站起来，由于刚才坐得很舒服，所以他一站起来，两腿就有些发颤，无法站直身体。

"看来还不行。"他摇了摇头，叹息着又坐下了。他想到了差役，他可以轻易把自己带出去，但他早已经消失不见。K凝视着姑娘和他前面那人中间的空地，却找不到差役的踪影。

"我觉得，"那个男人说，他打扮得很时尚，身上那件灰白色的马甲尤为显眼，马甲下面还有两条长长的、尖细的燕尾，"这位先生的不适是由这里的空气引起的，如果我们不是把他带去医务室，而是带离这里，反倒是最好的做法，想必这位先生也非常愿意。"

"没错！"K喊道，由于极度的兴奋，他几乎没等那男人说完就插话道，"我肯定马上就能舒服些的，我现在还没有虚弱至极，只是需要别人帮忙架一下胳膊，我不会花费你们太多力气，而且路也不长，请您把我带到门口，让我自己在台阶上坐一会儿，不久我就会恢复体力，我以前并没有这种毛病，这来得突然了。我也是坐办公室的，早已对办公室的空气习以为常，但这里的空气也太差了。您能不能帮个忙，扶我一下，我确实头晕得厉害，独自站起来会让症状更严重。"然后他抬起肩膀，好让他们两个更容易架住他的胳膊。

但这个男人没有听从K的请求，他一声不吭地把手插在裤兜里，然后大声地笑了。

"你看吧，"他对那个女孩说，"真让我说着了。这位先生只在这里感到不舒服，在别的地方没事。"

那个女孩也笑了，但她却用手指轻拍着男人的胳膊，似乎是埋怨男人对K开的玩笑有点过头了。

"你在想什么呢，"男人一直在笑着说，"我当然会把这位先生带出去的。"

"那就好，"女孩点了一下她漂亮的脑袋说，"请您不要多想，我们的笑没有什么恶意。"女孩对K说。K又一次感到伤心了，他注视着她，看来并不期待能从中得到什么解释。

"这位先生……我能介绍一下您吗？"女孩说着看向了那个男人，他挥手表示同意。

"这位先生是代表问讯处的，负责解答人们提出的任何问题。因为公众不大清楚我们的诉讼程序，所以经常会提出各种各样的问题，对于每一个问题他的心里都有与之相对应的答案，如果您有兴趣的话，可以提个问题试试。除此之外，他还有个十分惹眼的地方，就是他时髦的穿着。这是由我们公职人员的工作性质来决定的，由于问讯处的人总是要跟各种人打交道，特别是进行第一次接触的时候，为了给人好的第一印象,穿着必须优雅得体。我们中的其他人却穿得破破烂烂、土里土气,这点你可以从我身上看出来;但对着装过度重视也没有太多意义,因为我们几乎总是待在办事处,连睡觉也在这里。但是,正如刚才所说,我们认为漂亮的衣服对于在问讯处工作的人来说是必不可少的。但管理处并不给他提供制服,从这方面来看还真是奇怪。因此,我们只好发起一些募捐活动,通过这些捐助,我们才得以给他买了这套漂亮的衣服,当然还有其他几件。所有这些都是为了让他给别人留下一个好印象,但他这一笑就前功尽弃了,甚至还会吓到别人。"

"说得没错,"男人语含嘲讽地说,"不过小姐,我不明白你为什么要把我们的内部秘密告诉这位先生,更准确地说,是强行灌输给这位先生,因为他根本就不关心这些。你看看他坐着的模样,明显在思考自己的事情。"

K提不起精神进行反驳,这个女孩的目的可能是好的,或许她是想分散他的注意力,让他拥有体力自己走出去,但这方法却不管用。

"我必须向他解释你为什么笑,"女孩说,"他的尊严受到了伤害。"

"我觉得,只要我能把他送出去,就算他受到更严重的伤害,他也会原谅我的。"

K没说什么,也没有抬头向上看一眼,任凭这两人谈论他,好像他是一件没有生命的物品。说实话,K倒真想成为一件没有生命的物品。

突然,问讯处的男人抓住了他的一只胳膊,女孩抓住了他的另一只胳膊。

"起来吧,你这虚弱的男人。"问讯处的男人说。

"我由衷地感谢你们。"K友好地说,这一下让他感到很突然,他自己慢慢地站起身,引导那两双手找到他觉得最需要搀扶的地方。

"你可能会觉得,"当女孩走上走廊的时候,她轻声地在K耳边说,"好像我迫不及待地想为问讯处的职员讲两句好话,不过你可以相信我,我说的是真话。他有一副软心肠。他本来没有义务送病人出去,但他这样做了。您也看到了,也许我们中间没有人铁石心肠,我们愿意帮助所有人,但是法院职员的身份让别人对我们产生了一些偏见,似乎我们个个铁石心肠,对别人漠不关心。这让我很痛苦。"

"您能换个地方坐吗?"问讯处的人对面前的人说,他们此刻已经来到了走廊上,坐在他们面前的人就是K之前遇到的那个被告。K在他面前感到有些无地自容,他刚刚还笔直地站在他跟前,这会儿却不得不被两个人扶着走出来。他的帽子被问讯处的职员放在手上拨弄，发型也变得凌乱了，头发披散在汗水涔涔的额头上。但是那个被告似乎没有注意到这些，他恭敬地在那个男人的面前站起身来，只想为自己的在场道歉，但问讯处的人并没有理会他。

"我知道，"他说，"今天还不能就我的宣誓书做出决定，但我毕竟来了一趟，我想在这里等一会儿，今天是星期天，我有空闲，而且我不会在这里惹麻烦的。"

"您不必把这些过于放在心上，"问讯处的人说，"您那细致入微的性格是值得赞赏的，虽然您留在这里毫无必要，但只要没有影响到我，我绝不会阻碍您了解自己案子的进展。正是那些遗忘自己义务的可耻之人让我们认识到，对待像您这样的人应该更加宽容。您坐吧。"

"他对跟那些人打交道是多么在行啊。"女孩低声说。

K点点头，但他又猛地把头抬起来，因为这会儿男人在询问他："您不想在这里坐一会儿吗？"

"不了，"K说，"我想单独静一静。"他说这话的时候尽可能表现得更坚决一些，但事实上他非常渴望坐下来。他就像晕船似的，觉得自己正位于一艘在巨浪里颠簸的船上。海水似乎在拍打着两边的墙壁，一股浪花即将从走廊深处迎面涌来，一如那船舷旁激起的海水，而走廊在摇晃颠簸，这些在走廊上等待的人似乎也在随着走廊沉浮。

女孩和男人扶着K，他们的冷静越发让人感到难以理解。K完全听任他们的摆布，如果他们松开K，他就会像一块木板一样摔在地上。他们的小眼睛发出敏锐的光打量着四周，K紧跟着他们的步伐，但他并没有自己走，而是完全被他们架着向前一步步挪着。后来他隐约感觉到女孩在对他说话，但他听不清他们在说什么，他只听到挤在这儿的人发出的喧闹声，人群中有一个声音很尖，像是汽笛发出的声音。

"说话请大点声。"他低垂着头说，感到有些羞愧，因为他知道，虽然自己听不清楚，但她说话的声音确实已经足够响亮。终于，他面前的墙壁如同裂开一般，一股新鲜的空气迎面涌来，他听到旁边有人说："他一开始就说他想出去，但你跟他说了一百遍这里就是出口，他还是动也不动。"

K发觉自己正站在大门口，女孩打开了门。他感到所有的力气一下子都回来了，为了尽快品尝一下自由的滋味，他迫不及待地踩上了第一级台阶，然后站在那里向扶他的两个人告别，他们低着头听K说话。

"非常感谢。"他一遍遍地重复着道谢，又与两个人不停地握手，直到他察觉到这两个人由于早已经习惯了办公室的空气,从而很难忍受外面这新鲜的空气时,他才放开了手。他们几乎说不出话来,如果不是K飞快地把门关上,女孩可能要晕倒在地上。

K又静静地站了片刻,他掏出口袋里的镜子,整理好自己的发型,又从下面的楼梯上捡回了帽子给自己戴上——这可能是刚才问讯处的工作人员扔到那里的——然后就跑下了楼梯。他突然变得精神抖擞,步伐轻快矫健,这种剧烈的转变甚至让他感到害怕。他健壮的身体以前从未出现过这种奇怪的症状。也许他的体内正酝酿着一场巨大的变革,让他再接受一次新的考验吧!以前的那些考验他都挺过去了,K考虑着一有机会就去看看医生,但他首先想到的是以后再也不把星期天的上午浪费在这种事上了,在这一点上,他还是可以自己决定的。

第四章　布尔斯滕娜小姐的朋友

最近一段时间，K没能再和布尔斯滕娜小姐搭上话。他尝试了各种方法，只为能接近她，但她却有意保持距离。他下班后立马回到家，在自己的房间里待着，也不去开灯，只是坐在沙发上，什么也不干，然后一个劲儿地往前厅里看。有时候女仆路过，会误以为他的房间里没有人，因此会帮他关上房门，片刻之后，他会站起来重新去把门打开。这几天早晨，他都故意比平时早起一个小时，只为了在布尔斯滕娜小姐上班前见她一面。但他的愿望还是落空了。后来他就给布尔斯滕娜小姐写信，寄到她的办公室里，寄到她的家里。他想为他的行为做辩解，他说自己愿意为了赔礼道歉做任何事，还承诺自己绝不会再越雷池一步，所有这一切只是请求她再给一次与她对话的机会，如果事先不与她沟通，就无法和格鲁巴赫夫人谈妥任何事情。最后，他告诉布尔斯滕娜小姐，下个周日一整天他都会在自己房间里等她。她只需要表明态度，如果她愿意满足自己的请求最好，如果不行，至少也告知一下不愿意的原因，为什么即使他已经保证对她言听计从,她还是不愿意见他。这封信没有被退回,也没有得到任何回音。但是到了星期天,他倒是得到了一个已经足够明确的信号。

这天一早,K透过钥匙孔注意到前厅有动静。原来,一个法语老师搬进了布尔斯滕娜小姐的房间,其实她是个德国人,名叫芒塔克,是一个瘦弱苍白、还有点跛的姑娘,迄今为止,她一直都是自己单住。K看着她在前厅里来回走了几个小时。她总是有遗忘的东西,有时候是一件衣服,有时候是块垫子,或者是一本书,她不得不回去取来,然后带进新家。

当格鲁巴赫夫人给K送来早餐时——自从那次她惹火了K,原先女仆的活她都一律亲力亲为——K实在忍不住,于是五天来第一次跟她说了话。

"今天前厅这么吵是在干什么?"他一边倒着咖啡一边问道,"就不能换个时间吗?打扫卫生难道非选在星期天不可?"尽管K没有看格鲁巴赫夫人,但他感觉到,她轻松地出了一口气。即便K的问题很严厉,她仍然把它看作一种宽恕,或者至少是宽恕的开端。

"这不是在打扫卫生,K先生,"她说,"芒塔克小姐搬到了布尔斯滕娜小姐这里,她正往这搬东西呢。"她没有说下去,而是等待着,观察K的脸色,看看他是否希望自己继续往下说。但K给她出了一个难题,他若有所思地用勺子搅拌咖啡,一句话也不说。

终于,他抬头看向她,说道:"您是否放弃了对布尔斯滕娜小姐的猜疑?"

"K先生,"格鲁巴赫夫人大声地说,她一直在等他这样问,她把手伸向K,"那本是一句无心的话,您把它太当真了。我从来没有想到这会让您或者其他人感到不快。K先生,您对我这么了解,不会不相信我。您不知道,过去的几天我忍受着多大的痛苦啊!诽谤自己的租客?而K先生,您竟然真的这样认为!您还说,我应该把您赶出去!把您赶出去!"她的最后一句话哽咽在泪水里,她用手捂住脸,大声地抽泣起来。

"您别哭,格鲁巴赫夫人,"K说,他看向窗外,心里想的只有布尔斯滕娜小姐,她竟然把一个陌生女子接进了自己的房间。

"您别哭啊。"他又说了一遍,转身面向里面,而格鲁巴赫夫人还在不停哭泣,"我也没有把这太当回事。我们只是互相产生了一些误会,即便是老朋友之间,这种事保不准也会发生。"

格鲁巴赫夫人把捂在眼睛上的手放下来,看看K是否真的原谅了自己。

"好了,就是这样。"K说,根据格鲁巴赫夫人的态度,他现在终于敢推断:她的那个上尉侄子没有泄露什么不好的消息。他又补充道:"您真的以为,我会为了一个并不熟悉的女孩跟您反目成仇吗?"

"这就是关键所在,K先生,"格鲁巴赫夫人说。很不幸,她刚被宽恕,就又说了些不明智的话:"我一直在问自己,K先生为什么把布尔斯滕娜小姐看得这么重要?他为什么为了她跟我吵架?他可是知道自己的一句冷言冷语都会让我彻夜难眠的。而且我对布尔斯滕娜小姐的评价,全部出于我眼见的事实。"

K没说什么,本来第一句话出口的时候,他就应该把她轰出去,但他不打算这样做。他自顾自地喝着咖啡,让格鲁巴赫夫人自己去感受她的存在是多么的多余。

外面又响起了芒塔克小姐来来回回的脚步声。

"您听到了吗?"K用手指着门口问道。

"听到了,"格鲁巴赫夫人叹了一口气说,"我想帮她的忙,或者让女仆来帮她,但她很固执,坚持所有的东西都自己搬。布尔斯滕娜小姐让我感到好奇。芒塔克小姐本来已经租了我的房,布尔斯滕娜小姐却把她接到了自己房间里,这让我很困惑。"

"您不需要关心这个,"K一边说,一边压碎了杯子里的糖块,"您会为此损失什么吗?"

"不会,"格鲁巴赫夫人说,"这件事无论怎样讲,我都是可以接受的。这样我还能空出一间房,正好把我的侄子安顿到那里,他是一个上尉军官。这几天,我一直担心让他住在隔壁的客厅会打扰到您。他这人不怎么小心。"

"您在想什么?"K站起来说,"我说的不是这个。因为我受不了芒塔克小姐的动静,您就认为我过于敏感?瞧,这会儿她又开始走了,这次是往回走。"

格鲁巴赫夫人一时不知所措:"K先生,您的意思是不是她应该晚些时候再搬家?如果您这样想的话,我马上就去跟她说。"

"但她还是会搬到布尔斯滕娜小姐那里。"K说。

"是啊。"格鲁巴赫夫人说,她没有弄懂K的意思。

"好吧,"K说,"应该允许她搬东西。"

格鲁巴赫夫人只是点头。她的不知所措看起来更像是一种幼稚的固执,这让K更为生气。他开始在房间里踱步,在窗户与房门之间走来走去,故意不让格鲁巴赫夫人像往常那样借机溜走。

当K再一次刚走到门边时,正好响起了敲门声。来者是女仆,她告诉K,芒塔克小姐希望跟他说几句话,希望他去一趟餐厅,她在那里等他。K若有所思地听着女仆的话,思考了一会儿,然后转过身,以一种近乎嘲讽的眼神看着惶恐不安的格鲁巴赫夫人。这个眼神似乎在说,K早就预料到芒塔克小姐会发出邀请,这和他今天上午被她搬家打扰了一番是有关系的。他让女仆回话，说自己马上就去，然后他走到衣柜旁边准备换件衣服。对于正在那里小声抱怨芒塔克小姐的格鲁巴赫夫人，他没有明确说什么，只告诉她，她可以把早餐餐具带走了。

"您几乎什么也没吃。"格鲁巴赫夫人说。

"好了，您把它们带走吧！"K喊道，似乎芒塔克小姐的到处搅和让他没有了胃口。

从前厅走过的时候，他看了看布尔斯滕娜小姐紧闭的房门。他没有被约进那里，而是被邀请到了餐厅。他走到餐厅前，没有敲门就进去了。

餐厅是一个狭长的房间，只有一扇窗户。里面的空间十分逼仄，人们只好把两个碗柜斜靠在门边的墙角，因为大多数空间都被长餐桌占用了，餐桌从紧靠门的地方一直延伸到那边窗户底下，走动也变得很不方便。桌子上已经覆盖了桌布，这是为很多人用餐准备的，因为周日几乎所有的租客都来这里吃午餐。

K一走进去，芒塔克小姐就从窗户那边沿着桌子朝K迎面走过来。他们冷清地寒暄了几句。然后芒塔克小姐习惯性地把头抬得老高，说道："我不知道您是否认识我。"

K聚精会神地瞧着她，说："当然认识，您已经在格鲁巴赫夫人这里住了很长时间了。"

"但我觉得,您好像不怎么关心公寓的事。"芒塔克小姐说。

"不是这样的。"K说。

"您不想坐一会儿吗?"芒塔克小姐说道。她默默地把摆在桌沿最外面的两个椅子拉过来,和K面对面坐下。但是芒塔克小姐马上又站了起来,原来她把自己的手提包落在窗台板上了,她迅速地穿过了整个餐厅,去窗前取包。

当她轻摇着手提包,大摇大摆地回来时,她说道:"我只是受友人的委托想跟您聊几句。她本来想自己来,但碰巧今天有点不舒服。这让她很愧疚,只好让我代她前来。而她即便自己过来,说的也不过是我将说的这些话。相反,我甚至觉得,我能说得更多些,因为旁观者清嘛。您不这样觉得吗?"

"那您准备说什么?"K回答,芒塔克小姐一直紧盯着他的嘴唇,这让他感到厌烦。似乎这样能让她提前知道他想说的话,多么僭妄的想法。"很显然,布尔斯滕娜小姐不愿意跟我面对面谈话,虽然这曾是我的请求。"

"没错,"芒塔克小姐说,"不过,也许根本不是这回事,是您把它想得太严重了。一般而言,人家约您谈话,当然既不能随便答应,也不能随便拒绝。但也有可能,人们不把谈话看成是非做不可的,就像现在这样。既然您已经开诚布公了,现在我也可以开门见山地讲。您曾经通过书面或者口头的方式,请求我的朋友跟您进行一次交谈。但是我的朋友知道,至少我必须这样假设,这种交谈会涉及什么内容,因此她出于各种我不知道的考量,确信进行一次这样的谈话不会给任何人带来好处。还有,她直到昨天才跟我草草地提了几句这件事。她觉得您不会为此过于伤心,因为您只是一时心血来潮,您不需要别人的解释,也会很快明白这件事做得有多愚蠢。而我对她说,即便这没错,我还是觉得应该给您一个明确的回复。因此我自告奋勇当中间人,我的朋友犹豫了一会儿,最终答应了。我觉得应该照顾到您的感受。因为哪怕在最微小的事情上,只要有一丁点不明白的地方都是折磨人的,如果我们能够轻松地解释清楚,何乐而不为呢?而且越快越好。"

"感谢您。"芒塔克小姐话音刚落,K立刻说。他缓缓地站起身,看着芒塔克小姐,再看向桌子,接着又朝窗外看去;对面的房屋沐浴在阳光中;他朝门口走去。

芒塔克小姐在他身后走了几步,似乎对他不放心。他们两人刚走到门口,门就开了,他们不得不后退几步,兰茨上尉走了进来。

K第一次得以近距离观察他。他大约四十岁,个子高大,有着一张黝黑、饱满的脸庞。他朝两人微微鞠了一躬,然后走向芒塔克小姐，恭恭敬敬地吻她的手。这套动作在他那里显得十分娴熟。他对芒塔克小姐彬彬有礼的态度与K形成了鲜明对比。尽管如此，芒塔克小姐似乎并没有对K感到厌烦，因为K注意到，她甚至打算把自己介绍给这个上尉。但是K不想被引荐，他无法让自己对面前的两人表现出友善的态度，不管是上尉还是芒塔克小姐。吻手礼已经使他们结成了联盟，尽管芒塔克小姐做出极度宽宏大量、毫无私心的模样，但他明白这个联盟是拒斥自己的。K觉得自己不仅洞穿了这点，还看出了芒塔克小姐两面三刀的诡计。她夸大了布尔斯滕娜小姐与K之间交往的意义，K只是请求进行一次对话，而她把这件事说得好像别有深意似的；然后她又给人一种感觉，反倒像是K想得太多。她搞错了，K不想夸大任何事情，他知道，布尔斯滕娜小姐只是一个小打字员，她不会对K抗拒太久。因此他根本不把格鲁巴赫夫人对布尔斯滕娜小姐的评价放在心上。他在心里盘算着，以至于没打招呼就离开了餐厅。他想马上回房，但身后餐厅里传来芒塔克小姐的笑声，这让他想到，自己或许可以趁机做一件出乎兰茨上尉和芒塔克小姐意料的事。他小心地窥伺着周围的响动，揣摩着周围的房间里是否会有人破坏他的计划。四周一片寂静，只有餐厅里的交谈声清晰可闻，除此之外，只有通往厨房的过道上隐约可以听到格鲁巴赫夫人的声音。看来机会很好，K走到布尔斯滕娜小姐门前，轻轻地敲响了房门。没有动静，他又敲了几下，可还是没有任何回应。难道她睡着了？或者她真的不舒服？或者她觉得这么轻声敲门的只能是K，因此故意不作声？K觉得她一定是故意的，所以敲得更响了。但仍然没有回应，最终，他小心翼翼地推开了房门。他知道这样做不对，不仅不对，而且毫无任何意义。

房间里空无一人。房间已经彻底变了副模样，完全不是K记忆中的样子。现在，墙边并排摆着两张床，门旁的三张椅子上堆满了衣物，一个衣柜敞开着。看来芒塔克小姐在餐厅里跟他聊天的时候，布尔斯滕娜小姐出去了。K并没有感到特别的失望，因为他本来就没怀着太大的期望，他不认为自己能够这么轻易地遇见布尔斯滕娜小姐，他这么做，很大程度上只是为了跟芒塔克小姐对着干。

但接下来的事让他无比震惊，当他走出来准备关门的时候，他看到芒塔克小姐和上尉正在门口交谈。可能在K开门的时候，他们就已经站在那了，他们装作对K毫不在意的模样，小声地谈话，只是用一种漫不经心的眼神盯着K的一举一动，就像人们在谈话时随意张望一样。但这个眼神压得K喘不过气，他靠着墙急急忙忙地回房间去了。

第五章　打手

这天晚上，当K经过办公室与主楼梯之间的走廊时——他今天差不多是最后一个回家的员工——只有发行部的两个杂役还在微弱的白炽灯光下工作。他忽然间从那间他从未进去过、一直以为是废物储藏室的门后面听见了一声叹息。他吃惊地站定，竖起耳朵听着，想确认一下是否自己搞错了，一切都是寂静无声的，但没过多久又传来一声叹息。一开始，他是想把杂役叫来一起去看看情况的，他觉得或许找个人给自己做证更好些，但那难以遏制的好奇心攫取住了他，他郑重其事地推开了门。他所料没错，这确实是废物储藏室。废弃的印刷物和胡乱摆放的陶制墨水瓶乱七八糟地堆在门槛后面。然而，房间里却站着三个男人，低矮的天花板让他们不得不弯着身子。一支固定在书架上的蜡烛发出些许光亮。

"你们在这干什么？"K问道，由于激动他的语速很快，但声音不大。

其中一个男人明显是另外两人的头儿，也是最引人注目的一个，他穿着一件黑色皮衣,脖子到胸口的部位以及胳膊全都裸露在外面。他没有回答,但另外两人喊道:"先生!因为您向预审法官告了我们的状,现在我们要挨鞭子了。"

K现在才认出他们是看守弗朗茨和威廉,另一个人手里拿着一根鞭子,正准备抽打他们。

"够了,"K瞪着他们说,"我没有告状,我只是讲述了在我的住处发生的事实。而且你们的所作所为也并不是不可指责。"

"先生,"威廉说,出于对另一个人的惧怕,弗朗茨正躲在他身后,"如果您知道我们的收入是多么微薄,就不会把我们看得这么不堪了。我有一大家子要养活,而弗朗茨想要结婚,我们必须赚点钱,但只凭工作赚不到什么,就算干最累的活也赚不到多少。您那漂亮的衣服让我着迷,看守当然不应该干这种勾当,但拿走犯人的衣服是往常的惯例,以前一直如此,请您相信我。这些东西对于一个遭到逮捕的可怜人又有什么用呢?但如果他把这件事说出来,我们就会被惩罚。"

"你们说的我不懂,我并不想看到你们受罚,我这样做是出于原则。"K说。

"弗朗茨,"威廉转身朝向另一个看守说,"我跟你说过这位先生不想惩罚我们的吧?你得明白,他没想到这样会使我们遭受惩罚。"

"您不要被这套说辞打动,"那第三个人对K说,"惩罚是公正的,谁也别想逃。"

"别听他的,"威廉说,他顿了一下,因为手上挨了一鞭,他迅速把手缩回嘴边,"我们之所以受罚,全都是因为您的检举。否则,即便别人知道了我们的行为,我们也不会有事。这怎么会是公正的?我们两个,特别是我,作为看守,长久以来一直兢兢业业,您必须承认,站在当局的立场上,我们做到了恪尽职守,我们前途远大,本来不久就会晋升为打手,就像这个人一样,他很幸运没遭到检举,因为这种检举本来就罕有发生。现在,先生啊,我们全完了,我们的职业生涯到头了,我们以后不得不继续忙碌这些下等工作,继续站岗执勤,此外,我们现在还要接受这可怕的鞭刑。"

"这个鞭子打人真的这么疼吗?"K问道,他打量着打手在他面前挥舞的荆条鞭子。

"我们必须裸体受罚。"威廉说。

"这样啊。"K仔细瞧着打手,他像水手一样被晒得黝黑,有着一张野性、丰满的脸。

K问打手:"就没有任何办法免去这两人的鞭笞吗?"

"没有。"打手说着摇摇头。

"脱衣服。"打手命令着两个看守。他又对K说道:"您不用相信他们,他们在鞭子面前被吓得失了魂。比如,这个人……"他指着威廉,"他对他前途的幻想,真是可笑至极。您看看,他多胖啊!最初的几鞭子根本不会在他的肥肉上留下痕迹。你知道他是怎么变得这么胖的吗?他有个习惯,把所有犯人的早餐吃掉。他是不是把您的也吃掉了?嗯,我就说吧。肚子这么大的人永远也当不了打手,这种事想都别想。"

"有像我这样胖的打手。"威廉说,他刚把自己的裤腰带解开。

"没有!"打手说,他用鞭子在他脖子上抽了一下,吓得他一个激灵,"别说话!赶紧脱衣服。"

"如果您放他们走,我会好好酬谢您的。"K说着拿出自己的钱包,没有看打手。干这种事的时候,双方最好是心照不宣。

"您或许以后会检举我,"打手说,"让我也挨一顿鞭子。不行,不行!"

"别胡思乱想,"K说,"如果我想让这两人受罚,我就不会花钱买他们走了。我本可以把门一关,再也不闻不问,直接回家去。但我没有这样做,应该说,我觉得很有必要宽释他们两人。如果当初我知道这样会使得他们受罚,或者只是可能受罚,我就不会叫出他们的名字了。我觉得他们没有罪,有罪的是这个组织,有罪的是那些高级官员。"

"没错！"两个看守喊道，他们裸露的背上马上挨了一鞭。

"如果您的鞭下是一个高级法官，"K说着用手压下了已经扬起的鞭子，"我肯定不会阻拦您，相反，我还会给您钱，让您更卖力地干。"

"您说的我相信，"打手说，"但我不会收受贿赂。我被任命为打手，那我就要抽人。"

看守弗朗茨之前一直在默默地等待K的干预能起到效果，这会儿他只穿一条裤子走到门口，抱着K的胳膊跪在了地上，小声地对K说："如果您不能救出我们两个人，至少试一试把我救出去。威廉比我年长，他对疼痛更不敏感，而且几年前他就受到过一顿轻微的鞭打，而我还没有前科。再者，我变成这样都是被威廉带坏的，那套善恶理念是他灌输给我的。楼下，我那可怜的未婚妻正站在银行前面焦急地等待，我真为自己感到羞愧。"他用K的衣服擦干了他那张泪水纵横的脸。

"到此为止吧！"打手说，他双手持鞭，举到弗朗茨的头上，威廉蹲在角落里，大气不敢喘一声，偷偷地往这边看。接着响起了弗朗茨的惨叫，他的惨叫一气呵成，音调也毫无变化，根本不像是人，更像是一件乐器发出的。他的声音回荡在整个楼道里，响彻了整个银行。

"不要喊了！"K大声地说。他紧张地朝杂役们可能会从那里走来的方向看去，忍不住推了一下弗朗茨，虽然没有用力，但这个失去理智的人还是摔倒了，他用手胡乱在地上摸索着。即便这样他也没能幸免，鞭子无情地抽打着他，他在地上打着滚，而鞭梢有规律地上下舞动。

远处出现了一个杂役的身影，在他身后几步远的地方又出现了第二个。K迅速地关上门，走到一扇开向院子的窗户旁边，打开了它。这时喊叫声也听不到了。为了不让杂役们到这边来，他喊道："是我！"

"晚上好，襄理先生！"那边的人往回喊道，"是发生了什么吗？"

"没什么，没什么，"K回答，"是院子里的一只狗在叫。"看到杂役们还不转身，他又补充道："你们可以回去忙自己的了。"为了不让自己被杂役们纠缠，他把身子探出了窗外①。当他过了一会儿重新回过头来，他们已经不在楼道里了。但K仍然待在窗户旁边，他不敢回储藏室，也不愿回家。他看着下面那个方方正正的小院子，院子四周的房间都是办公场所，那些窗户现在都黑漆漆的，只有最

---

① K是为了让杂役们以为叫声来自院子，而不是来自他身边的储藏室。

顶上的一扇窗户反照着月亮的光辉。K紧张地往院子的一角望去，昏暗的光线中几辆小车被堆在那里。

他没能阻止打手，这让他难受，但这不是他的错，如果弗朗茨不大喊大叫的话，K或许能找到说服打手的办法。当然，他一定很痛，但在关键的时刻他应该忍住不喊出来。如果最下层的职员都是无赖的话，那这个打手又怎么会是一个例外？何况他还从事这种没有人性的工作。他看到钞票的时候，眼睛都要放出光来，这一切K看得清清楚楚，他之所以把鞭子抽得这么狠，只是为了把贿赂的数额再提高一点。而K不会这么小气，他确实把解救两个看守看得很重要，既然他现在已经开始了跟这个腐败法院的斗争，那么从这个方面进行突破明显是个很好的选择。但在弗朗茨开始喊叫的一刻，他就已经束手无策了。他不能让杂役们和其他可能的人进入储藏室，当场撞见他与打手的谈判。K不会为任何人做出这种牺牲。如果确实需要K做出一些牺牲的话，他宁可脱光衣服，替人受过。但打手肯定不会同意这种李代桃僵的行为，因为这样他非但捞不到好处，还会严重损害自己的职责，甚至是双倍的损害，因为只要K的审判还没有结束，法院的任何人员都不能伤害他。当然了，可能也会有特殊的条例对例外的情况做出规定。不论怎么说，K没有什么办法，只能关上门，即便这样，他的危险也不是全都排除了的。他最后还推了一把弗朗茨，这让他感到懊悔，全都怪自己当时过于紧张、激动。

他听到远处传来杂役们的脚步声，为了不让自己引起他们的注意，他关上了窗户，朝主楼梯走去。路过储藏室的时候，他在门口站了一会儿，想听听动静。里面一点声音也没有。两个看守可能已经被打死了，他们只能遭受打手的暴虐。K本来已经把手伸向门把手，但马上又缩了回去。他不能拯救任何人，而且杂役们一会儿就会过来，但他发誓，自己一定要让这件事大白于天下，只要在自己的能力范围内，就一定要让那些真正的罪人——也就是那些高级官员，迄今为止他们还从未露过面——得到应有的惩罚。当他走下银行的露天台阶时，他仔细地观察了周围的路人，但即便是远处，他依然没有看见一位等人的姑娘。弗朗茨说他的未婚妻在等他，看来，这是一个谎言，但可以原谅，他撒谎的目的只是为了博取更多的同情罢了。

第二天，看守的事仍然久久萦绕在K的脑海。他在工作中总是难以集中精力，因此为了完成工作，他在办公室待到了比昨天更晚的时候。当他下班时再一次路过储藏室的时候，他习惯性地推开了门。

他本来以为里面是一片漆黑，然而，实际看到的画面让他不知所措。一切仍是他昨晚推开门时看到的老样子——依然堆在门槛边的印刷物和墨水瓶、拿着鞭子的打手、扒得赤条条的看守们、书架上的蜡烛。看守们开始哭喊:"K先生!"

K立刻闭上门,又用拳头敲了敲,以确定门关得更严实了。

他几乎是哭着跑到杂役那里,他们正安静地在复印机旁工作,杂役们抬起头,惊愕地看着他。

"快清理一下储藏室!"他喊道,"我们快要被垃圾堆淹没了!"杂役们答应明天去办,K点点头,虽然他希望他们现在立刻去做,但天色太晚,他不能再强迫他们了。他找了个地方坐了下来,为了让杂役在自己身边多待一会儿,他故意把复印件胡乱翻了翻,做出他在检查的模样。当他看出,杂役们不敢在他之前离开的时候,他终于筋疲力尽、头脑空白地回家了。

第六章　叔叔——莱尼

一天下午，K正为派送函件的事忙得焦头烂额，K的叔叔卡尔——一个乡下的小地主，挤过两个搬运纸堆的杂役，大步走进了屋里。叔叔的到来并没有像他想象中的那么令他惶恐。一个月前他就确信叔叔会来。K的脑海中常常会浮现出叔叔的模样：有点驼背的他左手拿着揉成一团的巴拿马草帽。这和现在出现在他面前的叔叔毫无差别，叔叔一进门，便伸出右手远远地向他挥舞，然后迫不及待地走过来，将手隔着写字台伸过来，台面上所有的东西一律被他碰得东倒西歪。叔叔总是风风火火、急不可待，因为他总是抱着顽固的思想，不论什么时候进城，一天之内必须把计划的所有事情全部处理完，中间还不能错过任何可能的交谈、交易或者娱乐。而他曾是K的监护人，因此K负有极大的义务，在各种事情上尽力帮助他，有时还要为他安排好住宿。"乡下来的幽灵"——K习惯这样叫他。

寒暄过后，K邀请他在转椅上坐下，他一刻也不耽搁，要求K跟他单独谈一次话。

"这是必要的,"K的叔叔喘着粗气说,"这样我才能安心。"

K马上把杂役们打发出去,并让他们禁止其他人进来。

"约瑟夫,你知道有什么传言吗?"叔叔吼道。现在只有他们两个人了,他一屁股坐在桌子上,看也不看直接把各种文件垫在屁股下面,只为让自己坐得更舒服些。

K没有说话,他知道将要发生什么,但突然间,他感到自己从紧张的工作中一下子解脱了出来,他把自己完全交托给这种感觉,从中体验着舒适。他透过窗户往对面街角望去,坐在他的位置上只能看到一个小小的三角地带,那是夹在两边橱窗夹之间的一堵空荡荡的墙。

"你还往窗外看!"叔叔举起胳膊大声地说,"看在老天的分上,约瑟夫,你回答我!那是真的吗,那能是真的吗?"

"亲爱的叔叔,"K说,他不得不收回自己的目光,"我根本还不知道你想问我什么。"

"约瑟夫,"叔叔带着警告的语气说,"我知道你从来不撒谎。你刚才这样说,是因为形势不太妙吗?"

"我知道了,我知道你想问什么了,"K马上说,"看来你听说了对我的审判。"

"没错,"叔叔说,他缓缓地点着头,"我听说了对你的审判。"

"什么时候听说的？"K问道。

"爱娜给我写了信，"叔叔说，"她跟你很少见面，这我明白，你不怎么关心她，这让我感到很遗憾。不过，她还是知道了这件事。今天我收到这封信，马上就赶来了。我不为别的事，单单这件事已经足够催我动身。我可以把那封关于你的信念一念。"他把信从皮夹子里掏出来。

"是这封信。上面写道：'我与约瑟夫睽违已久，几周前我曾去过银行一次，然而约瑟夫公务缠身，未能获其接待，为了不致耽误练习钢琴之固定时间，我等待一小时后，回家去了。我非常期待跟他说几句，或许下次能有合适的机会。他曾在我的生日给我送来一大盒朱古力，他真体贴周到、惹人喜欢。这件事我忘记写信告诉你们了，现在你们问起我，我才想起。你们知道的，朱古力这种东西，在公寓里很快就会被分食一空，我还没意识到自己收到了朱古力，就已经没了。但我还要再谈谈约瑟夫的事。刚才已经说了，我在银行里没能见到他，因为他正在和一位先生谈话。我在那里静静地等了一会儿，后来询问了一个杂役，问他交谈是不是还要持续很久。他说很有可能，因为他们似乎在处理一起针对襄理先生的诉讼案件。我又问这是一个什么诉讼案件，以及他是不是搞错了，但他说自己不会搞错，那确实是诉讼案件，而且是很严重的诉讼案件，但更多的他就不知道了。他自己是乐意为襄理先生提供帮助的，因为K是个善良正直的人，但他不知道自己应该从哪入手，因此他只能期盼有影响力的人能够站出来为K说话。他相信这早晚会发生，案子也一定会有个好结果，但目前来看，根据襄理先生的心情来推断，形势并不乐观。我没有把他的话太当回事，只把它看作平常的闲扯，我又安慰了一下这位单纯的杂役，并且告诫他不要把这件事在别人面前谈起。不论如何，亲爱的父亲，下次你来城里的时候，希望你关心一下这件事，了解更多细节对你来说并不困难，而且如有必要，你也可以动用你那广阔的人脉进行干预。如果你认为没有这种必要——十有八九是这样——你的到来至少给了女儿一个拥抱的机会，这是我盼望已久的。'一个好孩子。"叔叔结束了朗读，又抹去了眼角的几滴泪水。

K点点头，由于过去一段时间的各种纷扰，他已经把爱娜忘得一干二净，即便她的生日他也是不记得的，朱古力的故事明显是她编造的，她是为了让K的叔叔和婶子更愿意保护他。这确实很感人，他准备从今天开始定期给她送一张剧院门票，但这肯定不足以报答她的善意，但是让他去公寓登门拜访，和这位十八岁的女高中生正儿八经地谈话，目前也不合适。

"你现在想说什么？"叔叔问道，读信让他抛掉了所有的匆忙与激动,似乎他还想再读一遍。

"没错,叔叔,"K说,"信里说的都是真的。"

"真的?"叔叔大声地说,"什么是真的?这怎么能是真的?一个什么样的案件?是刑事案件吗?"

"是刑事案件。"K回答说。

"刑事案件至今尚未解决,你怎么还能悠然自得地坐在这儿?"叔叔吼道,他的声音越来越大。

"我越冷静,结果会越有利,"K说,他感到有些累,"不用担心。"

"这样说我也不会放心!"叔叔吼着,"约瑟夫,亲爱的约瑟夫,想想你自己,想想你的亲人,想想我们光荣的姓氏!迄今为止你是我们的骄傲,绝不能变成我们的耻辱。你的态度……"他歪着头看向K,"让我不高兴,无辜的被告不会像你这样。你快告诉我,事情怎么会变成这样的,我好帮帮你。是因为银行的事吗?"

"不是,"K说着站了起来,"你讲话太大声了,亲爱的叔叔,杂役们可能正站在门口偷听。这不太好。我们最好换个地方聊。然后我会回答你的一切问题。我很清楚,我欠我们家族一个解释。"

"没错!"叔叔喊道,"非常正确,只是你要抓紧点,约瑟夫,抓紧点!"

"我必须再分配一下任务。"K说,他打电话呼唤副手,副手很快就过来了。激动中的叔叔一看到副手,马上向他招了招手,示意K在找他,这完全是多此一举。K站在写字台前,翻阅着各种文件,叮嘱这位年轻人在他不在的情况下今天必须完成这些任务,年轻人冷静且用心地听着。一开始叔叔瞪大双眼,焦灼地咬着嘴唇站在一边,后来变得不耐烦了。他没有听他们谈话的内容,但他们谈话的场景让他感到焦躁。他在房间里走来走去,一会儿站在窗前,一会站在壁画前面,不时地憋出一声喊叫,比如:"这真让我搞不懂!"或者"现在只需要告诉我,这会导致什么后果!"

那个年轻人似乎对此置若罔闻,他只是静静地听,偶尔在本子上记一些东西,K把事情全都交代完毕之后,他向K和K的叔叔分别鞠了一躬,走了出去。而叔叔一直背对年轻人站着,他正看着窗外,双手揉搓着窗帘。门还没有彻底关上,叔叔就喊道:"这个笨蛋终于走了,现在我们可以走了。终于可以走了!"

前厅里站着一群职员和杂役,副经理也正好路过那里,但这些都不能阻挡叔叔对案情的发问。

"嗯,约瑟夫,"叔叔一边说,一边对周围人的鞠躬稍稍回了一下礼,"现在坦白地跟我讲,这到底是个什么诉讼案件。"

K做了一点小动作,暗示自己不能说,他还笑了笑,直到来到了楼梯上,他才对叔叔说,他不愿在人前公开地谈论这件事。

"做得没错，"叔叔说，"那现在说吧。"他歪着头听着，嘴里急迫又短促地抽着烟。

"首先，叔叔，"K说，"这根本不是一场来自普通法院的诉讼。"

"这很糟糕。"叔叔说。

"什么？"K说着看向叔叔。

"我说，这很糟糕。"叔叔重复道。他们站在大楼前面的台阶上，下面就是大街；因为门卫似乎在偷听他们，K把叔叔拉到了下面，他们马上融入了熙熙攘攘的人群。叔叔的手臂被K挽着，这会儿不再着急询问诉讼的事了，他们甚至沉默地走了一段时间。

"怎么会发生这种事？"叔叔终于开口问道，他突然停住了步子，以致后面的人吓了一跳，赶紧绕过他走开。"冰冻三尺非一日之寒，一定早就有苗头了，为什么你不写信告诉我呢？你知道，为了你我什么都会做，从某种意义上来说我还是你的监护人，直到今日我仍然为此感到骄傲。现在我自然还会帮助你，只是，如果诉讼已经开始，事情会变得有些困难。不论如何，你现在最好请个假，到我们的农场上住上一阵子。你有些憔悴，我注意到了。你可以在农场上强健身体，这是有好处的，有很多活等着你干呢。此外，这样你就很有可能躲开法院了。在这里他们有各种手段逼你就范，在一定情况下，他们会主动对你使出一些手段，但在农场里他们必须首先委托下面的机关,或者写信、发电报、打电话,然后才能影响到你。这样自然削弱了制裁的威力,虽然不能彻底摆脱他们,但至少让你有了喘息的时间。"

"他们会禁止我离开这儿。"K说,叔叔的话让他开始思考这种可能性。

"我不相信他们会这样做,"叔叔沉思着说,"你的离开并不会给他们造成多大的损失。"

"我本来以为,"K说,他抓住叔叔的腋下,好让他停下脚步,"你对待这件事的态度会比我轻松,没想到你竟然把它看得如此严重。"

"约瑟夫,"叔叔喊道,想要挣脱K,好继续往前走,但K不放开他,"你变了,你本来有那么好的判断力,现在都失去了?你想不想摆脱这场官司?你知道这意味着什么吗?这意味着,你将会被彻底毁掉。整个家族都会受到牵连,至死都会背负耻辱。约瑟夫,振作起来吧。你无所谓的态度会让我失去理智的。看到你的样子,就让人想起一句俗语:'这样的案子,败不可免。'"

"亲爱的叔叔,"K说,"激动没有用,对你来说是这样,对我来说也是这样。激动不会让人打赢官司,还是尊重一下我的实际经验吧,就像我总是相信你的经验一样,尽管有时候它让我觉得不可思议。既然你说家族会被这场诉讼牵扯进来,那么我乐意听从你的建议。虽然我看不出来,不过这是次要的。唯有去农场这一点,即便从你的立场考虑,我也不认为这是一个好主意,因为这给人一种畏罪潜逃的感觉。此外,虽然我在这里受到的压力会很大,但我也能够做更多的事。"

"没错,"叔叔说,他声音中流露出的感情似乎表示他们终于想到了一起,"我只是提个建议,因为我看到你若无其事地坐在这里,觉得你无所谓的态度会危及案件,觉得替你奔走会更好一点。如果你愿意自己全力以赴,那当然是再好不过了。"

"这一点我们是不谋而合的,"K说,"我现在首先应该干什么,你能提个建议吗?"

"我必须再考虑考虑,"叔叔说,"你得知道,迄今我已经在乡下连续生活了二十年,我对这种事情的分析力明显下降了。而且我跟几位有影响的人物的联系也少了,他们或许对这种事更加精通。我在乡下很少跟人打交道,这点你是知道的。直到发生了现在这样的紧急状况,我才意识到这样做的坏处。即便爱娜的信已经让我嗅到一点不对劲,而且今天看到你之后完全确定了我的怀疑,但你的事还是让我感到猝不及防。但这没有关系,重要的是不要再让时间白白流走。"他还没有说完,就踮着脚招到了一辆出租车,然后漫不经心地向司机喊了一个地址,拉着K钻进了车里。

"我们现在去找胡尔特律师，"他说，"他是我的大学同学。你听说过这个名字吧？没有吗？这真奇怪。他作为穷人的辩护者和律师是享有盛名的，而且我尤其信赖他的人品。"

"你做的一切都为我好。"尽管叔叔办事时火急火燎的作风让他很不舒服，K还是说道。作为被告去找一位穷人的律师并不是一件很愉快的事情。

"我不知道这种事也能够找律师。"他说。

"当然可以了，"叔叔说，"这还用说。为什么不行？现在给我讲讲发生的一切，让我对此有更清楚的了解。"

K马上开始讲述，一个细节也没有落下，叔叔认为诉讼是个巨大的耻辱，他的坦率是他能够对叔叔这一看法所做出的唯一反驳。布尔斯滕娜小姐的名字他只提及一次，而且一带而过，但这并不意味着他不够坦率，而是因为布尔斯滕娜小姐本来就和诉讼没有关系。他一边讲着，一边向车窗外观察，看着他们恰好一点点靠近法院办事处所处的郊区，他让叔叔注意那里，但叔叔并不觉得这种巧合有什么不同寻常之处。

车子在一栋昏暗的房子前停了下来。叔叔摁响了底层第一扇门的门铃。趁着等待的时候，他露出大牙笑着说："八点了，这个时间点来登门拜访可有些不合时宜。但胡尔特不会怪罪我的。"门上的观察孔出现了两个大大的黑眼睛,它们端详了一会儿两位来客,然后消失了,但门没有打开。叔叔和K互相询问,确认他们的确是看到了一双眼睛。

"一个新来的女仆,大概是有些怯生。"叔叔说,他又敲了几下。那双眼睛又出现了,它们似乎流露着悲伤的情绪,但可能这只是那人头顶的油气灯造成的错觉,那灯滋滋地燃得很旺,但照出的光线却不明亮。

"请您开门,"叔叔喊道,他用拳头敲打着门,"我们是律师先生的朋友!"

"律师先生病了,"在他们后面响起了一个声音。在这条短走廊的另一头,一位穿着睡袍的男士站在门口,他的声音极其轻柔。

叔叔因为长时间的等待已经有些恼火,他猛地转过身,喊道:"病了?您说他病了?"然后他有些气势汹汹地朝那位先生走去,似乎那人就是病魔的化身。

"已经开门了。"那位先生说,他指着律师的门口,收敛起自己的睡袍迅速走开了。

门确实开了,一个年轻姑娘,身着长长的白色围裙站在前厅里,手里拿着一根蜡烛。K认出了那双黑色的、有点前凸的眼睛。

"下次开门麻烦快一点!"叔叔说。姑娘微微行了一下屈膝礼,但叔叔没有打招呼。

"进来,约瑟夫。"他对K说,K看着姑娘几乎挪不动身子。

"律师先生病了。"当看到叔叔毫不停留,直接准备进入一扇门的时候,姑娘说道。尽管她已经转过身去准备关门,K仍然目瞪口呆地看着她。她长着一张芭比娃娃一样圆圆的脸,不止苍白的双颊和下颌是圆的,连太阳穴和额角都是圆的。

"约瑟夫!"叔叔又喊了一遍,然后又询问姑娘,"难道是心脏病?"

"我觉得很有可能。"姑娘说,她趁机举着蜡烛走到前面,打开了房门。

在房屋的一角,烛光尚未抵达的地方,一张蓄着长胡的脸从床上抬了起来。

"莱尼,什么人来了?"律师问道,他被烛光晃晕了眼,看不清来者。

"是阿尔伯特,你的老朋友来了。"叔叔说。

"啊,阿尔伯特。"律师说完重新躺回到枕头上,似乎他并不觉得有对来者客套的必要。

"难道真的这么严重吗?"叔叔问,他在床沿边坐下,"我觉得不会吧。这只是一次心脏病发作,应该会像以前那样很快痊愈。"

"可能吧，"律师轻声地说，"但这次比以前都要严重。我感到呼吸困难，觉也睡不着，一天天越来越没有力气。"

"这样啊，"叔叔说，他那宽大的手掌正把巴拿马草帽紧紧地按在膝盖上，"真是坏消息。你去看病了吗？这里显得太悲戚，灯光太暗。我上次到这里来已经是很久以前了，那时这里还显得很明亮。还有你的那位女护工小姐，看上去也是无精打采的，要不就是她在装模作样。"

那个姑娘一直手持蜡烛站在门口，她的眼神飘忽不定，如果所猜不错，她没有看叔叔，而是在看着K，尽管是前者正在谈论她。K把一张沙发推到姑娘旁边，自己靠在上面。

"像我病得这么重，"律师说，"一定得安静养病。但这并不让我难过。"在一小段停顿之后，他补充道："莱尼把我照顾得很好，她很懂事。"但叔叔对此并不相信。显然，还没有看到病人的时候，他就已经对女护工产生了成见。当她朝床边走来时，他严厉地看着她，她把蜡烛放在床头柜上，朝病人弯下腰，趁着整理枕头在病人耳边说着什么。叔叔几乎忘记了自己是在病人的房间里，他站起来，在女护工身后走来走去。如果这时，他从后面拽住她的裙子，将她从床边拉走，K并不会感到惊讶。K静静地旁观一切，甚至律师的病对他来说也不是不可接受，叔叔操办这件事的热情他不能泼冷水，现在这份热情在他不插手的情况下遭遇了滑铁卢,这是他乐于看到的。

或许只是为了羞辱女护工,叔叔说道:"小姐,求你了,让我们单独待一会儿,我和我的朋友要商量一件私密的事情。"

女护工仍然朝病人俯着身,正在抚平靠墙的床单,她转过头,十分平静地说话,她的神态与出于愤怒唾沫横飞的叔叔形成了鲜明对比:"您看,先生的病这么严重,他不能再商量什么私密的事情了。"她只是下意识地重复了叔叔的几个词,即使是一个毫无成见的局外人也会认为她是在冷言讥讽。

叔叔像被刺了一下,猛地站了起来:"你个浑蛋!"由于激动,他的话咕咕噜噜的听不清楚。

虽然K早有心理准备,但他还是吓了一跳,他跑到叔叔跟前,想用双手捂住他的嘴。幸运的是,在姑娘身后,那个病人坐了起来,叔叔的表情充满敌意,他强行咽下那些咒骂的话,略微平静地说:"请你相信,我们还没有完全失去理智,如果我请求的事情没有办到的可能,那我是绝不会开口的。请你现在上一边去!"女护工笔直地站在床边,面对叔叔站着,K注意到她在用一只手抚摸律师的手。

"你可以在莱尼跟前说任何事情。"病人说,他的语调明显充满了急切的请求。

"这跟我无关,"叔叔说,"这不是我的秘密。"然后他转过身,表现出不打算继续谈判、但又给对方时间让其考虑的态度。

"那跟谁有关？"律师用渐弱的语调说，他又躺了回去。

"我的侄子，"叔叔说，"我把他带来了。"他介绍道："襄理约瑟夫·K。"

"哦，"病人有活力了一些，向K伸出了手，"请原谅，我都没有注意到您。出去吧，莱尼。"他对女护工说。女护工非常顺从，律师向她伸出手，似乎这是他们约定俗成的告别礼。

"原来你找我，"他对叔叔说道，叔叔的气也消了，往前靠近了些，"不是为了探病，而是来谈生意的。"律师似乎一想到别人来探病，就病恹恹的，现在他看上去强健多了。他用手肘稳稳地支撑着身体，这可是很费力的姿势，他不时地捋着一绺胡子。

"你看上去健康多了，"叔叔说，"打从刚才那个女妖精出去之后。"他突然停住，然后极小声地说："我打赌，她一定在偷听！"他几步蹦到门前，但门后面一个人也没有，叔叔走回来，没有失望，却有些苦恼，她没有偷听的行为似乎成了更大的罪恶。

"你错怪她了，"律师简单地说，没有为女护工说更多好话，似乎是想以此表示她并不需要别人为她辩解。然后他以更加关切的语调继续说道，"至于你侄子的那件事，如果我的能力能够胜任这个艰巨的任务，我当然是感到荣幸的，但我害怕自己力有不逮，不论如何,没有不加尝试就放弃的道理。如果我不行,你还可以去找别人来协助我。老实说,我对这件事很感兴趣,我不想放过其中的任何一个细节,但我担心自己能不能承受这种刺激。如果我的心脏实在忍受不了,那么至少可以让它在这件案件中找到一个值得完全衰竭的机会。"①

K觉得自己对这段话一个字都没有听懂,他看向叔叔,希望从他那里得到解释。叔叔坐在床头柜上,本来放在上面的药瓶滚了下去,落在地毯上。他手里擎着蜡烛,律师每说一句话他都点点头表示自己同意,并且还不时地看一下K,希望他也表示出赞同的意思。难道叔叔事先已经给律师讲过诉讼的事了?这不可能,刚才发生的一切都与这种可能相抵触。

"我没听懂。"K说。

"好吧,难道我误会了您的意思?"律师问道,他和K一样感到既惊愕又尴尬,"或许是我太草率了。那么您想跟我谈什么吗?我猜应该是有关您诉讼的事吧?"

"当然,"叔叔说,然后询问K,"你想干什么?"

"没错,但您是从哪里知道的我和诉讼的事?"K问道。

---

① 德语原文有些拗口。

"原来你在说这个,"律师笑着说,"我是律师,我天天跟法官圈子打交道,他们总是谈论各种讼案,其中比较引人注目的案件,尤其还涉及一位朋友的侄子,那我当然会记在脑子里。这没有什么特别的。"

"你想干什么?"叔叔又问了K一遍,"你太敏感了。"

"您跟法官圈子打交道?"K问道。

"没错。"律师说。

"您净问些幼稚的问题。"叔叔说。

"如果不跟我这个专业的人打交道,我该跟什么人打交道呢?"律师补充了一句。这话显得如此不可辩驳,K说不出话来。

"您是在法院大楼工作,不是在阁楼工作吧?"他想这样说,但始终说不出口。

"您一定在想,"律师继续往下说,他的语气似乎在说,他在顺带着讲一些本不必要讲的大家都知道的东西,"您得知道,这些关系让我给客户带来了很多好处,而且是多方面的好处,但不方便说出来。当然,病痛给我带来一些不便,但我仍然能在法院好友拜访我的时候不时地了解到一些新的消息。甚至我比一些健健康康、一天到晚坐在法院里的人知道的还多。比如我现在就有一位尊敬的访客。"他指着房间昏暗的一个角落。

"在哪里？"由于惊愕，K的询问显得有些失礼。他茫然地四处搜索，小蜡烛的光芒远远照不到另一面墙壁。这会儿，那边的角落里真的有东西开始动弹。叔叔把蜡烛举高，在烛光中他们看到一个老人正坐在小桌子旁。他一定是一直屏着气息才能这么长时间潜伏在那里。现在，他磨磨蹭蹭地站了起来，似乎对别人注意到自己感到不满。他那双像小翅膀一样舞动的双手，似乎在表示自己拒绝一切介绍和问候，似乎他不希望让自己的在场打扰到别人，又似乎他急切地希望重新回到黑暗中，让别人忘记自己的存在。但人们不会再给他这一特权。

"你们的到来惊着了我们。"律师解释道，他朝那位先生挥挥手，鼓励他走近，那位先生一边四处打量，一边缓缓、犹豫但不失威严地往这边走来。

"这位秘书长先生，啊，对不起，我忘记介绍了：这位是我的朋友阿尔伯特·K，这是他的侄子——襄理约瑟夫·K，这是秘书长先生，秘书长先生能来看望我，真是太好了。只有明白人才知道这次的拜访意义有多么重大，秘书长先生可是日理万机啊。即便这样，他今天还是过来了，在我病体允许的范围内，我们谈得非常投机。此外，虽然我没有通知莱尼今天不会客，因为我觉得不会有人来，但我们其实还是希望能够单独待一会儿，直到后来听到了拳头砸门的声音。于是，阿尔伯特，秘书长先生把桌子和沙发推到了角落里。但现在看来，我们找到了共同的话题，能够把它们再推到一起了，秘书长先生。"律师点着头，低声下气地笑着，指向床边的一把扶手椅。

"可惜我只能再待几分钟，"秘书长友善地说，大方地坐到椅子上，抬头看向钟表，"工作催人啊。但无论如何，我不会白白浪费一次结识朋友的朋友的机会。"他朝叔叔轻轻地点了点头。叔叔对这次结交感到很得意，但天性使他难以表达恭顺的情感，他只能在秘书长说话时报以尴尬但洪亮的笑声。

一个可鄙的画面！没有人关心K，他由此得以安静地观察一切。秘书长一被推到前台，立马主导了讲话，似乎他对此已经习以为常。律师刚才做出那副病态，似乎只是为了赶走后来的客人，这会儿他把手放在耳朵上聚精会神地听着。专司烛火的叔叔，尽力平衡着大腿上的蜡烛，这不时引来律师担忧的注视，但不久后叔叔就舒展开来，不再拘束，他被秘书长的谈话艺术以及他说话时那温柔、起伏的手势深深地吸引住了。

K靠在床腿上，秘书长甚至刻意对他视而不见，似乎他只是作为倾听者而存在。此外，他也搞不清楚他们在说什么，他一会儿想起女护工，想起她如何被叔叔粗鲁对待，一会儿又怀疑自己是不是曾经见过秘书长,或许就是在那次对他初审的集会上见过他。即便他搞错了,秘书长跟坐在第一排的参会者、那些胡子稀疏的老先生倒也是很相像的。

突然,前厅传来一声响,像是瓷器摔破的声音,众人不由得竖耳静听。

"我去看看发生了什么。"K说着慢慢走出去,似乎他在故意给别人留出劝阻他的时间。他刚一进入前厅,还在黑暗中摸索,一只手就按住了他用来开门的手。那手比K的手小很多,它把门关上了。那是等待在这里的女护工的手。

"根本没什么事,"她小声地说,"我把盘子扔在墙上,是想把您叫出来。"

K有点拘谨不安地说:"我想也是您。"

"太好了,"护工说,"您跟我来。"

走了几步之后,他们来到一扇不透明的玻璃门前,女护工打开门。

"您进来吧。"她说。

这显然是律师的工作室。月光从三个窗子里照进来,分别在地板上形成了一块小小的明亮方块,借着月光,可以看见房间里那些沉重的老式家具。

"到这里来。"女护工指着一个镶有木制靠背的柜子说。K一边坐下,一边打量着这所房间,房间又高又宽敞,这位"穷人的律师"的顾客一定会在这里感到茫然。K觉得自己仿佛看到了来者朝那气势恢宏的办公桌挪动身体时的小碎步。他忘记了周围,只看着女护工,她紧紧地坐在他身边,几乎把他挤到了一边扶手上。

"我本来以为,"她说,"不用我叫您,您就会主动出来找我。这事儿可真奇怪。一开始您走路时都不忘盯着我瞧,后来您却让我一直等待。您叫我莱尼就好。"她毫不停顿地补了一句,不想浪费谈话的每一秒。

"我很乐意,"K说,"所谓的怪事其实很好解释。首先我必须听那些老家伙闲扯,不能没有理由地离开;其次我不是无礼之人,我其实很害羞,而且你,莱尼,看上去也不是轻而易举就可追求到的人。"

"不是这样的,"莱尼说,她把胳膊搭在扶手上,看着K,"但您开始时不喜欢我,现在可能仍然不喜欢我。"

"'喜欢'这个词可能力度还不太够。"K有点含糊其词。

"啊!"她笑着说,刚才的对话和她这声轻轻的喊叫让她处于上风。因此K沉默了片刻。

当他适应了房间里的黑暗以后,他已经能够看清一些细节之处。一幅巨型图画尤其吸引他的注意,画挂在房门右边。他朝前弯弯腰,希望看得清楚一点。画上是一个穿着法袍的男人,他坐在高高的王座上,王座是镀金的,在整幅画里占据着重要位置。不同寻常的是,这位法官没有安静庄严地坐在那,而是左臂抵着扶手和靠背,右臂自然耷拉着,但右手却紧握着扶手,仿佛他下一秒就要变得勃然大怒,猛地从座位上跳起来,说出什么决定性的看法或者直接做出判决。被告人似乎站在台阶底下,画面上还可以看到被黄色地毯覆盖着的最上面几级台阶。

"这人可能是我的法官。"K用一根手指指着图画说。

"我认识他,"莱尼说,她看着画,"他经常到这里来。画中是他年轻时候的样子,他跟画里的模样差了千倍万倍,他其实非常矮。他非要把自己画成这么高,是因为他很虚荣,这里的人都是这样。我也很虚荣,并且因为自己不讨您的喜欢感到而不高兴。"

为了回答最后一句话,K直接抱住了莱尼,将她拉到了自己身边。她把头静静地靠在他的肩上。然后K又问道:"他有什么职衔?"

"他是预审法官。"她说着拉住K搂着她的手,把玩他的手指。

"又只是预审法官,"K失望地说,"高级官员都藏了起来。但他却坐在王座上啊。"

"这都是虚构的,"莱尼说,把脸贴在K的手上,"事实上他坐的是厨房的沙发,上面铺了一张粗羊毛毯。您就非得一直惦记着您那诉讼的案件吗？"她缓缓地补充了一句。

"不是，根本不是这样，"K说，"相反，我觉得自己对此的思虑太少了。"

"这不是您的错，"莱尼说，"我听说您非常的桀骜不驯。"

"谁说的？"K问道，他感到她的躯体贴在自己胸脯上，于是低头看着她那浓密整整齐齐的黑发。

"我要是说出来，就说得太多了，"莱尼回答，"请您不要询问名字，而且改掉您的毛病吧，不要再这么桀骜不驯，没有人能够抗拒这个法庭，被告人必须认罪。下次请您认罪吧。唯有如此，您才有脱身的机会。但是，没有别人的帮助这也难以做到，不过您别担心，我会给您这种帮助的。"

"你对这个法院以及这里的各种阴谋诡计都非常了解。"K说，他把她抱到自己大腿上。

"这样很好。"她说着在他腿上坐好，并且抚平了裙子，拉了拉衬衣，然后用双手搂住他的脖子，把他往后拉，长久地注视着他。

"如果我不认罪，你就不帮我了吗？"K试探性地问道。他总是请求女人的帮助，他有些惊讶地想到，一开始是布尔斯滕娜小姐，然后是差役的老婆，最后是这位身材短小的女护工，而她似乎对自己怀有某种不可名状的欲望。她坐在他的大腿上，仿佛觉得这是她唯一该坐的地方。

"不是不帮您,"莱尼回答,她缓缓地摇着头,"而是那样我就帮不了您。不过,您根本不想要我的帮助,您觉得无所谓,您太固执,根本不听人劝。"

"您有爱的人吗?"过了一会儿她又问道。

"没有。"K说。

"有吧。"她说。

"没错,确实如此,"K说,"你看,我虽然否认了,却把她的照片带在了身上。"

在她的请求下,他把酒吧女艾尔莎的照片拿给她看,她在他的腿上蜷成一团,仔细地研究那张照片。这是一张艾尔莎翩跹旋舞时的抓拍照片,她喜欢在酒馆里跳这种舞,她的裙子飘舞着环绕在身边,她的手放在丰满的臀部,脖颈挺直、微笑着看向照片一侧。至于她在朝谁微笑,从照片上看不出来。

"她把自己束得太紧了,"莱尼指着一个地方说,似乎那里可以验证她的观点,"我不喜欢她,她太笨拙和粗鲁了。或许她对您很温柔友善,从照片上看似乎如此。但这么高大、强壮的女孩除了表现出温柔和友善的态度之外,其他的基本上什么也不会。她会为了您牺牲自己吗?"

"不会,"K说,"她既不温柔也不友善,也不会为了我牺牲自己。我也从来没有希望她能做到其中任何一点。没错,我还从来没像你这么认真地看过这张照片呢。"

"您根本不是很在乎她,"莱尼说,"她不是您的爱人。"

"她是,"K说,"我不会收回我的话。"

"即便她现在是您的爱人,"莱尼说,"您也不会在失去她或者用我代替她之后对她念念不忘。"

"没错,"K笑着说,"这是可以理解的。但她比起你,有一个巨大的优势,那就是她不知道诉讼的事。而且即便她知道了,她也不会把这当回事儿。她更不会试着劝我认罪。"

"这不是优点,"莱尼说,"如果此外她就没有其他优点的话,我是不会打退堂鼓的。她没有躯体上的缺陷吗?"

"躯体缺陷?"K问道。

"没错,"莱尼说,"我就有一个这种小缺陷,您看,"她把右手无名指和中指分开,中间的皮肤一直连到那短短的手指第一个关节处,像蹼一样。K在黑暗中一下看不清楚,她便把他的手拉过去,让他摸。

"大自然开了一个玩笑,"K说,当他看到整只手之后,又补充道,"一只多么漂亮的小爪子啊!"莱尼有些自豪地看着K如何把她的两个手指不断分开又合上,最后在放开它们之前,他迅速地吻了一下。

"啊!"她立刻叫了一声,"您亲了我!"她张着嘴,迅速把膝盖跪到他的大腿上。

K仰头看着她,几乎有些惊慌,现在他俩挨得那么近,一股辛辣的、令人振奋的气味——像是胡椒的味道从她身上散发出来。她搂着他的头,朝他弯下腰,啃咬着他的脖子,甚至咬啮他的头发。"您用我代替了她!"她不断喊着,"您看,您用我代替了她!"

突然,她的膝盖滑了一下,差点摔到地上,她发出一声轻轻的尖叫。K抱住她,不让她掉下去,自己也被坠得弯下了腰。

"现在您是我的人了。"她说。

"这是房门的钥匙,您想什么时候过来,就什么时候过来。"这是她的最后一句话,他出门的时候,背上又遭到了一阵漫无目的的狂吻。

他跨出门时,外面下起了小雨,他想到马路中间去,在那里或许还能透过窗户看莱尼一眼。K心心念念着,没有注意到房前停着一辆汽车,叔叔突然从里面冲出来,抓住他的胳膊,把他顶到房门上,摆出一副要把他直接钉上去的架势。

"年轻人,"他吼着,"你怎么能做这种事!你把本来利好的事彻底搞黄了。那个肮脏的小东西明显是律师的情人，你竟然跟她鬼混了几个小时。你都没有找个借口，没有丝毫掩饰，什么都没有，就直接光明正大地跑去找她，还在她那待着不走。这期间我们坐在一起，一个为你奔波卖命的叔叔，一个本来可以被你争取过来的律师，还有那位正在审理你案子的重要人物——秘书长。我们三个坐在那里商量着如何帮助你，我必须小心翼翼地处理跟律师的关系，而律师则必须小心翼翼地逢迎秘书长，无论如何你至少应该给我帮帮忙吧，你却一直不回来。你离开了这么久，再也掩饰不下去了。他们是些礼貌、精明的人，没有点破，他们照顾我的脸面。最后，他们确实装不下去了，只是因为这件事不便提起，所以他们才一声不吭。我们有好几分钟全都一言不发，一直在那儿听着，看看是不是你回来了，但一切都是徒劳。最终秘书长站起身跟我们告别，他比原先计划停留的时间待得久得多，他对我表示遗憾，因为他没能帮上忙，最后他又特别好心地在门口等了一会儿才离开。我自然盼望他快走，那种气氛已经把我憋得喘不过气了。至于生病的律师，那位好人更是遭了大罪，在我跟他告别的时候，他已经不能说话。你可能使他彻底崩溃了，甚至加速了他的死亡，而他本来是你的指路人。而我，你的叔叔，在雨中苦等你几个小时，在焦虑中独自煎熬！你摸摸，我已经湿透了！"

第七章 律师——厂主——画家

在一个冬日的上午——屋外，大雪在昏暗的光线中飞舞——尽管K几个小时前已经感到劳累不堪，这会儿仍在办公室坐着。为了在下级官员面前保存颜面，他特意吩咐杂役禁止他人进入，借口是他正忙于一项重大事务。但他并没有在工作，他不停地旋转自己的沙发椅，还把一些小玩意儿放在桌子上，用手慢慢推着玩。然后，他像突然失去意识似的，任由整条舒展开的胳膊搭在桌面上，低着头，一动不动地坐着。

他一直在思考着这场诉讼案件。他有时会考虑，写一封辩护信发给法院是不是更好些。他想在信里简短地介绍一下自己的生平，把每段重要的经历都加以详细地描述，比如解释下自己当初的言行，以及他现在是否还赞成当初的做法，赞成或者反对的理由是什么。相比较让并不完全可靠的律师在口头上为自己辩护，这样一封辩护信具有显而易见的优势。K根本不知道律师在忙活些什么，反正成果并不大。一个多月前，胡尔特律师遣人来找过他，他和胡尔特律师谈过几次话后，便对胡尔特律师留下了他根本帮不上什么大忙的印象。刚开始时，律师几乎很少问他问题，而K认为，关于自己的事有很多地方是值得提问的。提问是很重要的，K甚至觉得自己可以提出所有必要的问题。而律师呢？他根本不问问题，只是在自说自话，或者像哑巴似的坐在办公桌对面；又或许是由于耳背的原因，律师经常会朝办公桌的方向微微倾着身子，搓弄着下巴中间的一小缕胡子，低头看着地毯，或许正好盯着K和莱尼一起躺过的那块地方。他像大人教育小孩一样，总是给K提出一些空洞的告诫。对于这些无聊的废话，K打算在最后结账的时候一分钱都不付。

每次律师觉得自己已经将K的信心打击得差不多了以后，通常会重新开始给他加油鼓劲。他会声称自己打赢过很多这类的官司，有时全部赢，有时部分赢，而那些案子即便不如K的案子这么棘手，却看上去更加让人绝望。这时候，他会敲敲桌子上的某个抽屉，告诉K抽屉里就存放着这些案子的卷宗，但他不能把它们拿出来示人，因为这些是机密文件。不过他从这些案子中积攒出的丰富经验对K是有好处的。

律师确实已经为K的案子出了力，他差不多已经完成了第一道抗辩书，并准备把它呈交给法院。这份抗辩书很重要，因为所做的辩护给人的第一印象一般可以决定审判的整个走向。但可惜的是——他应该提醒K注意——法院有时根本不看前几份抗辩书。他们会把它轻率地扔到文件堆里，声称对于被告的事前审讯和观察远比这些字纸更重要。如果呈文者非常迫切，他们会说，等到所有的材料收集完毕，审判前他们会把所有的文件，当然也包括第一份抗辩书，相互比照着审阅一遍。可惜大多数情况不是这样，第一份抗辩书通常会被丢到一边，甚至不翼而飞。根据律师的说法，即便他们最后保存了下来，也不会被阅读。

这一切令人感到遗憾，但并非没有道理。K不会没有注意到，整个诉讼过程不是公开进行的。如果法院觉得必要，过程可能会公开，但法院却不会公开。因此法院的各种文件，尤其是起诉书，是不对被告及其辩护人开放的。因此，人们一般都不知道、至少不会准确地知道，第一份抗辩书是干什么的，这些抗辩书往往是一些意义不明的空话。只有整个审讯走到对被告提起正式控告、并清楚地说明控告理由的阶段，人们才会开始呈递真正有针对性的、包含证据的抗辩书。在这种情况下，辩护自然处于一个十分不利和艰难的境地。但这其实是法院故意为之的，因为法律并不鼓励辩护，只是允许辩护，甚至在法律是否允许辩护这一观点上还存在着不少意见分歧。因此，从严格意义上讲，法律并不允许被告辩护，所有在法院上出庭的辩护律师实际上都只是被人们当作讼师而已，这对整个律师行业来说都是一种侮辱。

下次K前往法院办事处的时候,如果他想对此有清醒认知的话,只需看一看律师办公室是什么模样就足够了。他会震惊于里面的人的处境。指定给他们的房间逼仄、低矮,这说明法院对这些辩护律师们十分蔑视。房间里唯一的通光孔是一个小天窗,那扇窗子很高,如果想看看外面,得找一个同事驮着你,而且天窗外面紧挨着一个烟囱,一打开烟灰就扑鼻而来,呛得你喘不过气,脸也会被熏得乌黑。再举一个例子,在房间的地板上,一个大洞已经出现了一年有余,虽然它不至于让整个人都陷进去,却也可以轻松陷进去一条大腿。律师办公室在阁楼的二楼,如果一个人陷进去,在阁楼的一楼、也就是人群等候的走廊上,就可以看到那条挂着的大腿悬在半空中。律师圈的人把这称为耻辱,此话并不为过。他们向当局反映后没有任何结果,而且还有一条严格的禁令——律师们不可以自费更换房间里的任何东西。这一条例也是有因可循的,他们是想把律师尽可能地排挤出去,最好一个也不剩,让被告独自承担辩护的责任和压力。

以上描述都符合事实,但如果由此推出结论说,在这个法院律师对于被告是无关紧要的,那就大错特错了。相反,再没有比这个法院更需要律师的了。整个诉讼过程不仅不公开,甚至对被告本人也保密，当然，只是在可能的情况下，但这种可能的限度很大。有无数的忧虑会让被告分心，因为他们无权查看法院的卷宗，所以他们想通过审讯时的问答推测出法院手中有哪些文件是极为困难的，于是他们只好委托辩护律师来插手自己的官司。通常情况下，审讯的时候辩护人不被允许在场，他们只能在审讯结束后——他们往往就等在审讯室房门后面——向被告询问这场审讯的内容，然后从混乱的讲述中提取出对辩护有利的东西。但最重要的还不是这个，因为即便是非常能干的律师，采用这种方式获取的信息也着实有限。最重要的是律师的人脉，这是辩护律师的主要价值所在。

K已经可以从切身经历中看出，这个法院的最底层机构并不是滴水不漏，玩忽职守和收受贿赂的大有人在，法院严密的组织架构因此产生了漏洞。于是，很多律师就从这里挤进去，想方设法进行贿赂、打听虚实，甚至发生过——至少是早些时候有过——盗窃文件的事。不可否认，通过这种方式可以暂时获取对被告有利的结果，所以这些小律师们为此自鸣得意、以此吸引更多的委托人，但这对于诉讼的进一步发展却毫无助益，甚至会起到反作用。只有真诚的人际关系才有真正的价值，尤其是与更高级官员的关系，这当然只是指那些低层里的较高级官员。只有如此才会对诉讼起到积极影响，尽管一开始看不出来，但后来这种影响会变得越来越清楚。当然只有极个别的律师才有这本事,而K做了一个幸运的选择。在这方面只有一两个律师可以与胡尔特律师一较上下。这些有能耐的律师并不屑于去理睬律师办公室里的那些人,也几乎不与他们产生任何来往,他们只和法院的官员们关系紧密。胡尔特律师甚至不需要到法院去,也不用像一些人一样等候在预审法官的门口,只为盼着法官出现后看他的心情捞到一些表面上的好处,甚至可能什么也捞不到。K亲眼看到,一些高阶的官员自己登门,主动地、毫不隐瞒且自愿地向胡尔特律师分享一些内情,给他一点暗示,和他一起议论诉讼的下一步或许会出现的某种转折,他们有时甚至会接受有利于为被告辩护的新观点,但对此不可过于相信,就算预审法官们信誓旦旦地说出对被告有利的新观点,但在次日回到办事处后,他们也可能做出一个完全相反的决定,给被告判以重刑,这个判决结果可能比他们当初声称要改善的判决重得多。但被告和律师对此却无能为力,因为那只是他们私下谈论的内容,无法放到台面上来,何况律师平时还要努力争取这些先生们的好感,不敢得罪他们。

另外,这些法官们之所以来拜访辩护律师,当然只是那些经验丰富的辩护律师,并不是出于与人为善的想法或者友好的感情,而是因为他们也离不开辩护律师。这要说到自始至终对外保密的法院组织架构的一个缺点。那就是官员们缺少与民众的联系,对于那些一般的案件他们是很有经验的,这种案子几乎完全循规蹈矩,只需要少许助力即可完成。但面对那些极为简单或者极为复杂的案子他们却经常一筹莫展,因为他们完全被条条框框所束缚,缺少对人际关系的正确把握,在这种案子里,他们经常感到深深的无力。于是,他们去找律师寻求建议,在他们身后往往还站着手捧案卷的仆人,而那些文件本来是完全保密的。人们有时会在律师家的窗户前看到一些意料不到的人物,他们或许正茫然地看着外面的街道,而律师为了给他们一个好的建议,则埋头在办公桌上研究那些他们带来的机密文件。只有在这时,人们才可以看出,这些法官们对于自己的职业是多么的上心,以及在面对自己无法克服的障碍时,又是多么的绝望。可以这样说,他们的工作也不见得多么容易,如果把他们的工作看得很轻松,那也是不公正的。这个法院的等级阶序是无穷的,始终可以爬升,即便是内行人都不清楚尽头在哪里。

法院的流程对于低层官员通常都是保密的,他们这一刻还在处理这件案子,下一刻就完全不知道案情发展到哪一步了。他们不知道进入自己职权范围内的案子是从哪儿来的,也不知道之后它又将被转呈到哪儿去。如果能够研究一番诉讼的各个流程、判决结果及其理由,官员们一定可以收获很多经验,但他们却无法这样做,他们只能参与法律规定好的某个流程,对于之后的进展,或者说对于自己工作取得了什么结果,他们知道的并不比辩护人更多。按照规则,辩护人几乎可以一直陪伴被告走完整个流程,因此,官员们有时能够从辩护人那儿了解到很多有价值的信息。

虽然K已经对这些内情心知肚明,但官员们的狂热仍然令他惊讶,他们有时会对来访者——几乎每个来访者都有过这种经历——说出侮辱性的话。所有的官员都很易怒,即便他们看上去很平静,他们的内心也在翻涌。为此遭罪最多的自然是那些小律师们。比如,他们中流传着一个故事,看上去挺像真事。

据说有一个善良、温和、年迈的法官,曾经为一件困难的案子苦思冥想了整整一天一夜,其间没有丝毫中断——这个官员的勤奋确实无人能及,但律师提交的几份申诉书令案子变得更复杂了——天蒙蒙亮的时候,也就是过了二十四小时之后,他的工作并无成效,于是他来到门口,在那里埋伏好,把每一个准备进门的律师都推下了楼梯。律师们在休息平台上聚拢起来,商量着对策。一方面他们确实没有什么权利可以进入法院,因此面对法官几乎完全束手无策,而且还得尽量避免激怒法院的官员,就像前面提到的那样;另一方面,少进法院一天,对他们来说就意味着浪费了一天的时间,因此,他们急切地盼望着能够进入法院。最终他们达成了一致决定:把这位老先生累趴下。于是,他们每次派上去一位律师,这位律师爬上楼梯，在尽可能轻微地抵抗之后任由自己被推下来，下面的同事则一起接住他。整个过程持续了大约一个小时，后来这位老法官实在撑不住了，只好回办公室去了，因为之前的通宵工作已经使他筋疲力尽了。但下面的人群根本不相信他真的走了，他们派出一个人，让他躲在门后探听动静，确定没有人了，他们才敢进去。就算这样，他们都不敢发出一句抱怨。没有律师会津津乐道于给法院提建议、做改进，因为哪怕最愚蠢的律师也能感知一些风向，他们知道这是无益的。与之形成鲜明对比的是，几乎每个被告，甚至是一些头脑非常简单的人，都会在自己的官司刚开始时马上想到给法庭提建议，他们因此浪费了很多时间和精力，如果把这些时间和精力用在别处会好得多。唯一正确的做法是适应现状。即便自己能够促使一些细枝末节的改善——这其实是毫无意义的幻想——可取得的最好结果也不过是让之后的被告稍微好受一些，但这却会引来睚眦必报的官员们的仇视，使自己遭受莫大的损害。不引起别人的仇恨就够了！无论有多么违背自己的意愿，也要克制自己！所有人都需要明白，这个庞大的司法机构是保持着平衡的，一个想尝试着对它做出改变的人可能会失去立足之地，更有可能会跌倒并被毁灭，但这个庞大的组织机构却可以笑着面对所有的波澜，它可以在其他地方得到补偿并恢复平衡，继续我行我素，甚至变得更加封闭、更加警惕、更加严厉、更加恶毒。所以，应该放手让律师们去工作，不要干涉他们。指责没有意义，尤其是当指责的人自己也不清楚为什么要做出这样的指责的时候。但K在秘书长面前的行为究竟给他的案子造成了多大的损害，还是有必要讲一讲的。胡尔特律师告诉K，由于K之前在秘书长面前的失礼行为，对他的案子很不利。秘书长是个很有影响力的人，但现在几乎可以将他从能够帮助K的人的名单上划去了，提到诉讼的每一句话他都会刻意忽视。有时，这些官员就像孩子。他们经常会因为一些小事——很可惜K的行为不属于此类——而大动肝火，以致与昔日好友之间闹得很僵，一旦在路上相遇，他们会转头就走，甚至还会想尽一切办法跟对方作对。后来，或许突然有一天，他们装作毫不在意地开一个小玩笑，两人开怀一笑，从此冰释前嫌。与这些人打交道，既困难又轻松，根本没有一定的规矩。一个人在其平庸的一生中，竟累积了这么多使其取得成就的纵横捭阖的知识，这不得不让人感到惊讶。但每个人都有迷茫的时候，有时人们会觉得自己一无是处，有时似乎官司的胜负都是注定的，一些案子不管请多少外援，花费多少力气，表面上取得了多少人们曾为之欢欣鼓舞的阶段性成果，最终摆脱不了失败的宿命，而有一些案子什么都没做，也准能打赢。于是，很多人感到忐忑不安，再没有什么是确定的，谁知道他们有没有通过各种请托反倒把本来向好的案子带上了歧路？这是一个涉及自信心的问题，除此之外没有其他好说的。当律师正把一个案子办得顺风顺水时，却突然遭到解约，尤其会受到这种心情的折磨。当然，这也只是一种心情，并无其他影响，而这无疑是发生在律师身上最糟糕的情况。

说到解约，被告不会跟律师主动解约，这种事从没有发生过，被告选定律师后必须一以贯之，这是惯例。在请求律师帮助之后被告又怎么能单干？主动解约不会发生，但有可能发生的是，有时候案情发生了转折，那时律师将无法继续陪同被告过问案情。诉讼、被告以及其他的一切一瞬间都跟律师绝缘了。到了这一步，与法官的关系再密切也不顶用，因为他们也什么都不知道。诉讼发展到了这一阶段，任何援助都将被禁止，案件会被发到一个常人进不去的法院里审理，连律师都见不到被告本人。某一天律师回到家中，可能会在桌子上看见一堆被发回的他们辛辛苦苦、怀揣着美好期望书写的抗辩书，因为这一阶段之后的诉讼将不再接受这些材料，它们成了毫无用处的废纸。但至此官司还不一定会输，至少没有确实的理由能证实这点，律师只是不再了解诉讼的情况，也探听不到什么消息了而已。很幸运，K的案子是个例外，就算不是例外，至少目前他的案子还远远没有达到那一阶段。律师现在还有很多工作可做，而且K相信他不会耽搁时间。

刚才提到过，这第一篇抗辩书还没有被呈递，但这用不着太着急，重要的是与那些主管官员的初步谈话，这一步已经做过了，但坦率地说，只取得了部分成效。最好不要泄露目前的细节，因为那些只会对K产生不利影响，让他过于乐观或者过于恐慌，只能对他说一些人很乐意帮忙，他们也展示出了提供帮助的意愿，另外一些人虽然不那么积极，却不会拒绝提供帮助。虽然整体的形势非常乐观，但还不能就此遽下结论，因为案子处在开始阶段时并没有明显差别，只有在情况进展后才能体现前期工作究竟有无成效。不管怎么说，目前还没有失策之处，但要想成功，如果能争取到秘书长——为此已经做了很多工作——那么用外科医生的话说，这个案件便是一个已经清理过的伤口，人们可以安心地等待下一步的进展了。

律师说起这些话总是滔滔不绝。每次见面他都是这一套说辞。总是有进展，但有什么进展却不说。总是在书写第一道抗辩书，但总是没有完成，而下次会面的时候律师却把这说成一个巨大的优势，因为上次递交抗辩书的时机并不好，这种事无法预料。K对这些说辞感到厌倦，他有时候会说即便考虑到所有的困难，进度仍然太慢了，但他马上就会遭到反驳，律师会说进度一点都不慢，如果K能及早来找律师的话，事情会进展得更快些，但可惜机会被他错过了，而这个耽搁以后还会带来麻烦,并不只是暂时的麻烦。

会面时唯一让人幸福的小插曲是女护工莱尼,她总是有意地做些安排,她会趁K在场的时候给律师递上茶水,然后站在K的身后,表面上是在看着律师,看他如何贪婪地朝茶杯俯下身,倒水喝茶,暗地里她却把手伸给K,让他握住。大家都不说话。律师喝茶。K握着莱尼的手,有时候莱尼甚至敢轻轻抚摸K的头发。

"你还在这里啊?"律师喝饱了之后问道。

"我等着收走茶具。"莱尼会这样说,最后他们捏了一下手,律师抹抹嘴,就像重获活力一样,继续与K谈话。

律师是想安慰K,还是想让K绝望?K不知道,但他肯定的是,他找错了辩护人,这是显然的。即便律师说的话完全是真的,但他夸大自己重要性的意图很明显,真正让人感到可疑的是一再被他提及的他与官员密切的私人关系。他利用这些关系仅仅是为了K吗?律师从没忘记说这只涉及低层官员,也就是说他们总是位居人下,如果能令规规矩矩的案子发生反转,或许会对他们的晋升起到促进作用。他们是不是也利用律师做出一些对被告并不利的反转呢?或许他们并不总是这样做,对,他们肯定不会一直这样做,在一些案子里他们也会把好处让给律师,因为他们也必须考虑到不让律师的声誉受到损害。如果真是这样,他们会以何种方式介入K的案子呢？如律师所说，K的案子在困难度和重要性上都超乎寻常，并且他初来乍到就引起了法院的注意。他们可能会做什么举动，这不难猜测。现在，已经可以看出一些端倪了，尽管诉讼已经持续了数月，第一道抗辩书迄今仍未被投递。据律师推测，目前一切正处在开始阶段，这很适合用来麻痹被告，让他错失良机，然后他们再突然向他宣布判决结果，或者通知K，预审已经结束，对他不利的审查结果已经呈递给上级部门。

K知道，亲自干预是绝对有必要的。就像这个冬日的上午，他劳累不堪，但这个念头总是挥之不去，所有人都不由自主地在他脑海中浮现。之前，他对这个案子所怀有的轻视态度，此刻已经荡然无存。如果世界上只有他一个人，那他当然可以轻松地对整件事情一笑了之，虽然那时候根本不会发生这种事。但是现在，叔叔已经为他引荐了律师，因此，他要顾念血缘纽带。如今K的职位也并非与本案无关了，因为他曾经有些欠考虑地向几个熟人提及了这次诉讼，其他一些人对此亦有所耳闻，至于他们是怎么得知的，他并不知道。而与布尔斯滕娜小姐的关系也因为诉讼的关系开始动摇。总之，他现在无法选择接受或者拒绝这一审判，他身处案件中，必须小心从事。他认为，如果他觉得累了，情况也就糟糕了。

从目前来看，没有理由过分担忧。他曾经在很短的时间内在银行里爬到了今天的高位，而且得到人们的一致认可，这证明他是有能力的。而现在，他只需把能力用一点在诉讼上，无疑会有好的收获。要想有好结果，首先要牢记从始至终不要怀有任何负罪的思想。他没有罪。整个审讯只是一次重大的交易，就像他以前为了银行的利益达成的那些交易一样，交易的内部总是潜藏着各种风险，这是不可避免的，但他必须克服它们。为了达到这一目的，他绝不能怀有任何负罪的想法，而是应该尽量坚信自己是占据优势的。如此看来，他必须要跟律师尽快解约，而且最好就在今晚。虽然律师曾经声称这是令人愤慨、甚至非常羞辱性的行为，但K一想到自己在这场官司中总是遇到各种阻碍，而他又怀疑这些阻碍完全是由自己的律师设置而引发的，就马上丧失了耐心，下定决心跟律师解约。他认为，只要能甩开律师，自己马上就可以投递抗辩书。然后，他会每天去找那些法官，催他们尽快加以审阅。K永远不会像那些坐在走廊里、把帽子放在长椅下的被告一样，温顺地坐在过道里等候。他可以自己去，或者请托一个妇女，也可以是其他人，每天往官员们那里跑，不是只隔着栅栏往里张望，而是逼官员们坐到办公桌旁仔细研究K的呈文。K不能放弃这些劳累的工作，他需要确保一切已经得到妥善的组织和监管。法院这回算是遇到了一个懂得维护自己权利的被告了！

即便这些事情K都能做到,但抗辩书如何撰写仍然是够伤脑筋的。大约一个星期以前,想到有朝一日不得不自己起草这份抗辩书,他还只是感到有些羞耻,那时他根本没有想到会是这么困难。他回想起了某个上午发生的事情,那时他的工作堆积如山,但他突然把一切都抛到一边,拿来书写板,尝试着构思一篇抗辩书,好把它提供给慢性子的律师,就在此时,办公室的房门被推开了,副经理哈哈大笑着走了进来。K感到很难堪,副经理的笑自然不是因为抗辩书的事,因为他根本不知情。原来副经理刚刚听到了一个关于交易所的笑话,要想弄懂这个笑话还不得不画些图,因此副经理朝K的桌子弯下腰,又从K手里抢过铅笔,在本来准备书写抗辩书的书写板上画了起来。

今天K已经没有羞耻感了,抗辩书必须写好。如果在办公室里没有时间,那他就晚上回家后做。如果晚上的时间不够用,那他就占用假期来做这件事。不仅在谈业务这件事上,在任何时候、任何事情上,半途而废都是最愚蠢的。毫无疑问,这是一项无休无止的工作。即便不是胆小畏缩的人也会相信:完成这篇抗辩书是永远不可能的。这不是因为K的懒惰——只有律师才会故意拖着不做——而是因为他根本不知道自己受到了什么指控,以及有什么附带指控,因此他全部生活的每一丝细节都得加以回忆和阐述,他要进行全方位的反思。

这种工作是多么令人烦恼啊！它或许适合那些在退休之后，处在生命中第二个童年时代的人来做。但现在，K必须集中精力完成手头上的银行业务，因为他的事业还在上升期，他已经对副经理的位置构成了威胁，时间在匆匆流逝，而他还想要像年轻人一样享受短暂的黄昏和夜晚时光，但他现在却不得不着手准备这篇抗辩书。他浮想联翩，为自己感到可怜。为了赶紧结束这种胡思乱想，他不情愿地用手指按下了接往前厅的电铃。他按下的一瞬间，抬头看了一眼挂钟。已经指到十一点，这漫长、珍贵的两个小时全被他虚度了，自己却只是变得更加黯淡无神。但时间并没有被白白浪费掉，他毕竟做出了或许很有价值的决定。

杂役送进来了一些邮件和两位先生的名片，为了得到K的接待，那两位先生已经等候了很长时间。这些是很重要的银行顾客，无论何时他都不应该让他们等待这么久。为什么他们这么不合时宜地到来？在门后等候商谈业务的先生们可能会反问：为什么K为了私人事务占用宝贵的办公时间呢？对过往的思虑令K感到劳累，对将来的思虑同样令他劳累，K站起来，准备接待第一位顾客。

这位个子矮小但富有生趣的先生是个工厂主，K跟他很熟。他为打扰K表示歉意，K也为让他等待了这么久表示了自己的歉意。

但他道歉的方式却很机械，而且语调也完全缺乏诚意，如果工厂主的脑子不是被生意的事完全占据了，他一定会察觉到这一点。工厂主从口袋里匆忙掏出一些账目和表格，把它们在K面前铺开，他解释着各种不同的文件，指出那些小小的计算错误，即使匆匆一瞥，这些错误也逃不过他的眼睛。他还提醒K：一年前和他谈成的一笔交易，如今另一家银行打算做出很大的牺牲揽过这笔交易，最后他终于不说话了，等着K的回答。

说实话，开始的时候K还在认真听，他对这项重要的业务比较上心，可惜没听多久他就分了神，但有那么一会儿他仍然对厂主的大声嚷嚷点头表示同意，最终索性头也不点了，只是看着那个俯伏到纸面上的光头，然后问自己：厂主什么时候才能明白和他的对话是在白费口舌。当厂主沉默下来时，K一开始真的相信，厂主这样做是为了让自己告诉他，目前K不适合再谈业务，但看到厂主专注的目光，K明白了，这段谈话必须再继续下去。他低着头，像接受命令一样，开始用铅笔缓缓地在纸上画来画去，不时地停下来，盯着某一个数字看。厂主觉得K打算表示异议，或许因为这个数值确实不太准确，或许因为这并不重要。于是，厂主用手摁住图纸，又朝K凑近了一点，开始从头对这项买卖的梗概做介绍。

"这很困难。"K说，他噘起嘴，朝侧边的扶手瘫下去，无精打采地斜靠在旁边椅子的扶手上,因为他唯一需要了解的东西被厂主盖住了。当经理室的门打开的时候,他稍稍抬头看了看,副经理正从里面出来,那里看得不是很清楚,似乎隔着一层面纱,只能看见副经理的身影。K不想继续思考副经理出现的原因,而是很高兴看到他出现后的效果:厂主立马从沙发上跳起来朝副经理跑去,K真希望他的速度能再快上十倍,因为他害怕副经理会再次消失。不过这种担忧是多余的,他们俩互致问候,握了手,然后一起朝K的写字台走来。

厂主指了指K,抱怨说襄理对这项业务不怎么感兴趣。发现副经理在注视自己,K又把头埋到了图纸上。两个人走到桌旁之后,厂主试图讨副经理的欢心,但K却觉得这两个人仿佛正在他的头顶上谈论自己。他有意把眼珠缓缓上翻,打算了解一下他们到底在交谈什么,然后他直接从桌子上拿起一张纸,把它摊平放在手掌上,随着自己身躯的缓缓直起,把它举高到两位先生的面前。此时,他没有什么确定的目的,只是随着一种感觉做出了这个动作,那是一种有朝一日他写完那篇浩繁的抗辩文时,自己完全解脱之后的感觉。

副经理一直在全神贯注地进行对话,只是粗略地扫了一眼那张纸,并不在乎上面写了什么,因为只要是对襄理来说重要的事情,他都认为并不重要。他将那张纸从K的手里拿过来,说道:"谢谢,我已经什么都知道了。"他又把它平静地放回到桌子上。

K有些不满地斜视着他。副经理却根本没有注意到,如果他注意到的话,只会感到高兴。他不时爽朗地笑着,不断机智地把厂主逼入困境,但又马上反驳自己,把厂主从中解救出来。最后,他邀请厂主前去他的办公室,去那里继续谈这桩交易。

"这是一件非常重要的事,"他对厂主说,"我已经全都了解了。而襄理先生……"他说这句话的时候仍然只对着厂主,"我相信,如果我们接过手来,他会表示同意的。这桩交易还需要再认真地考虑一下,但他今天看上去有些劳累,前厅里还有一些人已经等了他好几个小时了。"

还好K有足够的克制力,他让自己不再那样盯着副经理,把友善但僵硬的微笑转向了厂主,除此之外他什么也没有做。他将身体微微前倾,像站在柜台后面的伙计一样,两只手按在桌子,看着两位先生一边交谈一边拿起桌子上的图纸,走出办公室。厂主走到门口的时候还转过身来说,他还并不想和K告别,因为一会儿他还要向K报告会谈的结果,此外,他还有另外一个小消息要告诉他。

终于只剩K一个人了。他一点也不准备接待下一位顾客,他恍惚地想,外面的人可能还以为自己正在跟厂主谈话,这样一来就没有任何人会来打扰他,就连杂役也不会。他走到窗边,坐到窗台上,一只手紧紧地握着窗户把手,看向外面的广场。雪还在下,但落地就融化了。

他长久地这样坐着,不知道究竟是什么事情让自己如此心烦意乱,只是不时地回过头,有些惊恐地朝通往前厅的房门望去,他总是误以为那里有响动。但没有任何人走进来,于是他安心了些。他走到盥洗台旁,用凉水洗了一把脸,清醒了下头脑,随后走回到窗台旁。把辩护权收回自己手中的决定,所产生的后果远比他当初设想的更加重大。只要他还委托律师做自己的辩护人,他就与诉讼保持着一定距离,他可以置身事外进行观察,诉讼至今还未对他造成什么实际的影响,他可以随时检视案件的发展,也可以完全撒手不管。而现在则相反,如果他自己辩护,为了争取无罪释放,至少目前,他必须完全受控于法院,在目标实现以前,他很可能会比以往任何时候都要更多地涉险。如果说他曾经对此还有怀疑,那么今天看见副经理和厂主的相处已经足够证实这种想法了。他只是做出一个为自己进行辩护的决定就让自己头脑发昏了,以后还会怎么样呢?往后的日子里等待他的将会是什么?他能否找到那条穿越一切障碍通往美好结局的道路?精心进行辩护——其他的一切都没有意义——难道不是意味着必须尽可能放弃其他所有活动吗?他能够幸运地渡过这一难关吗?他怎么在银行里做这件事呢?他要做的不只是写抗辩书——可能一个假期就可以把抗辩书写好,尽管现在请假很冒险——还涉及整个诉讼过程,整个过程他不知道会延续到什么时候。这是突然出现在K事业上的障碍!

现在他还应该做银行的工作吗?他的目光越过办公桌飞了出去。他现在应该接待访客,与他们洽谈业务吗?他的案子还没有结束,阁楼上的法官们还在翻阅案宗,他还应该继续操心银行的事吗?难道这不像一个法院故意加给他的酷刑吗?银行进行工作考核的时候会照顾他的特殊处境吗?没有人会这样做。他不清楚究竟有谁知道他的案子、知道多少内容,他觉得别人完全不知情是不可能的。不过风言风语看来还没有传到副经理那里,否则的话,他早就会不顾同事感情、没有人性地利用它来针对K了。而经理呢?当然,他很照顾K,如果他了解到诉讼的事,兴许会力所能及地为K减轻些工作负担,但他恐怕不会成功,因为他已被架空了,K的抗衡力量已经开始减弱,副经理的影响力与日俱增,除此之外他还趁经理生病的时候大肆培植自己的势力。K在期望什么呢?或许这些考虑减弱了他的反抗力,但不欺骗自己、尽可能地看清楚一些现状是绝对必要的。

不是出于什么特殊的动机,或许只是为了不用回到办公桌旁边,他打开了窗子。窗户干涩又难开,他必须用双手拉住把手使劲推才将其勉强打开。窗户打开的一瞬间，掺杂着烟尘的浓雾就涌了进来，到处弥漫着一股淡淡的煤烟味，还有几片雪花也被裹挟了进来。

"恼人的冬天。"工厂主在K身后说道，他从副经理办公室离开后悄无声息地走了进来。

K点点头，焦虑地看向他的文件袋，或许他会从里面抽出几份文件，向K汇报一下他与副经理洽谈的成果。但厂主看了看K的眼睛，又敲了敲文件袋，却没有将其打开，他说："您要知道这太不寻常了。我们差不多要签订合同了。你们的副经理真是魅力十足，但他也不是一个没有危险的人。"他笑着，跟K握了握手，想让对方也笑一笑。但K正在怀疑他是不是准备展示一下那些文件，而且厂主的话并没有让他感到好笑。

"襄理先生，"厂主说，"或许这个天气让您不太舒服？您今天看上去很沮丧。"

"没错，"K说着用手按住太阳穴，"头疼，家里的事让人心烦。"

"确实啊，"厂主说，他是一个急性子，从不能安静地听人讲完话，"家家有本难念的经。"

K不由自主地朝门口迈了几步，似乎想要送客，但这位先生说："襄理先生，我要转告您一个小小的消息。我不想再在今天这种时候增加您的负担，但我前两次来的时候都把这事给忘了。如果我再拖延下去，或许这消息就没有价值了。这会很可惜的，因为我的消息绝不是毫无价值的。"他没有给K回答的时间，径直走到K身边，用指关节轻轻地敲着K的胸脯，小声地说，"您被一个官司缠上了，是吗？"

K后退了一步，立刻喊道："一定是副经理告诉你的！"

"不是，"厂主说，"副经理怎么知道这件事呢？"

"那您是从哪里知道的？"K问道，他已经镇定了许多。

"我能到处打听到一些法院的事，"厂主说，"这正好涉及我要告诉您的消息。"

"跟法院有关系的人可真不少！"K低着头说道。他把厂主领到办公桌旁边，他们像之前一样坐好。厂主说："可惜我能告诉您的并不是很多。但在这件事上，最微不足道的细节都很重要。此外，我虽然迫切地能希望给您一些帮助，但我的能力还是有限的。我们一直都是很好的生意伙伴，不是吗？既然如此，我就应该帮助您。"

K想为他今天的表现道歉，但厂主却不希望遭到任何打断，他把文件袋夹到胳肢窝下面，借此表示他要赶时间，然后继续说道："您的事我是从泰托雷利那里听说的。他是一个画家，泰托雷利是他的艺名，他真实的名字我也不知道。近几年来他经常会到我的办公室去，并且带来一些画作，我总是借买下这些画作来周济一下他，他简直像个乞丐。不过那些画都很漂亮，描绘的是石楠荒原的风景以及此类的画作。这种交易通常很顺利，我们早已习惯了。但有一段时间他的拜访却太频繁了些，我有些不满，于是我们谈了谈。我感兴趣的是他如何只靠画画维持生计，而让我惊讶的是，他最主要的收入来源竟是替人画肖像画。'我在法院工作，'他说。'在哪个法院？'我问他。然后他给我介绍了那个法院。或许没有人比您更能体会我听完他的讲述之后那种惊讶的心情了。后来他的每次拜访都给我带来一些法院的新闻，我慢慢地对此有了一个清晰的认识。但泰托雷利实在太啰唆，我经常不得不制止他滔滔不绝的讲话，一方面因为他有时会扯谎，但这不是主要的，主要的是像我这种生意人，光是那些买卖上的事都够我操心的了，根本没有精力关心太多不相关的事。但我随口提一句啊，我觉得或许泰托雷利对您能够有所帮助，他认识很多法官，即便他自己没有什么影响力，也能告诉您如何接触各种有影响力的人物。就算这些建议起不到决定性的作用，但照我看来，听一下仍然具有重大的意义。因为您像律师一样精明。我总是习惯说：'襄理K先生几乎算得上是一个律师。'哦，我丝毫不为您的官司感到担忧，您一定会胜诉的。您现在打算去找泰托雷利吗？有我的推荐他一定会鼎力相助。我真的觉得您应该去一趟。当然不一定是今天，看情况吧。但是，即便我给您提了一个建议，这并不意味着您——我得说明一下——非得去找泰托雷利不可。不是这样的,如果您觉得自己不需要泰托雷利的帮忙,当然最好就不要去找他。或许您已经有一个详细的计划,泰托雷利的介入反倒会阻碍它的实施。如果是这样的话,那么您就绝不应该去找他了!而且让这么一个闲汉给自己提忠告,实在有损自己的身价。一切都按您的意思办。这是我的推荐信和他的地址。"

K有些颓废地接过信,将它放进口袋里。这封推荐信能够带给他的最大好处,也远远抵不上他受到的损害,因为厂主竟然知道这件事,并且画家还会继续散播这个消息。厂主已经往门口走去,他甚至难以说出几句道谢的话。

"我会去的,"当他站在门口送别厂主的时候说,"或许我会写封信让他到我办公室来,因为我现在实在太忙了。"

"我就知道,"厂主说,"您一定会明白这是最好的办法的。但是我觉得,您今天最好不要把泰托雷利这种人叫到银行来跟他商量官司的事。给这种人写信,不一定是个好主意。当然了,您肯定会考虑周全的,每一步该干什么您心中都有数。"

K点点头,一直把厂主送出前厅。他表面上十分淡定,内心却惊讶于自己刚才的想法。他说他将要给泰托雷利写信,那也只是为了向厂主表示自己会重视他的建议,以及自己确实会考虑与泰托雷利见面的可能,但如果他真的觉得泰托雷利的帮助很有必要,K也会犹豫以给他写信的方式约见是否可行。然而这种做法潜在的风险,却是经厂主的提醒才想到的。他的判断力真的已经差到这种程度了吗?如果他真的公开把一个品行可疑的人邀请到银行里,在与副经理一门之隔的地方,向他讨教诉讼的事,那他就有可能忽视了其他的危险,甚或直接陷入危险中。难道不是这样吗?这是可能的,而且是极为可能的。没有人会一直站在身边提醒自己。在他集中精力考虑案件的时候,对自己警觉性的担忧也开始浮现,这是他从来没有考虑过的!他在办公时感到力不从心,在打官司的时候会不会也这样呢?现在他完全搞不清楚自己怎么会想到要给泰托雷利写信,还想邀请他到银行里来。

当杂役走到他的身旁,试图让他注意到坐在长椅上的三位先生时,他摇了摇头。他们为了等待K的接见已经等候良久,在杂役跟K说话的时候,他们全都连忙站了起来,每个人都想争取优先受到K的接待。既然银行的人这么毫无顾忌地把他们晾在这里,他们也就没有那么多礼数了。

"襄理先生……"其中一个人已经开口了。但K却让杂役拿来大衣,又在杂役的帮助下穿上,同时对三个人说道:"先生们,非常抱歉,我现在没有时间接待各位。我真心请求各位的原谅,我有一件要紧的事要做，必须现在动身。你们也可以看到，我已经耽搁了多么久了。不知各位能否给个方便，明天或者什么时间再来呢？或者我们也可以在电话里商量？或者能否给我简单地讲一讲你们的来意，我以后给你们一个详细的书面答复？当然，你们最好还是下次再来。"

K的这些提议让三位先生甚为惊愕，看来他们完全是白等了。他们面面相觑，说不出话来。

"就这样说定了？"K问道。他朝杂役转过身，杂役正给他拿来帽子。透过K房间里开着的门可以看到外面的雪已经越下越大了。于是K把衣领竖起来，把最上面的扣子扣紧。

副经理正好从旁边的房间里走出来，他微笑地旁观着穿着大衣的K如何跟先生们打交道，他问道："您现在就走吗，襄理先生？"

"没错，"K说着把身子挺直，"我有一件事要去处理。"

但副经理早已经朝那几位先生转过身。

"但这些先生们……"他问道，"我觉得他们已经等候很久了。"

"我们已经说定了。"K说。但几位先生却不再沉默，他们围住K，唠叨着说如果自己的事情不是这么紧急，如果不是现在必须详细地面对面谈一谈，他们就不会在这里等这么长时间了。

副经理听了一会儿，又看了看K。K正把帽子拿在手里，掸掸这里、掸掸那里，清理上面的灰尘。副经理说道："各位先生，有一个非常简单的办法。如果你们接受的话，我十分乐意接过襄理先生的担子，为你们效劳。你们的事情必须现在解决。和你们一样，我们也是商人，我们知道商人的时间有多么宝贵。你们愿意进来吗？"他打开了通往自己办公室的房门。

K迫于形势不得不放弃一些东西，而副经理对于趁火打劫是多么擅长啊！难道K真的有必要放弃这些吗？如果他跑去找那个画家，这事能不能成还不一定，而且他必须承认，成功的机会非常渺茫，而他在银行的声誉会受到不可挽回的损害。或许把大衣脱下，至少把目前仍在等待的两位先生争取回来，这样做更好些。可是K看到副经理正在把他的房间当成自己的房间，在书架上翻来找去，好似那些文件是他的。

当K激动地走到门口的时候，副经理喊道："啊，您还没走啊！"他朝K转过脸来，脸上那紧绷的褶子没有给人衰老的印象，却让人觉得这是权力的象征，他又马上回过头去继续开始翻找。

"我正在找一份合同，"他说，"这位公司法人说它在您这。您愿意帮忙找找吗？"K刚往前走了一步，副经理就说，"谢谢，我已经找到了。"然后他拿着一大摞文件，回自己房间去了。显然，那摞文件里不只是那份合同，肯定还有其他东西。

"我现在还对付不了他，"K对自己说，"如果我摆脱了这一困境，他会成为第一个尝到苦头的人，而且是最大的苦头。"想到这，K平静了些。杂役一直在为他撑着通往走廊的门，K嘱托他找机会向经理报告，他有一件事要去处理，现在得暂时离开银行。这时，他感到心情愉悦，因为他终于可以全身心地投入自己的官司上了。

他立刻乘车去找画家。画家住在郊区，跟法院办事处方向完全相反，但那里更加贫穷，房子更加陈旧，胡同里满是污泥，它们和融化的雪水混合在一起，缓缓地流淌着。画家所在的公寓大门是对开式的，其中一扇门打开着，另一扇门板的下面，有一块墙砖紧贴着地面，墙砖上有一个大洞。K走近时，看到墙砖里面正流出恶心、发臭的黄色液体，几只老鼠随着液体跑出来飞快地钻进了旁边的阴沟里。楼梯下面，一个小孩正趴在地上哭泣，但震耳欲聋的噪声盖住了他的哭声，那是从另一侧入口处的白铁铺里传来的。白铁铺的门没有关上，三个工人围成半圆，用锤子敲打着中间一个不知为何物的东西。墙上挂着一个巨大的镀锡铁盘，铁盘反射出苍白的光，光线映照着两个工人，照亮了他们的脸庞与工作围裙。所有这些，K只匆匆看了一眼，他希望能够尽快找到画家，简短地咨询完后，立刻返回银行。只要他在这里取得哪怕一丁点成效，回到银行后他都能精神百倍。走到四楼，他累得气喘吁吁，他不得不放慢自己的脚步，这里不只楼层出奇的高，每级楼梯也出奇的高，而画家住在最顶层的阁楼。空气也非常沉闷，楼梯很窄，而且两边都是墙，每隔很远的一段距离才有一个小窗户。K正要停下来喘口气，几个小女孩从一间房子里跑了出来，欢笑着往楼梯上面跑去。K慢慢地跟在她们后面，追上了一个女孩。她摔倒了，因此落在了其他人后面。

在跟她一起肩并肩往上面挪动的时候，他问道："一位名叫泰托雷利的画家是不是住在这里？"

女孩大约十三岁，有些驼背，她用手肘捅了捅K，侧过身来看着他。低幼的年纪和畸形的身体都没能阻止她变成一个不自爱的女孩。她不笑，很严肃，用一种尖利、引诱的目光看着K。K装作没有看懂她的暗示，继续问道："你认识画家泰托雷利吗？"

她点点头，问道："您找他干什么？"

K觉得自己应该抓住机会再打听一点泰托雷利的事情："我想让他给我画一张画像。"

"画像？"她问道，嘴巴张得很夸张。她用手轻轻地拍打K，似乎说出了什么闻所未闻或者愚不可及的话。然后，她用双手拽起那本来就很短的裙子，尽可能快地追赶其他女孩去了，从高处传来的她们的喧闹声逐渐听不清了。

在楼梯的下个拐角处，K再次看到了所有的女孩。显然，驼背女孩已经把K的来意告诉她们了，众人正在等他。她们在楼梯两边靠墙站好，让K能够在她们中轻松走过，并且纷纷用手抚摸着自己的裙子。每个人的脸上，都散发着稚气和老练混合起来的味道，难怪她们能想出这种分列仪式，让K从中穿过。她们现在哄笑着聚拢到了K的身后。在众多女孩前面的，是那个驼背女孩，是她给K引了路，才使K能够迅速找到正确的路。他本来想继续往上走，是她告诉他，要想找泰托雷利现在必须转个弯。通往那里的楼梯又窄又长，而且没有拐弯，一眼就可以看到尽头，尽头处就是泰托雷利的房门。门上面有一扇小小的、斜着开的窗户，使得这扇门与楼道中其他地方比起来显得更加亮堂。门板没有涂漆，上面用红色粗线写着泰托雷利的名字。

K和跟在他身后的女孩子们刚走到楼梯的中段，房间的门就开了一条缝，很明显，里面的人被杂乱的脚步声惊扰了。门缝里隐约露出一个只穿着睡衣的男人的身影。"啊！"看到走来的人群，他喊了一声后便消失不见了。驼背女孩高兴地拍着手，其他女孩则在后面推着K，让他走得更快些。

当画家把门完全打开的时候，他们还没有走上去。只见画家深深地鞠了一躬，邀请K进去，不过他挡住了女孩们，任凭她们怎么苦苦哀求，他都坚持不让进，她们的强行闯关也被他拦下了。只有那个驼背女孩得以从他张开的双臂下溜了进去,但他马上追上了她,抓住了她的裙子,把她提溜起来旋转了一圈,然后放到了门前的其他女孩旁边。当画家离开门口的时候,她们依旧没敢擅自越过门槛。

K不知道该怎么看待这一切,似乎一切都发生在友好的和睦氛围中。女孩们挤在门口,一个挨着一个,把脖子伸得老长,朝画家喊着各种戏谑性的词语,但K没有听懂她们在说什么;而画家看到驼背女孩快要被自己甩飞的时候,也笑了。然后他关上门,又朝K鞠了一躬,伸出手,自我介绍道:"艺术家、画家泰托雷利。"

K指了指门,后面女孩们正在叽喳个不停,他说:"她们似乎很想到房间里来。"

"啊,这些野丫头!"画家说,他试图把睡衣最顶上的扣子系住,但没有成功。他赤着脚,只穿了条宽松的黄色皮裤,裤腰上固定了一条皮带,皮带多出来的部分到处舞来舞去。

"这些野丫头对我来说是个负担,"他继续说道,他放弃了整理睡衣,因为最后一个扣子被他不小心扯了下来,他拿来一把椅子,请K坐下,"我曾经给她们当中的一个画过像,那个女孩今天没有来,然后她们所有人就开始追着我不放。如果我在这里,她们想进来的时候还会请求我的允许,如果我不在,她们当中至少会有一个人溜进来。她们配了一把开我这扇门的钥匙,还互相传借。你很难想象这有多么烦人。比如,我曾经要为一位女士画像,我们一起回到家里,用我的钥匙打开门,然后我们就看到那个驼背丫头正坐在桌子旁用画笔描红自己的嘴唇,她那个归她照管的小妹妹则在房间里到处乱爬,把每个角落都弄得乌七八糟。再比如昨天发生的事,我直到深夜才回家——正因如此,我此刻衣衫不整,房间里也乱糟糟的,我很抱歉——我想要上床睡觉,然后感到有人在掐我的腿,我看了看床底,又从里面揪出了一个小姑娘。她们为什么这么缠着我,我不知道,但她们应该知道,我并不怎么喜欢她们这样。自然,我的工作也受到了影响。如果我的这个工作室不是免费租用的,我早就搬走了。"

就在这时,门后面传来弱不禁风又诚惶诚恐的声音:"泰托雷利,我们能够进去了吗?"

"不行!"画家回答。

"就我一个也不行吗?"门外又问道。

"也不行。"画家说着走到门边,把门上了锁。

与此同时,K打量了一遍这所房间,若不是画家这样说,他绝不会相信这样一间破破烂烂的小房子竟然是工作室。在这个房间里,不管朝哪个方向都迈不开两步的距离。所有的东西,包括地板、墙壁和天花板都是木板拼凑而成的,并且可以看到木板上面窄窄的裂纹。K对面的那堵墙边摆着一张床，床上的用品花里胡哨。房子正中是一个画架，上面摆着一幅画，被一件衬衫盖住了，衬衫的袖口耷拉到地上。K的身后是窗户，往外看去浓雾一片，最远只能看到相邻的寓所那被雪覆盖的屋顶。

钥匙在锁里转动的声音提醒着K一会儿就得离开。于是，他从口袋里掏出厂主的那封信，把它递给画家，说："我是经这位先生介绍才知道您的，他是您的老熟人。我来是想向您请教一二。"

画家草草地把信读了一遍，然后扔在了床上。如果不是厂主极为坚定地把泰托雷利说成自己的老熟人，是一个依赖自己救济的穷人，K几乎会觉得，泰托雷利根本不认识厂主或者至少想不起厂主这个人。之后，画家问道："您想买画还是让我给您画像？"

K惊讶地看着这位画家。信中到底说了些什么？K本来不假思索地认为，厂主会在信里告诉画家，K只想从他那里获取一些关于诉讼的消息。他急匆匆地跑来，真是太鲁莽、太欠思量了！但他现在必须回答画家的问题，于是他看着画家说："您正在画一幅大作？"

"没错，"画家说着掀开了盖在架子上的衬衫，把它朝床上的信件扔去，"这是一幅肖像画，挺漂亮的，但还没有完成。"

形势对K很有利，他终于抓到机会谈谈法院的事了，因为那幅画上的人物明显是一个法官。而且这幅画跟律师办公室里的那幅很像。但不是同一个法官,这幅画上的男人很胖,半边脸上都是浓密乌黑的络腮胡,而且律师办公室的那幅是油画,而这一幅是用彩蜡轻描淡写地勾画出来的。但其他方面简直一模一样,这个法官也是坐在王座上,抓着扶手,给人一种他随时要猛地站起来的感觉。

"这是一个法官。"K刚想说出口又把话咽了回去,他又走近了一些,似乎想看清画中的细节。王座椅背上一个高大的人物形象让他感到迷惑,他询问画家。但画家回答,这还需要进一步的加工。画家从桌子上拿起一支彩蜡,轻轻地给那个人物形象描边,但K仍然看不出所以然。

"这是司法女神。"画家终于说话了。

"现在我可算看出来了,"K说,"这是蒙在眼睛上的布,这是天平。但是她的脚后跟不是长着翅膀,并且在飞吗?"

"没错,"画家说,"但别人委托我就要这样画,这实际上是司法女神和胜利女神的合体。"

"这种组合可不怎么样,"K笑着说,"司法女神必须要安静,否则她的天平会乱晃,那样还谈何公正判决。"

"我得听雇主的。"画家说。

"这是当然,"K不想说出惹恼别人的话,"您画得真是惟妙惟肖,女神好像真的立在王座上似的。"

"其实，"画家说，"我既没见过女神也没见过王座，这些都是纯虚构出来的，但我要画的东西也有原型。"

"什么原型？"K故意装作自己一点也不懂的样子，"是一个法官坐在法官椅上让你画吗？"

"没错，"画家说，"但他不是高级法官，也从来没坐到这种王座上。"

"那他这种庄严的举止也是装出来的？他坐在那里的姿态活像一位审判长。"

"没错，这些先生都很爱慕虚荣，"画家说，"但他要把自己画成这样，这也是遵循上面的命令。每个人该怎么给自己画像都是规定好了的。只可惜，这幅画不能表现出衣饰和坐垫的细节，彩蜡不适合作这种画。"

"确实，"K说，"用彩蜡来画还真是稀奇。"

"是法官这样要求的，"画家说，"这幅画是为他的夫人定做的。"

赏画之后，画家燃起了作画的欲望，于是挽起自己的袖子，拿来一支笔。K看着颤动的笔尖下，法官头上出现了一片红色的光影，光影越来越细，到了画面边缘处形成了一束细长的光线，越来越淡。渐渐地，这个光影包裹住了法官的头部，像是一件头饰，或是崇高地位的象征。但司法女神像的周围除了一些难以言表的细微色调，仍然通透明澈，正是在这种明澈中女神像尤其显得呼之欲出，她不再像司法女神，也不像胜利女神，现在，她几乎完全符合狩猎女神的形象了。画家的动作将K深深吸引住了，后来，他开始为自己在这里待了这么久却连正事都没有触及感到自责。

"敢问这位法官的尊姓大名？"他突然开口问了一句。

"这我不便透露。"画家回答。他趴在画上，明显在故意冷落自己的客人，与他当初迎接K时的周到殷勤形成了鲜明的对比。

K觉得他在给自己脸色，又为他浪费了自己这么多时间感到恼怒。

"您跟法院很熟啊？"他问道。

画家立刻把画笔搁到一边，挺直身子，摩挲着双手，微笑地看着K。"您直说就好了，"他说，"您想打听一点法院的消息，那封推荐信里也说明了。您一上来就夸奖我的画，不过是为了讨好和拉拢，不过我并不会怪罪您，因为您可能并不知道这对我来说是不礼貌的。噢，请不要打断我！"当K准备反驳的时候，他很抗拒地说道。然后又继续说下去了："其实您说得完全正确，我跟法院里的人很熟。"他顿了一下，似乎是想给K留出消化的时间。

他们又听到了门后面女孩们的声音。可能她们正挤在钥匙孔周围，或许从那条细缝里能够看到屋里的一举一动。K放弃了向画家道歉的打算，因为他不想让现在的话题发生偏转，他更不想让画家因此自鸣得意，那样他就更难套出话来了，因此他问道："您的职位是一个得到公开承认的职位吗？"

"不是。"画家的回答很简洁，这个问题似乎已经扼杀了把谈话继续下去的可能。但K不想让他沉默不语："或许这种未经承认的职位，往往比那些经过承认的职位更有实际影响力？"

"我正是这样，"画家说，他眉头紧皱，频频点头，"昨天我跟厂主谈过您的事了，他问我能不能帮帮您，我的回答是：'让这个人来我这里一趟'，我很高兴您这么快就来了。看上去这件事让您很着急，我可以理解您的心情。您愿意先脱下大衣一会儿吗？"

尽管K本来打定主意不做久留，但他对画家的请求还是很欢迎的。房间里的空气渐渐让他觉得闷热起来，他时不时好奇地朝角落里那座明显没有生火的铁炉看两眼，屋里的闷热让人说不出是种什么滋味。他脱下大衣，又把里面衣服的扣子解开，画家见状略有歉意地说："我必须保持温暖。这里很舒服，不是吗？从这个方面来说，这间房间真的挺不赖。"

K没有说什么，真正让他不舒服的不是温度，而是混浊、让人喘不过气来的空气，房间里似乎很久没有通风了。当画家在画架前那屋里唯一一张的凳子上坐下,又邀请K坐在床上的时候,这种不适感进一步加强了。除此之外,画家似乎误解了K的意思,他见K只坐了一点床沿,于是自己走过去,把K推到了床里面,让他坐在了毯子、床单和抱枕中间。然后他返回自己的凳子上,终于开始询问实质性的问题了,这让K忘记了之前的一切。

"您是无辜的?"他问道。

"没错。"K说。这个问题让他很高兴,因为还没有人这么直截了当地询问过他。为了充分享受这种幸福,他继续补充道,"我是完全无辜的。"

"那么,"画家低下头,显出沉思的模样。突然,他把头抬了起来说,"如果您是无辜的,那这件事就非常简单了。"

K的眼神开始迷茫,这个法院的熟人说话像个孩子。

"就算我无辜,这件事也不会变得简单,"K说。他不得不一边陪着笑,一边缓缓地摇着头,"这主要得看法院如何钻营了。或许最终他们会无中生有地构陷出一条严重的罪名。"

"对,对,确实,"画家说,似乎在埋怨K完全没有必要地打乱了他的思路,"那么您真是无辜的?"

"是的。"K说。

"这就是关键所在。"画家说。他没有被K的话影响,但他的这种坚定决绝究竟是出于相信还是无所谓的态度，K就不得而知了。

K希望首先把这点确定下来，于是说道："您对法院的了解肯定比我准确，我知道的并不多，只听过一些人的道听途说。他们说法院不会轻率地发起指控，如果发起了指控，就认定了被告是有罪的，并且无法轻易改变法院的这种观念。"

"很难改变吗？"画家举起一只手，问道，"用您那种方法永远也不会说服法院。但当我在这里给法官们画像的时候，您可以站在亚麻布前为自己辩护，这会比在法院里效果更好。"

"没错。"K不禁自言自语道，他忘了自己本来只想找画家探听消息。

门后面又传来一个女孩的声音："泰托雷利，那人还会再待很久吗？"

"别说话！"画家朝着门口喊道，"你们没看到我正跟这位先生商量事情吗？"

但女孩还不肯罢休，又说："如果他还不走，那他真是个可恶的人。"接着，门外传来一阵嘈杂不清的表示赞同的呼喊。

画家几步蹿到门口，打开了一条缝。她们有的把手高高举到前面，有的双手合十，模样十分恳切。画家说："如果你们再闹腾，我就把你们扔到楼梯下面。快坐到台阶上去，老实待着。"

可能是因为她们没有马上照他说的去做,他又发出了命令:"到下面台阶上去!"这时,她们才变得安静了。

"请原谅。"画家回到K身边,对他说。K自始至终没有往门口看一眼,画家究竟会不会维护他,他无所谓。画家朝他弯下身,他几乎一动没动,为了不让外面的人听到,画家对着他的耳朵小声说道:"那些女孩也都是法院的人。"

"什么?"K问道,他把头偏向一侧,看着画家。

画家又坐回到座位上,半开玩笑半认真地说:"您要知道,一切都属于法院。"

"这点我还从不知道呢。"K的话很短,画家这种扩大化、夸张化的言论打消了他对女孩们的恐惧。尽管如此,K还是朝门口看了一会儿,安静的门后面,台阶上仍然坐着那些女孩。有一个女孩把一根麦草秆插进了门板上的裂缝,把它慢慢地上下划动着。

"看来您对这个法院还不怎么了解,"画家说,他把两腿劈得很开,脚趾点着地面,"不过,既然您是无辜的,那就没必要去了解法院的全貌了。我可以把您捞出来。"

"您准备怎么做?"K问道,"您刚才自己说过,法院根本不在乎证据。"

"只是不在乎别人提供给法院的证据,"画家说,他抬起食指,那样子像是在说K没有注意到其中一个细微的区别,"但如果在幕后活动活动,比如在咨询室、走廊,或者在这个工作室里活动活动,情况就会完全不一样了。"画家现在说的话在K看来并非那么不可信,因为这跟K从别人那听来的情况基本一致。没错,这样做确实是有希望的。就像律师所说,如果通过私人关系可以这么容易地影响法官,那么画家与那些傲慢的法官们的联系就显得尤其重要,这点绝不能低估。K已经在周围物色了一群能为自己提供帮助的人,画家很适合加入进来。银行里的人曾经夸赞他的组织能力,现在这些人完全由他一个人物色,这也正好是一个证明自己能力的好机会。

画家观察着K,想看看自己的话对他产生了什么影响,然后他有些恐惧地说:"您难道不觉得我说话的方式几乎像个法官吗?我总是不断地跟法院的那些先生打交道,有些受了他们的影响。当然,为此我赚了不少钱,但艺术创造力却衰减了大半。"

"您一开始是如何接触到那些法官的?"K问道。在请求画家帮助之前,他想首先赢取他的信任。

"很简单,"画家说,"这种关系是我继承来的。我的父亲就是法庭画家。这是一个世袭的职位。新人是不能干这个的。给不同职级的法官画画有不同层次的、秘密的规制,除了特定的家族,外人是不知道的。比如这个抽屉里保留着我父亲所有的画作,我从不给别人看。只有熟稔其中内容的人才能充任法官们的画家。即便我把它弄丢了也没关系，仍然有很多规制记在我的脑子里，因此仍然没有人能够威胁我的地位。法官们都想用画古老、伟大法官的方式画自己，而这只有我能做到。"

"这很令人称羡，"K想到了自己在银行的地位，"这么说，您的地位不可撼动了？"

"没错，不可撼动，"画家自豪地耸耸肩，说道，"因此，我才敢向一个官司缠身的可怜人伸出援手。"

"您打算怎么做？"K问他，似乎他所说的可怜人不是自己。

但画家继续自顾自地说："像您这种情况，因为您是完全无辜的，我会采取下列措施。"

对他清白无辜的不断重复已经让K感到厌烦了。因为画家的不断提醒让他觉得对方似乎只愿意在形势有利的情况下帮助自己，但这时候还要他的帮助干什么。K尽管心怀疑虑，还是克制着自己，不去打断画家。他已经打定主意，不希望失去画家的帮助，在他看来画家并不比律师更靠谱，但与律师相比，K更为喜欢画家，因为他更真诚和坦率。

画家把凳子往床边拉近了一点，压低嗓子继续说道："我忘记问了，您想得到哪种宽释？有三种可能的宽释方式，也就是真实的无罪释放、表面上的无罪释放和延期判决。真实的无罪释放当然是最好的,只是我对此完全无能为力。照我看来,没有任何人能左右这一进程。或许只有被告本人的清白是唯一的决定因素。既然您是无辜的,您当然可以只凭借无罪这一点就获得开释。那您就既不需要我,也不需要其他任何人的帮助了。"

这些话一开始让K大为吃惊,但他马上跟画家一样轻声地问道:"我觉得您自相矛盾了。"

"怎么会呢?"画家耐心地问道,笑着往后仰了仰。似乎K不是要寻找出画家话里的矛盾,而是要寻找到法院诉讼过程中的矛盾之处,他的笑声让K产生了这种感觉。

尽管如此,K没有退缩,他问道:"您早先说法院根本不在乎证据,后来您说只有公开的法庭不在乎,现在您甚至又说无辜的人在法庭上根本不需要任何帮助。这是第一个矛盾。此外,您早先也说了,一些人能对法官产生私人影响,现在又矢口否认说真实的无罪释放永远无法通过私人影响争取到。这是第二个矛盾。"

"这些矛盾很容易解释清楚,"画家说,"这里谈论的是两回事,一个是法律规定的,一个是我个人经历的,您不能混淆这两者。法律虽然写着无辜者会被无罪释放,但是我从没遇到过这种情形;另外,法律也没写着法官可以受到影响,然而这却是真实存在的现象。

我没有见过任何一个被告被彻底宣判无罪,但却见过很多有影响的人物干预判决的例子。当然这可能是因为,在所有我了解的案子中被告都不是无辜的。然而,这真的可能吗?在这么多案子里一个无辜的也没有?早在儿童时期,当我的父亲在家里谈论这些官司的时候,我就听他仔细地讲过,还有来他工作室的那些法官,也会讲一些法院的事,我们这个圈子里的人不会谈论其他的事。我很少有机会能亲身去一趟法院,所以我很珍惜这些讲述,我聆听过无数正处于关键时期的案情,如果条件允许我还会一直跟踪那些案子,但我必须承认,我没有见过一次无罪释放的案例。"

"嗯,没有一个无罪释放的案例,"K说,就像他在跟自己心中的希望说话一样,"这证实了我对法院的看法。从这个方面来看法院的存在确实是毫无意义的。一个刽子手就可以代替整个法院。"

"您不能以偏概全,"画家不满意地说,"我谈的只是我自己的经验。"

"这就足够了,"K说,"或者您之前听说过无罪释放的例子?"

"这种无罪释放,"画家回答,"应该是有的。只是很难证实。法院的最终判决不会对外公开,甚至法官们都看不到,因此他们也只是听说过以前案例的一些逸闻。按照这些传闻,甚至多数案子最终都被判无罪,这或许可信,但却无法证实。尽管如此,它们不应该被完全忽视，其中肯定有些部分是属实的，再说也非常美好，我自己就曾经绘制过一些描述这些传闻的图画。"

"如果只是传闻，我不会改变自己的看法，"K说，"被告在法庭上能够援引这些传闻吗？"

画家笑了："不，这可不行。"

"那谈论这个还有什么用处？"K问道，即便画家的观点与其他的信息相矛盾，让他觉得并不现实，他还是准备暂时接受画家的观点。他现在没有时间把画家的话全部检验或者反驳一遍。因此他说："我们先不要谈真实的无罪释放了，您还提到了另外两种可能方式。"

"也就是表面上的无罪释放和延期判决。只有这些才是可操作的，"画家说，"不过，在我们正式谈论以前，您就不打算脱下上衣吗？或许您热了吧。"

"是的，"K说，到现在为止他一直认真地倾听画家的话，其他的都忘了，现在，经画家提醒，他才发现自己的额头上已经冒出了汗珠，"热得几乎令人无法忍受。"

画家点点头，似乎他对K的不舒服感同身受。

"就不能把窗户打开吗？"K问道。

"不行，"画家说，"这是一个固定的玻璃板，根本无法打开。"

这时，K才想起，自己一直在盼望着画家或者他突然走到窗边，把窗户打开，他设想着自己张开嘴、烟雾扑进嘴里的场景。他觉得自己与外面的空气完全隔绝了，不禁感到头晕。他用手轻轻敲着身边的羽绒被，声音虚弱地说道："这可不太舒服，也不健康啊。"

"噢，不是这样，"画家为自己的窗子辩护道，"正因为不能打开，所以即便只是一块玻璃板，它也能比夹层窗户更好地保存热量。如果我想通通风，我也可以打开一扇门，或者直接把两扇门全打开。当然这根本不必要，因为空气可以通过木板上的缝隙进行流通。"

这番解释让K感到些许安慰，他四处打量着，想找到那第二扇门。画家看出了他的心思，于是说："它就在您身后，一定是我的床把它遮住了。"这时，K才看到墙上的那扇小门。

"这里的一切对于工作室来说都太小了些，"画家说，似乎他想通过先发制人让K无话可说，"我必须竭力利用好每一寸地方。把床摆在门前面当然不是一个好位置。比如我现在正在画的那个法官，他总是从床边的那扇门进来，我也曾把这扇门的钥匙交给他，让他在我不在家的时候也能在工作室里等我。只是他习惯大清早的、在我还睡觉的时候过来。床前的门一打开，我的美梦就被剥夺了。如果您听到早上他跳到我的床上，我对他发出的那些咒骂，您一定会失去对法官们的敬畏之心。当然我可以向他索回钥匙，但这只会激怒他。这两扇门都很容易被人从门枢上弄下来。"

在他说这番话的时候，K一直在思考，自己到底该不该把上衣脱下来，后来他终于明白，如果不这样做，恐怕自己无法在这里待下去。于是他脱下上衣，但却把它搭在膝盖上，以准备随时在谈话结束后重新把它穿上。

他刚把大衣脱下来，门外一个女孩就叫了起来："现在他把上衣脱掉啦！"他能猜到，现在那些女孩们全都挤在门口，想透过门缝往里看。

"这些女孩会觉得，"画家说，"您是准备让我给您画画，才脱下上衣的。"

"原来如此。"K说，却未曾提起多少精神，尽管他现在只穿一件衬衫坐在那，也并没有感到比刚才好多少。他有些闷闷不乐地问道："您如何看待您刚才说的另外两种可能性？"

"也就是表面上的无罪释放和延期判决，"画家说，"这要看您怎么选择了。两者都在我的能力范围之内，尽管也不是那么轻而易举。它们的区别在于，表面上的无罪释放要求在短时间内集中全部精力，而延期判决需要花费的精力比较少，但时间会比较长久。首先来讲讲表面上的无罪释放吧。如果您希望这种的，我会写一张文件证明您的清白。这种证明该怎么写，是父亲传授给我的，绝对无懈可击。

我会拿着这份证明去向我认识的法官们游说。我打算首先去找现在正为之作画的那个法官,今天晚上我会趁他去开会的时候把证明交给他。我会让他看看这份证明,告诉他您是无辜的,我会为您的无辜作保。这可不是随随便便的事,这是一个真正的、要承担责任的担保。"画家的眼神里透露着一股指责的意味,似乎是因为K把担保的重担压在了他身上。

"您可太好了,"K说,"法官固然是相信您的,但他还是不愿意真的宣判我无罪释放,对不对?"

"对于这点,我已经说过了,"画家说,"而且还不能确定他们会不会相信我,例如一些法官会要求我把您带去见他。那您就不得不跟我走一趟。无论如何,只要能到这一步,案子就已经赢了一半,尤其是我还会事先详细地告诉您,面对某个法官具体该怎么表现。但如果法官一上来直接把我撵走,这也是有可能发生的,这就不太妙了。尽管拜访多了,总会碰上这种事,但我们还是应该尽量避免这种情况的发生,不过这也没有什么大不了,因为一两个法官起不了决定性的作用。当我在证明上收集了足够多的法官签名之后,我就直接去找现在正处理您案子的法官。不排除我也会获得他的签名,这样的话事情进展得就比往日更快一些。再之后,一般就没有什么大的困难了,这时候是被告人信心达到顶峰的时候。有一个现象很惹人注目，但无疑也是真实的：人们获得无罪释放的时候往往没有此时这么自信。当法官收到带有很多法官担保的证明文件之后，他就可以放心地宣布您无罪释放了，虽然还要经过几道惯常的手续，但他一定会给我和他的其他朋友一个面子，会宣判无罪开释。然后您就可以走出法院，重获自由。"

"然后我就自由了？"K将信将疑地说。

"正是，"画家说，"但只是表面上的自由，或者更准确地说，是暂时的自由。我认识的这些低层法官没有权力宣布最终的无罪释放，这个权力属于最高法院，而这对我们所有人来说都是遥不可及的。那里到底什么情况，我们不知道，顺带说一句，我们也不愿知道。撤销指控这种巨大的权力不属于我认识的这些法官，但他们有权暂停指控。也就是说，如果以这种方式被无罪释放，您就被暂时免去了指控，但是您仍然一直生活在它的影响下，只要接到上级的命令，指控就会马上被重新执行。因为我跟法院的关系很好，所以我也可以告诉您在法院办事处的章程上真正的和表面的无罪释放究竟有什么明文区别：如果是真正的无罪释放，诉讼文件应该被彻底销毁，不只指控、诉讼，甚至还有无罪宣判都会完全地从程序里消失，一切都被销毁了。表面的无罪释放就不是这样了。这些文件不仅不会消失，还会被无罪证明、无罪宣判以及无罪宣判的理由所进一步充实。此外，文件还会继续被处理，按照法院办事处的要求，它们会被呈递给上级法院，之后还会发回，就这样不断地被上下传递。这个过程很难捉摸。局外人有时会以为案子早都被遗忘了，文件丢失了，表面上的无罪释放也变成了真正的无罪释放。但了解内情的人不会这样认为。没有文件会丢失，法院也不会忘记任何事情。直到有一天某个法官突然注意到那些文件，看出指控仍然没有完结，会立即下令逮捕。我估摸，在表面的无罪释放和新的逮捕之间应该会隔着很长一段时间，这是很有可能的，我也知道一些这种案例，但也同样可能的是，当被释放者回到家里的时候，得令逮捕他的人已经等在门口，然后刚到手的自由就到头了。"

"那么诉讼会从头开始吗？"K感到有些难以置信。

"当然，"画家说，"诉讼会从头开始，但是仍然存在再次争取到表面的无罪释放的可能，就像之前一样。人们不能束手就擒，必须再次拼尽全力。"画家说最后一句的时候似乎受到了K颓丧情绪的感染。

"但是，"K问，似乎他想抢在画家前面揭露这一点，"第二次无罪释放会不会比第一次更难争取？"

"这个方面，"画家回答，"真不好说。您的意思或许是，第二次拘捕会让法官对被告产生不利印象？不是这回事。法官在宣判无罪的时候已经预见到了之后的拘捕。这种情况几乎不会产生影响。但法官的意见以及判决很可能出于其他众多理由而发生改变,因此对第二次无罪释放的争取必须与改变了的环境相适应,一般来说它会与第一次同样费力。"

"但第二次无罪释放也不是终审判决。"K说着把头扭向一边。

"当然不是,"画家说,"第二次无罪释放之后是第三次拘捕,第三次无罪释放之后是第四次拘捕,如此往复。这一切都包含在表面的无罪释放这一概念里了。"

K沉默了。

"表面的无罪释放似乎并不让您感到满意,"画家说,"或许延期判决更适合您一些。需要我把延期判决的道理给您解释一下吗?"

K点点头。画家意定神闲地靠回到椅背上,睡衣大敞着,他把手伸进去抚摸着胸膛和肋骨。

"延期,"画家眼神直勾勾地往前方看了一会儿,似乎在酝酿一个完美的解释,"延期就是把诉讼始终停留在最初始的阶段。为了达到这一目的,被告和帮助他的人,特别是帮助他的人,必须始终跟法院保持私下的接触。我再重复一遍,这种方法不像表面的无罪释放一样需要花费那么多力气,但却需要耗费更多心神。您必须始终留意这个案子,除了在紧急情况下要去找主管法官,还必须有规律地去找,您要使用各种手段保持他对您的友善,如果您不认识这个法官,就要通过认识的法官牵线搭桥,无论如何当面的会谈是不可缺少的。只要您没有遗忘什么,那您就可以自信满满地相信诉讼不会迈出第一阶段。尽管诉讼没有就此结束,但是被告人却跟自由人没什么差别,不用担心突然接到判决。相对于表面上的无罪释放,延期判决有一个好处,那就是被告人可以较少为未来担忧,不用担心突然而至的拘捕,也不必害怕,而在不得不花费力气、集中精力争取表面的无罪释放的时候,他的处境是非常不利的。但是延期判决对于被告来说也有不利的地方,这点不可低估。我不是指这样被告永远不是自由的,表面的无罪释放中被告实际上也不是自由的。我所说的不利之处另有所指。要想把案子无期限地拖延下去,就必须找到一些特别的理由,哪怕是表面上的理由,隔三岔五地安排一些活动,比如审讯被告、收集证据等,当然这些都只是走走过场。因为案子得继续进展,尽管只是在您所划定的小圈子里进展。自然,这会带给被告很多不快,但反过来想想倒也不算太糟。一切都是做做样子,比如审讯持续时间会很短,如果您没有时间或者没有兴趣参加,还可以请个假,甚至跟一些法官您可以提前很久约定好时间。从本质上来说,这一切都是为了让被告不定时地向法官报到,承认自己处于被告地位。"

最后一句话还没说完的时候K已经把大衣搭在胳膊上,站起身来了。

"他已经站起来了!"门外面立刻喊道。

"您现在就准备走了吗?"画家问,他也站了起来,"一定是这里的空气把您撵走的。这让我很惭愧。我本来还有一些话想要对您说。但我不得不长话短说。希望您听懂了我说的话。"

"啊,懂了。"K说,他强迫自己集中注意力,这使他感到一阵头疼。尽管K这样说,画家还是再次总结了一遍,似乎他想给K送去安慰:"这两种方式有一个共同点,它们都会阻止对被告的判决。"

"但是它们也阻止了真正的无罪释放。"K轻声地说,似乎他为自己发现了这一点感到窘迫。

"您把握住了事情的核心。"画家语速飞快地说。

K把手放在大衣上,但始终下不了穿上它的决心。他真心希望把大衣和上衣团成一团,就这样跑到外面拥抱新鲜空气。尽管那些女孩过早地叫嚷着说他要穿衣服了,但这不能促使他一定就把衣服穿上。画家则试图揣摩K的意图,他说:"或许您还没有对我的建议下定决心。我觉得这没有问题。甚至我还要劝说您不要立刻做决定,必须仔细斟酌斟酌。但您也不要拖得太久。"

"不久我会再来的。"K说。他突然打定主意,穿上上衣,又把大衣搭在肩上，急匆匆地朝门口走去，门后面的女孩开始喊叫。

"您得信守承诺，"画家说，他没有跟在K后面，"否则我就去银行里找您。"

"请您把门打开。"K拽着门把手说，反作用力告诉他，女孩们在外面把门拉住了，不让他出去。

"难道您想被这些女孩纠缠吗？"画家问道，"您最好还是使用这个出口吧。"他指着床后面的门说。

K表示同意，他跳回到床上。但画家没有去开门，而是爬到了床底下，从下面问K："只要一小会儿，您不打算看一两幅画吗？或许我能卖给您。"K不希望表现得太不礼貌，画家确实对他的事很上心，还许诺继续为他提供帮助，而K由于健忘还没有提到对这份帮助的报酬的事呢。因此K现在不能拒绝他，即便K迫不及待地想走出工作室，甚至为此已经有些颤抖，但他还是愿意让对方展示自己的画作。画家从床底下掏出一堆没有装裱的画，上面积了厚厚的灰，以至于当画家吹掉最上面的灰尘时，呛人的灰尘在K的眼前久久翻腾。

"一幅荒原风景画。"画家说着把画作递给K。画里，在暗色的草地上，两株稀疏的枯树遥相呼应。背景是流彩的日落光影。

"真漂亮，"K说，"我要买这幅画。"K如此不假思索地脱口而出,以致造成了草率应付的印象。但画家并没有在意这句话,而是从地上拿起了第二幅画。K感到如释重负。

"这和刚才那幅画是配对的。"画家说。或许这确实是配对的,但很难指出两幅画究竟有什么区别,都是同样的两棵树、一片草地和日落。但K不在乎这个。

"真是漂亮的风景,"他说,"两幅画我都买了,我要把它们挂在我的办公室里。"

"看来这个主题很合您的心意,"画家说着拿起了第三幅画,"正好,我这里还有一幅类似的画。"但它不是类似,而是完全一模一样的荒原。画家充分利用这次机会兜售自己的旧画。

"这张我也带走,"K说,"三幅总共多少钱?"

"价格我们下次再谈,"画家说,"您现在赶时间,而且我们已经建立联系了。您能喜欢这些画,我感到很高兴,我会把下面所有的画都带去给您的。他们都是荒原画,我画过很多这种画。一些人不喜欢这种,他们觉得色调太暗了,但其他一些人,比如像您这种,正好喜欢偏暗的色调。"

然而,K现在对这位乞丐画家的这些说辞并不感兴趣。

"请您把所有的画打包好,"他打断画家的话喊道,"明天我的助理会过来把它们取走。"

"没有这个必要,"画家说,"我会给您找一个搬运工,让他跟您一道回去。"

画家终于俯身到床上,打开了门。

"不要害羞,到床上来,"画家说,"每个从这里进入的人都是这样做的。"即便没有这句话 K 也不会顾虑什么,他甚至已经把一只脚放在了鸭绒被的中间,但当他透过打开的门看向外面的时候,他又把脚缩了回来。

"这里是哪儿?"他问画家。

"您在惊讶什么?"画家惊讶地问,"这是法院办事处。难道您不知道这里是法院办事处吗?几乎每座阁楼上都有一个法院的办事处,这里怎么会缺少呢?我的工作室其实也属于法院办事处,不过法院给我使用了。"

在这里发现法院办事处并不是让 K 感到恐惧的,让他恐惧的是他发现自己对法院事务是如此的一无所知。在他看来一名被告的基本行为准则是:永远有所准备、从不感到震惊,当法官站在左边的时候,绝不毫无目的地朝右面看。但他不断地违反这些准则。在他面前,一个长长的通道向前延展,与那里的空气比较起来,工作室里的空气倒更好些。走廊的两边安着两排长椅,与负责 K 案子的办事处一模一样。似乎有专门的规章指导办事处该如何布置。目前这里的人流量并不大。一个男人在那里半躺着，两只胳膊挡着脸靠在长椅上，似乎睡着了；另一个人站在走廊半明半暗的尽头处。K爬上了床，画家拿着画跟在他后面。很快，他们就遇到了一个差役，现在K已经能通过那枚金纽扣辨认出差役的身份，他们的便衣上最下面那枚扣子就是金纽扣。画家把画作委托给差役，让他陪K回去。

K用手绢捂着嘴，步履蹒跚地走着。他们已经走到了出口旁，这时，那群不让K省心的女孩迎面拥来。很明显，她们为了从这里堵他们，在看到第二扇门打开后特意绕到了这里。

"我不能再送您了！"画家在女孩的簇拥下微笑着喊了一句，"再见！不要纠结太久！"

K没有看他。他登上了街口第一辆驶来的车。他想甩掉差役，因为他的金纽扣不停地在他眼前晃，尽管平时可能没有人会注意那枚扣子。恪尽职守的差役希望坐上副座，但K把他赶了下去。

到达银行的时候已经过了中午。K本想把画扔在车里，但又害怕某天不得不向画家展示它们。因此，他把它们带到办公室，锁在了办公桌最下面的抽屉里，至少最近几天不要让副经理看到。

第八章　商人布洛克——解雇律师

K终于下定决心解除律师的代理资格。他对这种做法是否合适的疑虑始终没有打消，但他坚信这是必要的，这种考虑占了上风。

在准备拜访律师的那一天，为了做出决定，他消磨了很多精力，以致工作效率非常低下，他不得不在办公室里待到很晚，当他终于站在律师的门前时已经十点多了。摁响门铃之前，他又反复思考着，给律师打通电话或者写封信是不是更妥当些？当面交谈一定会很尴尬。尽管如此，K最终还是不打算就此放弃面谈，如果采取别种方式，对话一定会冷冷清清，或者也就只有几句正式的客套话。那么K就不能了解到——如果莱尼不能探听到什么的话——律师对这次解约的反应，以及根据律师的观点这次解约会给K带来什么后果。但假如K能够坐在律师对面，如果律师感到惊讶，即便他自己不透露什么，K也能从他的表情和举止中轻易地推断出他的全部心思。或许，到时K会回心转意，觉得继续把辩护权委托给律师比较好，那么他也可以收回成命。

第一遍门铃之后如往常一样毫无反应。"莱尼手脚应该再麻利一些。"K心想。但已经不错了，毕竟这次没有像往常一样突然蹦出一个穿睡袍的或者什么人来胡乱发表一通意见。当K第二次按下门铃时，他回头往另一扇门看了看，这次它仍然关着。终于，律师门上的观察孔里出现了两个眼睛，但来者不是莱尼。

那个人打开了锁，却仍然用身子顶着门，往后面的卧室里喊："是他！"然后才完全地打开门。K紧紧地挤着门，因为他听见身后那扇门里钥匙正在锁眼里急速转动。当面前的门终于打开，他径直冲进前厅，看到穿着衬衣的莱尼飞快地从连接几个房间的那条走廊上跑开了，开门人的那句警报是对她说的。他看了她一会儿，然后打量了一下开门者。那是一个留着络腮胡的矮瘦男人，他手里正端着一根蜡烛。

"您是这里的用人？"K问。

"不是，"男人回答，"我是个访客，律师是我的代理人，我来这里是为了一起法律纠纷。"

"为什么不穿礼服？"K问。他挥了挥手，暗示男人那蹩脚的穿着。

"啊，抱歉！"男人说着用蜡烛照了照自己，似乎他自己也是第一次看清自己的打扮。

"莱尼是您的情人吗？"K风轻云淡地问了一句。他稍微劈开腿，两只手捏着帽子向后背手。单单一件结实的大衣已经让他感觉自己对眼前这个瘦弱的小矮子拥有不小的优势。

"噢，上帝，"男人出于震惊和抗拒把一只手举到脸前，"不是，不是，您在想什么呢？"

"您看上去很诚实，"K笑着说，"不说了，您先走吧。"他朝他挥挥帽子，让他走在自己前面。

"请问您叫什么？"K一面走一面问。

"布洛克，商人布洛克。"小矮子说，他在做自我介绍的时候朝K转过身，但K不让他站着不动。

"这是您的真名吗？"K问。

"当然，"他回答，"为什么您会怀疑这个？"

"我觉得您或许有理由隐瞒自己的名字。"K说。他感到轻松且随意，就像来到异域他乡，跟当地普通百姓交谈时那种感觉一样，涉及自己的他可以避而不谈，而既然对方充满了兴趣，他只需要冷静地评论几句，以此捧高他们；当然，他也可以随心所欲地转身离开。

在律师办公室的门前，K站住了，他打开门，对顺从的继续往前走的商人说："别急着走！照一照这里！"K觉得莱尼可能会藏在此处,他让商人找遍了每一个角落,但房间里空无一人。

K从背后拽住商人的背带把他拖到了法官画像前。

"您认识他吗?"他食指向上指着问道。

商人举高蜡烛,眯着眼抬头看着,说:"这是一位法官。"

"是高级法官吗?"K问,他侧过身面对商人,想观察一下他对这幅画像做出的反应。

商人有些惊叹地抬头看着,说:"这是一个高级法官。"

"您并不是很会识人,"K说,"在低级预审法官里他还是最低级的。"

"我想起来了,"商人说着放下蜡烛,"我也曾经听说过。"

"当然了,"K大声地说,"我忘了!您当然听说过这回事。"

"但为什么,为什么呢?"商人问,他被K用手推搡着,朝门口走去。

在外面的走廊里,K说:"您知道莱尼藏在哪里吗?"

"藏?"商人说,"不是的,她可能正在厨房里给律师煲汤。"

"您为什么不当时就说出来?"K问。

"我希望带您去那里,但您把我叫住了。"商人回答,他被前后矛盾的问题搞蒙了。

"您可能觉得自己很聪明,"K说,"快带我去!"

K还从没有去过厨房，这里出奇的大，而且布置得富丽堂皇。单是那个炉灶就有一般炉灶的三倍大，其他的细节都看不清，因为厨房里只有一盏很小的照明灯挂在入口处。莱尼还是一身白色围裙，她正站在炉灶旁往锅里磕鸡蛋，酒精灯的火焰在锅灶下面翻腾。

"晚上好，约瑟夫。"她瞥了一眼说。

"晚上好。"K说，他用手指了一下旁边的一把椅子，示意商人在上面坐下，商人照做了。然后，K走到莱尼后面，贴着她，把头伸到她的肩膀上，问："这个男人是谁？"

莱尼用一只手搂住K，另一只手搅拌着汤，把K拉到自己身边说："这是个值得同情的人，一个贫穷的商人，名叫布洛克。您看看他那个样子。"他们两个都回头看了看。商人坐在K指定的那把椅子上，因为烛光已无必要，所以他把蜡烛吹灭了，又用手指去压灯芯，阻止它发出烟来。

"你只穿着衬衣。"K说着用手把她的头扭回到炉灶的方向。她沉默不语。"他是你的情人？"K问。

她想去端起汤锅，但K把她的两只手都攥住了，对她说："现在回答我！"

她说："去办公室，我会向您解释一切。"

"不，"K说，"我想让你在这里解释清楚。"

她靠在他身上想要亲他,但被K挡住了:"我不想让你在这里亲我。"

"约瑟夫,"莱尼愁怨又坦诚地看着K的眼睛,"您不会因为布洛克先生而吃醋的。鲁迪,"她朝商人转过身,说,"来帮帮我,你看到了,有人怀疑我;放下蜡烛吧。"

别人可能以为商人一直没有留神,其实他心里一清二楚。他磕磕巴巴地说:"我不明白您为什么会吃醋。"

"我其实也不明白。"K微笑地看着商人。

莱尼大声地笑了,趁着K不注意挽住了他的胳膊,小声地说:"现在让他走吧,他是什么人您都看到了。我之所以对他有所关照,只因为他是律师的重要客户,并非由于其他原因。您呢?今天您想跟律师谈谈吗?他今天病得很重,但如果您执意要见,我可以为您通报。但您要跟我过夜,这是必须的。您已经很久没来找我们了,律师也询问过您。不要忘了诉讼的事!我也有很多事要告诉您。首先,把您的大衣脱下来吧!"

她帮他脱下衣服,又帮他摘下帽子,拿着它们跑去前厅挂在那里,然后又跑回来,看着汤。她问:"我是应该先给您通报呢,还是先把汤盛出来呢?"

"先去通报一声吧。"K说。他有些生气,本来计划跟莱尼仔细谈谈自己的事，尤其是解约这件事他心里还很没有把握，但商人的在场让他失去了兴致。但是，他又觉得自己的事情如此重大，这个小个儿商人的掺和想必不会产生什么影响，于是便把已经来到走廊上的莱尼重新叫回来。

"先给他送汤去吧，"他说，"在跟我谈话之前最好让他恢复力气，这对他是必要的。"

"您也是律师的一个客户？"商人小声地在角落里说，似乎只是为了确认一下。但没有得到好声好气的答复。

"您关心这个干什么？"K说。

莱尼也补充了一句："你能不说话吗？那我先把汤送去，"莱尼又转头对K说，并把汤倒在盘子里，"就怕他一会儿睡着了，饭后他总是很快入睡。"

"我讲给他的话会让他精神一振。"K说，他一直希望别人可以看出自己要跟律师商量一些重要的事，他希望莱尼询问这是什么事，然后再向她寻求建议。但她只想准确地完成交代的任务。

她端着杯子从他身边走过的时候，故意轻轻地碰了碰他，小声地说："等他喝完汤，我会立马通报您来了，这样我就能尽快让您回到我身边了。"

"去吧，"K说，"去吧。"

"对布洛克友善点。"她在门口再次转过身来说。

K看着她走远,现在他完全下定决心了,他要跟律师解约,最好事先不要跟莱尼谈这件事——她对全局缺少足够的了解,肯定会劝阻自己,也肯定会尽可能地阻止这次解约,那时他会犹豫不决,但最终,过上一段时间他还是要做出这个决定,因为这个决定是非常必要的。越早做决定,造成的损害就越少。或许商人可以在这件事上谈谈他的看法。

K转过身,商人看到他转向自己,立马想站起来。

"您坐着吧。"K说,他把一把椅子拉到商人身边。

"看来您是律师的老客户了?"K问。

"是的,"商人说,"一个非常老的客户。"

"他为您工作了多少年?"K问。

"我不明白您具体指什么,"商人说,"谈到商业上的法律事宜,我有一个经营粮食生意的公司,自我接管公司以来,律师一直是我的代理人,大约得有二十年了。至于我个人的诉讼,或许您是指这个,一开始就是他替我辩护,也有五年多了。对,远超五年。"他补充了一句,然后掏出一张旧的信封,"我把一切都写在了上面,如果您愿意,我可以把准确的日期给您念出来。把一切都记在脑子里可不是件容易的事。我这案子持续的时间或许还要更久,它是从我妻子去世时开始的,这已经不止五年半了。"

K朝他靠近了些,问道:"律师也接遗产纠纷的官司吗?"这个法院总算跟正常法律扯上了点关系,这让K感到非常安慰。

"当然。"商人说,他又对K耳语,"人们甚至说,他对这种业务比其他业务更为擅长。"然后,他似乎后悔说出这句话,于是把一只手放在K的肩膀上,说:"求您不要泄露我的话。"

K拍了拍他的大腿给他以信心,说:"不会的,我不是泄密者。"

"他很记仇。"商人说。

"对于一个这么忠实的客户他肯定不会睚眦必报。"K说。

"会的,"商人说,"他要是发起火来,六亲不认,而且,我也并不是那么忠实。"

"为什么这么说?"K问。

"真要我跟您坦白吗?"商人狐疑地说。

"我觉得这不会给你带来麻烦。"K说。

"好吧,"商人说,"我会坦诚一部分,但您也要说给我一个秘密,这样我们才能在律师面前确保互相保密。"

"您太谨慎了,"K说,"但为了让您放心,我会给您讲一个秘密。您究竟是如何对律师不忠实的呢?"

"我……"商人犹犹豫豫用一种认罪的语调说,"除他之外我还雇了其他律师。"

"这不算太坏。"K感到有些失望。

"但在这里，"商人说，他自从坦白后一直气喘吁吁，K的评论让他有些放心了下来，"这是不被允许的。而且最不被允许的是在这么一个正规律师之外再去找不入流的律师。我就是干了这个，除了他，我另外找了五个不入流的律师。"

"五个！"K喊道，听到这个数字才让他感到震惊，"除了这个律师之外还有五个？"

商人点点头："我现在正跟第六个洽谈呢。"

"但你需要这么多律师干什么？"K问。

"多多益善。"商人说。

"您可以给我解释一下吗？"K问。

"可以，"商人说，"首先我不想打输官司，这是显而易见的。我不能对任何可能有益的东西置之不理，即便希望渺茫，我也不能放弃。因此，我把自己的一切都投入诉讼上。比如我把公司的全部资金抽调了出来，早些时候，公司的办公室几乎有一整层楼，现在仅剩下一间背街的小房间，只有我和一个学徒在那里工作。这种倒退不只是因为资金的短缺，更因为我个人工作效率的衰减。当为官司操心的时候，很难集中注意力做其他工作。"

"这么说来,您自己也常去法院活动吗?"K问,"我正想了解这方面的信息。"

"对此我能说的很少,"商人说,"一开始我也有这种打算,但后来不久就放弃了。这太出力不讨好。自己去那里游说、谈判,这我是不可能做成功的。光是坐在那里等候就是一桩大苦头。您自己也见识过办事处的沉闷空气。"

"您怎么知道我去过那里?"K问。

"您走过去的时候我正好在等候室里。"

"怎么会这么巧!"K喊道,他被震撼了,彻底忘记了商人之前的可笑形象,"这么说,您看到我了!我走过去的时候,您就在等候室里。是啊,我是曾经去过那里一次。"

"其实也没有那么巧,"商人说,"我几乎每天都去那里。"

"可能我以后也得经常去那里了,"K说,"只是我再也不会受到那次的礼遇,当时所有的人都站了起来,大家可能以为我是一个法官。"

"不是的,"商人说,"我们是在向差役问好。我们都知道您是被告人,这种消息传播得很快。"

"原来您早就知道了,"K说,"想必我的举止会让您觉得过于高傲。大家有没有这样说?"

"没有,"商人说,"相反,大家说您太愚蠢。"

"哪里愚蠢?"K问。

"您问这个干什么?"商人生气地说,"看来您还不了解那里的人,并且对他们怀有错误的先入之见。您得知道,这些案子里总有千奇百怪的说法让人脑子不够用,人们太累了,为太多事所分心,因此只得转而求助迷信。虽然我是在说别人,但自己也强不到哪里去。比如其中有一个迷信:很多人希望从被告的脸上,尤其是根据嘴唇的纹理,预判审判的结果。这些人曾经说,从您的唇纹来看,您不久一定会被判罪。我再说一遍,这是一个可笑的迷信,大多数时候都被证实与事实完全背道而驰,但生活在这种环境中的人很难清除这种思想。此类迷信的影响多么巨大啊,您可以设想一下,您曾经跟其中一个被告交谈过,是吗?他几乎答不出话。他之所以犯迷糊自然出于很多原因,但其中最主要的就是看到了您的嘴唇。他后来解释说,他甚至恍惚中从您的嘴唇上看到了自己的判决。"

"我的嘴唇?"K问,他掏出一把袖镜照了起来,"我从我的嘴唇上看不出有什么特别。你能看出来吗?"

"我也不行,"商人说,"一点也看不出来。"

"这些人真迷信!"K喊道。

"我刚才不是这样说过了吗?"商人问。

"他们交往很密,彼此经常交换意见吗?"K说,"迄今为止我和他们没有打过任何交道。"

"总体说来他们并没有什么交往,"商人说,"人太多了,不可能经常来往,而且很少有共同的利益。每次大家都觉得有共同利益,但马上又被证明是个错误。大家根本无法联手对抗法院。每桩案子都单独审理,法院在这一点上真是谨慎。大家根本无法联合采取统一行动,只有很少的独行侠可以偶尔秘密地有所斩获。而且只有当他把事做完了,别人才知道有这回事,没人知道过程如何。没有联合,他们虽然经常在等候室聚集扎堆,但交流甚少。那种迷信的看法老早以前就已存在,至今仍在滋生繁殖。"

"我目睹了等候室里那些先生的模样,"K说,"我不觉得他们在那里苦等有什么用。"

"等候并不是徒劳,"商人说,"自以为是地干预审判才是白费力气。我已经说过,现在,我除了这位律师之外还有五个律师。大家可能会觉得我现在终于可以把事情全盘托付给他们,我一开始也有这种想法,然而这大错特错。与当初只有一个律师的时候比起来,现在能够托付别人代管的并没有更多。好像您不太理解我的话?"

"确实不理解,"K说,为了舒缓商人飞快的语速,他抚慰性地把手放在商人的手上,"我只求您慢点说,这对我确实很重要,但我跟不上您的速度。"

"谢谢您提醒我，"商人说，"您是一个新手，一个年轻人。您的诉讼有半年了，是吗？嗯，我听说过。六个月的时间太短了！我曾经无数次反复思索这些事，对我来说，这已经成了世界上最稀松平常的事情了。"

"难道您为自己的官司持续很长时间感到高兴吗？"K问，他不想直接打听商人的官司目前处在哪个阶段。他也确实没能得到明确的答案。

"没错，这场官司我已经慢慢打了五年，"商人说着低下头，"这不是件小事。"然后他沉默了一段时间。

K侧耳，想听听莱尼是否已经回来。一方面他不希望她现在回来，因为他还有许多东西要问，不想让莱尼看到自己与商人在推心置腹地交谈，另一方面他又为她感到生气，她明明知道他还在这里，竟然还跟律师在一起待那么久，如果只是送汤，远不需要这么长时间。

"我还清楚地记得那时，"商人又开口了，K马上集中注意力，"我跟您现在一样，官司打了半年。那时我只有这一个律师，但他并不是很满意。"

"现在我什么都知道了。"K心想。他饶有兴趣地点头，似乎在鼓励商人把所有有价值的话一吐为快。

"我的官司一点进展也没有,"商人继续说,"虽然进行了一些调查,我也都到场了,收集了物证,把我所有的账簿都交给了法院,后来我才知道完全没有这个必要,我总是不停往律师这里跑,他也写了很多抗辩书。"

"很多抗辩书?"K问。

"对,这是当然。"商人说。

"这对我很重要,"K说,"在我的案子中,他到现在仍然在写第一份抗辩书。他还什么都没做。现在我算看出来了,他在卑鄙地敷衍我。"

"可能有很多合理的原因导致抗辩书没写完,"商人说,"此外,我的抗辩书后来被证实是毫无意义的。多亏一位法官,我才得以见过其中一份。虽然文笔雅致,但内容空洞。一上来是很多我看不懂的拉丁语,然后是好几页向法院提出的常规性申诉,后来是对特定官员的阿谀奉承,虽然没有提到名字,但知情人肯定能猜出来是谁,接着是律师的自我吹捧,吹捧的同时还不忘像狗一样卑躬屈膝地奉承法院,最后是对以前与我的案子类似的判例的分析。就我所了解的来看,这些分析做得很细致。我说这些话不是想对律师的工作评头论足,我的那份抗辩书,不过是众多抗辩书里的一篇,但无论如何,我想说,那时候我从我的案子里看不到任何进展的迹象。"

"您想看到何种进展?"K问。

"您的问题很好,"商人笑着说,"其实这种官司很难有什么进展。但我那时不知道。我是个商人,那时比今天更像个商人,我希望看到结果,希望看到整个事件有走向结束的苗头,至少也要看到实实在在的进展。现实却只有各种大同小异的传讯。我把回答像连祷①一样记在脑子里,每周法院的通知都会传到我的公司、我的住所以及所有能遇到我的地方,这当然很烦人。现在,这种情况好多了,至少电话呼叫少了很多。此外,关于审判我的谣言开始四处流传,不仅传到了生意圈子里,甚至传到了我的亲戚耳中。我受到了各方面的损害,却没看到任何迹象表明即将召开对我的第一次开庭审理。于是,我去找律师抱怨。他虽然给了我长篇大论的解释,却斩钉截铁地拒绝我的建议。他说,没有人能对审判的举行说三道四,像我希望的那样写一篇抗辩书去催促,简直是闻所未闻,且会毁掉我们两个。那时我想:这个律师不愿做或者不能做的,别的律师可能愿意或者有能力做。于是,我又物色了几个律师。现在,我可以明白地告诉你,没有一个人请求确定审理的日期,也没有人愿意做

---

① 牧师领祷,信徒按确定格式回答。

此尝试，这种事根本无法办到，当然我说这话是有保留的，这点之后再说。单从这方面看来，律师并没有骗我，但我也没有为联系其他律师的行为而自惭形秽。您可能也听到胡尔特律师谈到过那些所谓不入流的讼棍，想必他把他们说得不值一文，他们也确实如此。但律师对他们的评论以及在同事们与他自己之间进行的对比，总是会犯一个错误，我顺便提醒您注意这一点：他一直把他圈子里的那些律师称作'伟大的律师'。这很荒谬，当然只要他喜欢，他可以把任何人称作'伟大的'。但其实另有划分的依据。按照法院传统，在讼棍之外还有小律师和大律师之分。受理我和您案件的这个律师以及他的同事都是小律师，大律师我只有所耳闻，却未曾有幸目睹，他们的级别要比小律师高很多，而且这种差别比小律师与讼棍之间的悬殊还要大。"

"大律师？"K问，"他们到底是什么人？怎样才能接触到他们？"

"您都还没听说过他们，"商人说，"每一个刚听闻他们存在的被告，没有不对他们日思夜想的。奉劝您不要心存这种幻想。我不知道谁是大律师，压根没有人可以找到他们。从没人敢拍着胸脯说他们曾经介入过审判。他们有时候会做辩护，但这不是由被告的意志决定的，他们只为自己中意的人做辩护，而且他们接受的案子大多已经超出低级法院的审理范围。最好不要去想他们，否则其他律师跟您的谈话，他们的建议和帮助可能会让您觉得一无是处，从而让您反感。我自己有过这种经历，那时我总想抛开一切，就想躺在家里的床上什么都不闻不问。这自然是最愚蠢的做法，何况就算躺在床上您也不会一直心平气和下去。"

"您会一直想着大律师的事吗？"K问。

"不会想很久，"商人说，又笑了，"可惜很难完全忘记他们，特别是晚上，思维在这种时刻尤其活跃。但我当时急切盼望成功，因此就去拜访那些讼棍。"

"你们促膝而坐的样子可真亲密！"莱尼喊道，她端着杯子回来了，正站在门口。他们确实坐得很近，只要稍微转身就会互相碰到头。商人本来就很矮，此外还一直弓着背，K为了听清他的话不得不也深深地弯下腰。

"再等一会儿！"K朝莱尼喊道，他那只一直搭在商人手上的手不耐烦地抖动着。

"他想让我给他讲一讲我的官司。"商人对莱尼说。

"请讲吧，讲吧。"莱尼说。她对商人很和善，但却有些纡尊降贵的意思，这让K不太舒服，他现在看出这个男人还是很有价值的，至少他经验丰富，且乐于向别人传授。或许莱尼错看了他。

K恼怒地看着莱尼接过商人一直拿在手里的蜡烛，放在地上，又用围裙擦拭K的手,然后跪在他身边,用围裙擦去滴在他裤子上的蜡油。

"您正准备给我讲讲那些讼棍呢。"K说,他一声不吭,一把推开了莱尼的手。

"您这是干什么?"莱尼问,她轻轻地捶了捶K,继续她的工作。

"对,讲到讼棍了。"商人说,他用手托着额头,似乎陷入沉思。

K想给他一些帮助,于是说:"您想要立竿见影的效果,所以去找了讼棍。"

"完全正确。"商人说,但他没有继续说下去。

K心想,或许他不愿意在莱尼跟前谈这个。他只好暂时隐忍住自己的好奇心,不再向商人施压。

"你帮我向律师通报了吗?"他问莱尼。

"当然,"她说,"他正在等您。让布洛克单独待一会儿吧,您可以一会儿再找他聊,他一直待在这里。"

K还在犹豫,他问商人:"您会留在这里吗?"他想听商人自己作出回答,莱尼视商人为空气的做法让他不悦,今天他对莱尼憋了一肚子无名火。

又只有莱尼作答:"他经常睡在这里。"

"睡在这里?"K喊了出来,他本来设想的是让商人在这里等着,自己简短地与律师说几句后两人一起离开,远离打扰,详细地讨论一番。

"没错,"莱尼说,"约瑟夫,不是每个人都有您这种待遇,可以在任何时刻受到律师的接待。律师甚至不顾病躯在夜里十一点接待您,您似乎丝毫不以为怪。您把朋友的两肋插刀看得理所当然。但是,您的朋友,至少我是如此,乐意为您做这些事。我不要您的感谢,其他的我什么都不需要,我只要您的爱。"

"让我爱你?"K一开始有些迷惑,直到脑中出现了这几个字后才想到:没错,我爱她。尽管如此,他仍然不近人情地说:"他接待我,因为我是他的客户。就算是我还需要别的帮助,也没有必要摇尾乞怜吧?"

"他今天是多么不像话啊,你说是吗?"莱尼问商人。

"现在又把我当空气了。"K想着,甚至对商人也产生了厌恶感,因为商人讲话的方式变得像莱尼一样无礼。

商人说:"律师之所以接待他,还有别的理由。他的案子看来比我的有趣。此外,他的案子还处在初始阶段,或许法院还没有真正开始受理,这种时候律师是乐于跟他交谈的,以后情况就不同了。"

"对,对。"莱尼一边说一边笑着看向商人,"布洛克纯粹是在胡扯,您一点儿也别相信他,"说这话的时候她又转向K,"他是那么可爱，又是那么絮叨。或许律师就是为此才受不了他。律师只在心情好的时候接待他。我花费很多力气试图改变这种状况，但都是徒劳。有时候我为布洛克通报，但律师三天之后才接待他。如果传唤布洛克的时候，他正好不在，那他就错失了机会，我又得重新再为他通报。因此我才让布洛克睡在这里，因为曾经发生过律师在半夜打电话叫他的情况。现在布洛克做好了不分昼夜见律师的准备。不过，有时候也会遇到律师突然改变想法的情况，当布洛克过去后，律师有时会取消接待。"

K好奇地看着商人。商人点点头，他或许因为羞耻有些分心，但跟之前与K交谈时一样坦诚地说："没错，我们到了后面会非常依赖律师。"

"他只是表面上抱怨，"莱尼说，"他经常向我坦白，说他其实很喜欢睡在这里。"

她走到一扇小门边，推开门，问K："你想看看他的卧室吗？"她问K。

K走过去，站在门槛边看向那个低矮的房间，里面没有窗户，被一张窄床塞满了。要上床还得爬过床栏。床头的墙上有一个凹槽，里面整整齐齐地摆放着一支蜡烛、一个墨水瓶、一支笔和一摞像是诉讼案卷的纸堆。

"您睡在女仆的房间?"K转回身子,对商人说。

"莱尼给我腾出了这间房,"商人回答,"这里很不错。"

K久久地注视着他,他对这个商人的第一印象或许是对的,他确实有经验,因为他的官司持续了很久,但他为这些经验付出了巨大的代价。突然,K再也无法忍受商人的模样。"带他上床吧!"他朝莱尼喊,莱尼似乎没有明白他的意思。他准备去找律师,通过一纸解约书,让自己告别律师,也告别莱尼和商人。

在他出门以前,商人低声对他说:"襄理先生。"

K转过身,脸色很难看。

"您忘了自己的约定了,"商人说,他恳切地朝K伸出手,"您还得给我说个秘密呢。"

"确实如此,"K说着瞥了莱尼一眼,她正聚精会神地看着他,"您听好了,这差不多不再是秘密了:我现在去找律师,解雇他!"

"他要解雇律师!"商人大喊一声,从椅子上跳起来,挥舞着胳膊在厨房里乱跑。他不断地喊着:"他要解雇律师!"

莱尼立马往K身边跑,但商人挡住了她的路,为此她还用拳头砸了他一下。她就这样紧握着拳头跑去追K,但他远远地跑在前面。

当莱尼终于追上的时候,K已经迈进了律师的房门。就在他马上要把门完全关上的时候,莱尼用脚把门抵住了,她抓住K的胳膊,想把他拽回去。但他狠狠地捏着她的手腕,她受不了,只好叹一口气任凭他进去。她不敢硬挤进来,K趁机迅速用钥匙将房门锁上了。

"我已经等您很久了。"律师在床上说,他正在烛光下阅读一份文件。此刻,他把文件放在了床头柜上,戴上一副眼镜后目光锐利地打量着K。

K没有表示任何歉意,而是直率地说:"我很快就走。"

律师看他没有道歉就没有搭理他的话,说:"下次我可不能再这么晚接待您了。"

"这正合我意。"K说。

律师疑惑地看着他,说:"您坐吧。"

"恭敬不如从命。"K将一把椅子拉到床头柜旁边,坐下了。

"如果我没看错,您似乎把门锁上了。"律师说。

"是的,"K说,"这是因为莱尼的缘故。"他不打算维护任何人。

但律师却问:"她又开始纠缠人了?"

"纠缠人?"K问。

"没错,"律师说,他笑了起来,然后开始了一阵咳嗽,在咳嗽平息之后,他又开始大笑,"或许您已经注意到了她烦人的地方?"他拍了拍K那只摁着床头柜的手,而K把手飞快地缩了回去。

"您不要太在意。"K说道。

"这样更好。否则的话，我还得替她给您赔个不是。这是莱尼的一大毛病，我已经适应了，要不是看到您刚刚锁住门，我也不会提起。她的这个毛病我本不该告诉您，但您看向我的眼神这么疑惑，我还是给您说说吧。莱尼的毛病是觉得大部分被告都很英俊。她黏着所有人，喜欢所有人，似乎他们也都喜欢她。为了给我取乐，在征得我的同意后，她时常给我讲一些这类逸事趣闻。我可不像您，对这种事少见多怪。要是您有一副好眼力，您或许也会觉得被告往往是丰神俊伟的人物。这是一个值得注意的现象。但法庭的指控并不会造成外貌的显著变化。因为这种案子不像普通的刑事案件，被告可以保持原有的生活习惯，如果有一个好律师，他们原来的生活可以基本不受影响。尽管如此，经验丰富的人还是可以在人海中一眼辨认出谁是被告。他们是怎么认出来的？想必您会如此发问。不过，我的回答不一定会让您信服。那就是最英俊的才是被告。不是他们犯下的过错使他们变得英俊，因为——至少我作为律师必须这样说——不是其中所有人都有罪，使他们变英俊的也不是依法施行的惩罚，因为不是所有人都会受到惩罚。这只能是由于针对他们提起的、无论如何也摆脱不掉的诉讼。在英俊的人里面还有特别英俊的人物，但所有被告都是英俊的，即便是布洛克这个可怜虫，也不例外。"

律师说完了，K已经恢复了平静，甚至在律师说最后一句话的时候还使劲地点了点头，好像对律师的话表示认同。不过，K更加认同自己的看法：律师擅用这种唠叨、不着边际的空泛话语分散他的注意力，借此回避主要问题。

律师注意到K这次表现出了更多的抗拒，因为K始终默不作声。为了给K一个说话的机会，他问道："您今天找我是有事吗？"

"没错，"K说，他用手遮了遮烛光，希望把律师看得更清楚一些，"我想通知您，今天我要跟您解约。"

"我没听错吧？"律师从床上半抬起身，一只手摁在枕头上撑住身子。

"我想没错。"K说，他僵直地坐着，充满警惕。

"行吧，我们现在可以谈谈这个计划。"过了一会儿律师说。

"已经没有什么计划了。"K说。

"或许如此，"律师说，"但我们不要太匆忙。"他使用了"我们"这个词，似乎他不愿意让K离开，又似乎即便他不能再担当他的代理人，也愿意继续为他出谋划策。

"这并不是我匆忙做出的决定，"K缓缓地站起来，走到椅子后面，"我考虑很久了，或许太久了。这个决定是不可挽回的。"

"既然这样，请允许我再说几句话，"律师说着把羽绒被掀开，坐在床沿上。他那双长着白毛的赤裸大腿因为没穿裤子,不停地打着寒战。他请求K把沙发上的一条毯子拿过来。

K拿过毯子,对他说:"您完全没有必要让自己受冻。"

"我有充足的理由这样做,"律师说着用羽绒被盖住上半身,又用毯子裹住腿,"您叔叔是我的朋友,这段时间以来我也挺喜欢您。我坦白地承认这一点,并不为此感到羞耻。"

这个老人说出的这些感伤的话,是K最不希望听到的,如此他便无法将话讲得更直白点,这正是他想避免的。此外,K自己也承认,尽管没有什么能够影响到他的决定,但这些话会让他感到很愧疚。

"您的善意让我很感激,"K说,"我也知道,在您力所能及的范围内,您有多么关心我的案子。但我最近渐渐觉得,这些仍不够。而我绝不会尝试说服一个像您一样比我更年长也更有经验的人接受我的观点,如果我曾有过这种做法而不自知,还请您多多见谅。但案子——正如您所说——是非常重要的,我觉得相比目前这种状态,有必要更加积极地去打这场官司。"

"我明白您的意思,"律师说,"但您太缺少耐心了。"

"我并不缺少耐心,"K有些激动,不再那么注意自己的言辞,"第一次来拜访您的时候,也就是我和叔叔一起来的那次,您就可以发现我对这个案子并不那么看重,如果不是别人强行提醒我,我早就把它彻底抛在脑后了。但我的叔叔坚持让我把代理权交给您，为了让他高兴，我这样做了。我本来期待诉讼的压力会比如今小些，因为找律师就是为了从自己身上卸下一点诉讼的担子。但事与愿违。在把案子委托给您之前，这场诉讼从没让我如此这般提心吊胆。我一个人单干的时候，没有采取什么应对措施，却几乎感觉不到诉讼的存在，而我有了一个辩护律师之后，却变得终日惶恐，似乎大祸即将临头，我越来越紧张，总是期待您做些工作，但始终无法如愿。虽然我从您那里获取了很多与法院相关的信息，这些可能从其他任何地方都无从得知。但现在，这个案子正在折磨我，对我步步紧逼，单单这些信息对我来说是远远不够的。"K把椅子推到一边，双手插兜，站在那里。

"从某一个特定的时间点开始，"律师小声且平静地说，"就不会有什么新鲜的事发生了。有太多与您处境类似的委托人向我如此抱怨过！"

"那么，"K说，"这些人也都和我一样，事出有因。这并不足以反驳我。"

"我不想反驳您，"律师说，"但我还想补充一点，相比于那些人，我对您的判断能力抱持更大的期望，尤其是因为我既告诉了您很多法院秘闻，也让您更多地眼见了我的办事能力，在其他人面前我是不会这样的。而现在我不得不承认,尽管这样,您仍然对我不够信任。这让我很难过。"

律师在K面前竟如此低声下气!他全然没有顾忌自己的尊严,而尊严是律师最敏感的。他为什么这样做?看上去他确实是一个业务繁忙的律师,也是一个富裕的人,流失一个客户不可能让他这么在乎。此外他还生着病,自己也应该想过少做点工作。但他却不想让K离开!为什么?难道是出于与叔叔的私人交情?还是他真的觉得K的案子很稀奇,希望能以此不仅在K面前,也在法院同事面前,提高自己的声望?这种可能性绝不能排除。K用检视的眼神仔细地打量着他,但从他身上看不出什么。

人们几乎可以认为,律师故意面无表情,是想借此来观察自己言语产生的效果。K的沉默在他看来似乎是善意的表现,因此他继续说:"您可能注意到了,虽然我有一个很大的事务所,但却没有助手。以前不是这样,曾经有一些年轻的法学生为我工作,但如今只有我一个人单干。一部分跟我治学方式的转变有关,因为我越来越把自己局限在对您这种案子的研究上;另一部分跟我经过这些研究越来越深化的知识积累有关。我觉得,如果对我的客户、对我的使命负责任的话,我就不该把这些工作委托给别人。但自己一力承担所有工作,有一个自然而然的后果:我不得不拒绝大多数的辩护请求,只接受十分打动我的案子。而现在有些家伙,甚至就是在我身边的那些家伙,把被我拒绝的案子当作宝贝一拥而上争相抢夺。此外,过度劳累侵蚀了我的身体。但我不为自己的决定后悔,我本来可以推掉更多委托,但我完全沉醉于所接手的案件,把它看作无条件的、绝对的,并为最后的胜利而欣慰,这就足够了。我曾经读到过一篇文章,里面写了两种律师的区别:为普通案件做辩护的律师只过问一些法律权益的问题,给他的委托者指引通往判决的道路;而为您这种案件做辩护的律师则会直接把他的委托者扛到肩膀上,时刻不放下,一直扛到判决的终点,甚至还要扛得更远。正是如此,十分恰当。但我说自己从未因为这繁重的工作心怀悔意,也不完全准确。比如,在您这件事中,当我的工作被完全误解,我就几乎有些后悔。"

这番话没有说服K,反倒让他更加不耐烦。律师的口吻让他想起,如果他就此屈服,在前面等待他的将是什么:重新开始的敷衍塞责,总是在写作中的抗辩文,法官们逐渐改善的心境,以及工作中面临的巨大困难……总之一句话,陈词滥调、故技重施,只为了用虚幻的希望哄骗K,用虚幻的威胁折磨K。

这一切必须被永远终止,因此他说:"如果您继续代理我的案子,您会采取什么行动?"

律师甚至没有拒绝这个带有侮辱性的问题,他回答:"在之前的基础上继续前进。"

"我就知道,"K说,"那么,现在再说任何一个字都是多余的。"

"我还要再试一试,"律师说,似乎让K激动的事不是发生在K身上,而是发生在他身上,"依我看来,您之所以对我提供的法律援助和您现在的处境产生错误判断全是因为他们对您太好了,虽然您是个被告。更准确地说,是他们把您忽略了,而且是装作把您忽略了。这是有预谋的,对被告来说,在桎梏中,经常倒比自由身更好。我准备给您讲一讲,其他被告是如何被对待的,或许您可以由此学到点东西。我先把布洛克叫来,请您打开门锁,然后坐在这个桌子旁边吧!"

"乐意之至。"K说。他按照律师的要求去做,对于学习他总是很乐意。为了打消自己的疑虑,他又问道:"我已经跟您解除合约了,这点您知道吗?"

"知道,"律师说,"或许今天您还会收回主意。"他重新躺回床上,把羽绒被一直拉到下巴,翻身朝向墙壁。然后摁响了铃。

莱尼几乎在铃声响起的同时立刻站到门口,她急切地打量着,希望知道这里发生了什么;当她看到K安静地坐在律师床头,胸口的石头这才沉下去。她朝K笑着点点头,K只是呆滞地瞧着她。

"把布洛克带来。"律师说。

她没有去接布洛克,而是站在门口,大声地喊:"布洛克!到律师这里来!"

律师朝墙躺着,没有注意她,于是,她趁机溜到K的座位后面,不断骚扰他,一会儿在椅背上面俯下身,一会儿又用手捋他的头发,摸他的脸,当然是很轻柔、很小心的。最后K不得不阻止她,他抓住她的手,她反抗了一阵后放弃了。

布洛克听到喊声马上跑过来,但他一直站在门口,似乎在犹豫是否应该走进来。他的眉毛挑得很高,稍微斜着头,似乎是想听听让他来找律师的命令是否还会重复一遍。K本可以鼓励他走进来,但他下定决心:自己不仅要跟律师,也要跟这所房子里的一切彻底断绝关系了,因此他表现得漠不关心。莱尼也不说话。

布洛克注意到至少没人驱赶自己,于是踮着脚尖走了进来,他紧绷着脸,双手极不自然地放在背后。他留了门,作为退路。他没有看K一眼,而是始终看着高高隆起的羽绒被,律师正贴墙躺着,几乎让人看不到自己的存在。

这时,传来了律师的声音:"是布洛克吗?"

布洛克已经朝这边挪动了一大段距离,听到这个声音,他仿佛被人在胸膛和后背各打了一拳一般,跌跌撞撞的。接着,他深深地朝前弓腰站着,说:"请您指示。"

"你来干什么?"律师问,"你来得不是时候。"

"不是在叫我吗?"与其说他是在问律师,倒不如说是在问自己,布洛克不自觉地把手挡到前面,像是要自保,准备立刻跑开。

"确实叫你了,"律师说,"但你来得不是时候。"他停顿了一下补充道,"你每次来都不是时候。"

律师开口后布洛克就不再往床上看,他直勾勾地看着角落里的某个地方,似乎对方的样子太刺眼,他忍受不了似的。但是单纯的倾听也不轻松,因为律师对着墙讲话,声音很小而且语速很快。

"您是让我离开吗?"布洛克问。

"既来之,"律师说,"则安之!"

虽然律师满足了他的愿望,旁人却可能以为律师在拿着棍子恐吓他,因为布洛克浑身乱颤。

"昨天,"律师说,"我到我的朋友第三法官那里去了,顺带着就聊起了你。你想听听他说了什么吗?"

"啊,求您了,您讲吧。"布洛克说。

看到律师没有立马答话,布洛克又重复了一遍请求,他弯下腰,好像要跪下似的。

这时,K开始训斥他:"您这是在干什么?"他大声喊道。

莱尼本想阻止K喊出声,但被K抓住了另一只手。他把她攥得那么紧可不是出于爱意,她呻吟了一下,试图把手抽回。

但K的喊叫让布洛克代为受过,律师问他:"你的律师是谁?"

"当然是您。"布洛克说。

"除我之外呢?"律师问。

"除了您没有其他人。"布洛克说。

"那就不要去跟别人眉来眼去。"律师说。

布洛克俯首帖耳地表示遵从。他恶狠狠地盯着K,朝他使劲摇摇头。如果把这些肢体语言翻译成词语,一定是一些粗鲁的谩骂。而K竟然还打算跟这个人推心置腹地讨论自己的案子!

"我不会再干涉你!"K倚着椅背说,"跪下或者五体投地在地上爬,去吧,都随你的便。对此我不想再关心了。"

但布洛克却还是有些自尊心,至少在面对K时是如此。他挥舞着拳头朝K走来,叫得那么大声,似乎只在律师面前他才有这种勇气:"你不能这么跟我讲话,我不允许你这么讲。你为什么要羞辱我?而且还是在律师先生面前?他是出于宽宏大量才忍耐我们的。你并不比我好到哪儿去,你也被控告了,你也有案在身。如果你仍然还是一位老爷,就算我不比你优越,至少我也是一位同样尊贵的老爷。在你面前,我也应该被体面地对待。如果你觉得自己比我强,能够安静地坐在这里听,而我,用你的话说,五体投地在地上爬,那我要提醒你,有一句古老的箴言:对于嫌犯来说,运动远比静止好,因为静止的人随时可能在不自知的情况下被放到秤盘上,等待称量他的罪恶!"

K没说话,只是眼睛一眨不眨地盯着面前这个疯癫的人。这才过去一小时,他身上究竟发生了什么呀!难道是诉讼让他丧失了心智,分不清敌人朋友了?难道他看不出,律师是在故意羞辱他,而这种羞辱只是为了在K面前炫耀他的本事,让K也屈服?但如果布洛克没有能力看出这一点,或者对律师的恐惧让他心里清楚但无能为力,他又怎么能这么狡猾,或者说这么勇敢,敢于欺骗律师隐瞒自己雇用其他律师的事?再者,他为什么胆敢攻击K? K可是有可能泄露他的秘密啊。

布洛克还不愿就此罢手,他走到律师床边,开始抱怨K:"律师先生,您听到这个人是如何跟我说话的了吗?他的官司经过了几小时都可以数得过来,就已经准备要教训我这个打了五年官司的人了。他甚至辱骂我。他什么都不懂,就来辱骂我,蔑视我的所学,我可是在有限的能力范围内仔细地研究过礼仪、义务和法律惯例的人。"

"不要管别人,"律师说,"去做你觉得对的事。"

"这是肯定的。"布洛克回答,他似乎在给自己打气,朝旁边迅速瞥了一眼后，在床边跪下了。

"我已经跪下了，亲爱的律师。"他说。但律师没有说话。布洛克用手小心翼翼地抚摸羽绒被。

这时，莱尼总算摆脱了K的手，在一片鸦雀无声中，她说："您弄疼我了。放开我。我去找布洛克。"她走过去，坐在床沿上。她的靠近让布洛克很高兴，他激动地给她暗示，希望她在律师面前为自己说说好话。很明显，他之所以迫切地恳求从律师那得到的消息，只是为了把这些消息提供给其他律师。

莱尼很清楚律师吃哪一套，她指指律师的手，噘起嘴。布洛克立刻吻了律师的手，按照莱尼的指示，他又吻了第二遍。但律师还是不说话。于是莱尼朝律师俯下身子，这个动作让她那曼妙的身材更加引人注目，她紧贴着律师的脸，抚摸那长长的白发。如此终于逼律师说出了一句回答："我在犹豫该不该把这件事告诉他。"可以看到他的头在微微扭动，或许是为了更好地感受莱尼手上的抚摸。

布洛克惶恐地低头听着，似乎聆听也是犯忌的行为。

"您为什么要犹豫呢？"莱尼问。

K有一种感觉，好像马上又是一场不知重复过多少遍、以后也不知将要重复多少遍的充满学识的谈话，而且只有对于布洛克来说，这席话才始终那么风味不减。

"他今天表现得怎么样？"律师没有回答，而是提了个问题。

莱尼欲言又止，她低头看看布洛克，他双手合十，充满恳求地搓动着它们。最终她严肃地点点头，转身面向律师，说："他很安静，也很勤奋。"一个胡子一大把的老商人，竟要乞求一个年轻女子为自己做证。不管他有什么理由，他的同龄人都会为此深感不齿。

K不明白律师怎么会想到来这一出。K知道律师是为了争取自己，如果不是他早就解了约，说不定这一幕还真会让他动摇。面对这种场面，连在旁边观看都觉得羞愧难当。律师的这种手段——K庆幸自己领教的时间并不久——终于使他的委托人忘记了全世界，只希望继续在这条歧路上朝最终的审判拖拉着往前走。这不是什么委托人，这是律师的狗。如果律师命令他在床下像在狗舍里一样爬，让他学狗叫，他也会很乐意。K觉得自己有义务把这里的所有谈话一五一十记在脑海，将来在更高的法院控告他们，并提交一份报告，因此他仔细聆听着。

"他这一整天都在干什么？"律师说。

"为了不让他干扰我做活，"莱尼说，"我把他锁在了女仆的房间，他习惯待在里面。我可以透过那个小孔时时观察他的一举一动。他总是跪在床上，把您借给他的文件铺在床板上读。这给了我一个好印象。窗户通往换气道，几乎透不进一点光线。但布洛克仍然坚持阅读,这让我看到他是多么的听话。"

"听到这些我很欣慰,"律师说,"但他阅读的时候有没有开动脑筋?"律师说话的时候布洛克的嘴唇一直在动,明显他在按照莱尼的意思酝酿答案。

"对此……"莱尼说,"我当然无法确定。但是我看到他读得很仔细,一整天他都在读同一页,阅读的时候他的手指还指着文字。每次我看他,总看到他叹气,或许阅读花费了他太多力气。您借给他的文件看来十分深奥难懂。"

"没错,"律师说,"确实不太好懂。甚至我自己都不太相信他能读得懂。让他读这些文件只是为了让他有个概念,让他知道我为给他辩护经历了多么艰巨的斗争。我的奋斗是为了谁呢?是为了布洛克,真的可笑,还需要我说出来。他应该试着理解其中的深义。他是一直在学习吗?"

"几乎没有断过,"莱尼回答,"只有一次,那是他跟我要水喝。后来我通过天窗递给了他一杯水。八点的时候我把他放出来,让他吃点东西。"

布洛克斜着眼瞥了瞥K,似乎这是对他的夸赞,而他希望K受到感触。看上去他现在对前景很乐观,仪态更放松了些,上半身开始不停扭动。但律师接下来的话让他一下僵住了。

"你夸奖了他一番,"律师说,"这使我更加不好开口了。法官对布洛克本人和他案子的评价都不太有利。"

"不太有利?"莱尼问,"这怎么可能?"布洛克用迫切的眼神看着她,好像他相信她有能力改变法官已经说出许久的话似的。

"不太有利,"律师说,"我一谈起布洛克,法官就很不满意。'别提布洛克,'他说。'他是我的委托人,'我说。'您被利用了。'他说。'我觉得他的案子还没有失败。'我说。'您被利用了。'他又重复了一遍。'我不相信,'我说,'布洛克很勤奋,在审查中一直很配合。为了能即时获取信息,他直接住到了我家。这种热情可不常见呢。当然了,他这个人形象不太好,言辞也不够文雅,身上还有些脏,但在诉讼这件事上他却是无可指摘的。'我用无可指摘这个词,当然是故意夸张。但他说:'布洛克就是个老滑头。他总结了很多经验,知道如何拖延审判。但他的狡猾不能弥补他的无知。他不知道他的案子还没有真正开始,要是有人告诉他开庭审理的铃声都没有敲响,你觉得他会说什么。'安静点,布洛克,"律师说,因为布洛克颤抖着膝盖,想要站起来,明显是在请求律师解释清楚一些。这是律师第一次跟布洛克说这么多话。他眼神倦怠,目光呆滞,但似乎也在向下看布洛克,这个眼神让布洛克缓缓地把膝盖放下了。

"你不要把法官的话太当真,"律师说,"不要被任何一个字吓倒。你再这样，我就再也不对你说什么了。我每跟你说一句话，你都会用这种眼神看着我，好像已经做了最终判决似的。你当着我另一个委托人的面这样做，应该感到羞耻！你在动摇他对我的信任。你究竟想干什么？你还活着，还处在我的保护之下。这些恐惧都是毫无意义的！你也应该从那些文件里读到过，有些情况下，最终判决来得非常突然，可能出自任何人之口，也可能发生在任何时间。当然，可以说这是真实的，但要对此有所保留；而同样真实的是，你的恐慌让我反感，我看到那本不可或缺的信任缺失了一块。我说什么了？我只不过重复了法官的话。你也知道，关于诉讼，有各种互相对立的观点。比如，法官认为诉讼是从某一个时间开始的，而我却认为是从另一个时间开始的。这只是个人观点的不同，仅此而已。按照以前的传统，当诉讼进展到一定阶段时会打铃，因此法官认为打铃时诉讼才算正式开始。至于反对的理由我不能一五一十地给你讲，你也不会懂，你只需知道很多人反对他就够了。"

在他床前，布洛克正狼狈地用手指搂着地毯上的兽毛，对法官一席话的恐惧让他暂时忘记了自己对律师的臣属地位，他只想着自己，并把法官的话颠来倒去地加以分析。

"布洛克，"莱尼拽了拽他的衣领，用警告的语气说，"别碰那些毛，仔细听律师说话。"

第九章　在教堂

K接到任务，要陪同一个意大利人参观艺术纪念馆，这人是银行的商业伙伴，对银行非常重要，且是第一次来到这座城市。在平时，K一定把这个任务看得非常光荣，但现在单是维持在银行的地位就已让他心力交瘁，因此他对这个任务非常不情不愿。只要不在办公室里，每一分每一秒对他来说都是煎熬。即便在办公室里，他也无法保持以前的效率，很多时间被他打着工作的幌子白白消磨掉了，但如果离开办公室，他会感到更加焦虑。副经理一直虎视眈眈地盯着自己，K多次撞见他溜进自己的办公室，坐在写字台旁翻找他的文件。以前K所交好的老顾客，现在都被他拉拢了去，与K渐渐疏远了。副经理还故意给K挑毛病，这让K一工作就感到战战兢兢，这种状态下人很难不出错。因此，当K受到委托，需要出差，甚至需要进行一次短暂旅行的时候——这些任务过去一段时间不知因为什么原因明显多了起来——不管这些任务看上去多么体面，他的担忧却越来越重：或许有人想把自己从办公室里支走一段时间，借机检查他的工作。至少他们已经觉得他不是那么不可或缺。他本来可以毫不费力地推脱掉大多数的委托,但他不敢这样,因为即便他的担忧并没有多少真凭实据,拒绝委托就已然意味着承认心里有鬼。

出于这种考虑,他装作毫不在乎地接受了这些任务。有一次,他要进行一趟为期两天的商业出差,在即将动身前,他甚至刻意隐瞒了自己罹患重感冒的病情,生怕别人以为自己在暗示秋天多雨的天气,以此为借口拒绝出行。结束这次旅行之后,他的头疼得几乎裂开,但马上又得知第二天还要陪伴这位意大利朋友。

"要不就推掉这次委托吧。"这种想法给了他极大的诱惑,首先这份工作与绩效评比并不直接挂钩,虽然接待商业伙伴的任务本身不能轻视,但对K来说却无所谓,他深知自己只能通过工作中的成果维护自己,如果自己的绩效不好,就算他把那个意大利人捧到天上也毫无裨益。他一天也不想离开自己的本职工作,因为他非常害怕被永远地拒之门外,这种想法时刻压迫和折磨着他。在这件事上,他几乎找不到任何推辞的理由,K的意大利语虽然不是那么好,但也够用,最关键的还要数K在艺术史上的广博学识,这在银行里被特别夸大,且K曾经出于业务原因当过市艺术古迹保护委员会的成员,而据说这个意大利人也是艺术爱好者,因此选择K当他的陪同,确实合情合理。

早晨，下着雨，风也很大，K七点钟就来到了办公室，对即将到来的一天感到忿忿不平，他希望在客人来之前，尽快完成一些事。他很累，因为他为了做准备，昨晚特意研习了意大利语语法，一直苦读至五更才作罢。他最近经常在办公室的那扇窗户旁呆坐，那里远比办公桌更有吸引力，但他克服了诱惑，坐下开始工作。但不巧的是，杂役推门而入，向他报告，经理先生派他来察看襄理先生是否到岗，并告诉他：如果他已到，就请他移步会客室，意大利来的那位先生已于该处静候。

"马上来。"K说，他把一本字典放进口袋，又把一本城市景点簿夹在腋下，穿过副经理的办公室，朝经理办公室走去。他们应该不会想到，自己真能这么早上班，又能这么迅速地去找他们，想到这里，K感到庆幸。副经理的办公室里还是一副深夜般的光景，里面一个人也没有，或许那个杂役也来这里给副经理传过信，但白跑了一趟。

K走进会客室，陷在扶手椅里的两位先生马上站起来。经理和善地笑着，明显为K的到来而高兴，他立刻做介绍，意大利人使劲握了握K的手，笑称某个人是早起的鸟，K没有听懂他到底在指谁。他又说了一句奇怪的话，过了好一会儿K才猜出他的意思。K用很直白的话回答他，又惹来意大利人一阵善意的笑声，同时，他几乎有些神经质地在不停用手抚摸自己灰白浓密的小胡子。他的胡子上明显扑了香水，甚至让人产生走近前去闻上一闻的冲动。

他们再度入座后，开始一段简短的初步交谈，但K惊慌地发现自己只能听懂意大利人的只言片语。如果他比较平缓地讲，K大多还能听懂，但这只是少数情形，大多数时候他都在滔滔不绝地讲，一边还摇头晃脑，似乎在欣赏自己的好口才。他的话里总夹杂着些方言，在K看来这根本不算意大利语，但经理不仅听得懂，甚至还能对答如流，这并不出乎K的意料，因为这个意大利人来自南意大利，而经理曾在那里待过几年。

无论如何，K明白，跟这个意大利人对话是大致没有指望了，因为他的法语说得也很古怪，观察嘴唇的动作或许可以帮助理解，但这也被他的胡子挡住了。K开始设想之后可能的各种不便，他暂时放弃了尝试理解意大利人说话的努力，因为有能轻松听懂他说话的经理在场，现在让自己如此劳心劳力完全没有必要。K什么也不做，只是略有愠意地观察他，意大利人放松地让自己陷进扶手椅，不时拉一拉那很短的、剪裁得很尖的马甲，有时举起胳膊挥舞双手，解释着某件事，尽管K往前探着身子，时刻紧盯那双手，但最终还是没能看懂。

后来，由于K一句话也不说，只是机械式地左右摆头看着两人谈话，原先的疲惫感再度袭来，他甚至差点稀里糊涂地站起来，转身走出房间，幸亏他及时惊醒，但还是把自己吓了一跳。最后，意大利人抬头看了看表，猛地站起来，向经理告别，又走到K身边。他靠得那么近，K不得不把椅子往后推了推，才有了一丝活动的余地。

经理从K的眼里看出他在这个意大利人面前遭到的窘迫，于是也参与进谈话，他非常聪明，也非常善解人意，表面上是在提一些小建议，其实是在把意大利人的意思尽可能简短地传达给K。根据经理的传达，K得知，意大利人还有一些其他生意要管理，因此他只有很少的空闲时间，而且他也不打算仓促地跑遍所有的景点，他更愿意仔细地参观一下大教堂，不过要征求K的同意，一切都由他做主。能够跟着这么一位博学可亲的先生进行这次游览，他感到非常高兴。K基本没有在听意大利人说话，只是在尽力迅速地记住经理的翻译：意大利人请求K，如果K的时间合适，希望他可以在两个小时之后，也就是十点钟抵达大教堂。而商人自己一定会在这个时间之前等在那里。K表示同意，意大利人跟经理和K先后握了握手，然后一起朝门口走去，意大利人走在前面，朝后面两人半侧着身子，一路继续着谈话。

K跟经理又单独待了一会儿,经理今天看上去很难受。他们站得很近,给人感觉很亲密。他觉得自己有必要跟K赔个礼,因此对K说,他本来打算自己去陪意大利人,但后来他又觉得K去更为妥当,不过他没有给出具体的理由。如果K不能迅速听懂意大利人的话,也不必着急上火,总之慢慢会弄懂的,就算他很多都听不懂,也不会怎么样,因为对这个意大利人来说,能否被人理解并不那么重要。此外他还说,K的意大利语好得出乎他的意料,他相信K一定能出色地应付这件事。然后,两人告了别。

K利用剩下的时间从词典里抄出一些单词,都跟教堂有关。这是个非常累人的活。杂役送来邮件,职员们前来询问各种问题,因为看到K正在忙碌,便纷纷站在门口,不过,在尚未得到答复前他们都不肯走开。副经理自然不会放过打扰K的机会,他时不时地走进来,抢过K手里的词典,胡乱地翻一翻。只要门一打开,昏暗前厅里的那些访客也都隐约可见,他们犹犹豫豫地鞠几下躬,想让自己引起K的注意,但却并不确定自己是否进入了他的视野。这一切都绕着K转圈,就好像他是一根轴心似的,但K只顾着搜罗那些必需的单词,他先查阅字典,然后把单词誊写出来,再练习发音,最后试着把它们全都背熟。他那出色的记忆力似乎失效了,有时,他对那个意大利人很恼火,这些辛劳都是他造成的。K的火气一上来,直接把字典塞到了纸堆下面，他下定决心要听天由命。但他马上又想到，跟意大利人一起在教堂里参观那些艺术品的时候，他总不能像个哑巴一样，于是，他带着更大的火气又把字典抽了出来。

刚好在九点半，他准备出发的时候，一通电话打了进来，莱尼在电话中向他问了早安，又询问他的近况，K草草地表示感谢之意，但告诉对方自己现在无法长谈，因为他必须去大教堂。

"去大教堂？"莱尼问。

"是的，去大教堂。"

"为什么要去大教堂？"莱尼说。

K试着做个简单的解释，但还没开口，莱尼突然说："他们把您逼得太紧。"

K受不了这种同情，他并没有要求、也不希望得到这种同情，他随口说了再见，挂上话筒，嘴里咕哝着，一半是自言自语，一半是说给对面已经听不见他说话的女孩："没错，他们把我逼得太紧。"

现在已经有些晚了，不排除有迟到的危险。他钻进汽车，在车子即将发动的一瞬间，K忽然想起那本之前一直没找到机会送给客人的相册，于是把它拿来带在身上。他把相册放在膝盖上，一路上不停地敲打它们发出声音。

雨小了一些，但很潮湿，又有些阴冷，这会儿在教堂里很难看清东西，而长时间站在冰冷的瓷砖上还会加重K的感冒。教堂前的广场空无一人，K回想起来，当他还是个孩子时，这个小广场周围的房子就总是拉着窗帘。在今天这种天气下，这就更显得理所应当了。教堂里似乎也没有多少人，没有人会想在这种时候来这里参观。K走过两边的侧廊，一路上只遇见了一个老妇人，她裹着一块防寒布，跪在圣母像前面，看着它。他看到远处一个跛脚仆人消失在一扇门后面。

K抵达得很准时，他一进门，刚好敲响十点的钟声，但意大利人却不在这里。K走回到主门边，犹豫不决地站了一会儿，然后冒雨绕教堂转了一圈，想看看意大利人是不是在某个侧廊上等待自己，但到处都找不到他的人。难道是经理把约定的时间搞错了？话说回来，谁能听懂这个人说的话呢？不管事实究竟如何，K都得再等上半个小时。他有些累，想坐一会儿，于是他回到了教堂里。他看到一级台阶上有一块小小的、好像地毯碎片的破布，他用脚尖把它踢到一张长椅旁边，然后把大衣裹得更紧了些，把衣领立起来，在长椅上坐下了。为了打发时间，他打开相册随手翻了翻，但不得不很快作罢，因为光线更幽暗了，他抬起头，近旁的侧廊模糊一片，完全看不清。

在远处的主坛上，蜡烛的巨大三角光晕在跳动闪烁，K无法确定自己之前究竟有没有注意到它，或许它是刚刚点燃的。教堂司事由于职业的关系总是步履轻盈，他们路过时几乎不会引起任何人的注意。K不经意间转过身，看到身后不远处一支牢牢固定在高柱上的蜡烛正同样燃烧着。这景象很美好，但祭坛和画像都沉没在阴影里，这点光无法把它们照亮，甚至反倒使得那里越显黑暗了。意大利人没有来，虽有些不太礼貌，却是明智的，因为就算他来了，他们也只能打着手电筒一点点地摸索那些画。为了使自己对一会儿的参观心中有数，K走到旁边一处侧廊里，走上几级台阶，来到一道低矮的大理石围栏前，俯身过去，用手电照着祭坛的画像。那光线始终影影绰绰，晃动人眼。

K首先在画像边缘看到一个身穿重甲的魁梧骑士。这位骑士把剑插在光秃秃的土地上——只有几根草秆随风摇摆——以此支撑身体的重量。似乎在他面前正在发生什么事端，而他只是全神贯注地旁观。他就这样站着，没有前进的姿态，这很奇怪。或许他是一个哨兵。K已经很久没有看画了，他长久地注视着这位骑士，但他不得不频繁地眨眼，因为手电筒的绿光让他难受。在把这幅画剩下的部分全都照亮看了一遍之后，他终于发现这是一幅基督入墓图，而且是一幅新作，但风格很常见。他收起手电筒，重新回到座位旁边。似乎已经没有继续等待意大利人的必要了，但外面大雨如注，而且里面并不太冷，这正合K的心意，所以他决定继续待一会儿。

在他旁边是个巨大的布道坛，小小的圆形坛顶上镶嵌着两个金色十字架，两个十字架上都没有什么东西，它们的尖端相互交叉，全都半水平地斜放着。栏杆外层和通往承重柱的部分镂刻着绿色的卷叶型凸雕，上面还镂刻了很多小天使，有的静如处子，有的动如脱兔。K走到布道坛前，从各个角度打量它，石料的加工精细绝伦，密布在卷叶凸雕之间和孔洞里的黑暗像是被捕捉后封印在上面似的。K把手放进其中一个孔洞，小心翼翼地触摸着洞壁，在此之前，他根本不知道有这么一个布道坛。

突然，在一排座位后面，他看到了一个教堂司事，对方穿着一件披挂的、有褶痕的黑色罩袍，左手上拿着一个鼻烟盒，正在看着他。这个人想干什么？K心想。难道他在怀疑我？或者他想要小费？

司事觉察到自己已经被发现，他用右手指着某个方向，两根手指之间还夹着一撮烟草。他的举动让人无法理解，K又等了一会儿，但司事依旧不停地用手指向某个方位，甚至伴以点头加以强调。

"他究竟想干什么？"K小声地说，他不敢在这里喊叫。不久之后，他拿出钱包，穿过附近的长椅，朝那个人走去。那人马上做出抗拒的手势，又耸了耸肩，一瘸一拐地走开了。K小时候常常模仿骑马的动作，和这人一瘸一拐的步态很像。

"一个老顽童，"K心想，"他的智力也就只能做个教堂司事。看他那个样，我停一步他就停一步，他还不断偷听，看我是不是在继续往前走。"K笑着跟这个老家伙走过了整条侧廊，一直走到了主祭坛上面，老家伙一直不停地往后面指点，但K故意不转过身去，因为他知道他的指点没有别的目的，就是为了分散K的注意力以让他自己脱身。最终，K还是放走了他，他不想过分惊吓他，再说，万一意大利人来了，司事都被吓跑了也不太好。

K回到中堂去找原先的座位，相册被落在那里了。这时，他突然在柱子旁边紧靠着祭坛的地方，发现了一个不大的副祭坛，它布置得十分简单，没有装饰，完全由白色石头砌成。祭坛很小，以致从远处看去极易被人当成一个供奉圣徒雕像的壁龛，牧师要是站在上面根本就挪不动脚步。用石头砌成的拱形祭坛顶光秃秃的，没有任何装饰物，并且十分低矮，连一个中等身高的人也无法直身站立，只能始终向前趴在栏杆上。这一切似乎是专为折磨牧师设计的，让人想不明白的是：明明已经拥有一个充满艺术品味的高大祭坛，再去建造这一座小的有什么意义。

K能发现这座小祭坛的存在，还得多亏上面的一盏灯，这盏灯在布道之前才会点燃。难道现在要举行一场布道吗？就在这个空无一人的教堂里？K顺着楼梯往下看，楼梯紧贴着柱子，导向祭坛，而且十分狭窄，不由得让人怀疑这究竟是为行走设计的，还是只为了装饰柱子。在祭坛下面，果真有一个神职人员正准备登台，他手扶栏杆，正往上看着K，此情此景让K感到既震惊又好笑。随后，那名神职人员轻轻地点了一下头，K在胸前画了个"十"字，又鞠了一躬，补上了他早就该做但没做的功课。牧师精神为之一振，迈着敏捷的小碎步走上台来。

难道真的要布道吗？或许教堂司事并没有疯癫，他是故意把K引到牧师这里，因为空荡荡的教堂里只有他可以来捧场？他记得还有一个跪在圣母像前的老妇人，按理说她也应该会来。如果这里要布道，她怎么会不被管风琴吸引过来呢？但管风琴没有动静，只是在高高的黑暗处反射几下黯淡的光亮。

K思索着是否应该马上回避，如果他现在不走开，等到布道开始，他就走不开了，那时他就必须熬到布道结束。他为了等候意大利人已经浪费了那么多办公时间，早就不受约定的束缚。他看看自己的表，已经指向十一点钟。真会有一场布道吗？K一个人能够代表那么多教徒吗？他仅是一个前来教堂参观的游客，该如何代表其他教徒呢？

他忽然想到，自己竟然会认为现在，在天气如此糟糕的工作日的十一点钟，即将举行一场布道会，这种想法真是太荒谬了。而这个神职人员，他毫无疑问是一个神职人员，是个年轻人，他相貌平平，肤色有些黝黑，他上来大概只是为了把点错了的灯熄灭。但事实并不是这样，他检查了灯光，又把灯拧得更亮了些，然后缓慢地转身面向栏杆，双手抓住栏杆的方形镶框。他就这样站了一会儿，四下打量着，但头却一转不转。K后退到很远的地方，用手肘支在最前排的教堂长椅上。他隐约又看见了教堂司事，但不确定具体是在什么地方，他有些驼背，像完成了某项任务一样，祥和地蹲在地上。

现在教堂里多么安静啊！但K却不得不破坏这一氛围，因为他不打算留在这里。如果在固定的时间布道而丝毫不顾现实条件，是神职人员的职责，那他尽可以这样做，K不在场他也可以办成，就像K的在场也不会为之增添丝毫色彩一样。K走到过道里，扶着长椅，踮着脚尖慢慢摸索着走，走上了宽阔的主过道，然后开始放心地迈开步子，只是走在石质地板上，哪怕最轻的步子都会引发响动，从穹顶上也不断传来有规律的微弱回响。他在牧师眼皮底下独自穿过空空荡荡的一排排长椅，此时，教堂的高度似乎正好达到人类可以接受的极限，让他感到莫名的孤独。

当他回到之前的地方，没有半刻驻留，匆忙朝被遗落的相册跑去，把它抓在手里。他马上就要离开长椅的区域来到出口前的空地了，就在这时，他第一次听到了牧师的声音。一个充满力量、训练有素的声音。多么有穿透力！它洪亮地穿过宽敞的大教堂！但牧师所呼叫的不是信众，他的呼叫字字清晰，不给人回避的余地，他喊道："约瑟夫·K！"

K愣住了，他看着面前的地板。他现在还是自由的，他可以继续往前走，在不远处的三扇黑色小木门中选择一扇穿过去，然后离开这个地方。别人会怎么以为呢？别人会以为他没有听清，或者虽然听清了，却根本不在乎。而如果他转过身，那他就走不了了，这意味着他坦白了自己的身份，他完全听得懂，他确实是被呼唤的那个人，且愿意听从。如果牧师再喊一声，K肯定会头也不回地离开，但接下来却是一片鸦雀无声。他想看看牧师现在在干什么，于是稍稍扭了一下头。

牧师正安静地站在祭坛上，和之前别无二致，但很明显，他看到了K扭头的动作。如果K没有完全转过身去，那本来会变成一场孩子间的捉迷藏游戏。但K转过了身，他看到牧师勾了勾手指，于是便温顺地走近他。既然一切都已挑明，他干脆健步如飞地朝祭坛跑去，当然这也是因为他既好奇又希望节省时间。他驻步在第一排长椅处，但这在牧师眼里还是太远，他伸出手，食指笔直地指向下面，那几乎是紧贴祭坛的地方，K也遵从了这一指令。为了能看到牧师，他不得不把头使劲地往后仰。

"你是约瑟夫·K？"牧师说，他把一只手举过栏杆，不知道在比画什么。

"没错。"K说，他不禁思索，以前他说出自己的名字总是很坦然，如今却成了负担，现在素昧平生的人都能马上叫出自己的名字，要是别人能在他做自我介绍之后再叫出他的名字该多好啊。

"你被控告了。"牧师的声音非常轻。

"对，"K说，"他们是这样说的。"

"你就是我要找的人，"牧师说，"我是监狱牧师。"

"原来如此。"K说。

"我把你叫到这来，"牧师说，"是为了跟你谈谈。"

"这我不知道，"K说，"我只知道我来这里是为了给一个意大利人当导游。"

"细枝末节就不要谈了，"牧师说，"你手里握着的是什么？一本祈祷书？"

"不是，"K回答，"是这座城市的景点图册。"

"把它放下。"牧师说。于是K使劲把它掷出去，以致图册飞散开，书页擦着地滑行了几米。

"你是否知道你的案子很不妙?"牧师说。

"我看差不多是这样,"K说,"我已经使出浑身解数,但一无所获。当然,这得排除那篇我至今没有完成的抗辩文。"

"你觉得自己会有什么结局?"牧师问。

"我以前非常乐观,"K说,"现在,我有时会怀疑自己,我不知道会有什么样的结局。你知道吗?"

"不知道,"牧师说,"但恐怕不会很好。他们觉得你有罪。你的案子可能根本未曾送出过低级法院。至少目前,他们觉得有确凿的证据证明你的罪过。"

"但是我没有罪,"K说,"他们全搞错了。我就是一个普通人,怎么可能有罪?我们都是人,一模一样的人。"

"你说得很对,"牧师说,"但罪人也常这么说。"

"你也对我怀有成见吗?"K问。

"我对你没有成见。"牧师说。

"那我很感激,"K说,"但其他参与案件审理的人都对我怀抱成见。他们甚至还把这种成见灌输给案件之外的人。我的处境变得越来越艰难。"

"你有一些误解,"牧师说,"判决不是一下做出的,案件的审理会逐渐过渡,最终才会自然而然地引出判决。"

"原来是这样。"K低下了头。

"接下来你打算怎么应付你的案子？"牧师问。

"我会寻求别人的帮助，"K抬起头，想看看牧师对此做何评价，"面前还有很多尚待利用的可能选项。"

"你找了太多外援，"牧师不以为然地说，"其中女人尤其多。难道你没有发现，这些根本不是真正的帮助吗？"

"在有些案子里，甚至许多案子里，我同意你的看法，"K说，"但不总是如此。女人有强大的力量。如果我能说动一些相识的女人共同为我出力，我一定能打赢官司，尤其是在这种法庭面前，它的成员几乎都是些好色之徒。假使预审法官看到远处有一女子，他必然不惜撞翻审判桌和被告，只为了尽快飞到她身边。"

牧师把头弯向栏杆，直到这时，他才第一次感受到祭坛的拱顶的压迫。

外面是什么样的狂风骤雨啊？这已经不是风雨如晦所能形容的，倒像是彻底的黑夜了。一扇扇巨大窗户上的彩绘玻璃并没有投入一丝光亮打破漆黑长夜。偏偏在此时，教堂司事开始一个个吹灭主祭坛上的蜡烛。

"你生我的气了？"K询问牧师，"或许你还不知道自己在为一个什么样的法院服务。"他没有得到任何回复。

"我只是说出我个人的一些体会。"K又说了一句。上面的牧师仍然不发一语。

"我不想冒犯你。"K说。

这时,牧师朝下面的K喊道:"难道你就这么目光短浅吗?"他的喊声充满愤怒,但又像乍见别人坠楼时出于惊恐而无意识的喊叫。

之后两人沉默良久。很明显,牧师看不清楚K的样子,因为下面笼罩在黑暗中,而K却能借着那盏小灯把牧师看得清清楚楚。为什么牧师不走下来?他并没有布道,他只传达给K几句通知而已,而K如果仔细考虑一下,会发现这些通知给他带来的更多是损害而不是帮助。但K相信牧师的意图是好的,如果牧师走到下面来,两人未必不会达成一致的意见,而K也可能从他那里获得一些至关重要的建议,不是告诉他如何去影响案子走向,而是告诉他如何摆脱这场官司,如何跟这场官司打交道,在官司之余如何生活。这些都是可能的,最近K经常沉浸在这些遐想中。如果牧师真的知道某条出路,只要K去请求他,或许他会泄露一二。虽然他也从属法院,虽然K抨击法院的时候,他蒙蔽了自己的温良天性,以致对K大吼大叫,但他还是有可能指点K的。

"你能下来吗?"K说,"反正没有布道会,你下来到我这里吧。"

"我现在就可以过去,"牧师说,或许为刚才的吼叫而懊悔,他把灯从钩子上取下来,"但我必须与你保持一定距离。否则我容易受人影响,以致忘掉自己的职责。"

K在楼梯下等他。还没有走下最后一级台阶,牧师已经向K迎面伸出手。

"你有时间吗?"K问。

"只要你需要,我有的是时间。"牧师说着把那盏小灯递给K。就算距离这么近,他仍然丝毫不减庄严的气质。

"你对我很好,"K说,他们并肩在黑暗的侧廊里信步走着,"法院的人里你是一个例外。我对你的信任超过其他所有我认识的人。跟你说话的时候我可以很坦诚。"

"不要自欺欺人了。"牧师说。

"我哪里自欺欺人了?"K问。

"面对法院的时候你总是蒙骗自己,"牧师说,"在讲解法律的奠基性经文里这样描述此类蒙骗:一个守门人驻守在法律之门门口。一个来自乡下的男人找到守门人,要求进入法律的大门。但守门人说他现在不能准允其请求。这个男人思前想后,又问自己以后能否有机会进去。'不排除这种可能,'守门人说,'但现在不行。'因为通往法律的大门一直大开着,并且守门人也没有挡在中间,所以这个男人弯腰探头,想看清大门里面的样子。守门人注意到他的举动,笑着说:'如果它这么吸引你,你可以不顾禁令进去试试。但要注意:我很强大。而且我只是最低级的守门人。每个大厅之间都站着一个守门人,且一个更比一个强大。数到第三个守门人,我就连看他一眼都不敢了。'这个乡下人没有预料到这些困难,他一直相信法律应该永远保持对所有人的开放,但当他仔细端详了一番守门人的毛皮大衣、他的尖鼻子和那又长又稀疏但乌黑发亮的鞑靼式胡须之后,他决定还是继续等待对方的指令为好。守门人给了他一个小板凳让他在路旁坐下。他就这样在那里坐了一天又一天,一年又一年。为了得以进入,他曾使出浑身解数,他用恳求把守门人的耳朵都磨出了茧子。守门人经常会简单地询问他几句,比如他的家乡在哪里,以及其他各种琐碎问题,但这些问题都无关痛痒,就像那些大人物的空话一样,而谈到最后,他总是一遍遍地说,他现在还不能让他进去。男人为这趟行程做了很多准备,于是他倾囊而出,设法贿赂守门人。虽然守门人一直来者不拒,但他总是说:'我接受这些东西,只是为了让你放心,让你觉得自己没有错过什么机会。'好几年的时间里,这个男人一直不断地观察守门人。他忘了还有其他守门人,在他眼里,这第一个守门人就是通往法律之途的唯一障碍。第一年,他会大声咒骂所有的不幸。后来,当他年长一些,便只会自言自语地咕哝几句。他变得越来越幼稚,数年的观察甚至让他与守门人衣领上的跳蚤有了交情，他有时会请求跳蚤，希望它帮助扭转守门人的态度。最终，他的目光开始暗淡，他不知道究竟是周围真的变暗了，还是眼睛在蒙骗自己。但现在，他在黑暗中发现了一束光芒，它在法律的大门后面闪烁着，从不熄灭。他的时日已不多。临死之时，生前所有的经历在他脑海中汇聚成一个问题，一个他还从未向守门人提出过的问题。他向守门人招招手，示意他过来，因为他已经再也无法挺直自己僵硬的身体。两人的身高差距变得更加悬殊，守门人不得不朝他深深地弯下腰。'你现在还想知道什么？'守门人说，'你真是个不知道满足的人。''所有人都向往可以进入法律的大门，'男人说，'但为什么，过去的这些年里，除我之外，没有任何其他人前来呢？'守门人看出他已经奄奄一息，为了让这个耳背的男人听到自己的话，他朝他大声吼道：'其他人不可能来到这里，因为这个入口是为你一个人准备的。现在我要锁上门，离开此地了。'"

"守门人蒙骗了这个男人。"K立刻脱口而出，他被这个故事深深吸引住了。

"不要匆忙下结论，"牧师说，"不要不加检验就接受某种看法。我给你讲的这个故事一字不差全部来自经文。这个故事里没有任何蒙骗。"

"但这是显而易见的,"K说,"你的前半句话非常正确。守门人直到男人已经回天乏术的时候,才讲出本可以让他得解脱的真相。"

"这是因为守门人之前从未被问及这一问题,"牧师说,"而且他只是一个守门人,作为守门人他履行了自己的职责。"

"为什么你会觉得他履行了自己的职责?"K问,"他没有履行职责。或许他的职责是阻挡所有的陌生来客,但入口是专为这个男人而准备,他本来应该让男人进去。"

"你对经文没有足够的敬畏,而且曲解了故事,"牧师说,"故事里,守门人对法律的准入做出了两个重要解释,一个是在开头,一个是在结尾。这一处写道:'他现在不能准允其请求。'另一处写道:'这个入口是为你一个人准备的。'如果两个解释之间存在矛盾,那你就是对的,守门人确实蒙骗了男人。但现在并不存在什么矛盾。相反,第一个解释甚至暗示了第二个解释。守门人曾经让男人产生了未来的期许,相信自己将来或许可以进去,从这点上来说,他是越权了。那时,他的职责只是阻止这个男人。事实上,有很多诠释者感到惊讶,守门人竟然会做出这种暗示,因为他一直都显得很严谨,对工作很严格。这么多年来他都没有擅离岗位,而且坚持到最后才把门锁上。他清楚自己岗位的重要性,因为他说:'我很强大。'他对上级充满敬畏,因为他说:'我只是最低级的守门人。'他没有多嘴多舌，因为这些年来，用里面的话说，他只提出那些'无关痛痒的问题'。他并不腐败，因为面对礼物他说：'我接受这些东西，只是为了让你放心，让你觉得自己没有错过什么机会。'若论履行职责，他也算不温不火、不卑不亢，因为里面谈到那个男人'用恳求把守门人的耳朵都磨出了茧子'。最后，他的外表也暗示了他迂腐的性格，他长着尖鼻子，还有一副又长又稀疏、乌黑发亮的鞑靼式胡须。请问世上还能找到一个比他更敬业的守门人吗？但是在这个守门人身上，还掺杂着另外一种气质，这种气质对于请求准入的男人来说是有利的，但也让诠释者们看到，他有超出自己职责范围的可能。不可否认，他有一点单纯，顺带着也有点自命不凡。即便他对他和其他守门人的力量的描述，还有他所谓甚至都不敢看一眼第三个守门人的夸张。我的意思是，即便所有这些描述的内容本身都没错，他进行讲述的方式本身却表明，他的观点已被单纯和自大所污染。一个诠释者这样说：'对同一件事的正确理解和错误理解并不必然相互排斥。'但人们必须承认，无论其影响多么微小，单纯和自大毕竟会干扰他履行警卫的职责，这是守门人的一个性格缺陷。但也说明，守门人仍然保持了人性的一面，他不是工作机器。他们碰面之初，守门人就开了一个玩笑，他不顾明文禁令邀请男人走进去，但他却没有真的把他送进去，而是给了他一个小板凳，让他在路边坐下。他这么多年忍受男人纠缠所表现出来的耐心,简短的询问,对礼物的接受,还有他容忍男人把自己当作靶子在自己面前大声咒诅所表现出来的贵族气质,所有这一切都表明他心怀同情。不是每个守门人都会如此。最后他还召之即来,朝男人深深弯下腰,给了男人询问最后一个问题的机会。在他说的话里只有一处略显不耐烦,因为他知道,一切就要结束了:'你真是不知道满足。'一些人甚至在诠释的道路上走得更远,他们说'你真是不知道满足'这句话表达出了一种褒义的钦佩之情,而且也是一种纡尊降贵的姿态。无论如何,守门人的形象跟你所说相差甚远。"

"当然了,你早就听说过这个故事,了解得比我仔细。"K说。

他们沉默了片刻。K又说:"你真的觉得,男人从未受到蒙骗吗?"

"不要误会我的意思,"牧师说,"我只是介绍了一些相关的不同观点。你没有必要把它们看得太重。经文是不可移易的,这些观点只是各种猜测。说到这里,甚至还有一种观点认为守门人才是受蒙骗的一方。"

"这种观点也太过分了,"K说,"有什么论据能够支撑这种观点吗?"

"论据,"牧师回答,"来自守门人的单纯。据他们说,守门人不知道法律大门里面是什么，他只熟悉这条每日巡逻其上的道路。他关于大门里面的想法非常幼稚。人们觉得，他用来吓唬男人的那些东西同样也令他自己恐惧。没错，他比男人更加恐惧，因为男人即便听说了里面其他守门人的可怖之处，仍然不依不饶地想要进去，但守门人却不想进去，至少我们读不出这种痕迹。虽然另外一些人说他一定已经进去过，因为当初他总要接受委任，而这只能发生在大门里面。但对此我们可以回答，虽然他有可能是从里面派遣出来的，但至少他没有进入过较深的里面，因为单单第三个守门人的模样就可以把他吓得魂飞魄散。此外，也没有任何迹象表明，他在这些年里除了讲述过里面的守门人之外，还谈论过任何其他东西。或许他被禁止进行此类讲述，但他对这种禁令也只字未曾提及。由此，人们推测，他并不了解大门里面的模样和含义。在这种意义上他是被蒙骗的。但是，在男人方面，守门人也是被蒙骗的，因为他受制于男人而不知。如果说他把男人当下属对待，你一定可以从记忆里唤起很多材料印证这一点。但要说实际上他才是下属，照他们看来其证据也同样清晰。首先我们知道，自由人总是居于受到约束的人之上。这个男人是真正自由的，除了这扇通往法律的大门之外，他可以去任何他想去的地方，而且阻止他进入那扇大门的也只有一个人而已，也就是那个守门人。他坐在道旁，在一个小板凳上度过了一生，这都是他自愿的选择，故事里没有体现任何强制性的东西。但守门人却受到职业的束缚，他不能离开那个地方，而且按照各种表象推测，他也不能进入大门里面，即便他怀有这种愿望。此外，他虽然名义上为法律服务，实际上却只为入口服务，也就是只为那个男人服务，因为入口是专为男人所留。从这个方面看，他确是男人的下属。可以说，这么多年以来，他虚耗了自己的青春年华。据说有一个正值壮年的男人会过来，而他必须一直守着，坚守自己的天职，而他要等到什么时候呢？这完全随男人的心意，男人是自由的。最后解脱他的是男人的死亡，从始至终他都听命于男人。他们总是一遍遍声称，守门人似乎一无所知。但这种观点没有得到太多认可，因为如果真的如此，那么守门人受到的蒙骗就还要严重得多，因为这涉及他的职责。他最后谈到入口的时候说：'现在我要锁上门，离开此地了。'但开头的时候他说，法律的大门始终大开，始终大开，始终，也就是说尽管大门专为男人准备，但它不以男人的寿命长短为转移，即便是守门人也无权将它关闭。对此的解释使观点发生了分歧：守门人声称他将关闭大门，究竟只是单纯的作答，还是在强调他的职责，抑或是故意在最后一刻让男人含恨而终？也有不少人相信他不会关闭大门。他们甚至相信，至少在最后一刻，他在见识方面也居于男人之下，因为男人看到了从法律大门里透出的光芒,而此时守门人正背对大门,而且守门人没有说出任何让人觉得他曾有幸目睹这光芒的话。"

"有理有据,令人信服,"K说,他自言自语地重复着牧师的几句话,"很有道理,我现在也相信守门人受到了蒙骗。但这不能改变我之前的看法,因为两种看法有部分相符之处。守门人究竟是心明眼亮还是受到蒙骗,这都不是紧要的。我说的是男人受到了蒙骗。如果守门人自己心里清楚,那还可以怀疑男人是否受骗,但要是守门人自己都受到了蒙骗,那他一定会自觉不自觉地蒙骗男人。守门人即便不是骗子,却也有些过于幼稚,这足以构成罢免他的理由。你要想一想,守门人受到的蒙骗并不会损害他分毫,但男人却千倍万倍地承受其害。"

"正好有一些反对你这种看法的人,"牧师说,"他们认为,这个故事并没有赋予任何人评判守门人的权力。不管他以何种形象现身人前,他毕竟是法律的仆人,也就是说他已经献身法律,对人的评判不再适用于他。因此,不能认为守门人居于男人之下。虽然守门人受职责所使,一生捆绑在守门的岗位上,但与尘世的自由生活相比,这种生活却是无可比拟的更加丰富和崇高。在男人抵达法律大门的时候,守门人早已在那里了。他的使命是法律赋予的,质疑他的尊严,也就是质疑法律。"

"我不赞同这种观点,"K摇摇头说,"因为如果认同这种观点,也就意味着守门人所说的话全都真实无疑。但你自己也详细地论证过,这是不可能的。"

"不,"牧师说,"不需要把他的话全部当作真实的,只需要把它们看成必要的。"

"这真是一派胡言,"K说,"这会让谎言成了世界的准则。"

K准备就此打住,但这还不是他的全部想法。他实在太累了,无法一一分析针对这个故事所引出的各个结论,而且他难以适应这种思路,若是谈论这些虚无缥缈的东西,法院的职员们当胜他一筹。这个简单的故事如今怎么变得如此奇怪繁难,他真想把所有关于它的想法全都从头脑中抖落出去。牧师表现得非常温厚和宽容,虽然他完全不同意,但还是默默地听取着K的看法。

他们一言不发,又向前走了一会儿,K紧紧地靠着牧师,不知道自己身处何境。他手里的灯早就熄灭了。圣徒银像的银色光辉在他面前一闪而过,又融入进黑暗。为了打破自己被牧师牵着鼻子走的境况,K问:"我们现在不是在主门旁边吗?"

"不是,"牧师说,"我们离那很远。你已经准备离开了?"

虽然K没有这种想法,他还是立刻说:"没错,我必须得走了。我是银行的襄理,大家还在等着我,我来这里本是为了陪同一个外国的生意伙伴游览教堂。"

"既然如此,"牧师向K伸出手说,"你走吧。"

"但这里漆黑一片,我一个人找不到方向。"K说。

"左转走到墙边,"牧师说,"然后贴着墙一直走,不要离开墙,你会找到出口的。"

牧师刚走出几步,K大声地喊道:"求你了,再等一会儿!"

"我在等着。"牧师说。

"难道你对我没有什么别的要求吗?"K说。

"没有。"牧师说。

"刚才你对我那么好,"K说,"什么都跟我说,但现在,你就这么任凭我离开,根本对我毫不在乎。"

"你刚说自己必须离开。"牧师说。

"好吧,"K说,"你要明白……"

"你要先明白我是谁。"牧师说。

"你是监狱牧师。"K说着朝牧师走过去,其实他并不像刚才所说非得立刻回银行不可,他完全可以继续留在这里。

"也就是说,我从属于法院,"牧师说,"我为什么要向你提要求呢?法院不会对你提任何要求。如果你来,它就迎接你,如果你走,它就让你走。"

第十章　结　局

在K三十一岁生日的前夜，晚上九点钟左右，街上静悄悄的，两位先生来到了K的住处。他们身着罩袍，面色苍白，身材臃肿，头上戴着一顶好像无法摘下来的大礼帽。他们先是在公寓门口为了谁先进客气了一番，然后到了K家的门口又推让起来。K并不知道这两位不速之客的到来。他同样是一身黑衣，坐在门口的沙发上，慢慢地戴上那双把食指套得很紧的手套，摆出一副会客的姿态。他站起来，好奇地看着两位先生。

"你们是来找我的？"他问。

先生们点点头，其中一人用手中的礼帽指了指自己的同伴。K坦承自己正在等候另一个客人。他走到窗边，又看了一眼黑暗的大街。在街道的另一面，几乎所有的窗户都是黑的，大多数窗子都垂下了窗帘。有一层楼上，一扇窗户仍然灯火通明，可以看到几个婴儿正在嬉戏，他们坐在护栏里面，还无法自己移动，只是用手相互抚摸着。

"他们派这些年老的演员来对付我,"K自言自语道,他又看了看他们,让自己更加坚信这一看法,"他们想要用卑劣的手段干掉我。"

K突然朝他们转过身,问道:"你们演的是什么戏?"

"演戏?"其中一位先生问道,他朝另一个人抽动了一下嘴角,寻求他的主意。另一个人的动作让他看上去像是努力在跟自己的发声器官做斗争的哑巴。

"他们不准备回答。"K自言自语着,走去拿他的帽子。

刚来到楼梯上,先生们就想架住K的胳膊,但K说:"等到了胡同再这样吧,我又没有生病。"但一走到大门前,他们就把K架住了,而且是以一种K从没有见过的姿势。他们的肩膀紧贴着K的肩膀,他们让K把胳膊伸直,然后用自己的胳膊缠住了K的双臂,他们还在下面用一种训练有素、不太难受的方式抓住了K的手。K被绷得紧紧的,走在他们中间。他们三个人构成了一个整体,如果打倒其中一个,其他人也都会被打倒。只有无生命的零件才能构成这样一个整体。

K一直没能看清同行者的模样,刚才是因为他的房间里非常昏暗,现在在路灯下面,他努力试着把他们看得清楚一些,但这在如此近的距离下很难办到。

"或许他们是男高音歌手。"他们那低垂的双下巴不禁让他有这个想法。他们脸颊过分干净圆润,这让他恶心。似乎有一双魔手抚平了他们眼角的皱纹,抹净了他们的上唇,又擦去了他们下巴上的褶子。当K注意到这点以后,他站住了,其他人也只好站住。他们正在一个空空荡荡、没有人流、装饰着很多绿化的广场边上。

"他们为什么偏偏派遣你们两个!"与其说他是在询问,不如说他是在怒吼。很显然,两位先生不知如何作答,他们垂下那条空闲的手臂,等待着,就像护士在等待病人自己镇静下来。

"我不走了。"K试探性地说。两位先生不需要对此做出回答,他们只要不松手,继续架着K往前走就可以了。但K试图反抗。"反正以后我也用不着太多力气了,现在我就把它们全使出来吧。"他这样想着。一只奋力挣脱胶杆、不惜扯掉腿的苍蝇的形象忽然映入他的脑海。"先生们,你们得下一番苦功夫才行。"K说道。

这时,在他们面前,布尔斯滕娜小姐从一个深深的巷子里走了出来,登上了一个小楼梯,朝广场走上去。这人是否是她还不能十分肯定,但确实极为相像。K并不怎么在乎那人是否是布尔斯滕娜小姐,但他却立刻想到了反抗是多么没有意义。反抗、给两位先生设置麻烦、试图在抗拒中沉醉于生命的最后幻象,这些都不是英雄的行为。他继续前进,这让两位先生松了一口气,而他自己也受到了这种轻松气息的感染。他引领着方向，两位先生对此没有表示反对，他一直跟在布尔斯滕娜小姐后面，不是因为他想追赶上她，也不是因为他想尽可能多看她几眼，而是因为他不想忘记她给自己带来的警醒和教训。

"我现在唯一能做的，"K对自己说，而他与另外两人的一致步伐验证着他的想法，"就是保持理智、镇静和分析力直至最后一刻。我总是希望长着二十只手来抓住这个世界，且不追求中规中矩的目的。这是不对的。我能让他们觉得，为期一年的诉讼没有教会我任何东西吗？我能作为一个愚钝的人离开吗？能让他们议论我，说我开始希望结束诉讼，现在，在结束的时候，又希望重新开始吗？我不愿让他们这样说。我要感谢他们，是他们派遣这些半痴少智的先生陪我走完这条路，又给了我一个亲口说出那些必说之话的机会。"

这时，布尔斯滕娜小姐拐入了一个偏胡同，但K已经不再需要她了，他把自己完全交托给了同行者。三个人步调一致地走上月光下的小桥，现在K做出的每个小动作，两位先生都完全自愿地顺从他，当他略微转向栏杆，他们也整齐地转过去。月光下的水面波光粼粼，湖水包围着一座小岛，岛上堆积着树林和灌木丛厚厚的、像是受到过人为压缩的落叶。落叶下面隐埋着一条石子路，路边那令人惬意的长椅，K曾在无数个夏日里躺在上面慵懒地伸展躯体。

"我根本不想停下来。"他对同行者说。他们的体贴周到让K感到羞耻,一个先生似乎在K背后埋怨了一下另一个人,然后他们继续往前走去。

他们穿过几条上升的胡同,一路上不时看到几个警察,有的在站岗,有的在巡逻,他们的身影一会儿在远处隐现,一会儿又突然冒出到眼前。一个长着浓密小胡子、手按刀柄的警察似乎正在故意朝这个看起来很可疑的小团伙走过来。两位先生怔住了,警察似乎已经张开嘴,K则用力拉着两人继续往前走。他经常小心翼翼地回过头去,看看警察是否还在后面,当他们刚好领先警察一个拐角的时候,K开始奔跑,两位先生也不得不气喘吁吁地跟着跑起来。

他们就这样匆匆来到了郊外,这条路上几乎没有城郊过渡,出城就是原野。面前是一个小型采石场,它已经废弃,荒凉地坐落于一栋尚带有城市风格的公寓旁边。先生们在这里停住脚步,似乎他们一开始就把这个地方当作目的地,又似乎他们是因为精疲力竭,再也跑不动了。现在,他们放开了K,K一声不吭地等待着,他们摘下礼帽,打量着这个采石场,又用手帕擦去了额头的汗水。

月光带着它独有的自然与宁静照射着万物。似乎事前两位先生并没有得到明确的分工指示,他们在为由谁执行下一项任务谦让了好一会儿。之后,其中一人走向K,脱去了K的大衣、马甲,最后又脱去了他的汗衫。K不由自主地打起冷战,为此那位先生轻轻地在他背上拍了一下,然后细心地把衣物整理好,好像还可以再用得上一样,虽然不是为了现在就用。为了不让K一动不动地在冰冷的夜风下暴露太久,那位先生扶着他的胳膊,和他一起来回踱步,另一位先生则在采石场里找寻合适的场地。当他终于找到之后,他招招手,另一人见状带着K朝那走去。

那个位置靠着一堵断墙,里面有一块破碎的石头。两人把K摁在地上,让他靠着那块石头,又把他的头放在了石头上面。尽管两人花了很大力气,尽管K非常配合,但K的姿势还是很不自然,显得很不牢靠。于是其中一人跟另一人商量,请求让他单独负责对K的摆弄,但这也没有让情况变得更好些。最后,他们选择了一个并不是他们所尝试过的最好姿势。其中一人解开他的罩袍,摸到箍着马甲的腰带,从上面的刀鞘里抽出一把又长又细的双刃屠刀,把它举得高高的,借着月光查看它的锋利。接着,又开始了令人反感的客套,一个人把刀越过K头顶递给另一个人,另一个人又把刀原路递了回去。

刀正在K的头顶推来搡去,K现在非常清楚,他有义务亲手握住刀把它刺入自己的身体。但他没有这样做,他转了转那还能动的脖子,四下看了看。他既不能证实自己的清白,也不能把有关部门的工作全部代为效劳,这后一个错误要归咎于他自己,因为他没有足够的力气来做这件事。他的目光落在毗邻采石场的公寓的顶楼。一扇窗户猛地打开了,光芒如电光石火般倾泻而出,在那个高且远的地方站着一个瘦弱的人,他探出身来,把胳膊往前伸展。他是谁?是朋友吗?是好人吗?是同情者吗?是打算伸出援手的人吗?他是其中一个人,还是唯一一个人?还有能够帮忙的吗?还有被遗忘的反对意见吗?肯定有。逻辑虽然不可动摇,但它无法阻止一个人的求生欲。那个他从未见过的法官究竟身居何处?那个他从未到达的高级法院到底所在何方?他举起双手,伸开十指。

但这时,一个人已经用手捏住K的咽喉,另一个人则把刀深深地刺入了他的心脏,又拧了两下。透过暴突的双眼,K看到了两个人的正脸,看到他们并着脸挤在自己面前,他们在查看最后的结果。

"就像一条狗一样!"他说。他的意思似乎是,死亡也无法抵消他的耻辱。

城堡

Franz Kafka

[奥]弗兰兹·卡夫卡 著

刘洋 李熠莘 译

北京理工大学出版社
BEIJING INSTITUTE OF TECHNOLOGY PRESS

版权专有 侵权必究

图书在版编目（CIP）数据

城堡 /(奥) 弗兰兹·卡夫卡著; 刘洋, 李熠莘译. -- 北京: 北京理工大学出版社, 2022.4
（若我迷失在森林: 卡夫卡荒诞三部曲）
ISBN 978-7-5763-1035-1

Ⅰ.①城… Ⅱ.①弗…②刘…③李… Ⅲ.①长篇小说—奥地利—现代 Ⅳ.①I521.45

中国版本图书馆CIP数据核字（2022）第029006号

出版发行 / 北京理工大学出版社有限责任公司
社　　址 / 北京市海淀区中关村南大街5号
邮　　编 / 100081
电　　话 /（010）68914775（总编室）
　　　　　（010）82562903（教材售后服务热线）
　　　　　（010）68944723（其他图书服务热线）
网　　址 / http://www.bitpress.com.cn
经　　销 / 全国各地新华书店
印　　刷 / 三河市冠宏印刷装订有限公司
开　　本 / 880毫米×1230毫米　1/32
印　　张 / 13.75　　　　　　　　　　　　责任编辑 / 李慧智
字　　数 / 242千字　　　　　　　　　　　 文案编辑 / 李慧智
版　　次 / 2022年4月第1版　2022年4月第1次印刷　责任校对 / 刘亚男
定　　价 / 139.00元（全3册）　　　　　　 责任印制 / 施胜娟

图书出现印装质量问题，请拨打售后服务热线，本社负责调换

译者序

虚妄的寓言

  弗兰兹·卡夫卡的主要代表作品为四部短篇小说集和三部长篇小说，但是三部长篇小说都没有写完。卡夫卡深受生活时代的影响，所以他的作品反映了恶劣的社会环境。《城堡》这本书是卡夫卡晚期长篇小说的代表作，其中批判现实的描写更是展现得淋漓尽致。

  《城堡》是一部未完成的小说，这反而更增添了一种神秘的色彩。整部小说的写作风格是灰暗的，作品中对情节、情境、人物形象等方面的描写较为细致，大部分人物的性格也被刻画得无情冷漠，这不仅向广大读者揭露了现实社会的冷漠和残酷，也揭示了人性的丑陋。卡夫卡的作品一向都以晦涩难懂闻名，《城堡》可以算得上是他最通俗易懂的作品，《城堡》没有过多的文辞修饰，主要以人物大段的对话来展开故事的情节。卡夫卡的作品具有强烈的逻辑性，因此，如果读者能有充足的时间，坐下来慢慢地细读这部作品，就更能接受卡夫卡所暗含的寓意。

文章主要讲述了主人公K跋山涉水后在深夜来到了一个山区的村子，在一家旅馆，他勉强找到了落脚的地方。同时，在这家旅馆里，他接触到了形形色色的人物。

城堡在村民的心中一直是神圣而不可侵犯的，阶层界限分明。究竟为何会让村民们产生这种敬畏？原因我们不可得知，或许就是城堡的官员故意营造的权威氛围，比如：城堡内部职员的工作烦琐、神秘而不可揆度；巴拿巴背负着家庭被无形力量摧残的厄运，寻觅出一条非官方的途径，自荐成为信使；K这样来历不明的外乡人被拒之门外，无法成为土地测量员，却被村长任用为学校杂役……这一切都讳莫如深。

《城堡》叙述了旅馆老板娘的身世、弗丽达的感情经历以及巴拿巴家姐妹的遭遇，再到旅馆里的女侍佩皮——卡夫卡从妇女的角度出发，通过隐喻折射出内心深处应对于精神世界压迫的现状，以及这个现实世界的荒诞。

K的目标是进入村子不远处的城堡，不料却受到了各种各样的阻碍。K到达村子的第一天晚上便遭到了城堡官员的质疑，为了能继续留在村子里，他声称自己是城堡邀请的土地测量员，这才在机缘巧合之下躲过了一番追问。

那是一个小村庄，一旦有什么风声，哪怕是深更半夜，都会在第一时间火速地传到家家户户。于是，K的存在很快引起了村民们的注意。村民们为了避免麻烦，纷纷将陷入窘境的K拒之门外。在这漫天飞雪中，K孤立无援，默默地承受着无尽的寒冷和孤独。

至于"克拉姆"，可以说是K唯一确定的攻破口。卡夫卡对克拉姆的形象描写都不是正面展现的，大多是从他人的话语中转述出来的。克拉姆成为"城堡"势力的延伸、一个权威的象征，K想通过接近他而接近"城堡"，可是K行动越多，越是发现背道而驰，陷入迷宫般的僵局之中。

当K正式与村子的村长见面后，看似近在眼前的城堡显得更加遥远了，而且K认识到了它是多么虚伪，多么可怕。当然这些苦难只是K经历的一部分而已，对于影响他前进路上的绊脚石，文章中有多处提到并深刻描写。亚瑟和耶利米是城堡分配给K的两个助手，他们不仅照料着K的日常起居，同时还监视着他在村庄里的一举一动。K一方面是离不开这两位助手的，另一方面又无时无刻不想把他们二人从自己身边赶走。他虽纠结于此，但最终还是采取了行动。

巴拿巴对K而言，无疑是非常重要的人物。一封信函，让巴拿巴和K这两个看似没有交点的人，紧密地联系在了一起，巴拿巴也成为K和城堡之间的重要桥梁，但他也有着不为人知的故事。在K与巴拿巴频繁接触和了解后，巴拿巴背后的故事逐渐清晰，或许可以说，这对K的心态从执着地想要进入城堡，到后面对城堡心生恐惧起着很重要的作用。

弗丽达无疑是改变K人生的决定性人物，她曾是克拉姆的情人，但被穷困潦倒、处境窘迫的K所吸引，并且选择随他而去，冒险地离开了克拉姆，成为K在这个村子里唯一的依靠。然而，他们二人之后的生活很不顺利。

K一开始便是在克拉姆的种种无形的"威胁"下举步维艰地生活，而且旅馆老板娘作为弗丽达的义母也并不看好K，毕竟，K没有哪一处是能与克拉姆相比的。K和弗丽达二人被迫离开旅馆搬去学校生活，而且还一直受到学校教师的压迫。在各个人物的滋事和各种矛盾冲突下，二人开始互相猜忌，心生嫌隙，最终惺惺相惜的两个人，落得分开的下场。

文章在写到K去往格斯泰克尔的家里便没有了后续，至于后面会发生什么样的故事我们可以凭着故事线索的发展去想象。

《城堡》表达的主题内涵一直以来有很多的争议，有人说是象征长期受压迫的犹太人在寻找精神的家园，也有人说是暗喻人类在寻找上帝的救赎。但我觉得这更像是在暗示渺小的人类对世界的探索和追求，同时在这种迷茫的探索中，人类意识到了世界是冷漠的、残酷的。当然，对于不同的读者，他们的读后感肯定是充满差异的，读者观点的碰撞也正是《城堡》的魅力所在。

在翻译《城堡》的过程中，我曾不止一次地感觉到无助，因为卡夫卡的作品风格与大多数文学作家的风格迥然不同，文章叙事本身与传统小说不同，传统的小说大部分是以时间或空间顺序来展开故事情节，而《城堡》的叙事方式充满了冲突与不连贯性，而且长篇的人物对话也显得特别烦琐，这对翻译也是很大的挑战。不过，翻译《城堡》这本书，是我做的最有挑战也最有意义的决定，整个过程也消耗了我不少心血——在此感谢给予我帮助的人们。希望大家能够静下心来，慢慢品味这本书。

刘洋

二〇二一年七月十二日

目 录

第一章　抵达　001

第二章　巴拿巴　025

第三章　弗丽达　052

第四章　与旅馆老板娘的对谈　066

第五章　面见村长　083

第六章　和老板娘的第二次谈话　107

第七章　教师　125

第八章　等待克拉姆的到来　138

第九章　针锋相对的审问　150

第十章　街头　164

第十一章　学校生活　172

第十二章　助手们　187

第十三章　汉斯　197

目 录

第十四章　弗丽达的指责　210

第十五章　阿玛利亚　225

第十六章　（无题）　237

第十七章　阿玛利亚的秘密　258

第十八章　阿玛利亚的惩罚　279

第十九章　请求宽恕　292

第二十章　奥尔加的计划　301

第二十一章　（无题）　321

第二十二章　（无题）　334

第二十三章　（无题）　350

第二十四章　（无题）　371

第二十五章　（无题）　390

第一章　抵达

K到达村子的时候,已经是深夜了。眼前的村子被漫天飞舞的雪花覆盖着,浓浓的雾气将城堡所在的那处山峰包围着,天色昏暗得连一点儿城堡的轮廓也看不见,甚至连一点儿烟火气儿都没有。K站在通往村庄的木桥上对着远处眺望了很长时间,此时的景象,让他的内心感到无比的空洞。

他继续在雪中走着,寻找今晚能够留宿的地方。旅馆里的人似乎还没有睡,K的到来让旅馆老板感到了极其惊讶和困惑,这个时辰,旅馆里已经没有空余的房间可以提供了,但他同意让K在大堂里用草袋打个地铺,勉强住上一宿。

几个农民坐在大厅喝着啤酒,他们闲聊的声音充满了整个房间,K此时不想搭理任何人,于是自己从阁楼上拿起草袋,躺在了火炉旁边。屋里越来越暖和,农民们也安静了下来,K睁着疲倦的眼睛扫视了一下他们,便沉沉睡去。

但是没多久,他就被吵醒了。吵醒他的是一位年轻的男人,那人穿着一身城里人的衣服,长了一张戏剧男主角般的面孔,细长的眼睛,浓密的眉毛,正和旅馆老板一起站在他身旁打量着。

那几个农民还在旅馆里,他们还把自己坐的扶手椅子转了过来看向他们,似乎在等着看热闹。

那位年轻人因吵醒了睡着的K,而向他诚心地道歉,同时彬彬有礼地向大家介绍自己是城堡管事①的儿子,随后他对K说:"这个村庄归城堡所有,未经伯爵的允许,任何人都不能在此停留。你没有得到许可,便闯进了村子,至少你并没有主动向我出示许可证。"

K撑着半个身子坐了起来,理了理头发,抬头看着面前的两人说:"我闯进了村子?这里还有一座城堡?"

"当然。"年轻人一字一句地说,这时,周围的人听了K的话都在质疑地摇头,"这里是韦斯特伯爵②的城堡。"

"你的意思是说,我想要过夜必须要得到许可吗?"K问道,仿佛是在试图向自己证明,刚才听到的那些话并不是来自自己的梦境。

"你必须得到许可。"那位年轻人伸直了胳膊,手势里充满了对K鄙视的意味。他看向老板和农民,反问道:"难道他不需要得到许可吗?"

---

① 城堡高层管理者,负责城堡的监查工作。
② 城堡最高权力人。

"好吧，那我就去申请一份这样的许可吧。"K推开毯子，打着哈欠，仿佛要起床一般。

"你知不知道向谁去申请？"年轻人问他。

"找伯爵先生呗，"K说，"应该没有别人可以找了吧。"

"现在大半夜的，你要去找伯爵先生？"年轻人后退了几步向他喊着。

"难道不行吗？"K冷冷地问，"既然这样，那你为什么把我吵醒？"

年轻人因为K的提问而感到愤怒。"简直一副流浪汉做派！"他吼道，"我要让你知道不尊重伯爵权威的后果！我把你叫醒，就是让你立刻离开城堡的领地。"

"玩笑开够了，"K轻声说道，接着又躺了下去，盖上毯子，"您有点过分了，年轻人，我明天再说说你的态度。倘若必要的话，旅馆老板和这些先生可以为我作证。我先做个自我介绍吧，我就是伯爵邀请的那位土地测量员[①]。因为我不想错过这难得的雪景，这才步行前来，不幸的是我好几次迷了路，所以才这么晚到。我自己也清楚地知道，现在去城堡报到的话太晚了，这就是我现在会在这里的

[①] 主要职责是为城市建设规划设计、地质勘探、旧区改造等提供测绘基础数据。

原因。而您，完全可以客气一点对我说话，无礼地打扰了我的休息。我的解释就是这么多。晚安，先生们。"说完，K便转向了火炉。

"土地测量员？"他听见身后的农民们发出质疑的声音，接着便是一片沉默。很快，年轻人便用一种低沉的语调和旅馆老板说："我会打电话去确认的。"他好像在刻意地照顾正在睡觉的K一样，声音不大，却足够让他听得一清二楚。

这样的一家乡村小旅馆也有电话机？这里的设备倒是挺齐全的。这倒是让K感到有些意外，但总的来说，这些在他的意料之中。他发现，电话机一直就放在他头上，大概是因为困倦，所以刚才忽略了它。不过，既然这位年轻人一定要打这通电话，那么，今晚K就注定不能好好睡觉了。问题在于K让不让他打这个电话，他决定让他打。现在，装睡已经没有什么意义了，所以，K转过身来仰卧着，以便可以更好地掌握事态。他看到农民们在悄悄地讨论着什么，一个土地测量员的到来对这个村子来说，可不是什么小事情。这时，厨房的门打开了，门口站着旅馆老板娘，她高大的身躯快要把门给堵死了，老板踮着脚朝她走过去，告诉了她刚才所发生的事情。

电话已经拨通了，意料之中的是，城堡管事早已经睡着，但是，一位叫弗里兹的副管事接通了电话。年轻人先报告了自己是施瓦泽，然后向副管事讲述了自己是如何在草袋上发现了一个衣衫不整、用小背包当枕头的三十多岁男人。他认为自己有责任去弄清楚这个人的真实来历,但是K很无礼,并不配合他的盘问,甚至还自称是伯爵请来的土地测量员,所以他必须向上级核实这一情况。于是施瓦泽请求弗里兹向总办公厅[①]询问,他是否真的是伯爵请来的土地测量员,然后再电话告知他。

弗里兹在那边查询,年轻人在这边等候回音,旅馆里一度很安静。K在那儿一动不动,似乎一点儿也不关心后续的发展,双眼茫然地直视着前方。施瓦泽这种充满恶意和审慎的报告,让K想起了某种经过训练的外交手段,而像施瓦泽这种城堡里的小人物,也精通这种手段。此外,城堡里的人看上去很是尽忠职守,现在这个时间段,依旧还有人守着电话。那边显然已经有答案了,因为弗里兹打来的电话响了。但这个答复似乎很短,因为施瓦泽很快就愤怒地把听筒挂上。"我早就说过了,"他嚷着,"根本就没有什么土地测量员,不过是一个无耻的、信口雌黄的流浪汉罢了,说不定比这更坏。"

刹那间,K感觉施瓦泽、农民们、旅馆的老板和老板娘会冲过来扑向他,为了躲开可能的攻击,他将自己从头到脚,完全藏在了

---

① 城堡最高权力单位。

毯子下。正在这时,电话铃又响了起来,这次的铃声在K听来显得格外响亮,尽管这通电话不太可能和K有关系,但他还是慢慢地将头伸了出来,屋里再度安静,施瓦泽走过去接通了电话。他听着对方一段冗长的话之后,低声地说:"啊?是个误会?这实在太难为情了。局长亲自打的电话?奇怪,太奇怪了。我现在该怎么向土地测量员解释?"

K听明白了这通电话的大概情况,应该是城堡内部已经证实了他土地测量员的身份。从某种角度来说,这对他很不利,因为这说明,城堡里的人已经调查过他的底细了,并且预计到了一切可能发生的情况,决定同他较量。然而,从另一方面来说,这对他又是有利的,因为这证明了城堡里的人低估了他的实力,所以他就可以有比自己所希望的更多的自由。如果他们认为用承认他是土地测量员这种高明的做法就足以从精神上压迫他,使他心惊胆战的话,那他们就错了;这种官方的承认也就仅仅是让他吃了一惊而已。

K向着羞愧地朝他走来的施瓦泽挥了挥手,示意他不必过来了。旅馆老板得知K是土地测量员后,殷勤地邀请K住进自己的房间,但是K拒绝了,只接受了他送来的水和老板娘送来的装有肥皂和毛巾的洗脸盆。之前在大厅里喝酒看热闹的人,为了避免第二天被这位土地测量员认出来,全都跑光了。旅馆的灯火熄灭,他终于安心地进入了梦乡。他一直安睡到第二天早晨,连老鼠从他身边窜过都没有惊扰到他。

早餐后,旅馆老板告诉他,早餐以及之后所有的吃住费用都由城堡支付。K是想一早就进村子里的,但是看着老板一副乞求的模样——想到昨晚他和施瓦泽的冒犯行为,K目前也只同老板说过几句非说不可的话——他不禁对老板深感同情,所以让老板挨着他坐了一会儿。

"我还没有见过伯爵,"K说,"假如我工作干得好的话,他应该会给我很高的报酬吧?我大老远从家乡跑到这里工作,总想回去时多带点好东西给他们。"

"这方面您不必担心,我还从没听谁抱怨过报酬低呢。"

"嗯,"K说,"我可不是个胆小怕事的人,所以就算是面对伯爵,有什么意见我也会直截了当地告诉他,不过若是能够心平气和地和这里的老爷们交流,那便是再好不过的了。"

旅馆老板在K对面的窗台边上拘谨地坐着,一直不敢放松下来,睁着一双棕色的大眼睛呆呆地望向他,眼睛里充满了不安。一开始他是想要巴结K的,但是现在他后悔了。他是害怕K继续打听伯爵的事呢?还是觉得K不靠谱呢?

见此情形,K不得不分散他的注意力,他看了看手表说:"我的助手们很快就会来了,你能不能把他们安排在这里住下?"

"当然可以,先生,"他说,"但是他们不和你一起在城堡里住吗?"

难道他会这么轻易又心甘情愿地放弃顾客,特别是像K这样的客人,把他们转交给城堡吗?

"还不确定。"K说,"首先我得弄清楚他们给我安排的是什么工作,如果在村子里工作,住你这里就方便许多。另外,我也害怕我住不惯城堡,因为我喜欢自由的生活。"

"您不了解城堡。"旅馆老板轻声地说。

"当然。"K回答道,"不应该过早地做判断。就目前而言,我只知道他们懂得如何挑选土地测量员。也许城堡还有其他一些优点。"说完,他站起身来准备离开,想要摆脱这个焦躁不安的老板。看来,要取得眼前旅馆老板的信任,并不是件容易的事。

K正要走出去时,墙上深色画框中的一幅黑乎乎的肖像画映入了他的眼帘。其实,昨晚他在准备睡觉的时候就已经注意到了这幅画,但因为距离太远,他并没有看清楚细节,还以为里面的画已经被抽了出去,这只是一个黑色的画框罢了。这幅画是一个男人的半身像,五十岁左右,他把头俯得很低,低到胸前,以致几乎看不见他的眼睛,高而沉重的额头和强烈弯曲的鼻子,似乎是他无法抬起头的原因,饱满的胡须被他低头的姿势压在下巴处,他摊开的左手伸进厚实的头发里,但好像无法撑起脑袋。

"那是谁?"K问道,"是伯爵吗?"K站在画像前,连看都不看一眼旅馆老板。

"不,"旅馆老板说,"那是城堡管事。"

"城堡里是有一位英俊的管事啊,"K说,"只可惜他有一个糟糕的儿子。"

"不,"旅馆老板说着,拉了一下K的身子,在他的耳边轻声道,"施瓦泽昨天是在吹牛,他的父亲只是一个副管事,还是权力最弱的那一个。"

此时,K觉得旅馆老板像个孩子一样。

"这个浑蛋!"K笑着说。但旅馆老板并没有和他一起笑,而是说道:"就算这样,他的父亲也很厉害。"

"行了吧,"K说,"在你眼中,每个人都厉害。那你觉得我厉害吗?"

"你,"他略微难为情的样子,但又很认真地说:"我不认为你有多厉害。"

"你还挺会看人,"K说,"老实说,我并没有什么权力。但是,我对权贵们的尊重和敬畏可不会比你少,只是我没有你那么老实而已。而且我也不愿意承认这一点。"K轻轻地拍了拍老板的脸颊，为的是安慰他一下，并显得自己亲切一些。

老板显然放松了警惕，嘴角露出了微微笑意。他确实很年轻，孩子般柔嫩的脸上几乎一点胡须也没有，而此刻K通过窗户看着隔壁厨房里正挽起袖子忙碌的老板娘，不由得感叹，他怎么会娶了这样一个年纪看起来比他大又比他强壮的妻子。为了不把他好不容易才露出的微笑再吓回去，K决定不再多说什么，他示意老板把门打开，然后就这样踏着美丽的冬日清晨走了出去。

此刻，他看见了那座城堡。在清澈的空气中，它的轮廓格外清晰，薄薄的积雪把它的形状勾勒了出来，让它看上去更加清晰。山上的雪似乎要比村庄里少了很多。K在村里踏雪前行，并不比昨夜走的路轻松。村庄里的雪一直堆到了茅草屋的窗口，低矮的屋顶上也被重重的积雪压着。但在山上，一切显得都是那么轻盈，那么自在，或者至少从下面看上去是这样。

总的来说，从远处望去，这座城堡的外观和K所设想的差不多。它既不是古老的骑士城堡，也不是新式的宏伟建筑，而是由几座两层楼房，以及一些紧紧相邻的低矮建筑组成的庞大建筑群；如果不是一开始便知道这是一座城堡，人们还以为它是一个小镇呢。K只看得到一座塔楼，却看不清它到底是属于居民楼还是教堂，一群乌鸦围着塔顶不停盘旋着。

　　K一面望着城堡的方向,一面继续往前走,什么都没有想。但是当他走近城堡时,眼前的一切让他大失所望,这只是一个很简陋的小镇,是零零散散的小屋子拼凑在一起的,唯一和普通住宅不同的是,这里所有的屋子都是用石头砌成的。然而随着时间的流逝,石头早已风化,有些甚至快要碎了。这令K瞬间想起了自己的家乡,它比起眼前的这个古堡并不逊色,倘若一路的长途跋涉只是为了跑来观看这座城堡的话,那就太不值得了,还不如回到他的老家去看呢,毕竟他已经很久没有回去了。家乡也有一座教堂塔楼,于是,他若有所思地将家乡的塔楼和眼前的塔楼进行了比较。家乡的塔高耸挺立,有着宽阔的塔顶,塔顶上面铺着红砖,那是一座世俗的建筑——我们还能建造出什么样的建筑来呢?——但是它比这普通的住房有着更为崇高的目标和比人间灰暗的劳碌更为明朗的含义。而此处的塔楼——这是唯一可见的高塔——现在看来,是一座用来居住的塔,也可能是城堡主楼的塔,它是一座圆形的建筑,有几扇小窗子从常春藤中透出来,窗户上的玻璃在阳光的反射下闪闪发亮——给人一种疯狂的感觉——塔顶像个平台,上面的塔墙参差不齐,破败不堪地朝向蓝天,仿佛是一个哆哆嗦嗦的小孩子胡乱画上去的。这就好像是某个抑郁的房客,本该被关在屋子里最偏僻的房间里，不想他却自己破开房顶，站起来向世人展示自己。

K再一次站在原地不动，好像静止时才可以让自己对事物更加有分辨能力。这时，身边传来许多孩子的声音，扰乱了他。原来，在村里教堂的后面有一所学校，他所站的地方正是这里。不过这只是一个小礼拜堂而已，因为教徒众多，所以村民不得不扩建它，现在它看起来就像谷仓一样。而学校，则是一座低矮的长形建筑，让人感到奇怪的是，它本是临时搭建而成的建筑，却给人一种历史悠久的感觉，它的前面有一座铁栏杆围的花园，然而现在被大雪完全地覆盖住了。这时，从学校里走出来的孩子们，密密麻麻地将老师团团围住，他们所有的目光都集中在老师身上，小嘴还在喋喋不休地说着什么，因为说得太快，K完全听不懂他们在说什么。那位被围住的老师是一个年轻的小伙子，个子不高，肩膀很窄，身材比例不太协调，但并不让人觉得可笑，而他挺直的脊梁反倒是让人觉得他非常挺拔。远远地，他就看到了K。当然，除了他和学生之外，K是方圆数里内唯一能够看见的人。

作为一个外乡人，K主动地上前去跟这个仪表威严的小伙子打了个招呼。

"您好啊老师！"他说。

孩子们方才喋喋不休的声音戛然而止，这突如其来的沉默像是在为即将说话的老师腾出一个空间,想必他们的老师为此很高兴。

"您是在看城堡吗?"他的问话比K预期的要温和、友善很多,但语气却好像不赞同K的做法。

"是的,"K说,"我是从外地过来的,昨天晚上才到村子里。"

"您不喜欢这座城堡吗?"老师迅速问道。

"何以见得?"K反问道,他有些疑惑,但还是用比较温和的方式重复了一遍,"我不喜欢这座城堡吗?您为什么觉得我不喜欢?"

"外地人不会喜欢这座城堡的。"老师说。

为了不在这里说错话,K把话锋一转,问道:"我想您应该认识伯爵吧?"

"不认识。"老师说着就想转身离去,但K不依不饶,又问道:"怎么可能呢,您不认识伯爵吗?"

"我为什么一定要认识他?"老师轻声说,还用法语大声补充道,"请您注意下,孩子们还在这里。"

K听到这里,立刻抓住机会问道:"我可以再来找您吗,先生?我将会在这里待很久,然而现在我已经有了一种被孤立的感觉,觉得自己和这里的村民格格不入,跟城堡里的人可能也会合不来。"

"村民和城堡里的人没有什么区别。"老师说。

"也许是吧。"K说,"但这改变不了我的处境,我有时间可以去拜访您吗？"

"我就住在天鹅巷①的肉店里。"这句话与其说是邀请，倒不如说是告知一个地址。但K还是回道："好的，我一定会去拜访您的。"

老师对着K点了点头，便带着又喧闹起来的孩子们离开了。很快，他们就消失在了一条倾斜下降的小巷子里。

然而此刻，K有些心神不宁，这次对话让他心生不悦。这是他来到村子之后，第一次真真切切地感觉到了疲惫。长途跋涉地来到这里，原先似乎并没有怎么让他觉得疲惫——在那些日子里，他是怎样从容不迫地一步步走过来的啊——可是现在，过度劳累的后果显现出来了，并且非常不是时候。他很希望能够结识到一些新的朋友，但每一次的结识都会让他感到厌倦。以他现在的状态，恐怕只能坚持走到城堡入口了。

距离城堡还有很长的路程，K只能无奈地拖着无力的身体继续前行。这条路是村子里的主干道，但是它并不通往城堡所在的山，只是通向城堡的方向而已，接着它就像是故意转了一个弯，既没有离开城堡，但也一点儿没有要靠近城堡的意思。每一次转弯，K都以为会靠近城堡，正因如此，他才继续前行；由于他的脚步越来越

---

① 德国街道名。

沉重，所以他犹豫着不愿离开这条路。这条仿佛无止境的大路让他感到惊讶，大路的两边是一幢幢样式相同的小房子、结了冰的窗户、厚厚的积雪，路上没有一个人影——最后，当他看见前方分岔路有一条狭窄的小巷子时，便立刻拐了进去，摆脱了这条大路。然而，这里的积雪更厚了，要拔出踩进雪里的脚很费劲，汗水几乎打湿了他的衣服，没多久，他便站在原地，再也走不动了。

还好，这里并没有让他感到那么孤单，小巷两边都有村民居住，但是门窗紧闭。K抓起地上的雪，揉成了一个雪球，对着面前的一户人家砸了过去，门立刻就打开了——在这个村子里，这是第一扇为他打开的门。一个穿着棕色皮袄的老农夫站在门口，脑袋歪向一边，虚弱而和善地站在那里。

"我可以在您家休息一下吗？"K说，"我实在是走不动了。"

他没有听清楚老农夫说了些什么，只看见老农转身就进了屋，没多久，便拿着一块木板向他推了过来。K感激地接过手，老农一下子就把他从雪地里拉了上来。他跟着老农进了屋子。

这是一间大房子，但屋里子光线昏暗得很，从外面猛地进来的时候，K一时间什么也看不见。K跟跟跄跄地险些跌在洗衣槽上，幸好一个女人伸出手扶住了他。这时，从一个角落里传来了很多孩子的啼哭声；而另一个角落里，一股热气腾腾的烟雾滚滚而来，烟雾挡住了最后那一线微弱的灯光,整间屋子瞬间又暗了下来。K仿佛置身于云雾中。

"他肯定是喝醉了。"有人说。

"你是谁?"一个霸道的声音喊道,接着说话的那人转头看向老农说:"你让他进来的?你有本事就让小巷子里的流浪汉都进来啊?"

"我是伯爵请来的土地测量员。"K回答道,虽然他仍然看不见人,但极力为自己辩护着。

"哦,是那个土地测量员啊。"一个女人说。这下子完全静了下来。

"您认识我?"K问道。

"当然。"女人简短地说。有人听说过他,这好像并不是在抬举他。

终于,烟雾一点点散开了,K这才勉强将这间屋子看清楚。今天,似乎是家庭清洗衣物的日子,临近门口的地方,有人在洗衣服。烟雾是从旁边的角落里传来的,那里放着一个木桶,目测有两张床那么大,这是K从来没见过的大小,有两个男人正在里面泡澡。但更让人惊讶的是右边的角落。从房间后墙唯一的一个窗子看出去,那儿有一个女人,貌似很疲惫地躺在角落深处高高的扶手椅上。窗外积雪的白光淡淡地映照在她的身上,像披了件白色的丝绸。她的胸前抱着一个婴儿，旁边还有几个孩子正在嬉戏打闹，显然都是农家孩子，而她看上去同他们并不属于一类人，当然，即便是农民，生病或者疲倦的时候也会很文雅。

"坐这儿吧。"其中一个男人对K说。这个男人长着满脸的胡须，正气喘吁吁地张着嘴巴，他从水桶里伸出手指，指向——那副样子看上去有些可笑——旁边的一张长椅，示意K坐下，水花溅了K一脸。那个放他进来的老头正直愣愣地坐在那张长椅上。K倒是很感激，因为自己终于能够坐下来了，他坐在角落也没有人再去关心他。

洗衣槽边，那个金发碧眼的年轻女人，正哼着歌儿干着活儿，男人们在澡桶里用脚打着扑棱，孩子们想靠近他们，却不断地被飞溅的水花逼退，K也没能幸免。扶手椅上的女人像没了生命一样躺在那里，甚至没有低头看一眼胸前的孩子，就那样静静地躺在椅子上，仰望着屋顶。

她构成了一幅忧郁而又美丽的画面，K盯着她看了很久，后来他是怎么睡着的连他自己都不知道，直到他被一个响亮的声音吵醒时，才发现自己的头正靠在旁边老人的肩膀上。男人们已经洗完了澡，他们打扮得整整齐齐地站在K面前。孩子们在金发女人的带领下，到木桶里玩水去了。正如K想的一样，刚才那个满脸胡子的男人是两个人中更人微言轻的那个，另一个人个子不高，胡子也少了许多,看上去是个慢条斯理、从容思考的人,但是他的肩膀很宽阔,脸也很宽,一直低着头。

"土地测量员先生,"他说,"您不能留在这里,请见谅。"

"其实我也不想留下来。"K说,"我只是想休息一下,那就这样吧,我走了。"

"您可能会对我们这样不友好的态度感到不满,"那人说,"但热情好客不是我们的习惯,我们也不需要客人。"

睡了一觉,K的精神好了很多,注意力也比之前集中了些,现在听到这番直爽的话,倒让他很是轻松。他在这个房间里也更加自如了,握着手杖指指这,戳戳那,然后,他慢慢地走近了坐在扶手椅上的那个女人。这时,他才发现,自己是这个房间里个子最高的人。

"当然。"K说,"您需要客人做什么呢?不过,在某些方面,您还是需要一个专业的人,例如说,一位土地测量员。"

"这我不知道。"男人缓缓地说,"既然您被邀请了,就说明有需要您的地方,这大概就是个例外。但是我们这些小人物,按照常规办事,您也不能因此而责怪我们吧。"

"不,不。"K说,"我倒想感谢您和这里的每一个人。"这时,出乎所有人的意料,K一跃而起,转身站在了那个女人的面前。女人一双蓝色的眼睛疲惫地盯着他,一条丝质头巾自然地垂在了她的额头上,怀里抱着的婴儿已经睡着了。

"您是谁?"K问道。

不知道是对K的蔑视还是什么原因,她只回答了一句:"城堡里的一个姑娘罢了。"

正在这时,那两个男人突然一左一右地站在了K身旁,将他轰出了门口,好像已经无法和他再进行沟通了。老头见此情形,突然拍手大笑,那位洗衣服的妇女也在叫嚷着起哄的孩子旁边笑了起来。

K几步就被赶到了巷子里,那两个男人还站在一旁监视着他。此时,天空又下起了鹅毛大雪,但是天色似乎比原先明亮了些。满脸胡须的男人不耐烦地吼道:"您要去哪里?这边是通往城堡的路,这边通往村庄。"

K没有回答他,而是看向了另一个看起来有些傲慢,但友善一点的人,问他:"您是谁?我在这里休息这么久,不知道应该向谁表达感谢呢?"

"我是皮匠拉瑟曼,"他回答道,"我们不需要您的感谢。"

"好吧。"K说,"也许以后我们还会再见面的。"

"我不这么认为。"那人说。

那位满脸胡须的男人突然迅速地举着手向对面打起了招呼:"早

上好,亚瑟、耶利米。"

K转过身看过去,原来这条巷子里还是可以看到其他人的!被叫作亚瑟和耶利米的是两个中等个子、瘦瘦的年轻人,从城堡方向走来,他们穿着贴身的衣服,模样有些相似,尽管他们的脸是深褐色的,但那黑色的山羊胡子还是格外显眼。他们的两条腿特别修长,在这样崎岖的路上,走路的速度快得惊人。

"你们干嘛呢?"满脸胡须的男人问道。隔着那么远的距离,只有吼着说话才能勉强听得见。他们走得很快,并且没有要停下来的意思。

"去办点公事。"他们笑着说。

"去哪办公事啊?"

"去旅馆那儿。"

"我也正要去旅馆呢。"K突然大声说了一句,那声音比其他任何人都要响亮。他十分希望可以和这两个人一同离开,虽然他并不想跟他们交朋友,但他们看起来是不错的闲聊对象。他们听见K的话后,只是点了点头,就快步走了。

K仍然站在雪地里,简直不想艰难地把脚从雪地里抬起来,因为这样他还要再次深深地陷进积雪里去。皮匠和他的伙伴们对于K的离开表示很满意,他们一边还不时地回头看看K的背影,一边慢慢地朝屋里走去。K独自在纷纷扬扬的大雪里走着。"如果我站在这里，只是偶然，并不是出于有意的话，"他心里这样想着，"那还真是一个让我体验失望的绝好机会。"

正在这时，他左手边一间小屋的窗户打开了。在雪光的反射下，那扇窗户变成了深蓝色，当它被打开时，一双衰老的棕色眼睛露了出来。

"他在那儿。"K听到一个女人发出的颤抖的声音。

"他就是那位闹得沸沸扬扬的土地测量员？"一个男人说完便走向窗前看着K，语气很不客气，好像没有什么事比他家门口的安宁更重要一样："您在这等人？"

"我在等路过的雪橇。"K说。

"这里不会有雪橇路过，"那人说，"这里没有什么车辆往来。"

"怎么会，这不是通往城堡的路吗？"K反对地说。

"是又怎么样，不是又怎么样？"那人毫不留情地说，"这里没有雪橇会经过。"顿时，两人都陷入了沉默。而那人明显是在思量着什么，因为他始终没有关上窗户。

"哎，这条路真是太难走了。"K期待着这个人在听见他这么说后，能够说些什么。

但那人只是回答道："对啊，确实很难走。"

过了一会儿，他又接着说道："如果您愿意的话，我可以让您搭我的雪橇。"

"我当然愿意。"K激动地说，"您要多少报酬？"

"不用。"男人回道。

K很惊讶，男人解释道："您是土地测量员，那就是城堡的人。您想要去哪里呢？"

"到城堡。"K很快说道。

"城堡？"那人一脸难色，"那我就不去了。"

K重复着刚才他说过的话："您不是说我是城堡的人吗？"

"可能是吧。"他冷冷地说着。

"算了，还是送我去旅馆吧。"K说。

"行，"那人说，"我马上就拖着雪橇过来。"从他的言语来看，他并不是一个乐于助人的人，而是自私、胆怯的，更像是希望赶紧将K从家门口给赶走。

院子的木门被打开了，一辆小而轻的雪橇被一匹弱小的马拉着出现了，雪橇上根本没有座位。那人紧随其后走了出来，他年纪不大身子骨却显得很虚弱，脖子上裹着的一条厚厚的羊毛披肩，让他显得更加瘦小了，他弯着腰一瘸一拐的，一张消瘦的脸上泛着红晕。很明显他生病了，完全是为了送走K，才撑着病痛走出来的。

K表示抱歉，那人摆摆手示意他别说了。聊了几句后，K得知，他叫格斯泰克尔，是一个马车夫。他之所以会拉出来一个这么破旧的雪橇，是因为它就放在门边，再拉一个会耗费他太多时间。

"坐吧。"他说着，用鞭子指了指雪橇的后排。

"我坐您旁边吧。"K回答。

"那我走路。"格斯泰克尔说。

"为什么？"K问道。

"不为什么，我走路。"格斯泰克尔重复了一遍，咳嗽声震得他两腿发抖，他不得不把腿伸进雪地里，用手扶着雪橇的边缘。K见他这副模样，不再多说什么，在雪橇上坐了下来。待他咳嗽声慢慢平息后，他便驾着雪橇往旅馆的方向驶去了。

山上的城堡奇怪地变暗了，K很希望今天就能到达那里，但是它离自己越来越远了。这时，伴随着一阵钟声响起，刹那间，他心脏也跟着震颤了一会儿，这个声音仿佛是痛苦的，好似在威胁着他，暗示他渴望的东西无法实现。但很快这口大钟就沉寂了下来，取而代之的是一阵微弱又单调的铃声，这声音像是从城堡里传来的，又像是从村子里传出来的。此刻这单调的铃声和缓慢行驶的雪橇，还有眼前这个冷漠的车夫倒是显得十分合拍。

"喂！"K突然吼了一声，他们已经到了教堂附近，离旅馆也不远了，K的胆子大了一些，"我很奇怪，您居然擅自做主用雪橇载我过来，您这么做是可以的吗？"

格斯泰克尔没有理会他，只是继续在旁边沉默地走着。

"喂！"K又吼了一次，他顺势将雪橇上堆积的雪揉成了一个雪球，直接砸在了格斯泰克尔的耳朵上，格斯泰克尔这才停下来转过身去看着K。雪橇车向前倾了一些，顺着惯性，K也一同向前倾了过去，和格斯泰克尔几乎贴在一起了。在如此近的距离下，K看到这个弯腰驼背的人像是遭受过虐待一样，那张冻红的脸一边是平平的，另一边却深深地凹陷了下去，而他的嘴里也只剩下了几颗牙齿。K不得不用同情的口吻重复他刚刚说的话，他想知道，他会不会因为用雪橇载着自己通行而受到惩罚。

"您想干什么？"格斯泰克尔问，他压根没听懂K的问题，但不等K解释，他又驾着雪橇继续驶去。

第二章　巴拿巴

　　K看见前方的弯道，一眼便认出他们快到旅馆了，不过令他惊讶的是，天色已经黑了。难道他已经跑了这么久吗？按照他的计算，从他离开旅馆到再回到这儿，最多也就一两个小时而已。他是早上出发的，到现在他也没有一点儿饥饿的感觉，不久前还是白昼，现在就天黑了。"时间过得真快哪，时间过得真快。"他自言自语地说着，随后跳下了雪橇，径直向旅馆走去。

　　旅馆老板站在门前的台阶上，见K来了，立刻提着风灯去迎接他。K见着老板突然想起马车夫，便停了下来，他身后的黑暗中传来了一两声越来越远的咳嗽声，K心想着下次应该还能再见到他的。当他走上小楼梯和对他十分恭敬的旅馆老板打招呼时，注意到门的两侧分别站着一个人。他从老板手里拿过风灯，照亮了那俩人，才发现是白天见到过的亚瑟和耶利米。看样子，他们已经到达好一会儿了，他们向K敬了一个礼。这使K不禁想起了自己的军旅生涯，回忆起那段快乐的时光，他的嘴角不禁上扬。

"你们到底是什么人?"K看着他俩问道。

"我们是您的助手。"他们回答道。

"您的助手?"旅馆老板轻声确认道。

"怎么了?"K强硬地朝着旅馆老板说道,吓得老板不敢作声。于是K又转身对着俩助手说道:"你们就是我吩咐了好长时间才来的助手吗?你们可终于来了,来了就好。"过了一会儿,K大概是意识到应该批评一下他们,于是又补充道,"你们怎么到得这么晚?简直太不重视你们的工作了。"

"来这儿的路太远了。"其中一个人说。

"远吗?"K反问道,"可我刚才看到你们是从城堡过来的。"

"是的。"他们没有做更多的解释。

K又问道:"测量仪器在哪里?"

"我们没有仪器。"他们说。

"我交给你们保管的那些仪器呢?"K问。

"我们没有仪器。"他们重复了一遍。

"你们这些家伙!"K说,"那你们懂测绘吗?"

"不懂。"他们说。

"假如你们是我的助手,就应该懂得怎样测绘。"见俩人依旧不吱声,K只好带着他们进了屋。

之后，他们在旅馆的一张小桌子旁坐下，K坐在中间，助手们分别挤在他的左右两边，他们一起喝着啤酒，也不怎么说话。和昨天晚上一样，另一张大一点儿的桌子早已被农民们占满了。

"你俩太让我费劲了，"K说完又仔细地比较了一下两个助手的脸，"我该怎么分辨你俩啊，你们长得几乎一模一样，恐怕你们唯一的区别，就只是名字不同吧。除此以外，你们就像……"K摇摇头，不由自主地继续说道，"就像两条蛇一样相像。"

两个助手不约而同地笑了起来："但是其他人一直都能分辨出我们啊。"他们为自己辩解道。

"这我倒是相信，"K说，"可是我呢，只用眼睛去分辨的话，完全分不清你们谁是谁。所以，我把你们当成一个人看吧，管你俩都叫亚瑟吧，你们中不是有一个叫这个名字吗？是你的名字吗？"K问其中一个人。

"不是，"这个人回答道，"我叫耶利米。"

"好吧，这无所谓，"K说，"我把你们两个都叫作亚瑟，只要我派亚瑟去什么地方，你们两个人就都去，如果我要亚瑟去办件事，你们两个人就一起去做。虽然这样对我来说有些不利，让你们干同一件差事会减慢我的工作效率。但这样做也是有好处的，我要求你们做的每一件事，你们都要共同地肩负起责任。我不管你们怎么分工,但你们不能相互推卸责任,对我来说,你们就是一个整体。"

他们想了想,有点为难地说:"可是这样会让我们很不自在。"

"我可以理解,"K回答道,"这肯定会让你们觉得不自在,但接下来的日子你们就得这样做。"

K注意到,有个农夫一直在他们桌子附近鬼鬼祟祟地兜着圈,现在,这个农夫下定决心走到一个助手面前,在他耳边低语着什么。

"我很抱歉,"K拍了下桌子,站起身来,说,"这两位是我的助手,我们现在正在讨论正事,谁也不能打扰我们。"

"哦,对不起!"农夫战战兢兢地说道,然后退回到了自己的同伴身边。

"这一点你们一定要特别注意,"K坐下来,继续说道,"没有我的允许,你们不能跟任何人交谈。我是一个外乡人,如果你们是我的助手,那你们也是外乡人。所以,我们三个必须团结在一起。现在,把你们的手伸过来,向我保证。"

助手们心甘情愿地将手伸向了K。

"你们不要在意我对你们的训斥,"K握住两人的手说,"但是记住,只要我说出口的,我就一定会做到。现在我要去睡觉了,我建议你俩也早些休息。我们的工作是有时间限制的,今天的一整天时间都被浪费了,明天一早咱们就开始工作。你们想办法找辆雪橇,六点钟必须准备好在门口等我,送我去城堡。"

"好的。"一个助手爽快地回答道。但另一个助手却急了,插嘴道:"你说'好的',但你明知道根本办不到。"

"吵什么吵,"K说:"才刚开始,你们就这么不团结了吗?"

但这时,第一个助手话锋一转,否认道:"他说得没错,办不到,因为没有许可证,是无法进入城堡的。"

"那我应该去哪里申请?"K问。

"我不知道,也许要向城堡管事申请吧。"他说。

"那我们就打电话去申请,你们两个马上去给城堡管事打电话。"K说完,他俩立刻跑去到电话机前,拨通了管事的号码——看他们那争先恐后的样子!简直听话到了可笑的地步——询问道明天一早K是否能与他们一同前往城堡。"不行。"电话里传来了这样的回答,声音响亮得连坐在一旁的K都听见了。接着,电话里那人更详细地说道:"明天不行,以后也都不行!"

"我亲自来打这个电话。"K站起来接过听筒。自从他们一行人来到旅馆后,只有刚才那个农夫注意到了他们,不过,刚才他的一番话却引起了旅馆里所有客人的关注。他们纷纷跑来挤在他身后,俯着身子,把耳朵尽可能地离听筒近一点,非常急切地想听到电话那一头的答案。旅馆老板想把客人们撵回原位,但他们还是纹丝不动地在电话附近七嘴八舌地议论着。他们都一致认为，K根本不会从听筒那边得到任何回复。屋里特别嘈杂，K不得不恳请他们安静下来，因为他根本不想听他们的意见。

一阵阵嗡嗡的声音从听筒里传来，这是K从未在电话里听过的声音。那声音就像是无数个孩子在哼唱，但又不是一种普通的哼唱，更像是一种从遥远的国度传来的，还带着一阵阵回响的，一种高亢而有力的声音。它以一种很强烈的方式，猛烈地冲击着K的耳膜，仿佛要穿透到他的大脑里去。K把手放在电话桌上，没有说话，聚精会神地听着。

不知道过了多久，直到老板拽着K的衣袖提醒他，有一位信使找他，他才回过神来。"走开。"K不耐烦地喊了一声，这一声更像是对着电话对面的人说的。因为听筒里传来了回应："我是奥斯瓦尔德，你是谁？"这是一个严厉又傲慢的声音，但在K看来，对方的言语中似乎有些小缺陷，不过是想用这种虚张声势的傲慢口气来遮掩这个缺陷。K在犹豫着要不要报出自己的名字，因为他完全被电话控制着，对方的语气听起来很不友好，如果惹怒对方挂掉这通好不容易才接通的电话，就相当于将一条重要的通道给堵死了。

由于K犹豫了很长时间，对方已经感到很不耐烦。"你是谁？"他重复了一遍，还补充道："如果没有什么事，就别打电话来了，我刚才接到一个骚扰电话,真够烦的。"

K没有回应他这句话,而是突然决定这样报自己的身份:"我是土地测量员的助理。"

"什么助理?什么测量员?"

K想起昨天接通电话的那个人,于是说道:"你去向弗里兹打听吧。"

让他感到惊讶的是,这句话居然奏效了,而比这更让他惊讶的是,城堡里办事如此统一。

对方回答道:"噢,我知道,确实有一位麻烦的土地测量员。确实有这回事。你说你是谁?什么助手?"

"约瑟夫。"K说。农民们在他身后嘀嘀咕咕着,这让他有些不太高兴,显然他们不赞同K没有亮出真实的身份,但K并没有去理会这些人的不解与聒噪,因为这通电话已经耗费了他大量的精力。

"约瑟夫?"对方反问道,"两位助手不是应该叫"——说到这里停了会儿,很明显,是在向其他人询问——"亚瑟和耶利米吗?"

"他们是新来的助手。"K说。

"不对呀,他们是老助手吧。"

"他们是新助手,我才是土地测量员的老助手,是今天才到这里的。"

"根本就不对！"对方大叫了起来。

"如果不对的话，那么请问我是谁呢？"K像之前一样和气地反问道。

片刻后，听筒那边又响起了带着之前那种言语缺陷的声音，但声音更加深沉，多了几分尊重："你是老助手。"

K专注地听着这个声音，还差点漏听了对方的问题："你打电话来有什么目的？"

K很想直接放下听筒结束此次对话，因为他对这次谈话已经没有什么期望了，但他只能无奈地继续问道："请问我的上司什么时候可以来城堡呢？"

"永远都来不了。"这就是答案。

"好吧。"说完，K挂了电话。

那些农民紧紧地挤在他身后，两个助手一边斜着眼睛瞅向K，一边忙着在K的身后拦着农民，但也不过是做做样子而已。无论如何，这些农民似乎对这通电话的结果很满意，于是慢慢地散开了。这时，一个人拨开人群朝K快步走来，他先向K鞠了一躬，然后递给了他一封信。K把信拿在手里打量着来人，觉得来人比其他事情更为重要。眼前的这个信使和他的两个助手有很多相似之处，他们一样苗条，一样穿着紧身衣，一样敏捷，但还是有很多不同的地方。

这样一比较，K反而更希望由这位信使来给自己当助手！这位信使让他想起了那个抱着孩子躺在扶手椅上的女人。他的衣服是白色的，这套冬装虽然不是丝绸做的，但它和丝绸的材质相似，显得格外得精致、庄重。他的眼睛很大，脸上一直展露着笑容，虽然他一直用手把嘴捂住，想强压住自己的笑容，他这样做似乎为了让自己显得更严肃一点儿，但他的笑容实在太过灿烂，不管怎样掩饰，还是特别明显。

"你是谁？"K问道。

"我叫巴拿巴，是城堡的信使。"他的嘴唇满含阳刚之气，但说话的语气和K这几天打过交道的人相比，显得格外温柔。

"你觉得这里的氛围正常吗？"K问道，并指了指那些目不转睛盯着他的农民。对于他们而言，K是一个让人好奇的人物。他们有着一张张看上去好似饱经风霜的脸——他们的头顶骨好像被打磨过一样，平平的，他们的五官像是挨了打一样地扭曲着——和臃肿的嘴唇。他们站在那儿看着他，但又没有一直盯着K看，有时他们会故意把目光移开，停留在某个物体上一阵子，然后再看向K和巴拿巴。K又继续指向两个助手，此时，他们正紧紧地靠在一起，面带微笑，不知道这是顺从的笑还是嘲笑。K向他们挥了挥手，仿佛在向巴拿巴解释，由于特殊情况，他才被迫接纳了这两位随行人员。K期望着——他有种一见如故的感觉，很希望可以和这个人深入地交流——巴拿巴会聪明地把他和这些人区分开来,但巴拿巴并没有回答——看得出来他没有任何恶意——他的问题,像是一个极有教养的仆人,在听到主人说的那些言论后,只是顺着主人的意思四处张望,当农民中有他的熟人时,他热情地向他们打招呼,又向着助手们走去,并和他们简单交谈了一会儿。很明显,这个人的泰然自若,让K觉得他与其他人相比起来,显得截然不同。

K对巴拿巴没有回答他的问题,并不感到羞耻。他打开了手中的信,信里写道:"亲爱的先生! 如您所知,您被聘用为伯爵大人效劳。您的上级是这个村子的村长①,他会将有关您的工作安排和工资待遇都告诉您,您需要对他负责。而我本人也会尽量对您予以关注。交给您这封信的巴拿巴将不定期与您联系,了解您的意见和需求,并反馈于我,我会尽量满足您的需求,我一向都很关心我下属的工作。"落款处的签名虽然不清晰,但上面的印章能清楚地看见,印着:×办公厅主任②。

"晚点再说吧!"K对正在向他鞠躬的巴拿巴说道,然后他叫来了老板,让他带自己去房间,他想自己一个人再仔细地读一下这封信。但他想到,不论自己对巴拿巴有多少好感,但毕竟他只是一个

---

① 整个村子的负责人。
② 城堡的人事管理部门。

信使，于是他吩咐老板给巴拿巴点了一杯啤酒。正如K所料，巴拿巴非常高兴，端着酒杯喝了起来。

之后K便随着旅馆老板回到了自己的房间。在旅馆里，他们除了能给K提供一个小阁楼的房间以外，就再也不能够给予他更好的方便了。即使是提供这样的一间空着的小阁楼，对他们来说，也是挺不容易的。因为老板需要先把之前住在这里的两个女仆安置在别处。实际上，他们唯一做的，就是让两个女仆搬走而已，房间本身并没有多加布置：唯一的一张床上放着几个靠垫和一条麻毛毯子，一切都保持着房间原本的状态。墙上挂着一些圣人和士兵的照片。屋子里甚至没有开窗换过气，很明显，老板并没有打算让新来的客人长期住在这里，所以也就不可能会有多么热情的接待。但K接受了这一切，他裹着毯子坐在桌旁，拿起蜡烛再一次读起这封信。

这封信读起来太过矛盾了，有些地方好像在表达，将他当作一个拥有自由的人对待，他的意见会得到认可和尊重，比如，开头称呼他的方式，以及关于办公厅会听取他的意见之类的。但是有些地方，却又只是将他当作一个身份卑微的雇员而已，他的上级是村长，这就意味着，他会很难见到伯爵或者其他城堡的高层。也许，他唯一的同事就是村里的治安员们。这些无疑是矛盾的，并且过于明显，让人觉得很可能是写信者有意这样措辞。K无法相信这样的一个组织机构会因为犹豫不决写出如此矛盾的信件,他反倒是觉得信中为他提供了两种可能的选择,这取决于他如何对待,是选择做一个与城堡有着表面联系、看上去很光彩的村工;还是做一个名义上的村工,实际上具体工作是由巴拿巴带来的消息决定的。K的选择几乎是毫不犹豫的,即使他刚到这儿不久,没什么经验,也会毫不犹豫地做出选择。因为只有作为一个不起眼的村工,尽可能远离城堡的监视,他才有可能有所作为。村里的这些人,不管之前多么的不信任他,可一旦K在村子里落下脚,成为他们中的一员之后,相信过不了多久,他们就会与他交谈了。而一旦当K成为像格斯泰克尔或拉瑟曼一样的人——这一点需要他尽快做到,一切行动的前提都取决于此——那他面前所有的道路都会畅通无阻,但倘若他只是寄希望于城堡中那些老爷们的恩典,那么所有的道路不仅会被堵得死死的,而且会永远地消失,他连看都看不到。当然,这是有危险的,尽管信中挖空心思地写了一些让人颇为满意的话,但这些危险也同样呈现在信中,好像这些是他无法逃避的,那就是他的下属身份。供职、上级、工作、待遇、汇报等,信中充斥着这些词汇,即使是提到了一些个人情况时,也是从这个角度出发的。如果K接受成为这样一名雇员,不管他为这项工作付出多少努力,也不会有任何前景。K认为,他们并没有采取任何强制性的手段来威胁他,他也一点儿都不害怕这些手段，尤其是在这里更是如此。他真正害怕的是，这里有一种令人沮丧的氛围，对他产生了强大的压力，这种压力每时每刻都在向他袭来，但他必须与这些危险勇敢抗衡。这封信并没有掩饰这一事实，如果真的发展到了对抗的地步，K是有胆量做斗争的。信中说得很委婉，只有内心不安的人——是不安，而并非愧疚——才能注意到这一点，正是信中提到土地测量员这一职位时，用了"如您所知"这四个字，隐藏了这层意思。K虽然曾主动向施瓦泽说起过，但也是从收到这封信开始，他才知道自己真正地成了土地测量员。

K从墙上取下了一幅画，把这封信挂在了钉子上。这里应该是他要长期居住的房间，所以，他毫无顾虑地把信挂在了墙上。然后，他离开房间来到了旅馆的大厅里，巴拿巴和助手们此时正在小桌前坐着。

"哦，你下来啦。"K说，他说不出为什么，一看到巴拿巴他就很高兴。巴拿巴听到他的声音，立刻站了起来。K刚走进大厅没多会儿，农民们就又站起身走近他，似乎跟随他已经成为他们的习惯。

"你们总是跟着我到底是想干吗？"K大叫道。农民们不以为意，慢慢地转身回到自己的座位上。其中一人背过身去时，露出了一个让人不解的笑容，其他一些人也露出了相同的笑容，淡淡地说了一句略表歉意的话："跟着你总是能听到一些稀奇的事情。"他说完还舔了舔嘴唇，仿佛新奇的事物对他而言就像美酒佳肴一般。K没有多说什么好听的话来缓和气氛，他更希望农民们对他能够有所尊重。但他和巴拿巴坐在一起没多久，就感觉到脖子后面传来一阵农夫急促的呼吸声，K转身怒视着他，农夫连忙解释自己只是过来拿盐罐的，K气得直跺脚，那个农夫吓得连盐罐都没拿就跑开了。

其实，要想抓住K的弱点真的很容易，只需要把农民们煽动起来和他作对就可以了。在他看来，他们这种坚持不懈的纠缠比冷漠更令人讨厌，但是他们并不是就不冷漠了，一旦K在他们的桌子上坐下来，他们就会立刻离开。现在，只是顾及着巴拿巴还在，K才没有对他们发火。他转过身去瞪了他们几眼，如他所料，他们也正在目不转睛地盯着他。K看见这些农民坐在那里，彼此之间全无交流，也没有任何明显的联系，只是单纯地坐在那里盯着他看。这让他觉得，农民们对他的纠缠似乎根本不是出于恶意，也许他们真的只是想从他身上得到什么。如果不是的话，那就是纯粹的孩子气了。孩子气，对于这里的人来说，也并不稀奇。就拿这位旅馆老板来说，他的行为不就是这么孩子气吗？此刻，他双手捧着一杯要端去给某个客人的啤酒，呆呆地站在原地一动不动地盯着K，就连老板娘从厨房的窗口弯下腰来喊他，似乎都没听见。

过了一会儿，K的气消了点儿，才转头看向巴拿巴。他很想将助手们打发走，但又找不到合适的借口，更何况，他们正盯着面前的啤酒发呆呢。

"这封信我看了，"K说，"你知道上面写的是什么吗？"

"不知道。"巴拿巴回答，他的眼神似乎比他的言语更意味深长。也许，K一开始就想错了，巴拿巴可能并没有那么善良，农民们也没有那么多的敌意。可看到巴拿巴，K总能感受到一种舒服的感觉。

"这封信也提到了你，你的职责是在我和办公处之间传递信息，所以我想你应该知道信的内容。"

"我只是奉命送信，"巴拿巴回答道，"等你看完信后，如果你觉得有必要回复的话，我可以口头或书面帮你回信。"

"很好，"K说，"没必要回信，你先告诉我，这位主任他叫什么名字，我看不清签名。"

"克拉姆。"巴拿巴回答道。

"好的，请你替我向克拉姆先生表达由衷的感谢，作为一个还没有做出任何成就的人，我很感激他的赏识和友好的态度。我将完全按照他的意愿行事，并且我对此也没有什么意见。"

巴拿巴全神贯注地听完，问K需不需要他将这封口信的内容复述一遍，K表示同意，于是巴拿巴在K面前逐字逐句地重复了一遍他刚刚说的话，确认无误后便起身准备离开。

从进入大厅以来，K一直在观察巴拿巴的脸，现在最后观察了一次。巴拿巴的个子和K差不多高，但他看K时，总是一副居高临下的模样，而这种居高临下的俯视却又给人一种很谦逊的感觉，他不可能会做出羞辱他人的事情。虽然他只是一个信使，并不清楚信里面的内容，但即便他对信的内容一无所知，他的神情，他的笑容，他走路的姿势，似乎都是在传递着什么信息。K握了握他的手跟他道别，这显然让巴拿巴感到惊讶，因为他已经习惯向别人鞠躬了。

巴拿巴刚一走到门前——他先靠在门口待了一会儿，回头看了一眼旅馆后，便转身离去——K就对助手说："我去房间里拿工作笔记，然后我们具体商量一下下一步的工作。"助手们也想起身跟着K一起去房间。"你们就留在这儿不要动。"K无情地拒绝了。但助手们没有放弃跟着K的念头。最后，K不得不用严肃的口吻命令他们原地等候。

巴拿巴已经不在大厅里了，虽然他才刚走不久，但走到门前——雪又纷纷扬扬地落了下来——K依旧没有看见他的身影。

"巴拿巴！"K喊道，但没有人回答。难道他还在屋里？这种可能几乎不存在。K用尽全身力气喊着他的名字。呼喊声在黑夜里如雷贯耳，渐渐地，远处隐约传回来了一声微弱的答应声，可见巴拿巴已经走了很远了。K把他叫回来，自己也朝着他跑过去。两人在离旅馆很远的地方才碰上面。

"巴拿巴,"K带着颤抖的声音说道,"我还有几句话想和你说。我认为,光是指望你不定期地前来帮我带信往城堡里去,好像不太妥当。如果我这会儿没有追上你——你跑得也太快了,我还以为你仍旧在旅馆呢——谁知道下次再遇见你,得等到什么时候。而且我根本不知道该如何联系你,你的到来完全是偶然的,这是相当糟糕的安排。"

巴拿巴说:"你可以向主任反映意见,让他安排我在你指定的时间里送信。"

"那样也是不够的,"K说,"我可能会有整整一年都没什么要事可联系你,但也可能就在你走后的一刻钟,我就发生什么要紧的事情需要你送信。"

"那么要不要我跟主任申请,"巴拿巴说,"让他和你之间建立直接的联系,就不通过我来送信了?"

"不,不,完全不用这样,"K说,"我只是这么随便一提,这次能够追上你已经是万幸了。"

"我们一起回旅馆吧?"巴拿巴说,"你要是还有什么需要我传达的就请告诉我。"说完,巴拿巴就已经向着旅馆的方向挪了一步。

"巴拿巴,"K叫住他说,"不用回去了,我陪你往前走一段路吧。"

"你为什么不想回旅馆去?"巴拿巴问。

"我走到哪,农民们就跟我跟到哪,"K抱怨道,"你也见识过那些人有多烦。"

"我们可以去你的房间啊。"巴拿巴说。

"那儿原本是女仆的房间,"K说,"那间阁楼又脏又闷,我一点也不想在那里待着,所以想跟你一起走一走。"K犹豫了一下,又补充说,"让我挽着你的胳膊一起走吧,因为你走得又快又稳。"说完,K就去挽他的胳膊。天色昏暗,K完全看不清他的脸,他的身形在夜色中只能隐约看见,K试着摸索了好一会儿才找到他的胳膊。

巴拿巴什么也没说,于是,他们一直向前走着,离旅馆越来越远。K仍然觉得,自己虽然尽了最大的努力,但还是跟不上巴拿巴的脚步,他甚至觉得如果没有自己这个累赘的话,巴拿巴还能走得更快。他觉得,在通常情况下,即使是像现在这样的小路,意外随时都可能会发生,更何况是走今天早上让他深陷雪地的小巷一样的路呢,要不是巴拿巴在,他根本无法前行。但是现在,有巴拿巴在身边,他就可以把这种顾虑抛在脑后了,巴拿巴的沉默,让他感到宽慰,既然他们一声不吭地向前走着,那么就意味着,巴拿巴也认为一起通过雪路是他们唯一的目的。

渐渐地,K不知道他们走到了哪里,他看不清周围的环境,甚至连他们经过了教堂都不知道。光是为了撵上巴拿巴的步伐,就已经让他耗费了全部精力，他根本没有心思再浮想联翩。他和巴拿巴完全是在漫无目的地前进。他不断想起自己的故乡，他的脑海里，存满了对故乡的美好记忆。故乡的广场上有一座教堂，它有一部分建筑的周围是一片墓地，墓地的外面是一圈高高的围墙。只有极少数男生能翻过那堵高墙，K从来都没能成功地翻越。他们不是被好奇心所驱使，因为墓地对他们来说，并不神秘，他们早已从一边的小门里溜进去过多次，他们只是想征服那堵光滑的高墙罢了。一天早晨——安静空旷的广场上满是阳光，K清楚地记得，他已经很多年都没有再见过那样美的景象了——他居然出奇轻松地爬上了高墙，甚至在以往每次都会打滑失败的一个地方，他用牙咬住一面小旗子，一次就成功地爬上了上去。当他站在墙顶时，细碎的石头滚了下来，他把咬在牙齿间的小旗子使劲地插在墙头上，小旗子在风中飘荡。他一会儿俯视地面的墓地，望向那土地上的十字架；一会儿又四处张望，好像此时再也没有任何一个人能有他这般高大了。这时，老师恰巧经过这里，愤怒地瞪着他，这让他不得不立刻跳了下去，过程中不小心摔伤了膝盖，费了很大劲才回到家。虽然他没有成功翻越那堵高墙，但他毕竟爬上了墙顶，这种征服的感觉让他在以后的生活中奠定了足够的信心和勇气，就像多年后的今天，他在雪夜中挽着巴拿巴的手臂艰难前行的时候，他的内心充满了力量。

于是，他将巴拿巴挽得更紧了，巴拿巴几乎是拖着他在走，他们还是这样一声不吭地走着。K根据路况判断，他们目前还没有走进小巷。他信誓旦旦地想：再艰辛的路途也不会阻挡他继续前行的脚步。让别人拖着走还是很省力气的，这是毋庸置疑的。只要是路就一定会有尽头。看来，白天去城堡是不怎么费劲的，而且他觉得，巴拿巴作为信使，一定知道城堡与村子之间的捷径。

正在这时，巴拿巴突然站在原地不动了。他们到哪儿了？难道是没路了吗？巴拿巴想要甩开他了吗？他休想。想到这，K更加紧紧地抱住了巴拿巴的手臂，因为抱得太用力，他的手都痛了。又或者说，是发生了不可思议的事情，他们已经在城堡里或者城堡的门口了？但是这种可能性不太大，因为他们并没有走什么往山上去的路。难道巴拿巴带他走上了另一条上山的路？

"我们这是在哪里？"K轻声问道，听上去倒像是在自言自语。

"我们到家了。"巴拿巴一样轻声地说道。

"我们到家了？"

"先生，你要留意脚下，别摔倒了，我们要开始下坡了。"巴拿巴说，"还有几步路就到了。"他又补充了一句。不过是瞬间，巴拿巴就已经在敲眼前的门了。

大门被一个女孩打开，他们站在了门槛前。房间里，只有角落的一张桌子上方挂着一盏小小的油灯,所以整个空间显得特别昏暗。

"巴拿巴,跟你一起进来的是谁啊?"女孩问道。

"他是土地测量员。"他说。

"是土地测量员!"女孩对着屋里大声地重复了一遍。

这时,屋里有两位老人,似乎是一对夫妻,还有另一个女孩站了起来向K打招呼。巴拿巴向K分别介绍了他的父母和他的姐姐奥尔加、妹妹阿玛利亚。K甚至还没有看清楚他们,她们就将他湿漉漉的衣服脱下来拿到火炉边上烘烤去了。

所以,巴拿巴是把他带回了自己的家。但是,他们为什么要到这里来呢?K将巴拿巴拉到一边,问道:"你为什么要带我回你家?还是说你家就在城堡的辖区里?"

"城堡的辖区?"巴拿巴重复了一遍,好像没听懂。

"巴拿巴,"K说,"你离开旅馆,不是要去城堡吗?"

"不,先生,"巴拿巴说,"我离开城堡是想回家,早上才会去城堡,我从来不在城堡过夜。"

"哦,"K说,"所以你并不是去城堡的,只是想回家。"——他觉得巴拿巴的笑容似乎有些黯淡——"那你为什么不告诉我呢?"

"你没有问我,先生。"巴拿巴说,"你只说有信要我送,但你又不想在旅馆里告诉我,也不想在你的房间里,所以我想,在我家里，你或许可以不受打扰地和我详谈。如果你想和我单独聊，他们会全都走开——如果你愿意的话，还可以在我家里过夜，这样不是更好吗？"

K没有回答他。所以，这只是个误会，一个不足为奇的误会，而K却完全陷了进去。这时，巴拿巴慢慢地脱下了那件曾让K着迷的、亮丽的紧身外套，露出了一件粗糙的、灰暗的、脏兮兮的，甚至还打着补丁的衬衫。他有着宽阔的胸膛，身材像工人一样强壮，而周围的一切都证实了这一点。那位老态龙钟的父亲，与其说在用两条僵硬的腿艰难地向前挪动，不如说在靠着纤瘦的双手往前一点一点摸索着；母亲双手交叉地抱在胸前，因为肥胖的身体，只能迈着最小的步子。父亲和母亲自从K进屋时，就从他们所在的角落里迎上来，但依然离他很远。巴拿巴的两位姐妹，一头金发，两个人长得很像，和巴拿巴也很像，但五官比巴拿巴更立体，身材高大又结实，她们围在父母的身旁，仿佛期待着K和她们打个招呼。但K什么也说不出来，他已经确信这个村子里的每一个人，都和旅馆里的农民一样，接近他是抱有一定目的的。眼前的这些人们，让他提不起一丝兴趣。如果现在他自己一个人能够硬撑着回到旅馆的话，他肯定会立刻离开。就算明天可能跟着巴拿巴去城堡，他也不愿意留下。他原本以为，巴拿巴在城堡里工作，和里面的人有密切的关系,是个有地位的人,所以才亲近地挽着他,想在夜晚跟着他神不知道鬼不觉地溜进城堡。但是,他也不过是一个完全属于这样一个家庭的儿子,此刻他正同他们坐在一张桌子上,像他这样一个连在城堡里过夜都不被允许的人,就更别指望他能有什么权力在白天带着K进入城堡了——这简直是一个毫无希望且荒唐可笑的念头。

K在窗台边的凳子上坐下来,他决心选择留宿在这里,不再接受这家人的招待。这时他才觉得,前几日村子里那些赶他走的人,和那些躲着他的人,对他来说才是最没什么危险的,他们的所作所为反而给了他与城堡对抗的动力;而这种表面上帮助他的人反而做出了伪善的把戏,将他带到自己家里,不仅分散了他的注意力,还耽误了他进入城堡的时机,不管是有意,还是无意,他们都在使他毁灭。所以,K一点儿也不想理会饭桌上传来的邀请声,依旧默不作声地低着头坐在窗前的凳子上。

这时,其中一个叫作奥尔加的女孩站了起来,她是两个中温柔的那个,脸上还露出了一丝少女般的腼腆。她走到K的面前,请他到餐桌吃饭,说面包和培根已经准备好了,她打算再出去买一些啤酒。

"去哪买啤酒?"K问。

"去旅馆买。"她回答道。这对K来说,是个好消息。他以在旅馆还有重要的工作为由,提出和她一起前往。但是,奥尔加要去的并不是他住宿的那一家旅馆,而是离家更近的一家叫作贵宾楼的旅馆。尽管如此,K还是要求和她一起去,他想,也许能在那儿能找个可以凑合住一晚的地方,无论那个地方多么糟糕,他都不愿意睡在巴拿巴家舒适的床上。奥尔加没有立即回答K,而是望着桌子犹豫着。这时,巴拿巴站了起来,点了点头,说道:"如果先生想出去的话,你就带着他一起去吧。"

他的同意差点儿让K撤回自己的要求,因为如果巴拿巴同意,那么这件事就不会有多大的价值。但刚才他执意要去,如果突然不去的话,他也懒得给出一个可以说服他们的理由。不过阿玛利亚那严肃、不为所动,甚至略有呆滞的目光稍稍地分散了他的注意力,使他感觉到事情还有些不简单。

在去旅馆的短短的路上——K像之前挽着巴拿巴那样挽着奥尔加,全身的重量都压在了奥尔加的身上,如果不这样,他根本就没法在雪地里前行——他了解到,他们前去的这家贵宾楼只为城堡里的官员们服务,他们来村子里办差的时候就在那里吃饭,有时还会留下过夜。奥尔加轻轻地和K说话,对她来说,跟K走在一起,就像和自己的兄弟走在一起一样,是件很愉快的事情。K却很抗拒这种舒适感,但这种感觉却挥之不去。

这家旅馆从外观上看和K住的旅馆很相似,村子里的房屋虽然没有多大区别，但细小的差别还是一眼就能看出来——门前的台阶上有一排栏杆，大门的上方挂着一盏漂亮的灯笼，他们进来的时候，一块布在头顶上飞舞着，那是一面带有伯爵徽章的旗帜。

他们在门廊里遇上了正在巡视周围的旅馆老板。他眯着那双小眼睛，也许是在打量K，也许是因为没睡醒，说道："土地测量员先生，你只能在酒吧活动，不能去别处。"

"是，"奥尔加立刻站到K面前，帮着他回答道，"他只是陪我的。"

K却不领情地挣脱了奥尔加，把旅馆老板拉到一边，奥尔加就在大厅的另一头耐心地等着。

K说："我想在这里过夜。"

"我很抱歉，这是不可能的，"旅馆老板说，"你好像还不知道，这里的房间是专门给城堡里的官员们住的。"

"或许是这样规定的，"K说，"不过，让我睡在随便一个角落里应该也是可以的。"

"我很乐意接待你，"老板说，"但是，就算是抛开严格的规定——你一个外地人才会这样说——这件事还是无法办到，因为官员们极度敏感，我相信他们很快就会发现这里有一个陌生人。而且如果碰巧——碰巧的事总会被他们抓住——让他们发现我让你在这里过夜,不仅我会受到惩罚,而你也不会有什么好的下场。虽然听起来很可笑,但这是事实。"这个身材高大、穿着有许多纽扣衣服的男人,一只手靠在墙上,另一只手叉着胯,双腿交叉站着,俯着身子、推心置腹地对K说出这一番悄悄话,似乎他和这个村里的人都不一样,尽管他那身深色的着装,看起来和村民过节时穿的没什么两样。

"我完全相信你,"K说,"而且我并没有无视规定的意思,我只是很笨拙地表达了自己的想法。我还想提醒你一件事,其实我和城堡是有一定关系的,而且以后关系还会更加密切,这保证能避免你因为留我在这儿住宿而担受风险。并且我向你保证,我会给予你相应的酬谢。"

"我知道,"老板说道,又重复说了句,"我知道。"

K本来想把自己的愿望说得更强烈一些,但不料老板会这样回答,顿时让他感到为难了,所以他只问了一句:"今天有很多官员住在这里吗?"

"就这点而言,其实你今天运气还蛮好的,"老板像是鼓励地说道:"今天只有一位官员住在这里。"

K虽然无法勉强他收留自己,但还是抱着能够留下来的希望,于是,他问了那位先生的名字。

"克拉姆。"旅馆老板顺口说了一句,同时转身去找他的妻子。

他的妻子正急匆匆地走过来,身上穿着破旧过时的袍子,但是一看那体面的剪裁和考究的样式,就知道这衣服一定是出自城里的精品。她是来叫老板过去的,好像是主任有事情要交代旅馆老板。老板去主任房间前,又转身看向K,好像决定能不能过夜的不是他,而是K自己。可K什么也说不出来,特别是得知办公厅主任,也就是克拉姆就住在这里,让他大吃一惊。他自己都无法解释清楚,为什么克拉姆给他的感觉不太一样,不像城堡里其他人那样让他觉得行动自由。如果在这里被他发现,虽然不像老板描述的那样可怕,但将会是一个尴尬的处境,就像是他的鲁莽连累并伤害了他本应感谢的人。同一时间,他感到很沮丧,因为他已经感受到了,在这个城堡的领地里,地位有多么重要。而他作为一个地位卑微的下层人,处处受着限制,这也正是他所忧心的。所以,他站在那儿,咬着嘴唇,一言不发。老板快离开大门口的时候,又回头看了看K,似乎在确认K是否要留下来过夜,但K只是站在大厅注视着他,直到奥尔加过来把拉他走。

"你找旅馆老板做什么?"奥尔加问道。

"我告诉他,我想留在这里过夜。"K说。

"你今晚不是住在我们家吗?"奥尔加惊讶地问道。

"是的,当然是。"K说,随便她怎么去理解这句话吧。

第三章　弗丽达

酒吧间的中间有一块大的空地，吧台就在房间的正中央，几个庄稼汉正背靠着墙并排着一起坐在木桶椅上面，他们的模样和K住的那家旅馆里的人相比，有很大的区别。他们穿着比较干净，都穿着土黄色的粗布衣服，宽松的上衣搭配着贴身的裤子。乍一看，他们长得很像，个子都不高，看上去都是面部扁平、颧骨高耸，但长着一副肉肉的圆脸。每个人都只是静静地坐在桌旁，几乎一动不动，只有当房间里进来新人时，他们才会冷漠地转转眼珠子，慢悠悠地望着。因为他们人数众多，而且都是一副沉静寡言的模样，所以他们对K产生了一定的影响。

K再次挽起奥尔加的胳膊，仿佛借此向众人解释自己来到这里的原因。坐在角落里的一个男人似乎认识奥尔加，朝着这边走了过来，但K拉着奥尔加的手臂，将她转了个方向。K的这个动作行如流水，恐怕除了奥尔加之外，没有人能注意到他这个故意的举动。奥尔加什么也没说，只是笑着侧头看了K一眼。

吧台的服务员是一个叫弗丽达的女孩,是一个看起来温和、娇小的金发姑娘,长着一张消瘦的脸,但是从她的眼神可以看出,她有一种特别的优越感。当她用这个眼神看向K的时候,K就感觉,这个女孩似乎知道一些决定着他本人的事情,一些连他自己都不知道的事情,但她的眼神让他确定这些事情的存在。K目不转睛地盯着弗丽达,甚至在她和奥尔加说话的时候,也没有收回自己的目光。奥尔加和弗丽达似乎并不亲密,她们只是日常地寒暄了两句。

K想抓住机会从弗丽达嘴里问出点消息,因此他突然大声地问道:"你认识克拉姆先生吗?"

奥尔加大声笑了起来。

"你干吗要笑?"K羞恼地问道。

"我没有笑啊。"奥尔加边笑边回答,并不试图掩饰自己的笑容。

"奥尔加还真是个调皮的姑娘。"K一边说着,一边慢慢靠近吧台的弗丽达,想再一次将弗丽达的目光牢牢地吸引到自己身上,但弗丽达低垂眼帘,小声问道:"你想不想见克拉姆先生呢?"K恳求一见,于是弗丽达指了指左边的一扇门,继续说,"这里有一个小门孔,你可以看到里面的人,克拉姆就在里面。"

"如果这样做,这里的人会怎样?"K问道。

她轻咬着下唇用无比柔软的手拉着K来到了门口。这个门孔简直是为偷窥而设的,透过它几乎可以看到整个房间的情况。房间的中央有一张书桌,此时,克拉姆先生就坐在这张书桌旁一张舒适的圆椅上,头顶上强烈的灯光照得他容光焕发。他看起来个子不高,身材肥胖,略显笨拙。他脸部的皮肤虽然显得比较光滑,但随着岁月的流逝而有些松弛,黑色的胡子长长的,鼻梁上斜放着一副夹鼻眼镜,由于镜片反射着灯光,看不清楚他的眼睛。如果他坐在书桌前,K就只能看见他的侧面,但由于他正对着K,所以K直接看见了他整张脸。他的左手肘撑在桌子上,右手搁在膝盖上,并夹着一支弗吉尼亚雪茄①。书桌上放着一个啤酒杯,由于桌子的边缘高出桌面,K无法看清那里是否放着什么文件,但他觉得,应该是没有的。为了保险起见,他又让弗丽达从洞口看了看,告诉他桌上是不是有文件。不过,因为她刚才去过房间送啤酒,所以她直接向他确认说,桌上没有什么文件。K问弗丽达,自己是否应该离开,弗丽达却告诉他没有关系,继续看多久都可以。没过多久,这里就只剩下了K和弗丽达。K匆匆看了四周,发现奥尔加也去找她的朋友去了,她这会儿正坐在堆得高高的木桶上和朋友聊天,双腿晃来晃去。

"弗丽达,"K轻声说,"你和克拉姆先生很熟吗?"

---

① 一种香烟品牌。

"还行吧,"她回答道,"也算挺熟悉的。"她微微靠近K,还不时俏皮地摆弄着她那件淡淡的乳白色上衣,她瘦小的身体和这件宽大的上衣搭配起来,显得特别的违和,简直不像是她的衣服。弗丽达接着说:"你还记不记得奥尔加刚刚的笑?"

"嗯,记得。那个没礼貌的姑娘。"K说。

"嗯?"弗丽达说,"她会那样笑是有缘由的,你问我是否认识克拉姆,其实我……"说到这里,弗丽达不由自主地挺直了身子,再次用一种优越的眼神看着K,她的目光和她的话完全无法联系在一起,"我是他的情人。"

"克拉姆的情人?"K重复了一遍。她点点头。他不想让他们之间的气氛变得尴尬,于是笑着说,"那么,你现在对于我来说可算得上是非常尊贵的人了!"

"这可不光是对你。"弗丽达回答道,但她没有对K回以微笑。

K倒是有打击她傲慢的办法,于是他问弗丽达:"你去过城堡吗?"

但弗丽达不以为然地回答说:"没有,怎么?我能待在这个贵宾楼里,难道还不够让你信服吗?"显然,她有着很强的虚荣心,而且她似乎非常想在K身上获得这种虚荣心。

"我当然不是那个意思,"K附和着说道,"在这个贵宾楼里,可以说你就是女主人呢。"

"那是当然,"她说,"虽然我一开始是在桥头那家旅馆做马工工作的。"

"用你这双娇嫩的手?"K半信半疑地说道,他自己也不知道自己是在恭维她,还是真的佩服她了。但弗丽达的确很瘦弱,而且那双手也很娇嫩。

"那时,哪有人顾及这些,"她说,"就连现在……"K向她投去询问的目光。弗丽达摇了摇头,不想再说下去。

"当然,这是你的私事,"K说,"换作是我,我也不会愿意跟一个认识不过半个小时的人说起这些,况且这个人也没有给你交代他的底细。"

K说的这番话,仿佛把弗丽达从对他有利的感性中唤醒了。她立刻从腰带上挂着的皮包里拿出一个木塞,用它堵住了小孔。她不想让K注意到她态度的转变,于是马上对K说:"其实关于你的身份,我什么都知道,你是土地测量员,"她停顿了一会儿,又补充道,"我们已经耽误挺久了,现在我必须要去工作了。"她说完就走到了吧台后面。

吧台从刚才开始就被很多人围着,他们都是带着空杯子来续酒的。K想再和弗丽达谈谈,于是他也从桌子上拿起一个空酒杯走到弗丽达面前说道:"我还有话想对你说,弗丽达小姐。你从一个马工升为这个酒吧间的服务员,这可不是一件简单的事情,我可以看出你是很有实力的人,但是,这就是你最终的目标吗?不好意思,这确实是一个很荒唐的问题。让你见笑了,弗丽达小姐,我从你的眼睛里看到了野心——不是你已经征服的,而是在未来路上等着你去征服的。但这个世界的阻力是巨大的,你越向高处攀登,遇到的困难就会越多。接受一个同在奋斗之中的人的帮助,并不可耻,即使他是一个平凡且渺小的人。也许我们可以找个机会,避开这么多双眼睛,换个安静的地方再谈一谈呢?"

"我不懂你想做什么。"弗丽达回答道。K从她的语气中听出来了,这一次似乎违背她的本意,她的语气流露出的不是她的种种骄傲,而是她无尽的失望。

"难道你想把我从克拉姆身边抢走吗?天哪!"她双手一拍。

"好吧,没想到这么快就被你看透了。"K笑着附和着,他明显地感受到了弗丽达对他的不信任,于是他继续解释道,"这的确是我的意图,你应该离开克拉姆,成为我的情人。现在,我得走了。奥尔加!"他喊了一声,"我们该回家了。"奥尔加听话地从木桶上跳下来,但没有从朋友的包围中立刻脱身而出。

这时,弗丽达瞪了K一眼,低声道:"我什么时候可以再找你谈一谈?"

"那我可以在这里过夜吗?"K问道。

"可以。"弗丽达说。

"我现在可以直接留在这里吗?"

"你先和奥尔加一起离开旅馆吧,等我把这里的人赶走。过会儿你就可以来了。"弗丽达回答道。

"好吧。"K答应后便不耐烦地等着奥尔加。但是奥尔加似乎很难从那群庄稼汉那里脱身,他们跳着一种舞,奥尔加被一群喝醉了且高喊着的男人围在中间跳舞,他们中时不时地有一个男人走上前去搂着她的腰,绕着她转圈,舞步越跳越快,叫喊声也越来越饥渴,声音震耳欲聋,后来几乎混合成一种声音。奥尔加本想笑着跑出这个圈子,现在只能跟跟跄跄地从一个人身边撞到另一个人身边,一副披头散发的模样。

"我就是被派到这里来伺候这些人的。"弗丽达说着,气愤地咬了咬薄薄的嘴唇。

"他们是什么人呢?"K问道。

"克拉姆的仆人,"弗丽达说,"他每次来都会带着这些人,这些人弄得我总犯糊涂。土地测量员先生,我都不记得和你说了些什么,若是有什么得罪你的地方,请原谅我。都怪这些人,他们是我所见过的最让人看不上、最惹人厌恶的家伙，可是我还得不停地为他们续酒。我央求过克拉姆很多次，让他别把这些人带到这里，但一切都是白说，他们总是在克拉姆来贵宾楼的一个小时之前，就像成群的牛冲进窝棚一样挤进来。我真的希望这群人能一直在窝棚里待着。如果不是你在这里，我可能早就把克拉姆的房间门打开了，因为当他听见外面嘈杂的声音后，一定会出来赶走他们的。"

"难道关着门他就听不到了吗？"K问道。

"听不见，他早就睡着了。"弗丽达回答道。

"睡着了？怎么可能！"K大喊道，"我刚才还从洞里看到他直挺挺地坐在办公桌前呢。"

"他总是那样坐着，"弗丽达笑着说，"你刚刚看他的时候，他就已经睡着了。不然，我怎么会同意你在门口偷看？他向来都是坐着睡，而且这些来贵宾楼的老爷都很能睡，让人实在是难以理解。话说回来，要不是因为克拉姆睡着了，他又怎能忍受这些仆人在这里这样撒泼呢？不过，现在我得自己把他们赶走了。"说完，弗丽达从角落里抽出一条鞭子，像只小羊一样跃身一跳，虽然不稳但还是跳进了舞蹈的人群中。起初，仆人们纷纷转过身来看着她，还以为来了一个新的舞伴。弗丽达乍看想要放下鞭子，做出一个马上就要打他们的样子，但随即又高举起来，然后大声喊道："我以克拉姆的名义命令你们，马上给我滚回窝棚去！"他们看到弗丽达认真严肃起来的样子，在K无法理解的恐慌中，推挤着向后面走去，在推挤中，打开了一扇门，一阵晚风吹了进来，他们和弗丽达一起消失了。显然，是弗丽达赶着他们回到了窝棚。

在这突如其来的寂静中，K听到走道上传来了一阵脚步声。为了保护自己，他跳到了吧台后面躲着，那吧台后面是唯一可以躲避的地方。虽然他并没有被禁止进入酒吧间，但如果他想在这里过夜，就得避免现在被人发现。所以，当房门打开时，他躲在了吧台下面。但如果被人发现，还是有危险的，不过，他可以解释自己是为了躲避那些如疯子一般的仆人，至少这个理由还是有说服力的。

推门进来的是旅馆老板。"弗丽达！"他大声喊道，并且在房间里上上下下走了几圈寻觅着她，幸好弗丽达很快就来了，而且她的话语中并没有提到K，只是在埋怨仆人。她用目光寻找着K时，走到了吧台后面，她站得离K很近，K甚至不用伸手就可以摸到她的脚，不过，这让他感到很有安全感。

因为弗丽达并没有主动提及K，所以老板不得不主动开口问道："那位土地测量员呢？"老板大概本身就是一个很有教养的人，也可能因为他经常和那些地位高于他的达官贵人们来往，所以他说话显得温文尔雅、彬彬有礼，但他对弗丽达说话的语气却显得特别的尊重,这种态度之所以引人注意,是因为里面还包含一种雇主对雇员的态度。

"我都忘了土地测量员了,"弗丽达把她的脚踩在K的胸口上回答道,"他肯定早就走了。"

"但我没有看到他离开,"老板说,"而且我一直都在大厅里坐着。"

"可是他没有在这儿。"弗丽达冷冷地说。

"可能他躲起来了,"老板接着说,"凭我对他的印象,他能做出来这样的事。"

"那他总不至于这么大胆吧?"弗丽达说着,并把她的小脚在K的胸上踩得更重了。她整个人身上散发出一种快乐、一种率性,这是K之前没注意到的,她这样一种气质能出其不意地抢占风头。

"说不定他就藏在这里,"她笑着说,突然俯下身子来轻轻吻了K一下,接着又站起身来冷冷地告诉老板说,"但他没有藏在这里。"

然而,老板说的话让K吃了一惊:"无法确定他是否真的离开,还真是让我有些烦恼呢。弗丽达小姐,这不仅是为了克拉姆先生,更是因为贵宾楼的规定,就像规定对我有效一样,对你也一样。要是你能对吧台负责,我就去查查其他地方。晚安,弗丽达小姐,早点休息。"

几乎还没等旅馆老板离开房间,弗丽达就关掉了电灯,钻进了柜台下面,挨着K在他的身边躺下。"噢,我亲爱的!"她轻声说道,但她完全没有触碰K的身体,就像被爱情冲晕了头脑,她张开双臂仰面躺着,仿佛接下来她将会迎来无穷无尽的幸福。弗丽达开心地哼着小曲儿,但与其说她在轻吟小曲儿不如说她在叹息。因为K呆呆地傻愣在那儿,弗丽达便像个孩子一样拉着他的手说:"来吧,吧台下面太闷了。"于是他们拥抱在一起,她那小小的身体在K的怀抱里如火苗一般燃烧着,K的理智不断告诉自己必须得控制自己,但徒劳无功,他们在地上不停地翻滚,直到砰地撞上了克拉姆的房门才停下来,他们就躺在那洒了一小摊啤酒和堆积着垃圾的地板中间。很快,几个小时过去了,在这段时间里,他们共享呼吸,共享心跳,K不禁产生了一种迷失的感觉,或者说,他觉得自己到达了一个奇异的世界,一个从来没有人去过的世界,一个和故乡有着不同的空气、让他感到窒息的世界。在它的诱惑中,K无法止步,只能渐渐沉沦。所以,当克拉姆在房间里用冷漠、命令的口吻召唤弗丽达的时候,K并没有因此惊慌失措,而是感到了一种告慰人心的清醒。

"弗丽达。"K在弗丽达的耳边轻声提醒她,克拉姆正在找她。出于一种天生般的顺从,弗丽达想要立刻跃身而起,但她想起自己现在身处何处,便伸了个懒腰,默默地笑着对K说道:"我不去,我再也不去找他了。"

K想表示反对,帮着弗丽达穿好她那件凌乱的上衣,想催促她去找克拉姆,但他什么话也说不出来,只是紧紧地握住弗丽达的手,他太过幸福,既幸福又痛苦,因为如果让弗丽达离开他,那他便失去了拥有的一切。而弗丽达仿佛也从K那儿得到了某种力量,她攥紧了拳头敲打着门,并大声喊道:"我正陪着土地测量员呢!"

这句话一说,克拉姆的房间立刻没有了动静,K却吓得直接跪在了弗丽达身边。微弱的晨光笼罩下,他环顾四周。发生了什么?他还有希望吗?既然一切都已经暴露了,那他还能从弗丽达身上得到什么呢?

面对克拉姆这样一个强劲的对手,他不仅没有做好缜密的计划,谨慎地去与他对抗,也没有实现自己的野心壮志,而是在洒了一摊啤酒的地板上和弗丽达躺在一起,那股气味已经让他的头脑麻木了。

"你毁了我们……"K自言自语道。

"不,"弗丽达说,"我只是毁了我自己,但我收获了你。你淡定些。你看,那两个人笑成了什么样。"

"谁?"K转过身来问道。只见柜台旁坐着他那两个助手,他们虽然看起来有些缺乏睡眠,但脸上笑盈盈的,这是一种完成了工作的快乐。"你们在这里干什么?"K恼火地问道,仿佛一切糟糕的事情都该归咎于他们,他环顾四周,寻找晚上弗丽达拿着的那条皮鞭。

"我们当然得找你啊,"助手说,"你一直没有回旅馆,我们上巴拿巴住处找你,没想到最后在贵宾楼发现了你,我们已经在这里等你整整一夜了,这工作太不容易了。"

"我只有白天的时候需要你们,"K说,"晚上可不需要,都给我出去!"

"可现在已经是白天啦。"他们说,并没有一点儿要离开的意思。

现在已经是早晨了,院子里的院门大敞着,那群仆人和完全被K忘记了的奥尔加一起闯了进来。虽然奥尔加头发凌乱,衣服也破烂不堪,但她仍然像傍晚时分一样精神抖擞。她刚进入大门,便一眼就找到了K。

"你为什么不跟我回家?"她问道,几乎要哭出来,"就因为这个女人吗?"她重复地问了好几遍。弗丽达离开了一会儿,此时正拿着一小捆衣物回来了,奥尔加伤心地走到了角落里去。

"现在我们可以走了。"弗丽达说,显然,她指的是他们应前往K之前住的那家桥头旅馆。K和弗丽达走在一起,助手们跟在他身后。克拉姆的那群仆人看弗丽达的眼神,充满了浓浓的鄙视意味。这是可以理解的,因为在这之前,她一直凌驾在他们之上。其中一个仆人甚至拿起棍子,想要挡在弗丽达身前不让她走出去,除非她跳过去,但她只是瞪了他一眼,那人便吓得退下了。

一直走到外面的雪地里,K那根紧绷的神经才放松下来。在室外,他感到如释重负,似乎赶路已经没有那么劳累了,不过如果没有这群人跟着,他一个人走或许会更加轻松。到达旅馆后,他直奔自己的房间,在床上躺了下来。弗丽达在旁边的地板上给自己铺了一张床。助手们也想要挤进房间去,却被K赶了出来,不过,等K不注意时,他们两个还是从窗户钻了进来。K实在是太累了,不想再理会他们两个,于是没有再赶他们出去。

旅馆老板娘特意来到房间里欢迎弗丽达。弗丽达亲密地称她为"妈妈",她们一见面便彼此寒暄,互相亲吻并紧紧地拥抱,让人难以理解。这个房间里一直有些嘈杂的声音,女仆们经常会穿着男仆的靴子进来送东西或拿东西出去。如果她们需要什么东西,会直接从K的床铺上翻找,甚至无所顾忌地从K的身下掏出来。她们对弗丽达致以亲切的问候,仿佛大家是一家人一样。尽管如此不安静,K还是沉沉地在床上睡了整整一天一夜,一些小事就由弗丽达为他处理了。第二天早上他终于醒来,他神清气爽地看着初升的太阳,这是他在这个村子里待的第四天。

第四章 与旅馆老板娘的对谈

K一直想和弗丽达私下里认真地谈一谈,但他的助手们总赖在屋里妨碍他,此外,弗丽达也会时不时地和他们有说有笑地聊天。不过,这两个家伙倒是不挑,在房间角落的地板上铺上了两件旧衣料,直接躺了下去。就像他们刚刚一直和弗丽达保证的那样,他们绝不会打扰到土地测量员先生休息,并且只需要占用一点点空间就行。虽然,他们俩总是在K睡觉的时候窃窃私语,而且还不时地发出咯咯的笑声,但他们为了尽量少占用空间,始终将手脚交叉着,保持着蜷缩在一起的状态。在昏暗的光线下,别人看他们,就像是在看一个大圆球。

尽管如此,K还是从白天与两个助手相处的经历中发现,他们是非常机敏的观察者。虽然他们总是看似幼稚地玩耍,做着各种胡闹的事情,比如:把两只手蜷起来当作望远镜放在眼前到处张望着;专心地梳理自己的胡须——他们花了很多精力在胡须上,总是相互比较谁的胡子更长更浓,还让弗丽达来做裁判。但他们的目光从未离开过K。

K静静地躺在床上，漠不关心地看着他们三个人的举动。

在K感觉精神已经恢复得差不多了，准备慢慢撑起身子起床时，这几个人马上跑过来服务他。虽然他的体力没有恢复到可以拒绝他们服务的状态，而且也知道一旦对他们产生依赖，会给自己带来不良后果，但他也只能这样。K坐在扶手椅上，喝着弗丽达端来的上好的咖啡。此时，弗丽达正在炉子前取暖，两个助手冲冲撞撞地反复上下楼梯十几次，给他拿水盆、肥皂、梳子和镜子，就连他这几天不经意提起的朗姆酒①，他们两个也准备好了——可这一切，教人高兴不起来。

在这样发号施令和被悉心伺候的过程中，K出于一种愉悦的心情，但有别于命令的态度说道："你们两个现在可以走了，我目前不需要什么东西，现在我只想和弗丽达单独说说话。"当K看到助手们的脸上没有什么抵抗情绪时，心里满意极了，于是补充道，"等一会儿我们要去找村长，所以你两个先在楼下的客厅里等我吧。"

说来也奇怪，他们没有像以前一样直接反抗着，而是在转身离开前说："我们可以在这里等着呀。"

K回答他们说："我知道，但我不要你们在这里等。"

---

① 以甘蔗蜜糖为原料生产的一种蒸馏酒，也称为糖酒。

助手们一离开房间，弗丽达便立刻坐到K的大腿上，说道："亲爱的，你对这两个助手不满意吗？他们对你挺忠诚的，我们在这里又没什么秘密可言，你不用刻意打发他们走的。"

"哦？忠诚？"K说，"他们每时每刻都在监视着我，这简直无聊透顶，让人厌恶。"

"我想我明白你的意思了。"弗丽达一边说，一边轻轻抚摸着K的脖子，似乎还想说些什么，但迟迟说不出话来。

他们坐的扶手椅挨着床，于是他们抱在一起从椅子上滑下，缠缠绵绵地滚到了床上。他们像那天晚上一样躺在一起，但不像那天晚上那样投入。他感觉到弗丽达似乎在拼命寻找着什么，而他自己也在极力寻找着。他们疯狂地把头埋在对方的胸膛，扭曲了面容，迫切地寻找着什么。他们疯狂拥抱，手脚摇摆，但这没有让他们忘记现实世界的一切，反而不断地提醒他们要寻找。他们在地上像小狗一样激烈地抓挠，抓挠对方的身体，在几次无助的失望后，为了找到最后的快乐，他们用鼻子嗅、用舌头舔对方的脸。等到彼此都精疲力竭之后，才终于平静了下来。他们之间是心存感激的。

这时，女仆们走了过来，看见他们睡着的模样，吃惊地说道："看看他们睡在这里的样子！"其中一个女仆拿了一床被单，出于同情地丢在了他们身上。

等到K醒后,他掀开身上的被单环顾四周,发现助手们已经回到了原来的角落——他对此一点儿也不惊讶——助手们见他睡醒后,还相互推碰着胳膊肘提醒对方向他敬了个礼。而他们两个旁边,旅馆老板娘此时正坐在靠近窗边的椅子上,她庞大的身躯几乎快把房间里的光线都挡没了。她手上编织着一条长筒袜,显然,这种编织袜子的工作与她并不相称。

"我已经等很久了。"老板娘抬起头说道。她的脸虽然被流逝的岁月留下了许多皱纹,但依然光滑,能看出来,她年轻时是个美人。她的这番话听起来像是在责备K,因为K没有邀请她来房间。他只是点点头回应了老板娘,然后便坐直了身子靠在床上。这时弗丽达也起床了,但她离开了K,靠在老板娘身边坐下。

"太太,如果您有什么话要对我说,"K心不在焉地说,"能不能等我从村长那里回来后再和我说,我有重要的事情要和他商谈。"

"土地测量员先生,我觉得我接下来要说的事儿比你要参加的会议更重要,"老板娘说,"你的事情对你而言只关乎一份工作,但我要说的事,可是关乎一个活生生的人,关于弗丽达,我心爱的姑娘。"

"我明白了,"K回答道,"您说得自然没错,不过这件事为什么不让我和弗丽达自己处理。"

"因为我爱她,关心她。"老板娘一边说,一边把弗丽达的头拉向自己的怀里,虽然弗丽达站着,但也只及老板娘的肩头高度。

"既然弗丽达这么相信您,"K说,"那我也只好信任您。弗丽达不久前还称我的助手为忠诚的朋友,那么,我们大家之间就都是朋友。亲爱的太太,我可以告诉您,我现在一心只想尽快和弗丽达结婚。只可惜,弗丽达之前在贵宾楼里的地位以及克拉姆和她的交情,都是我无法补偿给她的。"

弗丽达抬起头看着K,区别于以往的傲娇姿态,她的眼睛里噙满了泪水:"为什么?为什么是我?为什么偏偏就挑上了我?"

"你是怎么啦?"K和老板娘几乎同时问道。

"她很不安,我可怜的孩子,"老板娘说,"最近发生了太多幸运和不幸的事儿,太多的事压在她身上,她感到心烦意乱。"

弗丽达可能是为了证实这句话,于是扑向K旁若无人一般疯狂地吻着他。接着,又跪坐在K的面前抱着他的腿痛哭着。K一边用双手抚摸着弗丽达的头发,一边向老板娘问道:"您同意这门婚事吗?"

"虽然你是个体面的人,"老板娘的眼里也含着泪水,她的脸色看起来有些憔悴,呼吸费力,但依旧鼓足气力说,"但你必须给弗丽达一些保障,因为不管我多么尊重你,你在这里都算是一个外乡人,没有谁能代表你说话,也没有人了解你的家庭背景,所以,一些保障是必要的。这一点您一定明白,亲爱的先生,就像你自己说的一样,弗丽达已经为你失去了很多的东西。"

"当然,这是应该的,"K说,"但这些话最好是在我和弗丽达举办婚礼时,在证婚人面前承诺,如果可以的话,可能还需要一些城堡的官员参与进来作为见证人。对了,在婚礼之前,我还有一件事情要做。我想,我得去找克拉姆谈谈。"

"那是不可能的。"弗丽达微微挺起身来说道,"亏你也想得出来!"

"我必须得这么做,"K坚定地说,"如果我做不到,你也得替我去找他谈谈。"

"我办不到,K,我肯定办不到,"弗丽达激动地说道,"克拉姆根本不会见你的,亏你能想得出来这种事情!"

"那他会和你谈吗?"K问道。

"当然也不会,"弗丽达说,"不管是你还是我,这都是绝对不可能的。"说完,她转身对着老板娘伸出双臂,"你看他都胡言乱语些什么呀!"

"你真是个特别奇怪的人,"老板娘突然变得严肃了起来,模样看上去有些吓人,她坐直了身子,微微分开双腿,然后将薄薄的裙摆往上一提露出膝盖,"你的要求根本不可能实现。"

"为什么不可能?"K不解地问道。

"我很乐意向你解释，"老板娘用一种解释而非出自好心帮助的语气说道，仿若在列举着戒律的条文，"虽然我不是城堡的人，而且只是一个普通的女人，只是这个小旅馆——它不是村子里最差的旅馆，但离最差也不远了——的老板娘，所以你不太重视我所解释的话也是可以理解的。我这辈子，见过很多人，也遇到过很多事，一直以来，都是我一个人扛起这个旅馆的重担，我的丈夫虽然是个好人，但不是块做生意的料，什么是责任，他永远也不会明白。你到村子的那天晚上，我疲劳不堪，所以才拜托我的丈夫暂时看管着旅馆。要不是因为他粗心大意、疏忽职守，你也不可能能留在旅馆里过夜，现在还能安安稳稳地坐在床上。"

"您说什么？"K问道，他从某种失神中惊醒过来，与其说是愤怒刺激了他，还不如说是好奇心刺激了他。

"你要感谢他的粗心大意！"老板娘伸出食指指着K，重复地喊道，弗丽达用眼神试图让老板娘冷静下来。

"你别管我，"老板娘转过身去说，"土地测量员问我，我就要回答他呀。否则他怎么能明白，我们认为理所当然的事就是，克拉姆先生是绝对不可能跟他说话的——绝对不会，我不是这样说的吗？——绝对不会跟他谈话。听着，土地测量员先生，克拉姆先生是城堡里的官员，先不说他的职位如何，单就这一点，就足以表明他是个很高贵的人物。而你算是什么人呢？你既不是城堡里的高官，又不是村子里的居民，你什么都不是。然而，不幸的是，你还是一个处处碍手碍脚的人，一个总是给大家制造烦恼的人，一个只能占用女仆房间的人，一个意图不明的人，一个勾引了我亲爱的弗丽达的人。然而更不幸的是，她现在还不得不嫁给你。不过，我没有因为这些来责怪你，我这辈子已经见识了太多的事情了，没有什么不能面对。但现在想想看，你的要求是什么？你要克拉姆这样的人和你见面，是出于什么目的呢？我听助手们说，在贵宾楼的时候，弗丽达还同意你透过小孔偷看克拉姆先生，我对此感到很生气。也许弗丽达同意让你看的时候，就已经被你勾引了。你来告诉我，你是怎么忍心让弗丽达冒着被惩罚的危险，让你去偷看克拉姆先生的？你不用回答我，我知道你还觉得自己做得机智。你要明白，你连偷看克拉姆先生的行为，都是不被允许的，更何况还想和他见面。我说得一点都不过头，因为连我自己也是不被允许见克拉姆先生的，他甚至都没有和村里的人说过话。可是，他对弗丽达却和其他人不一样，这是弗丽达的荣誉和骄傲，这件事直到我生命的尽头，都会是我最大的骄傲。他至少会叫弗丽达的名字，弗丽达也可以随意对他说话，并且被准许可以从孔洞里看他，虽然他也没和她说过话。事实上，他只是常常叫弗丽达这个名字罢了，并不代表他有什么深刻的用意。当然,弗丽达听到喊她就会赶紧跑过去,这是她的事儿——他能让弗丽达随意进出他的房间,是一种恩德,至于有什么用意,也不用向旁人所声明。当然,这一切全结束了,也许克拉姆还是会像以前那样地叫弗丽达的名字,但他肯定不会再像从前那样接受弗丽达了,他怎么可能还会像从前那样对一个自甘堕落又与你厮混在一起的姑娘呢?只是有一点,我这糊涂脑袋想不明白,被人称作克拉姆先生情人的弗丽达——我觉得这个说法有些夸张——怎么会委身于你!"

"是的,您说得没错,这确实很奇怪,"K说着,把弗丽达拉到了自己身边,弗丽达没有反抗,只是一直默默地低着头,"但我认为,并不是所有的事情都和您想的一样。其中有一点您说的倒是不容置疑,我在克拉姆面前什么都算不上。但即使是这样,我也要求和克拉姆见面,您的一番劝告无法打消我的这个念头,我知道以我的能力,并非打开隔在中间的那扇门就能见到克拉姆,也知道在这个房间里看见他时我也许会跑开。尽管这种假设合情合理,但依旧不能成为我放弃去这样做的理由。倘若我能够见到克拉姆,我的目的也不是让克拉姆接受我的观点——对我来说,我的话能给他留下深刻的印象就足够了。即便以上我都做不到,或者说他根本不理会我,那也无关紧要,因为我至少在一位大人物面前坦诉了肺腑之言。

以有如此丰富的阅历和识人经验的太太,和弗丽达,她昨晚还是克拉姆的情人——这个身份我没有必要去怀疑,一定可以轻而易举地制造机会,帮助我和克拉姆见面的。如果实在是没有别的办法了,那我就直接去贵宾楼找他,也许他今天还住在那里。"

"这是不可能的,"老板娘激动地说道,"我看你根本就没有理解我说的话。那你告诉我,你打算和克拉姆谈些什么呢?"

"当然是关于弗丽达的事了。"K回答道。

"关于弗丽达?"老板娘不解地问道,然后转而看向弗丽达,说,"你听见了吧,他要去和克拉姆谈关于你的事情,跟克拉姆谈!"

"哎,"K对着老板娘说,"我以为您是一个令人钦佩的聪明女人,怎么这样一件小事都能让你害怕啊?我想和他谈谈弗丽达的事,这并没有什么大惊小怪的,这是很普通的一件事。如果您认为从我出现的那一刻起,弗丽达就已经对克拉姆毫无意义了,那您就错了,您太小看克拉姆了。我这样说您,的确是非常失礼的,但我必须这么做。克拉姆和弗丽达的关系并不会因为我在实质上有什么改变,只不过是村子里的那些人,不会再把她当成克拉姆的情人去尊贵地对待而已。您说得对,他们两个人的确没有什么很紧密的关系,否则像我这样一个在克拉姆眼里一文不值的人,怎么可能能改变他们的关系呢?人在受到惊吓的时候难免会有各种猜测,但只要冷静下来好好想一想就会纠正自己的谬误。我们还是让弗丽达说一下她自己的想法吧。"

弗丽达的目光在远处不停徘徊着,她将脸颊贴在K的胸脯上轻声说道:"妈妈说得没错,克拉姆不会再和我打交道了。但不是因为你,亲爱的,这种事情是不足以惊动他的。但我想,我们能在吧台下相遇,说不定就是克拉姆促成的,我们应该感谢,而不是埋怨。"

"如果是这样的话,"K慢慢地说道,他闭着眼睛回味着弗丽达刚说的那番话,话里透着一丝甜蜜的味道,一字一句都仿佛穿透了他的内心,"如果真的是这样的话,那就更没有理由避开克拉姆了。"

"说真的,"老板娘俯视着K说,"你有时会让我想起我的丈夫,你和他一样,都是那么孩子气,那么固执。你来到这个村子里才待了几天啊,可你已经认为这个村子里的人都没有你见识多,你比我这个老妇人见识多,甚至比在旅馆里工作见惯大场面的弗丽达都还要多。我并不否认偶尔会有违反规矩、另辟蹊径办成了什么事情,当然这种事情我没有经历过,但我相信是有的、是可能的。可是你的做法——光听你一句一句的'不',固执己见,甚至嘲笑别人的善意劝诫,这是肯定不可能做成的。你以为我是在关心你吗?如果只关乎你一个人的话,我会管你吗?要是那样,那很多事就可以避免了,当时我唯一告诫过我丈夫的就是离你远点,而我自己也本该远离你,如果不是弗丽达被卷入了你的事情中。我关心你,甚至知道你这个人的存在,不管你乐不乐意,都得感谢弗丽达。我是唯一一个把弗丽达当作女儿来照顾的人,因此你必须对她的'母亲'负责。弗丽达说的有可能是对的,发生的这一切都是克拉姆的授意。当然我对克拉姆一无所知,我不可能和他交谈,也无法接近他。而此刻,你坐在这里抱着我的弗丽达,大言不惭地说着这些不切实际的话。年轻人,我不必隐瞒,要不是我保护你,你早就不知道落得什么下场了。如果我让你离开这里,你根本就找不到敢收留你的人家,就算是狗窝也没有。"

"那真的谢谢您,"K说,"我相信这些都是您发自内心的话。如您所说,我的身份不明不白,但是你们还不了解弗丽达吗?"

"不,不,别扯上弗丽达,"老板娘气愤地叫道,"弗丽达和你的身份毫不相干,她是我的家人,这里没有人敢说她的闲话。"

"那好,"K说,"我同意您的看法,尤其是关于弗丽达的。不知道为什么,她似乎很怕您,怕得都不敢表达自己的想法。算了,现在只说关于我的事就好,我的身份不明不白,您不仅不否认,还极力去证明这点。我在这个村子还是有容身之处的。您所说的,虽然大部分的确如此,但也不完全是正确的。比如,我就知道一个相当不错的地方可以让我住宿。"

"在哪里？"弗丽达和老板娘同时焦急地问，仿佛她们有着相同的动机。

"巴拿巴家里。"K说。

"那个窝囊的家伙！"老板娘带着哭腔嚷道，"那个窝囊的废物！在巴拿巴家里！你们快听听啊……"老板娘转过身想去看看角落里的助手们，但他们早就没在那个角落了，他们此时正手拉手站在她的身后。此刻的老板娘激动得仿佛需要人搀扶，于是她抓着其中一人的手说，"你们难道没有听见吗，他要去巴拿巴的家里鬼混！在那里他当然可以过夜，那天晚上就应该带着他回去，怎么把他丢贵宾楼了……你们当时干什么去了？"

"太太，"K抢在助手们回答之前说，"他们是我的助手，但您似乎把他们当作是您的助手、我的看守了。不论在什么事情上，我都愿意和您礼貌地讨论，但请您不要把他们牵扯进来，因为这里的事情很明显与他们无关。如果我的请求您做不到，我会禁止他们回答您的问题。"

"所以我连和你们说话的权利都没有吗？"老板娘说。此时，他们三个人都笑了起来，老板娘也带着讥讽的意味笑了起来，但她的反应比K预期的要温和得多，而两个助手还是和平时一样，看上去像是意味深长，又像是毫无含义。似乎对他们而言，没有什么事情是重要的。

"亲爱的,你别生气,"弗丽达说,"你要理解妈妈对巴拿巴这么生气的原因。如果不是巴拿巴带你回家,我们俩是不可能走到一起的。当我第一次在酒吧间里看到你的时候,当时你挽着奥尔加的胳膊走进来,我就已经知道了你的一些事情,但总的来说,我对你完全是没有兴趣的,嗯,没有一点兴趣,不仅是对你,我几乎对所有的东西都不感兴趣。因为那时候很多事情让我非常失望,为此我也很生气很苦恼。比如说,如果一个酒吧间里的客人欺辱了我——他们总会纠缠着我不放,你也见过那些客人的样子,其实仆人还不是我遇到过的最讨厌的人,还有比他们更糟的人——对,他们中的一个侮辱了我,这对我来说意味着什么?我会把它当作很久以前发生或者是发生在别人身上的事,一件我已经遗忘了的事。但现在,我几乎无法形容,也无法想象这些事情了。因为自从我离开克拉姆之后,一切都变了。"

弗丽达难过地低下头,双手交叠地抱住自己,没有再继续说下去。

"你看吧,"老板娘喊道,那声音仿佛不是她在说话,而像是弗丽达的配音一样,她挪了下身子,紧紧地挨着弗丽达坐着,"你看看吧,土地测量员先生,这就是你给弗丽达带来的影响!还有你不准我跟他们说话的那两个助手也应该出来看看,长点教训。你把弗丽达从她最得意的境地中拉扯出来。而她之所以愿意和你在一起，首先是因为她那幼稚的同情心，她看到你和奥尔加手挽着手，不忍心你被巴拿巴的家人摆布，所以她救了你，但牺牲了自己。可是现在事情已经发生了，弗丽达不过享受了坐在你膝上的这点儿甜蜜，但这是她用所拥有的一切换来的，而你居然打出这张荒谬的王牌——在这儿说什么可以去巴拿巴的家里留宿的风凉话。难道你是想以此来证明你不需要我的保护？要是你真睡在他们家，那你才是完全不用依靠我，也请你马上离开这间屋子。"

"我不知道巴拿巴一家犯了什么错，"K一边说，一边小心翼翼地抱着弗丽达，将她慢慢地放到床上，她冷冰冰的，没有一点活力，"也许您说得没错，但我想和弗丽达解决我们自己的事情，这并没有错。您之前提到了您多么爱弗丽达，但我没有看到您实质上对她有多大的关心和爱护，反而更多的是埋怨和嘲讽，还有就是驱逐我。如果您存心想让我和弗丽达分开，这倒是相当高明的做法，但我想您不会成功的，即使您成功了——这下轮到我也来吓唬吓唬您——您也一定会后悔。至于您提供给我住宿的地方——这样一个让人受不了的窝巢——根本算不上是您的心意，这倒像是城堡的授意。现在我就向他们报告，说您容不下我在这儿了，等我被分配到另一个旅馆下榻，您大可落得一身轻松，其实这样我比您更觉得自在。我现在就去找村长谈其他的事情顺便安排一下这件事,请您至少要照顾好弗丽达,您那所谓的母爱的口吻已经把她折腾得够呛。"

说完,他转身看向助手们。"跟我走。"他说,顺手取下了挂在墙上的那封克拉姆的信,准备离开。

老板娘一直默默地看着K,直到K的手已经搭在门把手上,她才说:"土地测量员先生,你还得带走一个人呢,不管你怎么侮辱我这个老妇人,你毕竟是弗丽达未来的丈夫,正因如此我才会告诉你,你对这个地方的情况一点也不了解,无知得叫人吃惊。把你所说所想的和现实情况一比较,我就吓得头脑发昏。这种无知让你不可能一下子就警醒过来,也可能让你永远无法开窍,可是只要你能稍微听进去我说的话,再把你的无知收敛起来,你还是可以慢慢学到很多的。比如,你会立刻对我公正一点,并且意识到你给了我多大的惊吓——尽管这种惊吓还在持续。当我意识到我最亲爱的姑娘居然为了一条'虫子'而离开了'老鹰',当然真实的情况其实还要糟糕得多,所以我需要多些时间来消化这一切,否则我无法平静地和你说话。哎,我说的话,又惹你不高兴了!不,你先别走,请你认真听听我的请求——无论你走到哪里都要注意,在这个村庄你是最无知的人,你的言行举止一定要慎重。在我们旅馆,因为有弗丽达在场,能保护你不受伤害,所以你才可以在这儿畅所欲言,表达你要去跟克拉姆先生谈话的想法,可实际上,我拜托你了,我求求你了,千万不要那么做。"

她有些踉跄地站起身来,走到K面前,并拉着他的手恳求地看着他。

"太太,我不明白,您为什么要用这么卑微的姿态向我提醒这件事。如果像您说的那样,我不可能跟克拉姆见面,那么不管您是否提醒我,我都不可能办到。但是,如果有可能的话,我为什么不去做呢?不过如果我做到了,那就说明您的意见都是不可取的,这样一来就推翻了您的主要观点,那么您的其他成见也站不住脚了。当然,在这个村子里我的确是无知的人,这的确是事实,但这也有一个好处,那就是无知者无畏,我会承担我的无知造成的一切不良后果。因此,只要我还有力气去对抗,我就想一直无知下去。其实带来的后果并不会影响到别人,只是我自己承受而已,因此我不明白为什么您要恳求我。您把弗丽达当女儿来对待,所以您一定会一直照顾弗丽达的,如果我从弗丽达身边彻底消失,对您来说,不是一件值得高兴的事吗?那么,您还怕什么呢?您怕的难道是无知之人带来的无限可能?"此时,K打开了大门,"您难不成是在替克拉姆感到害怕?"说罢,他带着两个助手下楼离去。老板娘默默地看着他们,直到他们消失。

第五章　面见村长

让K觉得出乎意料的是,他很轻易地就见到了村长。对此,他根据目前为止的经验做出了解释:他跟城堡机关的因公往来,是相对简单容易的,一方面是因为城堡的官员们故意给他营造了一种宽松友好的氛围,表面上对他略有纵容;另一方面是因为城堡令人称赞的管理制度,他们总能不知不觉地接收到任务,而且官员们总是能行之有效地执行任务。一想到这些,K不免心中觉得舒畅,但又很快告诫自己,危险正暗藏于此。

直接与城堡的官员打交道并不是太难,因为他们无论组织得如何紧密,也只是奉那遥不可见的老爷之命,去捍卫那遥不可见的事物,而K则是为近在眼前的事情,为他自己而奋斗。而且,至少在最开始的时候,他是自发去做的,是积极主动的进攻者,不仅只有他在为自己而战,他还相信,有些力量也在为自己而战——尽管素不相识,但根据城堡官员的措施能推断出来是存在的。但是,由于官员们一开始就在一些鸡毛蒜皮的事上迁就了K,当然迄今为止都是这样的小事，由此便夺去了K获得小胜的可能性，以及那随之而来的满足感，继而抹杀了他积小胜为大胜产生的自信，让他难以鼓足勇气再进行更大的斗争。

相反，他们让K过着放羊式的生活，任他随便乱逛，当然范围只限于村子内部，在纵容的同时消耗着他的精力，排除了一切奋斗的可能性，把他"流放"在非官方的、摸不着头脑、诡异而陌生的生活中。在这样的日子里，如果K不能时刻保持警醒，那很可能会发生这样的事情：尽管那些官员表面上对他善良可亲，尽管他认真履行了他人眼里过分轻松的官方义务，被虚情假意所蒙骗，不知道哪一天他过于大意地去过正常的生活，甚至栽了一个大跟头；而官员们却还是一如既往的和蔼、友善，做出一种迫于公共法令的无奈模样，不得不以某条他不知道的条例为依据，将他驱逐了事。那么这里的正常生活究竟是什么样呢？他从来没见过哪一个地方像城堡一样工作与生活环环相扣，甚至到了二者错位的地步。例如，克拉姆对K所行使的权力到现在也只是一种形式，而与克拉姆在K的卧室里所实际拥有的权力相比，那又算得了什么呢？所以，在这里，在和官员打交道的时候，只需要漫不经心地迎合即可；然而在其他方面却总是要慎之又慎，甚至每走一步都得瞻前顾后，环视四方。

当K与村长见面后，他发现他对城堡的看法都被得到了证实。

村长是个和蔼可亲的胖子，胡子刮得特别干净，但此时因为痛风发作，所以只能躺在床上接见K。

"原来是我们的土地测量员来了。"村长想站起来迎接K，但碍于病痛只能作罢，于是十分歉疚地指了指自己的腿。窗户外的光线被窗帘遮住了，房间颇为昏黄，东西难以看清。这时，一个悄无声息、影子似的女人拿来一张扶手椅，安安静静地放在了床边。

"请坐，土地测量员先生，"村长说道，"您的要求是什么，不妨直接告诉我吧。"

K把克拉姆给他的信向村长读了一遍，并发表了一些自己的意见。他又一次感受到，与城堡的官员沟通轻松得非同一般，他们似乎一模一样，都可以背负所有的包袱，承担一切负担，而自己则自由自在，什么都用不着操心。K在村长身上也感觉到了这种作风。

村长不适地在床上动了下说："土地测量员先生，我想您也注意到了，整件事儿我是知道的。就像您看到的一样，我的身体不好，所以我没有插手这件事。其次您这么晚才来，我还以为您不干了呢。但既然您这么诚恳，还亲自来看望我，那我就必须把之前不愉快的事实和盘托出了。您是作为土地测量员来到城堡的，但不幸的是，我们并不需要土地测量员，甚至连需要测量的工作都没有。村里小块的地产也已划分完毕，并照规矩登记在册，所有权也几乎从未见变更。即使出现小的边界纠纷，我们自己也可以解决。还要土地测量员干什么呢？"

K在与村长见面之前，虽然认为这样的事情不会发生，但他还是早有心理准备的，所以他马上回答道："这让我很意外，甚至打乱了我所有的计划，这其中想必有些误会吧？"

"恐怕没有什么误会，"村长说，"我说的都是事实。"

"但这么可能！"K大叫道，"我大老远地来到这里，可不是为了再被送回去！"

"那是另一回事了，"村长说，"这不是我能决定的，至于这些误会为什么会产生，我倒是可以向您解释。在城堡这么大的机关里，可能会发生这样的情况，一个部门下达这个事情，而另一个部门下达那个事情，但两个部门之间根本没有通气。虽然上级的监管严密到位，但因为自身的性质，处理事情总会有些晚，所以偶尔会出些岔子，但这大多是些微不足道的小事，就比如您现在遇到的情况。重大事项上我倒没见出过什么差错，但出在小事上的问题往往也够折磨人的。就您这件事儿呢，我会毫无保留地把事情的经过告诉您，不保留一丝官方的秘密——我也够不上什么级别的官员，我就是一个农民，这是我永远的身份。很多年前，当我做村长才几个月的时候，城堡发布了一项公告——我已经不记得是哪个部门颁布的了。

其中明确宣布,城堡要我们招募一名土地测量员,并指示村公所准备好土地测量员工作所需要的所有文件和记录。当然,这个公告和您没什么关系,因为那是很多年之前的事了。如果不是我现在生病,有空在床上回忆这种荒唐的事情,恐怕也不会记起来了吧。"说完,村长对着他那位一直在房间里窜来窜去的女人说,"米琪,请到那边的柜子去找找看,也许那个公告的文件还储存在里面。"然后他又转头向着K解释道,"从我当村长那年起,我就把所有的文件都保存起来了。"

米琪立即打开了柜子,K和村长都不约而同地把视线转移到了柜子上。柜子里塞满了文件,米琪打开柜门时还滚落出了两大捆文件,把她吓得跳到一边。这些文件像柴火垛一样,圆圆地捆在一起。

"一定是放在下层了,在下面。"村长躺在床上指挥道。米琪听话地抱住那两捆文件,再把柜子里的东西都拿了出来,然后翻找下层的文件。这时,随地散落的文件堆满了半个房间。

"看来我这些年做了很多工作啊,"村长点着头说道,"这还只是一小部分呢,我把最重要的文件都保留在仓库里了,不过还是有大部分的文件都丢失了。谁能把所有的文件都保存起来呢?仓库里存放的文件太多了。"接着,村长又对着在一旁的妻子说,"你能找到那份文件吗?那是一封用蓝色笔在'土地测量员'字样下画了横线的文件。"

"房间里太黑了，我去拿一根蜡烛过来。"米琪说完便踩着满地的文件出了门。

村长说："她是我的贤内助，在工作上也帮助了我很多，可尽管如此，我们还是应付不完。是的，我还有一位助理，是个小学教师，平时帮助我做一些文字方面的工作。可即使是这样，我的工作还是做不完，总有很多事儿来不及做，越积越多，就放在那边的柜子里。"说着，村长指了指另外一个柜子，"而我现在病了，工作就越积越多。"他补充道。此时，村长躺在床上看上去虽然力倦神疲，但神情得意。

这时，村长的妻子已经拿着蜡烛回到了房间，跪在箱子前继续翻找，于是K问道："我能帮您的妻子一起找找看吗？"

村长笑着摇了摇头："虽然我说过会毫无保留地把事情的经过告诉您，但让您直接翻我的档案柜还是不妥，恕我拒绝这个过分的请求。"

房间里静悄悄的，只能听到翻阅文件的沙沙声，村长似乎已经睡着了。这时传来一阵轻轻的敲门声，K转过身去望向门口，敲门的是他的两个助手。他们好歹受过些教育，没有直接硬闯进来，房间的门开了一条缝，他俩朝里望了望，对K说道："外面实在是太冷了。"

"是谁？"村长听到动静，惊醒了过来。

"是我的助手，"K笑着解释道，"我不知道应该让他们在哪儿等我，外面太冷，但进到屋子里又怕他们打扰到您。"

"他们不会打扰我的，"村长说，"让他们两个进来吧。再说，他们我也认识，也算是老熟人呢。"

"但我觉得他俩碍事。"K坦白地说，目光从助手身上转向村长，又从村长那儿转向助手。他突然发现，他们三个人的脸上，都浮现着一种相似的笑容。

"不过，既然你们两个已经在这儿了，"K试探着说，"那就留下来帮着找一份在'土地测量员'字样下画了蓝色线的文件吧。"

村长没有反对。村长不允许K帮忙，却允许他的两个助手去翻找。他们立刻将自己埋在文件堆里，一刻不停地翻着，但他们一点儿也不像是在找文件，其中一个助手拿着散落的文件将字母拼着看的时候，另一个助手就会立刻从他手里把文件抢过去。而村长的妻子则跪在空空的柜子前，似乎已经放弃了寻找文件，蜡烛也搁在了很远的地方。

"这两个助手，"村长得意地笑着说，仿佛一切都在他的掌控中，但根本没人料到，"您说他们两个碍事，可他们不是您的助手吗？"

"不是,"K冷酷地回答道,"是他们自己跑来找我的。"

"自己跑去找您的?"村长问道,"是城堡的人指派给您的吗?"

"应该是的,"K说,"但更像从天而降的一样,感觉这个决定根本没过脑子考虑。"

"我们这里没有一件事情是不经过考虑就干的。"说着,村长似乎连腿上的疼痛都忘了,直接坐了起来。

"没有一件?"K说,"那我的工作呢?你们把我从大老远的地方请来,又该怎么解释呢?"

"聘请您来也是经过认真考虑的,"村长解释道,"只不过是因为发生了一些偶然的情况,所以才会这么混乱的,我会用文件向您证明。"

"文件都已经找不到了。"K说。

"找不到?"村长喊道,"米琪,麻烦再快一点找!"然后村长转身继续对K说道,"不过,就算没有文件,我也可以把事情的前因后果讲给你听。我的部门对我刚才讲的那条法令的回应是:我们不再需要土地测量员了。不过,这个回答好像没有反馈到原来的部门,我暂时先把它称作A部门,而是被误送到了另一个部门——B部门。A部门一直也没有收到答复,但不幸的是B部门也没有收到完整回复——不知道文件是根本没有送出去,还是在路上丢失了——

当然绝对不是在我的部门里遗失的,这点我可以保证。所以B部门收到的只是一个简单的信封,信封上只是说明了里面原本有一份关于聘请土地测量员事务的文件,但已不幸丢失。而与此同时,A部门也在等待我们的答复,关于这件事,他们在工作日志中保留了记录,但是,即便工作安排得周全精细,出现这样的疏漏也是在所难免的。而负责A部门的信使,一直认为我们会再次补送一份完整的文件资料,然后他就去招聘土地测量员,或者是和我们进一步对接这个事了,所以他也没注意到那份记录,于是整件事情就这样被遗忘了。然而在B部门,这个信封到了一位一向以认真著称的办事员手里。这位办事员叫作索尔迪尼,是个意大利人。我作为熟知内情的人一直都不明白,为什么他这样一个有责任心且工作能力强的人,却没有被重用。索尔迪尼给我们退回了那封不完整的文件,让我们把文件补充完整。但自从A部门的第一封信发出后,没有几年也该过去好几个月了。如果按照正常程序,一封公文最迟一天就能到达该去的部门,而且基本在当天就可以处理完毕。但如果中途在这样一个工作效率极快的机构中遗失了,就得极其费劲地全力搜查,否则就会找不到,在这种情况下,自然会耽误很长时间。所以,当我们收到索尔迪尼的反馈时,对这件事都已经不太记得清楚了。当时,只有我和米琪两个人负责村里的工作,那位教师还没有派给我,所以我们只在最重要的事情上保留了副本——总之,我们只能很含糊地回答说我们不知道招聘一事,也不需要土地测量员。"

"可是,"村长突然打住,好像自己过于心急,扯得太远了,或者说至少可能扯远了,"关于这件事,我啰唆了这么一大堆,没烦着您吧?"

"不,"K说,"我听得挺有意思的。"

村长回答说:"我讲这个可不是为了逗你开心的。"

"但我觉得这件事很有趣,"K说,"因为这种荒唐又可笑的混乱在一些情况下却能改变一个人的命运。"

"您可能还没有从中看出点什么,"村长一本正经地说道,"我可以接着讲下去。当然,索尔迪尼对我们的回答并不满意。我其实很佩服这个人,虽然他认真负责的工作态度对我来说是一种折磨。他谁都不相信,哪怕是和他已经打过无数次交道的人,在遇到了新的情况时,他依然是一副不信任的态度,甚至把对方看成敌人。我觉得他这样的做法是对的,秉公办事的人就应该是这个样子,可惜由于我的天性,我却无法遵循这个原则。您看,我甚至把这些细节都告诉您这个外乡人了,我就是没办法不这么做。而索尔迪尼就不一样了,他对我们的回答产生了疑虑,所以,我们现在的书信往来特别频繁。索尔迪尼问我为什么突然想到不用任命土地测量员,我借助米琪的好记性回答说:'这是办公厅提出来的(实际上是另一个部门提出来的,但我们都忘了具体是谁了)',索尔迪尼则回答说:'为什么我现在才收到这份公函。'我只能解释是因为我的疏忽,现在才想起来自己还没有将消息反馈给他。他仍然觉得很奇怪,所以一直在质疑我。我说:'在一件拖了这么久的事情上,这一点也不奇怪。'索尔迪尼说:'真的很奇怪,因为我记得那份文件当时只有一个空的文件夹。'我回答道:'当然啦,因为整个文件都已经在半路上遗失了。'索尔迪尼说:'但是关于这件事的工作日志应该有所保留吧,而这个记录却没有。'然后这引起了我的注意,因为我既不敢说是他们的责任,也根本不相信索尔迪尼的部门会出现这样的错误。土地测量员先生,您心里应该会责备索尔迪尼吧?因为他听到我的说法后,至少应该会去向其他部门打听一下这件事。但要真这么做,那可就不对了。我不希望您怪罪这个人,哪怕您打心底里确实是这么想的。机关的工作原则之一就是完全不把犯错的可能性考虑在内。因为整个工作系统井井有条,所以这项原则也是合情合理,而要想保证处理工作的速度最快,这个原则又是必需的。也许索尔迪尼根本没权限去其他部门查询,况且那些部门也根本不会回复他,因为他们会立即注意到一定是什么环节出现了差错。"

"很抱歉,村长先生,得打断您一下,我可以问个问题吗?"K

说,"您不是一直提到过一个监管部门吗?如果照您所说,整个体制完美无缺,那岂不是就用不着监管?"

"您真的很严格,"村长回答道,"不过,即使把您的严格放大一千倍,与上级部门工作的严格相比,那还是小巫见大巫了。只有纯粹的外乡人,才会问出这样的问题。监督机构到底有没有?当然是有了。但是,他们的职责并不是纠察错误,因为错误是不会发生的;即使发生了,就像您现在的情况一样,可谁又能站出来说这是个错误呢?"

"这可真是新鲜!"K喊道。

"可是这对我来说就如同家常便饭一般,"村长说,"我和您一样,都确信在这中间出现了纰漏。索尔迪尼已经因为这件事情十分愧疚,甚至生了心病。最早发现错误的是一级监督机关,他们有功,我们自得感谢,但谁又敢说,二级监督机关的判断和三级监督机关的判断与一级的会是一样的呢?"

"也许吧,"K回答道,"我还是先不要掺和这种无用的猜测了,我还是第一次听说这些机关,所以更谈不上对它们有什么了解。但我认为,必须得分清两件事情,一是这些机关内部发生的事情,对此以官方的角度可以做出这种或那种的解释;二是我这个真实存在的人,在机关之外,却仍然要受到他们的威胁,而且这些威胁简直可以说是不可理喻,我一直不敢相信还会有这种事情。村长先生,第一个问题你用你的专业知识解释得如此离奇却又不乏条理,倒也说得过去,但是我现在想听您说说关于我的事情。"

"我会提到这一点的,"村长说,"但如果我不先说说部门的情况,您就无法理解接下来的内容。现在就提到监督机关恐怕为时尚早,所以还得回到我与索尔迪尼的分歧上。正如我所说,我的反对已经开始越来越没有说服力了。不论什么时候,只要索尔迪尼占了优势,哪怕只有一丁点儿,他都会赢,因为这时他的注意力、干劲和敏锐度都上来了。这对于受他攻击的人来说无疑是可怕的,而对被攻击的敌人来说却是光荣的。只因为我在其他案例中经历过后面这种情况,所以我现在才会这样描述他。哦,对了,我一直都没见过他,他整天忙于工作,无法到村子里来,我听别人说,他房间里靠墙堆满了一大捆一大捆的文件,这些还只是他正在处理的文件,由于这些文件每天都不断地被抽出来、塞进去,所以经常垮塌,发出一阵阵掉落的声响,这已经成为他办公室的特点了。嗯,索尔迪尼真是个实干家,事无巨细,他处理起来一贯谨慎负责。"

"村长先生,"K说,"您一直说我的事情是很小的事,但是为什么能让许多官员忙得不可开交呢?虽然它一开始可能很小,是不是由于索尔迪尼这类官员的鞠躬尽瘁,它已经成一件大事了?很遗憾,这并非我愿,我没有野心让官员们为我制造出多到不断轰塌的文件堆,我只是想在我的测绘桌前安安静静地做个小小的土地测量员。"

"不是的,"村长说,"您的事儿根本不是什么大事,在这方面您没有理由抱怨,而且它还是小事中最微不足道的一件。工作的烦琐程度并不能决定案件的等级,看来,您对于上级部门工作程序的了解还差得很远。但即使是从工作量来说,您的事情也只是一件微乎其微的事,平常的事情——也就是没有所谓错误的事情——也是有很多特定的审核程序的。对了,您连您的事情引起了哪些实际工作都不知道,我现在告诉您吧。起初索尔迪尼不把我放在眼里,派了几个他的下属官员,他们每天都在贵宾楼盘问村里那些个头面人物,并做笔录。当然,他们中的大多数人都站在我这边支持我,只有那么几个起了疑心。土地勘测问题与村民密切相关,村民们怀疑官员们中存在一些黑幕和暗箱操作,之后,还传出他们里面有个领头的人物。索尔迪尼听了他们的言论后,也不得不相信。如果我在村委会上提请讨论这个问题,那么村民们一定会同意招聘一位土地测量员的。因此,本来'不需要土地测量员'这个很明显的事情,却变成了一件很可疑的事情。其中有一位叫布伦斯韦克的人特别起眼,你可能不认识他,他人也许并不坏,就是有些傻乎乎的,还爱空想。他是拉瑟曼的小舅子。"

"皮匠拉瑟曼的小舅子?"K问,接着,他描述了他记忆中那位满脸胡须的人。

"对,就是他。"村长说。

"我认识他的妻子。"K有点随意地说。

"有这个可能。"村长说完就沉默了。

"她长得很美,但苍白得有点病态,她是城堡里的人吧?"K半试探地问道。

村长看了看时间,往汤匙里倒了一点药,匆匆吞下。

"关于城堡,您大概只了解这一方面的情况吧?"K粗鲁地问道。

"是的,"村长脸上浮现出自嘲而又感激的笑容,"可这对我来说才是最重要的。至于布伦斯韦克,如果我们能把他排除在村委会之外,那大家肯定都会很高兴,拉瑟曼也不例外。当年布伦斯韦克还是有点影响力的,但他演说能力不行,只会大喊大叫,不过,这点对某些人来说倒是足够了。于是,我不得不把这件事儿提到村委会上讨论。起初,这也是他唯一的胜利,而且还是暂时的,因为村委会里绝大多数的人,都不太热衷于聘什么土地测量员。虽然这件事都是好几年前的了,但余波一直未平,一方面是由于索尔迪尼的认真负责,他认认真真地调查,想了解多数人和反对派的动机,另一方面是由于布伦斯韦克的愚蠢和野心,他与上面有各种私人关系,不断地用自己的新招数来调动这些关系。然而，索尔迪尼并没有被布伦斯韦克骗过——他怎么可能骗得了索尔迪尼？但是，索尔迪尼为了不被欺骗，就必须得开启一轮又一轮的调查，有时，还没等索尔迪尼调查完，布伦斯韦克就已经想出了新的花招。他这个人满肚子的小聪明，不过，这也是他愚蠢的地方。现在我想提一下管理机构的一个特点，它非常精确，但也极其敏感。比如说，被大家重视了很久的一件事情，尽管考虑得还不是很充分，但也许会突然做出从一个未曾预料、事后也找不到从何处冒出的决定，然后就解决了这个问题。即使大多数时候处置得当，但未免还是有些专断。仿佛他们也忍受不了多年来因为同样一件陈芝麻烂谷子的事情的刺激而产生的紧张感，于是不需要官员的帮助，就直接做出决定了结这一切。当然，这并不是发生了什么奇迹，肯定是某个官员想出了解决办法，或是做出了一个口头决定。但无论如何，至少从我们的角度来看，甚至是从官方角度看，都无法确定这个案子是哪个官员决定的，以及这么做的原因。监督机构很久以后才会下定论，但我们就永远也不会知道了，而且也没有人会对这个再感兴趣了。现在，正如我所说的那样，这些决定通常是好的，唯一令人不快的是，我们知道这些决定的时间太晚了，当然事情也常常是这样。因此，在这段时间里，我们可能还在浪费时间来热烈讨论早已决定的事情。我不知道在处理您的事情上是否也类似——有一些证据证明有，但有些证明没有。但如果确有其事，那么聘书早就送到你那里了，然后你就会花上很长时间，长途跋涉地来到这里。在这期间，索尔迪尼大概还在为类似的事情殚精竭虑，而布伦斯韦克也忙着搞他的阴谋诡计，我夹在这两者之间，真是受尽了折磨。我只是捎带提一下这种可能性，但我确实知道下面这件事：有个监督机构发现，多年前，因为聘请土地测量员的问题，A部门就曾向村里征询过意见，可是至今还是没有得到答复。于是他们就再次与我联系，这时候便水落石出了。A部门对我'不需要聘请土地测量员'的回答表示满意，索尔迪尼也不得不承认自己并不负责此事，而且还做了很多伤脑筋的无用功，虽然他并没有错。假如没有新的任务总是从四面八方涌来，假如你的事情不是一件小得不能再小的事儿——可以说是微乎其微的事中更微小的事儿，我们也许都会松一口气，我想连索尔迪尼也是如此，只是布伦斯韦克不会善罢甘休，但这也实在是可笑。所以，土地测量员先生，整个事件有了圆满的结局之后，又过了很长的时间，您却又突然出现了，似乎整个事情又要重新开始，您想想，我的处境得有多么尴尬啊。无论如何，我都会尽自己的能力，绝不让这样的情况再发生的，这下您大概明白了吧？"

"当然，"K说，"但我现在更进一步了解到，我正在遭受不公正的待遇，有人甚至滥用法律规定搞我，而我更应该保护好自己来应对这一切。"

"那您又打算怎么应对呢？"村长问道。

"恕我无法告诉您。"K说。

"我不想强迫您，"村长说，"只是想请您考虑一下，您在我这里——我暂且不说我们是朋友，因为我们并不相熟，甚至陌生——但在某种程度上是事务上的朋友。我不会聘任您为土地测量员，但除此之外的事儿您可以相信我，并向我求助，虽然我的权力并不大，但还是会尽己所能帮忙。"

"您一直不让我当土地测量员，但我已经被录用了，这是克拉姆的聘用信。"K说完便拿出信递给了村长。

"克拉姆的信，"村长接过信看了看说，"信上的克拉姆的签名很有分量，这封信似乎是真的，但除此之外我不敢对此毫无根据地评论。"说完，他对着妻子喊了一声："米琪！你们在干什么呀？"

很久都没有人注意到的那两个助手和米琪，显然没有找到要找的文件，此时，他们正在把所有的文件都重新锁回柜子里去，但由于文件实在是太多了，而且摆得乱七八糟，整理工作实在是很难。这时，助手们有了想法，他们把柜子放倒在地上，把所有的文件都一股脑儿地塞进去，然后和米琪坐在柜门上，试着慢慢地把柜门关严。

"这么说，文件还没有找到，"村长说，"太可惜了，不过您已经知道事情的经过了，其实我们已经不需要文件了。再说，文件总归是能找到的，有可能它在小学教师那里，他那儿也有很多文件。"村长说完又转身对着妻子说道，"米琪，拿个蜡烛过来，给我读一读这封信的内容。"

米琪坐在床边，紧紧地贴在这个身强力壮、生机勃发的男人身上。村长用手臂搂着她，这让她看起来更加苍白和弱小了。只见她的小脸在烛光下渐渐清晰，脸部的轮廓鲜明，但因岁月的侵蚀而变得柔和。还没等她看清楚信的内容，她就轻轻地合十双手，说道："这是克拉姆写来的信啊。"然后，她和村长一起仔细地读了读这封信，相互之间还不时低语一会儿。这时，两个助手因为终于关上了柜子的门，大声庆祝道："终于好了！"米琪看着他们，用眼神向他们默默地传递着感谢。

村长说："米琪和我的意见一致，现在我可以大胆地对您说了。这封信根本不是公函，而是一封私人信件。这一点从'亲爱的先生！'这个称呼就已经可以清楚地辨别出来。而且，这里面没有一句话说聘用你为土地测量员，只是笼统地提到您'为伯爵大人效劳'的职责罢了，没有提及具体的工作，所以这一点说得不够肯定。而

'如您所知'这句话，也就是说，您被聘为土地测量员这件事要自己提供证据来证明。最后，信里明确说道，涉及公务上的事情指定我这个村长和您对接，做您的直接上级，需要您来找我了解详细情况。而这件事情我已经基本交代完了。一个能读懂公函的人，理解私人信函就会更快，对这样的人来说这一切不言而喻。不过，您是外乡人，不懂得这一点，我并不感到奇怪。信的全部内容，无非是说如果您被聘用为伯爵大人服务，克拉姆会给予您一点儿照顾罢了。"

"村长，"K说，"您解释完后，这封信仿佛除了克拉姆签名外，什么意义也没有了。您难道不觉得您是表面上尊重克拉姆，实则贬低他的名字吗？"

"您误会了，"村长回答道，"我没有曲解信的意思，我也没有以贬低的态度解读它。相反，克拉姆的私信当然比公函重要得多，只是它没有您强加的那种重要意义而已。"

K问村长："您认识施瓦泽吗？"

"不认识。"村长回答道，又转身去问米琪，"你应该认识吧？你也不认识？不，我们不认识他。"

"这太奇怪了，"K惊讶地说："他不是副管事的儿子吗？"

"亲爱的土地测量员先生，"村长说，"城堡里有很多的管事，他们的儿子我怎么会都认识啊，更何况只是一位副管事。"

"好吧，"K心烦意乱地说，"那我就向您介绍一下他吧，他是副管事的儿子。我来到这个村子的第一天夜里，就和他起了争执。然后他打电话给一个叫弗里兹的副管事确认我的身份，得到的回复说我是土地测量员。这您怎么解释呢，村长先生？"

"很简单，"村长说，"您从来没有真正接触过城堡的机构。您的这些接触都只是表面的，但因为您不了解环境，所以您把这些都当真了。至于打电话，您看，即使我和城堡的人有足够紧密的关系，但我家就没有电话机。在旅馆那种地方它可能会发挥它的作用，就像是唱片机随时播放一些音乐，但也仅此而已。您有没有在这里打过电话，有打过吗？如果有的话，那么您也许会理解我说的意思。在城堡里，电话机的作用很大，据说电话多得铃声整天响不停，当然这也大大加快了工作速度。我们可以听到这种连续不断的、哼唱般的声音出现在本地电话中，您肯定也听到过。但现在这种哼唱声就是当地电话传达给我们的唯一正确和值得信赖的东西，其他的都是骗人的。我们与城堡没有专线，更没有总机帮我们转接电话，如果您从这里给城堡里的人打电话，首先，所有最低阶层的部门的所有的电话机都会响起，如果没响的话，那应该和我知道的差不多，几乎所有电话上的响铃全都被关掉了。然而，时不时会有一个疲惫的官员想找点事儿消遣消遣，特别是在傍晚或深夜，于是他们就会把响铃打开。这样，我们就得到了回复，但这个回复只不过是一个玩笑罢了，这也很好理解。他们整天都忙于公务，谁胆敢拿自己那点私事搅扰十万火急、极其重要的城堡工作呢？我不明白，比如说您给索尔迪尼打电话，怎么会真的就是索尔迪尼接的呢？而更可能的是，接电话的是别的部门的小小接话员。不过，极其罕见的情况也会发生，有人打给小小接话员的时候，接电话的却是索尔迪尼。当然，最好的应对就是，他们在听到第一声电话响之后，就挂断电话机。"

"我并没有这样想过，"K说，"其中的细节我无从得知，但我也并不怎么相信电话中的那些对话。我始终认为，只有直接在城堡里获悉的或者发生的事情才具有真正的意义。"

"不，"村长紧紧抓住这一句话说，"电话里的回答也是有真实意义的，怎么可能没有呢？城堡的官员提供的信息怎么会没有意义呢？我在解读克拉姆的信时已经说过了。信上的话都没有官方意义，如果您强加上官方的意义，那就大错特错了。而私人信函无论是善意还是恶意的，包含的意义却又很大，通常比公函包含的意义大得多。"

"好吧，"K说，"要是按您说的这样，那我岂不是有很多熟人在城堡？这样说来，很多年前有这么个部门，突然要聘一个土地测量员,这是对我的友好行为。随后的几年里,友好行为一个接一个,一直把我骗到这里来,最后又要赶我走。"

"您的观点有一定的道理,"村长说,"有些方面您说得没错,不能单单从字面上理解城堡的声明。不仅是在这里,在任何地方都需要谨慎,而且越是重要的语句,越是需要谨慎地琢磨。可是您说自己是被骗过来的,这我就不明白了。如果您能好好地听我的解释,那么您一定会知道,您应聘来此的问题,凭我们短短的谈话是无法轻易解决的。"

"所以,最后结论就是,"K说,"所有的事情都是稀里糊涂的,而且没法解决,包括撵我走也是一样。"

"谁敢撵您走啊,土地测量员先生?"村长说,"正是因为一切都还没有彻底查清,才保证了您直到现在都受到了最好的待遇,只是看来您太过敏感了。虽说没人留您在这里,但也绝不是赶您走呀。"

"哦,村长,"K说,"您现在又把事情看得太简单了。我给您列几条我必须得留在这儿的理由:我背井离乡,舟车劳顿来到这座城堡,因为受聘于此,我抱有美好的希望,而目前,我陷入了身无分文的处境,再回乡也找不到合适的、有前景的工作,最重要的是我的未婚妻,因为她是这里人。"

"哦,弗丽达啊!"村长没有任何惊讶地说道,"我知道,我知道。弗丽达会跟您到天涯海角的。不过,至于其他一些事,还得考虑一下,我会向城堡报告的。如果有了决定下达,或者在此之前有必要再和您谈谈,我会派人来的。您同意吗?"

"不同意,绝不。"K回答道,"我不指望城堡再施舍我什么,只希望能获得自己应有的权利。"

"米琪,我的腿又开始疼了,我们要换药了。"村长对着此时还紧靠在他身边的妻子说,她陷入出神的状态,手里一直鼓捣着克拉姆写的那封信,甚至折成了一只小船。这可把K吓了一大跳,于是赶紧把信从米琪手里拿回来。

K站起身说:"那我告辞了。"

"好的。"准备着药膏的米琪替村长回答,又感叹了一句:"这过堂风真大啊。"

K刚转过身,两个助手就像忠心的仆人一样,赶忙打开两扇房门。为了不让已经生病的村长受到强烈来袭的寒气,K向他匆匆鞠了一躬,拽着助手们离开了村长的家,然后迅速关上了门。

第六章　和老板娘的第二次谈话

旅馆老板正在门口等着他。如果K不主动提问，老板是不敢开口的，因此K问他有什么事。

"先生，你找到新住处了吗？"老板低着头，小心地问道。

"这是你老婆让你问的吧？"K问道，"你难道做什么事都对她如此言听计从？"

"不，"旅馆老板说，"不是她让我来问你的。但她因为你烦躁不安，一脸郁郁寡欢，连工作都不干了，就躺在床上唉声叹气，一个劲地抱怨。"

"所以我得去看看她？"K问道。

"我确实希望你能够这样做，"旅馆老板说，"我本来是去村长那里接你，但走到村长家门口的时候，听见你们在谈话，就没有打扰。而且，我也很担心我的妻子，就又跑回旅馆了，可她又不想见我，我也没什么办法了，只好在门口等你回来。"

"那就快走吧，"K说，"我想我很快就能让她安心了。"

"希望你可以做到。"旅馆老板道。

他们穿过亮堂的厨房，里面有三四个女仆正忙着处理手上的活，彼此间隔着一段距离。当她们看到K时，一下子都愣住了。刚进厨房，K就已经能听到老板娘在叹气了。她躺在一间小房里，这房间仅用一层薄薄的木板与厨房隔开，没有窗户，里面只放得下一张大双人床和一个柜子。床摆在一个直接从床上就能俯瞰整个厨房的位置，方便监督厨房的工作。相反地，从厨房看去，几乎看不到这间房里的任何东西。这间房子里一片漆黑，只隐约看得见白红色的被褥。只有进了屋子，眼睛适应了黑暗，才能分清楚屋里都是些什么东西。

"你可来了。"老板娘有气无力地开口说道。她摊开四肢躺在床上，呼吸明显很困难，一把掀开了身上的鸭绒被。她躺在床上的样子远比穿着衣服看起来年轻，不过头上那顶精致的蕾丝睡帽似乎小得不太合适，在头发上晃来晃去，让她的脸看上去更显憔悴，不免让人动了恻隐之心。

"我为什么一定要来呢？"K轻声说，"您又没有邀请我。"

"你不应该让我等这么久的，"老板娘带着病人的那般固执说道，"坐吧，"她说着指了指床沿，"其他的人都走开吧。"因为这会儿，除了那两个助手，几个女仆也纷纷挤了进来。

"我也得走吗，加德娜？"旅馆老板说。这是 K 第一次听到这个女人的名字。

"当然，"她慢吞吞地说道，又像是忙着想别的事情，心不在焉地补充道，"别人都走开了，你留下来干什么呢？"

可是当其他人——包括那两个助手，虽然是跟在女仆后面——都退回厨房后，加德娜又很警觉地意识到，就算他们都出去了，但是他们的谈话在厨房里还是可以听得一清二楚，因为这间小房间没有门。所以她又命令所有人离开厨房，大家立刻照做了。

"土地测量员先生，"加德娜说，"衣柜前面挂着一条披肩，请把它递过来，我想用它盖住身体，我受不了这床羽绒被了，它压得我快喘不过气了。"

当 K 拿来披肩后，她继续说道："看，这披肩挺漂亮的，是吧？"K 觉得这只不过是一条普通的羊毛披肩罢了，但出于礼貌，还是顺手摸了一下，但什么都没说。

"是的，确实漂亮。"加德娜一面自言自语，一面把它裹在身上。她现在安静地躺在那里，似乎所有的痛苦都烟消云散了，甚至想起来自己躺下还把头发弄乱了，便坐起身来一小会儿，沿着睡帽打理了下头发。真是一头浓密的秀发。

K 不耐烦了起来，问："太太，您刚才让人问我，是不是已经找到新的住处了。"

"我找人问你？"老板娘说，"不，你一定是搞错了。"

"您丈夫刚刚这么问的。"K解释道。

"这我信，"老板娘说，"我和他看法不一样。当初我不同意你住在这儿，而他却执意把你留下来；现在我很乐意你住下来，然而他却想把你赶走。他一直都是这样和我对着干的。"

"这么说才一两个小时，您对我的看法就已经有了很大的转变了，嗯？"K问道。

"我没有改变看法，"老板娘的声音又无力起来，"把你的手给我。嗯，现在请答应我有话直说，而我也会对你坦诚相待。"

"好，"K回答道，"但谁先开始呢？"

"我。"老板娘说，她看起来并不像要迎合K，更像是急于先说。

此时，她从枕头下取出一张照片递给了K，恳求道："你看看这张照片吧。"为了看得更清楚，K拿着照片迈进了厨房，那里的光线好得多，但即使在那里，也不容易看清照片上的东西，因为它经过岁月的洗礼而褪色了，上面甚至有些地方已经破损，又脏又皱。

"它保存得不太好。"K说。

"是的，实在是很可惜。"老板娘说，"常年带在身上，这也在所难免。但如果你仔细观察，还是能看清楚的。我也可以帮你辨认。

告诉我,你看到了什么?我可喜欢听别人谈这张照片了。"

"我看到一个年轻人。"K说。

"没错,"老板娘说,"那他在干什么?"

"好像躺在一块木板上,伸懒腰,打哈欠。"

"说错啦。"老板娘笑着说。

"但是这里确实有一块木板,而他就躺在上面。"K坚持自己的立场。

"你再仔细看看,"老板娘有些不悦,"他真是躺着的吗?"

"不对,"K连忙纠正道,"他没躺,他是飘在半空中的。噢,这根本不是木板,而应该是根绳子,这个年轻人正在跳高。"

"太对了,"老板娘高兴地说,"他在跳,城堡的信使们就是这样练习的,我就知道你会认出来的。你看清他的脸了吗?"

"看不清,"K说,"他看起来很努力,嘴巴长得很大,眼睛紧闭,头发都飘起来了。"

"很好,"老板娘满意地说,"没见过他本人,竟然都能看得这么清楚,你还是第一个。他真是个漂亮的小伙子,我只匆匆见过他一次,却永远也忘不了。"

"他是谁?"K问道。

"是克拉姆第一次派来叫我去见他的那个信使。"她说。

K根本没法仔细听她在说什么，因为一直有什么东西在碰玻璃窗，搞得他心烦意乱。K从厨房的窗户看出去发现，那两个助手正站在外边的院子里，两只脚在雪地里交替地跳着。他们看起来好像很高兴再次见到K一样，高兴地互相把对方指给K看，并不停地轻轻敲打着厨房的窗户。K做了个威胁的姿势，他们便立即停了下来，用力地试着把对方拉走，可一个马上就甩掉了另一个，没一会儿就又回到了窗边。K忙走回那间小屋里去，那儿助手看不到他，但窗户上那轻轻的、恳求一样的敲打声，持续地响了很久。

"又是我那两个助手。"K指了指外面，抱歉地说。但老板娘并没有理会他，她把照片从他手中拿走，看了一会儿，把发皱的地方抚平，又放回了枕头下。她的动作变慢了，但明显不是因为疲劳，而是因为回忆往事而心情沉重。她本来想给K讲讲这其中的故事，但在回忆中把K忘到一边去了。她拨弄着披肩的流苏，过了一会儿才抬起头来，用手擦了擦眼睛说："这条披肩是克拉姆送给我的，还有这顶帽子也是。照片、披肩和帽子，这三件东西就是个纪念，看到它们我就会想起他。我不像弗丽达那么年轻，也没有她那么大的野心，更没有她那么敏锐——她真的很敏锐。总之，我知道怎么样适应生活，但我不得不承认，如果没有这三样东西支撑着，我也不会在这儿坚持这么久，可能一天都坚持不了。这三件东西在你看来可能甚是微不足道，但你看，弗丽达和克拉姆往来这么久，一个纪念品都没有。我以前问过她，她太爱幻想，也太不知足了；而我呢，我和克拉姆在一起也只有三次——后来他再也没找过我，我也不知道是为什么——但还是留下了这些纪念品，因为我似乎早就预见，和他在一起的时间不会长。当然，你得自己注意着点，克拉姆本人向来是不会主动给别人东西的，但如果你看上了喜欢的东西，大可以向他要的。"

K听着这些故事感到很不舒服，尽管这些故事和自己无关。

"这些事都过了多久了？"他叹了口气问。

"二十多年了，"老板娘感叹道，"哎呀，都二十多年了。"

"原来一个人对克拉姆的忠诚可以持续这么长的时间，"K说，"不过，太太，您知不知道，当我想到自己未来的婚姻时，您说的这些故事会让我非常担心？"

老板娘觉得K的插话实在不合时宜，于是生气地在旁边看着他。

"消消火，太太。"K说，"我没有说过一句诋毁克拉姆的话，但是造化弄人，我和克拉姆之间产生了某种关系，就算是他的崇拜者也不能否认这一点。事情确实是这样。因此，当您提到克拉姆时，我总要想到自己，这是无法改变的。对了，太太……"说到这里，K握住了她犹豫不决的手，"上次我们的谈话不欢而散，这次希望我们能和平告别。"

"你说得对，"老板娘低头说，"但请你别见怪，我并不是比其他人更敏感，相反，大部分人对很多事情都敏感，但我不一样，我就只对这一件事情敏感。"

"不幸的是，我也只对这一件事儿敏感。"K说，"但我一定会控制自己的，现在请告诉我，太太，假如弗丽达像您一样对克拉姆也是忠诚得令人吃惊，在和弗丽达结婚后我又该怎么承受呢？"

"忠诚得令人吃惊？"老板娘面有不快，"这是忠诚的问题吗？我对自己的丈夫是忠诚的，但这和克拉姆又有什么关系呢？克拉姆曾经让我做他的情人，这份光荣我怎么能失去？你问以后和弗丽达生活怎么能承受？土地测量员先生，你到底是什么人，怎么有胆量这样问呢？"

"太太！"K警告地说。

"我知道，"老板娘说道，"但我丈夫从不问这样的问题。我不知道谁更不幸，是当时的我，还是现在的弗丽达。弗丽达任性地离开了克拉姆，而我则再也没被克拉姆召唤过。不幸的也许是弗丽达吧，虽然她似乎还没有完全认识到这一点。但当时我的思绪都是自己的不幸，总是在问自己，哪怕到现在还不停地问自己：为什么会这样？克拉姆只找了你三次，却没有第四次，第四次从来都没有过!那时候我还能想到什么其他事呢?我不久后就和丈夫结婚了,除了这个我们还能说些什么呢?白天我们没有时间,我们接手这个旅馆的时候生意很惨淡,我们只能想办法把它做起来,但是到了晚上呢?多年来,我们每晚的谈话只围绕着克拉姆,聊他为什么变心。如果聊着聊着我丈夫睡着了,那我只能叫醒他继续说话。"

"现在,"K说,"我有个很冒昧的问题,不知当不当说。"

老板娘沉默不语。

"那我就不说了,"K说,"这也符合我的想法。"

"当然可以说,"老板娘说,"这也符合你的想法,特别是这一点。你误会了一切,包括刚才的沉默,你这个人就是这样。请说吧。"

"如果我误会了一切,"K说,"那也许我把我要问的问题也误会了,也许这个问题它并不那么冒昧。我只想知道,您是怎么认识您丈夫的,又是怎么得到这间旅馆的?"

老板娘蹙了蹙眉,但很平静地说:"说来简单。我的父亲是个铁匠,我现在的丈夫汉斯是一个大农场主的马夫,他经常来找我父亲。那是在我最后一次和克拉姆见面之后,我很伤心,当然其实我不该这样,因为一切都自有安排,克拉姆不想再见到我,这是他的决定,无可厚非;只是原因很模糊,我也无法追问,但我不该悲伤。可我还是很伤心，甚至没有心思工作，整天坐在门前的花园里。汉斯看到了我，经常会和我坐在一起，我从来没有对他抱怨过，但他却知道我为什么这么难过，他是个很善解人意的人，总是陪着我一起哭。而当时这家旅馆的老板娘去世了，老板自己也上了年纪，所以不得不放弃生意。有一次他经过我们的花园，看到我们坐在那里，他就停下脚步，提出把旅馆转让给我们，而且预付款一分也不要，因为他信任我们，甚至定的租金也非常便宜。我一直都不想成为父亲的累赘，而且对别的事情我也不是很在乎，因此觉得这家旅馆和新的工作或许能让我忘掉过去。于是我就嫁给了汉斯，经营这家旅馆也成为我全新生活的开始。这就是故事的全部。"

K沉默了一会儿，然后说："原来的老板确实很好，但未免太过草率，他信任你们两个，莫非是有特殊原因？"

"他和汉斯是亲戚，"老板娘解释道，"他是汉斯的叔叔。"

"原来如此，"K说，"所以汉斯的家人明显是很想和您攀个亲戚吧？"

"也许吧，"老板娘说，"我不太清楚，我从来没有在意过。"

"一定是这样的，"K说，"他的家里人愿意做出这样的牺牲，没有任何担保就把旅馆直接交给了您。"

"但后来事实证明，这也并不算草率，"老板娘说，"我彻底投入工作，因为我是铁匠的女儿，身强力壮，所以干起活儿来也不需要女仆和帮工。大堂、厨房、马厩、院子里的活儿我一个人全包了。我做菜手艺也不错，甚至把贵宾楼的生意都抢了过来。你是没在中午时候来我们店里，不知道那会儿中午的顾客比现在这会儿还要多，只是现在好多老顾客都不来了。我们一直是按时交纳租金，过了几年把整个旅馆都买下来了，现在也差不多把所有的债都还了。不过付出的代价也挺大，我得了心脏病，现在成了一个老太婆。你可能觉得我比汉斯老得多，但实际上他只比我小两三岁，而且他也不显老，因为他在旅馆的工作就只是抽抽烟斗，陪客人说说话，然后敲敲烟斗，再拿拿啤酒而已——工作这么清闲，怎么会变老呢？"

"您的成就令人钦佩，"K说，"这点毋庸置疑，但我说的是您结婚前的事情。那时汉斯家这么急着操办你们的婚事，确实有些奇怪。他们情愿损失钱财，甚至冒着大风险把旅馆交出来，而且除了您的工作能力以外，他们也不抱其他希望；况且那时并没人了解您的工作能力，而汉斯没有工作能力则是人尽皆知。"

"得了，"老板娘疲惫地说，"我知道你要说什么了，不过你想的都是错的。这些事情克拉姆根本没有参与进来。他为什么要关心我，或者更正确地说，他又怎么可能关心我呢？他对我的情况一无所知，也没有再叫我去，就说明他已经忘记了我。他如果不再叫什么人来的话,那就是说他已经彻底忘了这个人。我不想在弗丽达面前谈这个问题,但那还不仅仅是忘记。忘记了某个人,也还有重新记起的时候。但对于克拉姆来说,这是不可能的,他要是不再找你,那就意味着他把你忘光了,不单单是忘记了过去,将来也不会再想起来。如果我努力的话,我是能理解你的想法的,在这里你的想法荒诞不经,在别处倒可能合情合理。也许你会有一种荒唐的想法,觉得克拉姆把我拱手送给汉斯,是为了将来他再召唤我的时候,我不会遇上太大的障碍。哎呀,你这些想法简直荒谬透顶。如果克拉姆真让我去找他,哪个男人敢阻止呢?这简直荒谬透了,当一个人这样胡思乱想的时候,连他自己都会被弄糊涂的。"

"不,"K说,"我可不想把自己搞糊涂,我还没有您想得那么深,不过说老实话,我和您想的方向大致一样。我只是很惊讶,汉斯的亲戚们对你们的婚事寄予了厚望,而那些希望居然实现了,虽然是以您的心脏和健康为代价的。我确实觉得这些事情与克拉姆有关,这并不是您所说的胡思乱想,显然您只是想借此再给我个教训,因为这会让您感到开心。那么,我但愿您能开心!我的想法还是这样:首先,促成您这段婚姻的显然是克拉姆。如果没有克拉姆,您就不会不开心,就不会在前院闲坐;如果没有克拉姆,汉斯就不会在那里见到您,如果您不伤心,汉斯这样害羞的人就不敢和您说话;

如果没有克拉姆，您绝不会和汉斯坐在一起落泪；如果没有克拉姆，那位好心的老伯就不会看见您和汉斯安静地坐在一起；如果没有克拉姆，您就不会觉得人生无所谓，也就不会嫁给汉斯。所以我想说，现在发生的一切，都是克拉姆引起的。但不止如此。如果不是您一直试着忘记过去，您肯定不会这么辛勤工作，也不会把旅馆打理得这么红火。所以，这都是因为克拉姆。但同时，他也是您生病的原因，因为您的心脏在婚前就已经被这段失败的恋情戳得伤痕累累了。现在只剩下一个问题：是什么吸引了汉斯的亲戚来安排你们结婚呢？您自己曾经提到过，做克拉姆的情人是一种荣耀，而且会伴随您一生，所以这可能是吸引他们的直接原因。但同时，我揣测，他们还抱有一种希望，他们认为将您引至克拉姆身边的是一颗福星——假如那是福星的话，之前您好像说过它是福星——是您的命宫主星，所以它会永远在您左右，而不会像克拉姆那样说走就走。"

"你说的这些话是认真的吗？"老板娘问。

"是的，我说的都是我的心里话，"K毫不犹豫地回答道，"只是我认为汉斯的亲戚们所抱的希望，既不完全正确，也不完全错误，而且我觉得自己看得出他们都犯了什么错误。表面上看，你们的一切似乎都很成功，汉斯不愁吃喝，妻子仪态端庄，受人尊敬，家里也没有债务。但其实并不是所有的事情都是成功的，他如果和一个初试爱情的普通女孩在一起,肯定会幸福得多。如果真像您有时责备的那样,他常常失了魂似的站在大堂里,那是因为他真的失落——不过他为此并不悲伤,没错,我对他已经有了深刻的认识——但同样可以确定的是,要是这个俊朗又机灵的小伙娶了别的女人,他会更幸福的,我指的是更自立更勤奋、更阳刚。而您自己呢,肯定也不快乐,正如您所说,没有这三件纪念品,您就不想继续活了,而且您还患了心脏病。那么,汉斯的亲戚们对您这桩婚事的希望是不是就有错了呢?我不这么想。福星,其实一直都在眷顾着您,只是他们不懂得如何摘取罢了。"

"按照你的说法,他们有什么事情是没有做的呢?"老板娘问。她现在躺在床上,仰望着天花板。

"这得问克拉姆。"K说

"所以又回到你的事情上了。"老板娘说。

"或者说又回到您这边了,咱们的事情是彼此关联的。"K说。

"那你想从克拉姆那里得到什么?"老板娘坐了起来,抖了抖枕头,好靠着舒服些,直视K的眼睛说,"我把我的经历都告诉了你,足以让你详细了解情况。不妨你现在也开诚布公地告诉我,你想问克拉姆什么。我好不容易才说服弗丽达上楼去她自己的房间住,就是怕你在她面前说话不够方便。"

"我没什么好隐瞒的,"K说,"但首先我想提醒您注意一件事。您说过,克拉姆忘事的速度很快。那么我觉得,第一,这是根本不可能的;第二,这没法证实,纯粹是无稽之谈,应该是那些受克拉姆宠爱的女人编造出来的。您居然相信这种一眼就可以看出荒谬的说辞,这真是令我吃惊。"

"这不是无稽之谈,"老板娘说,"而是大家的经验。"

"那也就是说,可以用新的经验驳倒,"K说,"您的情况和弗丽达的情况也有区别。至于什么克拉姆再没召唤过弗丽达,这种事情可根本就没发生过,其实那天是他叫她去,可是弗丽达没有答应。甚至有可能他还在等她回去呢。"

老板娘默不作声,只是用目光一直上下打量着K,然后她说:"我愿意平静地听你说。你最好明说,不用考虑我的感受。我只有一个请求,请不要提克拉姆的名字,用'他'或者其他什么的来替代,不要点名字。"

"当然可以,"K说,"但我想从他那里得到什么,这很难说清楚。首先,我想近距离地听到他的声音,然后弄清他对我和弗丽达结婚是什么态度。至于后面我可能会向他提什么要求,这取决于谈话的情况。有可能会谈到很多事情,但对我来说,最重要的是先见到他。因为我还没有和城堡的高官直接对话过,这比我想象中要难太多了。

但现在我有这个义务,以私人的名义和他谈话,我觉得这样难度就会小很多。他以官员的身份出现,那我只能在他的办公室里和他见面,在城堡里,或者是贵宾楼,但这都无法办到,一般人无法进入他的办公室。但如果以私人身份的话,我就可以在任何地方和他对话,屋子里和街上都行,只要能碰见他。如果那时他还要带着官员这个身份,我也是乐意接受的。"

"好吧,"老板娘说着,把脸藏在枕头下面,好像他们在说什么不害臊的话一样,"如果我通过我的关系,设法把你要和他见面的请求传达出去,就请答应我,在得到回答之前,自己不要轻举妄动。"

"我不能保证,"K说,"虽然我也想满足您的要求,但是此事迫在眉睫,尤其是在我与村长会面的结果不是很理想之后。"

"你拒绝我的理由无法成立,"老板娘说,"村长只是个小人物,你没发现吗?如果没有他的妻子帮忙,他这个村长一天也干不下去,其实是他的妻子掌管着一切。"

"米琪?"K问,老板娘点了点头。

"我和村长谈话时,她当时确实就在旁边。"K说。

"那她说了什么吗?"老板娘问。

"没有,"K说,"但我也没觉得她能发表什么意见。"

"好吧,"老板娘说,"你看我们村里事情的视角完全不对。无论如何,村长对你说的话都是没有任何意义的,有空我会去和那个女人谈谈的。如果我向你保证克拉姆会在一周内答复,你应该就没有理由不听我的话了吧?"

"这些都不重要,"K说,"我心里已经下定了决心,即便他不同意,那我也会努力去实现我的决定。既然我一开始就有这个打算,就不能提前提出面谈的要求。如果不先提出要求,那这就是个大胆而且一意孤行的尝试,但是如果提出请求被拒绝,那就是公然违抗,情况就更糟了。"

"更糟?"老板娘不解地问,"不管怎么说这都是违抗,现在你想怎么做就怎么做吧。把裙子递给我。"

她甚至不顾K在场,直接穿上裙子就匆匆走进了厨房。从刚才开始,大堂里就一直传出吵闹的声音,传菜口那儿一直有人敲个不停,助手们推开窗子,大声嚷嚷着他们饿了。接着,那里又出现了其他的面孔。如果仔细听,甚至还能听到压低嗓音类似合唱的声音。

毋庸置疑,K与老板娘的谈话已经严重耽误了做午饭的时间,饭还没做好,客人们就已经聚在餐厅了,但没人敢违抗老板娘的命令走进厨房。这会儿,那些在传菜窗探头的人立刻向大家报告老板娘走过来了,几个女仆瞬间跑进了厨房。当K走进餐厅时,他看到,传菜窗那里聚集的乌泱泱的人群,马上四散开来到桌前占座,有男有女，大概有二十个人，穿着本地服饰，但并非乡村土衣。只有一对带着孩子的夫妇一直坐在角落的一张小桌旁没动，那个男人有着一双蓝色的眼睛，看上去非常友善，头发和胡子都是灰白的。此时，他正弯着腰站在孩子们面前，用刀子敲打着桌面为他们的歌声打着节拍，也许他想通过唱歌让孩子们暂时忘掉饥饿。

　　老板娘来到大厅，淡淡地说了几句道歉的话，也并没人责怪她什么。她四处寻找着旅馆老板，可是面对这种困难时刻，他早就溜走了。于是，她慢慢地走进厨房，不再理会K，而K早就急急忙忙跑到弗丽达房间去了。

第七章　教　师

一上楼，K就碰见了那位教师。房间打扫得几乎让人认不出来了，看着十分舒适，弗丽达就是这么勤快。屋子里好好通过风，炉火烧得也很旺，地板擦得干干净净，床铺也整理得整整齐齐，就连那些女仆留下的乱七八糟的东西和那些照片都被清理得干干净净。之前那张布满灰尘、看着就让人反胃的肮脏桌子，现在盖上了一条白色的针织桌布，看起来足以招待客人了。那几件K留下的脏衣物，弗丽达也早早地就洗好正晾在炉子边上烘烤着，并没有什么妨碍。教师和弗丽达坐在桌旁，看见K进来，弗丽达高兴地走上前去拥吻，教师则欠身站起，微微致意。此时，K还沉浸在与老板娘谈话的中，心神不定，他首先向教师表示了歉意，因为他曾说过会去拜访他，但是一直没有去，或许他以为教师是等他等得不耐烦了，所以才亲自前来拜访他的吧。而教师观察了他好一会儿，似乎才慢慢想起来，K曾经说过要登门拜访。

"土地测量员先生，"教师缓缓地问道，"您就是几天前在教堂外面和我说话的那个外乡人？"

"是的，"K简短地回答了一句。当时他孤身一人，只能忍受教师那副装腔作势的姿态，不过现在是在自己房间里，也就没必要再忍了。于是他转身去找弗丽达，并告诉她，他马上要见个很重要的人，现在必须尽可能打扮得体面点儿。

弗丽达没有再问，而是立即召唤那两个助手（他们正在仔细打量新桌布），命他们仔细清洗K脱下来的衣服和靴子——K已经在脱了——于是，助手们便拿着脏衣服下楼去到院子里了。她自己则从晾衣绳上取下一件衬衫，跑到厨房熨烫去了。

现在房间只剩下K和静静坐在桌前的教师了，K让教师再多等他一会儿，于是他脱掉衬衫，在水池边擦洗，背对着教师问此次登门有何贵干。

"我是受村长委托来的。"教师说。由于K的说话声被淹没在哗哗的水流声中，教师很难听清，于是他只好靠近一点，贴在洗漱池旁边的墙上。K为急着见人而忙于洗漱，因此对于没能周到招待教师表示歉意。

教师并没有理会，而是说："您对年事已高的村长，太不尊重了。他的资历非常丰富，而且德高望重，您应该尊敬他。"

"我并不知道我哪些方面失礼，"K一边擦干身子一边说，"但我当时确实没考虑言行方面是否得体,而是在想别的事情,这倒没错,因为那关系到我的生存,因本地官员可耻的作风,它正受到威胁,其中的细节我就不详说了,因为你就是官方机构的一分子。村长抱怨我了吗?"

"他该向谁抱怨呢?"教师说,"即使真有这么个人,他也不会去抱怨的。我只是照他口授写了一份你们的会谈记录,从而对村长的仁厚和您的回答方式有了充分的了解。"

此时,K一边找他的梳子——弗丽达一定是把梳子放在什么地方了——一边说:"会谈记录?一个根本不在场的人在我离开后写的?我不是说这不对,但为什么要写这个啊?难道我们的谈话是官方正式的谈话吗?"

"不,"教师说,"只能说是半官方的行为,连这份会谈记录都是半官方的,只是因为我们遵循严格的规定才会这么做。不过,您的回答都已经记在上面,并没有给您带来好的声誉。"

K终于找到了滑落到床缝里的那把梳子,此刻他更加平静地说道:"记了就记了,您是专程过来报告这事儿的吗?"

"不是,"教师说,"我不是机器,所以还会告诉您我自己的意见。我的任务再一次证明了村长的仁厚;但我并不理解他的这种仁厚,我奉命行事也只是职责所在,当然也有敬畏村长的成分。"

K洗漱结束后，坐在桌前等着他的衬衫和外衣，他对这位教师来这里到底有什么目的并不是很好奇，再加上刚才老板娘对村长的一番轻视，使他更加不把村长放在眼里了。

"应该已经过了中午了吧？"K问道，脑子里想着自己一会儿要走的路，然后又改口说，"您说要给我带村长的口信来着。"

"是的。"教师耸了耸肩，仿佛推脱掉了所有的责任，"村长担心您会因为这件事情被拖得太久而擅自做出一些鲁莽的举动。不过，我不能理解他为什么会有这种担心，依我看，您爱怎样怎样。我们不是您的守护神，没有责任和义务跟在您身后收拾残局。但是，村长并不这么想，他不能催促城堡做出决定，因为这是伯爵的事情。但他确实希望在他的能力范围内，为您做出一个慷慨大方，又有实际作用的临时决定，就看您接不接受了：他想让您去学校做杂役。"

一开始，K对这个提议不以为然，觉得这毫无意义。不过这也说明，在村长看来，K是会反抗的，而要为了避免他采取行动，付出点代价来保卫村子到底也无可厚非——他们对待这件事是多么的慎重啊。教师在这里已等候多时，来之前已经写好了会谈记录，K不禁觉得，村长肯定是故意派他火速赶来的。

教师见自己终于让K思考起来了，便继续说道："我表示了反对。我提醒过村长，一直以来学校都不需要杂役，学校的杂事一直都由旁边教堂管理员①的妻子打理,并由吉莎教师负责监督。我应付那些孩子们就已经够累了,可不想再让一个杂役给我添什么乱子。但是村长反驳我,说学校还是太脏太乱。我如实说,其实真没那么差。我还说,如果我们让这人来做学校杂役,就能让事情变得更好吗?当然不能。暂且不说他了不了解自己要干什么,学校的教学楼就只有两间大教室,没有多余的房间了,所以杂役一家子只能住在其中一间教室里,住在那里免不了得睡觉、做饭,这反而会让学校变得更脏更乱。但村长指出,这个职位可以救您的急,因此,您一定会好好干的。此外,村长还说,您的妻子和助手们也可以来搭把手,这样,不仅校舍可以变得井井有条,就连学校也会变得干净整洁。我轻松地否定了这些,村长无法再说出对您有利的理由,就只是笑了笑,说您是土地测量员,所以能把学校花园整顿得很好。行吧,玩笑话也没人会反对的,所以我就带着委托来找您了。"

"教师先生,您可真是白费心了,"K说,"我不想接受这份工作。"

"太好了,"教师说,"太好了!您毫不犹豫地拒绝了。"说完,他拿起帽子,向K鞠了一躬,告辞了。

---

① 教堂管理账目及杂物的人员。

这时，弗丽达神色匆匆地走上楼来，手中的衬衫似乎还没有熨烫，K和她搭话，她也不理睬。于是K为了转移她的注意力，把他和教师的对话内容都告诉了弗丽达。可她一听，直接把衣服扔在床上，就跑出去了。很快，弗丽达回来了，但一同进门的还有那位教师，脸上带着愠色，也不和K打招呼。弗丽达恳求教师耐心一些——显然，在来的路上她已经请求过好几次了——然后把K从一扇他根本不知道的侧门拉进了隔壁的阁楼里，激动得上气不接下气，终于把她遇到的事儿告诉了K。

原来，老板娘觉得自己已经自降身价向K坦白了自己的过去，但糟糕的是，即便她在K和克拉姆谈话的事情上做了让步，最后却一无所获，据她说，只得到了K冷酷而言不由衷的拒绝，因此一怒之下决定不让K继续在旅馆里住下去。如果他和城堡真的有关系，那他应该很快就会利用这些关系，因为现在他必须马上离开旅馆，除非得到上面的命令或强制，否则她绝不会再接受K留下了。但她也希望不要出现那种情况，因为她和城堡也有关系，她也懂得如何利用这些关系。另外，他住进旅馆只是因为老板的大意，而且他现在处境也不算困难，因为今天早上他曾夸下海口，说已经有别家会收留他了。弗丽达当然是要留下来的，如果弗丽达要和K一起搬出去，她会深感难过，光是想想这些事情，她就得哭昏在楼下厨房的炉边了,更何况她还是个患有心脏病的可怜女人!可是她又能怎么做呢?因为这事儿关乎着纪念克拉姆一事的荣誉!老板娘的态度就是这样。

而弗丽达,无论K想去哪里,哪怕是去冰天雪地,她也会跟着,这一点毋庸置疑。不过他们两个现在的境况都很窘迫,所以她才会乐意接受村长的提议,即使这个职位不适合K。但是他们明确强调过,这只是个权宜之计,借此可以争取些时间,即使最后的决定再不合人意,也方便找到别的机会。

"万一情况变得糟糕的话我们就离开这个村子吧,"弗丽达搂着K的脖子说,"这里还有什么值得留恋的呢?可是眼下,亲爱的,我们就答应这份工作吧,我已经把教师找回来了,只要告诉他'接受'就可以,然后咱们就搬到学校里住。"

"真糟糕,"K说,但他内心其实不这么认为,因为他对这间旅馆并不怎么满意,这个阁楼两面没有墙,也没有窗户,此时他只穿着一件内衣,冷风不断地吹过来,他觉得特别冷,于是说道,"你把房间布置得这么好,现在我们却又不得不搬出去。我实在,实在是难以接受这份工作,在这个教师面前低三下四已经让我很难堪了,现在他竟然还要成为我的顶头上司。只要能在这儿多停一会儿,也许今天下午我的事情就能有转机。哪怕只有你留在这儿,我们再观望一下，给这教师一个模糊的答复糊弄过去。至于我，总能找到一个住处的，实在不行，我真的可以在巴拿巴……"还没等K说完，弗丽达便用手捂住了他的嘴巴。

"别这样说，"她焦急地说，"别再这么说了。除此之外，你说什么我都照办。如果你愿意，我就待在旅馆里，虽然我很伤心就是了。如果你不情愿，咱们就拒绝这个提议好了，虽然我觉得这样是错误的。因为你看，如果你能找到别的机会，就算在今天下午都行，咱们自然可以马上推掉学校这份差事，并且没有人会阻止我们。至于你觉得在这教师面前低三下四，我来想办法，我会去跟他说的，你站在旁边不出声看着就行。你要是不愿意，就永远不用跟他说话，实际上只有我一个人做他的下属，甚至我都不会做他的下属，因为我知道他的弱点。所以，接下这差事，我们并没什么损失，但不接的话，损失可就大了。首先，如果你今天从城堡里得不到什么信儿的话，那今晚在这个村里连个落脚的地方也找不着。我的意思是，找不到一个给你未来的妻子能过夜且不会感到害臊的地方。要是你找不到过夜的地方，而把我留在这温暖的房子里，那么，让我知道你在外面漆黑的寒夜里到处乱窜，你觉得我会睡个安稳觉吗？"

K一直双手交叉放在胸前，用手拍背，好让自己暖和一点，说："那就只好接受了，走吧！"

他急急忙忙地直奔房间里的炉子,没有理会坐在桌前等待的教师;教师掏出时钟看了看,说:"已经很晚了。"

"不好意思,教师先生,让您等待这么久,但现在我们意见完全一致了,"弗丽达说,"这份工作我们接了。"

"行,"教师说,"但这个职位是给土地测量员先生的,需要他亲自答复。"

弗丽达急忙帮K回答道:"当然,"她说,"他会接受这份工作的,不是吗,亲爱的?"如此一来,K只需要答应一声"是"便可,甚至这声"是"都是给弗丽达,而不是对教师说的。

"那么,"教师说,"我现在要做的就是把职责和您讲一遍,这样在工作上接下来就不存在什么分歧了。土地测量员先生,您每天都要给两间教室打扫卫生和生火,给房子做些小修缮,亲自看管教具和体操器材,要保持花园里的小路没有积雪,替我和女老师跑腿送信,天气转暖了还要把花园打理好。同时,您也有权在两间教室里挑一间住,但如果两间教室没有同时上课,而您住的那间教室有课,那您自然得搬到另一间教室。在学校里是不允许做饭的,但可以在这家旅馆解决吃饭问题,您和家人吃饭的费用由村里解决。还有,您二位的行为举止必须符合学校的规章,尤其是在孩子们上课的时候,千万不能让他们看见你们私生活里的一些尴尬场面,这点我只是顺便说一下,作为一个受过教育的人,您肯定是懂的。还有一件事,我们不得不要求您与弗丽达小姐的关系尽快合法化。关于这一切,还有些细节上的事情,我们会拟定一份雇佣合同,您必须在搬进学校后立即签署。"

K觉得这些都并不重要,仿佛此事与他无关,或者至少没产生什么约束,他只是因为教师心高气傲的模样而生气。K轻描淡写地回答道:"行吧,不过是些鸡毛蒜皮的日常小事。"为了让K这句话不那么刺耳,弗丽达转而问起了工资。

"是否发工资,取决于试用期的表现,一个月后才能考虑。"教师回答道。

"但这对我们来说很困难,"弗丽达说道,"我们在身无分文的情况下结婚,根本无法安排家庭生活。老师,我们能不能向村里申请先给我们垫付一点工资?您就帮帮忙吧!"

"不行,"教师说,他一直对着K说,"这样的申请只有在我推荐的情况下才会被批准,但我不会这么做。毕竟,您能得到这份职位,已经算是照顾了,而如果您意识到自己的公共职责,就不该再有更多奢求。"

K压制不住心中的怒火了,插嘴道:"要说照顾,教师先生,我想您搞错了吧,这照顾倒不如说是我提供的呢。"

"不,"教师因为终于把K逼得开口说话而得意地笑着,"这一点我很清楚。我们不急着要杂役,就像不急着要土地测量员一样。这两份用工,对我们而言都是负担。我还得费心考虑,怎么为这笔开销立个名目,好向村里交代,最好和最实际的方式就是直接把需求提出来,根本不用找理由。"

"我就是这意思,"K说,"我知道您收留我是违心,虽然给您带来很多麻烦,可您还是得收留我。如果说有人被迫收留另一个人,而这另一个人又乐意接受,那才叫作照顾。"

"什么奇谈怪论,"教师回答道,"有什么再逼迫我们非要收留您?无非是村长为人仁义罢了,他的心肠太好了。土地测量员先生,依我看,您还是先放弃这些幻想吧,否则您根本无法做好杂役的工作。您说出这种话,对您之后取得薪水没有任何帮助。我也很遗憾地说,您的行为会给我带来很多麻烦,就像现在,我几乎不敢相信,您就只是穿着内衣裤在和我谈判。"

"是的,"K笑着拍了拍手说,"这帮助手就不干人事,跑哪儿去了?"

弗丽达急忙跑到门口去。教师注意到现在K已经没有要和他继续谈话的打算了,于是问弗丽达他们什么时候搬进学校。

"就今天。"弗丽达说。

"那我明天早上来检查。"教师摆摆手,想从弗丽达刚打开的门出去,却刚好撞上了两个提着行李的女仆,她们准备重新占领本属于她们的房间。两人谁也不肯让路,教师只好从中间挤过去。弗丽达跟在教师后面一起离开了房间。

"这么着急啊,"这次K对她们很满意,"我们还在这里,你们就一定得搬进来了?"女仆们没有回答,只是尴尬地拿着行李。K看到她们行李中熟识的那几件脏兮兮的衣物露了出来,说:"我想你们还从来没洗过你们的衣服吧。"他的态度与其说是嘲讽,倒不如说是亲切友好。听K这么说,她们互相盯着看了看,咧开嘴巴,露出了如野兽般健美的牙齿,不出声地笑着。

"进来收拾吧,"K继续说道,"这本就是你们的房间。"

但她们站在原地犹豫了,眼前的屋子变化太大,都让人认不出来了。K拉着其中一个人的胳膊带着她们走进房间里面,不过很快又松了手,她俩的眼睛因为惊讶而瞪大,互相使了个眼色后,目光再也没有从K身上离开。

"看够了吧。"K说着,他边说边试着排解着心中的不快。这时,弗丽达拿来了熨烫好的衬衣和干净的靴子,两个助手怯怯地低着头跟在后面,K接过衣服干净利落地穿上了。他一直无法理解的是,为什么弗丽达一次又一次地如此不厌其烦地对待两个助手。弗丽达在院子里找了很久，才发现他们正若无其事地在楼下吃饭，把脏衣服揉成一团放在大腿上——这会他们本该在洗衣服的。虽然她善于管理平民仆人，但没有责骂二人，当着他们的面，说着这起严重的疏忽，仿佛是在说着一个小玩笑，甚至还亲切地拍了拍其中一个人的脸颊。K本想责备弗丽达这些不妥的举动，可是时间不等人，必须得走了。

"助手们会留在这里帮你搬家的。"K对弗丽达说，可他们不同意这安排，他们酒足饭饱，心情愉快，哪里还想起身活动呢。一直等到弗丽达说："当然，你们要留在这里。"他们才点头同意。

"你知道我要去哪里吗？"K问。

"知道。"弗丽达说。

"那你就不留我一下吗？"K问。

"你面前的困难太多了，"弗丽达害羞地回答道，"我的话又有什么用呢！"说罢，她吻了K的脸颊，还从楼下给他拿了一个包裹，里面装有面包和香肠，因为她知道他还没有吃午饭。弗丽达提醒K晚上直接去学校就不要再回旅馆了。就这样，弗丽达将手搭在K的肩膀上，送K出门。

第八章 等待克拉姆的到来

一开始，K沉浸在喜悦中，因为自己终于逃离了那个有着女仆和那两个助手的温暖房间。而屋外积雪结成了冰，路面变得更结实了些，走起路来倒是方便多了。可是夜幕就要降临了，于是K加快了步伐。

城堡的轮廓在纷飞的大雪中逐渐变得模糊，但依旧静静地坐落在那里。K从来没有感觉出那里有丝毫生命的迹象，也许是因为离得太远，根本无法看到任何东西，然而他的眼睛却不甘容忍这种虚无，他始终在寻找些什么。K注视着城堡，不禁觉得自己好像在静静观察某个人，这个人不声不响地坐着，直视前方，并非陷入沉思，与世隔绝，而是无所牵挂，旁若无人，仿佛他是独自一人，无人观察。可他一定会注意到自己正在被人注视着，但这也丝毫没有触动到他——不知这是他镇静的原因还是镇静导致的结果——而注视他的目光无法集中，总是时不时地转移到别处去。城堡给人的这种感觉，在今天这样的夜幕之下更加强烈了，他看得越久，就越模糊，一切也都深深地沉入这苍茫的夜色中。

就在K来到还未开灯的贵宾楼时，二楼的一扇窗户突然打开了，一位身穿皮草外套，胡子特别浓密的年轻绅士探出半个身子来，就在窗前静静地看着K。K向他问好，但是他丝毫没有反应，头都不点。无论是在门廊还是在酒吧间里，K都没有遇到任何人。酒吧间里难闻的啤酒味，甚至比之前更糟糕了，这种事情在桥头旅馆恐怕是不会发生的。于是他立刻走到那天监视克拉姆的那扇门前，小心翼翼地扭动门把手，但门是锁着的。K试着摸索门上的窥视孔，然而窥视孔被挡板严丝合缝地盖住了，他用手无法摸着，只好划着了一根火柴。

突然，他被传来的喊叫声吓了一跳。在屋门和橱柜中间，火炉的边上蹲着一个年轻的女孩，K透过火柴微弱的光芒，看见这个女孩正睁着昏昏欲睡的眼睛目不转睛地盯着他。可以看出，她便是接替弗丽达在吧台工作的人。女孩很快冷静下来，跑去打开电灯，但她脸上的表情还是表露出了心中的不悦。这时她认出了K。

"啊！土地测量员先生，"她笑着说，并向K伸出手，自我介绍道，"您好，我叫佩皮。"

K通过微弱的火光发现，她身材娇小，面部红润，看起来非常健康，茂盛的红金色头发扎成了一条大辫子，额前贴着一些卷曲的头发,她穿着一件灰亮的丝质落地长裙,下摆用一头带活扣的丝带草草束在一起,衣服垂在地上,一点都不合身,大大影响了她的行动。佩皮打听弗丽达的近况,问她能不能很快回来。这个问题似乎有点不怀好意。

"弗丽达走后,我马上就被派到这里来了,"佩皮说,"因为这里是不会随便用人的。我之前一直是个客房女仆,可是换了岗位并没有太好,因为夜班太多,我觉得很累,都快受不了了。所以弗丽达能那么轻易地就放弃了这份工作,我真是一点儿也不觉得奇怪。"

"弗丽达在这里工作的时候非常快乐。"K想让佩皮意识到她和弗丽达之间是存在差异的,而她没有注意到这一点。

"不要相信她,"佩皮说,"弗丽达会控制自己,这一点别人都不如她。她不想坦白的事情,就一定不会坦白,而且也没有人见到她坦白过什么。我和她一起工作好几年了,而且我们一直都是睡在一张床上,但是我和她不熟,她肯定也已经忘记我了。桥头旅馆的老板娘,那个老女人,也许才是她唯一的朋友,这也足以说明她的作风。"

"弗丽达是我的未婚妻。"K说,继续寻找着门上的窥视孔。

"我知道,"佩皮说,"所以我才告诉您这些,否则对您来说,这些话就没有任何意义。"

"我明白你的意思了，"K说，"你觉得我赢得了这样一个内敛少言的女孩的欢心，足以骄傲自豪，对吧？"

"是的。"佩皮满意地笑着说，好像她与K对弗丽达的看法达成了共识。

但让K思考而且还让他有点分心没法找窥视孔的，并不是佩皮刚才说的那些话，而是她突然出现在这个地方，还有她的这副模样。诚然，她的年纪比弗丽达小得多，几乎是个孩子，她的衣服实在是可笑，似乎是按照自己心目中的酒吧女侍的穿着来打扮自己的。她有那种想法也完全合情合理，因为她意料之外地得到了这个本不应该属于她的位置，而且也只是临时顶替一下罢了，因为之前弗丽达一直带在腰带上的皮包都没有交给她。而佩皮所谓的对吧台女侍这个职位的不满，不过是一种变相的炫耀而已。尽管她幼稚又愚蠢，但她也可能和城堡有一些关系；如果没有撒谎的话，她曾经是房客的女仆；她在这里睡了这么多天，都不知道自己拥有什么，但倘若把这圆圆矮矮的身躯拥入怀中，虽不能夺走她所拥有的东西，却至少能让他自己再一次振奋起来，迎接接下来艰难的旅程。那么，她和弗丽达相比又有什么区别呢？呵，不，完全不一样，想想弗丽达的眼神就明白了。K本是绝对不会碰一下佩皮的，但现在K只好先捂住自己的眼睛一会儿，因为他正贪婪而全神贯注地看着佩皮。

"不用开灯，"佩皮说完又把灯关上了，"我只是因为被您吓了一跳，才开的灯。您来这里有什么事情？弗丽达是不是忘了带走什么东西？"

"是的，"K指了指门说，"在隔壁房间里，有一块白色针织的桌布。"

"没错，是她的桌布，"佩皮说，"我记得，那的确是很漂亮的一块桌布，我还帮着她缝制过，但我想它可能不在那个房间里。"

"弗丽达说的是在那个房间里。现在是谁住在里面呢？"K问道。

"没有人住在里面，"佩皮说，"这是官员们的房间，他们会在这里喝酒吃饭，就是说这个房间专门就是用来这样安排的，但大多数先生都住在楼上自己的房间里。"

"如果我早知道现在房间没有人，我就直接进去找桌布了，"K说，"可是也说不准，比如说，克拉姆经常坐在里面。"

"克拉姆现在肯定不在，"佩皮说，"他马上就要走了，他的雪橇已经在院子里等着了。"

K什么也没有解释，就匆匆离开了酒吧间。在门廊里他并没有直奔出口，而是向屋子侧面走去，没几步就到了院子里。这是多么安静又美丽的院子啊！院子是正方形的，三面被房子包围，临街的一面——一条K不认识的小街——是一堵高高的白墙，一道看起来十分沉重的大门正敞开着。从院子里看过去，这栋房子看起来要比前面的房子高，至少第二层是整体扩建过的，显得宏大一些，因为它外面围着一层封闭式的实木回廊，只在齐眉的地方开了一个小口。K的斜对面，在主楼和厢房连接处的那个角落里，有一个进屋的入口大开着，但是没有门。入口前面停着一辆两匹马拉着的黑色的封闭式雪橇。除了车夫，一个人都没有。暮色苍茫，加之离得又远，与其说是K看见的，不如说是他推想出来的。

K双手插在口袋里，小心翼翼地四处张望着。他紧贴着墙壁，慢慢地绕过院子两侧走到雪橇旁。车夫是上一次那些在酒吧间里喝酒的农民之一，正裹着厚厚的皮衣，冷漠地看着K走近，就像看一只猫一样。甚至当K已经站在他面前向他打招呼的时候，就连那两匹马儿都因为看到黑暗中出现人影而变得有些躁动时，他也完全不为所动。不过这正是K所希望的，他靠着墙，从袋子里拿出了弗丽达为他准备的食物，很感激弗丽达对他细致入微的照顾，一边吃着，一边向屋内窥探。屋内有一条直直的楼梯通向下层，楼梯底部与一条低矮却又看似深邃的长廊连接，一切都刷得干净洁白，界限分明。

K等待的时间比他想象的要长很多。他早已吃完东西，感到寒气逼人，天色已变得漆黑，而克拉姆一直都没有出现。

"应该还需要等很长时间。"一个粗粝的声音突然对着K说道。

是车夫,他仿佛刚刚清醒,伸了个大大的懒腰,打了个响亮的哈欠。

"什么还得等很久?"K对他的开口不无感激,因为持续的沉默和紧张的环境已经让人厌烦。

"在您走开之前。"车夫回答道。

K不明白他的意思,但也没有再问下去,他认为这样最能让这个傲慢的人主动开口。在这样黑暗的环境中不作答几乎是种挑衅。

果然,过了一会儿,车夫主动问道:"您要不要来点白兰地[①]?"

"行啊。"K不假思索地说道,这个提议对于冻得瑟瑟发抖的他的确是个很大的诱惑。

"那您就去打开雪橇的门吧,"车夫说,"门边上的口袋里有几瓶,您拿一瓶先喝,然后再给我。我这身皮大衣太重了,下车太麻烦。"

K不乐意帮这个忙,但既然已经和车夫聊起来了,他还是选择听从,就算冒着在雪橇旁被克拉姆撞见的危险。K打开宽大的车门,本可以很快从挂在车门内侧的袋子里取出一瓶白兰地,可是现在车门打开了,他实在抑制不住想钻进雪橇里边去的冲动,只想在里面坐一会儿,于是就悄悄溜了进去。虽然车门大敞——因为K不敢关门——但车里还是格外的暖。人坐在里面,仿佛不是坐在板凳上,

---

[①] 一种蒸馏酒,以水果为原料,经过发酵、蒸馏、贮藏后酿造而成。

更像是躺在软垫、毛毯和皮草上；他可以随意翻身，伸展四肢，无论怎样都被温暖和柔软包围。K张开双臂，头枕在四处都有的软垫上，从雪橇里望向面前那座黑暗的屋子。为什么过了这么久克拉姆都没有出来？在寒冷的雪地里站了很久，K已经在温暖中彻底沉醉了，希望克拉姆最后能来。至于他现在的状态，最好不要被克拉姆看到，这个念头只是隐隐约约地浮现在他的脑海里，就像是一种轻微的不安。

而车夫的表现则使他忘掉了这种不安。车夫一定知道K进入了马车里，但是就让他留在里面，甚至没有向他要白兰地。这倒是很体贴，但K还是想为他效劳。他并没有改变姿势，笨拙地把手伸向背后的门上挂着的袋子，而不是他之前打开的门上的袋子，那太远了，反正两边都一样，背后的口袋里也有白兰地。他拿了一瓶出来，先拧开瓶盖闻了闻，浓郁的香味让他情不自禁地笑了起来，这味道是那么的甜，那么惹人喜爱，就像亲密爱人说的甜言蜜语，即使自己不知道她为什么要这样说，也不想去深究，只知道这是她说的话，就很开心。

"这是白兰地吧？"K疑惑地自言自语，出于好奇，他先尝了尝。这的确是白兰地，奇怪的是，他刚喝了一口身子就火辣辣的。这又香又甜的佳酿，怎么成了车夫的饮料？"这可能吗？"K像是在责问自己,接着又喝了一口。

正当K大口喝着白兰地的时候,眼前突然亮了,楼道、门廊和外面的入口都被电灯照得特别明亮。听到了下楼的脚步声,酒瓶从K的手上滑落,白兰地洒在毛皮毯子上。K连忙从雪橇上跳下来,他刚用力地砰地把门关上,便有一位绅士慢慢地从屋里走出来。唯一值得安慰的是,他不是克拉姆,但这也很遗憾。那是刚才K在二楼的窗口看到的那位官员,一个年轻的绅士,极其帅气,皮肤白里透红,但是一副非常严肃的样子。K也严肃地看着他,不过他的严肃是自发的。他现在觉得,还不如派他那两个助手来这里,他们再怎么样,也比他现在做得要强。那位官员看着K沉默不语,仿佛有什么东西憋在他胸口一样,没有足够的气息支撑他说话。

"这实在太离谱了。"这位官员终于说出了第一句话,还把帽子往上提了提。接下来,他会说些什么呢?显然,他根本不知道K曾待在雪橇里,所以说,他是发现了一些其他什么事情?比如说,是指责K闯到院子里?

"您是怎么来到这里的?"这位官员比刚刚更加平静地问道,呼吸逐渐变得顺畅,对无法改变的事情也只好放任了。

这问的什么问题!又叫人怎么回答!难道还要K亲自向这位先生证实,自己刚才满怀希望走过的路全是徒劳吗! K一直没有回答官员，而是转身向雪橇走去，打开车门，取走忘在里面的帽子。他注意到刚才弄洒的白兰地正一滴一滴地落到踏板上，感到心里堵得慌。

然后，K回过头来看着那位官员，他现在对那人知道自己曾经进过雪橇的事无所顾虑了，这都不算最糟糕的事情；如果问起来，他也不会隐瞒车夫至少叫他开过门这件事。然而，真正糟糕的是，他没想到这位官员会下楼来突然袭击，导致他没时间躲藏，好安心等待克拉姆，或者说他不够沉着，没有留在雪橇里把门一关，躺在毯子上安心等克拉姆，或者至少等那位官员走开。当然，K也无法确定此刻走过来的人是否就是克拉姆，如果是的话，那他站在雪橇外接待他就会好很多。是的，一开始有很多事情需要考虑，但现在什么都不用了，因为已经结束了。

"跟我走吧。"官员说，口气不似发号施令，因为命令似乎不在话里，而是在说话时故作冷漠的手势里。

"我要在这里等一个人。"K知道这已经没有什么成功的希望了，只是表明自己的态度。

"跟我走吧。"官员又坚定不移地说了一遍，似乎他想表明他一直都知道K是在等人。

"可是这样一来，我就见不到我要等的人了。"K稍微挪了挪脚步。尽管发生了这么多的事情,但他觉得自己到现在为止还是有一些收获的,虽然只是表面上的一种拥有,但他没有必要因为这个官员的命令而舍弃一切。

"无论您是继续等待还是和我走,都是见不到他的。"官员说。在K看来,虽然他的语气很不友好,但很明显地在为他着想。

"那我也宁愿在这里等他,即使等不到他来。"K不甘示弱地说道,他不会仅仅因为这位官员的一句话而离开这里的。

这位官员歪着脖子带着一副优越的表情闭了一会儿眼睛,仿佛想从K的愚蠢无知回到他自己的理智中去,他用舌尖在有点干裂的嘴唇上舔了一圈,对马夫说:"把缰绳解开吧!"

车夫听从了那位官员的命令,但恶狠狠地瞪了K一眼,因为他还是不得不披着皮大衣跳下马来,磨磨叽叽地开始解缰绳——他好像并不指望老爷收回成命,而是指望K改变主意。他着手拉着雪橇和马匹倒回厢房处,那边有一扇大门,很明显就是马厩。雪橇向一个方向移动,官员则朝另一个方向,也就是K来时的路走去,只留下K自己一个人留在原地。然而他们走得特别慢,似乎想让K明白,他还有能力把他们叫回来。

也许他有这个能力,但对他来说那样做没有任何好处,叫回雪橇就等于赶走自己。所以他依旧保持沉默,站在原地,但这是一场无法带来喜悦的胜利。他目送那位官员离去,又目送车夫远走。官员已经走到了K第一次进院子的那扇门前,此时,他再一次回头看了看,K仿佛看见他在为K的顽固不化摇头,然后坚决地转过身去走进了前厅,随即消失了。而车夫则在院子里待得时间比较久,因为他还要处理很多关于雪橇的工作。他首先要打开沉重的马厩大门,把雪橇放回到它原本的位置上,还得解开马匹的缰绳,把它们引到马槽那儿。他认真地做着这一切,完全沉浸在其中,连看都没看K一眼,显然是不指望一时半会儿启程了。这种沉默的忙碌不禁让K感受到了一种比官员的话语更严厉的责备。车夫在马厩里完成工作后,慢悠悠地关上大门,又摇摇晃晃地走回来,动作缓慢而僵硬,眼睛只盯着在雪地里留下的脚印。

这时,所有的灯火都熄灭了——它们还需要为谁开着呢?——只有从顶部木廊的小口子中透出的光亮,吸引着K游移的目光暂时留驻。K觉得人们仿佛和他断绝了所有的联系,他变得比以往更自由了,可以在这平日的"禁地"中随意逗留,爱等多久就多久。他为自己争取来了别人从未有过的自由,似乎没人能碰他一下,或者撵他走,甚至连说句话都不行。同时,一个想法也前所未有的强烈:没有什么比这种自由、这种等待、这种不可侵犯更加没有意义、更加令人绝望的了。

第九章 针锋相对的审问

K还是狠下心来，离开院子回屋去，这次他不是贴着墙走的，而是直接大步穿过积雪。没走几步，他就在门廊里遇到了旅馆老板，老板静静地向他示意，指了指酒吧的门。K遵从了他的提示，因为在外面实在冻得够呛，而且他渴望见到人。然而K却感到失望至极，他看到一张很明显是故意摆在那儿的小桌子，因为平常那里是放酒桶来当桌子的——小桌的旁边坐着那位年轻的官员，面前站着桥头旅馆的老板娘，看到她使K感到心情压抑。佩皮正骄傲地高昂着下巴，脸上一直保持着笑容，一副自以为高人一等的模样，每次转身都会挥舞着辫子，一直忙前忙后，时而给客人端去啤酒，时而又去拿钢笔和墨水，因为那位官员的面前摊开了一堆文件，似乎是在核对数据。他在这张文件上看看，然后又在桌子另一端的一张文件上瞧瞧，现在准备开始写了。老板娘居高临下地看着官员和文件，嘴唇微微上翘，似乎她已经成功地把要说的事情都和盘托出了，而且已经得到了良好的回应。

"土地测量员先生,您还是来了。"那位官员稍稍抬头看了一眼站在门口的K说道,然后他又专注于那些文件中。老板娘也只是用冷漠的眼神看了K一眼,似乎一点儿都不惊讶他的出现。就连佩皮也是在K去吧台点了一杯白兰地时,才注意到他的存在。

K靠在柜台旁,用手按住眼睛,想要让自己忘掉一切。然后,他喝了一口白兰地,不过立刻就把它放了回去,说是难以下咽。

"先生们都喝这个酒呢。"佩皮简短地说了一句,于是把K喝剩下的酒倒掉,清洗干净杯子后,又把它放回杯架上。

"他们还有比这更好的酒。"K说。

"的确,"佩皮回答道,"但这里没有。"

说完,她便离开了K,又开始为那位官员服务。那官员其实什么服务也不需要,她在他背后弯着身子来回走动,姿态充满敬意,一直试着越过他的肩头看桌上的文件。她的这些举动只是出于一种无意义的好奇和自大而已,连老板娘都皱起眉头,不赞成她的这种举动。

突然有什么东西吸引了老板娘的注意力,她瞪大眼睛、屏声静气地聆听。K转过身来四处察看,但并没有听到什么特别的声音,其他人似乎也没有发现什么异样,但是老板娘踮起脚尖,迈着大步跑到后面那扇通往院子的门前,从钥匙孔里看了又看。当她转过身来时，她的眼睛睁得大大的，脸色通红，还挥手示意屋子里的其他人也快去看看，于是大伙现在轮流往钥匙孔里看。老板娘看得时间最长，佩皮也看得不短，相比之下官员是最不在乎的。很快，佩皮和官员就走了回来，只有老板娘还在紧张地透过小孔，深深地弯着腰，几乎是跪着地在那看。让大家几乎有种老板娘在恳求钥匙孔让她钻进去的感觉，因为外面早已经没什么可看的了。当她终于站起身来时，她用手摸了摸脸，整理了一下头发，深吸了一口气，她的眼睛好像又必须重新适应这个房间的光线和这里的人，心里还满不情愿的。

K倒不是为了证实自己的猜想，而是为了避免受到打击，现在的他太容易受伤害了，于是还没等老板娘开口就抢先问道："克拉姆已经走了吗？"

老板娘只是默默地从他身边走过，而那位官员却从桌旁回答道："是的，那是当然。因为您不在那儿站岗放哨，所以克拉姆就能走了。不过那位先生可真是敏感，这可太奇怪了。老板娘，不知道您刚才有没有注意到，克拉姆四处张望的样子是多么慌张？"

老板娘似乎并没有注意到，但那位官员还是继续说了下去："嗯，幸好什么都没看到，因为车夫把雪地里留下的那些脚印都给扫干净了。"

"太太什么都没看到。"K说,但他这么问并非出于任何的希望,只是因为被官员刚才的论断给刺激到了,他的话听起来是那么的武断而且让人无法回答。

"也许当时我正好没有从钥匙孔往外看。"老板娘一开始是为了维护那位官员,但后来似乎更想要维护克拉姆的形象,于是说道,"不过,我可不认为克拉姆这么敏感。我们都关心他,想保护他,所以猜测他超级敏感。这是好事儿,当然这也是克拉姆所希望的,但我们并不知道现实中的情况如何。但凡是克拉姆不想搭理的人,哪怕这个人整天挖空心思、无孔不入,他也绝不会跟他说话的。单说克拉姆不想跟他谈话、不想让他近身这一点就够了。又何必说他实际上受不了见这个人呢,至少这是无法证明的,因为绝对不会有验证的机会。"

官员点头不止:"当然,这基本上也是我的想法。如果我的表达有些出入,那是为了容易让土地测量员先生理解。不过,克拉姆走到外面的时候,确实是向四周看了好几遍。"

"也许他是在找我。"K说。

"有可能,"官员回答,"不过我可没有这样想过。"

他们的对话让大家都笑了,佩皮几乎一句也听不懂,但笑得最大声。

"既然我们都很开心地坐在这里,"官员说,"土地测量员先生,我希望您能给我的档案补充一些资料。"

"这里写的东西还真不少啊。"K扫了一眼那些文件。

"对啊,这是个不良习惯。"说着,官员又笑了起来,"但也许你还不知道我是谁。我叫莫穆斯,是克拉姆在村里的秘书。"当他说完这句话,房间里的气氛顿时变得严肃起来,虽然老板娘和佩皮都认识这位官员,但听到他的名字时,还是有一种瞠目结舌的敬重之感。甚至连那位官员好像也意识到,自己透露得太多了,于是继续专注于写面前的文件,好像至少是为了逃避自己话里含带的那种庄严气氛。现在这个房间里除了纸笔摩擦的沙沙声,大家什么也听不到了。

"克拉姆的村秘书是干什么的?"过了一会儿K打破沉寂问道。

莫穆斯在介绍完自己之后,觉得自己再做解释就不适合了,于是老板娘替他解围道:"莫穆斯先生是克拉姆的秘书,和他的任何一个秘书都一样,但是他的职位,如果我没有记错的话,还有职权范围是……"莫穆斯停下笔,摇了摇头,老板娘立刻重新说道,"哦,只有驻地是在这个村里,不是职权范围。莫穆斯先生负责克拉姆所需的文字工作,凡是村里对克拉姆提出的所有申请,都由莫穆斯先生第一时间受理。"

这个解释对K没什么作用,他眼神空洞地盯着老板娘,她不好意思地补充道:"就是这样安排的,城堡里的官员们都有自己的村秘书。"

莫穆斯听得比K更认真,他对老板娘补充道:"大多数村秘书只效命一位官员,而我是两位,分别是克拉姆和瓦拉贝内。"

"是的,"老板娘想起来了,于是转身对K说,"莫穆斯先生为两位官员工作,分别是克拉姆和瓦拉贝内,所以他是双重秘书。"

"嚯,还是双重的。"K对莫穆斯点了点头说,就像是对一个刚听到别人夸奖的孩子那样。莫穆斯现在身体微微前倾,仰头看着K。如果K的话中有一定的轻视意味,那么这种轻视若是对方没察觉到,便是对方所盼望听到的。恰好是当着K这个连偶遇克拉姆都不配的人绘声绘色地讲克拉姆圈子身边的人的"丰功伟绩",目的显而易见,就是要得到K的承认和赞赏。然而,K却没有意识到这一点,他满脑子只是在想如何才能亲自见克拉姆一面。对莫穆斯这种在克拉姆的眼皮子底下生活的人并不十分欣赏或羡慕,因为对他来说,值得追求的不是在克拉姆身边这件事,而是接近克拉姆,只有K,他本人,不是通过别人向克拉姆提出请求,他接近他,不是为了留在他身边,而是借他的力量再往前走一步,好进入城堡里面。

K看了看表,说:"现在,我必须回家了。"

莫穆斯立刻占据主导地位说:"那可不嘛,学校杂役的使命在召唤,不过还是请您抽出点时间,好让我问几个简单的问题。"

"我不喜欢回答什么问题。"K说着就要去开门。

莫穆斯把一份文件掷在桌上,站起来说:"我以克拉姆的名义,命令你回答我的问题。"

"以克拉姆的名义?"K重复了一遍,"我的事儿还和他有关系哪?"

"这件事,"莫穆斯说,"我不敢妄加评论,你更判断不了,所以我们都尽可能地还是让他去决定吧。但以克拉姆给我的权力,足以让你留下来回答我的问题。"

"土地测量员先生,"老板娘插话道,"我不会再给你建议了,我以前给到你的最善意的建议都被你以让人无法容忍的方式拒绝了。我到这里来找秘书先生只是想——我也没有什么好隐瞒的——把你的行为和意图告知官方,为的是让你永远也不会再回到我的旅馆。咱们之间的关系就是这样,将来也不可能发生什么变化。所以,我现在坦白自己的想法,并不是为了帮助你,而是为了降低莫穆斯先生和你这种人沟通这项艰巨工作的难度。尽管如此,由于我坦诚相待——我对你只能打开天窗说亮话,虽然我很不愿意——你还是可以从中受益不少的,只要你能稍微听进去我说的话。在目前这种情况下,我想请你注意这一点:目前你只有通过莫穆斯先生的这本记录，才能接近克拉姆。但我不想夸大其词，也许这条路并不是直通克拉姆的，也许它在很远的地方就断了，这都是由莫穆斯先生来决定的。无论如何，对你来说，这都是通往克拉姆的唯一途径。难道你还要再为了你的傲慢，来拒绝这条唯一的路吗？"

"哦？太太，"K说，"这不仅不是见克拉姆的唯一途径，而且也不比其他途径更高明。莫穆斯先生，我在这里说的话，能否一直传到克拉姆的耳朵里去，是不是还要你来决定？"

"是的，"莫穆斯说，并骄傲地看了看左右，虽然两边空无一物，"不然还要我这个秘书做什么？"

"太太，你知道吗，"K说，"我不需要一条直接通往克拉姆的路，我需要一条先通往莫穆斯先生的路。"

"我本想为你开路，"老板娘说，"我早上不是提出可以把你的请求转给克拉姆吗？而你的请求本应该由他的秘书受理的。但你却拒绝了我的提议，现在你别无选择，只能走这条路。当然，在你今天企图对克拉姆突然袭击之后，你成功的可能性变得更渺茫了。但是这个快消失的、最渺小的、最后实际上可以说并不存在的希望，却是你唯一的路了。"

"太太，这是怎么回事？"K说，"你原本极力阻止我去见克拉姆，现在又把我的请求这么当回事儿，似乎觉得我的计划吹了我就完蛋了。你曾经诚心诚意地劝我不要去见克拉姆，那么现在又怎么会真心实意地把我引到通往克拉姆的道路上，逼着我向前走呢？而且你还承认了这是一条漫长而没有尽头的道路。"

"我是在逼你前进吗？"老板娘说，"我说你的希望是渺茫的，是在逼你前进？如果你想用这种方式把自己的责任推给我，那真是胆大包天了。也许是莫穆斯先生在场，你才会这样说我？不，土地测量员先生，我没有逼你做任何事情。我承认，当我第一次见到你的时候，我或许有些高估了你。你轻而易举地得到了弗丽达的心，这让我非常惊讶，我不知道你还有什么能耐，我想阻止更多的不幸发生，以为除了用恳求和威胁的方式试图动摇你之外别无他法。自打那以后，我也学会了更冷静地思考整个事情。你爱怎样就怎样吧。你的所作所为或许会在院子的雪地上留下深深的脚印，除此之外也没有别的了。"

"其中的矛盾之处，在我看来似乎并没有搞清楚"，K回答道，"但能让你们关注到这一点，我就已经很满足了。可是现在请你告诉我，莫穆斯先生，老板娘说的都是真的吗？她说你写的记录能让我直接见到克拉姆。如果是这样，我可以立即回答你所有的问题，在这方面我绝对配合。"

"不，"莫穆斯说，"我的记录和与克拉姆见面并没有联系。这只是给克拉姆的村记录簿上对今天下午发生的事情做一个细致的描写,而且这份记录已经完成了,你只需要填补两三个空白,照章办事而已,没有其他目的,也不可能达到什么目的。"

K沉默地看着老板娘。

"看我干什么啊?"老板娘问道,"难道我还说别的了吗?秘书先生,他总是这样,歪曲别人给他的信息,然后说别人给他的是假消息。我一直告诉他,今天也告诉了他,他没有见到克拉姆的机会,既然没有机会,那他肯定不会因为这份记录见到他的。还能有什么说得比这更清楚的吗?我还说,这份记录是他能与克拉姆唯一真正发生的官方联系,这一点也足够清楚,无可置疑。但如果他现在不相信我,一直希望——我不知道为什么,也不知道他的目的到底是什么——能跑到克拉姆那儿去,那么,他与克拉姆唯一真正的官方联系,也就是这个记录才能帮到他。我说的就这么多,谁要说我说的不是这样的话,那就是恶意歪曲。"

"如果是这样的话,太太,"K说,"那么请原谅我,我误解了您的意思,因为您刚才的话给了我一些很小的希望。"

"没错,"老板娘立即回答道:"我是这么想的,但是你又开始歪曲我的话了,只是这一次是从反面来的。在我看来,这样的希望对你来说还是存在的,不过只存在于这份记录上。但情况并不是这样的,不是像你这样去问秘书先生'回答这些问题后就能见到克拉姆吗?'如果是一个孩子问出这样的问题,大家就当个笑料,但如果一个成年人这样做,那就是对官方的不敬,不过秘书先生已经很仁慈地用机巧的回答掩盖了这一点。我说的意思是,你也许会通过这份记录与克拉姆产生一种联系,这还不够吗?如果问你究竟立了什么大功能获得这种希望,你能回答得上来吗?当然,对于这种希望,无法描述得更详细,尤其是村秘书,以他的官方身份是绝对不会给你丝毫的暗示的。就像他所说,那份记录只是今天下午村里的记录,是照章办事而已。即使你现在根据我所说的话问他,他也不会回答你。"

"秘书先生,"K问道,"克拉姆会读这份记录吗?"

"不会,"莫穆斯说,"他为什么要看呢?他不可能看每一份记录,甚至根本不会看任何记录,'把你们的记录拿得离我远点!'他总是这样说。"

"土地测量员先生,"老板娘抱怨道,"你这些问题真的让我烦不胜烦。有必要让克拉姆看这份会谈记录,去一个字一个字地了解你的生活琐事吗?还是你觉得这有价值?那你倒不如谦卑地请求不要让克拉姆看到这份纪录为好,再者这种请求跟前一种同样都是极为不合理的,因为没人能在克拉姆面前瞒住事儿,不过这种希望确实有种讨人喜欢的特点。难道这对你所谓的希望真的有必要吗？你不是说过，只要能够得到跟克拉姆说话的机会，哪怕是他一眼也不看你，也不在听你说话，你都会心满意足吗？那你现在通过这份记录岂不是都实现了这个愿望，也许还远远不止这些呢！"

"远远不止？"K问道，"在什么方面？"

"能别像个小孩子似的总是等人把菜给你端上来好吗！"老板娘斥道，"谁能回答这些问题？记录将保存在克拉姆的村记事簿上，你刚刚也听到了，再没什么可说的了。但你是否已经知道记录、村秘书和村记事簿的全部意义？你知道村秘书审问你代表了什么意义吗？也许连他自己都不知道。他就静静地坐在这儿，恪尽职守，照章办事，你想，他是克拉姆亲自任命的，而且是以克拉姆的名义工作的，他所做的事情一开始就得到了克拉姆的认可，哪怕永远都传不到克拉姆那里。不合克拉姆心意的事情，又怎么会得到他的认可呢？我倒不是用这种拙劣的话语去奉承秘书大人，他也一定会非常反感我这样做。可我说的重点并不是他的独立人格，而是指他得到克拉姆的授权之后是什么样子，就像现在一样。此时，他就是克拉姆手掌上的工具，谁要是不去配合他，谁就有麻烦了。"

K并不害怕老板娘一次又一次的威胁，她无非是想用这种方式困住他，这令他觉得有些反感。克拉姆远在天边，曾经她把克拉姆比作老鹰，这在K看来很可笑。但现在不一样了，他想到了他们的距离，想到了他攻不破的住所，想到了他的沉默，那沉默或许只有K从来没听过的声音才能打破，想到了他那永远不可证明和否认的、傲视一切的目光，想到了他在上面按照不可捉摸的法则兜圈子，而K在下面无论做什么都无法撼动他，只在一瞬间才能看到他，克拉姆的一切都与老鹰是那么的相似。当然，这些与记录无关，而就在刚才，莫穆斯捏碎了一个盐卷饼，就着啤酒吃了起来，文件上撒满了盐和胡荽。

"晚安，"K说，"我不喜欢任何形式的审问。"于是他真的就起身向门口走去。

"所以他真的就这样走了吗？"莫穆斯几乎是忧虑地问老板娘。

"他才不敢呢。"老板娘说。

再多的话K也听不到了，他已经走到前厅里了。

夜晚的气温很低，而且此时风很大。旅馆老板从对面的一扇门里走出来，他似乎一直躲在那个小孔后面监视着前厅。风把他大衣的下摆掀了起来，他不得不拽一拽衣服，好将衣摆裹在身上。

"你就这样离开了吗，土地测量员先生？"老板问道。

"是的，很奇怪吗？"K问。

"是的。"旅馆老板说，"你不是在接受审问吗？"

"没有,"K说,"我为什么要接受?"

"为什么不呢?"老板追问道。

"我不明白,"K说,"我为什么要接受审问?为什么要屈尊于别人的戏耍,或者这只是官方的一时兴起?也许下次有机会,我会因为一时兴起或戏耍别人而接受审问,但不是今天。"

"嗯,当然。"老板回答道,但很明显,这只是一个出于礼貌的附和。"我现在必须让仆人们进酒吧间去,"他接着说,"现在是他们清理打扫的时间了。我不想打扰审问,所以一直没去提醒你们。"

"你认为审问有那么重要吗?"K问道。

"是的。"老板说。

"那我岂不是不应该拒绝?"K继续问。

"是的,"老板回答道:"你的确不应该拒绝审问。"见K沉默不语,老板又补充了一句,或者是为了安慰K,又或者是为了更快地离开,"好了,好了,天不会就此塌下来的。"

"嘻,"K笑着回答道,"谁说不是呢。"

于是,他们笑着各自离开了。

第十章　街头

K走到门口的台阶处，外面狂风呼啸，眼前一片漆黑。天气真是糟糕透顶。不知为何，老板娘逼迫着他屈服于那份记录而自己又是如何决不妥协的场景浮现在K的脑海中。老板娘明面上其实没有强迫，暗地里还在一个劲让他回避那份记录，所以K搞不清楚，到底自己是顶住了，还是屈服了。一个生性狡诈的人，如同这狂风一样，行事没有任何意义，只是遵照着永远看不到的、遥远而陌生的指令行动着。

K沿着街道没走几步，就看到远处有两束摇曳的灯光，这种生命的迹象让他感到欣喜若狂，于是急忙地向它们跑去，而这两道光也在向他晃悠过来。当他认出那是他的两个助手时，不知道为什么顿时感到无比失望。他们可能是弗丽达派来接自己的，而那两盏把他从四周狂风大作的黑暗中解救出来的烛灯本来就是他的东西，但他依然觉得失望。他希望遇见不认识的人，而不是这两个已经成了累赘的旧相识。但是来的还不只是这两个助手，巴拿巴从他俩中间的黑影中走了出来。

"巴拿巴!"K大声喊道,并向他伸出手,"你是来接我的吗?"重逢的惊喜让K忘记了巴拿巴曾经给他带来的所有麻烦。

"我有一封克拉姆的信给你。"巴拿巴一如既往的友好地说。

"克拉姆的信!"K说着,把头往后一仰,急忙从巴拿巴手里接过信。

"把光打上!"K对在他左右紧紧贴着他的助手说。于是他们立刻举起了烛灯。为了防止大风把信纸吹卷,K只好把信纸折得很小,慢慢阅读。然后他念道:"致桥头旅馆的测量员先生!我对您迄今为止的土地测量工作表示赞赏;您的两位助手的工作也值得称赞。您懂得如何鼓励他们工作。望您继续努力,不要懈怠!工作务必善始善终!如果中途放弃会让我很苦恼。此外,请您放心,工资问题近日将有妥善安排。我会一直关注您的。"

助手们比K读得慢得多,当他们挥舞着烛灯欢呼三次,庆祝这个好消息时,K才从信上抬起头来。

"安静!"K对两个助手喊道。接着,转身对巴拿巴解释道:"我觉得这是一个误会。"

巴拿巴似乎不理解他的意思。

"我说这是一个误会。"K又重复了一遍,下午的疲倦感顿时又席卷了K。就连去学校的路，对K来说都是那么的遥不可及。在巴拿巴的身后似乎出现了他全家，助手们紧紧地挤着K，于是K不得不用胳膊肘把他们推开。他离开时曾命令过他们必须和弗丽达待在一起，而她现在又是怎么把这两个人派到这里来的？而且他自己能找到回学校的路，他一个人回去或许比和他们一起要更容易得多。此时，其中一位助手脖子上缠了一条长长的围巾，围巾的两端在风中飞腾，好几次打在K的脸上，然后另一位助手再用他那长长的、尖尖的手指把围巾从K的脸上拿下来。他们一直在摆弄围巾，但这并没有使围巾变得更安分。他们两人甚至在这来来回回中获得了乐趣，仿佛是因为这夜晚和狂风让他们兴奋了起来。

"走开！"K喊道，"既然你们跑过来找我，那为什么不把我的手杖一起带来？现在让我拿什么东西赶你们回家？"助手们被K吓得立马躲在巴拿巴的身后，但他们并未因害怕导致慌乱，依旧一左一右把灯笼伸过K的肩膀，好给他照明，但K把灯笼推开了。

"巴拿巴。"K说。巴拿巴显然没有理解他的意思，平静的巴拿巴漂亮的外套闪闪发光，但当事态变得严重的时候，从巴拿巴那儿可得不到任何帮助，只有无声的阻力，而这种阻力无法反抗，因为巴拿巴本身就没有抵抗能力，只会傻笑，就像是天上的星星想要对抗地上顽强的风暴一样，没有任何意义。想到这里，K的心情无比沉重。

"看看这位老先生给我写的是什么,"K说着就把信举在巴拿巴面前,"他的消息有误。我根本没有做测量工作,那两个助手的本事你也清楚。我没有做任何工作,当然也就不会中断,我又怎么让老爷不高兴,又怎么得到他的赞赏!"

"我会转告你的意见的。"巴拿巴说,他眼睛一直在信上打转,但根本看不清,因为信就贴在脸上,实在太近了。

"哦?"K说,"你答应我,你会向他转告我的意见,但我真的能相信你吗?我真的很需要一个值得信赖的信使,而且比以往任何时候都更需要!"K不耐烦地咬着嘴唇。

"好的先生,"巴拿巴轻轻地偏了一下脖子——差点又让K完全相信了他——"我一定会把你的近况详细地告诉他,包括你上次让我转达的话,我也会告诉他。"巴拿巴补充道。

"什么!"K喊道,"上一次的话你还没有告诉他吗?难道第二天你没去城堡里吗?"

"我没去,"巴拿巴说,"我那年迈的父亲身体不好,你也看到过他,有很多的活计只能交由我去做,我得帮他去干,不过现在我很快又要去城堡了。"

"我真的不懂你每天都在干什么呢,"K用拳头捶额头道,"对你而言,克拉姆的事情不是急迫的事吗?你身为机关的信使,工作就这么拖拉？你父亲的活计算得了什么？克拉姆在等着消息，你不想着立刻去向克拉姆汇报，却着急去清理你家中马厩里的粪便？"

"我父亲是个鞋匠，"巴拿巴毫不留情地说，"他受到布伦斯韦克的委托，有一大批订货需要制作，而我一直是父亲的助手。"

"鞋匠——订货——布伦斯韦克，"K愤愤道，仿佛要让每个字都永远消失一般，"在这种永远空荡的路上，谁还需要穿靴子啊，那鞋匠活儿跟我有什么关系！我把一个重要的消息托付给你传达，不是让你在鞋匠的板凳上忘记它、搁置它，而是让你把它赶紧带到老爷面前去。"

当K想起来克拉姆最近一直不在城堡里而是在贵宾楼里的时候，才稍微平静了一些，但是巴拿巴为了向他证明自己没有忘记口信的内容而再次开始背诵时，又把K惹毛了。

"够了，我什么都不想听。"K说。

"别生我的气，先生。"巴拿巴连忙说道，好像要无意识地表达对K的不满，于是把目光从K身上收了回来，垂下了眼帘，其实只是因为K的怒喊而受惊了。

"我不是生你的气，巴拿巴，"K说，现在他倒是觉得不安起来，"不是生你的气，只是对我来说太倒霉了，由你这么个信使来传达重要的事情。"

"你看，"巴拿巴说，似乎是为了维护他信使的荣誉，他说了不该说的话,"克拉姆根本没有在等你的消息,他一见到我就不耐烦,上次他还说'又是新消息'。通常他看到我从远处走来,就会躲到旁边的房间里去,不接见我。况且,并没有规定说,只要一有信息我就得马上去传达,如果有这种规定的话,我当然会马上行动,很遗憾并没有。而且,如果我不去的话,也根本不会有人来提醒我的。我传话都是出于自愿。"

"好吧,"K观察着巴拿巴,他的两个助手们交替着从巴拿巴的肩膀后面缓缓探出头来,就像舞台上的升降地板一样,还模仿着风的声音轻轻地吹了一声口哨,然后又急忙缩回头去,仿佛一见到K就会被吓到。他们就这样故意作弄了很久。K故意不去看他们。

"克拉姆那儿情况是什么样子我不知道,你对那儿的情况是否了解得很清楚,我表示怀疑,就算你了解得很清楚,我们也无法让事情变好。但传个信儿总能做到吧?因此,我再次请求你帮我传达一个很简短的信息。你明天能不能将我的口信送去?明天告诉我答案,至少告诉我他是如何接待你的?你能做到吗,或者说你明天愿意去吗?这对我来说是非常有价值的。也许有机会我会向你表示相应的感谢,或者我可以帮你实现一个愿望。"

"一定完成任务。"巴拿巴回答道。

"那就努力去做,尽可能地把它交到克拉姆本人的手上,得到克拉姆本人的回答。明天上午你可以完成吗?"K问道。

"我会尽力的,"巴拿巴说,"而且我总是这样完成工作的。"

"我们现在暂且不争论这个问题。"K说,"我得先告诉你需要你传达的内容:土地测量员先生请求主任大人亲自接见,他一开始就愿意接受为此需要的任何附加条件。他之所以直接向您提出这个请求,是因为他到现在为止见的所有中间人都不起作用,证据如下:自己至今没有进行过丝毫的勘测工作,按照村长的说法,他永远不需要进行土地勘测的工作。因此在读到主任先生亲笔来信时羞愧万分,只有亲自与您谈话,才能解决问题。土地测量员深知这一请求有僭越之嫌,但他尽量努力去减少这件事对先生造成的困扰,他愿意接受任何时间限制,甚至如果在谈话过程中使用的字数有限制的话,哪怕您只允许他说十个字,他也愿意。他在崇高敬意和焦急不安中等待着您的回复。"K讲得忘我了,仿佛自己就站在克拉姆的办公室门前向门卫求情。

"这封口信,比我原本准备的要长得多,"K说,"但你一定要口头告诉他,我不想写信的原因就是不想让它像其他档案一样周转个没完没了。"于是K拿出了一张草稿纸,垫在一个助手的背上把口信的内容潦草地写下来,以便巴拿巴记住,另一个助手拿着烛光在旁边照亮着,但巴拿巴其实已经差不多完全能复述出来了,而且并不受这两个顽皮的助手错误提示的影响。

"你的记忆力很不一般,"K称赞道,并把纸递给了两个助手,

"但也请你在不同的地方表现出自己的不一般。你有什么愿望吗？没有？我坦白说吧，如果你有什么愿望的话，我才能更加放心地将这个事情托付给你。"

起初，巴拿巴一直沉默不语，然后他说："我的姐妹们让我向你问好。"

"你的姐妹们？" K说。

"是的，那两个大块头的姑娘。她们想向你问好，尤其是阿玛利亚。"巴拿巴说，"这封信也是她今天从城堡里给你带来的。"

K紧紧地抓住了这个消息，于是问道："难道她不能把我的消息也带到城堡里去吗？还是你们两个可以一起去试试运气？"

"阿玛利亚不能进上级部门的办公室，"巴拿巴说，"否则我相信她一定会很乐意去的。"

"我明天可能会去看你们，"K说，"但前提是你先把克拉姆的回信告诉我。我在学校等你。也请代我向你的姐妹们问好。"

K的承诺似乎让巴拿巴非常高兴，于是在握手告别之后，他甚至还拍了拍K的肩膀。K笑了，但感觉这一拍像是一种表扬，仿佛一切又回到了巴拿巴第一次神气十足地来到旅馆大堂里那些农民中间一样。K在回去的路上心情格外的舒畅，任由那两个助手怎么胡闹，也不想多管了。

第十一章　学校生活

K到达学校时，感觉身体已经完全被冻僵了。四周黑漆漆的，烛灯里的蜡烛已经燃尽，但助手们显然已经熟门熟路了，带领他一路摸索着走进了教室。

"你们干的第一件好事儿！"他想起克拉姆的信，于是对助手们这样说。

弗丽达还处于半梦半醒的状态，她从一个角落里喊道："让K好好休息吧！不要打扰他。"很明显K占据了她的全部思绪，即使她被浓浓的睡意冲昏了头脑，也在一直等着K回来。房间里点燃了一盏灯，不过因为煤油所剩无几，所以灯光不能调得太亮。这个新的住处显然还存在着各种不足。教室虽然有火炉，但柴火已经用完了，而且这里空间太大了，这间教室同时也是用来当作体操室的，所以体操器材立在四周的角落里，还有些直接挂在天花板上。他们曾向K保证，房间会温暖舒适，可惜在这间大屋子里待着冷得他直打哆嗦。旁边的柴房里倒是有很多的木料，但是门是锁着的，钥匙在教师那里，而且教师说木材只能在上课时取暖用。要是能有张宽大又舒服的床来睡觉，那寒冷也是可以忍受的。但是，屋子里除了有一个草垫外，别无他物，唯一值得安慰的是，弗丽达把自己的那条干净的羊毛披肩铺在了草垫上，让草垫稍微舒适了一些。但是这里没有羽绒被，只有两条粗糙的硬邦邦的毯子，几乎无法御寒。就连这简陋的草垫子，也被两个助手惦记着，他们一直盯着看，当然他们是不被获准躺在上面的。弗丽达看着K，心中发怵。她擅长把最简陋的房间变得漂亮舒适，在桥头旅馆就已展现过这样的实力，但在这里，她无能为力，因为这里真的什么也没有。

"我们房间唯一的装饰就是这些体操器材。"弗丽达含着泪，勉强微笑着说。但她还是向K承诺，对于这里最大的不足——床和火炉——第二天她就会补救，并请求K在这之前先忍一下。虽然K——他自己心中有数——把弗丽达先从贵宾楼、后来又是桥头旅馆里拉了出来，但面对这样艰苦的环境，她没有一句话，也没有一个面部表情表明心里带着对K有哪怕是一丝一毫的责怪。因此K极力劝说自己日子还过得去，他也根本不觉得这点很难，因为他的思绪早就随着巴拿巴而去，正一字一句地重复着给主任大人的口信，不过不是像他交给巴拿巴的那样，而是他想象的它将在克拉姆面前响起的那样。此时，K正期待着弗丽达在酒精炉上为他烹制咖啡。他靠着冰冷的炉子,看着弗丽达熟练地在桌子上铺开了那张不可缺少的白色针织桌布,摆放着花花绿绿的咖啡杯,旁边还有面包和培根,甚至还有一罐沙丁鱼。弗丽达准备好了这些食物后,就一直在饿着肚子等着K回来,现在她和K坐在桌前,助手们蹲在讲台边,一起享受着美味的晚餐。但助手们如往常一样,一刻也不安分,甚至在吃饭的时候还一直打闹,虽然弗丽达给他们两个分享的食物有很多,而且他们盘子里的食物也还没有吃完,但他们还是不时起身看看桌子上还有没有食物,仿佛期待自己还能再分到一些好吃的。K并没有在意他们,他只是通过弗丽达的笑声才意识到助手们的存在。他温柔地握住弗丽达放在桌上的手,悄悄地问她为什么这么迁就助手们,甚至连他们的顽皮也如此纵容,这样下去注定永远也摆脱不了他们。只有通过强硬的方式去管教——对他们确实需要这么做——才有可能将他们控制住,或者可能性更大而且更恰当的是让他们讨厌自己的工作,最后主动走人。这个学校的环境让人很不舒服,不过也不会在这里待很久,但如果助手们都走掉,只有他和弗丽达两个人待在这个安静的教室里,也许他还不会觉得有那么多缺点。难道弗丽达没有发现,助手们一天比一天大胆,完全是因为她的纵容,而且希望K在她的面前能放他们一马吗?要真的想毫不费力地摆脱他们,还有更简单的办法,也许弗丽达知道有什么办法,因为她对本地的情况很熟悉。对助手们来说，如果用点手段把他们赶走，倒是合了他们的意了，因为他们在这儿住得也不舒坦。再说，他们到现在一直享受的这种懒散的生活也该告一段落了，因为他们总得干活，而弗丽达在经历了这几天的忙碌之后，也需要放松一下，他自己则要忙着摆脱困境。不过，要是助手们真的离开了，那他将省心多了。除了其他的任务之外，K还可以轻松地做学校杂役的各种工作。

弗丽达一边认真地听着K讲述他的顾虑，一边缓缓地抚摸着K的手臂说，她也是这么想的，不过K把助手们的行为想得太严重了。其实他们都还只是年轻的小伙子，他们的性格很有趣，头脑也有些简单，看得出来，他们是第一次为外乡人做助手，而且他们好不容易从严格的城堡中释放出来，难免会有些兴奋，又对一切新鲜事物感到好奇。在这种状态下，他们做出那些傻事儿，虽然让人恼火，但对待他们更好的方法是一笑而过，她有时就忍不住想笑。不过，她还是完全同意K想把他们送走的意见，因为这样，K就能和她过上甜蜜的二人世界了。弗丽达想到这里，更加靠近K，还把头埋在他的肩膀上，轻轻地说了句很难听清的话，导致K不得不弯下腰来去听。弗丽达说，她不知道该如何对待助手们，她还担心K的这一切想法都会失败。因为据她所知，两个助手是K自己要他们来的，那现在就只得留在K的身边，最好别太把他们当回事儿，这俩都是没心没肺的人，想通这点就不会再嫌弃了。

K对这个建议并不满意，他半开玩笑半认真地说，弗丽达和他们穿一条裤子，或者至少她还比较喜欢他们。确实，这俩小伙子长得都挺俊俏，但K觉得只要下定了决心，就没有任何人是摆脱不掉的，他决定在这两个人身上证明给她瞧瞧。

弗丽达说，如果K成功了，她会非常感激。并且从现在开始，她再也不和他们说笑，也不会和他们说没有必要的话了。而且，她和K的生活一直被两个男人不停地观察着，真的不是什么好事，她已经学会了站在K的立场去看待他们。特别是当助手们再次站起身来，一边看食物，一边又为了弄清她和K窃窃私语的内容时，弗丽达着实被吓到了。

K利用这个机会加强弗丽达对两个助手的厌恶，把她拉到自己身边，一起吃完了这顿饭。现在他们应该睡觉了，这一整天下来，大家都疲惫不堪，其中一个助手甚至在吃东西的时候就已经睡着了，这让另一个助手感到窃喜，因为他想让K和弗丽达看他睡着时的那副窘态，但没有成功，他们在上面坐着毫无反应。在难以忍受的寒冷中，他们拿不定主意是否要躺下来睡觉，最后K决定，必须得生火，否则大家无法入睡。他想要把斧头，助手们知道哪有，不一会儿就搞来了，于是他们来到了那间紧锁的小柴房前。不一会儿，门就被他们劈开了，两个助手高兴得眉飞色舞，仿佛从来没有经历过这么有成就感的事情，你追我赶，相互拉扯。K好不容易才让他们两个安静下来，然后指挥他们把木头搬进教室，很快，那里就堆起了一大堆柴火，火生起来了。

大家围着炉子躺下，助手们也分得了一条毯子。他们能有一条毯子其实就已经足够了，因为说好两人里至少得有一个人保持清醒，不停地往炉子里加柴火。很快，房间里温暖得连毯子都不需要了。熄了灯，K和弗丽达在温暖和安逸中心满意足地伸展四肢，沉沉睡去。

深夜，一阵嘈杂的声音吵醒了沉睡的K，他迷迷糊糊伸手去摸弗丽达时，发现躺在他身边的不是弗丽达，而是他的一个助手。可能是突然的惊醒让人情绪激动，这一惊可吓得他不轻，自从到这个村子里以来，他还没受过这么大的惊吓。他大声喊着站起来，在神志不清中给了那个助手一拳，打得他哭了起来。不过，整个事情很快就弄明白了。弗丽达说——至少在她看来是这样的——有个大家伙，似乎是一只猫跳到了她的胸前，然后又马上跑开了。她被吓醒了，连忙起身拿着蜡烛在整个房间里寻找。而助手也是趁弗丽达离开后，才趁机从地板上爬进了舒服的草垫上享受片刻，不过，现在他为此尝到了苦头。但弗丽达什么也没有找到，也许那只是一场梦而已。她重新回到K的身边，并安抚着那个在地上蜷缩着啜泣的可怜的助手，好像已经忘记了晚上她和K的谈话。K并没有多说什么，他只是命令助手们不要添柴了，因为木柴几乎已经用完了，屋子里也太燥热了。

他们一直沉睡到早晨第一批小学生到达教室才醒过来。孩子们好奇地围着看他们睡觉。这真是个令人尴尬的场景，因为昨晚室内温度太高了，所以他们每个人除了内衣其他都脱掉了。直到早晨寒风吹进来，他们才意识到现在已经是上课时间。就在他们匆忙穿上衣服的时候，吉莎小姐出现在了门口。她是一个高挑美丽的金发女子，就是有些拘谨。不过，她显然已经知道了学校杂役的事情，也可能从教师那得到了些吩咐，于是她在门口大声训斥道："我简直不能容忍你们这样的行为，简直是无法无天！村长允许你们在教室里睡觉，可没有说过我需要在你的卧室里教书！新来的杂役一家人居然在床上赖到天亮，呸！"

嗯，这些话倒没有可以辩驳之处，K心想，尤其是一家人和床。K一边想，一边和弗丽达——两个助手是指望不上了，他们还躺在地上惊奇地看着女教师和学生们呢——把双杠和鞍马推到旁边去，然后把毯子盖在器材上面，这样就形成了一个简单的小隔间，至少可以让他们在里面整理好衣服,躲开孩子们的目光。可他们连一刻的安宁都享受不到,吉莎小姐单是因为水池里没有清水,就骂得不可开交。K本来是想把脸盆拿来接水去让弗丽达和自己好好洗漱的,但为了避免过于刺激到那位教师,现在他放弃了这个打算。但这也是无济于事的,因为不久后又传来了很大的声响,他们忘记清理掉昨晚桌子上的剩饭,吉莎小姐用教尺把所有的餐具都推到了地上,沙丁鱼油和咖啡溅了一地,咖啡壶摔得粉碎,这些吉莎小姐完全不操心,因为学校的杂役会马上清理的。K和弗丽达衣服还没完全穿好,靠在双杠上眼睁睁看着他们那点家当被教师肆意毁坏,助手们显然连穿衣服的念头都没有,一直透过毯子的间隙探头探脑,逗得孩子们笑个不停。当然,对弗丽达来说,让她感到最难受的是被砸坏的那个咖啡壶,K为了安慰她而向她保证说,他会直接去找到村长要求他赔偿一个新的咖啡壶,弗丽达心情这才好转一些,她只穿着衬衣和衬裙便跑了出来,穿过隔挡,想着至少把那条白色的桌布抢救回来,省得它被进一步弄脏。尽管吉莎小姐不停地用尺子敲打着桌子想吓退她,但弗丽达还是做到了。当K和弗丽达穿好衣服后,他们还要督促那两个被这摊事搞得晕头转向的助手穿衣服,甚至还要帮着他们穿。一切收拾妥当后,K开始分配接下来的工作。他命令助手们去取木柴,但得先给另一间教室生火,那儿有个更大的危险存在，因为男教师可能已经到了。弗丽达负责打扫地板，K则帮着打水并收拾其他东西。现在看来，吃早餐是不可能了。为了大体弄清吉莎小姐的态度，K决定先出去，要求其他人听到他喊他们的时候再出来。K这样做，一方面是因为不想让情况因为助手们的愚蠢而变得更糟，另一方面是因为他想尽可能保护弗丽达，因为她有虚荣心，但他没有，她心思细腻，但他神经大条。弗丽达满脑子只想着眼前种种烦心事，而K考虑的却是巴拿巴和未来。弗丽达完全按照他的指示去做，几乎没有把眼睛从他身上移开过。

K刚一出现，吉莎小姐就在孩子们的笑声中大声喊道："哟，睡好了呀？"而K并没有理会——这话也不是个问句——他向洗漱台走去。

吉莎小姐又问："你们究竟对我的猫做了什么？"只见一只又肥又老的猫趴在桌子上懒懒地伸展肢体，女教师正在检查它的那只受了轻伤的爪子。

原来弗丽达说得没错，这只猫并没有跳到她身上——因为它跳不动了——而是从她身上爬过去的，它被原本空荡荡的屋子里出现的人吓到了，于是匆匆忙忙地躲了起来，并在匆忙之中伤到了自己的爪子。

K想心平气和地跟吉莎小姐解释，可她只看到了猫受伤，她说：

"好吧,原来是你们把它弄伤的,来的第一天就搞这种事儿!你看看!"于是,她把K叫到桌子前,让他看猫的爪子,没想到她干脆利落,直接拿猫爪在他手背上挠了一下;猫爪虽然不锋利了,可她这次却没有怜惜猫,而是使劲摁着猫爪,在K手背上留下道道血痕。"该干嘛干嘛去!"她仍然不耐烦地说道,又低下头去看猫。

一直在一旁偷看的助手们和弗丽达,看到K手上的血迹,吓得尖叫了一声。K却无所谓一般地向孩子们展示他流着血的手,说道:"看看这只邪恶的猫对我做了什么!"

当然,他这话不是说给孩子们听的,孩子们的打闹声和玩笑声已经一发不可收拾,根本不需要鼓动,也无法平息。女教师听出来话里有话,但仅仅瞥了K一眼,接着又忙着去照顾猫,一开始的火气似乎已经因为流血的代价消失了。于是K叫来了弗丽达和助手们,正式开始工作。

K把桶里的脏水提出去倒掉,又提了一桶干净的水准备清扫教室时,一个十二岁左右的男孩从课桌后走了过来,他摸了摸K受伤的手说着什么,但是在一片乱糟糟中听不清楚。

突然间,所有的噪声都停止了。K转身望去,他一早上都在担心的事情终究还是发生了,那位男教师此时正站在门口。这个个子小小的家伙用两只手各抓着一个助手的衣领。一定是在他们取木头的时候被他揪住的,因为他用有力的声音叫道,并且每说一个字都停顿了一下:"好大的胆子,是谁砸了柴房的门?那家伙在哪儿?看我不把他揍扁!"

弗丽达正努力地清洗着吉莎小姐脚下的那块地板,连忙站起来朝K看去,仿佛想从那里汲取力量,她的目光和神态还带着一丝以往的傲气,回答道:"是我干的,教师先生。我不知道有什么其他的方法了。教室需要早早供暖,只能去柴房取柴火。而且半夜里我也不敢找您拿钥匙。我的未婚夫当时在贵宾楼,可能在那儿住就不回来了。所以我只好独自决定这么干。如果我做错了,请您原谅我的无知。我的未婚夫知道事情的经过后,已经把我骂得够呛了。他甚至不准我提前加热炉子,因为他认为,您既然锁住了柴房,就说明只能等您来学校后,才能加热炉子。所以说,没有生火错在他,而砸开柴房门错在我。"

"是谁把门给砸开的?"教师问助手,他们努力地甩着头,想从教师的束缚中挣脱出来。

"是我们的主人砸的。"他们说完,还用手又指着K。弗丽达笑了,这笑声似乎比她刚才的话更有说服力,然后她把用来擦地的抹布在桶里拧干,好像只要她解释这事就会到此为止,而助手们的供述只是事后的玩笑;直到她再次跪下准备继续擦地时,她才说:"我们的助手们都还是孩子,尽管他们年纪已经不小了,但还像个小学生似的什么都不懂。昨天晚上,我一个人用斧头砸开了门,我没有让助手帮助我,因为他们只会添乱。我的未婚夫深夜回来后,他跑出去看门坏成啥样,能不能修好,助手们也跑出去了,可能是怕一个人留下来吧。他们看见我的未婚夫正在门那儿鼓捣,所以现在他们才说是他干的——嗯,他们还是孩子,什么都不懂。"

弗丽达在解释的过程中,两个助手一直摇头晃脑,继续指认着K,并努力用木讷的面部表情来劝阻弗丽达,但他们没有成功,最终还是屈服了,把弗丽达的话当作命令,于是他们没有回答男教师新的问题。

"哦,"教师说:"所以你们是在撒谎?或者至少是让杂役莫名其妙地背锅?"他们依旧沉默不语,但他们颤抖和惊恐的神情似乎表明了愧疚。

"那我得狠狠打你们。"教师说着,就让一个孩子去另一个房间拿来他的藤条。

当他举起藤条时,弗丽达及时叫道:"他们说的是实话。"她绝望地把抹布扔进水桶里,溅起一片水花,然后跑到双杠后面藏了起来。

"一群谎话鬼!"吉莎小姐刚包扎完猫的爪子,就把它抱到了自己的怀里，猫又肥又大，几乎抱不住。

"所以就是杂役先生你做的吗？"教师一把推开两个助手，转身对一直靠在扫帚上听着的K说，"这位杂役先生因为懦弱，竟听凭别人顶包自己干的好事儿。"

"好吧，"K说，他注意到弗丽达的介入，其实缓解了教师刚才无节制的怒气，"如果助手们被打了，我也不会感到愧疚，他们有十次应该挨打时却没有挨打，那在不该挨打的时候挨了，也不算错。但即便如此，如果能避免我和你之间的直接冲突，我也会很高兴，也许你也是这么想的。但是，现在弗丽达却为了他们牺牲了我，"K说到这里停了下来，因为他可以听到弗丽达在毯子背后的抽泣声，"现在自然需要澄清一下事实。"

"真不要脸。"吉莎小姐说。

"我完全同意你的说法，吉莎小姐，"男教师对着吉莎小姐回答道，"你只是学校的杂役而已，因为这种可耻的失职行为，我可以立即开除你；我保留进一步对你实施惩罚的权利。现在，带上全部家当，给我滚出学校！这对我们来说，将会是一个极大的解脱，我们终于能开始上课了。赶紧滚吧！"

"我不会从这里搬走的，"K说，"虽然你是我的上级，但是聘请我来这里工作的人并不是你，而是村长，所以也只有他能宣布开除我。但他给我这个位置的初衷,肯定不是为了让我和我的家人一起冻死在这里,而是——就像你自己说的那样——为了防止我做出不计后果的行为。因此,你现在突然解雇我,就是违背了他的初衷。在没有亲耳听见村长下达命令之前,我是不会搬走的。而且,我不接受你的随意解聘,这对你也是有极大的益处的。"

"那你是不接受了?"教师问道。

K点了点头。

"你好好想想,"教师继续补充道,"你的决定不一定是最好的,比如说昨天下午拒绝接受审问。"

"为什么现在提这件事?"K问。

"我乐意,"男教师说,"现在我最后再重复一遍:滚!"

但K一行人仍然无动于衷,于是男教师走到桌前,默默地和吉莎小姐商量。吉莎小姐提议叫来警察,但男教师拒绝了。最后他们达成了一致意见,男教师让孩子们去他的教室那边和其他孩子一起上课,这个决定让大家都很满意,顿时,孩子们一窝蜂地伴着笑声和尖叫声跑了出去,教师和吉莎小姐跟在孩子们的后面。只见吉莎小姐一只手拿着点名册,那只猫此时还懒懒趴在上面一动不动。男教师本想让吉莎小姐把猫就留在这里,但她强烈拒绝。她向男教师说,K是如何残忍地伤害她的猫,拒绝一切这样的暗示。于是除了那一系列烂事儿，K还给男教师加了猫这个负担。

当男教师走到门口时，回头对K说的话肯定也受了这件事的影响："吉莎小姐和孩子们是被迫离开这个教室的，因为你们不服从我的解聘通知。没有人愿意在你们家制造的肮脏的环境中上课。你就自己留下来吧，爱怎么撒野就怎么撒野，不用担心因为正派者的反感而受干扰了。不过，我可以保证这日子是长不了的。"说完，他重重地关上门离开了。

第十二章 助手们

等大家都离开后,K就对助手们吼道:"滚!"两个助手被这突如其来的命令给吓蒙了,乖乖服从。K在后面把门关上时,助手们又想回到屋里,于是在外面呜呜央求,一直敲门。

"你们被炒了!"K喊道,"我再也不用你们为我服务了。"他们当然不愿意接受,于是手脚并用地更大力地敲着门。

"让我们待在你的身边吧,先生!"他们高喊着,仿佛他们就要被洪水卷走,而K才是救命的陆地一样。但K对他们没有任何怜悯之心,他不耐烦地等着这两个助手的聒噪声把那位男教师引来,好把助手赶走。

不一会儿,如K所料,那位教师因为难以忍受他们发出的噪声走了出来,叫道:"快让你这两个浑蛋助手进去!"

"他们两个已经被我开除了!"K回过头来大声地说道,这带来了意想不到的作用,向那位教师展示了,如果一个人有足够的权力随意解雇人,会是什么样的结果。

教师现在正在试图安抚两个助手的情绪,告诫他们在这里冷静地等待,K会放他们进去的,然后就离开了。如果这时K不再向他们严厉地申明他们被解雇了,没有妥协余地,永无复职机会,那么,也许他们两个就真的能安静下来了。但一听K的这番表态,他们又开始像先前一样赖在门口拍打。没多久,教师又来了,但现在他没有心情再好好地和他们说话,而是拿着那根吓唬人的藤条把他们赶出了学校。

很快,他们就出现在体操教室的窗外,不停地敲打着窗户,大声地喊叫,但完全听不清楚在说些什么。他们没有在窗外待很久,外面积雪很深,冰雪淹没了脚踝,他们跳来跳去也不方便。于是他们急忙跑到学校花园的栅栏上,又跳到石头基座上,那里的视野比较好,虽然只能远观,但是至少还是能看清房间里的情况。他们扶着栅栏,在石座上跑来跑去,后来又站定了,双手合十苦苦恳求K。他们就这样一直持续了很久,也不管自己的努力有没有用,仿佛着了魔似的。即使K放下窗帘不再看他们的时候,他们也没有停下来。

在这个昏暗的房间里,K摸着黑到双杠那里找弗丽达。弗丽达在他的注视下缓缓站起身来,理了理自己的头发,擦干眼泪,然后默默地走过去为K煮咖啡。虽然她早已经知道了一切,但K还是正式地告知了她,他已经解雇了助手们。弗丽达只是点了点头,什么话也没有说。K在课桌后坐下,看着她疲惫地行动着。在这之前,她一直精力充沛,作风泼辣,让她娇小的身体散发着生命的魅力,美丽迷人;但和K一起生活的短短几天,已足以使她的这种美感消失了。酒吧间的工作虽然不轻松,但可能更适合她。或者说,离开克拉姆才是她憔悴的真正原因?她是因为克拉姆才变得如此诱惑人的,正是这样的诱惑力才让K甘做裙下之臣,而现在的她,在他的怀里就像一朵枯萎的玫瑰。

"弗丽达。"K说。

听见K的呼唤,弗丽达便马上放下咖啡杯,走到K的面前问道:"你在生我的气?"

"没有。"K说,"我想你这样做也是不得已。我只是觉得你在贵宾楼时,仿佛过得更开心。我应该把你留在那里的。"

"没错,"弗丽达眼神悲伤地看着前方,"你的确应该把我留在那里的,我不配和你一起生活,你离开我也许就能够实现你想要做的一切。因为考虑到我,你才向那个专横的教师屈服,才接了这个卑微的职位,你费力地想要申请与克拉姆见面,也是因为我。但我却没能好好回报你。"

"不,"K搂着弗丽达的胳膊说道,"这些都是小事,不会伤害到我。我不全是为了你才去找克拉姆见面的。你已经为了我付出了很多!在认识你之前,我完全迷失在这个村庄里。没有人愿意收留我,我找谁,谁就把我打发走。如果说我有幸能够在谁的帮助下暂时平安,可那些人是我躲都来不及的人,比如巴拿巴那一家人。"

"你想避开他们吗?亲爱的!"弗丽达突然激动地问道。

K犹豫了一下回答道:"是的。"

很快弗丽达又陷入了疲惫之中。K也没再向弗丽达解释,是因为和她在一起之后,他的遭遇和处境才渐渐地变得好起来。他慢慢地把胳膊从弗丽达身上抽开,两个人静静地坐了好一会儿——仿佛K的手臂给了她温暖,现在缺了它已经不行了,直到弗丽达开口说:"我不想忍受这里的生活。如果你想和我在一起,我们就一起离开,去很远的地方吧,也许我们可以到法国南部,或者到西班牙去。"

"我不能移居到国外,"K说,"我来到这个村子就是想要留在这里。"他虽然懒得解释,但又像是自言自语地补充道,"除了想留在这儿的强烈愿望,还有什么能够吸引我来到这穷山恶水的地方?"这句话说的有点矛盾,但他懒得解释。

接着他又说:"其实你也想留在这里,这毕竟是你的家乡。你只是因为失去了克拉姆,才感到绝望吧。"

"我失去了克拉姆?这里像克拉姆一样的人太多了,"弗丽达说,"所以我想离开这里,避开这些人。我真正在乎的是你,我想离开,也是因为你。因为在这里大家都在搅扰我,我没法把心全放在你这里。如果能和你平静地过日子,那我宁可把漂亮的脸庞毁掉,宁可形销骨立。"

K只从中注意到了一件事,立刻问道:"难道克拉姆还在跟你联系?他找你了?"

"克拉姆的事情我不知道,"弗丽达说,"我现在说的是其他人,比如说那些助手。"

"啊,是他们啊,"K惊讶地说道,"他们在纠缠你?"

"你没发现吗?"弗丽达问道。

"没有,"K回答道,并努力回忆这些天他们在一起相处的个别细节,"虽然他们那两个好色的小鬼让人讨厌,但我没注意到他们接近你。"

"没有吗?"弗丽达说,"难道你没有注意到,他们赖在我们旅馆的房间里不出去,他们嫉妒地监视着我们的关系,他们中的一个人昨天晚上还躺在我的草席上,他们刚才又做了不利于你的指控,难道不是想把你赶出去,把你毁掉,然后好和我独处吗?你都没注意到这些吗?"

K看了看弗丽达,没有回答她的问题。关于助手们的这些罪状,弗丽达说得大概是没错的,但是很多罪名并不是带着恶意的。

这两个助手之所以有这样荒唐的行为，是因为他们无知幼稚、欠缺管教，而且他们一直努力地黏着K，走到哪跟到哪，而并不想留下来和弗丽达待在一起。这不正好说明和弗丽达的指控是相反的吗？K提到了这些事情。

"那都是假装的，"弗丽达说，"你没看出来？如果不是因为这些原因，你为什么要赶走他们？"弗丽达走到窗前，把窗帘挪开一点，向外看去，然后又把K叫了过去。那两个助手还在栅栏旁边，他们已是疲态尽显，但还是不停地振作精神，伸出双臂朝着学校苦苦哀求。其中一个人还把衣服从背后套在栅栏的一根铁条上，这样他就不用一直抓着栅栏了。

"可怜！真是可怜啊！"弗丽达说。

"我为什么要赶走他们？"K说，"最直接的原因还是因为你。"

"我？"弗丽达仍然盯着窗外。

"是。你对他们俩太友善了，"K说，"你任由他们胡来，总是笑脸相迎，还抚摸他们的头发，总是同情他们，刚才又说'可怜！真是可怜啊'，还有上午的事情，你为了让他们免于挨打，牺牲了我。"

"就是这样，我就是这么说的，这正是我不开心的原因，这也是我无法亲近你的原因。虽然对我来说，没有什么能比和你在一起，天长地久、海枯石烂更开心的事情了。我甚至感觉到,在这个世界上并没有一处能让人安宁的地方,能够让我们在一起过着恩爱的生活不被外界打扰。我也知道在这个村子里不存在这样的地方,在别的地方也更不会存在,所以我想象着有这么一座坟墓,一个很深很窄的坟墓,这样我们就可以紧紧相拥在一起,如同铁钳咬合在一起,将脸深埋在彼此怀里,没有人会打扰到我们。可在这儿——看那两个助手!他们双手合十苦苦哀求的并不是你,而是我。"弗丽达说。

"而且他们望着的也不是我,而是你。"K说。

"没错,就是我,"弗丽达几乎是生气地说道,"我说的就是这个问题,要不然为什么他们总是纠缠着我,就算他们是克拉姆的使者——"

"克拉姆的使者?"K问道,尽管他觉得这个说法合情合理,但还是感到十分惊讶。

"对啊,克拉姆的使者,"弗丽达说,"就算他们是使者,但也确实是两个不懂事的少年,得需要人严加管教。两个小鬼长得又丑又黑,虽然他们的面孔看起来是个成年人了,看起来和大学生差不多,但是他们行为还是幼稚的,愚蠢又滑稽,这之间的反差真是令人厌恶!你以为我看不出来吗?我为他们感到羞耻。但就是这样,我只是为他们害臊,并不是讨厌他们。别人生他们的气时,我只能笑笑。

别人打他们的时候,我就抚摸他们的头发安慰他们。晚上,我躺在你身边睡不着时,只能越过你偷偷望着他们。他们一个人在被窝里睡得那么沉,怎么吵都吵不醒,另一个人跪在火炉前不停地烧柴,我不由得弯曲身子向前探,还差点把你吵醒。其实让我害怕的并不是那只猫——猫,我是见惯了的,酒吧里打瞌睡也睡不着的夜生活我也是过惯了——吓到我的不是猫,而是我自己。我胆子太小了,只要有一点动静就可以惊醒我,其实根本不是那只猫的事儿。我一会儿怕弄醒你,把一切都破坏了,一会儿又起来点燃蜡烛,想让你快点醒来保护我。"

"我并不知道这一切,"K说,"我只是隐约觉得不对,于是就赶他们走了。现在他们已经走了,我想我们接下来的生活会渐入佳境。"

"是的,他们终于走了,"弗丽达说,但她并不是喜悦的,"只是我们不知道他们到底是什么人。虽然我只是猜测他们是克拉姆的人,那只是说着玩的,但也许他们真的就是。他们的眼睛,那天真而又闪亮的眼睛,不知为何总让我想起克拉姆的眼睛,对,就是这样,有时候从他们眼睛里投来的目光就是克拉姆的目光。因此我说为他们而羞耻是不对的。我倒希望是这样。我知道,同样的事发生在别人身上就是愚蠢又出格,但发生在他们身上就不是这样,我始终怀着尊重和敬佩的态度看待他们幼稚又搞笑的行为。但如果他们真的是克拉姆的使者的话，谁又能帮我们摆脱他们呢？话又说回来了，摆脱他们真的是个明智的选择吗？要是我们这种不明智的决定是错误的话，那不得赶快把他们找回来吗？假如他们还会回来，你不会感到高兴吗？"

"你想让我再把他们叫回来吗？"K问道。

"不，不要，"弗丽达说，"我可不想他们再回来。看到他们冲进来见到我时那副欢天喜地，跟孩子一样蹦蹦跳跳转圈圈，却像大人一样伸出手臂的模样，我怕我无法忍受。但我又考虑到，要是你再这么铁石心肠下去的话，也许以后你就再也没有机会见到克拉姆本人了，我想用一切手段帮助你，避免出现这种后果。在这种情况下，我希望马上放他们进来。不要为我考虑，我什么都不是！我会尽力保护自己，如果老天叫我失败，那我就会失败，但我也会意识到就算被打败也是为了你。"

"你只是让我更加坚定了我想要解雇助手们的决心，"K说，"我把他们赶出去，就已经证明了，在某些情况下我是可以控制他们的，所以也间接证明了他们和克拉姆没有关系。就在昨天晚上，我收到了克拉姆的一封信，从信中可以看出，克拉姆对这两个助手的真实行动完全不了解。由此可以断定，克拉姆对他们根本是漠不关心的,因为如果不是这样的话,他肯定能够得到关于他们的准确信息。你在他们身上看到了克拉姆的影子,这并不能证明什么,也许你从老板娘那里受到了影响,觉得克拉姆好像无处不在一样,好像你依旧是克拉姆的情妇,而不是我的未婚妻。有时候,这让我觉得很难受,我觉得自己好像一无所有,甚至有一种刚刚来到村子里的感觉,但又不像那时一样充满希望,而是意识到只有失望在等着我,我将不得不品尝一次又一次的失望,甚至是最后的残渣。但那只是有时,"K见弗丽达在他的话语下变得沉默,于是又笑着说,"不过,这倒也证明了你对于我来说有多么重要。如果你现在让我在你和助手之间做选择,我肯定选择你。在你和助手之间做选择,这是什么想法?但现在我想彻底摆脱他们。再说,有谁知道,我们现在这样无精打采,是不是因为还没吃早饭呢?"

"有可能。"弗丽达疲惫地笑着说,然后忙活了起来。K也再度拿起了扫把。

第十三章　汉斯

过了一会儿,房间响起了轻轻的敲门声。"巴拿巴!"K大声呼喊了一声,然后随手扔下扫帚,飞跑去开门。

弗丽达瞪大眼睛盯着K,她显然被这个名字吓得不轻。K双手颤动,没法立刻拧开那旧锁。

"我正在开门。"K一直重复着,也没有问敲门的人是谁。然而,接下来让他感到意外的是,门口站着的不是巴拿巴,而是之前那个试图和K说话的小男孩。但K无意回想他。

"你来干什么?"K疑惑地问,"上课在隔壁。"

"我正是从那里过来的。"小男孩说着,双手贴身,挺直腰背站好,褐色的大眼睛直面K,不卑不亢。

"那来这儿干什么?快说!"因为这孩子说话很轻,K不得不弯下腰去。

"你需要我的帮助吗?"男孩问。

"他想帮我们呢,"K转身对弗丽达说,接着又问那个男孩,"你叫什么名字？"

"汉斯·布伦斯韦克，"男孩说，"我是这个学校四年级的学生，我的父亲是奥托·布伦斯韦克，他是马德琳巷的鞋匠。"

"哦？你姓布伦斯韦克？"K态度友善了许多。原来，汉斯看见吉莎小姐在K的手上抓出了血淋淋的伤口后非常气愤。于是他毅然决定帮助K，所以他现在才会像逃兵一样，冒着极大的危险偷偷离开了隔壁正在上课的教室。他这么做主要是出于孩子气的想法吧，他做什么都显示出的那种一本正经，似乎就说明了这一点。只不过刚开始的时候，他因为羞涩，而不敢靠近K和弗丽达，显得有些拘谨。直到弗丽达递给他一杯热乎乎的咖啡后，他才如释重负一般和他们熟络了起来，也渐渐地活泼了很多。他的问题也接踵而来，似乎想要尽快掌握事情大概，以便自己能够更好地为他们出谋划策。虽然他的话语中有些发号施令的成分，但更多的还是一种孩子般的纯真，所以他们还是半开玩笑半正经地听从于他。汉斯确实成功地让大家停下手里的工作把所有的注意力都放在了他的身上，不过早餐又拖延了。

汉斯坐在教室的课桌上，K坐在最前面的讲台前，弗丽达则坐在K旁边的扶手椅上，但是汉斯反而看起来更像是老师，就像在提问并评判他们的答题一样。汉斯稚嫩的嘴角微微上扬，似乎在表示他真的知道这只是一场游戏,但这一切让他显得格外认真,或许嘴角扬起的不是真正的笑容,而是童年的幸福感。他们交谈了很长时间后,汉斯才承认,自己早在K拜访拉瑟曼时就认识他了。K感到很高兴。

"当时在那位太太脚旁玩耍的孩子就是你吗?"K问。

"是的,"汉斯回答说,"那是我母亲。"

此刻,他不得不谈论到他的母亲,但是他支支吾吾的,在别人的一再要求下,才讲起。他毕竟还只是个孩子,从他提出的问题中就可以看出。有时他对未来充满规划,像个成熟又有思想的大人一样,但更多时候,他天真又充满孩子气,对很多问题都不懂,容易误解别人的意思,而且由于年纪小,资历浅,他更不懂得善解人意,声音也总是很轻。即使大人们一再给他指出缺点,他也还是一副理直气壮的样子,对有些紧要问题拒不回答,而且根本不会尴尬,这是一个成年人无法做到的。仿佛在他看来,只有他一个人才有提问的权利,别人提问就是违反了某种规则,还浪费他的时间。这时,他就会很长一段时间直直地坐着,低着头,高高地噘起嘴唇。弗丽达很喜欢看这样的汉斯,所以她经常故意提问,让他继续保持沉默,有时她会成功,但K并不高兴。总的来说,他们从汉斯嘴里了解到的情况并不多,只知道他的母亲生病了,但得的是什么病仍未确定。

当时布伦斯韦克夫人抱着的孩子是汉斯的妹妹，也叫弗丽达（汉斯因为妹妹的名字和面前这个不停盘问的女人名字一样而不愉快）。他们都住在村子里，但不是和拉瑟曼一家住在一起，他们只是偶尔去那里洗澡，因为拉瑟曼家里有大木桶。年幼的孩子们非常喜欢在那儿泡澡玩水，除了汉斯。当汉斯提到自己的父亲时满是尊敬，也可能是畏惧，他没有同时提起过他的父母，只有在没有提到他的母亲时，才会说起他的父亲。显然在汉斯看来，他的父亲与母亲相比，并没有那么重要。无论他们如何试图了解更多他家里的信息，都得不到他的回答，K仅仅了解到，他的父亲是村里最成功的鞋匠，没有人能比得上他；在回答别的问题的时候，他也总这样重复，他父亲甚至会把自己的单子交给别人来做，例如分配给巴拿巴的父亲；当然，他把活儿让给巴拿巴的父亲做，应该只是特别的施恩——汉斯每每谈及，就会为自己的父亲自豪地摆动着头颅，更是呼应了这一点——他的这副模样深深吸引到了弗丽达，她甚至跳下桌去，在他的脸颊吻了一下。对于他是否进入过城堡的问题，也是经过K和弗丽达不停重复地询问，他才回答说"从来没有去过"；而关于他母亲有没有进过城堡的问题，他完全不回答。很快，K便问疲惫了，觉得从这小孩身上也套不到什么情报；在这点上，他觉得孩子是对的，再说拐弯抹角从无辜的孩子身上打探家族隐私，并不光彩，而且他们忙活了半天也没有问出什么，这就更加丢脸了。而当K问汉斯能帮上什么忙时，他说自己只是想在这里帮忙干学校的杂活，这样一来，两个教师就不会再骂他了。K对此并不见怪，于是向汉斯解释说，这种帮助是没有必要的，教训人可能就是教师的天性，不管工作干得多好都有可能会挨骂，况且工作本身并不难，今天只是由于一些意外的情况，才导致工作进度落后。况且这样的责骂，对K的影响并没有对学生那么大，所以并不把它放在心上，也不算个事，他只想不久之后，自己可以完全摆脱那位教师。虽然汉斯的帮忙只是想针对教师，但K还是向汉斯表达了感谢之意，让汉斯尽快回教室上课，希望他不会受到惩罚。虽然K并没有明说，只是不由自主地暗示汉斯不用帮忙干对付教师的事，但是其他方面的帮助，他并没有拒绝。汉斯也领会到了K的意思，于是告诉K如果需要其他帮助，他会很乐意帮助他的，如果他自己做不到，他也会向他的母亲寻求帮助，那么一定会成功。他父亲有烦恼时也会向母亲求助。况且汉斯的母亲也曾经打听过K的事，她自己几乎是不出家门的，那天她出门到拉瑟曼家是个例外，不过汉斯却经常去和拉瑟曼家的孩子们一起玩。有一次，他的母亲问汉斯，土地测量员是不是又去了拉瑟曼的家。因为母亲身体很虚弱，不能让她莫名激动，所以汉斯只说在那里没有看到土地测量员，此外就没再提起过这件事。不过现在他在学校这里见到了K，他就忍不住想要和他聊聊，好回去和母亲报告——在她没有明确告知的情况下，却有人做了符合她心愿的事情，最能让她高兴。于是，K想了一下说道，他需要的东西都已经拥有了，所以暂时不需要任何帮助了，汉斯的好意他心领了，如果日后有需求再联系汉斯，就去他家找，而且他也有汉斯家的地址。反倒是，K这一次倒还能帮点忙，他知道汉斯母亲生病，村里也没人知道这是什么病，他感到很担心，如果拖下去，本来还算轻微的病痛会变得越发的严重。K刚好懂得一点的医学知识，更可贵的是他有治疗病人的经验。甚至有些医生都没有办法治疗的病，却被他给治好了。正是因为这项本领，在他的家乡，乡亲们总是称他为"苦口良药"。不管怎样，他都想去见见汉斯的母亲，想和她好好谈谈，也许他能提出些什么好建议，就算是为了汉斯，他也乐于这么做。一开始K提出这个建议的时候，汉斯激动得两眼发光，这使得K着急了起来，但结果却不尽如人意，因为汉斯在回答K后面的问题时甚至都毫无触动，总是回答他的母亲不希望被陌生人看望，因为她需要好生休养；那天K虽然没和她说话，但她后来还是卧床了好几天，这种事情时常会发生。汉斯的父亲对于K之前想要拜访的行为，感到非常生气，他肯定不会允许K再来找他的母亲的，而且他当时还想狠狠地惩罚K一顿，但是汉斯母亲阻止了他，所以K

才平安无事。母亲平时不和任何人说话，不过，她曾打听过K，这不算破例。在提到他的时候，她本可以表示希望见他，但她并没有这样做，她只是想听人谈K的事儿，却不想亲自和他说话。

其实，汉斯母亲所患的根本就不是真正的疾病，她其实很清楚其中缘由，有时候她甚至会暗示自己，可能是这里的空气让她无法忍受。就算如此，她也并不想离开这里，因为她的丈夫和孩子们都在这里，而且她的身体的确比以前好转了一些。K大概从汉斯那儿了解到了这些。汉斯思维能力明显越来越强了，因为他不想让K接近母亲，虽然他之前说还想帮K的忙。是的，为了让K打消见母亲的念头，他甚至还在某些方面撒谎了，比如关于母亲的病痛程度，他与他自己之前的说法前后矛盾。但是，K注意到汉斯对他的态度还是真诚的，只是一提到他的母亲，他就把其他事情抛诸脑后了；不管说到谁，只要和他母亲站在对立面，那人就会立马显得理亏，不论是K，还是他的父亲。K想利用这一点，说汉斯的父亲保护他母亲不受任何干扰肯定是很明智的，如果当时K知道的话，肯定就不会冒昧地跟他母亲说话了，现在他请求汉斯替他向家人转达歉意。另外，K不太明白的是，既然他的父亲知道他母亲的病因，为什么不带她去外面换个环境、疗养一下呢？旁人定会说闲话，说是他拦住她，以孩子和自己为借口不让她出门，但她完全可以带上孩子们一起离开，不用走很久，也不用走很远，即使是在城堡的山上，空气也会完全不同。他父亲也不必担心这样产生的费用，毕竟他是村里最厉害的鞋匠。而且汉斯的父母亲在城堡里或者是村子里一定有亲戚或熟人，他们也会很乐意收留她的。他为什么不带上一家人离开呢？他不应该小看自己妻子这样的病症。K只见过汉斯的母亲一面，但她苍白的脸给他留下了深刻的印象，所以他才会想要和她好好谈谈。当然，他更惊讶于汉斯父亲把生病的妻子丢在公共浴室和洗衣房这样污浊的空气中，而且没有克制自己，依旧大声喧嚣，毫不收敛。汉斯父亲大概不知道事情是怎么回事儿，即使她最近病痛有所好转，但这种病时好时坏，如果不治疗，等病情严重起来，那做什么都无济于事了。K觉得如果不能和汉斯的母亲谈，也许他能和父亲见一面，至少让他注意这一切，也是好事。

　　汉斯听懂了K所表达的大部分意思，也感受到了没有听懂的那部分话中的威胁。尽管如此，汉斯还是不允许K去拜访他的父亲，因为父亲非常反感他，而且可能会像男教师一样为难他。他说这句话的时候，提到K就面带微笑，提到父亲时，却是一副生气和黯然神伤的模样。汉斯犹豫了好一会儿后对K说，也许可以让他和母亲见面，但必须在父亲不知情的情况下。汉斯用凝重的眼神看着K想了一会儿，就像一个想做坏事的女人，正在寻找一种可以不受罚的方法一样。他告诉K，后天晚上也许是个机会，父亲会去贵宾楼商谈事情，他晚上来领K去见母亲，不过前提是母亲事先同意，当然这种可能性还是很小的。因为她从来不会做任何违背丈夫意愿的事情，她会事事顺从丈夫，哪怕是连汉斯都认为不合理的事情。其实汉斯现在是想求助K去对付父亲，仿佛之前是他欺骗了自己，因为他本来以为自己是想帮助K的，而实际上他是想知道，这个突然出现甚至母亲提到过的异乡人是否能够帮他对抗父亲——毕竟之前没有人能帮得上忙。这个小男孩装得若无其事，不露声色，实际上心思狡诈，难以从他的外表和他的言语中看出来，只能偶然地从他事后有意无意透露的口风中探查出来。他和K促膝长谈，考虑需要克服的那些困难，然而即使汉斯愿意尽全力帮忙，这些困难也是无法克服的；他一面沉思一面又看着K，像是在寻求帮助，一副不安分的神情。在父亲离开家之前，汉斯什么也不敢对母亲说，否则父亲得知了，一切都会功亏一篑，因此得等到父亲离家之后才能提这事儿。而当他见到母亲后，也得慢慢地寻找合适的机会征得她的同意，最后他才可以去找K。但这不是已经太晚了吗？当这一切都完成以后，父亲恐怕已经到了该回来的时间了。是的，这件事是不可能成功的。但K认为这并非不可能，他认为汉斯不必担心时间够不够的问题，因为即使是短暂的交谈，也足够了。汉斯不用来接K，K会躲在房子附近的某个地方等待着汉斯给他发送信号，然后他再根据汉斯的信号赶来。不行，汉斯说，K不能藏在他家附近——一牵扯到母亲，他就又变得敏感了——母亲不知道的话，K是不能上路的，汉斯不能在母亲不知情的情况下与K秘密约定；他得把K从学校带过来，但不能在母亲不知道也不批准的情况下这么做。行吧，K说，那事情就真悬了，汉斯可能会在家里被父亲抓个现行，就算不会发生这样的事，母亲也会由于害怕而不让K过去，然后一切都因为他父亲告吹了。汉斯又提出了异议，两人就这样为了讨论行动计划翻来覆去地争论。

　　K把汉斯从长椅上叫到讲台前，并把他拉到自己的膝盖旁，时不时地摸着他的头。尽管汉斯不愿意，但这种亲密的行为有助于他们达成协议。于是他们最后商定如下：汉斯会先把全部真相告诉母亲，但为了让她更容易接受这一切，汉斯还会说，K想亲自和布伦斯韦克商谈一些事情，但无关于母亲。其实，这也是事实，因为K在和汉斯谈话的过程中，已经意识到了布伦斯韦克即使在其他方面可能是一个危险而凶恶的人，但不一定会成为他的敌人，因为至少根据村长告知他的一样，他是希望任命土地测量员的人，尽管这可能是出于政治原因。所以，K来到村子里对布伦斯韦克来说应该是件高兴的事情。但这就解释不通第一次见面的时候，他对K一脸冷漠，而且汉斯也向他抱怨了许多那些他曾经做的不可理喻的事情。也许是因为K没有第一时间向他求助而使他感到不快，又或许他们之间还有其他的误会，那么也只需要几句话就可以澄清。假如K能成功地解开他和布伦斯韦克之间的误会，那么他肯定可以得到布伦斯韦克的帮助，一起对付教师，甚至还可以一起对付村长。他们不让K去城堡见官员，反而给他安排到学校做个杂役，这个官方骗局——难道不是骗局吗？——也可能因此被揭露；如果村长和布伦斯韦克之间再因为K产生冲突，那么布伦斯韦克一定会把他拉到自己的战营里去，那么他将成为布伦斯韦克尊贵的客人，布伦斯韦克在村子里施展的权力手段，也同样能为他所用，那他就可以轻松对付村长了。如果他做到了这一点，那谁知道他能取得多大的成功？不管怎么说，他都可以心安理得地和他的女人在一起。K沉迷于自己的美梦中，而在一旁的汉斯，一边思念着自己的母亲，一边担心地盯着沉默不语的K，就像是看着一位为了救治重症患者而苦思冥想的医生。汉斯同意K去和布伦斯韦克谈土地测量员的任命问题，因为这样可以保护母亲不受父亲的伤害，而且这只是一个发生紧急情况后才会采用的备案，他们都希望这种事情不会发生。汉斯还问了K会如何向他的父亲解释那么晚还登门造访的原因，K说，自己不堪忍受教师对自己的压迫和杂役这份丢人的职业，绝望的情绪使他忘记了一切顾忌，所以才会突然拜访。尽管汉斯的脸色还是有些阴沉，但因为现在一切都已经计划好了，而且是有成功的可能性的，所以他得以从思考的重担中解脱出来。他的心情渐渐变得愉悦，先是和K幼稚地开玩笑，然后又和弗丽达嬉闹了一会儿。

弗丽达呆呆地在一旁坐了很久，似乎在想别的事，直到现在才又参与进K和汉斯的谈话。她问汉斯长大后想成为什么样的人。汉斯连想都没有想，便说想成为像K一样的人。当弗丽达问及他原因时，他不知道怎么回答，而对于是否想成为杂役的问题，他的回答是极其否定的。进一步问下去，才搞清楚他是怎么绕了一大圈产生这种想法的。K现在的处境绝不是让人羡慕的，而是悲哀又让人鄙视的，汉斯都看在眼里，这一点不用问别人都知道。他本就很不希望母亲和K见面、说话，但尽管如此，他还是来求助于K，而且当K毫不犹豫地答应了他的请求后，他简直欣喜若狂；他认为别人也是这样想，最重要的是，母亲自己也提到过K。从这种矛盾中，汉斯产生了一种信念：K现在的处境虽然是很悲惨的，但是，也许在无法预料的遥远未来，他的地位会变得高人一等了也说不定呢。而正是因为这种对遥远未来的虚妄憧憬和通向未来的光荣历程，引领着他接受现在狼狈不堪的K。尽管汉斯的愿景幼稚但思想老成，汉斯看待K像是在看一个比自己更年轻、比自身更加前途无可估量的小男孩。在弗丽达的一系列问题逼迫下,他不得不神情忧郁、一脸严肃地谈起这些事情。

K说,他知道汉斯羡慕他的是什么,一定是桌上那根漂亮的多节手杖,在谈话的过程中汉斯一直心不在焉地把玩手杖。K的这番话才让他又开心起来。K说,他知道如何制作这种手杖,如果他们的计划成功,他会给他亲手制作一支比这个更漂亮的手杖。虽然K不太清楚汉斯是否真的是对这支手杖感兴趣,但他对K的承诺满心欢喜,而且准备告别时,他双手紧握K的手,满面喜色地说道:"那我们后天见。"

第十四章　弗丽达的指责

汉斯离开的真是恰当时候，因为不一会儿，男教师就推门进来了。

他看到K和弗丽达静静地坐在桌前，于是大喊道："原谅我的打扰！我来是想请你们告诉我，这个地方什么时候才能清理干净？我们的学生们在那边的教室挤成一团，上课很受影响，但你们却在这么大的体操教室里偷闲，甚至为了有更多的私人空间，你们还赶走了助手们。现在，你们至少要站起来动一动了吧！"接着，教师对K说道，"你去桥头旅馆把我的糕点拿过来。"虽然他的语气一直都充满了愤怒，但话语相对温和了一些，即使是那个有些粗鲁的"你"字。

K其实是打算立刻服从的，但为了试探他一下，他对男教师说："可是我已经被解雇了。"

"不论是解雇了，还是没解雇，你都得给我把点心拿来。"男教师说。

"那我想知道,我到底是被解雇了,还是没有呢?"K说。

"你啰唆什么?"男教师说,"你又不接受解雇。"

"这就足以让解雇无效了吧?"K说。

"在我这儿还不足以,"男教师说,"这点你大可信我,但在村长那儿足够了,我真的是搞不懂。我劝你现在赶快行动,否则真的会被我赶出去的。"

K从男教师的回答中更加确定,男教师在这期间根本没有和村长谈及过此事,又或许说他们谈过了,但村长是站在他这边的,这对他很有利。于是K赶紧准备去桥头旅馆拿点心。但他刚走到前厅,男教师就又把K叫了回来。可能他只是想通过这道命令来测试K是否愿意为他服务,以后好据此行事;或者也可能是他突然来了兴趣,把K当作吧台服务员一样使唤得团团转。K其实很明白,如果他过分屈服于男教师,那么他就会成为男教师的奴隶,但在一定限度内,他会耐心地接受男教师这些荒唐的要求,因为男教师的权力虽然还没有大到能够合法地开除他,但是也足够可以把他折磨到无法忍受的地步,这种事他一定能做得出来。而这份工作对他而言的意义也比以前重要得多了。

与汉斯的谈话让他有了新的希望,即使可能性是很小的,而且是完全没有根据的,但是他还是想要尝试一下,这个希望让他无法忘怀,甚至差点让他忽略了巴拿巴。如果他追随着这个希望(他不得不追随),那他就必须把所有的精力都投入进去,不能再为其他的事情操心,比如:吃饭、住所、村长,甚至不能去操心弗丽达——其实,说到底弗丽达才是事情的重点,他关心的就只是与弗丽达有关的事情。因此,他必须努力保住杂役的位置,这能带给弗丽达一定的安全感,他不后悔为此需要从男教师那里忍受更多的屈辱。他认为这一切并不太痛苦,这仅仅属于他生命中连续不断的小苦难而已,与他所追求的东西相比,这算不了什么,何况他来这里并不是来享受生活的。

因此,就像他曾想马上跑去旅馆一样,现在一听到改变了的命令,他也立刻又准备先收拾好教室,好让隔壁女教师带着她的那班学生回来上课。不过他得很快收拾完,因为之后还要去取点心,男教师已经饥饿难耐了。K保证一切都会照办;男教师看了一会儿,看着K用很快的速度清理了草垫,摆好体操器材,飞快地清扫地面,而弗丽达则在一旁帮助他擦洗讲台。男教师对K的工作热情相当满意,他还提醒K,门口堆放了一堆木柴可以用来生火——他分明是不想让K再一次进入柴房了——然后便朝孩子们在的教室走去,最后还不忘威胁道,他很快就会回来检查他们的工作。

默默地工作了一会儿,弗丽达问K,为什么他现在对教师的盼唯言听计从。这不禁让K想起了当初弗丽达给他的承诺，她说会成功地将他从教师的压迫中解救出来，但显然弗丽达并没有做到。于是K只简短地回答了一句，既然已经当了学校杂役，那他就必须要做好这份工作。之后气氛一度安静，直到K通过简短的对话才唤醒了一直沉浸在忧虑思绪中的弗丽达。她的心事似乎很多，尤其是在他和汉斯的谈话过程中，她也一直在发呆。直到现在，当K把木头搬进教室去，问她在想什么的时候，她才缓缓抬头看着他，回答说也没想什么特别的，她只是在想老板娘之前对她说的一些话真的是很有道理。弗丽达一直在回避着他的问题，在K的再三追问下，才坦白地说出来。她之所以不停地忙碌，其实并不是她勤奋，因为工作根本没有什么进展，她只是为了躲避K的眼神而已。

弗丽达讲了她先是如何静静地听着K与汉斯的谈话，然后是如何被K的一些话语吓了一跳，又是如何能更敏锐地领会这些话语的意思，以及从那时起，她不断地从K的言辞中发现老板娘给她的警告是正确的，虽然在这之前她从来都不愿意相信它们的合理性。K对弗丽达含糊其词的一番话感到十分恼火，接下来听到她哭哭啼啼的哀叹声，不免更加生气——尤其是当他听见弗丽达又把老板娘给掺和进来了，哪怕仅仅是通过她的回忆，因为她本人到现在也还没有成功——K把抱在怀里的木头摔到地上，然后坐在了木头上，用很严肃的语气让弗丽达把整件事情的来龙去脉讲清楚。

"之前有很多次，"弗丽达开始解释道，"老板娘从刚开始就极力让我防备你，她并没有说你在撒谎，相反，她说你这个人天真坦率，说你的性子和我们不一样，就算你说话很坦白，我们也很难去相信你。若不是一个好朋友及时拯救我们，我们可能就得通过很多惨痛的教训才能学会去相信。即使是老板娘那种眼光敏锐的人，也不会有什么不一样的结局。但经过上次在旅馆和你的对话——我只是重复她的言论——她看穿了你的诡计，虽然你努力地想要掩饰自己的意图，但你骗不了她。'他并没有隐瞒什么，'她一直这么说，然后她还说：'要努力把握住任何可能的机会去仔细听他说话，不能粗略带过，必须竖起耳朵听清楚。'也正是因为老板娘足够警惕你，所以关于我，她发现：你勾引我——她用了这个可耻的词——只是因为碰巧在吧台的人是我而已，我也没讨厌你，而且因为你认为我只是一个吧台的女侍，是一个任何客人都能轻易搭上的女人。而且，老板娘听贵宾楼的老板说，你因为某些原因想在贵宾楼里过夜，但是没有办法，所以只有通过我才能达到这个目的。这也就是你接近我，让我成为你的情人的原因。而你为了让这件事变得不简单，想要的就是——克拉姆。老板娘并没有说你想从克拉姆那里得到什么，她只声称你在认识我之前或者认识我之后都一样，都是一心想见克拉姆。唯一不同的是，你以前没有任何希望，但现在却认为因为我而有了一种可靠的手段，你可以真正并且很快地接近克拉姆了，甚至带着一种优越感。我听到你说的那些话感到特别吃惊——但那只是表面上的害怕，没有更深层次的原因——当你说在认识我之前，你曾经在这里完全迷失。可能就像老板娘说的那样，自从你认识我之后，变得很有目的性。那是因为你认为你征服了一个克拉姆的情人，你的手中就有了一个必须用高价才能赎回的人质了，你的目的就是要和克拉姆谈判这个价码，因为我在你眼中无足轻重，而那个价码却是你的头等大事，所以关于我的一切，你都能做出让步，但涉及价码时，你分毫不让。所以，你才会对我失去贵宾楼的地位无动于衷，对我不得不离开桥头旅馆跟着你颠沛流离也无动于衷，对我不得不做繁重的打杂工作也无动于衷。你对我没有了以前的温柔，甚至没有时间陪我，你把我丢给两个助手，你不吃醋，因为我对你唯一的价值就只是我一度是克拉姆的情人罢了。你不了解情况，却总是用力让我别忘记克拉姆，以便在决定性的时刻到来时，我不至于太抗拒。你不断地和老板娘争吵，因为你认为她能把我从你身边抢走，所以你把和她的争吵进行到极端，为的是带上我和你一起离开旅馆。但就我而言，不管是我还是我的一切，在任何情况下都是属于你的，这点你毫不怀疑。你把与克拉姆的见面当作一桩生意，以物换物。你把所有的可能性都计算在内，只要达到了你心目中的价码，你就愿意做任何事情。如果克拉姆要我回去，你就会把我交给他，如果他要你跟我在一起，你就会和我在一起，如果他要你赶我走，你就会毫不犹豫地赶我走，你已经准备好要演的戏码了——如果对你有好处，那你就会假装爱我，你还会强调他对我的冷漠，并且告诉我，即使你渺小卑微也会为了我而努力与他反抗。而且你还经常以你从他身边抢走我来羞辱他，或者你转达我对他爱的告白，请他带我回去，当然他要为此付出你预期的价码。如果没有得到回应，那么你就会以'K夫妇'的名义去求他。老板娘还郑重地告诉我说，如果我发现我一切都是错的，你的猜想，你的希望，你对克拉姆的想法以及他和你的关系都是错误的时候，那么迎接我的便是地狱，因为那时我就会成为你唯一依靠的财产，也仅是一个已经被证明毫无价值的东西罢了，你当然会毫不在意地随意对待我，因为你对我除了物主的感情以外，没有别的感情了。"

K抿着嘴，聚精会神地听完了弗丽达的这番话，他一晃神，身下坐着的木头开始四处滚动，自己差点坐在地上，但他没有加以理会，愣了好一会儿才站起来，坐回了讲台上。K握住弗丽达那双仓皇地想要躲避的手说："你刚才说的一大番话里，我不是总能分得清你的看法和老板娘的看法。"

"那只是老板娘的看法，"弗丽达说，"我什么都听她的，因为我很佩服老板娘，但这是我生平第一次完全拒绝她的意见。她说的每一句话当时都显得那么无理，我认为我们和她说的完全相反。我想起了我们在一起的第一个夜晚后的那个阴暗的早晨。你跪在我身旁的样子，目光中流露着仿佛一切都完了似的神情。后来情况也确实变成了那样，尽管我很努力，但怎么也没有帮到你，反而阻碍了你。因为我，老板娘成了你的敌人，而且是一个强大的敌人，你始终小看了她；因为要照顾我，你不得不为了自己的职位奔走，与村长相比，你完全处于劣势，而且你也不得不向男教师屈服，甚至不得不受制于两个助手。但最糟糕的是：因为我，你也许得罪了克拉姆。你现在一直想去找克拉姆，只是为了缓和关系罢了。我常常想，老板娘比我更了解这些，她对我说那些话，只是希望我不要太过自责。虽然这是她的一番好意，但是这个力气白费了。我认为我对你的爱会帮助我战胜一切，它会带着你前进，如果不是在这个村子里，也会在其他地方，至少这份力量已经得到了证实，因为是它把你从巴拿巴的家里救了出来。"

"你当时的想法和老板娘是相反的，"K说，"那现在有没有什么变化呢？"

"我不知道，"弗丽达说，她看着K那双紧紧握住了她的手，"也许什么都没有改变,如果你离我这么近,又这么平静地问我,那么我相信什么都没有改变。但实际上……"她从K的手中抽出了自己的手,在他面前坐直了身子,并未掩面地哭了起来。她满是泪痕的脸对着K,仿佛她不是在为自己而哭泣,而是在为K的负心而哭泣,因此没有什么可隐瞒的,他也应该看着她这副可怜的模样——"但实际上,自从我听到你和那个男孩说话后,一切都变了。一开始你是那么天真无邪,问他家里人的情况时,我觉得就像是那天你刚进酒吧间那么幼稚地、急切地吸引我的目光一样。我真希望老板娘也在这里,听听你的话,然后她可能就不会坚持自己的意见了。但突然间,不知道怎么回事,我发现了你是以什么样的意图和那个男孩说话的。你在努力获得他的信任——这真是不太容易赢得的——然后你就直奔你的目标,我也知道你的目标就是那个女人。你的那番话语,虽然是在担心她,可是我能看出来,你只是在打着自己的盘算而已。很明显你在还没有赢得那个女人的信任之前,就已经开始做好了去利用她的准备。从你的话里,我不但认清我的过往,也听出了我的将来,我觉得,好像老板娘坐在我身边向我解释着一切,然而我用尽全身的力气想推开她一样,但我清楚地看到了这种努力是白费的。其实被骗的不再是我,而是那个陌生的女人,我连被骗的份都没得。当我后来振作起来,问汉斯他想成为什么样的人,他说他想成为像你一样的人,也就是说,他已经完美地被你驯服了。他这个在这儿被蒙骗的好孩子和当时在酒吧间里上当的我,之间又有什么区别呢?"

"你说的这一切在某种意义上是对的,但这些并不真实,我认为它们带着敌意,"K说,在习惯了这种指责后,已经平静了下来,"尽管你觉得这是你自己的想法,但实际上它们都是老板娘的想法,是来自我的敌人的想法,这让我感到一丝安慰。不过,这些话很值得深思,说明你还是可以从她那里学到很多东西的。虽然她没有亲口告诉我这些话,也不曾照顾过我的感受,但她告诉你这些,很明显,这是她认为可以拿来对付我的一把利剑,好让你在最紧要或最困难的关头给我狠狠一击。如果我利用了你,那么她也利用了你。但现在,弗丽达,请你认真思考一下,即使一切都像老板娘说的那样,只有在一种情况下事情会变得非常糟糕——那就是你不爱我。那样的话,才好像我真的是用算计和狡猾赢得了你,把你当成坐地起价的资本。那么,那晚我和奥尔加手挽手地来到你面前,也可以说成我为了引起你的注意,并且也是我计划的一部分了,关于这一点,老板娘为什么却偏偏没有提及。但如果事实并不是她说的这样,你也并不是被一个狡猾的猎人给逮住了,而是我们彼此吸引,主动投怀对方,甚至在相处的过程中我们都迷失了自我,告诉我,弗丽达,那事情又会是什么样子呢？那么，我做的事情就和你做的事情一样，其中并没有什么区别，只有我们的敌人才会想把我们区分开。事实就是如此，包括在我和汉斯的问题上也是一样。而在判断我与汉斯的对话时，你实在太过敏感、太过多虑了，因为就算汉斯和我的意图不太一致，也不至于说我和他的立场是矛盾且对立的，况且，汉斯虽然年纪小，但并非察觉不到我们之间的分歧，如果你觉得他感受不到，那你可是太低估了他这个小大人了；更何况，即使汉斯对一切都不知情，也不会因此祸及某个人，反正我希望如此。"

"想要完全看清楚状况真是太难了，K，"弗丽达说着，叹了口气，"我当然不会不信任你，就算老板娘对我说了那么多戒备你的话，我也会抛开它，跪下来请求你的原谅，其实我一直都是这样做的，尽管我说了这么不入耳的话。但事实上，你确实有事情瞒着我，你总是来来去去，我不知道你从哪里来，也不知道你想到哪里去。当汉斯敲门的时候，你那么期待地叫出了巴拿巴这个名字。要是什么时候，你能把我的名字也叫得那么亲热就好了，我不能明白你干吗老是叫这个令人讨厌的名字。如果你对我不信任，那我怎么可能不对你产生怀疑呢？我会完完全全地相信老板娘说的话，你的行为似乎也在证明她的正确。虽然并非事事如此，我不想说你做的所有事情都是在证明她的说法是正确的，毕竟你不是为了我解雇了两个助手吗？我多么希望能够在你的所说所做中找寻到一个我认为好的本质，就算你所说所做的一切让我痛苦煎熬着。"

"我要强调的是，弗丽达，"K说，"我对你没有丝毫隐瞒。老板娘是多么的恨我，她是多么费尽心力地想把你从我身边抢走，她用多么卑鄙的手段想让你恨我，而你又是多么地听从于她，弗丽达，你是多么的听从于她啊。请告诉我，我哪件事情瞒着你？你知道我想见到克拉姆，我也知道你无法助我一臂之力，所以我必须靠自己的能力去争取这样的机会，你也知道我到现在还没有成功，这你看得出来。难道我现在要把那些在现实中受尽旁人冷眼的事实再告诉你，让自己再受一次屈辱吗？我是否应该在你面前夸耀我自己在克拉姆的马车前等了一下午，身体都冻僵了？我为了让自己不再想这些事情，于是我赶紧回家来找你，现在你又把这些事情拿出来让我难堪。巴拿巴？好吧，其实我是在等他，因为他是克拉姆的信使。可又不是我让他当克拉姆的信使的！"

"又是巴拿巴，"弗丽达喊道，"我不相信他是个好信使。"

"你也许是对的，"K说，"但他是唯一派给我的信使。"

"那更糟糕了，你更要小心他。"弗丽达说。

"可惜的是，至今他还没有给我任何需要我小心他的机会，"K笑着说，"他很少来的，带来的信息也都是些琐碎的东西，只是因为他直接为克拉姆传信,所以我才觉得他有了价值。"

"可是你看,"弗丽达说,"你现在的目标甚至已经不是见克拉姆了,这才是我最担心的,你以前总是想着见克拉姆,当时我就觉得这是坏事,而你现在似乎想要远离克拉姆,这是连老板娘都没有预料到的事情。就像她说的,如果有一天,你意识到你在克拉姆身上付出的一切努力都是徒劳的话,那么我的幸福也就此结束了——我那充满质疑但又无比真实的幸福。但现在你连这一天都不想再等了,一个小男孩突然蹦了进来,你就开始和他争夺他的母亲,就好像是在争夺你生命中的空气一样。"

"你对我和汉斯的谈话理解得很正确,"K说,"事实就是这样。但是,难道你已经遗忘了以前的全部生活(当然,老板娘除外,她不会让自己遗忘那些记忆)?以致你已经不知道人该如何去争取上进了吗?尤其是从最底层出来的人。当任何一丝机会来临的时候,难道不应该紧紧抓住它努力地向上爬吗?而这个女人是城堡出来的人,是我第一天在拉瑟曼家里歇息的时候,她亲口告诉我的。还有什么比向她求助更好的办法呢?如果说老板娘只清楚地知道去见克拉姆所面临的种种障碍,那这个女人很可能知道通往那里的路,因为她就是从那条路上下来的。"

"去克拉姆那里的路?"弗丽达问。

"对啊，通往克拉姆那里，不然还能通往哪里呢？"K说完然后跳了起来继续说，"不过现在我应该去取点心了。"

弗丽达急了，想要他留下来，好像他留下来就能证实他刚才告诉她的所有事情是真心诚意的一样。但K提醒她别忘了男教师，指了指那扇随时可能被砰的一声打开的门，并向她承诺马上就回来，甚至还告诉她炉子不用生火，他自己会处理的。最终，弗丽达顺从了，将自己留在了一片沉默中。

当K在外面的雪地里踯躅前行时——这条小路本应该早就被铲干净的，奇怪的是，清扫工作的进度怎么这么慢——他看到一个助手这会儿死死地扶着铁栏杆不放。眼前只有他一个助手，那另一个呢？难道K至少已经耗尽了其中一个助手的耐心了吗？当然，留下来的这个人还在卖力地坚持着，当他在看到K的时候，兴奋得直接跳了起来，马上又展开双臂想要抱住K，还激动地转动着眼睛。"他这份执着的精神值得颁发个奖，"K自言自语道，"他和他的执着迟早会冻死在铁栏杆上。"然而，表面上，K只是对着助手用拳头进行了威胁，示意他不要接近自己，助手还真的被吓得往后挪了相当远的距离。

弗丽达按照和K说好的那样，在生火前先打开了窗户通风，结果刚一打开窗户，那个助手就立刻撇下K，无法抗拒地被吸引着走向窗前。弗丽达一面对助手露出怜慈的表情，一面对K露出无助的神情，脸都扭曲了。她向窗外挥了一下手，都不知道是在驱赶他还是问候他，助手大步地向她跨步走来。于是弗丽达赶忙关上了外窗，但她一直待在窗后，手扶着窗把，头歪向一边，眼睛瞪得大大的，脸上露出僵硬的笑容。难道她不知道自己这样做只会吸引助手过来而不是赶跑他吗？但K没有再回头看，他只想快点回来。

第十五章　阿玛利亚

K终于——天色已晚，临近傍晚——把花园的小路清理好了，他把小路两边的雪堆积起来，并用铲子把它们压得紧紧的，这才算是完成了一天的工作。他站在宽阔的花园门口，周边寂寥无人。在几个小时前，K就把留下来的那位助手赶走了，在赶了好长一段路后，那家伙突然不见了，但也许就在花园和小屋之间的某个地方藏起来了。

弗丽达在家里不是在洗衣服就是在给吉莎小姐的猫洗澡，吉莎把这项工作交给了弗丽达，是对她高度信任的表示，不过这是一份很倒人胃口也不合适的工作。如果不是K在各种失职之后，得抓住各种机会讨好吉莎小姐，他肯定不会容忍她这样折磨弗丽达的。吉莎惬意地看着K如何从阁楼上搬来儿童小浴盆，然后调试着适宜的水温，最后又是如何小心翼翼地把猫咪放进浴盆。吉莎甚至把这只猫完全交给了弗丽达照看，因为施瓦泽来了——对，就是K刚到达村子后结识的那一个人。

当他看见K的时候，眼神中带着一种羞愧的情绪——应该是因为那天晚上和K发生争执的原因——但还有一点儿轻蔑的意味，似乎是瞧不上K这份杂役的工作。他示意了一下K，然后便和吉莎小姐一起走进了另一个教室。正如K在桥头旅馆被人告知的那样，施瓦泽虽然是副管事的儿子，但他出于对吉莎小姐的爱慕，所以才会在村子里住了很长时间，他还利用自己的各种关系，成功地被村长任命为吉莎小姐的助教，但主要用以下方式履职：他几乎没有错过一次吉莎小姐的课，他要么坐在孩子们的课桌椅上，要么就直接挨着讲台，在吉莎小姐的脚边坐下。他也不会对课堂造成影响，因为孩子们早就习惯了他的存在，也许是因为他对孩子们既没有感情，也不了解他们，他几乎从不和他们交流，只是负责代替吉莎小姐上体操课，他满足于和吉莎小姐呼吸同一片空气，以及感受她的温暖。

施瓦泽最大的乐趣就是坐在吉莎身边和她一起批改作业。今天他们也同样在这么干，施瓦泽抱来了一大堆练习册，男教师也总是把自己的练习册分给他们，只要天还没黑，K就能看到他们两个人在窗边的小桌子上工作，头挨着头，一动不动，此刻只能看见那里摇曳的烛光。一种古板而又缄默的爱包围着二人，这个基调是吉莎小姐定下的，尽管吉莎慢吞吞的性情有时在发火时会冲破所有的界限，但在绝大多数情况下，她不会容忍别人有类似的行为。因此性格活泼的施瓦泽不得不让步,小心谨慎地慢慢走,慢条斯理地和她说话,甚至沉默不语。但大家都看得出来,他做的一切也得到了吉莎单纯、静默地和他待在一起这样的回报。但也许吉莎根本就不爱他,至少她那双灰色的圆眼没有给出这个问题任何答案,那双眼睛几乎从不眨动,似乎只有瞳孔在转动,只能说她不讨厌施瓦泽,但她肯定不觉得被一个副管事的儿子爱着是一件多么光荣的事情。不管施瓦泽的目光是否紧随于后,她依然挺着那丰满的身躯淡定地走来走去。相反,施瓦泽不断地为了她做出牺牲,克服重重阻碍才留在了村子里;他的父亲经常差人来请他回去,最后无不是被他大怒轰走,好像他们来了就会让他短暂地想起城堡和自己身为人子该尽的义务,就是对他幸福、清净的生活的侵犯。然而他其实有很多空闲的时间,因为吉莎一般只在上课和批改作业的时候才会允许他出现,这倒不是在算计什么,只是因为她喜欢自在的感觉,把独处看得比什么都重要。大概她最开心的时候,就是在家里完全自由地躺在沙发上伸个懒腰打个盹,当然旁边还有她最爱的猫咪,不过它不碍事儿,因为它根本跑不动了。所以,施瓦泽一天中的大部分时间都在无所事事,四处游荡,不过这也合他心意,因为这样他就有时间去吉莎家所在的狮子巷,经常利用这个机会,爬到吉莎家的阁楼上,在总是锁着的门前听里面的动静,当他确认房间里毫无动静之后，才会离开。但目前这种生活方式的后果偶尔还是会在他身上显示出来，在他身为官员的傲慢重新苏醒时，他会以可笑的方式爆发出来，只不过吉莎从没亲眼见过而已，这种傲慢和他现在的地位十分不相称；结局自然很不好，这一点K体验过。

但让人感到惊讶的是，在桥头旅馆里，人们在谈论起施瓦泽的时候，总是带着一定的敬意的，哪怕说的是些可笑而且不值得尊重的事情，甚至使得吉莎与有荣焉。但是，如果说施瓦泽觉得作为助教比作为杂役的K更为优越，那这种优越性是不存在的。因为学校的杂役对于教师队伍，甚至是对于施瓦泽这种助教来说，都是非常重要的人，是不能肆无忌惮地无视的人，如果因为社会地位的原因，不能够把学校杂役当作和自己平起平坐的人，那么至少也要有适当的回报使杂役可以忍受这种轻视。K打算把这件事记在心上，而且施瓦泽因为第一天晚上对他不友好的表现还欠他的情，虽然接下来的这几天发生的事情证明了施瓦泽的做法确实没什么错，但欠他的这份情并不会因此减少。因为别忘了，施瓦泽的那次接待很可能决定了事情接下来的发展方向。施瓦泽从一开始就毫无意义地把城堡官员的全部注意力引向了K，当时K作为外乡人来到这里，对村子里的一切都感到完全陌生，他没有熟人，没有前途，甚至忍受了长途跋涉的疲劳后还只能睡在草袋子上，完全是一副懵懵懂懂的样子，可以任由每一个官员的摆布。不过只要过一夜之后,一切都不一样了,他本来可以静悄悄地行动,没有人会知道他的目的,也不会有人怀疑他,可能只会把他当作流浪匠人留在村子里歇息,人们会看到他的勤劳和可靠,然后他的好名声就会通过附近的人传开,可能他很快就会在某个地方找到一份差事,有个栖身之所。当然,城堡当局不可能一无所知。但现在有一个本质的区别,总办公厅或电话边的其他人在半夜因为一通电话而被惊动了,而且被要求立刻做出决定,表面上在毕恭毕敬地请求,实际上是纠缠着要立即答复,实在烦人。而且,打电话的是上级可能并不喜欢的施瓦泽。还有一种可能是,如果K第二天在工作时间内直接找到村长,报告自己作为一个迷路的外乡人,暂时找到了一个睡觉的地方,然后会在明天立刻离开村子,那么这就是合理的。但是,他要是能成功地在这里找到了一份工作,那么他可能也就最多会待上几天,毕竟他也并不想再在这个村子里待下去。如果没有施瓦泽的出现的话,也许就会是这样或类似的情况。上级会冷静且有条理地继续处理此事,而且不受当事人的干扰,他们可能最讨厌的就是当事人的急躁。然而K在这一切中是无辜的,施瓦泽才是始作俑者,但人家毕竟是副管事的儿子,表面上看又没做错,所以大家都不指责他,所以这一切的后果只有让K来承受了。然而造成这一切的后果又是什么荒谬的原因呢？也许偏偏在那天吉莎的脾气很暴躁，所以惹得施瓦泽心神不宁只好在夜里四处游荡，然后把满腔的火发在了K的身上。当然，要从另一个角度来说，K应该感谢施瓦泽的这一行为。也正是因为他，K一个人根本无法做到也永远不敢去做的事才有了可能，这也是城堡方面几乎不会承认的事，即从一开始，他就和城堡的官员碰上了，而且没有使任何的花招，近距离地坦率相对了。然而，这是一件可怕的礼物，虽说不至于让K说大量的谎言、使用各种手段，但也使他无以自保，至少使他在与城堡的斗争中处于劣势地位，所以他不得不告诉自己，城堡和自己之间的权力差别是如此的巨大，以致他想出的所有谎言和计谋都不能使这种差别大幅度地缩小，而只能保持相对的不易察觉，甚至会使他变得心灰意冷。当然，这只是K安慰自己的一个说辞，施瓦泽还欠着他的情呢，虽然当时给他添了不少麻烦，但也许下次还能帮上他的忙。起码，在眼下这件最细小的事情上就明显需要施瓦泽的帮助——巴拿巴的这次的行动似乎又失败了。

因为弗丽达的缘故，K一整天都在犹豫要不要去巴拿巴的家里询问他工作的进展，为了不在弗丽达面前接待他，K一直都在外面工作，下班后就直接留在了可能会遇见巴拿巴的地方，但巴拿巴没有出现。现在除了去找他的姐妹们，也没有别的办法了，哪怕就这么一会儿，只是站在门槛外，他也想亲自问下巴拿巴。为了不让弗丽达起疑心，他必须快去快回。于是他直接把手里的铁锹插进雪地里，向巴拿巴家的方向跑去。

K气喘吁吁地来到巴拿巴家门口，敲了一会儿门后，没人应答，于是他直接推开门，并没有注意到谁在客厅里，就大声喊道："巴拿巴还没回来吗？"

现在，他才注意到奥尔加不在家里，巴拿巴的父母亲坐在远处的桌子旁打盹，还没有意识到门口发生了什么，只是慢慢地把头向门口的方向转过去，而阿玛利亚此时正盖着毯子躺在火炉旁的长椅上，她在K出现的第一时间就惊恐地站起身来，用手扶住额头，定了定神。如果奥尔加在这里，她肯定会立刻回答K的问题，然后K就可以马上离开，可现在他至少得向阿玛利亚走过去几步。K一边示意巴拿巴的父母不必走过来，以免出现任何闪失；一边站到阿玛利亚的身边，握住了她的手。K从阿玛利亚那里得知奥尔加此时正在后院里劈柴。阿玛利亚看起来精疲力竭——她没说原因——刚才不得不躺下。巴拿巴虽然没有回来，但阿玛利亚说他很快就会回来了，因为他从不在城堡里过夜。K向阿玛利亚致谢后，准备转身离开，阿玛利亚却叫住了他，问他能不能等到奥尔加过来后再走，可惜K并没有太多时间。阿玛利亚接着问K，今天是不是已经和奥尔加见过面了，K惊讶地否认，并问她奥尔加是不是有什么特别的事情要告诉他，阿玛利亚只是生气似的微微动了动嘴，对K默默地点了点头，这显然是想要让K离开，然后她又躺了回去。

阿玛利亚目不转睛地看着K，好像很惊讶他怎么还站在原地没有离开。她的目光一如既往的冷漠、不动声色，而且并不聚焦在她所观察的对象上，这令人感到很是不安。她看着K的目光微微移开了一点，几乎很难让人发现，但毫无疑问的是偏离了目标，这不是因为她的软弱，也不是因为尴尬，更不是因为她撒了谎，而是一种对独处的长期的、高于一切的渴望。K记得这个眼神，因为在这儿的第一个晚上，这个家庭给他留下的全部丑陋的印象大概都缘起于这个眼神。这种眼神儿并不可憎，而是骄矜的，虽然保持着距离感，但真诚。

"你总是那么忧愁，阿玛利亚，"K说，"你是不是有什么烦恼呢？我从来没有见过像你这样的乡下女孩。你是这个村子的人吗？你是在这里出生的吗？"

阿玛利亚点了点头，好像只回答了K最后一个问题，然后她说："所以你要等奥尔加回来吗？"

"我不知道你为什么老是问同样的问题，"K说，"我不能再待下去了，因为我的未婚妻在家里等着我。"

阿玛利亚用胳膊撑起身子,她从未听说过K有什么未婚妻。K提了弗丽达的名字,她似乎也并不认识。她问K,奥尔加是否知道他订婚的事。K认为她知道,因为奥尔加见过他和弗丽达在一起,而且这样的消息在村里应该很快就传开了。但阿玛利亚向他保证说奥尔加并不知道这件事,而且她似乎已经爱上了K,这件事会令她很不高兴。但是奥尔加很矜持,从来没有坦白自己的心思,但她对K的爱意会不由自主地流露出来。K坚信阿玛利亚的猜想是错误的。阿玛利亚笑了笑,尽管带着悲伤,不过还是让她那愁云密布的脸上绽开了一道光,让她的无言看上去像是在述说,让陌生变成熟悉,透露出一个秘密,就像交出了一件保存至今的东西,虽然可以收回,但再也无法完整地收回了。阿玛利亚说,自己没有搞错,而且知道的更多,她也确定K对奥尔加也是有感情的,她认为K的每次来访,都是在以找巴拿巴打探信息为借口而已,实际上却是为了见奥尔加。不过既然现在她什么都知道了,那K就不用再每次找借口前来了,不妨经常来。她就只是想告诉他这一点。K摇了摇头,并提醒阿玛利亚他已经是有婚约的人了。阿玛利亚似乎并不在乎他的婚约,因为几天前站在她面前的K还只是一个落魄的单身汉,这个印象太根深蒂固了。她只问了K是什么时候认识那个女孩的。于是K把那天晚上在贵宾楼里发生的事情告诉了阿玛利亚,她只简短地说了一句,她一直都反对奥尔加带K去贵宾楼，还叫来了奥尔加为她做证。奥尔加正抱着一捆木头走进来，外面寒冷的空气使她精神焕发，脸颊泛红，活泼而有力，这与她平时在房间里呆板的模样相比，简直判若两人。她把木头扔下，向K打了招呼，马上问起了弗丽达。K看了一眼阿玛利亚，似乎在告诉她，她的观点都是不正确的，但阿玛利亚并不认为自己是错误的。于是有点恼火的K，讲起了比平时更详细的关于弗丽达的故事，描述了她在学校里照顾家庭的困难和艰辛，等等。他讲得很急切，因为他想尽快回家见弗丽达，所以就越说越忘我，甚至在和姐妹两个告别的时候，还顺口提出让她们来学校玩的邀请。然而他刚一说出口，便感到后悔了，可是阿玛利亚不给他后悔的机会，立刻直接接受了他的邀请，奥尔加也不得不加入进来，同样也接受了邀请。K心心念念着想要早点回去，但是阿玛利亚的眼神让他感到心虚，于是他在心里责怪自己后又赶紧表示，这次提出邀请完全是他考虑不周，太感情用事，很遗憾的是，弗丽达和巴拿巴家之间存在着他所不理解的巨大的敌意。

"我们并不是仇人，"阿玛利亚从长椅上站起来，然后把毯子扔到身后，说，"这不是什么多严重的事情，这只是那些村民的谣传罢了，你现在走吧，去找你的未婚妻，我看你着急得很。你不要害怕我们会去找你，刚才我们只是开玩笑的。你可以经常过来找我们，这倒是没有问题,你也可以随时以找巴拿巴打探消息作为借口来找我们。如果你想更方便一点,我还可以说巴拿巴从城堡里给你带了消息,但他不能大老远回学校向你报告。他的工作任务很繁重,不能到处走动浪费时间,而且他也需要回家休息,所以你得亲自过来收信。"

K从来没有听过阿玛利亚说过这么多的话,而且听起来和她平时说话的腔调很不一样,有一种威严,不仅K感觉到了,连奥尔加也感觉到了,她毕竟是和她生活了那么多年的妹妹。奥尔加站在一旁,双手在胸前交叉,两腿叉开,微微弯着腰,她的眼睛紧紧地盯着阿玛利亚,而阿玛利亚的目光只对着K。

"我想这中间有什么误会,"K说,"如果你认为我是打着见巴拿巴的名义才来你家的,那就是大错特错了。我一直把和城堡官员联系解决我自身的事情当作我最急切的愿望,实际上也是我唯一的愿望。而巴拿巴向我承诺他会帮我做到这一点,所以我的希望都寄托在他身上。虽然他曾经让我失望过一次,但那与其说是他的错,倒不如说是我自己的错。那是我刚来到村子里的时候,我以为我夜间去一趟城堡就能直接解决一切,可事实证明,这完全不可能,于是我曾一度怨恨巴拿巴,甚至把这种情绪带到了他的家人身上。不过现在一切都过去了,我认为我对你们更了解了,而且可以说你们甚至是……"K极力地寻找合适的词,但一时间又没有找到,于是只是说道,"你们也许比村子里的任何人都要心地善良、脾气好。但现在,阿玛利亚,你又误导了我,因为你说我拿你哥哥做幌子,我认为你低估了你兄弟工作的重要性,尤其是对我的重要性。也许你对巴拿巴的工作并不知晓,如果这样的话,也没什么,我就可以把这件事完全交付于他,但如果你是知晓的——我倾向于你知晓内情,如果这样就不好办了,因为这意味着你的兄弟在欺骗我。"

"你放心吧,"阿玛利亚说,"我并不知晓内情,没有什么能让我去打听关于他工作的事,就算是顾虑到你我也不会那么做,有些事虽然我愿意为了你去做,但正如你说的那样,我只是出于好心。我哥哥的工作是他个人的事情,除了我在不得已的情况下偶尔凑巧听到几句信息之外,其他的我一无所知。奥尔加或许能够告诉你巴拿巴所有的事情,因为她是巴拿巴最信任的人。"说完阿玛利亚便离开了,她先是到她的父母的面前悄声说了几句,然后走进了厨房;她没有和K告别,好像她知道他会待很久似的,没有告别的必要。

第十六章 （无题）

　　K有些诧异地站在原地，奥尔加笑他，把他拉到炉子旁边的长椅上坐下。她似乎真的为自己能够单独和K坐在一起谈心而感到幸福，但这是一种很平静的幸福，她的内心不会受到嫉妒的影响。正是因为她没有嫉妒心，也不严厉，让K感觉很舒服。K喜欢看她那双蓝色的眼睛，它不诱惑，也不霸道，羞怯而坦诚。弗丽达和老板娘曾给他说的那些警告并没有干扰他对巴拿巴一家人的印象，他只是学会了更加细心地去观察和思考。奥尔加感到很惊讶，说不明白K为什么会觉得阿玛利亚善良，她的确有很多优点，但算不上善良。K跟着奥尔加一起笑了，向她解释说，其实他赞美的对象是奥尔加，只不过因为阿玛利亚太过于霸道，把所有的话都往自己身上揽，让人不管说什么都得把她给考虑进去。

　　"你说得倒是真的，"奥尔加严肃地说道，"而且比你想象得还要真实。阿玛利亚虽然比我年轻，也比巴拿巴年轻，但她是家里的决策者，当然，决策的结果不管是好是坏，她比我们任何人都要承受得更多。"

K认为奥尔加的话有些夸张了，因为阿玛利亚刚刚才说过她并不关心她哥哥的事情，反而是奥尔加知道所有的事情。

"让我怎么说呢？"奥尔加说，"阿玛利亚的确是不关心巴拿巴和我，除了父母，她对任何人都不关心，她没日没夜地照顾着父母，你看，现在她又到厨房里给他们做饭去了。她甚至为了父母连自己的身子都顾不上了，她因为没有休息好，所以从中午开始就感到不舒服，一下午一直躺在这张长椅上。她虽然不关心我们，但是我们非常依赖她，就像她是我们的长姐一样，如果她在我们的事情上为我们出谋划策，我们一定会听她指挥，但她从来都没有过，我们对她仿佛是陌生人一般。你见多识广，又来自他乡，在你看来她是不是特别聪明？"

"在我看来，她似乎特别不快乐，"K说，"像巴拿巴做的这份城堡信使的工作，阿玛利亚明明不赞成，甚至是鄙视的，那又怎么能说你们听从她的意见呢？"

"他要是有另一份合适的工作，就会立刻辞掉城堡信使的工作，他并不满意这份工作。"奥尔加回答道。

"他不是一个很厉害的鞋匠吗？"K问道。

"当然，"奥尔加说，"他兼职为布伦斯韦克工作，如果他愿意，他可以接到做不完的活儿,赚取更多的钱,过上更好的生活。"

"就是啊,"K说,"他可以找人代替他做信使的工作啊。"

"代替信使的工作?"奥尔加惊讶地问道,"难道他是为了挣钱才去做这份差事的吗?"

"我想是的,"K说,"你提到过他并不满足这份工作呀。"

"是不满意,这其中有很多原因,"奥尔加说,"但这是为城堡工作,算是一种荣耀,至少大家都会这么想。"

"这么说,"K问道,"连这一点你们都有疑问?"

"嗯,"奥尔加回答道,"虽然我并不怎么怀疑,但巴拿巴的确是去城堡工作,跟城堡仆役同级别,能远远见到一些上级官员,也会传递比较重要的信件,甚至是口头传达的信息,这已经是相当罕见的事情了,他这么年轻就取得这么大的成就,我们应该为他而感到骄傲。"

K点了点头,他现在渐渐没有了急于回家的想法了。

"他也有自己的制服?"他问。

"你是说那件外套?"奥尔加回答道,"没有,他现在的外套是阿玛利亚在他还没当信使的时候给他做的。你的问题正好戳到了他的痛处。他的确早就应该有一套办公厅的人员穿的制服了,尽管城堡里的制服并不多,但他们已经答应会给他发一套的,不过城堡办理这方面的事情向来是磨磨蹭蹭的,坏就坏在你永远不知道这种拖拉意味着什么,它可能意味着事情正在处理,但也可能意味着还没开始,譬如,他们想考验一下巴拿巴,也可能意味着办理过程已经结束,他们因为某些原因撤回了许诺,而巴拿巴将永远也得不到那套制服了。你根本无法从中打探到更多的细节,或者说只有在很长一段时间后才能知道。我们这里有句俗话,你可能听说过:'官场的决策如少女般羞涩。'"

"这倒是个很好的评价,"K说,他比奥尔加还认真,"说得很好,官场的决策可能和女孩子还有其他的共同点呢。"

"也许吧,"奥尔加说,"我不太明白你的意思。但至于办公厅的制服,这的确是巴拿巴的烦心事之一,既然我们与巴拿巴共进退,那么他的烦心事也是我们的烦心事。我们也会在心里暗暗地问,为什么他得不到制服呢?这件事想弄明白也不容易。比如说,官员们似乎也没有什么制服,据我们在这里的了解和巴拿巴告诉我们的情况,官员们经常穿着自己华丽的衣服走来走去。对了,克拉姆也是如此。巴拿巴的确算不上是一个官员,哪怕一个最低级的官员也不是,他也没有成为官员的可能。但根据巴拿巴的报告,在村子里根本看不到城堡的高级仆人,他们也没有统一的衣服。所以他从一开始就把这认为是一种安慰,但这也是自我欺骗。巴拿巴算是高级仆人吗?无论人们如何倾向于他,都不能说他是高级仆人,因为他常常在村子里，甚至只能住在农村，就是一个很好的证明。高级仆人甚至比官员还要难见到，也许他们比一些官员的地位还要高，关于这点，是有证据的，他们工作得很少，按照巴拿巴的说法，每当他看到这些长相精致、身材高大的人在前厅里慢慢地走着，那一幕真是奇妙，巴拿巴总是会小心翼翼地避开他们。总之，巴拿巴绝不可能是高级仆人，那么，他可能是低级仆人中的一员。可是他这些低级仆人应该是有制服的，至少在他们下到村子里来时是有的，虽然那并不是很正式的制服，也有很多不同的款式，但你至少能从衣服上立刻认出他们是城堡里的仆人，你在贵宾楼里应该见过这样的人。这种衣服一般都是紧身的，村民或工匠是不能穿这样的衣服的。没有这种衣服对巴拿巴来说不仅是一件受屈辱的事情——这点他尚可忍受，还因此让人们产生一种怀疑，怀疑他的一切，这才是最糟糕的，尤其是在坠入情绪的低谷时，这不是不常见，我和巴拿巴常常会有这样颓唐沮丧的时候。于是，我和巴拿巴也会和他们一样，会产生疑问，巴拿巴经常往返在城堡和家之间，但他做得真的是城堡的工作吗？他确实会去办公厅，但办公厅真的就算是城堡了吗？就算办公厅属于城堡，那巴拿巴被准许进入的那些办公室也算吗？很多办公室巴拿巴都是可以进入的，但那只是一部分而已，它们中间隔着一道道挡板，挡板之后又有许多间办公室。他们并不是不允许他往里走,但如果他已经找到了他的上级,他们已经打发了他,他就不能再继续待下去了。此外,在城堡的人总是受到监视,至少大家都是这么认为的。就算他继续往里走,又能有什么好处呢?如果没有被安排工作任务,那他就算是入侵者。巴拿巴一再提醒我注意,不能把这层层的挡板想象成明确的分界线。毕竟他被允许进去的这些办公室里也有挡板,但这些他可以通过的挡板和那些他还没有通过的挡板没有什么不同,因此,似乎不应该去揣测他已经去过的办公室和层层挡板之后不曾去过的办公室有什么不同。我们只有在情绪低谷的时候,才会去想这些,但这些疑惑一直都是存在的,我们也无法停止怀疑。巴拿巴能直接与官员谈话,从他们那得到消息。但那是什么样的官员,又是什么样的信息,我无从得知。现在,就如他所说,他是被派到克拉姆那里,由克拉姆亲自给他指派任务,这是特别大的荣耀,就算是高级仆人也不会得到这种机会。对普通人而言,这样的特许是一件可怕的事情。你想想看,直接被派到克拉姆身边,跟他面对面地说话。可情况是这样吗?嗯,如果真的是这样的,那他们为什么会怀疑巴拿巴是不是克拉姆的信使呢,难道这位官员不是真正的克拉姆?"

"奥尔加,"K打断她说,"你不是在开玩笑吧?你既然知道克拉姆的长相,而且我也亲眼见过他,你怎么会对他产生怀疑呢?"

"我当然没有开玩笑,K,"奥尔加说,"这是我最关心的问题。但我告诉你这些并不是为了减轻我的心理负担,而是因为你问起了巴拿巴的事。阿玛利亚曾交代我告诉你,而且我认为你多了解他一些,对你也会有帮助的。这样做也是因为巴拿巴的原因,我想让你不要太依赖他,免得他会让你失望。而你的失望也会让他感到难过。他的心敏感又脆弱,比如,你昨晚对他说了一些不满意的话,导致他一夜未眠。他告诉我们,你说'对我来说太倒霉了,有你这么个信使来传达重要的事情'。你自己可能也没注意到他受到了打击,他在城堡工作总是得掩饰自己的情绪。他并不轻松,甚至和你在一起也是如此。你心里当然不会对他有太高的期望,因为你对信使该履行的职责有了一定的标准,你根据自己的标准来衡量你对他的要求。但在城堡里,那些官员们对信使的职责有不同的标准,他们的标准和你的完全不一样,即使巴拿巴为了职责去献身也改变不了他们的标准,可惜的是,他有时也似乎乐于这么做。他不能不顺从,不能说任何表示反对的话,但问题是他到底是不是真的在做信使这个职务。当然,在你面前,他不能表示任何怀疑,如果这样做,就意味着葬送他的一生。他会严重违反自己内心所遵守的纪律,他仍然认为自己是站在纪律之下的,即使是对我,他的这种怀疑也不会畅所欲言,我必须奉承他、尽量哄着他说出来。即便是这样,他也不肯承认他的怀疑。他的性格有些像阿玛利亚。他当然也不会把一切都告诉我，尽管我是他唯一的知己。我们经常谈论起克拉姆，虽然我还没有正式见过克拉姆，你知道弗丽达不怎么喜欢我，自然从来不会允许我见他，哪怕是在贵宾楼的门上小孔窥视一下也不可以。当然他的样子在村子里是众所周知的，有个别人见过他，没见过的，也都听说过他，从一些传闻，甚至一些扭曲事实的说法中，勾勒出了一幅大概的克拉姆的形象，这个形象的基本特征都是正确的。但也就只有基本特征是正确的，其他方面是变化无常的。大家都说，他进村时和出村时完全不同，喝酒前和喝酒后又不一样，醒着时和睡着时也判若两人，他一个人时又跟和别人交流时不一样。因此可以理解为，他在城堡里时几乎和其他时候完全不一样。而在村子里，村民对他的描述不管是个头、姿态、胡子都是有差异的，只是在穿着方面的描述是统一的，他总是穿着同样的衣服——一件有着长长下摆的黑色上衣。当然，这些差异是可以理解的，并不是什么魔法所致，而是由人们看见克拉姆时的心情、激动的程度、所抱有的希望和绝望的不同层级来决定的。在通常情况下，人们见到克拉姆的时间也不过就短暂的几秒钟而已。现在我把巴拿巴经常向我解释的这些话告诉你，通常来说，如果完全不涉及这件事，那也就心安了。但是我们不能，因为巴拿巴是否真的和克拉姆面对面地交接工作，这件事对他来说性命攸关。"

"现在对我来说，也同样是。"K说，此时他和奥尔加不知不觉在长椅上靠得更近了。奥尔加这番不太好的消息，让K很震撼，但他认为在很大程度上也给了他一定的心理安慰，因为他在这里找到了至少在表面上和自己的境遇非常相似的人，也就是说，他可以和他们成为一伙儿，在很多事情上都可以相互理解，他和弗丽达就不行，只有一部分事情可以相互理解。虽然K渐渐对巴拿巴能够成功传递信息没有了什么期望，但巴拿巴在城堡受到越多的阻碍，他就会越靠近自己。K从来没有想过，在这个村子里会有像巴拿巴和他的姐妹们这样的人在不幸地挣扎着。当然，事情解释得还不太清楚，也许会是完全相反的结论，他不能立刻就被奥尔加的天真无辜所诱导，从而信任巴拿巴。

"关于那些克拉姆模样各种各样的说法，"奥尔加继续说，"巴拿巴全知道，他收集了很多，并加以比较，也许是因为了解得太多了，导致他曾经在村子里透过马车的窗户自以为看到了克拉姆，也就是说，他做足了充分的准备能够认出他。然而——这要怎么解释？——当他到城堡里的办公室时，别人指着几个官员中的一个告知他这是克拉姆，他又完全认不出眼前的人，之后很长的一段时间也无法相信那个人就是克拉姆的事实。但是，如果你问巴拿巴，这个人与大家描述的克拉姆有什么不同,他也说不出个所以然。相反,他能回答并描述出城堡里的那个官员,但这种描述与我们所知道的和克拉姆的描述几乎完全一样。'那么现在,巴拿巴,'我说,'你为什么怀疑那个人不是克拉姆?干吗要这样折腾自己?'听我这样问,他明显感到苦恼,会开始一一列举城堡里那个官员的特点,但都像是编的,都是一些微不足道的特点——例如,特殊的点头方式,甚至是习惯解开马甲的第几颗扣子——以致我们压根没办法认真地看待。对我来说,更重要的是克拉姆与巴拿巴的见面方式。巴拿巴经常向我描述那个场景,甚至还画出来给我看:通常他会被领进一间大办公室,但这不是克拉姆的办公室,因为它很明显不是个人的办公室。这个房间被唯一一张用来站着工作的斜桌子分成了两部分,一部分很窄,可能只能容两个人擦身而过,那是属于官员的区域,另一部分很宽阔,那是仆人和信使们的区域。办公桌上打开着一些大书,一本挨着一本,大部分官员都喜欢在那里看书。但他们并不总是看同一本书,他们不交换书,不过会交换位置。而最让巴拿巴感到吃惊的是,他们换位置时必须要从别人身边挤过去,因为空间太狭窄了。前面靠近斜桌的地方,有几张小矮桌,桌前坐着文书,如果官员们想要以口述的方式传信,文书就会坐在那个地方记录下所要口授的内容。巴拿巴一直都对口述的方式感到惊讶,通常官员不会有明确的命令,也不会一字一句清清楚楚地口述,声音弱得几乎什么也听不见,似乎就像在阅读书本一样。往往因为他们说话的声音太小,文书坐着听不清,所以他们总是会站起来捕捉口授的话,然后迅速坐下去,把听到的内容记下来,然后又再跳起来,就这样一直循环着。多么奇怪啊!简直让人无法理解。巴拿巴有足够的时间来观察这一切,因为通常他在大厅里要站好几个小时,有时甚至会在那里等上好几天,克拉姆的目光才会落在他身上。而且即使克拉姆已经注意到了他,他也会笔直地站好,这并不代表什么,因为克拉姆也可能会随时转移目光,继续阅读他手上的书,将他忘了。这是常有的事。这样不受重视的差事,叫什么差事呢?每当巴拿巴说他一大早就要提前去城堡的时候,我就会很心疼。因为这一趟跑腿很可能是徒劳。这都是为了些什么呢?每天浪费那么多的时间,做无用功,而且家里还堆满了鞋匠的工作没有人做,而布伦斯韦克又每天都在催促他的订单。"

"好吧,"K说,"巴拿巴要等很久才能分配到工作,这是可以理解的,那里的员工似乎太多了,所以肯定不是每个人都能天天分配到工作的,你们也不用抱怨,大概每个人遇到的情况都是一样的,毕竟巴拿巴也是有过任务的,他已经亲自给我带了两封信了。"

"可能是吧,"奥尔加说,"我们的抱怨也许是不对的,尤其是我，我知道的所有事情都是从别人的嘴里听来的。我作为一个女孩子，不能像巴拿巴那样明白很多事情，他肯定还有一些不能告诉我的事情。不过现在我来告诉你，那些信是怎么回事，比如给你的那些信。那些信并不是直接从克拉姆那里取走的，而是从文书那里得到的。在任何一天，任何时候——这就是为什么这项看似轻松的工作却又非常累人，因为巴拿巴必须时刻保持工作状态——如果文书记得他，就会分配给他。克拉姆似乎根本不关心他的信件是交给了谁，他只是平静地在桌前看书。不过有时巴拿巴来的时候，他正在清理自己的眼镜片，也许他有注意到巴拿巴，假如他不戴眼镜也能看得见的话，巴拿巴对这一点比较怀疑。此时克拉姆的眼睛几乎总是闭上的，好像在熟睡着，梦游一样地擦他的眼镜。同时，文书会从他桌下的众多档案和信件中随手抽出一封信来，所以你收到的信不是他刚写的，而是一封很旧的信，或许已经躺在那里很久了。但如果是旧信，为什么巴拿巴要一直等这么久呢？为什么也让收信的你等这么久呢？到最后，虽然信是那封信，但是因为长时间的搁置，可能已经过了时效。而这也让巴拿巴得到了一个慢吞吞又差劲的信使的名声。文书倒是很轻松，只需要简单地说一声'这是克拉姆先生给K的信件'，再交给巴拿巴，然后他就这样被赶了出去。好吧，巴拿巴只能气喘吁吁地回到家，把信从贴身衣服下面拿出来放到桌子上,我们就像现在这样坐在一起,他会讲述他在城堡发生的事情,我们就会一起逐一思考所有的过程,最后他会发现,他所取得的成绩是那么的微不足道,并且对这些成绩还有疑问。于是他把信收起来,没有兴致交给你,也没有心思睡觉,而是做鞋匠的工作,就这样在凳子上做一整夜。情况就是这样,K,这些就是我所知道的秘密,现在你大概不会为了阿玛利亚对这些秘密不感兴趣而感到奇怪了吧?"

"那封信呢?"K问道。

"信?"奥尔加回答道,"过了一段时间之后,也是因为我催促着巴拿巴,其间也许已经过了几周了,他终于肯拿着信去送给你。在这些琐碎的小事情上,他总爱听我的话。因为当我接受了他在城堡经历的事后,我就可以冷静下来,而他却做不到这一点。所以我经常对他说:'你到底想从克拉姆那里得到什么?你想要什么样的职业,你的梦想是什么?你想进步得那么快,走得那么远,与我们拉开这么大的距离吗?难道这就是你的目标?我怎么能不这样认为?否则,我就无法理解你为什么对自己已经取得的成绩如此不满意。看看周围的邻居,又有哪个人取得过你这样的成绩?当然,他们的情况和我们不一样,他们没有理由把目标放在除了生存以外的东西上,可即便不去比较,别人也看得出来,你的一切都进展得很好。障碍肯定是会有的,令你疑惑的事、失望的事也一定会有的,但这只是意味着你不能不劳而获,每一件小事上你都必须自己去争取、去奋斗,所以,这应该成为你骄傲的理由,而不是让你感到沮丧。你不是也在为我们一家人而战斗吗?这对你没有什么意义吗?难道这些没有给予你新的力量吗?我为有你这样的兄弟而感到高兴和自豪,难道这些都不能让你自信起来吗?真的,我最失望的不是你在城堡里取得的微弱的成绩,而是我没有帮助你和你一起取得成绩。你被允许进入城堡,那你就是办公厅的常客,你整日与克拉姆同处一室,是上级公认的信使,你也有足够的资格要求他们为你配发制服,你有重要的信要送,这才是你该有的使命感。但是你回到家后,没有和我们拥抱着喜极而泣,似乎一看到我,就失去了所有的勇气,你怀疑一切,只惦记着你那些需要修补的鞋子,而那封信,我们前途的保障,你却把它扔在了一边。'我这样每天不断重复着和他说这些话。好几天之后,他才叹了口气,拿着信离开了。但可能根本不是我说的话奏效,而是城堡在吸引着他,如果他没有完成工作,他就不敢上去。"

"但你对他说的每一句话都是正中要害的,"K说,"你总结得很好,你的思路是那么清晰!让我敬佩。"

"不,"奥尔加说,"我这是在欺骗你,所以也许我也是在欺骗巴拿巴。他取得了什么成绩？他被允许进入办公室，但这似乎根本就不是真正的官员办公室，而更像是前厅，或许只是一个房间罢了，所有不允许进入真正的办公室的人都要被拦在这里。他和克拉姆说话，但那是克拉姆吗？是不是一个像克拉姆的人？也许是他的一个秘书，长得和克拉姆有些相似，他努力地想和克拉姆变得更像，然后模仿出他的那种睡眼惺忪、精神恍惚的样子。因为他的这种特性是最容易模仿的，有些人会试图去模仿。而克拉姆这样一个经常被人憧憬，又很少被人触及的人，在人们的想象中很容易形成略微不同的形态。比如，克拉姆在这里有一个村秘书叫莫穆斯。哦？你认识他？他也是很神秘的一个人，我之前见过他几次。他是个很强壮的年轻人，不是吗？而且长得一点也不像克拉姆。但你可以在村子里找到一些人，他们会发誓说莫穆斯就是克拉姆，所以他们把自己弄得越来越糊涂。那城堡里难道不会出现这样的情况吗？有人曾告诉巴拿巴，他面对的那个官员就是克拉姆，他们两人之间确实有相似之处，但巴拿巴不断心生质疑。而一切都说明了他的疑惑是正确的——克拉姆在这狭小的普通的空间里和其他官员一起挤着，耳朵上还夹着铅笔？这是极不可能的。巴拿巴有时有点孩子气——但这也会让他更自信——于是他说：'这位官员看起来很像克拉姆，如果他坐在刻有自己名字的办公室里，或者坐在印有自己牌子的办公桌前，我就不会再怀疑了。'这想法虽然很幼稚，但也算是理智的。不过，如果巴拿巴在城堡里能向几个人打探一下真实情况，那就更合理了，因为他说房间里站的人特别多。而且就算他们的话跟那些不经询问就带他去见克拉姆的人比起来，并不可靠多少，但至少应该可以从他们的多样性中找到一些线索。这不是我的想法，而是巴拿巴的想法，但他不敢执行，因为他害怕因为某些无意的行为，违反了未知的规定而丢掉工作，所以他不敢和任何人说出这个想法。他对自己是那么地充满疑虑，但这种疑虑对我来说，比所有的描述都更鲜明地照亮了他的立场。如果他连一个这么简单的问题都不敢开口，那么那里的一切对他来说都是可疑可怕的。想到这里，我就指责自己不该让他一个人待在那些陌生的房间里，那里太复杂了，连他这个还算是有些胆子的人，都会害怕得发抖。"

"我认为你说到了事情的关键，"K说，"你跟我说了这么多，我想我现在也可以看清楚了。巴拿巴确实还太年轻，不适合做信使这份工作。他对你说的这些事情，也并不都是像他表面看到的那样，因为他在城堡时过于紧张，所以无法在那里冷静地观察，如果你强迫他把一切都说给你听，那你得到的就会是一些凌乱的、不完整的信息，对此，我并不感到意外。对城堡的敬畏是你们与生俱来的，它将在你的一生中以各种方式并从各方面让你们继续敬畏下去，你们自己也会尽可能地配合。但我并不是真的反对,如果一个机构很好的话,为什么不敬畏它呢?只是,人们不可以突然把一个像巴拿巴这样还从未走出过村子的年轻人送进城堡去,然后要求他如实报告情况,将他的话当作上帝的启示去探究,而认为自己的人生幸福取决于如何解读这些话——没有比这更离谱的事情了。当然,我和你差不多,被他弄糊涂了,既对他充满了希望,也承受过失望,不过,这些都是以他说的话为准,也就是说,几乎没有一点根据。"

奥尔加沉默不语。于是K继续说:"我不会轻易改变你对你兄弟的信任,这对我来说一点都不容易,因为我看得出你有多么爱他,对他的期望有多么大,但我必须要提醒你。你看,一次又一次地有一些东西——我不知道具体是什么——使你不能完全认识到巴拿巴没有获得什么,而是认识到他获得了什么。他被允许进入办公室,或者,只是进入了一个前厅,好吧,那就当作一个前厅,但有一些门可以通向更远的地方,如果你有能力,你完全可以跨越这些障碍。比如说,对我来说,这个前厅,至少是完全无法进入的。我不知道巴拿巴在那里和谁说话,也许是一个职员中最低级的文书吧,但即使他是最低级的,也可以通过他的引导接触到他的上级,如果他不能引导,那他至少可以直接告知上级的名字,如果他连这点小事也办不到的话,他也至少可以告知你哪个人会知道上级的名字。所谓的克拉姆可能和真实的克拉姆没有丝毫的共同点，巴拿巴认为有相似的地方，可能只是因为他紧张得眼花了吧。那个人也许只是最底层的官员，或许甚至连官员都不是，他只是也会在办公桌上办公，也会翻来覆去地看那些书籍，也会对文书低声低语地传达，然后他的目光有时候会微微落在巴拿巴身上。即使这一切都不是真的，那他和文书的行动意味着什么，有人把他安排在那里一定是有意图的。说到这里，我想说的是，在那里也并不是全然没有机会的，肯定还是可以找到一点的。如果巴拿巴除了怀疑、恐惧和失望之外，却没有其他任何收获，那就是他自己的错。这只是我按最坏的情况来假设的，当然这也是极不可能的。因为我有那两封信，虽然我并不过分看重手中的信件，但比起巴拿巴的话，我还是更在意一点的。他说它们是从一堆同样毫无价值的信件中随机抽出的老旧的信件，一点也没比金丝雀从一堆杂乱无章的签里抽一张叼给算命先生花费更多的智力，但哪怕是这样，这些信件仍然与我的工作有一定的联系。显然，它们是写给我的，就算对我不见得有什么好处，但正如村长和他的妻子所证明的那样，这是克拉姆的私人信件，而且据村长说，克拉姆的私人信件比官方信件更有价值。"

"村长是这样说的吗？"奥尔加问。

"是的，他是这么对我说的。"K回答说。

"那我要把你的原话告诉巴拿巴,"奥尔加快速地回答道,"这对他来说,是一种鼓励。"

"但他用不着鼓励,"K说,"你鼓励他,就是告诉他,他是对的,他应该按照现在的方式继续干下去,但是这样干下去的话,永远都不可能会有所成就。如果你让一个双眼被蒙住的人,使劲通过布向外看,那他永远都不会看到任何东西,只有当你把布从他眼前取下来,他才能看到。巴拿巴需要的是帮助,而不是鼓励。你想想看吧,城堡这种权威的机构,是多么的复杂,而且在我来到这儿以前,我还以为我对这种机制是有一定了解的,这一切是多么的幼稚!因为那儿是城堡,所以巴拿巴只能一个人可怜兮兮地面对他们,终其一生被关在办公室的黑暗角落里,这对于他来说,算是万幸了。"

"不要这么认为,K,"奥尔加说,"我们低估了巴拿巴肩上任务的重要性。就像你自己说的一样,我们都敬畏城堡当局。"

"但这是被一种误导的敬畏,"K说,"敬畏不应该放在错误的地方,那反而是糟践别人。如果巴拿巴进入那个房间后在那里过着闲散的日子,或者他回家后就怀疑和贬低那些他在城堡时感到畏惧的人,或者因为疲惫不堪,他没有立即送出托付给他的信件,这还算是敬畏吗?显然这已经不是敬畏了。但我还要更进一步地指责,甚至包括你,奥尔加,虽然你对城堡怀着你所谓的敬畏,但是你让年轻又懦弱的巴拿巴到城堡里,至少你没有阻止他。"

"你对我的指责,也是我一直以来对自己的指责,"奥尔加说,"然而,你不能指责我把巴拿巴送到城堡里去,因为我没有派他去,是他自己去的,但我本应该用各种方法,用计谋、劝说哪怕是用强制的方法把他拦住。我本该阻止他的,但如果今天是让我做决定的那一天,如果我当时像现在一样,感受到巴拿巴的困境,感受到我们家的困境,如果巴拿巴又从我身边挣脱出来,清楚地意识到所有的责任和危险,依然选择微笑着离开的话,那我今天也不会阻拦他,尽管这段时间已经积累了那么多的经历。我相信,你要是站在我的立场上想的话,也不会去阻挠他的。你根本就不清楚我们的难处,所以你才会说出那些对我们不公平,更是对巴拿巴不公平的话来。当年我们比今天抱着更多的期望,但即便是当时,我们的期望也不大,大的是我们的困境,一直都是如此。弗丽达一点都没有对你说过我们的处境吗?"

"她只是暗示过我而已,"K说,"但是并没有给我说什么细节,只是提到你的名字就令她感到生气。"

"旅馆的老板娘也没有说什么吗?"奥尔加追问道。

"不,没有说什么。"K回答道。

"就没有其他人提起过了?"奥尔加问。

"没有人。"K说。

"当然,怎么会有人去和你说呢?每个人都知道一些关于我们的事情,要么他们知道的是真相,如果那些人能知道真相的话;要么就是一些村民听来的传言,或者说大部分都是他们自作主张编造出来的,大家都会非常急切地想到我们,但是根本没有人愿意直接说出来,连在你面前都很难说出口。而他们这样做是有道理的。有可能你听完我说的话,也会想离开我们,再也不愿意和我们来往了,就算这事跟你没什么关系。这样,我们就会失去你。我承认,你对于我来说,比巴拿巴在城堡里的工作还要重要。然而这个想法整晚都在折磨着我——我必须告诉你这些,否则你根本无法了解我们的真实情况,更会伤害到我们,这对巴拿巴来说是不公平的,而我们的想法也会产生分歧,你既不能帮助我们,也不愿意接受我们特别的帮助。但我现在有一个问题:你到底想不想知道关于我们家的事呢?"

"你为什么这么问?"K说,"如果有必要,我当然想知道。"

"因为迷信。"奥尔加说,"你将会被无辜地牵连进来,就像巴拿巴一样。"

"快说,"K道,"我不怕。你这样犹豫不决,反而会让事情变得更糟。"

第十七章　阿玛利亚的秘密

"你自己做出判断吧,"奥尔加说,"再说,这听起来很简单,但其中有很重要的意义,也许你无法马上明白。你知道城堡里有个官员叫索尔提尼吗?"

"我听说过他,"K回答道,"他参与过我的案子。"

"我不这么认为,"奥尔加说,"索尔提尼几乎从未在公众场合露面。你是不是认错了,他是'提'而不是'迪'?"

"噢,的确,你说得对,"K回答说,"我知道的是索尔迪尼。"

"这才对嘛,"奥尔加说,"索尔迪尼很有名气,他是人们津津乐道的最负责任的官员之一,但索尔提尼性格很孤僻,大多数人都对这个人并无所知。距离我最后一次见到他,已经过去三年多了。那是七月三日在村里的消防队协会举办的庆典上,城堡也派出官员参加了,并捐赠了一辆新的消防车。索尔提尼也来了,他应该参与了一部分消防队的事务,也许他只是替其他人来——因为通常官员们喜欢互相代表参加活动,因此很难看出这些官员主管哪些事务——

参加消防车的交接仪式,当然还有城堡里的其他人,那些官员和仆人。索尔提尼如同他的性格一样,总是喜欢躲在人群后面。这是一位身材矮小、看上去弱不禁风,但是心思缜密的人。所有注意到他的人,第一眼就会被他额头上的皱纹所吸引,虽然他肯定不超过四十岁,但的确有很多皱纹,它们以扇形的方式从他的额头直奔鼻根,我从来没有见过这样的皱纹。我和阿玛利亚,在庆典举行之前就已经期待好几个星期了,那天我们穿的裙子有一部分还是专门新浆洗熨烫过的,尤其是阿玛利亚的那条裙子漂亮极了,白色上衣的前面蓬蓬的,上面还绣了一排花边,母亲把她的花边都绣到了阿玛利亚的裙子上,我当时很嫉妒她,甚至在宴会开始的前夜,哭了整整一夜呢。直到早上桥头旅馆的老板娘来拜访我们……"

"桥头旅馆的老板娘?"K问。

"是的,"奥尔加说,"她是我们很好的朋友,她来了。她也认为阿玛利亚的裙子比我的华丽,所以为了让我的心情平复下来,她把自己用波西米亚宝石做的项链借给了我。后来,我们准备出门的时候,阿玛利亚站在我的面前,大家都赞美她。父亲还说:'今天这个日子要牢牢记住,因为阿玛利亚可能要找到夫婿了。'不知道为什么,也许是因为父亲的话,我一瞬间就不再嫉妒了,并且摘下了那条令我骄傲的宝石项链,转而戴在了阿玛利亚脖子上。我承认她胜利了,我也觉得每个人都会沉迷于她今日的美丽。也许我们是被她当时那种不同以往的气质给震慑到了,因为她本来并不怎么漂亮,但是自从那天开始,她就一直保持着这副高高在上的模样,我们几乎真的会不由自主地被她征服。所有人都注意到了阿玛利亚的与众不同,包括来接我们的拉瑟曼和他的妻子也是如此。"

"拉瑟曼也来了?"K更疑惑地问道。

"是的,拉瑟曼,"奥尔加说,"我们一直很受村里人的尊敬,没有我们,庆祝活动就不能很好地举行,因为我的父亲是消防队排名第三的人物。"

"当时你父亲的身体还这么硬朗?"K震惊地问道。

"我的父亲?"奥尔加好像没有完全听懂,"三年前,他在某种程度上还算是个年轻有活力的人,比如说他在贵宾楼里的一场火灾中,把一个官员——沉重的格拉特——背了出来。我当时也在场,其实那不是一场特别严重的火灾,只是因为放在火炉旁边的干柴突然被高温点燃了而已,但格拉特害怕极了,直接向窗外呼救,消防队赶来时,火已经被扑灭了,但是格拉特行动不便,为了安全起见,我的父亲还是把他背了出去。从那时起到现在也不过三年多的时间,你看他现在坐在那里的样子。"

K现在才注意到阿玛利亚又回到客厅里了,但她坐得离他们很远。父母坐在饭桌前,她在给母亲喂饭。母亲因为得了风湿病,所以手臂不能动弹。她还不停地安慰坐在一旁的父亲,告诉他先耐心吃点饭,她一会儿就来喂他。但父亲并没有听她的安抚,他已经非常贪婪地想要喝他的汤了,而且似乎忘记了自己身体的病痛,一会儿想用勺子盛汤喝上一口,一会儿又想直接把碗端起来喝,但他的手并不听使唤,于是他很郁闷,在那愤怒地叨咕。一次又一次地尝试他都没有成功,眼看勺子已经来到了他的嘴边,汤却没有成功进入嘴巴,只有他那垂着的胡须成功地接触到了汤汁,而且汤汁还顺着胡子滴滴答答地洒在地上。

"三年就把他变成这个样子了?" K问道,但他还是没有丝毫怜悯这位老人,他对那张餐桌发生的事情,只有厌烦。

"三年,"奥尔加缓缓地说道,"或者更准确地说是在庆典的几个小时里。活动是在村外小溪边的草地上举行的,我们到的时候已经人山人海,甚至还有很多从邻村赶来的人,他们完全是被热闹的气氛吸引了。首先,我们当然是被父亲领到了消防车旁,他看到车后高兴地笑了,他一边摸着它一边给我们解释车的构造,他还不允许别人有任何的反驳,消防车下面有东西可看的话,我们都得弯下腰去,几乎是爬到车的下面去看,当时巴拿巴为此反抗,还被狠狠地打了一顿呢。只有阿玛利亚没有跟父亲学习消防车的构造,因为她穿着漂亮的裙子。她笔直地站在一旁，没有人敢跟她搭话，有时候我跑到她身边，拉拉她的胳膊，她也不理我。我至今也不明白，我们为什么会在消防车前站那么久，直到父亲从车前离开，我才注意到一直靠在消防车后面的栏杆上的索尔提尼。那时候的庆典声音大得可怕，它不只是像平时过节时那样喧闹，因为城堡还给消防队配了一些小号，那是一种特殊的乐器，只要稍稍一用力，就能发出最狂野的声音，哪怕是一个孩子都能做到。当你听到这些声音时，你会以为土耳其人来了，我不管听多少次都不能适应它的声音，每次一听到都会被吓到。因为是新的乐器，大家都想试一试，又因为是一年一次才举行的庆典，所以演奏者也允许那些人去试。有几个演奏者当时就在我们周围，或许是阿玛利亚把他们吸引过来的。在这种情况下要想集中注意力是很难的，如果还得按照父亲的嘱咐去学习那辆消防车的构造，那就真的需要费很大的精力了。所以我们一直没有发现索尔提尼就站在我们身后，而在那之前我们并不认识他。'那是索尔提尼。'拉瑟曼悄悄告诉我父亲——我当时就站在父亲旁边。于是父亲才向索尔提尼深深地鞠了一躬，并兴奋地示意我们也向他鞠躬。在之前不认识他的情况下，父亲一直是很敬佩索尔提尼的，他认为他是消防方面的专家，在家里也经常说起他，所以当我们在现实中看到索尔提尼的时候，也感到非常意外和荣幸，也很有意义。但索尔提尼并没有理会我们,这也能理解,这并不是索尔提尼特殊,大多数官员面对这样的庆典似乎都是冷漠的,想必他也觉得累了,只是因为工作他才不得不留在这里,恰恰对这种应酬反感的往往不是最坏的官员。其他的官员都被村民还有仆人们围在中间欢歌起舞,只有他一直一个人和消防车待在一起,任何人试图接近他时,都会被他的沉默赶走。于是,当我们看到他之后,他才注意到了我们。直到我们虔诚地向他鞠躬,父亲试图替我们道歉时,他才疲惫地瞟向我们,无精打采地打量着我们,当他的目光停留在了阿玛利亚的身上时,不得不仰视起来,因为她比他高很多。他犹豫了一会儿后便离开了那根他一直靠着的拉杆,朝着阿玛利亚走来。一开始我们都误会了他的意思,在父亲的带领下,我们所有人都向他热情地迎去。但他抬手示意我们不要靠近他,并且让我们走得远一点。情况就是这样,后来,我们一下午都在调侃阿玛利亚,说她真的如愿找到了一位夫婿,我们对此可满足了,但阿玛利亚比以往任何时候都更加沉默。'看来她已经彻底疯狂地爱上了索尔提尼。'布伦斯韦克这么说。他说话总是有些直白的,虽然他对阿玛利亚的性子并不了解,但这次他的这句话在我们看来大致是没错的。那天我们都兴奋得像傻了一样,午夜过后回家时,除了阿玛利亚之外,所有的人都像喝了城堡里的蜜酒一样,头脑发昏了起来。"

"那索尔提尼呢?"K问道。

"是啊,索尔提尼,"奥尔加说,"我在庆典那天看到了他好几次,他一直靠在拉杆上,双手交叉在胸前,一直到城堡的马车来接他,他才离开。他甚至没有去参加消防队的演习,我的父亲本以为他会来看,所以在那场演习中,他表现得比所有同龄人都更优秀。"

"后来你就没有他的消息了?"K问道,"不过,你好像对索尔提尼也很崇敬。"

"是的,我很崇敬他,"奥尔加说,"后来我们也听到过他的消息。第二天早上,我们在醉梦中被阿玛利亚的哭声惊醒了,其他人确认了一下情况后,马上又回到床上躺下。但是我完全没有了睡意,于是我跑到阿玛利亚身边。她站在窗边,手里拿着一封信,那是一个男人刚从窗户递给她的,而且那个男人还在等着她的回答。阿玛利亚已经看完了——信的内容并不长——信被她拿在手里垂在身边。每当看到她这种倦怠样子的时候,我都会特别心疼。我一直蹲在她的身边,读着这封握在她手里的信。等我看完后,阿玛利亚才发现我,并瞪了我一眼,然后迅速把信拿起来,但她似乎并不想再看到它,于是把它撕碎朝站在外面的男人脸上扔去,然后重重地关上了窗户。这就是影响我们命运的那个早晨。但其实在前一天下午的每一刻都同样起着决定性作用。"

"那信上写了什么？"K问道。

"我还没来得及告诉你呢，"奥尔加说，"信是索尔提尼写的，是写给那个戴着宝石项链的姑娘的。我不能复述这封信的内容。反正这是一封完全用命令的口吻写的信，他让阿玛利亚到贵宾楼去找他，而且是立马就去，因为他半个小时后就要离开村子。这封信是用最无耻的表达方式写的，我从来没有听过这样的话，只是从上下文中猜到了一半的意思。凡是不认识阿玛利亚，只看过这封信的人，肯定都要认为一个女孩收到这样的一封信，都是不清不白的了，即使她并没有和对方有过接触。而且这并不是一封情书，因为里面没有任何甜蜜的话语，看得出索尔提尼应该相当生气，因为阿玛利亚让他分心，没法集中精神工作了。后来我们才得知，索尔提尼当晚本来想去城堡的，只是为了阿玛利亚的缘故才留在村子里，因为前一晚没能忘记阿玛利亚而感到生气，所以不得不在大清早用这封信表达自己的愤怒。恐怕除了阿玛利亚以外，任何一个女人看到这封带着凶狠威胁口吻的信，都会先愤怒再恐惧。但阿玛利亚没有一丝恐惧，她不懂得恐惧为何物，不管是为自己，还是为别人。而当我爬回床上时，心里不断地重复着信里最后那断断续续的一句话：'你马上就得来，否则……'的时候，阿玛利亚却坐在窗台上，望着窗外，仿佛在期待着更多的信使来，然后她准备像对付第一位信使一样对付来的每一位信使。"

"官员本就都是这副德行,他只是其中一种类型而已,"K嘲讽地说道,"你父亲对此做了什么呢?我希望他去当局部门强烈谴责索尔提尼,要是他不想直接去贵宾楼为他的女儿打抱不平的话。这件事情最严重的地方不是阿玛利亚受到侮辱,我不知道你为什么要这么强调,索尔提尼的一封信怎么就能够让阿玛利亚受到这么大的侮辱呢?听你的描述,还让人以为这是阿玛利亚受到的耻辱呢。阿玛利亚的名声不会有什么影响,几天后这件事就会被大家遗忘了,索尔提尼这种无耻的行为并没有能让阿玛利亚难堪,反而是让他自己难堪。所以,我对索尔提尼这种无耻之徒感到震惊,他居然滥用权力。在这件事上,他已经说得很明白、很露骨了,但阿玛利亚也是一个强劲的对手,所以这种滥用权力的事情没能成功,但在千百种别的情况下,这种事情就完全有可能成功,甚至会躲过众人的目光,还可以让受害人噤声沉默。"

"小声点儿,"奥尔加说,"阿玛利亚朝我们看过来了。"

阿玛利亚给父母喂完饭,正准备为母亲更衣,她先解开母亲的裙子,把母亲的胳膊挂在自己的脖子上,吃力地把她抬起来一点,然后帮她把裙子脱下来,再小心翼翼地把母亲放下来。父亲总是不满意阿玛利亚先侍候母亲,但之所以先照顾母亲,显然是因为母亲的身体比他更虚弱。他试图自己脱衣服,来以此惩罚女儿的缓慢。尽管他从最不必要和最简单的事情上着手,开始脱那双大拖鞋,但还是怎么都无法脱下,他不得不在嘶哑的喘息中放弃,然后再次僵硬地靠在他的椅背上。

"你没有认识到决定性的问题,"奥尔加说,"你也许什么都对,但决定性的问题是阿玛利亚并没有去贵宾楼,如果她去了,那么她对待使者的恶劣的态度也许还可以掩盖过去。但她没有去贵宾楼就是对我们家族的诅咒,现在就连信使受到她的侮辱都会算在我们家族的头上,这是不可饶恕的事情。关于这点,最后甚至都变成了被公示的主要罪状之一!"

"你怎么会这样认为!"K大喊一声,吓得奥尔加立刻举起双手示意他小声一点儿,随后他才压低了声音说,"你这个姐姐,不会是在责怪阿玛利亚没有跑进贵宾楼去见索尔提尼吧?"

"不,"奥尔加说,"你怎么能这么怀疑我呢?我不知道有谁能像阿玛利亚一样,做任何事情都是正确的。如果她去了贵宾楼,我会赞成她,但她没有去,不过这却让她成了我心中的英雄。至于我,我向你坦白吧,如果我收到这样的信,我就会去了。我本来就无法承受那种可怕的胁迫,只有阿玛利亚才可以做到。其实,办法有很多,比如换一个女人也许会对信使说,自己要过一段时间才可以去贵宾楼，因为需要好好地梳妆整理，然后你就会发现当你去时，索尔提尼已经离开了，也许他在派出信使之后就已经离开了，这种事情是有可能的，因为官员们的情绪说变就变。但阿玛利亚没有这样做，她受到了太大的侮辱，就那样毫无保留地给出了拒绝的回答。如果她聪明一点，计算好索尔提尼离开的时间，然后再跨进贵宾楼的门槛，我们家族的厄运就会避免，我们这里有非常厉害的律师，他们知道如何无中生有地制造任何你想要的东西，但在这种情况下，连律师都没有办法了。相反，我们却要无辜地背上随意践踏索尔提尼大人的信以及侮辱信使的罪名了！"

"究竟是什么样的厄运，什么律师？"K不满地说，"索尔提尼的行为是完全违反条例的，人们总不会因为他的恶行反而指控阿玛利亚，甚至惩罚她吧？"

"不，你错了，"奥尔加说，"人们会这样做，只不过不是法律上的惩罚，而是用另一种方式惩罚，我们全家受到了多么严重的惩罚，你应该已经意识到了。虽然在你看来，一切都是不公正的，是很离谱的，但是你的看法在村子里完全是一种孤立的意见。虽然对我们很有利，至少也会安慰我们的心，但这是没有什么效果的，我可以很容易地向你证明这一点。原谅我，我接下来要说的，是关于弗丽达的事情。曾经的弗丽达和克拉姆与现在的阿玛利亚和索尔提尼之间，除了最后的结果不同之外，她们还是非常相似的。一开始你听到这些可能会感到害怕，但是现在你肯定已经认为这是对的了。而这不是因为你习惯了，因为对于一个正常人来说，平常的习惯也不会让一个人麻木，以至于连简单的判断都不会了，你只是摒弃了你错误的成见。"

"不，奥尔加，"K说，"我不知道你干吗要把弗丽达给牵扯进来，她们两个人的情况根本就不一样。所以你不要把这两件事给扯到一块了，你还是先继续说这件事吧。"

"拜托了，"奥尔加说，"如果我坚持比照她们，请你不要见怪，你还留着些错误观念，弗丽达的一些事情，你执意要为她辩护，不让别人拿她做比较。她根本用不着辩解，只应该表扬。当我对比这两件事情时，我并没有说它们是完全一样的，其实这就是一件已经黑白分明的事了，而白的代表的就是弗丽达。我现在最后悔的事情，就是当初嘲笑弗丽达，就像我在酒吧里调皮地对她做的鬼脸那样。但即使是当时嘲笑她的人，也是出于一种嫉妒，可无论如何，还能令人笑一笑。但是对阿玛利亚就不一样了，除了和她有血缘关系的人以外，恐怕其他人对她都是一种鄙视的态度。所以，虽然它们是完全不同的案例，但正如我所说，它们却是很相似的。"

"我不认为他们有任何相似的地方，"K不满地摇了摇头，"不要把弗丽达牵扯进来，她从来没有从克拉姆那里得到像阿玛利亚从索尔提尼那里得到不干净的信，弗丽达真的很爱克拉姆，谁要是怀疑的话，可以问她，她至今还爱着他。"

"可是这有什么大的差别吗？"奥尔加问道，"你认为克拉姆不可能用同样的方式来写信给弗丽达吗？这些官员们从办公桌后面站起来时就觉得自己独一无二，和凡人格格不入，就开始信口讲些最粗俗的语言，不是所有人，但有许多人都是这样。就像索尔提尼写给阿玛利亚的信，可能也是想当然地直接写在纸上的，完全不曾顾及过他真正想要表达的是什么。那些官员们的想法我们能知道多少？难道你自己没有听到，或者听人说过，克拉姆是用什么语气和弗丽达交往的？克拉姆是出了名的粗俗之人，他可以几个小时不说话，但是突然说一句话，准是粗俗到让人发抖。因为索尔提尼并不出名，所以大家对他不太了解。其实，人们只知道他的名字和索尔迪尼很相似而已，如果不是因为这一点，人们可能连他是谁都不知道。即使是作为消防员高管的这个职位，很多村民也可能把他与索尔迪尼混淆；索尔迪尼才是真正的专家。所以他经常利用名字的相似性将自己应酬的义务转移到索尔提尼身上，从而在工作中不受任何干扰。当索尔提尼这样一个不善交际的男人突然爱上一个村里的姑娘时，那他和别人表达爱的方式，比起隔壁的木匠谈恋爱的形式自然不同。而且他还必须考虑到,身为一个公职人员和鞋匠的女儿之间在身份地位上有巨大的悬殊,所以他必须用某种方式来逾越,换作另一个人,也许会用另一种方式。虽然说我们都是城堡的人,表面上没有什么距离,也没有什么需要消除的,在通常情况下也许这种说法并没有错,但遗憾的是,到了关键时刻,就完全不是这样的了。不管怎么说,在听了这些话后,你大概也会比较理解索尔提尼的行为了,不那么骇人听闻了,至少和克拉姆相比,的确是更加明了,就算你是受害者,也会更容易承受。如果克拉姆写出一封柔情的信,那它肯定比索尔提尼那封无耻的信还要让人尴尬。别误会,我不敢评价克拉姆什么,我做这个对比,只是因为你很抵触我拿她们比较。克拉姆对于女人来说就像高高在上的王一样,随时呼来唤去的,而且他也不会让这些女人在他的身边待很长时间,哦,不过,克拉姆才懒得对谁去写一封邀请信呢。而索尔提尼就像是一位完全隐秘的人,他和女人的关系至少不为人知,所以他才有闲心坐下来用他漂亮的公文笔迹写了一封可怕的信,相比之下,你还觉得他的做法离谱吗?如果我的说法都是不利于克拉姆的,那么弗丽达对他的爱还是否可以称得上是一种荣誉呢?女人和官员之间的关系,总是很难去判断,这倒也不如说是很容易判断的。因为他们从不缺少爱,没有哪个官员会在情场上失意。在这一点上,对于一个姑娘来讲——我在这里绝不是单单指弗丽达——她之所以把自己献给官员,只是因为她爱他,这并不是什么需要赞美的事情。但你说,阿玛利亚不爱索尔提尼,好吧,她不爱他,但也许她终究是爱他的,谁能说得清楚呢?连她自己都不知道。她如此强烈地拒绝他,而且从来没有一个女人敢这样拒绝一位官员,她怎么能认为自己没有爱过他呢?巴拿巴曾说过,她有时候还会像三年前那样气得直发抖,还会重重地关上窗户。这也是事实,所以大家千万不要问她,她和索尔提尼已经结束了,我们也就永远不会知道,她爱不爱他。但我们知道,只要那些官员对女人稍微示好,无论她们怎么否认,都是会情不自禁地爱上那些官员。更何况索尔提尼在看到阿玛利亚的时候,直接越过车辕向她走去,用他那因在办公桌前久坐而僵硬的腿跃了过去。但你会说,阿玛利亚是个例外,是的,她的确是个例外。她拒绝去找索尔提尼的时候就证明了这一点,这已经很独特了。但是如果她说她不爱索尔提尼,这就独特过度了,这几乎是不可以相信的。那天下午,我们当然是盲目地高兴,但事实上,就算那天空气中弥漫着雾气,我们也认为我们清晰地看到了阿玛利亚的一脸痴情,认为她的确是坠入了爱河。但是,如果你把所有的事情联系在一起,弗丽达和阿玛利亚又有什么区别呢?只是弗丽达做了阿玛利亚拒绝做的事而已。"

"也许吧，"K说，"但对我来说，她们主要的区别在于弗丽达是我的未婚妻，而阿玛利亚只在一点上与我有关，那就是她是城堡信使巴拿巴的妹妹，她的命运或许已经和巴拿巴的工作牵扯在一起了。如果一个官员如此明目张胆对她进行了侮辱，那我就应该很认真地去看待这个问题，但就算是这样，我也智慧地把它看作公事，而不是她的个人痛苦。但是现在，在你述说了故事之后，我的印象发生了变化，尽管我还是无法完全理解，但因为是你讲的故事，所以我觉得足够可信。因此，我想完全忽略这件事，我又不是消防员，我关心索尔提尼干什么呢。但我确实很关心弗丽达，所以我很疑惑，我完全信任你，也想一直信任你，可是你总是想通过阿玛利亚来绕着弯地攻击弗丽达，让我对她产生隔阂。可我不认为你是居心不良，否则我早就离开了，是你所处的环境诱惑你这么做的，是一种出于对阿玛利亚的爱，你想把她抬高到其他女人之上，由于你发现阿玛利亚本身的闪光点不够，为了达到这个目的，你就只能把其他女人描述得一文不值。阿玛利亚的行为是奇怪的，可你对此的描述越多就越难以判断，她是聪明还是愚蠢，是英雄还是懦夫。她把这样做的动机一直牢牢地锁在心里，谁也无法得知。而弗丽达又做错了什么呢？她只是遵循自己的内心罢了，任何一个从善意角度看待她的人，都能清楚证明，不至于让你们说闲话。但我不想贬低阿玛利亚，也不想为弗丽达辩护，我只是想向你说明我对弗丽达的态度，任何对弗丽达的攻击都是对我生存的攻击。我是自愿来到这个村子里的，也是自愿留在这里的，但此后发生的一切，尤其是我的未来——尽管它们可能很黯淡，但毕竟是存在的——我会把这一切都归功于弗丽达，这是无法辩驳的。我是以土地测量员的身份被聘用的，但那只是表面上而已，他们其实是在耍我，他们把我从每一间屋子中驱赶出来，一直到现在都还在耍我，但他们现在要费劲了，我的活动范围扩大了。我已经有了一个家庭，也有了一个职位和真正的工作，尽管这些微不足道。我有了未婚妻，如果我还有其他的事情的话，她就会接替我的工作，我会和她结婚，而我和克拉姆除了官场的关系外，还有了私人的关系。这不算少了吧？我来找你们的时候，你们为什么要热情地和我打招呼？你为什么要把你们家族的秘密告诉我？你难道不是想从我这里得到哪怕是微小的，不太可能的任何帮助吗？你肯定不是因为我是土地测量员才寄托希望于我，譬如说，一周前，我才被拉瑟曼和布伦斯韦克赶出了家门，而是因为你知道我是有一些背景的人，当然这全仰仗弗丽达，她是个很谦虚的人，即便是你向她询问，她也不见得就真的知道这些。然而在大家看来，天真的弗丽达似乎比清高的阿玛利亚得到了更多。因为我对你一直以来的印象，都是你在为阿玛利亚寻求帮助。向谁求得帮助呢？当然是从弗丽达那里索取,那还能有谁呢!"

"我真的有把弗丽达说得这么不堪吗?"奥尔加说,"我想我并没有那个意思,也不认为自己这样做了。也许是可能的,我们的处境很困难,可以说已经和整个世界分离了,一旦抱怨起来,就会没完没了,不知道自己都说了些什么。你说得也对,现在我们和弗丽达有很大的区别,强调这一点也是好事。三年前,我们还属于优越家庭的女孩,而弗丽达是个孤儿,之前在桥头旅馆做女佣,我们从她身边经过,从来都不会看她一眼。我们的确是很傲慢的,但我们从小就有这样的资本。但那天晚上在贵宾楼里,你可能已经认识到了我们地位的差距。弗丽达手里拿着鞭子教训下人,我呢,却扎在一群仆人堆里。但比这更糟糕的是,弗丽达鄙视我们也就算了,这完全符合她的地位,是现实情况逼迫她这么做的。可是不管是谁都鄙视我们,只有鄙视我们,才是那大多数人中的一分子,才能不被视为异类。你知道弗丽达的那位接班者吗?一个叫佩皮的姑娘。我是前天晚上才认识她的。她对我的蔑视程度肯定超过了弗丽达。她看到我在窗外取啤酒,还故意跑出去锁上门,我只好央求并答应她把我戴在头发上的丝带给她,她才肯打开门。但当我把它给她时,她却直接把它扔到了角落里。好吧,就算是她鄙视我,我也得依靠她,因为她现在是贵宾楼里管着吧台的女侍呢,当然她只是临时工,想长期受雇在那里,她还不够资格。大家只需要听听老板是怎么和佩皮说话的,再对比一下他是怎么和弗丽达说话的语气就全都明白了。但这并不妨碍佩皮鄙视阿玛利亚,但是阿玛利亚可不是好惹的,她只是给佩皮一个凌厉的眼神,就足以让她带着她那扎着蝴蝶结的小辫子以最快的速度离开房间——即使她永远也做不到很快,因为她有一双小胖腿。昨天她又在诋毁阿玛利亚,最后还是客人们看不下去了纷纷帮着我说话,她才闭上了她那张聒噪的嘴。当然帮我的客人们也是用你见过的那种方法。"

"你真是被吓坏了,"K说,"我只把弗丽达放在她应有的立场而已,我并没有轻视你们。你们家对我来说也有一些特殊的情谊,这一点我没有隐瞒,这种特殊的情谊怎么会让我产生轻视你们的态度呢,我不明白。"

"哦,K,"奥尔加说,"恐怕你也会明白的,阿玛利亚对索尔提尼的行为是这种鄙视的起因,难道你不能理解吗?"

"那就太奇怪了,"K说,"人们可以因此去谴责或是赞扬阿玛利亚,但是,怎么会去鄙视她呢?如果他们真的因为我不可理解的理由而去鄙视阿玛利亚,那他们为什么也用同样的方式去对待你,甚至还对待你们这个无辜的家庭呢?比如说佩皮看不起你这一点,我想回到贵宾楼后,我会去跟她理论。"

"K啊，如果你想改变那些轻视你的人的想法，那是很难的，因为一切源头都来自城堡。我至今还记得那天早上的情景。布伦斯韦克，他当时是我们的助手，每天他都会照常来我们家里，父亲会给他安排工作，然后他便带着一大堆工作回家去。我们一家人会坐在一起吃早餐，那天大家都很兴奋，除了我和阿玛利亚之外。父亲不停地说着庆典的事，他对消防队有各种计划，因为城堡有自己的消防队，还派了一个代表团来参加庆典，父亲曾和他们讨论了很多事情。现在城堡里的官员们看到我们村消防队的成绩，对他们的评价都非常好，还把城堡消防队的成绩和我们进行了比较，结果我们还更优秀呢。还有人提出城堡消防队有必要重组，为此还有必要从村里请教官，他们列出了几个候选人，父亲也在其中。当时父亲还一直认为这件事情会落在他身上。他说起这些时，总是那么快乐，因为这是他热爱的事业。他坐在餐桌旁，双手环抱着半张桌子，当他望向窗外天空时，他的脸还是显得那么年轻，可现在我再也看不到他当初的那副神采奕奕的模样了。阿玛利亚在那里以一副我们之前从未见过的高傲模样说，人们不必相信这些官员在那种场合下说的话，他们习惯于说一些讨人喜欢的话，但它没有什么意义，因为他们这边才从嘴里说出来，那边就被抛到脑后了，当然，下一次，人们又会上他们的当。母亲很不喜欢阿玛利亚这样说话，而父亲只是笑着说她很早熟,阅历也丰富,但随后他就疑惑地站起来离开了,似乎在寻找他遗失的什么东西,但其实他什么也没有缺少。他说布伦斯韦克告诉了他关于一个信使和一封被撕碎的信的事,于是他问我们是否知道些什么,和谁有关?是怎么一回事?我们沉默不语,当时年轻如羔羊一般的巴拿巴说了句很调皮也很不合适的话,我们就谈起了别的话题,这件事就这样被遗忘了。"

第十八章　阿玛利亚的惩罚

"然而，不久之后，我们便受到了各方对于那封信的询问，不论是我们的朋友还是我们的敌人、熟人和陌生人都来了。但他们没有久留，就连我最好的朋友也是匆忙地告了别。拉瑟曼平时总是举止得体的，但他这次进来仿佛只是为了来检查一下客厅的大小一样，仅仅扫视了一下四周就慌忙地离开了。父亲见此情景，直接推开身旁的人，朝拉瑟曼追了过去，一直追到了门槛处才作罢，那一幕看上去就像是一场小孩追逐的游戏。布伦斯韦克来告诉父亲他想独立出来自己创业，他很诚实地说出了自己的想法，是一个聪明的家伙，懂得把握时机。顾客们也都来了，他们在父亲的储藏室里寻找着自己之前送来修理的靴子，一开始父亲还试图劝告顾客们改变想法——我们都尽力在帮父亲说话——但后来父亲还是放弃了，只是默默地帮助顾客们寻找靴子，订单簿上的订单也都被一一取消了，顾客们存在我们家的皮革全都还了回去，欠我们的账款也都还清了，所有的一切都在没有丝毫争执的情况下进行着，仿佛都希望能快速彻底地和我们断开联系，就算他们会有损失，也执意与我们划开界限。最后，如同我们意料中的那样，消防队队长塞曼来到了家中，我到现在也能够清楚地回想起当时的那一幕场景。塞曼体型高大且强壮，但有点弯腰驼背的，他患有肺病，总是一副很严肃的样子，他根本不会笑。以前他是很佩服我父亲的，在他们很亲近的时候，他甚至已经答应给父亲一个消防协会副会长的位置，但是现在，他站在我父亲面前，通知他已经被辞退了，而且要求父亲归还证件。那些还在家里的人都不约而同地放下了手上的事情，将这两个男人围拢起来。塞曼什么也没有说，只是不停地拍着父亲的肩膀，似乎想以此疏通父亲的言语，好说出些眼前想说可他不知道该怎么说的话。他一直尽力地笑着，大概是为了想用笑声让凝重的气氛稍微缓和一些，但因为他僵硬的脸根本就不懂得如何笑，以前没有人见到过他的笑容，所以大家都不知道他发出的是笑声。父亲已经因为那天家里来了太多的人忙个不停而感到疲惫，他太绝望了，所以根本无法去思考我们家到底为什么会这样。我们也同样感到绝望，但因为我们还年轻，所以我们不相信我们家就这样彻底崩塌了。我们总是认为，在许多来访的人中，终会有人来阻止一切厄运的发生，并迫使一切回到正常的轨道。我们懵懂地认为塞曼似乎就是那个特别的人。我们怀着紧张的心情等待着他从这连绵不断的笑声中可以说出一些清晰的话语。现在究竟有什么好笑的呢？他是在笑这些发生在我们身上的愚蠢的不公平的遭遇吗？队长，我的队长啊，请你告诉大家吧，我们在心里这么想着，并走向前去挨着他，但这只是让他做出了更反常的转身罢了。最后，他似乎不是为了实现我们默默寄托在他身上的愿望，而是为了回应人们那些鼓励或愤怒的呼唤，开口说了话。但我们还是一直抱着希望。一开始父亲就受到了他大力的赞扬，他称父亲是协会之光，是年轻人难以企及的榜样，是协会不可或缺的成员，父亲的退休几乎对协会是毁灭性的打击。如果他的话最后在这里结束的话，那一切都是美好的，但他继续说着，说但协会决定辞退父亲，当然只是暂时的，那么在场的人难免会猜测到迫使协会这样做的原因，也会意识到我们这一家人犯了多么严重的错误。如果父亲在昨天的庆典上没有表现得那么突出的话，也许也不会走到今天的这一步。恰恰是因为父亲的成绩过于优秀，才会引起城堡的重视，因为现在消防协会享有盛名，颇受关注，于是不得不比以前更加注意队伍的纯洁性。而恰巧阿玛利亚做出了侮辱信使的事情，消防队没有办法，于是他们派出了塞曼来完成这项艰巨的任务，来宣布这件事，塞曼也希望父亲不要再做些让他更为难的举动了。当塞曼宣布完这一切后，他那颗悬着的心终于平静了下来。他对于自己的表现很满意，甚至没有过多的考虑，便指着挂在墙上的那张装裱过的证书,还不停地挥舞着手指。父亲点了点头,前去取下,但他那双颤抖的手怎么也不舍得将证书取下来,于是我就站上扶手椅帮他把证书取了下来。从那一刻起,一切都完了,父亲甚至没有把证书从木框里拿出来,而是连同木框一起交给了塞曼。然后他就坐在角落里,一动不动,不和任何人说话。我们只能尽可能地和那些还在家里找靴子的顾客商量,让他们尽快离开。"

"你从哪察觉出来,这一切是受到了城堡的影响呢?"K问道,"这件事城堡那边似乎并没有插手啊。到目前为止,你所讲述的只是村民们无心的焦虑,邻居的幸灾乐祸,不可靠的友谊,但是这些都是平常会遇到的,而你的父亲——至少在我看来是这样——也有一点小气,因为那一纸证书并不能代表什么。它只是对他能力的一种证明罢了,但是你父亲的能力并没有因为被没收的证书而消失呀。如果你父亲守住了这份能力,那他始终是不可或缺的人才,反而如果在塞曼还没提出没收证书的时候,你父亲先把证书扔在他的脚下,这样才会让塞曼难堪吧。但在我看来特别重要的是,你完全没有提到阿玛利亚,阿玛利亚是一切的罪魁祸首,而她大概只是静静地躲在后面,眼看着这场灾难发生吧。"

"不,不是的,"奥尔加连忙解释道,"谁都不应该受到责备,谁也无法挽救,因为这一切都是受城堡的影响。"

"城堡的影响？"阿玛利亚悄无声息地从大厅走了进来，并重复道奥尔加的话，她的父母早就睡下了，"你们是在说关于城堡的事吗？这么晚了你们还坐在一起？K，你刚进来时不是说想马上就离开的吗，现在已经晚上十点了，难道这个故事这么有趣，这么吸引你？村子里有些人是靠这些故事吃饭的，他们就像你和奥尔加这样坐在这里互相交头接耳，我本以为你不是这样的人。"

"不，"K说，"我确实是这样的人。反倒是自己平时不关心这种故事但只让别人关心的人，我觉得不怎么样。"

"行吧，"阿玛利亚说，"人们的兴趣是很不一样的，我曾经听说过一个年轻人，他日思夜想着进入城堡，于是他忽略了其他的一切，导致他的日常生活都不能自理，因为他的全部心思都用在城堡里，但是最后大家才发现他并不是真的想要进入城堡，而是因为他爱上了城堡办公室里一个洗衣女工的女儿，现在他得到了她，他的一切又恢复正常了。"

"我想我会喜欢那个人的。"K说。

"你会喜欢那个人？"阿玛利亚说，"我不相信，也许你会喜欢他的妻子。行，你们聊吧，我不打扰你们了，我该去睡觉了，但是我得熄灭家里的灯，因为这样才能给父母更好的睡眠环境。虽然他们已经睡着了，但一个小时后，他们肯定会醒的，到时候家里要是有哪怕一丁点儿的光亮，都会打扰到他们。晚安啦。"

然后，果然屋子里变得一片漆黑，阿玛利亚大概在她父母床边的地板上睡下了。

"她刚才说的那个年轻人是谁？"K问。

"我不知道，"奥尔加说，"也许是布伦斯韦克，但也好像不太符合他，也可能是其他我不认识的人。要准确地理解她说的每一句话并不容易，因为你常常不知道她哪句话是在讽刺，哪句话是认真的，通常她认真说的话，听起来总是带有讽刺的意味。"

"那就别再解释了！"K说，"你怎么会这么依赖她呢？在发生这些不幸的事情前你就这么依赖她吗？你难道从来没有想过要独立于她吗？你对她的这种依赖性有什么合理的依据吗？她是家里年龄最小的那一个，难道不应该是她来服从你和巴拿巴吗？而且不管怎样，都是她给这个家庭带来了不幸。她不但没有每天请求你们每个人的原谅，而且比你们任何人都趾高气扬，除了照顾父母，她什么都不关心，什么都不承担，就像你说的那样，当她终于和你说起一句话的时候，就算是认真的话，听起来也带有讽刺的意味。还是说，她是靠着你老是提及的美貌来统治你们的？对，你们三个人长得像极了，但她和你们两个不一样的地方对她来说是缺点。从我第一眼看到她的时候，我就很惊讶她那副冷冰冰的、不爱说话的样子。虽然她是年龄最小的,但我从她的外表上根本看不出来,她就像有些无法从容貌上辨别年纪的女人,这种女人几乎不会变老,但她实际上也未曾真正年轻过。你天天见她,完全察觉不出来她冷酷的神情。所以细细想来,我都不太把索尔提尼对她的好感当回事,也许他只是想用信来惩罚她,而不是要召唤她。"

"我不想谈索尔提尼了,"奥尔加说,"城堡的官员们,什么事情都有可能做得出来,不管是对最美丽的女孩还是最丑陋的女孩。但除此之外,你完全误解了阿玛利亚。你看,我没有理由让你对阿玛利亚有好感,可我还是想这么做,那只是完全为了你的缘故才这样做。阿玛利亚怎么说都是造成我们不幸的原因,这是肯定的,但即使是父亲,就连他这个在不幸中最为不幸的人,在家里嘴巴从来不饶人的人,也从来没有在言语上对阿玛利亚说过一句责备的话。而这并不是因为他赞同阿玛利亚的作为,他敬佩索尔提尼,怎么可能会赞同阿玛利亚拒绝他的这件事呢?他说自己想不明白,如果是他,他会愿意把自己和自己的一切都献给索尔提尼的,不过不是像现在真正发生的情况这样,很可能是在索尔提尼被惹怒了的情况下做。我说"很可能"是因为我们没有再了解到关于索尔提尼的任何事情;如果说他以前是深居简出,那么现在他就好像根本不存在在这个世界上了一样。你真应该看看阿玛利亚那时候的样子。我们都知道不会受到什么很明确的惩罚。只是没有人再会和我们来往了而已，城堡和村子都是这样。村里的人对我们避而不见，这显而易见，但城堡那边什么都看不出来。过去我们家优渥的时候，也没有看出城堡特殊的照顾，现在又怎么看得出来形势的转变？这种表面的平静却是最糟糕的事情。村民们孤立我们也许并不是他们对我们有什么大的意见，只是因为他们害怕罢了，现在他们在观望着事态的发展。我们也不用担忧生活上有什么困难，因为所有的债主都主动把钱还清了，如果我们缺什么，亲戚们会暗中帮我们解决，这并不难，因为当时正好是大丰收的季节，但我们没有田地，没有地方愿意接纳我们做帮工，我们生平第一次像闲人一样活着。在炎热的七八月份，我们关着窗户坐在一起在家里乘凉。没有传票，没有纸条，没有拜访，什么都没有。"

"好吧，"K说，"既然什么事都没有发生，也没有明确的惩罚，那你们怕什么呢？真让人搞不懂！"

"我怎么跟你解释呢？"奥尔加说，"我们不怕任何事情的到来，但是在当下，我们其实一直都在惩罚之中。村子里的人其实一直都在等着我们去打破与他们之间的僵局，等着父亲重新开张鞋铺，等着会裁缝衣服的阿玛利亚为他们做漂亮的衣裙，而且她只为家世显赫的人家做衣服，所以大部分村民都会为自己孤立我们的行为感到愧疚，当村子里一个受人尊敬的家庭突然受到孤立时，对大家都会有影响，他们觉得断绝关系只是尽了自己的本分，易位而处我们也会这样做的。他们不知道具体发生了什么事情，只是看见信差拿着一堆碎纸回了贵宾楼。当时，弗丽达看到那位信使去了又来，于是她向信使大致了解了几句后，就把这件事情传播了出去，但她也同样不是出于对我们的敌意，只是尽本分而已，因为在同样的情况下，任何其他人都会像她这么做的。本来这件事就像我之前说的那样，可以有一个圆满的解决方案，肯定是会到受大家支持的。如果我们突然传出去消息说一切都好了，这只是一个误会，在此期间我们已经完全澄清了，或者说这虽然是过错，但我们已经用其他方式弥补了，或者——即使这样说足够应付村民们了——我们通过在城堡里的关系成功地把这整件事压了下来——那么我们肯定会继续被村民拥护，受到他们的尊敬，毕竟村子里也不是没出现过这样的事情。其实也没有必要做得那么复杂，如果我们能主动地和村民们走动联系，关于信使的事闭口不提，那么大家也都会心照不宣，不会再提及这件不愉快的事情。因为除了恐惧之外，最重要的是提起这件事大家都会感到尴尬，这也是人们为什么会回避我们的原因，为的是不再听到这件事，不去想这件事，不以任何方式沾染上这件事。虽然说弗丽达传播了这件事，但她也是为了保护自己和所有人，让众人知道这里发生了一些不好的事情，提醒大家别掺和进去。大家针对的也不是我们一家人，而是这件事情对整个村子产生的影响，只是我们恰巧参与进了这件事而已。所以，只要我们站出来，让事情就这么过去，用我们的行动表明我们已经结束了这件事情，不管用哪种方式，让大家确信，这件事情不会再被谈论起来，不论它究竟是怎么回事，倘若是这样，一切都会好起来的，我们会发现到处都会有像从前一样乐于帮助我们的人，即使我们不能完全地忘记这件事，别人也会理解，并且会帮助我们去完全忘记的。但我们什么都没有做，只是坐在家里。我不知道我们在等什么，可能是在等待阿玛利亚做出什么决定。对于阿玛利亚而言，她在那天早上就已经拥有了这个家庭的领导权，一直到现在都还在紧握着。她没有给我们下达特别的命令，对我们也没有要求，几乎是任由我们这样沉默。当然，我们也有很多要讨论的事，而且我们从早到晚都在说悄悄话，有时父亲会突然惊惧起来，然后把我叫到他面前，我就会在床边待上半夜。或者有时我会和巴拿巴蹲在一旁，他对整件事了解得很少，所以总是要求我热心地向他解释，总要求我们做同样的解释，他大概明白别的同龄人所期待的无忧无虑的岁月对他来说已经不复存在了。我和巴拿巴就像现在的我和你一样坐在一起，忘记了夜幕已经降临，忘记了天又已经大亮。母亲是我们所有人中最弱小的一个，可能是因为她不仅承受着全家共同的磨难，还承受着我们每个人内心的痛苦，所以我们能惊恐地察觉到她身上的变化。我们怀疑，这些变化的后果即将发生在我们全家人身上。她最喜欢待在那张长沙发的一角，那张长沙发我们已经转卖出去很久了，现在它被放在布伦斯韦克的大房间里。只要她一坐在那张沙发上——我们也不知道她在那里到底做什么——总能沉睡过去，或者对着它进行长长的独白。我们总是谈论关于那封信的事情，不断地议论着所有确定的细节和不确定的可能性，争着想出能够圆满解决问题的办法，这是自然而然的，也是不可避免的，但这并不是好事，因为它让我们越来越深地陷入了我们想要逃避的事实。而这些办法又有什么用呢？没有阿玛利亚这个主角，这些想法都不会实现的，一切都毫无意义。因为我们的结论根本就不敢传到阿玛利亚那里，就算传到了，她也只会选择沉默不语。好吧，幸好今天的我比当时的我更了解阿玛利亚，她所承受的折磨比我们所有人都要多，她是如何忍受这些屈辱并且至今仍好好地待在我们身边生活的——这实在是不可思议。母亲或许背负了我们所有的苦难，而她的承受能力是有限的，至少现在她已经再也承受不了什么折磨了，她的精神已经混乱。但阿玛利亚不仅背负着苦难，她还有看透苦难的头脑，她能发现苦难的原因，而我们只能看到后果。当我们希望通过一些小小的手段来反抗的时候，她就已经知道一切都已经成为定局，当我们在背后讨论研究的时候，她始终保持沉默，和现在一样清醒地面对并忍受着这种痛苦。相比之下，我们忍受的痛苦比她少多了。当然，我们必须和父母一起离开我们的房子，巴拿巴用手推车把我们的行李分了几趟才运到我们将要搬去的小屋子里。布伦斯韦克搬进了我们原来的大房子。巴拿巴和我负责搬运行李，父亲和阿玛利亚在后面帮忙，母亲坐在箱子上等着我们，总是悄悄地流泪。但我记得，就算在这几趟辛苦的搬家途中——那很丢脸，因为我们总会遇见那些穿梭在农田间忙着运送庄稼的车，车上的人们一看到我们就扭过头去——巴拿巴和我——一直谈论着我们的忧虑和对未来的计划，我们常常会因为聊得太投入站住不动，直到父亲'喂'地提醒我们，才让我们再度想起自己的任务。但我们所有的谈论都没有在搬家后改变我们的生活，只有一点不一样了，那就是我们现在逐渐开始感受到了贫穷。亲戚停止了对我们的接济，我们的存款也差不多用尽了，就在那个时候，村民对我们的轻视也越来越严重了。人们发现我们无法从信件这件事中摆脱出来，很生气。虽然村民们并不清楚我们承受着什么，但如果我们战胜了困难，他们会很尊敬我们的，可我们没有战胜，他们就把迄今只是暂时的做法变成最终的做法，把我们从每一个社交圈子逐一排除出去，他们明白或许他们不会比我们能更好地经受住这个考验,所以更有必要完全远离我们。现在,别人已经不再把我们当成人来谈起,我们的姓氏也不再被提及,当他们不得不提起我们时,我们就统统被称为巴拿巴家的人,而他是我们中最无辜的人;甚至我们居住的这个小屋都充满了罪恶,你不得不承认,你第一次来到我们家时,肯定也不自觉地看到了他们这种鄙视的理由。后来,当人们偶尔会来找我们时,也都是因为一些相当琐碎的事情来指责我们,比如挂在桌子上的小油灯,你说说看,除了把它挂在桌子上面,还应该挂在哪呢?就算我们把灯挂在了正确的地方,还是会遭到他们嫌弃。不论我们怎么做,我们和我们的一切,都会遭到同样的鄙视。"

第十九章　请求宽恕

"那这段时间我们做了什么呢？我们做了一件比起真正发生的事情更糟糕、更让人鄙视的事情——背叛了阿玛利亚——我们逃离了她的无声的统治，我和巴拿巴再也不愿意再这样被控制着生活下去了，我们不能没有希望地活着，于是我们开始用自己的方式为取得城堡的原谅而努力，当然每个人都会有自己的方式。我们知道已经无法再弥补什么了，我们也知道唯一能与城堡取得联系的人，就是那个父亲一直崇拜的官员索尔提尼，他是父亲曾经的领导，而且一直很看重父亲的能力。因为事件已经发生很长时间了，能与他取得联系的希望是很渺茫的，但我们还是决定不停地尝试。父亲开始向村长、村秘书以及我们的律师毫无意义地求情。大多数情况下，他都没有被接见，如果他通过计谋或撞运气受到了接待——我们听到这样的消息总是高兴得欢呼雀跃——也很快就会被赶出门，之后就再也不放他进门了。在城堡看来，父亲提出的那些问题过于简单，不足以给予答复。他究竟诉求的是什么？他到底经历了什么事？

他想要得到什么原谅？谁在城堡里有谁在什么时候对付过他了？我们家现在很穷，父亲失去了所有的客源，但这些都是日常生活中经常会遇到的问题，是所有的生意都难免会遇到的问题，难道这些城堡也要去管吗？事实上，城堡的确什么事情都管，但它总不能粗鲁地干预事情的发展，仅仅是为了一个人的利益。难道要它派官员出动，让他们追着父亲的客户跑，再强行将他们押回父亲身边？可是父亲反驳说——我和巴拿巴在家里讨论这些事情时都会刻意地瞒着阿玛利亚，不过阿玛利亚似乎已经注意到了，但是她并没有理睬我们，而是任由发展——说他从不曾抱怨过贫穷，即使他失去了一切财富，他还是有能力重新得到它的，这些对他来说都无关紧要，他只求能得到索尔提尼的原谅。但是，他应该得到什么原谅呢？迄今为止，我们家没有收到过任何指控，至少在案卷里没有记录，在对律师公开的资料和档案里也没有。因此可以确定，既没有对他采取过什么行动，也没有什么针对他的事情在进行。或许他能说出官方发布过什么指令针对他？但父亲无法说出。既然他什么都不知道，而且什么都没有发生，那他究竟想要什么？又求原谅他什么呢？最多原谅他这样每天骚扰着城堡的官员，但这却是不可饶恕的。父亲不肯放弃，那时的他还很强壮，也因被迫赋闲而有充足的时间。'我会把阿玛利亚的名誉找回来的，而且用不了太久'，他白天总是对我和巴拿巴这么说，但说得很小声，因为他不能让阿玛利亚听见，但这也是为了说给阿玛利亚听的，实际上他并不是想要赢回阿玛利亚的名誉，而只是为了求得原谅。但为了得到宽恕，他就必须先证明自己的罪过，而这一点又被城堡无情地否认了。父亲的思维跳跃得异常活跃——他好像已经有点精神衰弱了——因为他曾认为自己是没有缴纳足够的税，所以人家才会不告诉他究竟犯了什么罪。到目前为止，父亲每年应缴纳的税款都是缴清了的，而且这笔费用对我们家的情况来说是一个很大的压力，但他执意认为自己必须缴纳更多的钱。这种想法当然是不对的，尽管城堡的官员为了避免不必要的口舌之争接受了一些贿赂，可是父亲这样找理由去行贿是什么效果也达不到的。如果这是父亲唯一的希望的话，我们也不想干扰他。我们几乎卖掉了我们所有的家当——几乎是不可或缺的家当——为了让父亲有足够的钱去调查。在很长一段时间里，我们每天早上都有这样的满足感：父亲早上出发的时候，口袋里至少有一些硬币走起路来叮当响。当然，那一整天我们就会挨饿，而我们继续通过变卖东西得到的唯一效果，就是让父亲有着一丝希望的愉悦。然而这并没有什么好处。他在四处奔走中疲于奔命，如果没有这些钱很快就可以结束这一切，但有了这些钱，这件事就会继续下去。事实上，别人收了钱也不会做什么，有时一个文书至少表面上试着去做点什么,答应父亲帮他调查,暗示已经找到了某些蛛丝马迹,会继续追查,不是出于自己的职责,而是看在父亲的面子上——父亲非但没有怀疑他们,反而越来越相信。父亲带着那样一个明显毫无意义的承诺回来,仿佛他已经把天大的福气带回了家里一般。他总是在阿玛利亚的背后扭曲着脸睁大眼睛向我们微笑着指着阿玛利亚示意,仿佛在告诉我们在他的逐渐努力下,阿玛利亚即将得救,没有人会比阿玛利亚更加感到惊讶,但一切都还是一个秘密,我们还需要严加守护。看到他这副模样,真是令人痛心疾首。所以,如果不是我们已经没有钱交给父亲了,那他肯定还会坚持很长一段时间。虽然在这期间,我们多次央求布伦斯韦克,让他同意把巴拿巴收为自己的助手,但也只是在晚上才能摸黑接单,然后再摸黑把工作带回来做——我们必须承认的是,布伦斯韦克为了我们承担了一定的危险,因此他付给巴拿巴的报酬也很少。巴拿巴的工作能力是毋庸置疑的,但他的工资只能勉强维持我们不被饿死。我们经过反复的思想准备后,决定向父亲宣布停止向他资助,但我们没有想到的是,父亲非常平静地接受了,他已经无法再凭着理解力看清自己的干预毫无指望,似乎他也已经厌倦了不断的失望。虽然他说——他现在说话没有以前那么清楚了——其实他需要的钱很少,如果能再给他一点儿就好了,本来明天就能搞清楚的事,但现在因为钱的原因一切都白费了,诸如此类的话。但他说话的语气明显表明他自己已经不相信这一切。不过父亲马上又有了新的计划,由于他没有成功地证明自己有罪,因此,他无法通过官方渠道取得任何进一步的成果,他只有依靠恳求,亲自去求官员。父亲认为,城堡中当然也有心怀善念的人,虽然在办公时必须铁面无私,但如果在不工作时出其不意地向他们求助,他们一定会大发慈悲的。"

一直完全沉浸地听奥尔加说话的K打断了她的话,问道:"但你不觉得他这样的做法是对的?"虽然这个问题的答案会出现在后面的故事中,但他想马上知道。

"当然是不对的,"奥尔加继续说,"城堡里不可能有怜悯之心的人。虽然我们年少无知,但我们明白这一点,其实父亲当然也知道,但他已经忘了,就像大部分的事情他都忘记了一样。他已经打定主意站在通往城堡的乡间公路上拦截官员的马车,只要可以,他便提出原谅的请求。说实话,这是一个很不理智的计划,即使不可能的事情发生了——请求真的传到了官员的耳朵里——难道光凭一个官员的同情心就能结束掉这一切吗?这是整个权力机构的事情,而且权力机构也只能定罪,不能宽恕。而且就算有一个官员被父亲成功地拦了下来,他也愿意处理这件事,那么在父亲这个又穷又疲惫的老男人模糊不清的述说下,他能搞清楚这件事情的前因后果吗?官员们的文化程度普遍很高,但只在某一方面,在他们的业务范围内,他们只听一句话就能够厘清一件事情的思路,而换作其他部门的事务,别人可能就需要向他们解释几个小时,他会点头附和,但实际上一个字也听不懂。这都是不言而喻的,你不如自己试试看找一件跟自己有关的很小的公事,官员只需要一耸肩就能解决了,但你若想弄清楚其中的细节,恐怕自己用尽一辈子的时间去做,也得不到结果。哪怕就是让父亲碰巧遇到了一个主管这件事的官员,但是这个官员在没有任何有关文件记录的情况下,也无法做任何事情啊,尤其还是在乡间道路上。所以这位官员也只能通过官方的渠道来处理,但父亲早就如此做过,并且一无所获。父亲无论如何都想通过这个新途径把新计划实施了,可见他已经山穷水尽了!如果有哪怕一丁点这样的可能性,那么这条路上岂不是早就被很多有诉求的人堵满了?就因为这是连没有接受过什么教育的人都明白的道理,所以这条路才会空空荡荡的。或许这增强了父亲的希望,他从各方各面来维持这份希望。大凡一个智力健全的人,都不会干出这种离谱的事情来的,单是从表面看他就一定清楚地认识到这是无法实现的。官员们去村子或回城堡时,不是为了在路上游山玩水,而是村子和城堡里都有工作在等着他们,所以他们必须快马加鞭地到达,有谁会理会车窗外那些不相干的人呢?光是车上放着的档案就足够他们研究半天的了。"

"但我倒是见过这么一个人，"K说，"他的马车里面没有档案。"在奥尔加的故事中，K仿佛看到了一个如此庞大的、几乎不可思议的世界，他忍不住用自己的一点经验去触摸它，让自己相信它的存在，也相信自己的存在。

"这倒是有可能，"奥尔加说，"但那就更糟糕了啊，就说明那位官员处理的都是重要的事情，档案太珍贵，所以不能带在身边，这样的官员就更需要快速到达办公点呀。反正，谁也抽不出时间来理会父亲。况且，城堡有好几个入口，有时这一条街道受欢迎，大多数车辆就都会从那里走，有时另一条街道受欢迎，于是又全都从那边走。这种变化的规律至今还没有被人发现。有时候早上八点钟左右，官员们的马车都在第一条街道上行驶，十分钟后他们又会在第三条街道上行驶，然后就在半小时后大家可能就回到原来的路上了，也许半小时后又会回到第一条街道上，而且一整天都是这样的，随时都有可能发生变化。虽然所有的通道都在村子的附近会合，但他们的车速快得让人根本追不上，直到他们离城堡更近一些了，才会降下速度。而在道路上驶过的马车数量也如他们行驶的道路一样没有规律，常常你可以好几天都看不到一辆马车，但偶尔你又会发现人群中同时出现好几辆马车。现在你可以想象一下我的父亲，他每天穿着自己最好的衣服——当然这也成了他唯一的一件衣服——在我们的祝福声中满怀期待地出门。他会带着那个消防队的小徽章——这是理应交上去却私自留下的,按照父亲的意思,他认为这样更能引起过往官员对他的注意——在村外等着。他在村子里不敢佩戴这个徽章,怕被人看见,出了村子才敢戴。离城堡门口不远处有一个菜园子,主人叫伯图赫,他专门负责给城堡运输蔬菜。父亲选了园子边的一个石头坐了下来。伯图赫允许我父亲坐在那里,因为他过去是父亲的朋友,也是父亲最忠实的客户之一,他的脚有些残疾,只有父亲才能做出一只适合他的靴子。于是父亲日复一日坐在那里。那是一个阴凉的、多雨的秋天,但父亲丝毫没有受到恶劣天气的影响,早上时间一到,他就向我们挥手告别;晚上他也是在固定的时间回来,身上的衣服总会被雨水淋湿,时间就这样一天天地流逝了,父亲的背似乎也越来越驼。起初,他还给我们讲一些他的普通小经历,比如说伯图赫出于怜悯和旧日的友情照顾自己,他把一条毛毯铺在了石头上,或者他以为自己认出了过往马车上的官员,或者又有谁的车夫认出了他,还开玩笑似的用鞭杆轻轻地拍打了他一下。不过后来,父亲就不再讲这些事情了,他似乎也并不抱有什么希望了,他慢慢把它看作他的一份固定的工作,每天去那里度过一整天的时间。冬天快到时,降雪了,我们这里的冬天开始得很早,父亲就这样在雨雪浸泡的石头上坐着,得了风湿病。夜里他总是痛苦地呻吟,到了早晨,他就会犹豫要不要继续坚持去公路上，后来他还是勉强去了，每天都不落下。每当父亲准备出门时，母亲会紧紧抱着他，不想让他走，他也因为自己的手脚日渐不够灵活自主，所以带上母亲一起去，久而久之，母亲也患上了风湿病。我们经常会带上吃的去探望他们，劝他们回家。很多时候，我们看见他们坐在一起，互相倚靠在窄小的石头上，薄薄的毯子勉强能把他们围住，周围除了雪和雾什么都没有，而且一连几天都没有人和车从这里路过，简直惨不忍睹啊，K，简直惨不忍睹！直到有一天早上，父亲的双腿僵硬得再也没有办法下床了，发着高烧，产生了幻觉，以为自己看到一辆马车在伯图赫的菜园子前停了下来，一个官员下了马车，在石头前寻找他，发现他不在时，便生气地回到马车上，于是父亲大叫起来，仿佛是想向官员解释自己不是故意缺席的而是被病痛缠身无法动弹。父亲的病情严重到让他不得不在床上躺了几个星期，阿玛利亚则主动担负起了照顾、护理父亲和其他所有的杂事，一直就这样坚持到了今天。她为了熬制那些舒缓疼痛的药材，甚至不眠不休。不管发生什么事，她从不会慌乱，也不害怕，为了父母，她一个人扛下了所有的工作。我们什么忙也帮不上，只能在一旁看着干着急，相反，她则总是一直冷静沉着。但是挺过了最难熬的阶段，父亲在左右扶持下可以小心翼翼地起床的时候，阿玛利亚就立刻退出了，把父亲交给我和巴拿巴来照顾。"

第二十章 奥尔加的计划

"现在得给父亲找点他能干的活来干了，随便什么活都好，至少能让他相信做这件事能将我们家的罪名洗刷干净。这样的活不难找，最起码干什么活都比整天坐在伯图赫的菜园子前要强。但我发现了一些细节，甚至这些细节给了我一些希望。不论是那些官员还是文书在办公室或其他地方谈论起我们的罪状时，只是一再地提到索尔提尼的信使受到的侮辱，没有人敢再进一步地讨论。于是我想，如果大众的舆论，哪怕只是表面上的，只知道信使受到侮辱，那么只要能化解我们和信使之间的矛盾，或许一切都可以变好呢，哪怕这只是表面上的。如他们所说，我们没有接到任何投诉，所以这件事没有哪个部门会受理，这件事也不是什么大不了的事，信使可以自己做出决定，是否愿意宽恕。当然这些都起不了什么决定性的影响，只是表面上做做样子，并不会产生什么别的影响，但它至少可以让父亲感到高兴，或许可以让那些曾经折磨过他的人稍微有点窘迫。首先，当然要先找到那位信使。当我把我的计划告诉父亲的时候，他一开始非常反对，因为他现在已经变得非常固执，一部分原因是因为他认定了是我们阻止了他取得成功，一开始是停止对他经济上的支持，然后又把他控制在床上无法动弹，这种想法是在生病期间形成的；还有一部分原因是因为他已经没有能力理解别人的想法了。所以当我还没讲完我的计划时，就被父亲一口否决了。在他看来，继续在伯图赫的菜园子前等着才是明智之举，但他的腿脚已经支撑不住他天天前往了，所以我们得用手推车每天推着他前去。但我一直坚持自己的主意，渐渐地，他也就接受了我的提议，只是唯一让他不安的是，在这件事上他得完全依赖我，因为当时只有我见过那位信使，父亲根本就不认识他。而且在我们看来，不管是那些仆人还是那些信使，仿佛都长一个样，时间都已经过去这么久了，我也不知道自己还能不能认出他来。于是，我们前去贵宾楼寻找。我们了解到他的确是索尔提尼的信使，但是索尔提尼在那之后再也没有来过村子，不过因为官员们总是经常更换身边的信使，所以要是运气好的话，我们或许可以在另一个官员的信使队伍里找到他，就算找不到，那么或许也可以从其他信使那里获得一些他的消息。为此，我们必须每天晚上都在贵宾楼里守着，但我们无法以客人的身份待在那里，无论何时何地，我们都是那么不招人待见，更别提是在贵宾楼这样的地方了。事实证明，我们终究还是有点用处的。

你知道仆人们对弗丽达来说是多大的麻烦吗？他们大多是懒散惯了的人，全都仰仗着克拉姆的地位，被村民们给宠坏了，这才让人捉摸不透，'愿你过得像仆人一样'这句话现在成为官员们喝酒时的祝福语。事实上，就生活而言，仆人们仿佛才是城堡真正的主人。仆人们自然很懂得珍惜这一点，他们在城堡里的时候都会专心致志地遵守纪律，安静而稳重，这一点我已经从他人的口中证实了很多次，甚至从固定在村子里服务的仆人中，也能捕捉到他们拘谨正经的影子。但是当他们来到村子里，摆脱了城堡的管束之后，就变得肆意妄为了起来；一个个野性的、不服从管理的人，只会被自己的贪得无厌所支配。他们的无耻是无边无际的，这些仆人只有在官员同意的情况下才能离开贵宾楼，这对村子里的人来说，还算是幸运的。但贵宾楼里的人就得想办法和他们和平相处，比如弗丽达就觉得这种事情非常难，所以她很欢迎我去帮助她安抚这些仆人。两年多以来，我每周至少有两次要在马厩里和仆人过夜。以前，父亲还能和我一起去贵宾楼的时候，他经常睡在酒吧的某个角落，然后等待我早早地给他带去消息，可是，我一直都没有得到过什么线索。那位信使还是没有找到，据说他还在为很重用他的索尔提尼服务，然而索尔提尼被调去了很远的地方工作，于是他也就跟着去了。仆人们也和我们一样，很久没见到过他了，如果有人声称在此期间见过他，那很可能是看错了，或者根本是在撒谎。所以，我的计划就这样失败了，但又没有完全失败，虽然我们没有找到那个信使。也许是出于对我的怜爱吧，父亲长时间地陪着我一起待在贵宾楼里，病得越来越严重了，你现在看到的他的这种病态，都差不多快两年了，不过他的情况也许比母亲要好一些。母亲的情况很糟糕，她每天都有可能走到生命的尽头，能够熬到现在，都归功于阿玛利亚无微不至的照料。但是我在贵宾楼里还是获益不少的，比如我与城堡建立起了一定的人脉联系，当我说我不后悔我所做的事情时，你可千万不要瞧不起我。也许你会想，那会是什么了不起的关系。你想得没错，这并不是什么了不起的关系。我现在认识了很多仆人，几乎是这几年来，村子里来过的所有仆人，如果有一天我能去城堡，那我在那里也不会感到陌生了。当然，他们在村子里这样和我熟识，但在城堡里就大不一样，可能在那里他们会假装不认得我，即使他们可能在马厩里发过一百次誓说期待着与我在城堡里再见面。顺便说一句，我已经体会过所有这些承诺是多么的没有价值。但这不是最重要的，我不仅通过那些仆人和城堡有了一种联系，或许也已经有人从上面注意着我，并且知道我所做的事情，但愿是这样——要管理那么一大群仆人是一项非常重要而又辛苦的事情——那么，观察我的这个官员也许会认识到，我正以一种可怜的方式为我们的家庭而奋斗，为父亲的希望而努力，虽然是以一种可悲的方式。如果这样看，也许我从仆人那里拿钱补贴我们家的行为就会得到人们的原谅。而且我还从仆人那里学到了很多关于如何迂回地进入城堡里工作的方法，省去那些艰难而漫长的录取程序，但也不是正式的雇员，我知道了如何成为一个被他们秘密录取的人。因此你既没有权利也没有应尽的义务，但有一点好处是，你可以待在官员们身边，你能认识一些对你有用的人，即便你不是正式雇员，如果一旦有偶然的机会，正式的雇员不在官员身边时，而这时恰巧官员又有什么事情需要喊身边的人，那么你就可以冲过去答应他，也许在官员的心中你已经变成了正式的雇员。然而，什么时候才能有这样的机会呢？有时可能马上就有了，或者机会已经有了，只不过不是每个人都有心思去发现去把握的。但如果通过正式的录取程序来考取这个职位的话，可能连一半的人都不可能被录取。而且一个人的家庭背景不光彩的话，那么从一开始就会被拒绝，就算你做足了准备去参加考试，但从第一天开始就会被人惊奇地问起，你怎么敢做这样愚蠢的决定呢？但你一定还是充满了希望，不然怎么能有活下去的动力呢？但多年后，也许你已经是一个两鬓斑白的老人了，才发现自己一生的努力都是徒劳的。当然，偶尔也有例外——恰好有些背景不光彩的人被录取了，有的官员就真的喜欢玩这种违背自己意愿的游戏——

所以才会有这么多人被诱惑，年复一年地参加考试。在监考时，官员们总是喜欢用力地嗅着空气，吧唧着嘴巴，瞪着双眼，认真地寻找一个合眼缘的人。但大多数时候，被选中的考试者都是得不到任命的文件的，只能无休止地等待，也许直到他们死后这事才不了了之。所以无论是合法的录取还是秘密的任命都充满了隐患，在参与这样的事情之前，最好考虑清楚一切。说到这个，巴拿巴和我仔细衡量过。每次从贵宾楼走出来，我们就会坐在一起把我们最新了解到的情况说出来一起研究，有时我们会谈上好几天而耽误了巴拿巴手边的活。在这件事情上，我的确有你所认为的过错。我知道仆人们告诉我的故事并不怎么靠谱，我也知道，他们也并不愿意向我讲述城堡的故事，他们总会把话题引到别的问题上，每一句话都是我苦苦哀求来的，不过话匣子一旦被打开，他们就会开始胡说八道，自我吹嘘，他们在夸大其词这一方面一个比一个厉害。于是在黑暗的马厩里，我就把这些最多可能包含着一些微不足道的真实暗示的话语，凭着我的记忆转述给巴拿巴，而他还不具备辨别真伪的能力。由于我们家对这整件事情有太多的渴望了，所以他把所有的信息一股脑地都记在了自己的脑子里，并且渴望收获到更多的信息。而事实上，我的新计划就寄托在巴拿巴身上，我们没有找到索尔提尼的信使，而且也永远不会找到了，索尔提尼似乎越走越远，时间一长，大家连他的容貌和名字都遗忘了,我常常要描述他很久,他才会被人艰难地想起,除此之外,对他们的一切就什么都说不出来了。而对于我与那些仆人们结交这件事,别人怎么看,我自然是左右不了的,我只希望人们能够如实地看待这件事,以此来减轻我们家的罪过。即使目前我没有看到这种迹象,但我还是坚持了下来,因为我看不出自己还有别的什么机会可以让我在城堡里为我的家庭做点什么,但是在巴拿巴身上,我看到了这样的可能性。在与仆人们交往的过程中,我了解到,一个被城堡所接受的人可以为他的家庭带来很大的好处。当然,这些话的可信度有多少,这无法判断,只有一点很清楚,就是可信度非常低。就拿仆人来说吧,有一位我以后再也见不到的仆人,或者说,他是一个即使我能够见到但也很难认出来的人,郑重地向我保证,他会帮助我兄弟在城堡里找一份差事,或者至少可以让巴拿巴以任何其他方式到城堡里。根据仆人们的说法,这种情况有时会发生,但大多数人由于等待期过于漫长,早就迷失了方向,除非城堡里有朋友特别的关照,所以说,这些承诺完全是空话,也可能是对我们的警告。巴拿巴却不这么认为,虽然我一再地提醒他不要去相信,但仅仅是我和他说的这些承诺,就足以让他支持我的计划。我自己提出的看法对他没什么作用,反倒是仆人的话对他起了作用。所以事实上我只能自食其力,而阿玛利亚是唯一能和爸爸妈妈顺利沟通的人，但是我越是按照自己的方式去实现父亲原本的计划，阿玛利亚就越是不想搭理我，当着你的面或是别人在场时，她还会和我说话，但我们单独在一起时她完全不会和我说话。我在贵宾楼里时，被那些仆人们当作玩物消遣，我没有对他们中的任何一个人说过一句真心话，只有连篇谎话和疯言疯语，所以我身边只剩下巴拿巴可以一敞心扉，而巴拿巴还太年轻。当我在讲述时看到他眼睛里的光芒——而且他一直保持着这种光芒——我很吃惊，却又不舍得放手，因为事关重大。当然，我不像父亲那样，有着伟大却希望渺茫的计划，我也没有男人那样的决心，我一心想要弥补信使受到的侮辱，我甚至希望人们能顾及我的绵薄之力，归功于我。但现在我想要让巴拿巴来完成那些我一个人难以成功的事情，以一种不同的、安全的方式。我们侮辱了一位信使，让他被调到很远的地方，如果巴拿巴以一位新的信使的身份，去执行那位被侮辱的信使的工作，从而使被侮辱的信使能够静静地待在远处，只要他愿意，只要他能忘记受过的侮辱，愿意待多久就待多久。我很清楚地知道这个计划也是挺自以为是的，它可能会给人留下这样的印象：我们想对上级部门如何安排人事问题胡乱建议，或者说我们怀疑上级部门是否有能力自行下达最好的命令。但我又相信，上级部门不可能这样误解我，或者说，如果我被误解了，那就是他们故意误解，那么我所做的一切都会从一开始就被拒绝。但我没有因此放弃，因为巴拿巴也是有野心的。在这段准备成为信使的时间里，巴拿巴学会了清高，他觉得鞋匠的工作对自己这个未来的信使来说太低贱了，甚至连阿玛利亚难得的开口他都敢顶撞，而且是十分强硬地顶撞。我允许他享受这种短暂的快乐，因为他去城堡的第一天，这些快乐和骄傲就会被磨灭，这不难预料到。奇怪的是，巴拿巴第一次进入城堡非常地顺利，或者更准确地说，是进入了官员们的办公室，这让我感到欣喜若狂。当巴拿巴晚上回家时，我跑到阿玛利亚面前，把她推到角落里亲吻她，使她惊恐万分，哭了起来。因为我太激动了，甚至什么也说不出来，我们已经许久没有说过话了，这件事我也是过了两天才缓过劲儿来告诉她的。但接下来的日子里，再也没有什么可说的了，而我们取得的成就也仅限于那天，之后就再也没有发生什么新鲜的事儿了。两年来，巴拿巴过着单调、心酸的生活，我曾为巴拿巴写过一封小信，在信中我向仆人们推荐了他，我提醒他们注意自己的承诺。于是，每当巴拿巴看到那些仆人时，就把信掏出来，出示在他们面前，尽管他有时会遇到不认识我的仆人。但我那些熟人都很讨厌巴拿巴害怕说话而默默地把信给他们看的方式，因此没有人愿意帮助他。有一位仆人因为再也无法忍受巴拿巴的逼迫，把信揉成了一团，扔进了一个垃圾桶。当时，我想他似乎完全可以在扔信时说:'你们难道不也是这样对待信件的吗?'我不得不承认,这对我们来说反而是一种解脱,一种原本我们自己也早就能设法获得的解脱。但这封信多多少少都对巴拿巴产生了一些有利的影响,如果要说是哪方面有利的话,那就是让他过早地成了一个成熟的男人,在很多方面,他比很多人都要成熟稳重,深谙世故。我拿他和两年前的那个男孩相比,常常会非常难过,而我也并没有得到他作为一个成熟男子可以给我的安慰和支持。如果没有我,他肯定无法去到城堡,但自从他去了之后,他仿佛就不再依赖于我了。虽然我是他唯一的知己,但我可以肯定,他告诉我的只是他心中的一小部分心事。他给我讲了很多关于城堡的故事,但从他分享的各种细小的事情中,我们远远不清楚这怎么会让他有如此大的改变。尤其让我们无法理解的是,小时候的他是一个很大胆的孩子——我们还为此担心过——为什么去了城堡以后,就变得如此胆小了呢?这种日复一日的等待,一次又一次没有任何改变的前景,让人疲惫,也让人怀疑,最后除了绝望之外,再也感受不到其他的想法了。但为什么过去巴拿巴没有任何抵抗呢?尤其是他很快就意识到我的想法是对的,也许是有能改变我们家现状的希望,但他的雄心壮志并没有机会施展。因为城堡里的仆人虽然有些情绪多变,但做事都是一板一眼的,那些理想抱负也就只能在工作中寻求满足,而在那样事务主导、按部就班的工作环境之中，理想抱负就没有存在的余地了。就算如此，正如巴拿巴告诉我的那样，他可以清楚地看到，即使是那些身份可疑的官员，也都是相当有权势的，而且他们大多学识丰富。巴拿巴告诉我，他们是如何快速地口述出信件，半闭着眼睛，比画出简单的手势；他们又是如何一言不发地、只动动手指就打发了那些满脸堆笑的仆人——此时，仆人即使受到训责也一脸笑容；或者他们是如何快速找到一本书中最重要的段落，在上面猛地一拍，在那狭小的空间内只要有可能，其他人就会连忙跑过来，把头伸过来围着看⋯⋯这些事情让巴拿巴对这些人很向往，他觉得，如果他能得到官员们的注意，并且允许他成为办公室里的一员，哪怕是最低级的那种，那么我们家也可以取得不可估量的成就。但这一切还没有发生，巴拿巴也不敢做任何能使他接近这一点的事情，尽管他已经知道他年纪轻轻就因为家庭的不幸而被迫承担起一家之主的重任。现在，我要向你坦白最后一件事：一个星期前，也就是你来村子的日子，我在贵宾楼里听人提起过，但我并不在意，他们说来了一个土地测量员，我甚至都不知道土地测量员是干什么的。但第二天傍晚，巴拿巴——我通常会在约定的时间在路上迎接他——比往常回家得都早，他看见阿玛利亚坐在客厅里，便把我单独拉到了街上去。巴拿巴把头埋在我的肩上，哭了几分钟，这期间他什么也没有说,仿佛回到了以前的那个小男孩的模样。他显然发生了一些不可忍受的事情,仿佛一个全新的世界猝不及防地为他打开,他无法承受这一切新鲜事物带来的幸福和烦恼。而之后我了解到,他除了收到了一封需要送给你的信之外,并没有发生其他的事情。但这是他收到的第一封信,也是他的第一份工作任务。"

奥尔加没有再往下说下去,此时,除了她父母时而沉重的呼噜声之外,房间里鸦雀无声。于是K轻描淡写地说了一句,仿佛是对奥尔加的故事进行补充:"所以你们都在戏弄我。巴拿巴把信送来了的样子就像是一个忙碌的老信使一样,而这一次和你们意见一致的阿玛利亚,和你一样,装作一副对巴拿巴送信的工作见惯不怪的样子。"

奥尔加说:"不,你一定要把我们区分开来。通过这封信,巴拿巴又变回了那个快乐的孩子,尽管他对自己的工作有很多疑虑,但他只会把这种疑虑和我分享,而在你面前,就表现得像他心中专业的信使那样,从而在这件事中寻找到自己的荣誉感。比如,他现在虽然很有希望可以得到一套制服,却让我在两个小时内修改好他的裤子,让他的裤子至少看上去像官服的紧身裤一样,使他穿上之后在你面前看上去至少像那么回事,当然,在这方面你是很容易被糊弄过去的。这就是巴拿巴。但阿玛利亚对信使这份工作很不屑,而且从她对巴拿巴和我以及你和我坐在一起窃窃私语的态度中不难看出,现在她比以前更加看不上这份工作了。她说的都是实话,千万不要怀疑这一点,而我,K,如果我有时鄙视信使这份工作,那么我并不是有意欺骗你,而是因为畏惧。这封经过巴拿巴之手的信,是我们家三年来收到的第一封预兆着宽恕的信,虽然这个预兆很可疑,但它是我们家的转折,而非假象——毕竟假象往往比转折常见多了——那么它与你来到这个村子有关,所以我们的命运就陷入了对你的某种依赖中。也许这封信只是一个开始,或许巴拿巴的工作将出色得超出我们的期待——只要我们被允许,我们就想尽可能地让巴拿巴做得长久一点儿,但这一切都在于你。在城堡时,我们只需要满足于人们分给我们的,但在村子里,我们或许可以为自己做点什么——争取你的青睐,或者至少让我们不被你嫌弃,最重要的是,尽我们的能力和经验去保护你,维持你和城堡的联系,而我们也就可以继续充满希望地活下去。那么如何最好地发起这一切呢?当我们接近你的时候,不能让你对我们产生怀疑,因为你在这里是一个外乡人,所以肯定对一切都小心翼翼。此外,我们一直受到村里人的疏远,而你也一定通过你的未婚妻了解到了关于我们的事情,我们该如何做,在接近你时避免和你的未婚妻对立,而不冒犯你呢?至于那两封信,在你收到之前,我就仔细读过了——可巴拿巴没有读过,因为他作为信使,是不被允许读的——乍看之下,信的内容早已过了时效性,单就村长是你的直属上司这一点来看,这两封信就失去了重要性。那么,我们应该如何对待你呢?如果我们强调信的重要性,就会使大家怀疑我们夸大了不重要的东西,我们也不能夸耀自己是这些信的传递者,这样也会让人怀疑我们这样做是为了达到自己的目的,而不是为了你;假使我们真这样做的话,你就会轻视信件含有的价值,就会失去了信心,可这和我们的本意相左。但是,如果我们不重视这些信,我们就会使自己也同样受到怀疑,因为我们为什么要忙着送这些不重要的信呢?为什么我们的行动和我们的言语相互矛盾呢?为什么我们不仅要欺骗你这个收信人,还要欺骗委托我们的发信人呢?官员们当然没有直接把信委托给我们,他们也当然不乐意我们通过向收件人解释来以此贬低这些信的价值,所以我们只能正确地判断它,既不夸大它的重要性,也不去诋毁它的价值。但是由于它们本身的价值就在不断地改变,而且收到信的人一定会对此展开无穷无尽的思考,所以最后的决定也可能是偶然的。而当你对这一切感到恐惧时,一切都会变得扑朔迷离,请你不要对我说的话过于计较。比如说,巴拿巴有一次带来消息说,你不满意他的工作,在受到最初的惊吓时——可惜也不是没有当信使的敏感——他主动提出想要辞职,而我为了补救这个错误,愿意做任何坑蒙拐骗的坏事，只要有所帮助。我这样做，不仅是为了我的家人，也同样是为了你，至少我是这样认为的。"

这时，房间响起了敲门声。奥尔加跑到门前打开门锁，黑暗中突然出现了一丝光亮。这位深夜到访者悄声地问了一些问题，但他似乎对奥尔加的回复并不满足，甚至还想闯进客厅。奥尔加觉得自己已经拦不住他了，因此向阿玛利亚求救，至少阿玛利亚为了让父母有舒适的睡眠环境一定会愿意来插手这件事的。不出所料，很快阿玛利亚便匆匆走过来，直接推开了门前的奥尔加，打开门走到街上，然后又轻轻地关上了门。只是片刻，她便回来了，这么快她就做到了奥尔加无法做到的事情。

K随后从奥尔加那里得知，这位来访者是来找他的，他是弗丽达派来的一个助手，奥尔加也尽力地在保护K不被助手发现。如果K愿意，其实他可以向弗丽达坦白他在这里，但他觉得这件事不能通过助手来传达；K赞成这样做。奥尔加向K提议让他留下过夜，等待巴拿巴。其实他接受这个邀请也不足为奇，因为现在已经是深夜了，在他看来，不管他愿不愿意，他现在和这家人的关系是如此密切，但想到在这里住上一晚也许会传出舆论而让大家感到尴尬，他还是拒绝了留宿。助手的来访让K吓了一跳，他无法理解弗丽达和他的助手怎么又走到了一起，而且弗丽达还毫不犹豫地派了一个助手跟在他身边，也许另一个此时留在了她的身边。

K问奥尔加有没有鞭子，她说没有，不过她有一根柳条，K接过了这根柳条，然后问她家有没有其他的出口，奥尔加回答说确实有这样一个出口，只不过需要穿过院子再爬过邻家花园的栅栏，穿过那个花园，才能走到街上。K决定就这么做。当奥尔加带着K穿过院子，来到栅栏边时，K试图安抚担心的奥尔加，他解释说他并不是因为她撒谎而生她的气，自己非常理解她，并且感谢她能对自己开诚布公地讲述这一切。K还告诉奥尔加，等巴拿巴回家后，即使是深夜，也要让巴拿巴马上去学校找他。虽然巴拿巴的消息并不是他唯一的希望——如果把信当作唯一的希望，那就会对他非常不利，但他也想要坚持听听回信，而且他也不会忘记奥尔加，因为对他来说，比回信更重要的是奥尔加本人，她的勇敢，她的谨慎，她的智慧，她为家庭的牺牲都让他佩服。如果他要在奥尔加和阿玛利亚之间做出选择，那都不用他多想，他肯定会选择奥尔加的。他真诚地握了一下奥尔加的手，然后翻过了邻家花园的栅栏。

当K来到大街上时，在昏暗的夜色中，看到那个助手还在巴拿巴家门前不停地来回走动，有时还试图透过窗户看向屋内寻找K的身影。K叫了他一声，助手没有表现出明显的害怕，停止了对屋内的窥视，朝着K走来。

"你找谁?"K问道,并在大腿上试了试那根柳条的威力。

"你。"助手走过来说道。

"你究竟是谁?"K突然说道,因为这似乎不是他以前的助手——他看起来很老,而且很疲惫,脸上的皱纹也更多了,虽然脸庞圆润了许多,但是他的步态也与原来的助手大不相同,他的关节像通了电似的,走路一顿一顿的,还是一副病怏怏的模样。

"你不认识我了?"那人问道,"我是耶利米啊,你的老助手。"

"哦?"K说着,然后把藏在背后的柳条试探性地一点点拔了出来,"但你看起来完全变了一副模样。"

"因为现在就只剩下我一个人了,"耶利米说,"当我孤单的一个人时,就快乐不起来了。"

"亚瑟呢?"K问道。

"亚瑟?"耶利米问道,"那个小东西?他不干这份工作了。你对我们太苛刻了,他那柔弱的灵魂根本无法忍受。他回城堡后就一直抱怨你。"

"那你呢?"K问。

"我可以留下来,"耶利米说,"亚瑟在城堡也替我去告状呢。"

"你们要告我什么状呢?"K问。

"告你不懂得开玩笑,"耶利米说,"你为什么不能接受我们的玩笑呢？我们做错了什么呢？只不过是常常对你开玩笑，偶尔逗逗你的未婚妻罢了。顺便说一下，我们也都是听从上级的安排才这样的。当格拉特先生派我们去找你的时候……"

"格拉特先生？"K问。

"是的，"耶利米说，"正是他代替克拉姆先生管理工作事宜。我至今都很清楚地记得，他让我们去找你的时候，他说：'你们去当土地测量员的助手吧。'我们说：'但我们对这项工作一无所知。'他说：'这不是最重要的，如果有必要，他会教你们。但最重要的是，你们要常常逗他开心。我听说他把一切都看得很严重。他现在刚来到村里，肯定认为自己有多了不起，而实际上这根本不算什么。你们要教他认清楚自己。'"

"嗯，"K说，"那你觉得格拉特说得对吗，你们完成任务了吗？"

"我不知道，"耶利米说，"在短时间内，我认为这是不可能做到的。我只知道你非常粗鲁，我们也常常抱怨。我不懂，你也只是一个雇员，甚至连城堡的仆人都算不上，你怎么会不明白这样的工作有多么的艰辛呢？像你这样故意制造难题，把一个劳动者的工作弄得如此复杂，是非常不对的，也是非常幼稚的。你无情地让我们在栅栏上冻得僵硬，还用拳头狠狠地打了亚瑟，差点把亚瑟这个被一句坏话就能伤害好几天的人打死，下午你在雪地里追着我到处跑，我花了快一个小时才重新恢复体力。可我已经不年轻了!"

"亲爱的耶利米,"K说,"你说的这些都是对的,但你的这些抱怨应该说给格拉特先生听。是他派你们来我身边的,我并没有向他要求派你们来。既然我没有要求你们来,那我就可以送你们回去,本来我更希望是和平解决,而不是武力解决,但我不那样做又甩不掉你们。再说,你们第一次来找我的时候,干吗不像这样直接坦白地告诉我呢?"

"因为我在执行任务,"耶利米说,"很显然,我不能这么说。"

"那现在你不再执行任务了吗?"K问道。

"是的,"耶利米说,"亚瑟已经向城堡提出我们辞职的申请了,或者至少程序已经在进行中了,应该可以让我们永远摆脱这一差事。"

"可是你还是像在执行任务一样找我。"K说。

"不,"耶利米回答道,"我找你只是想让弗丽达安心。因为当你离开她去找巴拿巴家的姑娘的时候,她非常不开心,倒不是因为失去了你,而是因为你背叛了她。虽然她早就预见到了这一点,并已经为此吃了不少苦头。我再次来到学校,本来想看看你是否变得有人情味儿一点,但你不在那里,我看到弗丽达坐在学校的课桌前哭泣,于是我过去找她,并和她达成了共识。我会到贵宾楼里做用人，至少在城堡处理好我和亚瑟的工作变动前。弗丽达也会回到酒吧间去，因为那才是属于她的小世界。她成为你的妻子是没有意义的，你也没有体会到她为你做出的牺牲。但善良的她此时还是舍不得离开你，因为她还抱着一丝的侥幸，生怕冤枉了你，认为你也许没和巴拿巴家的人在一起。尽管对你一直待在巴拿巴家这点没有任何疑问，但是为了彻底证实这件事，我还是跑到这儿来了；因为这一段时间发生太多烦心事了，且不说我自己，总该让弗丽达睡一个安心觉了。所以我来了，我不仅发现你在这儿，而且还看见这两个姑娘对你百依百顺。特别是那个皮肤黑的姑娘——就像是一只野猫一样——她为你费尽了心思。嗯，或许每个人喜欢的类型都有所不同吧。可是尽管这样，你也用不着躲躲藏藏地从隔壁花园那条路跳出来，何况我知道那条路。"

第二十一章 （无题）

而今，弗丽达终究还是离开了K，这是K曾预料到却又无法阻止的事情。不过这不一定是最终的结局，事情还不至于那么糟糕，他还可以将弗丽达夺回身边，她很容易被陌生人的只言片语引导，甚至连那两个助手也能影响她，他们觉得自己已经辞职了，就怂恿弗丽达一起离开，但K只需要和她面对面地使她想起他一切的好，那么弗丽达就会立即后悔，回到他身边。如果K能向弗丽达展示一件他通过拜访巴拿巴的姐妹得到的成就，那她就会更加后悔。尽管K考虑到了这么多解决方法，但他那颗担心弗丽达的心还是不能放心。就在不久前，他还向奥尔加赞美过弗丽达，并称弗丽达是他唯一的支柱，好吧，这个支柱也不是特别牢靠，现在，用不着实力强劲的高手介入，别人很随便地就把弗丽达从K身边抢走了，甚至是那个让人看不上眼的助手，那个人有时让人觉得他根本不像是个活人。

耶利米已经背身走了，K把他叫了回来。

"耶利米,"K说,"我愿意跟你好好谈一谈,我希望你能老老实实地回答我一个问题。现在我们不再是主仆关系了,我相信你会为你重获自由而感到高兴,我也很高兴,所以我们没有理由再互相欺骗。我在你的眼前折断了那条本来想用来打你的柳条,我也不是因为害怕你才走这条需要翻过栅栏过来的路,而是为了悄悄地在你背后用柳条吓唬一下你。希望你不要因此而责怪我,这一切都结束了,如果你不是城堡强加给我的助手,而只是我的熟人,我的朋友,那我们一定会相处得很好,即使你的行为举止有时会让我有些困扰。但我们现在还是能够来得及去弥补我们之间的感情罅隙。"

"你是这样认为的吗?"助理一边眨了眨疲惫的眼睛,一边打了个哈欠,"也许我还可以向你更详细地解释整件事,但我没有多余的时间了,我必须回去找弗丽达,她还在等我呢。现在她还没有回到贵宾楼工作,因为旅馆老板在我的劝说下同意给弗丽达一些休息调整的时间——虽然她是想立即投入工作中去的,可能是为了更快地忘掉你。我想在这短短的休息时间内,尽量地陪着弗丽达。至于你的提议,我当然没有理由骗你,但也没有任何理由向你坦白。因为我和你不一样,如果我还是你的助手,那么你对我来说当然是一个至关重要的人,不过不是因为你的品质有多么的优秀,只是因为服从你是我的使命罢了,你要我为你做什么我都愿意;但现在你对我来说可有可无，即使你用柳条打我、威胁我，哪怕你折断了柳条我也不会被你感动，反而只会让我想起我曾经有一个如此粗暴的主人，那我就更不可能对你有好感。"

"你这样对我说话，就像你肯定了以后再也不用怕我了一样，"K说，"但其实事情没有你想得这样简单。你还没有正式与我划清界限，至少你没有一份文件能够证明你辞职了。城堡的人处理这种事情，总是很慢的……"

"有时其实会很快。"耶利米插话道。

"有时？"K说，"但也没有任何迹象表明城堡这次处理得很快吧，至少你我手中都没有书面的文件。所以，你们递交辞呈的这件事情可能才刚刚开始处理呢，到目前为止我还没有通过我的人脉去打听过消息，但我会的。如果结果对你不利，那么你就是没给自己留下了一条好的后路，那么我折断那根柳条或许都是多余的。你以为你现在带走了弗丽达，就可以胆大妄为了吗？你已经不再尊敬我，但我对你还很尊重。其实，我只需要对弗丽达简单地说几句话，就足够让她醒悟过来发现你在欺骗她，因为只有谎言才能让弗丽达和我之间产生间隙。"

"我才不害怕你的恐吓，"耶利米说道，"你根本就不需要助手！明明是你害怕我们，所以把我们赶走，因为你害怕我们，所以你才总是殴打亚瑟。"

"也许吧,"K说,"所以我是因为怕你们,才每次打得不够疼吗?如果这样的话,我恐怕愿意经常打你们。就是说,如果我发现你们不乐意当我的助手时,我反而就不害怕了,强迫你们为我工作会让我感到非常快乐。好吧,这次我很满足单独与你相处,因为没有亚瑟我能更关照你。"

"你以为你这么说,"耶利米说,"我就会像以前一样害怕吗?"

"我想是的,"K说,"恐惧是肯定有的,如果你聪明的话,那你就会有很多恐惧。不然你为什么不直接回去找弗丽达呢?你老实告诉我,你爱上她了吗?"

"我爱她?"耶利米说,"她是一个聪明的好女孩,曾经还是克拉姆的情人,无论哪方面她都是优秀的。而且她一直求我把她从你身边解救出来,我为什么不能帮她的忙呢?而且我这么做也并不会伤害到你分毫,你不是已经和巴拿巴家的那两个姑娘打得火热了吗。"

"现在我明白你在害怕些什么了,"K说,"你还想通过谎言来蒙蔽我。弗丽达从头到尾想要摆脱的就是你们这两个龌龊又好色的家伙,可惜我一直没有精力去满足她的要求,这般疏忽才造就了现在的后果。"

"土地测量员先生!土地测量员先生!"巷子里传来了一阵呼喊

声。这是巴拿巴的声音。

巴拿巴气喘吁吁地赶到K的面前,还不忘向K鞠了一躬:"我做到了。"

"你做到了什么?"K问,"你把我的请求传达给克拉姆了?"

"没有,"巴拿巴说,"我努力了,但这的确是不可能做到的。我整天站在离桌子很近的地方,但是没有人注意到我。有一次,我站在灯光下,似乎挡住了一位文书的视线,于是他把我重重地推开,还告诫我,不要再出现在他的眼前。就在这时候,克拉姆抬起头来注意到了我,我赶紧举手示意他——这样的举动是不合规范的——我在办公室里待的时间最长,当时办公室只剩下我和仆人们在那里了。我很幸运地再一次看到克拉姆的目光朝我的方向转过来,不过他并不是在看我,他只是快速地在另一本书里查点东西,之后就离开了。我想到还没有完成你交给我工作,于是我站在原地一动不动,后来我几乎是被仆人拿着扫帚赶出办公室的。我向你坦白这一切,是不想你再对我的表现不满意,因为我已经很努力了。"

"可是你的努力起了什么作用,巴拿巴?"K说,"只有努力,没有成果,一点用都没有。"

"可我有成果。"巴拿巴坚持说,"当我走出我的办公室时——我称它为我的办公室——我看到一位先生从下层前厅慢慢走来,那时已经很晚了,前厅空无一人,我决定站在原地等他,也许这是一个可以继续留在那儿的很好的机会,我巴不得自己留在办公室里不走,那么不管怎样我总能听到一点什么消息,以避免我只能给你带来失望的消息。后来我发现,这是一个值得我等待的官员,他叫艾兰格。你认识他吗?他是克拉姆重用的秘书之一,他看起来弱不禁风,而且腿脚似乎也不太方便。可他的记忆力和对人的观察力是出了名的好,他一眼便认出了我是谁,他只需要扬扬眉毛,就足以让他记起他见过的每一个人,甚至那些他从未见过只是听说过的人,他都能知道。比如我,虽然我一直在城堡里做信使的工作,但他一定没有见过我。不过,尽管这样他也能即刻将人认出来,但他还是一副不确定的样子问起我:'你是巴拿巴吗?'待我点头确认后他又接着问:'你认识土地测量员吧?'我又点头确认,然后他又说:'那就太巧了。我现在要去贵宾楼,你帮我转告他,告诉他到十五号房间来见我,但我待的时间不会太长,你得让他快一点过来,等我结束会议大概早上五点就会回城堡,告诉他,我非常重视这次谈话。'"

忽然,耶利米立刻朝着贵宾楼的方向跑去。巴拿巴由于得到了这样的消息而太过兴奋,导致他一直没有注意到耶利米一直站在一旁,于是他问道:"耶利米这是要跑哪去啊?"

"他想要赶在我前面去见艾兰格。"K说完,便追着耶利米跑了出去,抓住了他,抓着他的胳膊说道,"真巧啊,你是不是突然想见弗丽达了?我也是,那不如我们一起去吧。"

黑漆漆的贵宾楼前有一小队人马,其中两三个人提着烛灯,所以还是可以从微弱的光亮中辨认出一些面孔的。K只认识其中一个人——车夫格斯泰克尔。格斯泰克尔向K问候道:"你还在村里?"

"是的,"K回答道,"现在我打算一直留在这儿。"

"这不关我事。"说完,格斯泰克尔重重地咳嗽起来,又转向其他人。

原来大家聚集于此,都是在等艾兰格。此时,艾兰格已经到达贵宾楼了,但他需要先和莫穆斯商量好了之后,才依次接见这些等候在这里的人。大家都在发牢骚说为什么不能在屋里等,而在这冰冷的雪地里站着。虽然气温不是很低,但让这些人站在外面等候几个小时也有些太无情了。这当然不是艾兰格的错,他是个相当通情达理的人,显然他根本不知道这件事,如果有人向他报告此事,那他肯定会非常生气的。这都是旅馆老板娘的错,她病态地追求着一种极致的美感,所以她受不了贵宾楼里一下子涌来这么一大批人,造成杂乱无章的感觉。"如果他们必须进到贵宾楼里,那我也只允许他们一个一个地进来。"她说道。于是她做了这样的安排,她让这些人先是在前厅里等，然后觉得前厅变得拥挤了，又把他们安排在了楼梯上等，再后来她又把他们赶到了酒吧间里等，最后就像现在一样，他们被赶到贵宾楼门口去了。而即便如此，对她来说也是不够的。正如她所说，贵宾楼经常被一大群人"围攻"，这对她来说是难以忍受的事情。她也同样很不理解，为什么这群上访的人要在贵宾楼聚集呢？

"为了把大门口的楼梯给踩脏啊！"曾经有一位官员这样对老板娘说过，那位官员显然是在生气，但她把这句话深深印在了脑海里，而且平时她也很喜欢引用这句话。老板娘一直都努力争取在贵宾楼的街对面修建一栋房子，让除去城堡官员以外的人，都在那栋房子里面等候，这倒是很如受审人的愿。她也很希望，官员与受审人的会谈和审问能在贵宾楼以外的地方进行，但官员们对此表示强烈反对，所以老板娘的心愿也就不了了之，虽然在贵宾楼里，在一些次要的事情上老板娘凭借着自己不知疲倦的努力以及女人特有的温柔热诚，实行了一种小小的暴政，但她不得不容忍在贵宾楼里进行会议和审问。因为官员们拒绝在处理公务时离开贵宾楼。他们匆忙且不情愿地来到村子里，除了十分必要，否则他们不愿意花费任何多余的时间在村子里停留，因此也不能指望他们在宝贵的时间里，带着所有的文件暂时搬到街对面的其他房子里去工作，从而还给贵宾楼一片安宁。官员们更愿意在酒吧间或房间里办公事，如果可以，吃饭的时候，早上起床伸懒腰的时候，甚至是睡觉前躺在床上的时候都是他们处理公事的时间。另一方面来说，在贵宾楼对面修建等候室一定是一个很有利的解决办法，不过，这或许也会成为对老板娘的新一轮的折磨——因为要修等候室，就必然要经过多轮会谈，这样贵宾楼的走廊就永无宁日了。

那群在门口等候的人低声地议论着这些问题，令K感到惊讶的是，虽然他们对在贵宾楼门口等待有着那么多的不满，但没有一个人反对艾兰格半夜召集他们这件事。K向他们提出了疑问，不过他得到的回答却是，他们认为自己还必须对艾兰格的深夜邀请表示感谢。因为艾兰格能到村里来，完全是出于他的善意和他对工作的强烈的责任感。如果他愿意的话，他完全可以派一个等级更低的秘书到这儿来开个会议，然后再做好记录交回城堡就可以了，这也更符合他的身份。但艾兰格通常不肯这样做，他什么都想通过自己的耳朵去听，用自己的眼睛去观察。因为在他繁杂的公务日程中，白天没有时间能让他离开城堡来到村子里，所以他不得不为此牺牲自己的夜晚时间，因为在城堡的公务日程安排中，他没有来村里的时间。

K对他们的说法提出质疑，因为他亲眼见过克拉姆在白天也会来到村子里，甚至会一连待上好几天，而艾兰格只是个秘书，难道他在城堡里那么重要,比克拉姆还要不可或缺吗?这时,人群中的一小部分人被K的一番发言逗笑了,剩下的大部分人只是低着头尴尬地沉默不语,但几乎没有一个人回答K。只有一个人犹豫着说,少了克拉姆当然不行,对于城堡和村子来说是这样。

这时,贵宾楼的门打开了,莫穆斯出现在了门口,他的身旁分别站着两个提着烛灯的仆人。莫穆斯宣布道:"首先被允许去见艾兰格秘书长的人是格斯泰克尔和K,你们在这里吗?"

K和格斯泰克尔答应了一声,当他们正准备跨出人群时,却被耶利米抢先一步站了出来说道:"我是贵宾楼的客房仆人。"莫穆斯向身边的仆人确认了一下后,便笑着拍了拍他的肩膀示意他进去。

"看来我得多提防一下耶利米了。"K提醒着自己说道。他知道耶利米对他的威胁可能远比那个正在城堡里和他作对的亚瑟要小得多。这时K才意识到,也许把他们留在身边当作助手更加明智,即使受折磨,也比让他们如此不受控制地实施阴谋要强太多,在搞阴谋诡计这方面,他们倒是很在行。

当K快经过莫穆斯身旁时,他才装作现在才认出他是土地测量员的样子。"哎哟,这不是土地测量员先生吗?"莫穆斯说,"这么不愿意接受审问的人,这是在主动申请被审吗?还不如那时候就接受我的审问呢,那样就容易多了。当然,要选择合适的审问者是很困难的一件事情。"当莫穆斯注意到K在听了他这番话后,站在原地不动时,又继续催促道,"快去吧,去吧!我当时需要你的回复,但现在可不需要了。"

不过,莫穆斯的这态度让K感到非常恼火,于是他说道:"你们都只自私地想到自己。单纯因为履行公务,我是不回答的,那会儿不回答,现在这会儿也不会回答。"

莫穆斯回答道:"我们需要想到谁呢?这儿还有谁呢!你走吧!"

这时从前厅上走过来了一个仆人,带领着K和格斯泰克尔穿过那条K早就熟知的院子,然后再穿过大门进入一个低矮的过道。上层的房屋只有上级官员才能居住,秘书们则只能住在这条道的边上,虽然艾兰格是克拉姆的秘书长,但他也是如此。房间里有明亮的电灯,于是仆人熄灭了烛灯。

房间很小,但整体来说建造得很精致,家具的摆设合理地利用了空间。这条过道的高度刚好可以让一个成年人直立行走。过道的两侧,几乎是一扇门紧挨着另一扇门。可能是出于通风的考虑,所以墙并没有修建到天花板的高度。因为在这样像地窖般的过道里的小房间是不可能有窗户的。这些没有完全封闭的墙壁有很大的缺点,那就是过道里嘈杂的声音都会传到房间里去。

大多数房间都住下了随从官员来的秘书或者是他们的其他下属,

而且此时他们大多数人都还没入睡,所以你可以听到他们说话以及推杯换盏,甚至敲击的声音。但这一切并没有带给人们特别欢快的印象。这里的说话声音都是压低的,几乎听不清他们都在说些什么,似乎也不是在闲谈,可能是有人在口述什么信件,或者大声朗读着什么之类的。特别是隔壁房间一直传出盘子的敲击声,让K更是听不清一个字。不过,传出的敲击声倒是让K想起了他在什么地方听说过的,一些官员为了从不断的脑力劳动中恢复过来,于是喜欢去忙一些木工、精密机械之类的体力劳动。

过道里空无一人,只有远处的一扇门前,坐着一位身穿皮草、脸色苍白、高高瘦瘦的人,可能是由于房间里太过沉闷,所以他才在过道里坐了下来。他正在看报纸,却看得并不专心,时常打着哈欠弯着腰沿着过道望去,也许他在等他所传唤的一个受审人,不过看样子,这个人失约了。当K和格斯泰克尔从那个人身边经过时,带路的仆人对他们介绍道:"这是品兹高尔先生!"

格斯泰克尔点了点头说:"他好久没来村里啦。"

于是仆人继续说道:"是的,他已经很久没有来过了。"

最后他们来到了一扇与其他的门没有什么不同的门前,仆人告诉他们这扇门后面住着的就是艾兰格。仆人让K把他抬到肩上,以便他可以从缝隙中窥看房间的情况。

"他正躺在床上，"仆人从K的肩膀上跳下来说道，"他虽然穿着很正式的衣服，但我想他是睡着了。有时候，村里休闲的生活方式会影响到这些官员，他们在贵宾楼时总是会被疲惫感所包围。我们只能先等待。当他醒来的时候，他会摁铃示意我们的。不过在以前倒是发生过这样的事情，他在村子里睡觉时，一觉睡到了大天亮，醒来后他就不得不回到城堡去了。毕竟他来到贵宾楼不是官方的命令。"

"我倒是觉得他能直接睡到明天早上就再好不过了，"格斯泰克尔说，"因为如果他醒来后发现只有那么一点点工作的时间后，那他肯定会恼自己为什么睡着了，所以就会着急地把所有事务都给尽快地处理了，那你可能连一句说话的机会都没有。"

"你是因为想要得到贵宾楼对面那座新房子的材料运输工作才来的吗？"仆人问道。

格斯泰克尔点了点头，他把仆人拉到一边，轻声对他说了几句，但仆人几乎什么也没有听进去，他大概高出格斯泰克尔一个头，因为他正越过了他的头看向了别处，漫不经心地摆弄着自己的头发。

第二十二章 （无题）

正当K四处张望时，他远远地看见弗丽达站在过道的一个转角处，而且弗丽达仿佛假装不认识他一样，只是站在那远远地凝视着他，她的手里还端着一个空盘子。K示意仆人——可不管你跟他说什么，他都不在意，你越是向他示意，他就越是心不在焉——他需要离开一会儿，马上就回来，说完就跑向了弗丽达。一到她身边，K就紧紧地搂住她的肩膀，仿佛再度将她据为己有。K问了弗丽达一些无关痛痒的问题，并目不转睛地盯着她的眼睛。可是弗丽达此刻的态度仿佛在告诉他：她的内心已经坚如磐石，很难再次被感化。她漫不经心地挪动了一下手中的碟子说道："你现在这样是什么意思呢？你为什么不去找你的新欢呢？嗯，你知道我指的是谁，你不是刚从她们那里过来的吗？我看得出来。"

K很快转开了话题；谈话不可以这么突然地开始，也不可以从对他最不利的这一点开始提起。K说："我还以为你在酒吧间里呢。"

弗丽达惊讶地看着他，然后用另一只手轻轻地抚摸着K的额头和脸颊。那副模样,就好像她已经忘记了他的模样,想借此回忆它,她的眼神充满了迷惘和竭力地回忆的神色。

"我重新回到酒吧间工作了。"弗丽达慢吞吞地说着,好像说什么都无所谓了,但是说话之外她还在与K交流,这才是最重要的,"客房的工作不适合我,换别人也能干;但凡会铺床,态度好点,能应付客人挑逗,哪怕是能挑起客人兴趣的女人,都能当客房服务员。但是酒吧间不一样。我是被直接安排回到酒吧间那个岗位的,虽然我离开的时候并不是很光彩,显然,是有人在帮我说话,而老板很高兴有人帮我说话,所以他很轻易地再度雇用了我。其实,也可以说是他们催促我接受这份工作的。如果你仔细思考一下这个酒吧会让我想起什么,你就明白了。就算如此,我还是接受了这里的工作。不过,我现在是临时在这儿帮忙。佩皮请求我们不要让她丢脸,不要让她立刻离开酒吧间,所以我们给了她二十四小时的喘息时间,毕竟她一直都是很卖力工作的。"

"这一切都安排得很好,"K说,"只是曾经你因为我而离开了贵宾楼,现在我们马上就要结婚了,你干吗还要回到酒吧去呢?"

"不要再提结婚这回事了。"弗丽达说。

"因为你觉得我背叛了你?"K问道。

弗丽达点了点头。

"弗丽达,你现在认真听着,"K说,"我们以前谈论过很多次关于所谓的不忠,而且最后你总是意识到你的怀疑是不公正的。我从那时起就没有任何改变,我做的一切都还像以前一样清白,没有一点改变。所以,改变的那个人是你,或者可以说,你是受到外人的蛊惑了。不管怎么说,你冤枉了我。我为什么找那两个女孩?虽然我羞于为自己做这样详细的辩护,但是我被你逼得没有办法了。我先说她们中皮肤更黝黑的那个吧,我知道你不喜欢她,我也和你一样对她没有什么好感。只要我能远离她,我就会远离,而她也让这件事变得更加容易,她比我想象得还要矜持和孤傲。"

"是啊!"弗丽达喊了出来,这句话从她嘴里说出来仿佛违背了她的意愿,K很高兴看到她如此口是心非的样子。不过弗丽达很快便回过神来,继续说道,"你可以认为她是矜持,但她是我见过的矜持的人中最无耻的那个。我可以看出你说的是实话,虽然这话让人无法相信,但你没有伪装自己,这一点我知道。老板娘曾对我说过:'虽然我无法忍受他,但我不能把他一个人扔到一边去,弃他而不顾。他就像是一个连路也走不好的小孩子,却一心想要先学会跑一样,我控制不住自己想要去拦着他。'"

"这次你一定要听取她的教诲,"K笑着说,"不过那个皮肤黝黑的女孩,不管她是矜持的还是无耻的,我们都不必要再提及了,我不感兴趣。"

"可是你为什么要说她是矜持的呢?"弗丽达不依不饶地问道,K认为弗丽达的好奇对他来说是一个有利的信号,"你是自己发现的,还是从别人口中听到的评价呢?"

"都不是,"K回答道,"我这样形容她,是出于对她的一种感激。因为她让我可以很随便地忽略她,因为即便她只会更多地和我交谈,我也不会有勇气再去她们家了。但这对我来说会是一个很大的损失,因为我必须和巴拿巴来往,为了我和你的未来,就像你所知道的那样。这也是我为什么要和另一个女孩接触的原因,我很欣赏她的精干、谨慎和无私,但谁也不能说她很迷人。"

"但那些仆人可不是这么评价她的。"弗丽达说。

"其他人的看法和我的想法大多不一样,"K解释道,"难道你是根据那些仆人们的说辞,来推断出我不忠的吗?"

弗丽达沉默不语,她容忍着K从她手中接过托盘放在地上,然后轻轻地挽着她的手臂在狭小的过道里慢慢地来回走动。

"你根本就不知道什么是忠贞,"弗丽达有些抗拒他的接近,"你对那两个姑娘是什么态度,并不是最重要的。最重要的是,你去了她们家,而且回来后衣服上满是她们家客厅的味道,这对我来说是一种难以忍受的侮辱。并且你二话不说就离开了学校,甚至在她们家待到大半夜也没有回来,当我派耶利米去找你时,你还让那两个女孩否认你的存在,尤其是那位被你称赞为无比矜持的女生,否认得最一本正经。你偷偷摸摸地从另一条隐秘的小路溜出来,也许就是为了保全那两个女孩子的名声吧!算了,我们不要再谈这个了。"

"不谈这个,"K说,"我们说点别的东西吧,弗丽达。这件事也没什么好说的。你明白我为什么要去她们家的理由。我心里并不轻松,我只是勉强在做,你不应该让我更加为难。今天,我本来只想去那里待一会儿,问一问早就应该从城堡带来重要信息的巴拿巴是否回家了。但我得到的回答是,他并没有回到家,不过其中一个女孩向我保证他很快就会回来了,这倒是可信的。我不想让巴拿巴去学校找我,因为他的出现会让你厌烦。结果几个小时都过去了,他还是没有回来。而我等来的却是一个我讨厌的人,我不喜欢被他窥视,所以我才选择翻越隔壁的花园来到大街上。我并不是为了躲他,当时我手里拿着一根柳条,便直接叫住他,向他走了过去。事情就是这样的,所以也没有什么好说的,不过,我还有一些其他的事情想要问你。那两个助手是怎么回事呢?我现在提到他们,几乎就像你提及巴拿巴一家人一样感到反感。把你和他们的关系和我同这家人的关系比较一下。现在,我理解了你对巴拿巴一家人的厌恶了,我也有同感。我去找他们只是为了城堡的消息,有时候我几乎觉得我占了他们的便宜。而你和两个助手,你从来没有否认过他们给你带来的折磨,也承认你被他们吸引了。我并没有因此而对你发火,因为我知道有一股你无法应付的力量在活动,但最起码我看到你反抗了,我对此而感到满足,也在尽力地维护着你。仅仅是我放松了几个小时对你的维护,因为我相信你的忠诚,当然也希望房子是锁住的并且助手们也都被赶走了,但我还是小看了他们,连那个耶利米,那个身体老态、动作笨拙的家伙,竟然都敢肆无忌惮地走到窗前窥视。而在他的胡言乱语下,你居然失去了对我的信任。弗丽达,当我听到你对我说:'我们不会结婚了。'我很难过,该说责怪的那个人应该是我吧?但是我不会怪你,我也不曾怪过你。"

在K看来,分散一下弗丽达的注意力是件好事,于是他请求弗丽达给他带点吃的来,因为他从中午开始就没吃过东西了。这个请求仿佛也把弗丽达从严肃的氛围中解救了出来,于是她松了口气,点了点头便跑去拿吃的东西。不过,弗丽达并没有去K原本以为的那间房间,他本以为那里是厨房,而是侧着身子拐了几个弯到了另一间房间。弗丽达很快端来了一盘肉和一瓶酒,但这看起来更像是残羹剩菜,肉片很明显是被人在慌乱中重新摆盘的,可却忽视了被剥开的香肠和那瓶被倒掉了四分之三的酒。不过K并不在意,还狼吞虎咽地吃了起来。

"你刚才是去厨房了吗?"K问。

"不,我去了我的房间,"弗丽达回答道,"我的房间在楼下。"

"如果你愿意为我带路就更好了,"K说,"我想去你房间坐下来吃饭。"

"我给你搬一张扶手椅过来吧。"弗丽达说着便转身准备要走。

"谢谢你,"K拉住她说道,"我想我不需要扶手椅了,也不用去你的房间了。"

弗丽达忍受着K抓着她的手臂带来的疼痛,她低着头,默默地咬着嘴唇。

"好吧,我告诉你吧,耶利米在我的房间,"弗丽达说道,"你还想去吗?他现在正躺在我的床上熟睡,他去外面找你时感冒了,冷得瑟瑟发抖,而且他也几乎没有吃上一顿可口的饭菜。这都是你的错,如果不是你硬要把他从学校赶走,如果不是你追着他们跑,我们现在或许可以安安稳稳地坐在学校里,你毁了我们的幸福。你觉得耶利米如果还是我们的助手,他敢引诱我吗?那只能说你太不了解我们当地的规矩了。他想来找我,因为欲罢不能而深感痛苦和折磨,这些都是真的,但只不过是做做样子,不敢来真的。这就像是一场游戏,就像是一条饿狗的游戏,渴望着桌上的美味佳肴,却不敢跳上桌子。我也一样。因为他是我儿时的玩伴,我本来就与他很亲近，我们一起在城堡的山坡上玩耍着长大，那是一段特别美好的时光，也是一段你从来没有问起过我的过往。但只要耶利米是我们的助手，那我对他而言，就是一种奢望，因为他知道我会成为你未来的妻子。但后来，你把助手们解雇了，而且还在那里夸夸其谈，好像你是为了我才做这一切似的。好吧，从某种意义上说，这也是真的。在亚瑟身上你的企图实现了，当然只是暂时实现了，因为他脆弱，他没有耶利米那种不怕任何困难的激情，那天晚上，你狠狠地揍了他一拳，他差点被你的拳头给摧毁了，当然那一拳也是对我们幸福生活的沉重一击。他跑去城堡里告状，即使他很快就会回来，那他也再不会回到你的身边了。不过，耶利米留下来了。当他在听你差遣时，哪怕只是看一下你的眼神，都会被吓得发抖，可现在不同了，他已经不是你的下属了，所以他什么都不怕。他找到了我，并带走了我，我就这样被你抛弃，被他这个老朋友给操控了，我无法自持。我没有主动打开学校的门，是他破窗而出，把我抱了出去。于是我们来到了贵宾楼，老板一向很看重耶利米，因为他正想聘用打扫房间的用人，而耶利米正是最好的人选，所以我和他都成功留下来了。我们有一个共同的房间，但他并没有和我生活在一起。"

"尽管如此，"K说，"我也并不后悔把助手们赶走。如果你们的关系就如你所描述的那样，这两个助手的职务本分左右着你的忠诚，那么一切就此结束也许是不错的决定。在这两个只受皮鞭管教的野兽夹击下的婚姻生活是不会幸福的。由此说来,我还得感谢无意中把我们分开的这一家人。"

他们沉默了,再次并肩地来回踱步,也不知道是谁先开始的。弗丽达离K很近,似乎本期待着K再把她搂入怀里,但又失望于K的无动于衷。

"这样一来,一切就都解决了。"K打破沉默继续说道,"我们可以告别了,你可以去找你的耶利米了,他可能是在学校的花园追着我跑的时候受凉了,考虑到这一点,你已经把他单独留下太久了。我可以一个人回学校,不过因为没有了你,那里也没有我的容身之处了,如果哪里还肯收留我的话,那我就去申请看看。如果说我现在还在犹豫的话,那是因为我感觉你对我说的一些话有矛盾的地方。耶利米给我的印象正好与你相反,当他在干着助手的活儿时,我就明显感觉出他时刻都与你形影不离,我想他也遵守不了你所谓的规矩。但现在,既然我与他之间已经不再是雇佣关系,那也就不一样了。请原谅我用以下方式来解释:从你不再是我的,也就是他主人的未婚妻那时候开始,你就不再像以前那样能够迷倒他了。我也是从今晚才得知,你是他从小到大的伙伴,但我觉得他并不珍视这份感情。我不知道为什么他在你看来是个很热情的人。而我与你的看法完全相反，他在我看来是个相当无情的人。他从格拉特那儿收到了关于我的某种命令，也许对我来说是很不利的，他也一直试图以某种热情的方式来努力地效命。我承认，这种事在你们这里并不少见。也许他的任务之一就是来破坏我们两个人的关系。他可能早就用各种方法尝试过了，其中一种方式当然也包括他用淫邪的手段来引诱你。而另一种方式就是他还得到了老板娘的支持，来到你面前诬蔑我的清白。他的攻击成功了，他身上的某一点似乎照映出了克拉姆的影子，这或许对他有帮助。虽然他因此失去了自己的工作，但也许他早已不再满足于做我的助手了，因为现在他已经收获了劳动成果，把你从学校拐跑，就是他最终的任务，此后他就会厌倦了，而且丧失了效力的热情。也许，现在的他宁愿像亚瑟那样回到城堡呢，而亚瑟现在可能并不是在等待城堡的解雇文件，而是正在接受表扬和新的任命呢。只不过必须有人留在村子里，跟随事情的进一步发展，显然留下来的这个人就是耶利米，他被迫留下来照顾你，或许他一直认为这是负担。他曾经向我坦白过，他对你没有任何的爱意，只是因为你曾经是克拉姆的情人，所以你对他来说当然是值得尊敬的。他窝在你的房间里，也只不过是为了体会当一次克拉姆的感觉罢了，对他来说这种体验肯定是刺激的，但也仅此而已。现在的你，对他来说已经没有任何意义了，他把你安置在贵宾楼，恐怕也只是他首要任务中的后续工作罢了。为了不让你起疑心，所以他才不得不留了下来，但只是暂时的，只要他没有从城堡里得到新的消息，只要他的感冒还没被你治好。"

"你这是在诬蔑他！"弗丽达气愤地攥紧了拳头。

"诬蔑？"K回答道，"不，我并不想诬蔑他。但我也许是说了一些冤枉他的话，这也是可能的。我所说的关于他的话并不是完全公开的事实，也可以有不同的理解。但是你说我诬蔑？我如果诬蔑他只会出于一个目的，那就是让你对他的好感消失。如果有必要的话，诬蔑确实是一种合适的手段，我会毫不犹豫地选择诬蔑他，而且谁也不能因此而谴责我。因为指派任务给他的人，他在面对我时占据了很大的优势，而我只能靠我自己微薄的力量，诬蔑他一下也没什么，这只是一种比较无辜的、弱者的一种防御手段罢了。所以，弗丽达，放松你那攥紧的拳头吧。"说完，K握住了弗丽达的手，弗丽达试着从他手中挣脱，但她嘴角微微展露出笑容，并且没有使劲。

"我不必去诬蔑他，"K道，"因为你不爱他，你只是以为自己爱他，等我把你从这个错觉中解救出来，你会感激我的。你想一想，如果有人想把你从我身边抢走，而且不能使用暴力，那就只能通过缜密的计划来达到目的，那么他就得通过离我们最近的两个助手来完成。这两个看似乖巧、幼稚、有趣又不懂得什么是责任的、被城堡送来的男孩,还碰巧与你有一点儿童年的美好记忆,这一切多少都会让你放下戒备敞开心扉。而我每天都在忙着一些琐碎的事情,这些事情你无法理解,并且经常让你的心情很烦躁,使得我和一些你十分厌恶的人在一起,所以尽管我是无辜的,你也会把对他们的厌恶转移到我的身上来。整件事的出发点都是充满恶意的,但他们非常巧妙地利用了我们关系的弱点,毕竟,不管多么美好的爱情都有它的弱点,我们也是一样。我们是从两个完全不同的世界走到一起的,自从认识了对方,我们两个人的生活便走上了一条全新的道路,觉得没有安全感是再正常不过的事情了。我说的不是我自己,我没有那么重要,在你的眼神与我有了第一次的交流之后,我一直在受到馈赠,而习惯于接受馈赠并不难。但是你呢,抛开别的不说,在今天之前,我都无法想象把你从克拉姆身边抢走究竟意味着什么。但是,我现在已经渐渐有了一些明晰的概念,可是你却跟跟跄跄地拐了弯,摸不到头绪。我想守护你,可却不能时刻地陪在你身边,而我在的时候,你的心有时也会被你的臆想或更鲜活的东西所占据,比如那个老板娘——总之,有的时候,你无视身边的我,却半梦半醒地渴望着一些我无法带给你的东西,可怜的孩子,就是在这种时候,只要有合适的人进入你的视线,你就会对他们倾慕,屈服于他们的欺骗,以为那些转瞬即逝的东西,那些臆想、曾经的记忆,还有那些已经逝去的往日的生活，才是你真实的现状。弗丽达，这是一个巨大的错误，这无非是在我们两人最终结合之前的最后一道障碍而已。你要清醒一点，哪怕你认为这两个助手是克拉姆的人——其实并不是这样，他们都是格拉特先生派来的——甚至你觉得他们能如此迷惑你、欺骗你，种种手段都让你在他们身上看到了克拉姆的影子，就像有人相信他丢失的宝石落在了粪坑里，而实际上他根本无法在粪坑里亲眼看到它，即使它真的在那里，他也无法找到。所以，他们跟马厩里的仆人没有区别，唯一不同的是，他们没有仆人们健康的身体，只要稍微有一点寒冷的空气，就会让他们久病不起。不过他们脑子和跟班的一样奸猾，很会给自己挑选床铺。"

弗丽达将头靠在了K的肩膀上，她的双臂像以前一样紧紧地环抱着K，两人默默在房间地板上踱着。

"如果我们当时……"弗丽达用平静又舒缓的语气说道，仿佛她知道，她只有很短的时间能这样靠着K，必须充分享受这一刻，"如果在那个夜晚，我们逃离村子，那么我们就可以去一个安静的地方，过上平静的生活，永远在一起，你的手也会永远与我紧握。我不能没有你，自从认识你以来，没有你在身边，我就感到无比孤独；相信我吧，和你在一起是我唯一的梦想，再也没有别的梦想了。"

这时，过道里传来了一阵喊叫声，是耶利米。此时，他站在最下面的台阶上，他穿着一件衬衫，身上裹着一条弗丽达的羊毛披肩，头发凌乱，稀疏的胡须粘在一起，就像被雨淋湿了一样，他的眼睛疲惫地大睁着，眼神中满是恳求和责备的意味，那张黝黑的脸颊微微泛红，脸部的线条松弛，赤裸的双腿冻得直发抖，披肩的长流苏也跟着他的身体摆动着，他那副模样就像一个从医院里逃出来的病人，见到这幅景象，人们不会有别的想法，只想赶紧把他送回床上躺着。弗丽达也是如此，她立即挣脱了K的怀抱，跑到了耶利米身旁。见到她在身边、关心地把他身上的披肩裹得更紧一些，然后急于把他推回房间，这似乎给了耶利米无形的力量，直到这时他仿佛才认出了K。

"啊，土地测量员先生，"他一边说着，一边轻轻抚摸着弗丽达的脸颊，示意她不要责备自己，"原谅我的打扰。不过我身体不舒服，没办法。我有点儿发烧，得出来找茶喝，出出汗。学校花园里那个该死的栅栏，我将来一定会对它念念不忘。已经着了风寒，我还大半夜地四处奔波，为了一些不值得的事情而牺牲了自己的健康，可当时却没有察觉。土地测量员先生，如果你不介意我打扰的话，可以到我们的房间来，看望一下我这个病人，你应该还有很多想对弗丽达说的话吧。当两个习惯了彼此的人突然离开对方的时候，一定是有很多的话要和对方说的。而躺在床上等待着茶水的第三者，是不可能明白这些的。不过请你一定得进来，我会很安静的。"

"够了，够了，"弗丽达拽了拽耶利米的胳膊，然后对K说道，"他一定是烧糊涂了，不知道自己在说什么。K，你不要跟过来，算我求你了。这是我和耶利米的房间，或者说这是我的房间，我不允许你进去。K，你干吗老是缠着我呢？请你不要在缠着我了！我永远都不会再回到你身边的。只要我一想到回到你身边，我就会全身发抖。你为什么不去找你的姑娘们呢？我听说，她们穿着丝滑的衬衣坐在你身边，当有人来找你的时候，她们就会训斥他。你既然这么喜欢待在那里，一定是有原因的，那里对你来说一定很快活吧？我一直都在阻止你去那里，虽然收效甚微，但我还是尽力劝阻你。不过现在一切都结束了，你自由了。美好的生活在等着你，为了其中一个姑娘你也许还得和那边随从们争夺一番，至于另一个姑娘，天地间都不会有人嫉妒你的，因为你们的结合是天赐良缘，别再来反驳了。当然，你可以反驳一切，而且你一向都喜欢反驳别人，尽管你从来都没有驳倒过什么。你想想，耶利米，你想想他还有哪些观点没有反驳过呢？"他们相视一笑，然后弗丽达继续说道，"可是，假设他把一切都驳倒了，那又会怎样呢？又关我什么事呢？在她们家里会发生什么事情，完全由她们和K决定，并不关我的事。我的任务是照顾你，直到你恢复健康，恢复到当初还没有为了我被K折磨时候的健康。"

"你真的不跟我一起去房间了吗,土地测量员先生?"耶利米问了一句后,便被弗丽达给拖走了,弗丽达也没有再回头看K一眼。

楼梯下的这个房间门很矮,不光是耶利米,连弗丽达进去的时候也需要弯腰,不过房间里面却很明亮,也很暖和,隐约能听到一点耳语声,可能是弗丽达正在用甜言蜜语哄耶利米睡觉吧,不一会儿,房门便被关上了。

第二十三章 （无题）

直到现在，K才注意到过道里变得有多么安静，不仅是刚才他和弗丽达待在一起的那一段过道，就连刚才那条无比喧哗的长廊都变得鸦雀无声。看来，这些官员们终究还是都睡着了。K也已经疲惫不堪了，也许正是因为疲惫，他才没有像他本该做的那样再和耶利米斗争下去。或许模仿耶利米的做法才是明智的，他明显地夸大了自己的病症——其实他的痛苦根本就不是因为寒冷所致，而是与生俱来的，喝什么茶都无济于事——模仿耶利米的做法，显示出真正疲惫不堪的样子，直接倒在过道里打个盹，说不定还能得到一些照顾呢。只不过这样做大概不会有像耶利米那样的好结果，他在这场争取同情的比赛中，或者任何一场别的斗争中显然都更胜一筹。

K实在是太累了，他竟想着能不能试着进入其中一间房间，有的房间肯定是空的，或许他还能找到一张舒适的床睡个好觉。在他看来，这或许可以解决很多事情。连安眠酒都有了。地上那瓶只剩四分之一的朗姆酒，是弗丽达先前留下的。K不怕辛苦地走了回去，直接拿起瓶子来把酒都喝光了。

现在，他觉得至少自己有足够的力气能站在艾兰格面前了。但由于带路的那个仆人和格斯泰克尔早已不见了身影，而且这里所有的门都是一样的，K已经不记得艾兰格的房间在哪了。但K至少还记得他的房间大致在过道的哪一部分，于是他决定打开一扇他认为是他在寻找的门。这样的尝试不可能太危险，因为如果是艾兰格的房间，他很可能会接待他；如果是别人的房间，那么他可以道歉后再迅速离开；如果房间里的客人睡着了，这倒也是最有可能的事，那么他就可以神不知鬼不觉地确认完后离开；如果房间里根本就没有人，那就坏事儿了，因为K一定无法抵挡住床的诱惑，他早就想酣睡了。K沿着过道左顾右盼，他想看看会不会突然蹿出个人来给他指明方向，让他不必去冒这个险，但长长的过道上静悄悄的，空无一人。K试着把耳朵贴在房门上听了听，但没有听到任何声音。他先轻轻地敲了敲门，这样可以保证熟睡的人不被敲门声吵醒，当没有回应时，他便小心翼翼地打开门，然而这时，却听到里面发出轻轻的叫喊声。

这是一间小房间，宽大的床铺就占据了一半多的空间，床头柜上放着一盏正熊熊燃烧的烛灯，旁边还放着一个行李背包。床上躺着一个人，他把自己完全裹在了毯子下，K的声音似乎吵到了他，只见毯子下的人不安分地动了动,然后问道:"是谁?"

现在K不能悄无声息地离开了,他不高兴地看着那张温暖的、可惜被人占据了的床,接着想起回答对方提出的问题,报出了自己的名字。这似乎引起了床上那人的兴趣,他把盖在脸上的毯子拉开了一条缝隙,但他的动作很谨慎,似乎随时做好了如果外面有什么不对的情况就迅速用毯子把自己完全盖上的准备。但随后他又把毯子完全掀开,毫不犹豫地坐直了身子。这个人当然不是艾兰格。这是一位个子矮小但很英俊的先生,他的脸给人一种矛盾的感觉,因为他的脸颊如孩子般圆润,眼睛也是明亮有神的,但他的额头过于饱满,鼻子尖得很突兀,嘴唇很窄而且上下嘴唇几乎无法合拢,其中最违和的就是他的下巴,他的下巴短得似乎要消失了,这倒不像个小孩了,而是给人一种有着优越思考能力的感觉。可以看出,这个人自我感觉很好,以致他身上还存留着一种浓浓的孩子气。

"你认识弗里德里希吗?"他问。K的回答是否定的。

"但他认识你。"先生笑着说。K点了点头,其实认识他的人并不少,这甚至成了他前进路上的一个主要障碍。

"我是他的秘书,"这位先生说,"我叫布格尔。"

"我很抱歉打扰到你,先生,"K一边说着,一边伸手去抓门把,"我误认为这是我要去的那间房,我是被艾兰格的秘书邀请来的。"

"真可惜,"布格尔说道,"不过,我可惜的不是你是被艾兰格邀请来的,而是你走错了房间。因为我一旦被吵醒就肯定不会再睡着了。好吧,你也用不着为此介怀,这是我个人的不幸。你肯定觉得奇怪,为什么这里的门没有上锁呢?这当然是有原因的。因为按照以前的人的说法,秘书的门应该无时无刻都是对外敞开的。但你也不必完全从字面上去理解。"布格尔疑惑又开心地看着K,但与他的抱怨形成鲜明对比的是,他似乎已经休息得很好了,至少他一定从来没有像K现在这样累过。

"你现在要去哪里?"布格尔问道,"现在是凌晨四点钟。不管要找谁,都只能叫醒他。不过,我要提醒你的是,不是每个人都像我一样习惯了被打扰,也不是每个人都会这么耐心地接待你,毕竟大部分的秘书都像个神经病一样。所以我建议你在我这里多留一会儿吧,他们一般五点就都起床了,那时候你再去找艾兰格是最合适不过的。所以请你放开门把手,找个地方坐下来吧,当然,这房间小得寸步难移,所以你就在我的床边坐下吧。你一定会对我这里既没有扶手椅又没有桌子感到惊讶吧?其实当时我得到了两个选择,要么是配套齐全,却只有一张窄小的床;要么房间里是一张大床,除了洗漱台之外,其他什么都没有。我选择了大床,毕竟在卧室里,床才是最主要的。尤其是对那些只有舒展身子才能睡个好觉的人,这张大床是再好不过的选择。哪怕是像我这种整日累得要死又睡眠不好的人,在这张大床上也觉得特别舒适。我今天有一大半的时间都在床上,我会在这里处理所有的信件,而且也会在此接待受审人,这样处理公务很不错。不过,唯一不好的就是受审人没有地方坐罢了,但他们不会在意这个问题,毕竟他们站着让文书舒服,要比舒服地坐着却被人训斥要好得多。我只有床边的这个位置能待客,而且这个位置是夜里陪我聊天的人才能坐的。不过,你怎么这么安静呢,土地测量员先生?"

"我实在是太累了。"此时,K已经坐在了床上,头靠在床的柱子上回答道。

"你当然累啦,"布格尔笑着说,"这里的人都很累。比如说,我昨天和今天做的工作都不是什么无关紧要的小事。现在我完全不可能睡着了,不过如果这件不可能的事情发生了,当你还在这里的时候,我睡着了,那就请你保持安静,也不要开门。不过你放心,我肯定不会睡着的,就是睡顶多也就睡几分钟。我因为工作长期养成了这种习惯,旁边有人,我反而更容易睡着。"

"你尽管睡吧,秘书先生,"K说,他对听到的这番话感到很高兴,"那么,如果你允许的话,我也会睡一会儿。"

"不,不,"布格尔又笑了起来,"可惜我不会因为你请我睡觉就能直接睡着的，只有在谈话过程中我才可能产生睡意；谈话最容易让我入睡。是的，干我们这一行的，神经很敏感。比如说，我是一个通信秘书。你不知道那是干什么的吧？"说到这里他不由自主地高兴起来，甚至还搓了搓手，"我是弗里德里希和村子之间的联系人，最重要的联系人，我负责他的城堡秘书和村秘书的联络。平时我住在村子里，但也不是一直都在，因为我每时每刻都要为去城堡做准备，你看我的行李包，我过着居无定所的生活，不是每个人都愿意做这么一个差事。另外，我也确实不得不干这份差事，因为其他的工作对我来说都显得兴味索然。你的勘测工作进行得怎么样啦？"

"我没有做勘测的工作，我并没有被雇用为测量员。"K回答道，他的心思一点都不在这件事上，他只是想让布格尔尽快睡着而已，但这么想也只是出于对自己的一种责任，他心里估摸离布格尔睡着的那一刻还无比遥远呢。

"这可奇怪了，"布格尔精神地甩了下头，还从毯子下面掏出一个记事本，记下了一些什么，"你是个测量员，却没有干着测量员的工作？"

K敷衍地点了点头应付着布格尔，他伸出左手撑在床柱的顶端，然后把头枕在手上面，他之前已经试过各种姿势，想坐得舒服些，只有这种姿势最舒服,现在他可以更清楚地听见布格尔说的话。

"我愿意,"布格尔继续说道,"我愿意进一步追究这件事。在我们这里,当然不允许让一件明显有问题的事情被搁置,尤其是这种人才被埋没的事情。对你来说,这也一定是一种侮辱,你难道没有为此感到难过吗?"

"我的确很难过。"K缓缓地说道,并独自在内心讥笑,因为现在他丝毫没有感到难过。另外布格尔的提议也让他完全提不起兴趣来,因为那一点也不专业。他不知道K的任命是在什么情况下进行的,也不知道他在学校和城堡里遇到的困难,更不知道K在这里逗留的期间已经出现或者即将出现的那些纠葛,至少在帮助他之前,应该先了解一些他的情况吧。而布格尔却在什么都不了解的情况下,就想凭他的小笔记本来把事情处理好。

但布格尔说:"你似乎有过一些失望。"这又表明了他有一定的识人能力。实际上,K自从进入他的房间后,就觉得不能小看布格尔。但是以他现在乏累的状况,很难对其他事情做出公正的判断。

"不,"布格尔说,仿佛他是在回答K的一个念头,体贴地想要为K省下说话的力气,"你千万不要被失望吓得退缩,这里很多东西时常会让人望而却步。你刚来到这里时,是不是觉得这里的障碍完全不可逾越?我也不想考察事情的实际情况,也许表象确实与现实相符。在我这个位置上，很难有真正客观的见解来确定这一点，但请你注意，有时确实会碰到一些与在正常情况下不同的机会，如果你抓住了这样的机会，那么通过一句话、一个眼神、一个信任的信号方式，比你通过终身的努力要更容易达到目的，是的，事实就是这样。不过，这样的机会从来都没有被加以利用，所以也就和在正常情况下没有区别了。但为什么它们没有被利用呢？这是我一直想不明白的事情。"

K不知道怎么了，虽然他注意到布格尔说的大概都是和他息息相关的事情，但他现在对所有和他有关的事情都非常反感，他侧了一下脑袋，好像想要直接阻断布格尔的话一般，他不想再被这些问题所触动。

"秘书们，"布格尔继续说道，他伸开双臂，打了个哈欠，这与他严肃的话语形成了鲜明的对比，"秘书们经常抱怨他们总是被迫在晚上进行村庄的审问工作。但他们为什么要抱怨呢？是因为太累了？还是因为他们更喜欢利用晚上的时间睡觉？都不是，他们抱怨的当然不会是这些。当然，秘书们也分为勤快的和敷衍了事的，但没有一个人会因为辛苦而公开抱怨。我们不会把生活时间和工作时间做很明显的区分，这不是我们做事的风格。那么，我们对夜审又有什么异议呢？难道是为上访的村民考虑吗？当然也不是这样的。

秘书们对受审人大多是不讲情面的，当然，正是这种秉公办事、严格地遵守和执行任务，才使受审人希望能得到的最好的体恤。事实上，这种做法受到了完全的肯定，当然只看表面的观察者是看不到这一点的。比如，在这件事上，夜间审问反而受到了村民的支持，官员们也没有收到过对夜间审问的任何投诉。那么，秘书们为什么终究还是不情愿呢？"

K也不知道，他知道得太少了，他甚至没有分辨出布格尔是认真地等待着他的答复还是仅仅表面上的问话而已。"如果你让我躺在你的床上，"K心里想着，"那么明天中午我就能回答你所有的问题，如果可以等到晚上的话那就更好了。"

但布格尔似乎根本没有注意K，他太专注于自己提出的问题了："据我所知，以及从那些我自己所经历的事情来看，秘书们对夜间审问大概有以下顾虑：夜间不太适合审理上访案件，因为夜间很难让审理维持官方性质。不过，这并不是简单的仪式之类的问题，这些形式完全可以像白天一样在夜间保持。所以问题不是出在这方面。从另一方面来说，秘书们的判断力在夜间会受到一定的影响，大家都不由自主地倾向于从私人的角度出发，从而做出判断，那些受审人的陈述受到的重视程度会超过应有的，在判断中掺杂了原本不该有的考量——受审人的其他处境、痛苦和烦恼，就算他们和官员之间的那道壁垒表面上完美无缺地存在着,但实际上早已松动了。在本该严肃的一问一答的审问过程中,有时却会发生一种完全不合适的角色互换。这是一种奇怪的现象,至少秘书们普遍是这么抱怨的。不过,也可能是出于职业原因吧,他们对这种事情的敏感度都特别高。但是,即使他们在夜间审问时注意到了,而且从一开始就竭力抵制这些对他们不利的影响,甚至在当时还认为自己达到了特别好的效果。但是,如果你事后回过头来仔细地读一下这些记录,你往往会惊讶地发现,其中存在着很多显而易见的漏洞,总是能让受审人捞到大把好处。这些误判,根据我们的规定已经无法用简单的程序弥补。当然,监督部门会在发现后的第一时间内进行整改,但这也只能起到以正视听的作用,对受审人却一点影响也没有。在这种情况下,秘书们难道不该对夜审有所抱怨吗?"

K已经处于半梦半醒的状态有一会儿了。这会儿他又被惊醒了。"我为什么要在这里听他说这些?为什么需要做这一切啊?"K在心里嘟囔着。从他低垂眼皮看着布格尔的态度中可以感受到,他并没有把布格尔当作一位在和他探讨重要问题的官员,而只是把他当作搅扰自己睡觉的障碍,至于他说这么多事是出于什么样的目的,他也无法做出结论。布格尔却完全投入自己的思考中去了,他微微笑着,仿佛自己刚刚成功地把K引入了歧途。然而他又准备马上把K

再带回到正确的轨道上来。

"不过,"他说,"也不能理直气壮地认为这些抱怨完全合理。夜间审问并没有被列入规章制度,也就是说,如果大家试图逃避夜间审问,也并不违反法律。不过话又说回来,先搞清楚这些城堡官员的做事风格,再看看这么多繁重的任务,就可以意识到自己工作的艰巨性。因为规章上规定,对村民的审问只能在其他调查全部得出结果后才能进行,但又要在规定的时间内完成。所以综合来看,以上这些客观的原因,都使夜间审问成为不可避免的需要。一旦它成了一种必要——我是这样说——那么这其实也就是规章制度的产物,至少是间接的,那么抵触夜间审问,几乎就意味着抵触规章制度本身。当然了,也许我的说法有点夸张。另外,秘书们仍旧有权在规章制度的范围内尽量避免夜间审问,避免那些也许只是表面的缺点。他们也确实最大限度地那样做了,他们只受理那些可能不用担心什么的案子,并且在审理前还会仔细检验自己。如果需要的话,他们会在正式审问之前,反复地传召受审人,而且往往不下十次,以此来增加自己对审问的把握;也喜欢委托那些本不该代理此案的同事来审问,因此他们可以更加从容地对待;而且秘书们选择的审问时间也很微妙,他们总是在夜幕降临时或者是天亮前进行审问,尽可能地避开中间的时间段。而且他们采取的这样类似的措施还有很多很多呢，秘书们可不是轻易就能被制服的人，他们有着强大的抵抗力，又极其敏感。"

K闭上了眼睛，但他没有真正睡着，因为他把布格尔的话听得比之前虽然醒着但困得要死时更清楚，字字句句皆在耳边打转，只不过之前的那种厌恶感已经消失殆尽了，他甚至感受到了自由。布格尔没有再拉着K陪他说话了，反而是K时不时地伸手摸索着布格尔，他还没有完全沉浸在睡梦中，只是入梦了，再也没有人会夺走他这一刻的享受。K仿佛觉得自己打赢了一场战争，而且已经有一群人围在一起庆贺胜利了，是他又或者是其他人，正高举着酒杯庆祝着胜利。为了让大家都知道这是怎样一回事，战斗和胜利重演了一遍，或许根本不是重演，而是现在才取得胜利的，只不过大家从一开始就已经为这场胜利而欢呼，而且一直没有停止，因为他们早就确定了这场战斗的胜利是毫无悬念的。一个赤身的、很像一尊希腊神像的秘书，在这场战斗中被K打败了。这很有趣，逗得睡梦中的K咯咯地笑着。因为在梦中，那位秘书接连挨K揍，吓得连原先那傲人的姿态都丢掉了，然后不得不快速地用手臂和拳头来掩盖自己身体裸露的部位，但他的反应始终是太慢了。战斗并没有持续多久，K对秘书紧追不舍，而且气势汹汹，这能算得上是战斗吗？因为过程中并没有出现什么障碍，只有那位秘书传来一阵阵痛苦的叫喊罢了。这个秘书像女孩子被人挠痒一样地反抗和尖叫，最后他逃离了战斗，留下K一个人在一个大房间里。准备继续战斗的K四下寻找对手，但他们已经消失得无影无踪了，那群庆祝的人也不见了，只留下了落在地上的香槟酒杯。K气愤地把酒杯踩得完全粉碎，但不幸被碎片刺伤了脚。于是，K伴随着一阵抽搐醒来，顿时感到万分难受，就像是个被噩梦惊醒的小孩。但当K看到布格尔裸露的胸脯时，那个梦中的画面从他的脑海里擦过："这就是希腊神！快把他推下床去吧！"

"可是，"布格尔说，他若有所思地盯着天花板，仿佛在记忆中寻找着例子，但他始终找不到，"尽管我们采取了种种防范措施，但还是有可能利用秘书们在夜间审问的弱点。当然，这种可能非常罕见，至少我鲜有耳闻。恐怕只有受审人在没有受到邀请、擅自找上前来时，才有可能会发生这种情况。你可能会觉得奇怪，为什么这种情况很容易理解，但没有人这么干吧？这是因为你不熟悉我们这里的情况。我想，你也一定注意到了城堡的机构做起事来有多么严谨了吧？凡是有任何疑问的人，或者由于其他原因必须接受审问的人，都会立即被传唤，说传就传，而且不会给受审人一点犹豫的时间。通常受审人自己还没有弄清楚这件事之前，或者在还没有到需要审问他的那一步呢，他就已经收到传票了。也就是说，他们不可能不请自来，而是会牢记传票上安排的日期和时间。如果他们没有按照指定时间前来的话，一般都会被仆人直接给撵出去的，这就不会再造成什么难题了。受审人手里的传票以及记录在册的档案，对秘书来说不一定是齐全的防御装备，但它们也是强而有力的了。当然，这是就负责该事件的主管秘书而言的。不过，要是有人在晚上突然找上门来也不是不可能的，但是几乎没有人会这样做，因为这几乎没有任何意义。首先，这会让负责这起案件的主管秘书感到非常生气，我们秘书之间从来不会因为工作量的分配而相互猜忌，毕竟，我们每个人都肩负着重任，而那些重任确实是我们丝毫不计较揽在自己肩上的，可是面对受审人，我们绝不能容忍任何的干扰和侵犯。之前也有过一些闯入者，他们还没开始就已经失败了，就是因为在主要的案件负责人那里，没有得到结果，他们便试图拜托与他的案件不相关的秘书来进行审问，以此来钻这个空——他们在深更半夜上门打搅这位秘书，即使这位秘书愿意尽最大的努力帮忙，也很难起到什么作用，首先插手别人的事务是不被允许的；即使这位秘书用一些其他的方法成功地接受了这个案子，那么他的工作效率也一定远不及本应该负责此案件的秘书高。那么，在这样希望渺茫的条件下，谁还会在夜里打寻找其他秘书帮忙的主意呢？而且那些受审人，不仅要做好他们自身的日常工作，而且还要不时地接受主管部门的传唤,恐怕早已经忙得团团转了。当然,受审人的忙碌和官员们的忙碌,可不是同一个概念呢。"

K微笑着点了点头,他现在认为自己已经完全明白了一切,不过并不是因为这些事与他息息相关,而是因为他相信,在接下来短暂的时间里,他将会彻底地睡着,这一次,他不会再做梦,也不会被打扰了。他感觉自己被夹在负责案件的秘书和不相关的秘书的中间,而且,还得面对一群忙碌的受审人。想到这些,K只想赶快沉沉地睡去,从而逃离所有人。K现在已经习惯了布格尔那自我满足的声音,这声音对他自己的睡眠倒是徒劳无功,反倒对K的睡眠起了促进作用。

"真是唠叨个没完,"K心里面琢磨着,"反正你就是专门说给我听的。"

布格尔用两根手指抚摸着自己的下唇,还伸长了脖子睁大了眼睛,仿佛在疲惫的徒步旅行后找到了一个令人愉悦并且能够欣赏美景的有利位置,他说道:"嗯,那我提到的那种罕见的、几乎从未出现过的可能性在哪里呢?秘密就在关于职权的条例中。因为在一个庞大的、活跃的组织中,不可能每件事情都只有一个秘书负责。只是说其中会有一个主要负责人来指导工作,他可能有着至高无上的权限;而其他人则分工负责一些较小的事务,享有较少的一点权限。

即使是最认真负责的官员，也不可能把事件中存在的细节面面俱到地整理出来。就连我对主要负责人有着至高无上的权限这句话，也说得太过了。就算职权再小，他们的工作成果对于秘书整体的工作而言也是不可分割的。而在此之上，最重要的难道不应该是官员们的工作激情吗？难道这种激情不应该是自始至终的吗？在处理工作事务中，官员之间可能会有差别，而且这样的差别数不胜数，但如果要说到激情的话，他们简直雷同得不能再一致了。假使他们接到一个案子，即使只有最小的权限，也绝对会投入十分饱满的热情。当然，对外他们必须建立起一套公务程序，所以每个案件都需要指定一位秘书来接待受审人。但这位秘书不一定非得是案件的主要负责人，可能往往是由上级组织根据当前的特殊需求来决定的。这就是我要告知你的实际情况，现在你可以思考一下，土地测量员先生。如果一个受审人，在不知用了什么办法通过各种障碍的情况下，在半夜里惊动了一个对他的案件有一定权限的秘书，会发生什么呢？我相信你可能还没有想到有这样的可能性吧？但我很愿意相信你。其实也不用去想这种可能性，因为几乎不可能出现这种情况。这样的受审人，得是多么小巧又奇妙的颗粒啊，才能够通过层层严密的筛选侥幸逃出。你认为这不可能发生吗？的确，这根本不可能发生。但是谁又能去保证呢？然而，有一个晚上确实就发生了这样的事情。

不过，这件事并没有发生在我认识的熟人身上，这虽然不能证明什么，因为和这里涉及的人数相比，毕竟我认识的人是有限的。况且，对于一个秘书来说，即便发生了这种事，也根本不会愿意承认，这毕竟是很私人的事，也可以说是一件很耻辱的事。但至少我的经验可以证明，这种事情是非常罕见的，我也只是通过传闻才略知一二的，并没有得到过什么确切的证据，因此也没必要为这种事情担心。即使真的发生了这样的事，我们也无须费多大工夫就可以让大家相信这是不可能的，久而久之，这件事就被大家淡化了。无论如何，如果因为害怕，躲在被子里不敢往外看，就不太正常了。即使这样完全不可能的事情突如其来地发生了，难道天就塌下来了吗？恰恰相反，天塌下来这件事，就更不可能发生了。当然，如果当受审人真的出现在秘书的房间，那么情况就真的非常糟糕了。这会使得秘书紧张得心跳加速。人们不免会问自己：'你能抵抗多久？'可事实上根本不会有什么抵抗。你必须正确地试想一下这个情况。一个从未谋面、让人整日望眼欲穿，而且还是可望而不可即的人，就坐在那里。秘书们仿佛情不自禁地陷入他可怜的生活中去，将自己带入他的情境，跟他一起体验疾苦，并操心着他提出的一切无理的要求。在这样静谧的夜晚，被眼前的这个人所引诱着，而陷入他生活的故事时，你便已经忘掉了自己官员的身份了。我们在那种处境下，能不满怀同情心地照顾他们吗？说得更明确些，秘书们绝望了，但是更准确地说，也会因此而感到愉快。感到绝望，是因为他们完全是毫无防备地坐在那里等着受审人提出一系列的要求，并且这样的要求一旦提出，秘书们就一定会满足它，哪怕这个无理的要求会让政府损失严重——这大概就是秘书们在执行任务中遇到的最倒霉的情况。别的先不谈，首先这件事情在工作中就是一个越权处理的问题，我们本来无权直接答应受审人的任何要求，但是因为受审人的闯入，我们莫名其妙地被这个突发事件影响了，无形之中就扩大了权力，去干涉自己权力之外的事情。是的，如果答应了，那我们也必须执行。受审人就像是夜间在森林里穿梭的强盗一样，威胁着我们做出逾越的事。好吧，情况就是这样的，只要受审人还在那里，我们就会受到怂恿、受到蛊惑、受到胁迫，并且一切都会不知不觉地进行。但事后又会如何呢？当他的一切需求都得到满足之后，便会心满意足地离开我们，而我们却孤零零地站在那里，等着接受我们滥用职权的惩罚——这是难以想象的。尽管如此，我们却是愉悦的，这种愉悦是能要了人的命的。其实，我们完全可以向那些受审人隐瞒我们的身份，毕竟，他们不一定能够看得出来。在受审人看来，他大概只是因为一些意外的原因才误入了其他秘书的房间，比如：过度的疲惫、对一切都感到失望、习惯性的行事鲁莽——我们就不能让这些受审人,继续安安静静地坐在那里,继续迷迷糊糊地沉浸在自己的思想里,不去理会他吗?不能。我们必须得像个心情愉悦的人一样,恨不得快一点把一切都向他解释清楚,而且不会吝惜一点儿自己的精力,详细地向他说明,说明发生了什么事情,为什么会发生这种事,这种机会的出现是多么的难得、多么的意义重大啊!你得清楚告诉受审人,他是在无助之中碰巧触碰到这个机会的,除了他,没有其他人会如此无助。可现在,土地测量员先生,如果他想,他甚至可以控制一切事态的发展,而且并不需要做其他的事情,只需要向我们提要求就行了,并且在提出要求的时候,就已经为实现做好了准备。当然,一切都必须说清楚,对于秘书而言,这便会是他们最辛苦、最困难的时刻。可是,等这件事也做了,那么,土地测量员先生,最必要的事情就做完了,就必须知足,然后安静地等待结果了。"

K听着听着就睡着了,对后面发生的事情全然不知。他的头先是靠在左臂上,然后在睡梦中从手臂滑落下来后,现在头正垂着,慢慢地往下沉,显然那只手臂已经快要支撑不住了。于是,他又不由自主地用右手在床铺里摸索着,想找个支撑,直到他正好握住布格尔跷起的脚后才停下来。布格尔看了看自己被K握住的那只脚,虽然不太高兴,但还是任由K握住。

不一会儿,不知道是谁猛地敲了敲墙壁,K在睡梦中惊醒了。墙壁外面传来声音问道:"土地测量员在吗?"

"在。"布格尔回答道,然后他把脚从K的手中挣脱出来,像个调皮的孩子一样直挺挺地伸展着。

"那么让他过来吧。"外面那人又说。他显然并没有顾忌布格尔是否想要留住K。

"是艾兰格,"布格尔轻声地说,而且他似乎对艾兰格就住在隔壁,一点儿也不感到意外,"你直接去找他吧,他已经很不耐烦了,你得先试着让他冷静下来。他的睡眠一向很好,一定是我们说话的声音太大了,我只要谈起某些事情,就无法控制自己的声音。好吧,你快去吧,你看起来似乎还没有从梦里逃脱。快去吧,你还在这里做什么呢?你不用因为你的困意向我道歉。人的体力是有一定的极限的,可是这个极限在其他方面也发挥着很重要的作用,这是可以操控的吗?不,无法操控。世界就是这样,一直不断地纠偏和修正,保持平衡,这种巧妙的安排,也是一个完美的循环。你现在走吧,我不知道你为什么这样看着我。如果你再逗留下去,艾兰格恐怕就会直接来找我麻烦了,我可不想去惹这个事。去吧,谁知道那边有什么在等着你呢?这里的机会很多,不过有些机会大得无法利用,有些事情之所以会失败,那也无非是事情本身的问题。是的,这的确很惊人。现在，我倒是有点想睡一会儿，尽管已经五点了，过不了多久门外就会喧闹起来，如果你能快一点离开，可就太好了！"

　　从沉睡中被叫醒的K，困得不可开交，由于姿势不舒服，身上到处都疼痛得很。他久久都不能从床上站起身来。他扶着额头，低头看着自己的大腿。即使布格尔在不断地与他告别，也无法劝说他离开。直到K感觉再也没有在这个房间里待下去的意义了，他才缓缓地起身离开。他觉得这个房间里有种说不出的沉闷。他不清楚是布格尔让它变成了这样，还是它一直都是如此。他确定再也不会在这间屋子里睡着了，这一想法起了关键作用，他嘴角扬起一抹浅笑，用手摸索着任何可以支撑的东西，支起身子从床上站起来，扶着床、扶着墙、扶着门慢慢地走了出去，仿佛他早就和布格尔告过别了一样。

第二十四章 （无题）

如果不是艾兰格站在门前向K做手势示意的话，大概K还会像之前一样不以为意地从艾兰格的房间走过。艾兰格这时已经穿戴整齐，做好了离开的准备，他身上的黑色立领毛皮大衣扣得紧紧的，仆人递给他一双手套，又为他拿起了一顶毛皮帽。

"你早就应该来了。"艾兰格对K说。K正准备向他道歉，但是艾兰格疲惫地闭上了眼睛，似乎在示意他没兴趣听到这些。

"我找你来，是有一些事情要告诉你，"艾兰格说，"那位曾经在贵宾楼吧台服务过的女人，叫弗丽达是吧？我只知道她的名字，并不认识她，她跟我也没有什么干系。这个弗丽达有时会给克拉姆送啤酒。不过，现在那里似乎换成了另一个女孩，这种职位的调换对大家而言当然是无关紧要的，更不用说对克拉姆了。克拉姆的职级在这里要数最高，但往往职级越高，就越是无暇去顾及外面的那些麻烦，因此，任何微不足道的琐事，都会是个大麻烦。哪怕办公桌上有一丝细微的变化，比如仆人擦掉了一块桌上残留的老污渍，这些都会带来麻烦，换掉一个女侍也是同样的道理。当然，换作其他人和任何一项特定的工作肯定早就会因此受到干扰，但这些影响不到克拉姆什么，这一点毫无疑问。不过，我们还是需要时刻关心克拉姆，尽力消除那些可能会对他产生干扰的麻烦，尽管那些对他来说，也许根本就构不成干扰，但是我们也要尽可能地去考虑，这么做倒不是完全为了克拉姆，也不是为了他的工作，为的只是让我们安心。所以，弗丽达必须马上回到贵宾楼吧台工作，如果她回来之后会产生一些不必要的麻烦，那么我们会尽快把她给弄走，但眼下她必须回来。我听说，你和她住在一起，所以我请你来就是为了让你马上安排她回来。这是一件不能掺杂个人感情的事情，这是不言而喻的，所以我也不会再多费唇舌说下去。如果你把这件小事办妥了，那么对你的前途肯定是有好处的，我提到这一点，已经超过必需的范围了。这就是我要对你说的全部。"说完，他向K点头告别，戴上仆人递给他的毛皮帽，匆匆走下了过道，他的步伐一瘸一拐的，他的仆人也紧跟着他走了下去。

这里偶尔会下达很容易执行的命令，但这种轻而易举的事情，他并不乐意去执行。不仅因为这个命令直接关系到弗丽达，而且与其说这是一个官员下达的命令，不如说这是对K的一种嘲讽。让K最难受的是，这个命令代表着他之前所有的努力都徒劳无功了。这些命令，不管是对他不利的还是有利的，都只是把他当作传递的工具，而那些所谓有利的命令，最后也可能会导致不利的结果。无论如何，这里没有任何人把他放在眼里，地位低下的K根本就无法干涉这些命令，不要说是阻止命令下达，就是表达意见的机会都没有。如果艾兰格向你挥手示意你离开，你能做什么呢？如果他让你继续留下来，你又能向他说什么呢？K清楚地意识到自己今天是被疲倦的身心严重影响了，这远远超过其他不利因素的影响。这对他的反抗是不利的。他曾以为自己的体力是很强盛的，如果不是凭着这个自信，他根本就不会来，他只不过是最近没休息好，又加上一夜未眠而已，为什么就变得如此无法自制地感到疲劳呢？而在这里，所有人都不知疲倦，或者说他们其实也很困倦，只是工作并没有因此而受到影响，反而还干得更加有效率了。由此可以断定，他们的疲惫是一种完全不同于K的疲惫。他们是在快乐的工作中产生的疲惫，表面上看是疲惫，实际上是一种规律固定、无法打破的安宁。如果一个人一到中午时间就会感到有些许的疲惫，这就属于一天快乐自然的过程。和K的这种看法非常符合的是，早上刚过五点，过道两边就到处都热闹了起来，房间里传来阵阵欢快的声音，一会儿听起来像是孩子们准备参加郊游的欢呼声，一会儿听起来又像是鸡舍里的鸡鸣声，充满了清晨苏醒时的喜悦，甚至不知道是哪一间房间的官员真的模仿了一声公鸡打鸣的叫声。过道还是空荡荡的，但两边房间的门已经有不少都打开了。还有些房间的门，刚打开一会儿又迅速地关上，开开合合的声音响彻过道。K在墙壁和天花板之间的缝隙里，看到几个似乎是刚睡醒的头发乱蓬蓬的人，很快他们又消失不见了。远处，一个仆人推着一辆小车缓缓走来，车里面装着很多文件，另一个仆人手里拿着一张清单，对照着房间号码逐一核对和发放。小车几乎在每间房门前都停了下来，而且这些房间的门通常都是打开了的，递进去的文件很快就被接收，可有时候递进去的就只是一张便签而已，在这种情况下，房间里的官员便会和仆人交谈许久，可能是在责骂仆人。如果房间的门一直关着，仆人就会小心翼翼地将文件堆在门口。

　　即使在文件已经派送完成的情况下，K觉得周围那些房门的动静也并没有减弱，反而还增强了。也许有些官员在窥视那些堆在门口无人收取的文件，他们不明白为什么会有人明明只要打开门就能得到他的文件，却没有这么做。K猜测，可能过一会儿，这些无人认领的文件就会被重新平均分配给大家，所以他们不停地窥视着，想确认那些文件是否还躺在门口处，估计着自己能否再次被分到这些文件。顺便说一下，这些遗留的文件通常都是一大捆地堆放在门口，K认为房间的人不及时拿进去，也许是出于某种炫耀或恶意，或者是用这种方式去刺激同事们的自豪感。有时,这些文件在他不注意的某个瞬间,突然又被匆匆地拉进房间,消失不见了,然后房门就再也没有动静了。周围的门也逐渐悄无声息了,他们也许会对此感到失望,又或者很满意这个不断扰乱他们心思的东西终于被移走了。但平静只是暂时的,很快这些门又渐渐开合起来。看到这些后,K就更加印证了他之前的想法是对的。

K带着好奇和关切观察着这一切。置身在这忙碌的喧闹中,他感到很惬意,这里看看,那里瞧瞧,不时地跟在仆人们的身后——尽管保持着适当的距离——看他们分发文件,他们多次低下头,嘟起嘴,回头狠狠地瞪着K。分发文件的工作越往前越不顺利,要么是清单不正确,要么就是仆人们把档案编号给搞错了,要么是官员们以各种其他原因提出异议。总之,出现这种情形,仆人就必须立即将送出去的文件收回来,所以小推车就被推回去,通过门缝与里面的官员交涉退回文件的事情。和这些官员们交涉本就是一件非常困难的事,更何况还涉及回收文件,之前动静最大的房门现在都无情地关上了,仿佛他们准备对回收文件这件事不想再过问。真正的困难现在才刚刚开始。有些自认为有权得到那份文件的人,会极不耐烦地在房间里大吵大闹,一会儿拍手一会儿跺脚,透过门的缝隙对着过道大声呼喊着那份文件的档案号。然后,一个仆人忙着安抚这位不耐烦的秘书，另一个仆人则站在紧闭的门外祈求着其他秘书能归还分发错误的文件。小推车则在过道里无人理会。仆人越是劝说，那位本就不耐烦的秘书就越是暴躁，他根本就不想听仆人的空话，也不需要安慰，只要那份文件。有一次，这样的一位秘书端着一盆水从墙和天花板之间的缝隙倾洒出来，全部倒在了这位正在试图安抚别人的仆人身上。另一个级别明显高一点儿的仆人也没好到哪里去。如果收到错误文件的这位秘书愿意交涉，那么就要进行具体的商讨，仆人依据手里的清单，秘书依据自己的记录。本应交回的文件被秘书牢牢地握在手里，因此仆人只能眼巴巴地望着那份几乎看不到其中一角的文件。所以仆人就不得不跑回小推车那儿——小推车在那条略微有些倾斜的过道上总会自己往下滑一段，或者他得去找到本应当认领这份文件的先生，转达现在持有这份文件的秘书的反对意见，来换取反对这些意见的新意见。这种交涉往往需要花费很长的时间，偶尔会达成一致。比如那位秘书会交出部分文件或得到另一份文件作为补偿，因为这只不过是把文件弄混淆了而已。但有时也会出现错收的一方必须交还全部文件的情况，一般这种情况的发生，不是因为仆人的证据逼得他实在是没办法辩论了，就是他对这种无休止的争辩感到厌烦了。但这位秘书同意交还文件后并没有直接把文件交给仆人，而是突然狠狠地把文件远远地扔在过道上，导致捆绑的细绳松散，纸张散落一地，两个仆人要费好大的工夫才能把文件重新整理好。不过，这种情况远比秘书不愿意返还要好得多，要是碰到他们不愿意返还文件的时候，那仆人便只能一直站在紧锁的门前苦苦哀求，并且拿着他的清单，用那些规章制度来劝说秘书，不过结果肯定是无济于事的。仆人们没有得到允许，是无权进入官员们的房间的。恐怕连他们两人中最耐心的一个也会失控，干脆撒手，走到小推车旁，坐在一堆文件上，擦擦额头上的汗水，气得两条腿不停摆动。周围的人对这件事很感兴趣，到处都是窃窃私语的声音，几乎没有一扇门前是安静的。奇怪的是，在墙板的顶端，出现了一张张几乎完全被布巾遮住的脸——他们待在原地眼睛不眨地注视着整个事件的发生。

在这种骚动中，K注意到布格尔的门一直都是关着的，眼看仆人们已经快要离开这截过道了，却没有给布格尔分配任何文件。或许他还在睡觉，当然在这喧闹的环境中，那代表着一种很健康的熟睡。可为什么仆人没有给他任何文件呢？只有极少数的房间，更应该说是无人留宿的房间，仆人才会直接略过。此时，艾兰格的房间里住着一位特别不安分的新客人，想必艾兰格是在夜里就被赶出来了。而那时，艾兰格正在门口等着K，虽然这一点儿也不符合艾兰格冷酷的形象，但他不得不这样做。K总是在观察一阵子过道两边后再把视线转移到其中一个仆人身上，因为这个仆人与K所得知的那些关于仆人的讲述截然不同。K印象中的仆人总是高傲的、安逸的、懒惰的，仆人当中大概也有例外，更可能是他们本就是有很大区别的。因为就K看到的而言，这里面就有很多差别是他至今还没亲眼见过的。他尤其欣赏这个百折不挠的仆人。在和这些顽固的小房间的斗争中——K觉得与其说这个仆人是在和秘书们斗争，倒不如说，这些小房间才是仆人真正的对手，因为他几乎看不到房间里的人——这个仆人没有丝毫松懈。他虽然很累——试问面对这么烦琐的工作，谁会不累呢？——但他很快就恢复了精神，跳下小推车，站直了身子，咬着牙继续走向那一扇扇亟待攻克的门，然后又几次三番地被击退，并且以极其简单的方式，秘书们只需要在房间里不理不睬就行了，不过他却没有被击败。仆人见这么做并没有什么成果，便尝试了另一种方法，在K看来，他耍了一个小伎俩——他先假装自己放弃了，转身去敲其他的门，让秘书们误以为他已经放弃了打扰自己，但过了一会儿，他又折返回到刚才的那扇门前，还叫来另一个仆人，往门口堆放更多的文件，好像他改变了收回文件的主意似的，反而给了这位秘书更多的文件作为补偿。然后他就离开了，但他的视线始终锁定在这扇门上。通常，秘书们很快就小心翼翼地打开门把文件搬进房去，仆人就会趁着这个瞬间蹿到门口,伸出脚来挡着门,这样就可以迫使那位官员和他面对面地谈判,而秘书们为了不浪费时间,通常都是急忙答应他的请求。如果这样做还不能成功,他马上又会换一种策略,例如,他会把注意力转移到索要档案的秘书身上去了。他先是把身边那位办事死板又帮不上什么忙的助手给推到一边去,油嘴滑舌、小声低语地和秘书聊了好一会儿后,再左顾右盼、鬼头鬼脑地探进房门里去,似乎是在向人保证,下回分配文件时,那位不归还文件的秘书会受到相应的惩罚——不过仆人的说法是K猜测的,因为仆人说话时不时地指着那位不归还文件的秘书的门,还露出了狡猾的笑容。但也有一两次,他放弃了尝试,但是K却能理解这种放弃,或者说放弃只是表面上的,至少是有正当理由放弃的。因为他没有回头,平静地往前走,一直忍受着那位收错文件的秘书的辱骂,只不过他闭上眼睛的时间长了点,表明这番辱骂让他感到难受。不过那位秘书会渐渐平静下来,他的叫嚷声就像小孩子不间断的哭声渐渐变成了低声抽泣一样。然而,就算他已经变得相对安静,偶尔还是会突然蹦出一两下喊叫的声音或者是来回开关那扇门的声音。无论如何,事实证明,仆人的做法也许是对的。现在,只剩下一位秘书不愿意安静下来。这位秘书一开始扯着嗓子不依不饶,然后他沉默了很久,但只是为了恢复精力,之后就又开始扯嗓大骂,不逊于之前。至于他为什么要这样恼怒，也许根本就不是因为发放错误文件吧。与此同时，仆人的任务也差不多完成了，就只剩下一份文件了，与其说是文件，不如说是一张小纸片而已，一张从记事本上撕下来的纸片，由于另一位助手的过失，被遗落在了小推车上，现在也不知道应该分配给谁才好。

"这很可能是我的文件。"K想了想。因为村长一直反复地说起他的案子是所有案子中最小的一个。K虽然觉得自己的猜测是无稽之谈，很可笑，但他还是试图去接近那个正在仔细翻看纸条的仆人，不过这并不容易，因为那位仆人并不买K的账，哪怕在他最忙的时候，也仍然集中精力来提防着K，时不时地回过头来狠狠地瞪他一眼。只是在文件分配完毕后，他才似乎暂时忘记了K的存在，而且他在其他方面变得漠不关心，他似乎已被疲惫感压垮了，即使是那张文件纸，他也只是粗略带过地读了一遍。这样一份简单的纸条文件，不管是分发到哪位秘书的手里，相信他们都很乐意接受的，而他却没有这么做，也许他已经厌倦了分配。他把手指放在嘴唇前，似乎在给他的助手一个噤声的信号，然后把那张纸撕碎了塞进口袋。K远远地注意到了这一幕，这应该是他在这里看到的第一起玩忽职守的违规画面，但也有可能是他理解错了。而且就算是违规的行为，也是可以被原谅的，以这里的氛围和风气来看，仆人们不可能整日尽心尽责、一丝不苟地完成工作，那么时间长了，怨气堆积到了一定程度肯定就会爆发出来的，仆人用撕毁一张小纸片来发泄情绪，还真的算不上什么。那位秘书歇斯底里的声音依旧在过道里回荡，而他那些平时相处不太融洽的同事们，在这种时候，似乎完全赞同他的做法。渐渐地这位秘书仿佛接下了为同事吵闹的任务，同事们只是用呼喊和点头鼓励他继续这样吵闹下去。不过仆人根本没有理会，他已经完成了自己的工作，指了指小推车，示意他的助手推着它，就像他们匆匆来时的样子又匆匆地离开了，只是比较开心，步伐快到小推车仿佛在他们面前都要飞起来了。可仆人们还是回过头来看了一次，因为那个一直在嚷嚷的秘书——K此时也站在他的门前，因为他想弄明白这人到底想要干什么——可能觉得再怎么嚷嚷也无用了，他很可能发现了一个电铃的按钮，并大概对可以减轻自己的负担感到兴奋不已，于是他停止了吵嚷，出人意料地摁起铃来。接着，其他房间的秘书纷纷开始互相议论，似乎表示很赞同，也许他做了一件大家早就想做只是有所顾忌而不能去做的事。难道那位秘书摁响铃是为了呼唤贵宾楼的仆人们，还是弗丽达呢？如果是后者，那怕是再摁也来不了了，此时，弗丽达应该正忙着用湿毛巾包裹着耶利米，为他滚烫的额头降温。即使耶利米身体已经恢复了，弗丽达也没有时间赶来，因为那样的话，她可能会躺在耶利米的怀抱中吧。不过这铃声的效果立竿见影，远远地，K便看见旅馆老板急匆匆赶来,他一如既往地穿着一身黑衣,紧紧地扣着纽扣,也许是太着急了,没了往常老板的架子。他的手臂半张开着,像是要把一场大祸从根源处在胸前一把包裹住似的,而铃声出现渐强渐弱不规律的时候,他就更急了,走两步就要往前一跃。这会儿,在离他身后一大段距离处,老板娘也出现了,她也是张开双臂跑来的,但步伐很小、很忸怩。K觉得,等她到达现场的时候,老板恐怕已经把一切都处理妥当了。为了给老板腾出奔跑的空间,K紧贴着墙壁站着。但老板停止了奔跑,反而站在了K的身边,好像这才是他的目的地一样。不一会儿,老板娘也来了,于是他们一起,异口同声地责骂着K。因为事情发生的突然,K不明白为什么老板和老板娘在指责,特别是那位秘书还在不停地摁铃,甚至其他房间的铃声也开始响了起来,现在似乎已经不再是出于需要才摁铃了,而像是在戏耍胡闹,由于兴奋过度。

K想知道自己犯了什么错,所以任由老板拽着他胳膊,和他们一起离开了这个嘈杂之地。这嘈杂的声音还在一直不断地变大,因为在他们身后——K跟在他们的身后,根本没有回头去看,因为老板和老板娘一直在他的旁边不停地劝诫他——门全都打开了,过道里热闹了起来,人们就像在一条热闹的窄巷子里一样走动起来。他们前面的房门似乎不耐烦地在等待着K赶紧走过去,这样它们就可以把秘书们放出来,去过道加入这一次"狂欢"了。此时的电铃声此起彼伏,仿佛是为了庆祝胜利而奏响的乐歌。

他们终于走出来了,来到安静的院子里,院子被积雪覆盖,白茫茫一片。当K看到院子里等待的几辆雪橇车,才渐渐明白这是怎么回事。无论是旅馆老板还是老板娘,都无法理解K竟敢做出这样的事情。但他当时做了什么呢?K一次又一次地问,但一直都没问出个所以然,因为K的过错在他们看来太明显了,所以他们压根没想到他是真心地在问这样的问题。直到现在K才弄清楚了一切。他待在过道里是违规的,在一般情况下,他最多只能进入酒吧间,而且就连这点都需要特别批准,并且随时都可以被撤销。如果是受到了秘书的传唤,那他当然也只能出现在被传唤的房间里,当然,关于这一点,他还是知道的。但他必须清楚地明白,他处在一个并不该他待的地方,只是因为有一位官员要处理公事,才不情愿地传讯了他。所以他必须迅速出现,接受审问,然后再迅速地离开。难道他在过道里的时候,没有感觉到什么明显的不妥吗?可如果他感受到了,怎么还能像头牲畜一样在过道上自由走动?他是被传唤去夜审的,难道他不知道为什么要实行夜审吗?夜间进行审问是为了让那些面孔丑陋的、白天见不得光的受审人,在晚上微弱的光线下快速地结束审问,这样才有助于官员们在睡眠中遗忘他们的丑陋。这也是K在这里得到的一个关于夜间审问的新解释。而K本应该在审问结束后立即离开,因为就连妖魔鬼怪都会在早晨消失,但他还双手插在口袋里,漫不经心地站在过道里,好像他不应该主动离开,而是那些秘书和仆人们都该自动离开似的。这种情况也不是不会发生,因为官员们不会主动把K赶走,哪怕是说一句很明显驱赶他的话也没有。尽管K在场时,他们会感到浑身别扭、心悸不安,而且就算是像早晨这样,在这个他们最喜欢的黄金时间,他们都宁愿自己受苦憋屈在房间里,不会走出来驱赶K。当然他们也抱着一种希望,希望K能逐渐看清这非常显而易见的局面,在他看见那些官员们因为他一大早在大庭广众下站在过道上而苦痛后,也为此感到痛苦,直到无法容忍。但是这个希望落空了。官员们根本不知道或者说因为他们的优越感而不愿意知道,这世上也有铁石心肠、无论多么尊重都无法感化的冷血之人。连夜蛾这弱小的动物,在白天来临之前,都会找一个安静的角落,即使不甘心消失,但也会隐藏起来。而K却选择待在最显眼的地方,如果他能阻止太阳的升起,那他可能确实会这样做。可惜他无法阻止初升的太阳,只能拖延白昼的到来。他不是观看到了文件的分发的过程了吗?这种事一般除了相关人员之外,任何人都不被允许观看,甚至连旅馆老板和他的妻子都不被允许观看。他们只能从仆人的嘴里隐约听到相关的信息,就像今天的事情就是从仆人口中得知的。难道他没发现，分发文件是如此的困难，这件事本身就让人难以理解，因为每一位秘书都只为城堡的公务而考虑，从不考虑自己的个人利益，因此他们都希望能全力以赴，以确保档案的分发工作快速完成。难道K就一点都没有感觉到，这项工作之所以变得这么困难的主要原因，就是因为分配工作几乎是在关着门的情况下进行，秘书之间没有直接交流的可能性，而通过仆人来协调工作，这往往会拖延几个小时，绝对不可能不引起抱怨。这不论是对官员们还是对仆人来说，都是一种折磨，而且很可能在以后的工作中还会产生什么有害的后果，而官员们之间为什么不能直接交流呢？是啊，难道K还不明白吗？老板娘说她从未见过像K这样的人，老板也证实了这一点。他们这些年明明和各种难缠的人打过交道。所以，那些他们平常不敢说的事情，必须直接告诉K，否则他连最基本的事情都弄不懂。

于是现在，他们不得不直白地告诉K：都是因为他，官员们才一直不能离开自己的房间，因为他们早上刚睡醒时太难为情、太脆弱，无法将自己暴露在陌生人的目光下，尽管衣装整齐，但他们依然觉得自己就像是没有穿衣服一样，无法见人。很难解释他们为什么会感到不好意思，也许因为他们总是在不停地工作，所以睡觉这件事会让他们感到羞愧吧。但也许因为他们不想见到受审人的模样，尽管他们在夜间审问的帮助下，得以免于看见他们难以忍受的受审人的模样，所以他们不想让自己在美好的早晨，再次让那些模样入侵自己的视线吧。这样的事，他们实在应付不了。什么样的人才会不尊重这一点啊？嗯，就是K这样的人。这样的人一脸的满不在乎，麻木不仁，他会冷漠地无视一切，无视规章制度以及人情世故，也不可能意识到自己对文件的分发工作产生了什么严重的影响。K不仅损害了贵宾楼的声誉，还造成了以前从未发生过的慌乱，逼得这些官员们在绝望中开始反抗，在经历了普通人无法想象的挣扎后，最终还是选择摁下电铃，以求将用其他的方法都撼动不了的K驱赶走。那些官员们在呼救！如果老板和老板娘以及所有的工作人员敢在未经召唤的情况下，在早晨出现在官员们的面前，哪怕只是赶来赶忙之后再迅速离开，他们也早就来了。他们只能站在过道的尽头被K气得颤抖，无力地等待着，而这电铃声是他们从未预料到的，反而让他们摆脱了困境。现在最坏的情况已经过去了！如果他们能看一看终于摆脱了K的官员们的欢快喧嚣就好了！不过，这一切对于K来说，当然还没有结束，他肯定要为自己在这里的所作所为负责。

与此同时，他们已经来到了酒吧间，尽管老板很生气，但为什么把K领到这里来，他也不太清楚，也许他已经意识到了K的疲惫，所以不忍心直接把他撵出去吧。老板还没有同意让他坐下，他就已经倒在了其中的一个酒桶上。酒吧的光线特别昏暗,这反而让K感到舒服。偌大的房间里,只有啤酒桶的龙头上悬挂着一盏微弱燃烧的烛灯。外面一片漆黑,似乎一场暴风雪要来临了。而他现在还能在这样温暖的地方待着,就得心怀感激,并做好预防措施,当心别被驱赶出去。老板和老板娘依旧站在K的面前,仿佛担心他再做出什么危险的事情,如果此时他又心血来潮而重新返回到过道上去的话,也不是不可能的。而且他们也因为一大早受到惊吓提前起床而感到疲惫,尤其是老板娘,她还穿着一件丝质的、宽松的棕色礼服裙,一动衣服便会发出细微的声响,腰带未系,扣子也没有扣整齐,真不知道她是匆匆忙忙地从哪里找出来的衣服。老板娘将头靠在丈夫的肩膀上,用手帕擦了擦自己的眼睛,还不忘像孩子一样瞪着K。为了让这对夫妇冷静下来,K告诉他们,他们说的一切他以前完全不知道,不过,虽然对这些不清楚,但他并不是故意在过道里待那么久的,那里的确也没他的事,当然他也不想给任何人造成负担,一切都只是他过度疲劳造成的。K还感谢了老板夫妇将他从这尴尬的一幕中解救出去。如果他需要对这一事件负责,那他会非常愿意接受,因为只有这样才能防止人们对他的行为产生误解。要怪就怪他太累了,并没有别的原因。他感到疲惫是因为他还不习惯夜间审问,因为他来这里的时间并不长。如果他有这些经验之后,类似的事情就不会再发生了。他解释道自己把审问看得太过重要，但这本身并不是什么坏事。他在短短的时间内经历了两次审问，第一次是在布格尔那里，第二次是在艾兰格那里，其中第一次审问尤其令他疲惫，虽然第二次审问并没有持续多久，艾兰格只是让他帮了个忙，但两次审问连在一起，就超过了他一下子所能承受的限度。这事要是换成别人，比如说老板，一定也会受不了的。自从第二次审问结束后，Ｋ就已经摇摇晃晃地走不稳路了，就像是喝醉了酒一样。因为这是他第一次见到两位秘书，他不得不一一回答他们的问题。据他所知，审问的结果都挺好的，但紧接着就发生了那场闹剧。可是在了解前面说过的话之后，人们恐怕也就不会把这算在他的头上了吧。但不幸的是，只有艾兰格和布格尔知道他的情况，如果他们在场的话，肯定会替他解释的，但艾兰格在审问结束后就匆匆回城堡去了，而布格尔也可能因为那次审问而疲惫不堪从而沉睡，甚至在整个分发文件的过程中也没有醒来，所以Ｋ又怎么可能在经历两次审问之后仍然精力充沛呢？如果Ｋ也有可以睡觉的机会，那他一定会牢牢抓住，并且直接忽视掉周围的一切。其实，他当时就处于头脑昏沉、根本看不到什么东西的状态，因此，就是最敏感的官员也没有必要害怕出现在他的面前。Ｋ以尊敬的态度提到两次审问，特别是艾兰格的审问，让老板对他有了些好感。他似乎还想满足Ｋ的心愿,在木桶上放一块木板,至少让他在那里睡得舒服一点,但这遭到老板娘的反对,她摇了摇头,然后把自己的衣服整理整齐,她现在才意识到自己衣衫不整,一场显然由来已久、关于贵宾楼清洁问题的口舌之争又要爆发了。对于疲惫的K来说,他们夫妻间的谈话是至关重要的。如果再从这里被撵出去,对他来说无疑是最大的不幸,甚至超过了他迄今为止所经历的一切。所以他绝不允许发生这样的事情,即使老板和老板娘联合起来赶走他。他伏在木桶上,看着他们两个人。直到老板娘出于她那早已引起K注意的不同于寻常的敏感,突然躲到一边去的时候——她可能已经和老板谈起了其他的事情——惊呼道:"他为什么一直盯着我!给我把他送走!"

K立马抓住了这个机会,现在他完全相信自己能留在这里了,并且自信到了满不在乎的地步,他说道:"我不是在看你,只是在看你的衣服。"

"你为什么盯着我的衣服?"老板娘怒气冲冲地问。

K耸了耸肩。

"走吧,"老板娘对老板说,"看来他醉得不轻,这个无赖。就让他在这里睡一觉,好好醒醒酒吧。"说完,她叫来了佩皮。佩皮在她的呼唤下从黑暗中走了出来,她蓬头垢面,神情疲倦,手里还慵懒地拿着一把扫帚。老板娘便交代她随便扔个枕头给K。

第二十五章 （无题）

当K醒来时，他一开始以为自己压根就没睡什么觉呢。房间里没有任何变化，四周一片漆黑，空旷却很温暖，啤酒桶的龙头上方原封不动地挂着烛灯，窗户外面也是一片漆黑。当K伸了个懒腰，碰掉了枕头，木板和木桶椅发出吱吱的声音时，佩皮立刻走了过来，这时他才知道现在已经是晚上了，他已经睡了十二个小时以上。老板娘白天曾问过他几次，格斯泰克尔也来过一次，来看看K的情况，早上K和老板娘说话的时候，他就在这里的暗处喝着啤酒等待，但后来见K睡下了，他就没敢再打扰。据说弗丽达也来了，她在K的旁边站了一会儿，但她不是为他而来，因为到了晚上，她就要回到她原本的岗位上工作了，所以要前来做一些准备工作。

"她应该是不喜欢你了吧？"佩皮一边问，一边递了咖啡和蛋糕给K。不过，这一次她没有再用以前那种恶意取笑的方式和K说话，而是带着一种悲哀，仿佛在这短短的时间里，她就已认识了这个世界的险恶，和它们相比，自己内心所有的坏心思都不值一提、毫无意义。她把K当成难友一样同他说话，当K尝了一口咖啡后抬头望向她时，佩皮还以为是咖啡的甜度不够，又跑去给K端来了满满一罐糖。当然，她的哀伤并不妨碍她今天比上一次打扮得更漂亮，她的头发上编有很多的丝带，在发梢处还编成了一个个蝴蝶结，她还把额头和鬓角的头发烫成了小卷，她的脖子上戴着一条项链，一直垂到了她低领上衣的胸口处。

K很满意，因为他终于饱饱地睡了一觉，并且喝上了一杯上好的咖啡，于是他偷偷地伸手去摸佩皮头上的蝴蝶结，想把它解开时，佩皮疲惫地说了句："别碰我。"就坐在了旁边的木桶上。而K甚至都没有问她为什么如此烦躁，她就准备开始讲述自己的故事了，一直盯着K的咖啡杯，仿佛在讲故事之前她需要一个转移她注意力的东西，即使在讲故事的时候，她也没有完全投入，因为她面对的那些痛苦，已经超出了她的承受能力。

K从佩皮的讲述中得知，她所遭遇的不幸都是因为他，但佩皮并没因此而记恨他。佩皮似乎也为了不让K反驳她，在整个讲述过程中一直不停地点头。首先因为K把弗丽达从酒吧间带走，从而使佩皮的升职成为可能。否则无法想象有什么东西能促使弗丽达放弃她的职位，她坐在吧台里，就像网中的蜘蛛一样，到处都有她的丝线，而且她的关系网只有她自己知道，想要违反她的意愿将她挖走是完全不可能的，除非她爱上了一个身份低微的男人，一个与她的地位不相称的人，才会使她抛下她原有的这一切。而佩皮呢？难道她曾经想要夺取过这个职位吗？她只是一个客房女仆，这是一个微不足道、没有前途的职位，她和其他女孩一样，憧憬着自己有一个美好的未来，人们无法阻止自己做梦，但她没有真的想过自己能再向上攀升了，她认命了，只想保住现在的工作。而现在，弗丽达突然从酒吧里离职了，一切都来得太突然了，以至于老板身边一时并没有合适的替代者，于是他的目光便落在了佩皮的身上，当然她自己也突显了下自己。那时候，佩皮爱上了K，她以前从来没有爱上过任何人，她曾在下面那间小黑屋里待了好几个月，甚至做好了在那里待上几年的准备，最坏的情况，就是在那里度过她的一生。这时K突然出现了，一个英雄，一个少女的解救者，为她扫清了通向远大前程道路上的所有障碍。K当然对佩皮并不了解，也不是因为佩皮才这么做的，但这并不影响她对K的感激之情，在被聘用的前一天晚上——是否聘用还未最终确定，但已经很有可能了——她就在心里和这位英雄聊了好几个小时，说出了她对K的感激之情。而他恰恰带走了弗丽达这个累赘，这让他在她心目中的分量大大增加了，为了解救佩皮，他才让弗丽达做他的情妇。弗丽达，这个并不漂亮、年纪偏大、骨瘦如柴又头发稀疏、诡计多端的女人，总是藏着某些秘密,这大概和她的长相有关联;她的长相和身材都很寒碜,所以她至少有些不为人知的秘密,比如她和克拉姆的那种关系。那时佩皮也有过这样的想法:难道K真的爱着弗丽达吗?他没有弄错吗?或者K只是为了给她的工作机会铺路,所以才哄骗弗丽达做他的情人?等一切都实现后,他是不是会察觉到这个错误,或是不再隐瞒这个错误,离开弗丽达,转而专情于佩皮?这都不能说是佩皮的疯狂想象,因为她完全可以以一个女性的身份与弗丽达对决,没有人会否认佩皮的实力,最重要的是弗丽达之所以能吸引K,是因为她的地位以及她很懂得赋予那个职位光彩。于是佩皮做梦都在想自己一旦有了这个职位,K就会来找她、追求她,到那时候,她就可以选择:要么答应K,失去这个职位;要么拒绝K,步步高升。不过她早已经下定决心,她会放弃一切和K在一起,让K体会到什么才是真正的爱情,这点他和弗丽达在一起是永远无法体会到的,它是高高凌驾于荣誉和地位之上的。但后来事情的发展完全不一样了,这怪谁呢?首先要怪K,然后就是怪弗丽达太过狡猾算计了。K到底想要什么呢?他是一个什么样的怪人啊?到底是什么样的大事让他终日冗忙,能把最亲切、最优秀、最美好的人儿抛之脑后?佩皮成了牺牲品,一切都荒唐极了,一切都完了。如果能出现一个人,有力气把整个贵宾楼放火烧掉,彻底焚毁,就像纸掉入火炉一样烧得精光，那么他就是佩皮如今的意中人。

佩皮是四天前，那个临近午膳的时候，来到酒吧间工作的，虽然这里的工作不仅不轻松还忙得人筋疲力尽，但能得到的好处也不少。佩皮对于工作一直是勤勤恳恳的，虽然她从来没有奢望过能得到这份工作，但她曾细致地观察过，知道这份工作是怎么回事，她并不是毫无准备地接受了这份工作的。毕竟不论是谁，倘若在毫无准备的情况下接受这份工作，估计短短几个小时内就会失去它。更不能用以前作为客房女仆的工作方式来对待酒吧间的这个岗位。作为一个客房女仆，因为时间的推移，会为被人遗忘而感到失落，这工作就像在矿井里一样，或者是像在秘书办公区的过道里一样，除了两三个同样满腹怨气的客房女仆外，见不到一个人，即使偶尔出现几个受审人，也是低着头，快速进出。女仆们早上根本不允许离开房间，因为秘书们需要自己的私人空间，就连食物也是仆人从厨房直接给他们送去的，客房女仆们通常不会接到这样的工作，即使在秘书们吃饭的时间，女仆们也不被允许在过道上露面。只有在秘书们工作的时候，女仆们才被允许进入房间去打扫和清理，当然，房间里有人的时候也是不能进的，只有那些空房间能进去打扫，而且完成这项任务时必须全程保持安静，以免打扰了秘书们的工作。但是，大部分秘书的房间都是一连住了好几天，还有他们带来的侍从也会在里面糟蹋，等到那房间腾出空来女仆去打扫时一定是一片狼藉，就是洪水也无法将它冲刷干净。况且，他们是高高在上的达官贵人，你只能忍住自己的恶心，才能在他们走后去打扫房间。虽然客房女仆并没有太多的工作，却很累。而且她们从来听不到一句好话，永远只有责骂，尤其是经常听到的这句最折磨人："你一定是在清理房间时，把我的文件弄丢了。"然而事实却是什么都没有丢失，就连捡到的一张小纸片都会交给老板，文件确实会丢失，但绝对不会是女仆们弄丢的。接着，调查委员会的人就来了，这时，女仆们只能被迫离开自己的房间，她们并没有什么财产，唯一的几样东西全在一只小篓子里，可调查委员会的人却要翻腾几个小时。当然，他们什么也没有找到，文件怎么可能在女仆的房间呢？她们拿那文件干什么呢？但是，她们还是会因此受到调查委员会的人的一顿咒骂和恐吓，之后老板对她们又会进行一轮相同的责备。女仆的工作永远没有片刻安宁——无论是白天还是黑夜。半夜吵吵嚷嚷，天刚微亮时又是吵吵嚷嚷。如果不用住在贵宾楼里倒是还好，但是她们必须要住在里面。因为如果官员们要吃点心，从厨房取来正是客房女仆的事情，特别是到了晚上，总是有拳头突然敲击女仆的房门，口述所要点的东西，于是她们立刻奔向厨房去，把熟睡的厨房伙计们摇醒，等他们把盛满食物的托盘放到女仆的房门口时，那些官员的仆人就会来取。这一切是多么的令人悲哀啊，但这还不是最糟糕的事情。最糟糕的是没有人来叫女仆去拿吃的。到了半夜，人们大都回房间入睡了，有时女仆们的房间门口会响起有人走来走去的声音。于是，女仆们会从床上下来——她们的床铺都是摞在一起的，房间很小，就像是一个只有三层抽屉的大柜子——将耳朵贴在门上倾听，跪下，然后害怕地互相抱着对方。这样走动的声音会持续很长时间，如果这个人直接推门而入，或许女仆们反而会感到高兴，但是什么都没有发生，根本没有人进来。于是女仆们只能安慰自己说这里并没有什么危险，也许只是有人在门前踱步，本打算吩咐点什么事，却没有打定主意走开了。可能是这样，但也许完全不是这样的。其实女仆们根本就不认识那些官员，几乎没见过他们。无论如何，房间里的女仆们已经吓得魂飞魄散了，当外面终于安静下来的时候，她们靠在墙上，也没有力气再爬回到自己的床上去了。

这样的生活又在等待着佩皮了，就在今天晚上，她又不得不回到那样的房间里去。为什么呢？当然是因为K和弗丽达。她刚刚好不容易脱离了这样的生活，又要回到才逃脱出来的生活中去了，虽说这件事多亏了K，但她也付出了很大的努力。长期从事客房女仆的工作，女孩们总是会忽视自己的外表，甚至是平常最爱美的女孩也一样。她们应该为了谁而打扮自己呢？根本没有人会注意到她们，顶多是厨房里的伙计罢了,如果她们中有人对此还满意的话,也许会打扮打扮自己。平时她们不是待在自己的小房间就是在打扫官员们的房间,即使穿得再整洁再精致,都是毫无意义的。而且她们一直待在沉闷的环境中,室内光线昏暗,空气流通不畅——房间里的火炉从来没有停止过燃烧——很容易感到疲乏。一周中只有唯一一个下午是空闲的,而她们度过自己空闲时间的最好方式,便是在厨房的某个小屋里安然无惧地睡上一觉。所以她们干嘛还要打扮自己呢?是啊,她们压根连像样的衣服都不会穿。之后,佩皮突然被调到了酒吧间,在那里正好相反,自己总是在别人的目光下,而且他们是一群养尊处优的官员们,眼光自然是很高的。因此,想好好地保住这个职位,她总是要尽可能地让自己显得漂亮又精致一点儿吧。嗯,这对佩皮而言,是生活的一个转折点。而佩皮呢,也可以说为此很努力了,至于后来的情况如何,她并不担心。因为她知道,她有能力干好这份工作,而且她对此很有信心,这种信心她直到现在还有,没有人可以夺走这种信心,即使是在她这样挫败的今天也不能。而在最开始的日子里,她要如何证明自己的能力才是最困难的,因为她曾是一个没有华丽的衣服也没有漂亮的首饰的贫穷女仆,贵宾楼里的官员们才没有耐心去等着她慢慢成长,而是希望无须经过过渡时期,马上就有一个完全合格的酒吧女侍,否则他们就会立刻离开。也许有人会想,他们的要求一点也不高,毕竟就连弗丽达都可以满足他们的一切需求。但这样的想法并不正确。佩皮经常思考这件事,所以她经常和弗丽达来往,甚至还和她同寝过一阵子。但是,想要弄清弗丽达的底细是不容易的,稍微一晃神——哪些官员会特别留意呢?——就会立即被弗丽达蒙蔽。没有人能比弗丽达自己更清楚地知道自己的模样有多难看了,比如,当你第一次看到她的头发披散下来时,你可能会惊讶地捂住自己的嘴巴,不禁想到这样的女孩,她连做个普通的客房女仆都不配。弗丽达自己也深刻地认识到这一点,她曾在无数个夜里偷偷哭泣,有时,她还会找到佩皮,失落地把头埋在佩皮的怀里,确切说是深埋在佩皮垂下的长发里。但是第二天,当她清醒地站上酒吧间的吧台后,仿佛所有的疑虑都消失了,她又重新变回了那个自负美貌的人。也许正是因为她的自信,这里的人渐渐地都对她改变了看法。弗丽达懂得如何指引一个人,这才是她真正的本领,而且她总是能很快就编出一个谎言,让人没有时间仔细看清楚她。当然谎言是无法长远的,毕竟大家有眼睛,终究会看清一切。但就在谎言要被揭穿时,弗丽达又已经准备好了另一种手段来应对,比如她和克拉姆的关系。弗丽达和克拉姆有关系!如果有人不相信,完全可以去调查,如果这个人有能力的话,还可以直接找到克拉姆亲自问他。弗丽达到底有多么狡诈啊！当然了，大部分的人都不敢因为这样的事去找克拉姆，而且就算找到了克拉姆，克拉姆又怎么可能会愿意见他呢？而弗丽达就不同了，她高兴了随时都可以进到克拉姆的房间。就算是这样，也还有可能去搞清楚这件事的真实性，只是需要等很长时间。因为克拉姆绝不会容忍这样的流言蜚语，他一定会密切关注酒吧间里和客房里的人们对他的评价，这对他来说都是非常重要的，如果是有什么不好的言论，他会马上驳回这种言论的。但这么久以来，克拉姆都不曾出面来澄清这件事情，所以说，这就是一件根本不需要解释的事实！虽然人们看到的只是弗丽达常常把啤酒桶搬进克拉姆的房间，然后再拿着钱款出来，但房间里具体发生了什么是不会有人看到的，一切都是从弗丽达的嘴里说出来的，人们也必须相信她说的话。其实，弗丽达根本就没说，她是不会把这种秘密在闲聊中透露出来的。不，这样的秘密在她的身边的闲聊中流传开了，既然已经流传开，她也就不再有所顾忌地谈起了它们，但她谈得很有分寸，并没有宣称任何事，只会说一些众所周知的事情。不是什么都讲，比如自从她为克拉姆的房间服务之后，克拉姆喝的啤酒比以前少了，虽然也不是少了很多，但还是明显少了，这件事弗丽达就从不提及。其中可能有各种原因，也许正好有那么一段时间克拉姆觉得啤酒不那么好喝了，或者是因为迷上了弗丽达而忘记了喝啤酒。不管事情多么让人震惊，弗丽达是克拉姆的情人这点成了毫无疑问的事实了。是啊，克拉姆看上的姑娘，别人又怎么会不赞赏呢？转眼间，弗丽达就从一个连女仆都不如的人转变成了一个大美人，一个正是酒吧急需的姑娘，又美又有能力，甚至连酒吧间都无法容纳下她了。大家觉得弗丽达一直留在酒吧间真是一件很奇怪的事情。从弗丽达能到酒吧间服务这一点来看，她与克拉姆的关系似乎很可信，但既然她是克拉姆的情人，那么克拉姆为什么要把她留在酒吧间里这么久呢？他为什么不将她提升到更高的职位？你可以无数次地告诉大家：这并不奇怪，因为克拉姆这样做有一定的理由，也许在不久的将来，弗丽达的升职就会到来。关于这件事，大家众说纷纭，而且心里都还有着自己的一套想法，他们并不会去轻易听信你说的，而改变自己的看法。不过已经没有人再怀疑弗丽达到底是不是克拉姆的情妇了，就连那些知道更多细节的人也疲倦得不想再去怀疑了，"见鬼吧！克拉姆的情妇！"他们想，"你到底是不是克拉姆的情妇，那我们也得看你能不能飞黄腾达了再说，那时自然就证明了这一点。"但大家并没有看到弗丽达爬得更高，她还是待在酒吧间里工作，而且似乎在为一切照旧暗自窃喜。但弗丽达也因此失去了在众人心中的地位，这当然也引起了她的注意，她通常会在事情发生之前就注意到一些不对劲的地方。一个真正美丽、心地善良的女孩，一旦适应了酒吧间的工作,就不需要使用什么手段,只要她年轻有姿色,就能一直待在这里,除非发生什么特别不幸的意外。但是像弗丽达这样的女孩,一定会时刻担心她的职位不保,当然,她从不会表现出来,反而常常向其他人抱怨或者咒骂这份差事。暗地里弗丽达时时都在观察大家的舆情,她看到了大家是如何对她日渐冷淡的,她路过时,人们连抬起眼皮瞧她一眼都不会,甚至连仆人们都不再理会她了,而是将兴趣转向了奥尔加和其他女孩。弗丽达也从老板的行为中注意到,她并不是不可缺少的。而弗丽达也不能再编造一些关于她和克拉姆之间的新故事,凡事都得有个度,于是弗丽达决定耍一耍新的花招了。有谁能一眼就看穿这一点!佩皮隐约猜到了,但她并没有看穿什么。弗丽达决定制造丑闻:她作为克拉姆的情人,遇到第一个向她求爱的别的男人,就立刻委身于人家,要是遇到个地位低下的人就最好不过了。这一定会引起轰动,人们也会在背后议论很久,他们便又会想起她作为克拉姆的情人代表着什么,以及在她陷入新的恋情后舍弃了这份荣誉又意味着什么。只不过,要找到合适的人与她演这出戏是很困难的。对方不可以是弗丽达的熟人,就算是用人也不可以,这样的人很可能会瞪大眼睛看着她,再走开,尤其是他不会保持严肃,所以任凭弗丽达再怎么口齿伶俐也无法散播谣言,说她被他偷袭,无法抗拒,在迷糊的情况下顺从了他。这个人既是最低微的人，同时也必须能让人相信，尽管他举止粗俗，但他心中除了弗丽达以外对任何人都没有渴望，只求——我的老天！——娶弗丽达为妻。而这个人就算比仆人还低贱得多，却不至于被村里其他的姑娘嘲笑，也许那些有判断力的姑娘还会觉得他有吸引人的地方。但在哪里能找到这样的人呢？其他的女孩可能花费一辈子的时间都无法找到这么一个人。不过，弗丽达的好运气却在她想到这个计划的那个晚上为她带来了——一个土地测量员！这是一位测量员呢！那么K又在想什么呢？他也是想做一些特别的事情吗？比如说为了远大前程？为自己博得功名？这类东西是他想要得到的吗？嗯，那他从一开始就应该采取不同的方式。可他什么都不是，他的处境让人看着真是难过。他是一个土地测量员，他拥有的或许是一些不同于其他人的能力，但如果他不知道该怎么去运用自己的能力，那就只是无济于事。而且他还在没有丝毫支持的情况下提出了很多要求，虽然他没有直接用话语表达出来，但人们看得出来，这真是让人感到恼火。他难道不明白，就连最卑微的女仆和他说话时间长了点都会觉得有失体面吗？他在第一个晚上就掉进了弗丽达这个最糟糕的陷阱，他不感到丢人吗？是什么原因让弗丽达如此轻易就诱惑了他？事到如今他总可以坦白了吧？他真的喜欢上了弗丽达这个又瘦又黄的女人吗？哦，不，他连看都没正眼看过她一眼，弗丽达只是告诉了他，她是克拉姆的情人，而这被他当作了大新闻，于是他就完了。这时弗丽达就必须搬出贵宾楼，现在贵宾楼里当然不再有她的一席之地了。佩皮在弗丽达早上搬出去之前还和她见了一面，贵宾楼的员工们都聚集到了一起，大家都很好奇。必须承认的是，弗丽达的影响力还是挺大的，以至于大家都对她投来了惋惜的目光，包括她曾经的敌人都在为她感到惋惜，事实证明她的算计一开始便分毫不差。大家无法理解，她为何要委身于这样一个卑微的男人，觉得她命不好，平时很钦佩酒吧间女侍的厨房小女仆们也感到很难过。就连佩皮都被触动了，她甚至不由得伤感，尽管她的注意力其实集中在别的事情上。佩皮观察到，弗丽达似乎并没有多么的悲伤，降临在她身上的明明是厄运，起码她应该摆出一副悲痛的模样，但弗丽达的情绪还远远不够悲伤，这些可瞒不过佩皮的眼睛。那么是什么让她肯放弃一切呢？难道真的是因为爱情吗？嗯，这个想法很快便被佩皮排除了。但还会有什么呢？是什么给了她力量？即使是面对当时已经被确认是她的接班人的佩皮，也能一如既往地展露出一副冷静友善的面孔。

佩皮当时没有足够的时间去考虑这个问题，因为那个新的职位，她有太多准备工作要做，也许几个小时后她便要上任。但她没有打理出漂亮的发型，没有优雅的裙子，没有精致的衬衣，也没有舒适的鞋子。所有的东西都必须在几个小时内筹备完毕，如果不能好好地装扮自己，那还不如直接放弃这份工作，因为那样一来，肯定不出半个小时就会失去这个职位。嗯，不过佩皮很快就大体整理好了。至于发型，她有自己的一套手艺，有一次老板娘还让她过去帮忙做头发呢。她的手法特别灵巧，当然也因为她浓密的发量可以支持她随心所欲地变换发型。至于衣服，也有人帮忙解决。她的两个女仆同事真心地在她身边帮助她，她们的团队中有一个人晋升为酒吧间女侍，对她们集体而言也是一种荣誉，那么佩皮在上位以后就可以给她们带来一些好处了。其中一个女仆很久之前就有一块贵重的衣料，可以说那是她的心头宝贝，她经常拿出来让别人欣赏，而且梦想着自己有一天能用上它。不过现在既然佩皮需要它，她便主动拿出了这块衣料。她们热心地帮佩皮缝制了一条裙子，这对她们而言甚至是一件非常幸福、快乐的工作。她们分别坐在上下铺，一边缝制着裙子一边欢快地唱着歌，把需要缝制在裙子上的小配件上下交替着递给对方。一想到这里，佩皮的心里就不由得沉重起来，因为现在一切都白费了，如今她只能空手而归。多么的不幸！多么的轻率！这一切都是因为K！想想当时，姑娘们一起亲手缝制这件裙子别提有多开心了，她们还用心良苦地为裙子加上一条丝带，这对她们来说，仿佛就是佩皮成功的保证。这条裙子真的是非常精美,虽然现在它已经被压皱了,而且还有点脏,但没有办法,因为佩皮没有第二条裙子了,只好日日夜夜地穿着它,但你还是可以看到它有多美,即使是巴拿巴家的姐妹也拿不出来比这更好的裙子呢。而且这条裙子还可以随意调节松紧,虽然这只是一条裙子,却可以有如此多的变化,这是一个特别的优点,也是她的发明创作!当然为佩皮缝制一条裙子并不难,不是她自夸,年轻健康的女孩穿什么都会很好看。最难的是置办衬衣和鞋子,这其实就是失败的开始。佩皮的同事们在这方面也是尽量在帮忙,但她们实在是没有能力了。佩皮只能将那些粗布材质的衬衣凑在一起缝补一下,没有高筒靴,只好穿着拖鞋并藏在裙底。有人安慰佩皮:弗丽达穿的也不是很好,有时她也很邋遢,以至于官员们宁愿由酒窖里的小伙子们来伺候,也不要她来伺候。确实是这样,但弗丽达可以这么做,她本来就很受宠,也很受人尊敬,偶尔弄得不修边幅,反而会更加迷人。但对于佩皮这样的新人呢?再说,弗丽达根本就不会搭配衣服,她压根就没有品位。如果一个人天生就是黄皮肤的话——这是无法改变的——那她就没必要像弗丽达那样,非得穿上一件低胸的黄色上衣,这会让人觉得眼前的人又黄又黑。就算弗丽达知道自己这样穿不好看,她也照样很吝啬,不舍得为自己置办一些新的衣服。她把这些年的工资都存起来,谁也不知道她攒这些钱是为了什么。她做这份工作不需要任何开销，靠撒谎和耍诡计就够了，这一点佩皮压根就不想向她学习，也无法模仿，所以佩皮只能一开始就把自己打扮得漂漂亮亮，把自己的优势展现得淋漓尽致。如果她自打进到贵宾楼工作时开始，就把自己打扮得如此精致的话，那么她和弗丽达之间，佩皮一定是赢家，尽管弗丽达那么狡猾，尽管K也那么的愚蠢。

　　一开始，佩皮的工作进展得不错。干这份工作的一些技巧和必要的路数，她在上岗之前就已经所有了解。她刚到酒吧间，就熟悉了那里的情况。因此，在酒吧间谁也没觉得缺少了弗丽达，直到第二天，才有官员问起弗丽达去了哪里。没有什么过错出现，老板感到很满意，第一天他一直坐在酒吧里担惊受怕，后来慢慢地他只在固定的时间过来看一看，很快他便放心地把所有的事情都交给了佩皮，因为自打佩皮到酒吧工作后，贵宾楼的盈利甚至比弗丽达在的时候高出许多。佩皮一来就进行了一些变革——以前弗丽达总是监督仆人们干活，连随从她都要管，不是因为她勤奋，而是出于吝啬，出于贪婪，出于对权力的渴望，出于害怕将自己的一些权力分给别人；而佩皮则把工作完全分包给酒窖仆人们，从不监视，他们反而表现得比以前还要出色。这样一来，她便将更多的精力放在酒吧贵宾室的官员们身上，她还时不时地和官员们聊上几句，这就完全不像弗丽达,据说弗丽达把自己的精力完全放在了克拉姆身上,其他人若是稍微亲近她,说一句话,她便将此视为对克拉姆的侮辱。当然,这也是弗丽达的明智之举,因为一旦她让人靠近她,那就像对别人的一个天大的恩惠。但佩皮极度讨厌这样的做法,当然这样的伎俩她在一开始是无法施展的。于是她对每个人都很友好,所以人人都以善意回报她。大家明显对酒吧间氛围的变化感到高兴,当劳累一天的官员们终于可以坐下来喝一会儿啤酒时,他们甚至可以通过佩皮的一句话,一个眼神,哪怕是一个耸肩得到安慰。所有的人都热衷于抚摸佩皮那妩媚又慵懒的卷发,还有那头发上的蝴蝶结,没有人能够抵挡住它的诱惑,即使是一向心不在焉的K也是如此。这些天的工作令佩皮感到兴奋、忙碌,但颇有成效的日子就这样飞快地流逝了。如果时间能流逝得慢一点就好了,如果能再多出几天这样的日子就好了!四天的时间太少了,尽管累到筋疲力尽,或许再有一个第五天,对佩皮来说就能满足。佩皮在四天内已经获得了一些忠实的顾客和朋友,如果她相信这些友善的目光的话,那么当她端着啤酒杯进来时,就完全可以沉浸在友谊的大海中。其中一个叫布拉特梅尔的文书疯狂迷恋着佩皮,还送给了她一条吊坠里夹着他照片的项链,他的脸皮确实很厚。当然,还发生了一些其他类似的事情,但毕竟这才过去四天,不过照佩皮这四天的表现发展下去,弗丽达几乎可以被大部分人渐渐淡忘的，而且如果不是她大肆宣扬自己的那些丑闻，成为村民们谈笑的话题，她也许会被人们遗忘得更快。大家也只是出于好奇才想再一次见到弗丽达，原本都已经无聊到让人厌倦的她，却再次成为大家眼中的焦点，说到底都是怪K这个家伙。当然，他们原本是不会为此而放弃了佩皮的，只要她站在这里，只要她一如平常地表现优异。然而，酒吧间里大部分都是年长的官员，他们的习惯比较难改，在他们习惯一个女侍之后，无论新的女侍有多么优秀，可能都需要好些天的时间才能接受，也许只需要五天，但四天毫无疑问是不够的。在他们眼中，佩皮只是临时员工罢了。然后就发生了最大的不幸，在这四天里，克拉姆没有来到贵宾楼，虽然他有两天都在村子里。如果他来了，那将是对佩皮的决定性考验，顺便说一句，她最不怕的就是考验，她反而还相当期待。她当然不会——这种事最好不要明说——成为克拉姆的情人，也不会靠撒谎往上爬，但是，她最起码会像弗丽达那样，动作优美地把那杯啤酒好好地放在克拉姆的桌子上，就算没有弗丽达那么会献殷勤，也会聪明伶俐地招待他的。如果克拉姆想在一个女孩的眼里寻找什么的话，那他一定可以在佩皮的眼里找到。但他为什么不来？他是发生了什么偶然的事情才无法前来的吗？佩皮那时也曾相信过这一点。两天来，她随时都在等着克拉姆，即使是晚上也在等候。"克拉姆就快要来了。"她也来回踱步,只为不安地期待着克拉姆进门时第一个见的就是她。接二连三的失望让她意气消沉,也许这就是她前功尽弃的原因。稍有空闲,她就会偷偷跑到那个严禁干杂活的用人进入的过道里,躲到一个小角落里等待。"要是克拉姆现在能来就好了,"她想,"要是我能把他从什么地方请过来,然后把他背到贵宾楼的客房里去就好了。无论他多么重,我都不会被他压垮。"但克拉姆始终没有来。

楼上的那条过道太过安静了,如果你没有去过,你无法想象它能有多安静,这安静会把人逼跑。但佩皮一次又一次,哪怕十次被这种寂静赶走,也能再十次都爬回去,虽然这是毫无意义的。如果克拉姆想来,他就会来;但如果他不想来,佩皮无论怎么使这些小聪明,也不会引他过来,哪怕她在房间角落里心跳得快要憋死。只要克拉姆没有要来贵宾楼,那么她做的一切都没有意义,而他确实没有来。

直到今天佩皮才知道克拉姆为什么没来。如果弗丽达在房间看到佩皮躲在角落里等待克拉姆的样子,一定会狠狠嘲笑一番。克拉姆没来是因为弗丽达不让他来,但不是因为她的恳求,因为她的恳求无法传到克拉姆那儿,但她通过她那复杂如蜘蛛网般让人理不清的人脉关系影响到了克拉姆。平日里,佩皮对官员们说什么都

409

是毫无遮掩的，甚至坐在旁边桌的人也能听见；但弗丽达可不会这样，她总是把啤酒放在桌子上就走了，只留下她的丝绸衬裙摩擦的沙沙声，那也是她唯一不吝为此花钱的东西。她要是有什么说的，也一定不是公开说的，她会弯下腰然后凑近官员的耳朵告知，让隔壁桌的人竖起耳朵使劲听。就算她说的一般都是小事，但她跟对方还是有点关系的，她会用一个关系套连一个关系，所以当她有需求的时候即使很多人都断了关系——谁会闲得无聊将心思老是放她身上呢？——但也总会有那么一两个关系，她是可以牢牢抓住的。现在，她开始利用这些关系了，偏偏K又给她提供了这样的机会，他没有坐在她身边守护着她，甚至还到处游荡，几乎不在家里待着，四处和人说长道短，仿佛除了弗丽达，他什么事都关心。而且，仿佛是为了给弗丽达更多的自由，他甚至从旅馆搬入了空旷的学校。嗯，这似乎是以一个绝妙的方式来开始他们的蜜月旅程。好吧，佩皮是肯定不会因为K受不了待在弗丽达身边而责备他的，和弗丽达在一起谁都受不了。可是，为什么K不彻底离开弗丽达呢？为什么他还接二连三地回来找她呢？为什么他的到处奔走给人一种为弗丽达而战斗的感觉呢？看来他是通过和弗丽达的接触才发现了自己的低微，为了让自己配得上弗丽达，想办法往上爬，所以才放弃了他们共处的机会，以便日后，雨过天晴，时来运转了，再来好好弥补弗丽达。弗丽达也没有浪费时间,即使她搬去了学校,也在一边观察着贵宾楼和K。让佩皮最恼火的是,K完全将两个助手留在了弗丽达的身边供她差遣,即使是认识K的人,可能也不懂他这样做的用意,对自己有什么好处。于是,弗丽达总是让助手们三番五次地去找她的老朋友,使他们想起她,抱怨自己被K这样的人囚禁着,又是如何被佩皮抢走了位置,还声称自己很快会回来,请求帮助,请求朋友不要向克拉姆透露出半点风声,做出一副不忍让克拉姆伤心的假象,阻止克拉姆到贵宾楼去。弗丽达一边对朋友们说让克拉姆远离贵宾楼好避免伤心,一边在老板面前利用这件事,当作她的成功,告诉他说克拉姆不会来了;如果只有一个佩皮在吧台服务,克拉姆怎么能来呢?其实这不能责怪老板,毕竟佩皮是他在短时间里找到能替补弗丽达的最佳人选了。只可惜这个替代品真的是不够理想,哪怕是临时替代几天都不行。K对弗丽达私下里的所有活动一无所知。当他和弗丽达在学校时,他完全是毫无戒心地躺在她的脚边,而弗丽达则在心里算计着何时回到贵宾楼去。助手们不光为她与朋友之间送信,还起到了让K吃醋的作用。弗丽达和助手从小就认识,他们之间当然没有任何秘密,但是为了让K吃醋,他们彼此思念,似乎是为了警告K,他对她的疏忽即将成就另一段爱情。而K则为了讨好弗丽达,什么事都愿意做,哪怕是最矛盾的事——他任由助手们引他吃醋,甚至是容忍他们三人在一起,而他独自到外面去,就好像他是弗丽达的第三个助手一样。这时,弗丽达根据自己的观察,采取关键行动:她决定回到贵宾楼里去。而且从她选的时间段看出她真的是很高明,让人不得不佩服。弗丽达的这种观察力和决断力是她的本领,别人学不来;如果佩皮有她一半狡猾,她的人生可能会变得更加不同。如果弗丽达在学校多待一两天,那佩皮就不一定会被赶走,彻底成为酒吧间的女侍,被大家爱着,被大家捧着,赚到的钱足以让她眼花缭乱地去购买她喜欢的衣服,只需要再过一两天,弗丽达的阴谋就会失效,克拉姆又会回到贵宾楼来喝酒享受的。如果他注意到弗丽达不在,也不会对这种人事调动有什么不满的。只要在这样的基础上再过一两天,弗丽达与她的丑闻、她的人脉、她的助手,一切的一切都会被彻底遗忘,她可能再也不会再出现在大家的面前。那么,也许她会回过头来更加坚定地抓紧K,学会如何去爱K,假如她有这个能力的话。不,这样的事情是不会发生的。因为K只需要一天都不到的时间就能厌倦她,就能意识到她多么无耻地欺骗了他,而且什么都骗,所谓的善良的心灵,所谓的忠诚,最重要的是所谓的与克拉姆之间的爱情都是骗人的。用不了多久,K就会把她赶出去,包括那两个助手,一起给扔出去。而就在弗丽达处于水深火热之中,她前方的道路似乎都要为她关上大门之时，K却为她保留了最后一条狭窄的道路，他放过了她。但是，就在所有人始料未及的情况下，她却突然把那个深爱她的男人从自己身边赶走了，而且还是在朋友和助手的帮助下，以救世主的身份出现在老板面前，因为她的那一桩丑闻，让她比以前更能吸引人了，仿佛在向大家证明，无论是尊贵的高官，还是卑微的普通人，都能被她的魅力所折服，虽然她选择了后者，但也只是一时的，很快她就会推开他，又像以前一样高高在上，仿佛她对所有人来说都是遥不可及的。过去人们理所当然地怀疑关于她的一切，但现在人们又变得如此相信她了，她就这样回来了。老板时不时瞟一眼佩皮，犹豫不决，他在纠结，到底该不该牺牲这个十分出色的女孩呢？但是，他很快就被说服了，因为让弗丽达回来的理由太多了，最重要的是，她能争取让克拉姆回到贵宾楼里来。

到了吃晚饭的时间，还没等弗丽达过来接班，佩皮就主动将自己的账目交给了老板娘，因为她可不想看到弗丽达那副扬扬得意的样子。她现在可以回到她原本拥挤的女仆房间了，迎接她的将会是她那两个哭泣的朋友，帮她脱下那条已经旧兮兮的裙子，解掉头发上的丝带，把所有的东西都塞进角落里，好好地藏起来，不要让这些东西提醒她记起那些应该被遗忘的时光。然后，她就要拿着大桶和扫帚，咬紧牙关，继续她的客房工作。但现在她还是要把一切都告诉K，让他知道，是他让她的生活变得一塌糊涂，把她害得有多苦。当然，在这件事上，他也只是一位被人利用的受害者。

佩皮说完了，她长长地松了一口气，抹去了几滴脸上和眼睛里的眼泪，然后看着K点点头，仿佛在说她流泪并不是因为她的不幸，她不需要任何人的帮助和安慰，其中最不需要的就是K的同情。她虽然年轻，但懂得生活就是需要经历各种磨难，她的不幸只是证实了她在努力生活而已。问题在K，她一直想把事实告诉K，哪怕是在她所有的希望都幻灭之后，她也觉得有必要这样做。

"你的想象力真是太丰富了，佩皮，"K说，"你说现在才发现这些事情，这完全是不对的，它们只不过是你们在楼下黑暗狭窄的女仆房间里做的梦罢了，在那里幻想很合适，但要把它拿到现实中，在这宽敞的酒吧间里说，就有些奇怪了。怀着这样的想法，你是无法在这里保住你的职位的，这一点丝毫不用怀疑，就连你如此夸耀的裙子和发型，也不过是在那间黑暗的房间里幻想出来的，在你的梦里它们固然很美，但在现实中大家都会明里暗里地嘲笑它。你还说什么我被利用了，我上当了是吗？不，我亲爱的佩皮，我和你一样，既没有被利用，也没有上当。的确，弗丽达此刻已经离开了我，或者像你说的那样，她已经和助手双宿双飞了，你看到了一些真实的情况，她确实不再可能成为我的妻子了，但说我应完全厌烦她在第二天就会把她赶走，或者她像一个普通女子欺骗丈夫一样欺骗了我，那是完全错误的。你们这些客房女仆从小孔里偷窥习惯了，所以就喜欢单凭你们看到的冰山一角而对整个事物妄下结论，这显然是不对的。结果是，关于这件事，我知道的好像比你少得多，但我远不能像你一样细细分析弗丽达为什么要离开我。在我看来，最可能的解释就是你刚才也提到过但没有分析透彻的原因，我忽略了她。很不幸这是真的，我确实是忽略了她太多，但那有特殊的原因，我无法在这里谈，如果她回到我身边，我会很高兴的，但我仍然会继续忽略她。事情就是这样。她和我在一起后，我总是四处游荡，正如你嘲笑我的那样；现在她离开了我，我也不再有精力做任何事情，我累了，你没有什么建议给我吗，佩皮？"

"有啊，"佩皮突然变得活泼起来，抓住K的肩膀说，"我们都是被背叛的人，应当在一起，所以你和我一起下楼去那些女孩那儿吧。"

"如果你还在一味地抱怨自己受骗，"K说，"我们就无法相互理解。你一直说你被欺骗，因为这样说会让你被解雇变得不那么难堪。但事实上，你并不适合吧台的工作。如果连我这个在你看来最无知的人都能看出来的话，那么这种不合适一定是特别明显的。佩皮，你是个好女孩，但要认识到这一点并不容易，比如说，我一开始觉得你很残忍，很傲慢，但你不是，只是因为你确实不适合干那份工作，所以我才误解了你。我并不是说你高攀了这个职位，毕竟它也并不是一个多么特别的职位，严格来说，这个职位只是比你以前的职位体面一些罢了，但总的来说，两者的差别并不是很大。而做女仆比在吧台要好，因为在客房那里，你每天都会见到秘书们，而在酒吧，即使你会伺候到一些高级官员，但你同时也要和很低级的人打交道，比如和我在一起；因为这里的条例不允许我出现在除了酒吧间以外的地方，所以和我来往会是一件无比光荣的事吗？嗯，在你看来似乎是这样的，也许你有合理的理由。但这正是我认为你不适合在酒吧间工作的原因。这是一个和贵宾楼其他地方没有太大差别的地方，但在你的心目中，你把它当作天国，因此，你用过分的热情去对待一切，你用最隆重的行头来打扮自己，尽管在你看来是多么多么的美，但实际上并没有什么不同，这里也没有什么特别的东西。你总是一直担心会丢了这个活，总觉得有人在试图赶走你，所以你想要赢得所有那些在你看来对你友好的人的支持。但你这样做，其实是打扰了他们，并驱赶了他们，他们来贵宾楼里只是想图个清静而已，他们本身就已经够烦心的了，可不想因为来了个女侍，就又徒增烦恼。有可能高官们都没有注意到弗丽达离开的这件事，但今天他们知道了这件事，而且还真的很希望弗丽达回来，因为弗丽达的工作能力的确是不一样的。无论她如何坚持她的立场,她在服务方面是非常有经验的,她懂得冷静地控制,你自己也强调了这一点,但你似乎没有向她学习的想法。你有没有注意到她在工作时候的神情举止?那已经不是女侍的样子了,那几乎是老板娘的气场。她只需要站在原地,就能用余光观察到酒吧里的每一位客人,而且她还有足够的威力震慑住他们。她或许是瘦弱了一点,年纪也大一点,头发稀少了一点,不过,这些和她身上的优点相比,全都是小事,会被这些缺陷所困扰的人,只能说明他缺乏对事物大局的认知。克拉姆当然不会被任何人指责,你对克拉姆爱弗丽达这件事不以为然,是因为你只是以一个没有经验的年轻女孩的角度去看待问题罢了。因为克拉姆在你的心目中是遥不可及的,所以你认为弗丽达也无法接近到克拉姆。那么你就错了,在这一点上,即使没有确凿无误的证据,我也会只相信弗丽达的话。尽管在你看来不可思议,但是你也不能把这件事和你所认知的那些世俗、官场、高门大户以及美色诱惑,统统都联系起来,这是不争的事实。就像我们坐在这里,彼此相邻,就像我把你的手握在我的手中一样,克拉姆和弗丽达也可能如这般并肩坐在一起,仿佛是世界上最自然的事情。而且克拉姆每次来到贵宾楼都是他主动下来的,甚至是匆匆忙忙赶来的,没有人为了在前厅里等着他而忽略了其他的工作。也许你很看不惯弗丽达的穿着，但克拉姆不在意。你偏偏不信任弗丽达！你越针对弗丽达越是在暴露自己的无知和缺陷。即使是不知道她与克拉姆关系的人，也能从她的性格上看出她受到了某个人的影响——那个人比我们和村里的任何人都重要，看出他们之间的对话超越了客人和服务员之间应该有的距离感，而这似乎正是你生活的目标呢。也许在某些方面我错怪了你，因为你自己也很清楚地认识到了弗丽达的优点，注意到了她有超强的观察力，以及果断的决断力和驾驭人的本领，只是你把一切都理解错了，你认为她自私地利用这些只是为了自己的利益，甚至作为武器来对付你。不，不是的佩皮，就算她拥有一支支这样的箭，但是在这么近的距离里，她是无法有力地发射的。而你说她是自私的？我反倒是觉得正好相反，可以说，是她给了我们一个机会，让我们在更高的层面上证明自己是不是真的适合提拔，为此她牺牲了自己所拥有的，也牺牲了她所能期待的，但我们让她失望了，还逼她不得不回到这里来。我不知道是不是这样，也搞不清自己到底错在哪里，但是当我把自己和你比较的时候，才会稍微明白地看问题：就好像我们都太用力了、太幼稚了、太没有经验了，我们就像孩子拽桌布一样，通过哭、通过抓、通过拽的方式去拿到桌子上自己想要的玩具，但这么做是徒劳的，因为桌上的所有东西都会随着桌布的拽走而散落一地。而如果我们能有弗丽达的冷静、客观,或许很容易就能得到。我不知道我这样比喻是否合适,但比起你对弗丽达的评价,我觉得我的说法更恰当一点儿。"

"嗯,"佩皮回答道,"原来你还在爱着弗丽达呢,可是现在她要离你而去了,她不在跟前,对她单相思并没有什么难的。但如果事实就如你所说的那样,包括你把我当成一个笑料也是真的,那你现在打算怎么办呢?弗丽达离开了你,无论是按照我的解释还是你的阐述,你都没有让她回到你身边的可能了。即使你仍然期待她回到你的身边,那你也至少在等待她的时间里,找到一个温暖的落脚处吧,外面那么冷,而且你也没有工作,所以你不妨到我们女仆的房间去,我相信你会喜欢我的两个同事的,我们会让你很轻松自在的,白天你可以帮我们干活,毕竟客房的工作对一个女孩子来说真的太辛苦了,而且如果你来了,我们也不会在夜里担惊受怕了。来,到我们那儿去吧!我的两个朋友也认识弗丽达,我们会给你讲关于她的故事的,可以一直讲到你厌倦为止,我们也有弗丽达的照片,你想看的话我们随时都可以拿出来给你看。弗丽达那时比现在文静低调得多,你还可能认不出她来呢,除了她的眼睛以外,其他变化都挺大的,那时候她的眼神就已经很尖锐了。那么,你要不要来我们房间呢?"

"可以吗?昨天毕竟刚发生了那件糗事,我在你们负责的那条走廊上被老板抓住了。"K问道。

"因为你是一个人所以才会被抓,但如果你和我们在一起,你就不会被抓。没有人会知道你在那里,只有我们三个人知道。啊,这将是很有趣的一件事!跟几分钟前相比,我仿佛觉得那里的日子也不那么难熬了,也许让我现在离开我也不会有太大的损失吧。以前只有我们三个人的时候,我们也不会觉得无聊,我们总要学会苦中作乐吧。我们年轻时就已经尝尽了苦头,我们三个人相依为命,尽可能地让自己的生活有意思一些。你一定会特别喜欢亨丽埃特的,当然埃米莉也是一样,我已经把你的事情告诉她们了,她们听着你的故事都感到不敢相信,似乎是因为她们在这间狭窄但温暖的屋子里过得过于封闭了,她们仿佛已经与外面的世界隔离了一般,我们总是紧紧地贴在一起,虽然彼此依赖,但也从没有厌倦过对方。而且,当我想起我的同事们时,我对于被辞退这一件事就一点儿也不悲痛欲绝了,我会质问自己,我为什么要比她们飞得更远呢?本来我们三个人的未来都是看不到希望的,所以我们彼此的心连在了一起,但现在我突破了连线,和她们分开了,当然我也并没有忘记她们,我无时无刻不在想着如何为她们做点什么。但是我才来到酒吧几天,我也不确定自己的职位够不够稳固,我甚至在这种什么也不确定的情况下就已经和老板谈起了亨丽埃特和埃米莉。关于亨丽埃特的态度，老板还有些犹豫不决，但是埃米莉，她比我们大很多，和弗丽达的年纪差不多，老板就很坚决地不愿给她留一丝希望。但是她们反而不想离开那条长廊，即使她们知道自己在那里过的是一种悲惨的生活，但是这两个灵魂善良的姑娘已经屈服了。与我告别时她们流下了眼泪，我想这多半是因为我要离开，独自走进寒冷中——房间外的一切在我们看来都是寒冷的——在陌生的大房间里与那些陌生的高级官员周旋，不为别的，只是为了填饱肚子、为了生活罢了，而这一点，在我没出去之前，和她们在一起时不是已经办到了吗？我现在回来，她们大概不会感到惊讶，只是为了配合我的心情和我一起哭一下，替我感叹命运的不公。但她们看到你后，便会意识到我走了几天其实是件好事。我带回来了一个帮助和保护我们的人，这会让她们很高兴的，当然这一切都是秘密，而且我们通过保守这个秘密会比以前关系更紧密，她们简直会高兴得手舞足蹈起来。来吧，请到我们这里来！你不需要履行什么义务，你也不会像我们一样被永远束缚在我们的房间里。等到春天来了，你再去找其他地方的住处，如果你不喜欢这里了，你也随时可以离开，但你要一直保守这个秘密，不要背叛我们，因为这决定我们能否继续待在贵宾楼里。当然你和我们在一起的时候，出入也一定要小心，除了我们说可以去的安全地方之外，你不能到处乱跑，要随时听我们的安排,这也许是你唯一的约束,除此之外,你是完全自由的,我们分配给你的活儿不会太累,所以不要害怕。那么,你来吗?"

"离春天还有多久呢?"K问。

"到春天?"佩皮重复道,"冬天对我们来说是漫长的,而且是枯燥无聊的。但我们并不因此抱怨,因为我们在楼下也接触不到冬日的严寒。好吧,春夏总有一天会到来,它大概也会持续一段时间,但实际上,这里的春夏很短,好像两个季节加起来不超过两天似的,即使在这最晴朗的日子里,有时也会下雪。"

说着话的工夫,门突然被打开了,佩皮吓得一愣,她的思绪早已经从酒吧间里移到了远处。开门的人不是弗丽达,而是老板娘。她对于K还在酒吧间里感到很惊讶。K道了歉,说自己一直在等老板娘,并对老板娘留他在这里睡了一晚表示感谢。老板娘不明白K为什么要等她。K回答说,他似乎有点儿印象老板娘说还想和他谈谈,如果是误会的话,那他感到抱歉,不过他现在也确实该离开了,他毕竟还是学校的杂役,已经离开学校太久了,昨天的传唤是闯祸的根源,他在这些事情上的经验还是太少了,不过他保证肯定不会再发生像昨天那样给老板娘带来麻烦的事了。于是K向老板娘鞠了一躬便准备转身离去。

老板娘用一种仿佛在做梦的眼神看着K,这种眼神仿佛拴住了

K准备迈开离去的脚步。这时,老板娘默默地笑了起来,直到看到K惊讶的神情后,她才如梦初醒。可以说,她仿佛是在期待着对方的笑容,但是对方没有那个应有的表情,于是才醒悟过来。

"你昨天很无礼,你对我的衣服指指点点。"老板娘说道。但K一脸茫然,似乎不记得有这回事儿了。

"你不记得了?那你这个家伙除了无礼以外,还是个胆小鬼呢!"老板娘嘲讽道。

于是,K对昨天的失态表示歉意,很有可能昨天他确实说了一些失礼的话,但他确实已经不记得了。毕竟他怎么敢随意评价老板娘的衣服呢?也许是衣服太漂亮了吧?毕竟他还没见过这样漂亮的衣服呢。至少,他从未见过哪个老板娘穿着这样好看的衣服上班。

"少跟我说这些,"老板娘迅速说道,"我穿什么衣服跟你有什么关系?我一点都不想再听到你谈论我的衣服。我永远不允许你这样胡说八道!"

K再次对着老板娘鞠了个躬,向门口走去。

"你究竟是什么意思?"老板娘突然追着K喊道,"你说从来没见过哪个老板娘穿这样的衣服上班。你说这些废话有什么目的?这完全是废话。你到底想干什么?"

K转过身来,尽力安抚老板娘激动的情绪。他说,他的那句话当然是废话,他对衣服一窍不通,对他这种人而言,只要不是破破烂烂,干净整洁甚至稍微讲究一点的,就都是好衣服。他在晚上看到光鲜靓丽的老板娘站在过道里,穿着这么漂亮的晚礼服出现在一群几乎没穿衣服的男人中间,所以才感到惊讶,仅此而已。

"好哇,"老板娘说,"你倒是想起来你昨天说的话了,而且你还添油加醋地说出这么多胡诌的话。没错,你对衣服确实一窍不通,但是,我要郑重地告诉你:不懂的话,就不要瞎说!不要再去议论什么贵重的衣服,或者晚礼服之类的问题。我再次警告你——"说到这里,老板娘仿佛冷得哆嗦了一下,"你不要再对我的衣服指手画脚,听到了吗?"当K想要默默地转身时,她又问道,"你这套穿衣服的学问是从哪学来的?"

K耸耸肩,他自己都不知道。

"你什么都不懂,"老板娘说,"就别装作一副有学问的样子。到账房里来,我给你看点东西,也许你看过后,就不会再胡说八道了。"

于是,老板娘从门前走了出去。这时,佩皮以让K买单为理由,跳到了K的面前,不过他们真正说的是其他的事情,很快两人便达成了协议。K认识这个院子,它的大门是通向小街的,大门旁边有一个小门,他们约定,在一个钟头之后佩皮站在小门后面,听到三下敲门声，就打开门。

账房就在酒吧间对面，只是要穿过前厅，老板娘已经站在灯火通明的账房里不耐烦地等着K了。但K在去的路上遇见了正在等着他的格斯泰克尔，他想和K谈谈。要想甩开他并不容易，老板娘这时过来呵斥了格斯泰克尔的纠缠。"你去哪里？到底是要去哪里？"当账房的门已经关上的时候，还能听到格斯泰克尔在门外的喊声，而且话语中还混杂着刺耳的叹息和咳嗽声。

这是一间拥挤又闷热的房间，房间是长方形的，一边摆放着一张高高的桌子和一个铁制的保险箱，另一边摆放着一个柜子和一把长椅。柜子在这间房间里所占的空间最大，它不仅填满了整面纵墙，而且它的深度很深，使房间变得非常狭窄，要想完全打开它，必须要推开三扇推拉门。老板娘指示K坐在长椅上，她自己则坐在了桌旁的转椅上。

"你以前学过裁缝吗？"老板娘问。

"没有，从来没有。"K说。

"那你是干什么的？"老板娘继续问道。

"我是土地测量员。"K回答道。

"那是干什么的？"老板娘接着问道。

于是K向她解释了土地测量员的工作，听得她不停地打哈欠。

"你没有说实话。你为什么不说实话?"老板娘质疑道。

"你说的也不是实话啊。"K反驳道。

"我吗?你又开始胡说八道了。就算我不说实话,又怎样?难不成我还要向你交代?你倒是说说,我有什么事情没有说实话?"

"其实你并不像你自己所说的那样,仅仅是个老板娘。"K说道。

"哟,你发现得还真多啊!那你倒是说说看,除了老板娘,我还是什么?你这胡说八道得也太离谱了!"

"我不知道你还有什么身份,我只看到了你是贵宾楼的老板娘,但你穿的衣服并不适合在贵宾楼穿,我想就连整个村子也没有人这么穿。"

"现在我们说到正题了,我看你还是憋不住,会说出来的。也许你的胆子并没有那么大,你就像个小孩子一样,知道一点儿什么事情心里绝对藏不住。那你就大胆说吧,我的这套衣服有什么特别之处?"老板娘说道。

"我说出来,你会生气的。"

"不,我会一笑置之,当作童言无忌吧。那么你现在快说吧,这衣服有什么特别的呢?"

"既然你非要听,那好吧。嗯,衣服的材质很好,而且相当珍贵,但它们的款式已经过时了而且过于花哨,似乎因为多次改动而变得破旧不堪，它不适合你的年龄、你的身材、你的地位。我第一次见到你的时候就注意到了，大概是一周前，在大厅的时候。"K解释道。

"原来是这样啊，这下你可算是把真话给抖出来了！除了款式过时，材质太过贵重，还有什么吗？你又是怎么知道这些的？"

"我直接就能看出来，不需要别人教我。"

"你可以直接看出来一件衣服的样式是不是时兴？那么或许，你会成为我不可或缺的人，因为我钟爱漂亮的衣服。那你觉得我这满柜的衣服怎么样呢？"说完，老板娘便推开一旁的推拉门，可以看到，里面一件件衣服紧紧地挤在一起，它们大多是深色的、灰色的、棕色的、黑色的，全都仔仔细细地挂着或者平铺着。"这些都是我的衣服，全都像你说的那样过时了，而且材质贵重。但它们只是一小部分，因为楼上我的房间里没有地方放才搁置在这里的，我房间里还有两个和这个柜子一样大的柜子，里面装的全都是衣服，满满当当的。你是不是很惊讶？"

"没有，我已经预料到了。我说过，你不仅是个老板娘，你一定还有其他的目的。"

"我只是以穿得漂亮为目的，你要不是个傻子，就是个幼稚的孩子，或者是个很坏很危险的人。你走吧，现在就走！"

K已经被赶到前厅里了，格斯泰克尔则来到K的身边，拽着他的袖子。这时，账房里传来一声老板娘的喊声："我明天要去做件新衣服，也许我会派人去找你。"

格斯泰克尔怒气冲冲地挥着手，似乎想让在远处打扰他的老板娘安静下来，他要求K和他一起离开。

K想着自己必须得回学校了，不想再和格斯泰克尔浪费时间，所以拒绝与他同行。但格斯泰克尔并没有考虑过K的反对，只是一股脑地拉着K走，还告诉K不要担心，他身边会有他需要的一切，甚至可以让K放弃学校杂役的职位。而且他已经等K一天了，就连他的母亲都不知道他这一天去了哪里。K知道自己挣扎没有效果，于是慢慢地也就任凭格斯泰克尔拉着他走。K询问格斯泰克尔，为什么要为自己提供食物和住处。格斯泰克尔只简短地回答道：他需要K帮忙照料马匹，因为他还有其他的事情要做，而且他认为K这样让他拉着缓慢地走，给他带来了不必要的麻烦。如果K想要报酬，那他就会给他报酬。但现在K站在原地一动不动了，不管他如何拉扯。K说他对马匹一窍不通。格斯泰克尔急了，不耐烦地说不懂也没关系，劝K和他一起走。

"我知道你为什么要带我走了，"K对格斯泰克尔说道，"因为你相信，我可以从艾兰格那里为你谋得利益。"

"那是当然，"格斯泰克尔回答道，"不然我还会想着图你什么？"

K对此只是笑了笑，然后把自己的胳膊搭在格斯泰克尔的胳膊上，让他带着自己穿过黑暗。

照亮格斯泰克尔家里的只有炉火和发出昏暗光亮的一截蜡烛，K借着蜡烛的一点儿光亮，看到有人似乎在墙角处弯着腰看书。这是格斯泰克尔的母亲，她向K伸出颤抖的手，握住了他，示意K坐到她的身边，她说话很费力，K很难听懂她说了些什么，但她的话[1]

---

[1] 卡夫卡的手稿在这里全部结束（编者注）。